La memoria eres tú

La memoria eres tú

Albert Bertran Bas

Rocaeditorial

© 2021, Albert Bertran Bas

Publicado de acuerdo con Pontas Literary & Film Agency.

Primera edición: febrero de 2021

© de esta edición: 2021, Roca Editorial de Libros, S. L.
Av. Marquès de l'Argentera, 17, pral.
08003 Barcelona
actualidad@rocaeditorial.com
www.rocalibros.com

Impreso por Liberdúplex

ISBN: 978-84-18249-54-9
Depósito legal: B 22253-2020
Código IBIC: FA, FV

RE49549

A mi abuelo Hipòlit,
solo hay una cosa mejor que escuchar la historia
de tu vida y es haber formado parte de ella.
Abuelo, la memoria siempre serás tú.

1

Dulce Navidad

Barcelona, 24 de diciembre de 1937

Entonces la Navidad no era como ahora. Estábamos inmersos en una guerra y los alimentos empezaban a escasear. Sobre todo, para las familias más humildes. Mi padre era el tercer hijo varón de una familia que tradicionalmente había trabajado el hierro en una pequeña fábrica a las afueras de Manresa. Su padre, mi abuelo, era muy famoso, y los que más lo conocían decían que jugaba con el hierro como el tahonero con la masa del pan. Le daba mil formas y lo dominaba a placer creando belleza de algo tan frío y rudo. Era un artista. Todavía quedan algunos bancos, puertas y farolas con sus siglas desperdigados por Barcelona y Manresa. La más famosa, o la favorita de mi padre, era la magnífica puerta de hierro que da acceso al gran teatro Kursaal de Manresa. En todas sus obras, si uno se fijaba bien, siempre se podían encontrar dos letras escondidas: A. B. (Antón Beret).

Mi padre nunca se llevó bien con su familia. Lo único que compartía con mi abuelo era el nombre, algo que no me habría importado heredar a mí también. Antón sonaba sin duda mucho mejor que Homero. Pero mi padre era muy diferente a esa raza de artesanos herreros y se esforzó en demostrarlo incluso a costa de mi nombre. A él, por ejemplo, nunca le gustó ensuciarse las manos —«en ningún sentido», decía mi madre—. Por encima de todo, era un hombre culto y honesto. Ejercía como profesor especializado en Historia y Literatura en la Universidad de Barcelona. Siempre estaba rodeado de libros, aunque no era de ese tipo de personas que vivían alejadas de la realidad. Los libros eran su pasión, pero también lo era su familia.

Tras veinte años de matrimonio, seguía locamente enamorado de mi madre y siempre estaba disponible para mí cuando lo necesitaba. Yo era hijo único, así que solía ser bastante a menudo. Amaba los libros y la música, y supongo que, fruto de ello, yo empecé a amarlos también. Me empujó a tocar la guitarra y caí en su trampa. Después descubrí que requería mucha práctica y un tiempo que no estaba dispuesto a entregar. Al menos, no en mis horas de ocio, en las que prefería bajar los tres pisos que me separaban de la plaza Adriano, junto a la calle Muntaner, para patear un poco la pelota con algunos de mis vecinos.

Supongo que fue esa la razón por la que me apuntaron a clases de guitarra dos veces a la semana, y esa, la misma razón por la que empecé a cogerle manía. Además, no se me daba bien. Requería cierta paciencia y sensibilidad, de las que yo, por entonces, carecía.

Leer sí que me apasionaba. Todo lo que necesitaba era una pequeña vela junto a mi mesilla de noche. Mi padre siempre leía desde su querida butaca de terciopelo verde, con sus dos enormes reposabrazos que lo ensamblaban a la perfección, como si se encajara una pieza de relojería. Yo a veces cogía el pequeño puf que usaba para los pies y me ponía a leer junto a él. El ruido de las páginas girando era algo habitual en nuestro salón. Los libros se habían convertido en mi refugio, en mi vía de escape, sobre todo en aquellos días donde la guerra ya salpicaba las calles y llamaba a la puerta.

La guerra… Al principio la gente aseguraba que no duraría ni dos semanas pero ya llevábamos más de año y medio y no tenía indicios de evaporarse. A ese tipo de personas mi madre los llamaba «fontaneros»: «Te dicen dos semanas y varios meses después sigues con el agua al cuello».

La vida nos cambió radicalmente. Pero yo no tenía miedo. A mis quince años todavía no me había encontrado cara a cara con ella y era demasiado joven —o demasiado estúpido— para comprender el dolor y la muerte. Mis padres se ocuparon de mantenerme alejado de esa realidad, mientras que mi gran batalla se libraba contra el aburrimiento. El peligro acechaba en las calles, donde la gente cada vez se volvía más radical, así que la mayor parte del tiempo estaba retenido en casa. Por fortuna, mi padre ya se había encargado de solucionar esa falta de amigos presentándome a uno nuevo: Julio Verne.

Me había leído todos sus libros. Desde *Viaje al centro de la Tierra* hasta *Cinco semanas en globo,* y no podía dejar de soñar con vivir esas aventuras y descubrir el mundo. Pero sobre todo soñaba con descubrirme a mí mismo. Sabía que no era valiente. Nunca lo había sido. Tampoco era el más chulo de la clase, ni el más fuerte, ni el más rápido ni el más guapo. A mis quince años tenía la eterna incertidumbre de no saber quién era en realidad. Y todavía me angustiaba más el hecho de saber que ninguno de mis amigos se planteaba esas cosas. Ese era yo y esa mi etiqueta. Ni el guapo, ni el listo ni el fuerte… Era el rarito.

Nunca supe si fue esa actitud la que me llevó a los libros o fueron los libros los que me llevaron a esa actitud. En cualquier caso, no me importaba mucho. Tenía amigos; no muchos, pero los tenía. Y tenía mis libros. No muchos, pero los tenía.

Esa Navidad estaba convencido de que, por fin, podría leer el único libro de Verne que faltaba en mi estantería: *Veinte mil leguas de viaje submarino.* Por alguna razón esa novela se había convertido en mi unicornio. Era una de las preferidas de mi padre, y si yo lo sabía, era porque él siempre se encargaba de repetírmelo. Entonces, ¿por qué no me la regaló antes? Imposible saberlo. Así era él. Hacía ese tipo de cosas que

9

yo ya había aprendido a no cuestionar. Al final, sabía que mis padres harían lo imposible por mí. Siempre lo hacían. La verdad es que, hasta que no ocurrió lo inevitable, nunca me faltó de nada. Puede que incluso tuviera más de lo que tenía la mayoría. Pero, como decía, eso fue hasta que ocurrió lo inevitable.

Esa noche, mi madre se esforzaba en decorar una mesa a la que le faltaba de todo, empezando por la comida. Sabíamos cuánto le dolía aquello porque siempre le había encantado cocinar. Pasaba horas y horas preparándonos magníficos guisos mientras su silueta se balanceaba al ritmo del aria de Puccini que mi padre ponía en el tocadiscos. Todavía recuerdo el olor del que se impregnaba toda la casa y el sonido de su preciosa voz cantando *O mio babbino caro*. La señora Paquita del segundo y la señora Isidora del tercero siempre abrían las ventanas que daban al patio interior para escucharla. Ahora que todo escaseaba, su voz ya no sonaba y las ventanas permanecían cerradas.

Hacía días que nos habíamos quedado sin calefacción y sin luz, pero teníamos una chimenea con un fuego que intentábamos mantener vivo durante todo el día. Una triste planta en una esquina del salón simulaba ser nuestro árbol de Navidad ya que el auténtico lo formaban unas pocas cenizas bajo las brasas. No nos quedaba madera y ahora empezábamos a quemar algunos muebles. Excepto el invierno, todo se consumía en aquella chimenea. Absolutamente todo.

Estábamos sentados a la mesa y, como mandaba la tradición, nos mirábamos en silencio el tiempo que mi padre considerara oportuno. Siempre lo hacía. Él amaba las palabras, pero siempre decía que es en el silencio donde la mentira se encuentra más incómoda. Después siempre llegaba el turno de las preguntas. Podíamos hacer cualquier pregunta con la condición de que fuera interesante. Nada de... «¿Crees que mañana lloverá?». Si la pregunta no era buena, perdíamos el derecho a hablar durante toda la cena. Ese día, después de mirarnos en silencio, pregunté algo a lo que llevaba un tiempo dándole vueltas.

—Padre..., ¿quiénes son los buenos?

Las miradas que se lanzaron entre ellos me dejaron claro que no se lo esperaban, pero mi padre siempre tenía respuestas para todo.

—En todos lados hay hombres buenos y hombres malos. Las cosas nunca son tan sencillas.

—Pero, entonces, ¿cómo puedo saber con quién voy?

—Tú no tienes que saberlo.

—¿Por qué no?

—Porque aún eres muy joven —intervino mi madre queriendo zanjar ese tema.

—Pero yo quiero saberlo.

—Está bien... Cuando jugabas con tus muñecos —empezó mi padre—, ¿a quién elegías: a los indios o a los vaqueros?

—A los vaqueros.

—¿Siempre?

—Sí.

—¿Por qué?

—Porque tienen pistolas. Los indios no tienen nada que hacer.

—O sea que elegías a los vaqueros porque sabías que ganarían.

—Sí... —contesté mucho menos convencido que antes.

—Pues así es como elige la mayoría.

—Entonces, ¿cómo puedo saber quién va a ganar?

—No lo puedes saber.

—¡Pues estoy igual que al principio! —exclamé molesto. Mi enfado divertía a mi padre, que aún no se había dado por vencido conmigo. Nunca lo hacía.

—¿Te has preguntado qué pasaría si alguna vez escogieras a los indios? Puede que la batalla se nivelara, ¿no?

—Los vaqueros tienen pistolas —insistí.

—Y los indios te tendrían a ti —dijo sonriendo.

11

Medité unos segundos sobre eso mientras mi padre golpeaba con los nudillos sobre la mesa. ¿Podía yo cambiar la balanza? Seguramente sí, pero…

—Pero ¿por qué arriesgarme a perder?

—He aquí el quid de la cuestión: ¿por qué arriesgarse?

—Esa pregunta ya la he hecho yo.

—¿Y si a tu madre le apuntara alguien con una pistola?

—¡Antón, por Dios bendito! —le riñó ella mientras se levantaba para ir a la cocina.

Mi padre me guiñó el ojo y esperó a que se alejara.

—¿Yo también tengo una pistola?

—No. Solo tus manos desnudas. ¿Te arriesgarías a salvarla?

—Sí. —No tuve que pensarlo mucho.

—¿Por qué? Tienes todas las de perder.

—Porque… es mi madre.

Mi padre sonrió. Juraría que había una chispa de orgullo en su mirada.

—Entonces, ya no estás eligiendo en función de las posibilidades que tienes de ganar o de perder. ¿Por qué luchas entonces? —Siempre me hacía eso. Nunca me daba las respuestas, sino que me empujaba a que yo las encontrara.

—Para…, para… ¿proteger lo que me importa?

—¿Me lo estás preguntando?

—Lucho para proteger lo que me importa —dije convencido. Sabía que había acertado porque mi padre asintió satisfecho.

Mi madre llegó con la comida pero mi padre necesitaba cerrar el asunto.

—Debes saber que la vida no es todo blanco o negro, buenos o malos, indios o vaqueros. El mundo está lleno de matices. Y saber verlos y entenderlos es lo que nos enriquece y lo que nos distingue.

—¿Y nos ayuda a elegir?

—Sí. Aunque lo ideal sería que no tuviéramos que hacerlo.

El caldo aguado se había convertido en la ingesta diaria,

pero, al ser Nochebuena, había algo menos de agua y un poco más de caldo. Todo un lujo. Un año antes, lo más probable es que me hubiera puesto en huelga por tener que comer eso. Pero ahora cualquier cosa que me llegara a la boca era como un regalo de los dioses. Además, mi madre sabía muy bien cómo preparar el caldo. Incluso el aguado seguía manteniendo ese sabor tan especial que solo ella sabía darle.

—Una ramita de romero para mi Homero.

Y así surgía la magia. Su magia. Me lo tomé en un santiamén y mi padre me cedió lo que quedaba en su plato. Al parecer, había comido más de la cuenta en el trabajo y no tenía hambre. Mi madre le regañó pero su mirada solo reflejaba ternura. Terminé el caldo de mi padre tan rápido como el mío y me levanté a dejar los platos en la cocina.

Al volver, un paquete envuelto en papel de periódico aguardaba justo en mi sitio. Me senté nervioso y lo palpé por todas sus esquinas.

—¡Es un libro!

Rompí el papel, que fue cayendo sobre mis viejos zapatos. Mis ojos leyeron emocionados la palabra que ya asomaba: *Veinte...* Cuando logré retirar todo el periódico que servía de envoltorio, me quedé estupefacto.

—¿Qué es esto?

—Es mi primer libro —contestó mi padre orgulloso.

—Se nota... —respondí más asqueado de lo que me hubiera gustado aparentar. Los bordes del lomo estaban raídos y las páginas secas y amarillentas.

—Sé que no es *Veinte mil leguas de viaje submarino*, pero...

—¿Poesía? ¿En serio? —corté molesto. Llevaba demasiado tiempo esperando mi último libro de Verne como para tener que fingir mi decepción.

—El mundo necesita más poesía, Homero...

—Pero yo necesito a Verne y no a... Pablo Neruda. —Dejé caer de mala manera el libro sobre la mesa.

13

—*Veinte poemas de amor y una canción desesperada* es la razón por la que tú existes —sonrió.

Miré extrañado a mi padre y soltó una de sus clásicas carcajadas.

—¿Qué tiene que ver este libro conmigo?

—Gracias a él conseguí que tu madre me besara.

—El primer beso lo conseguiste gracias a Bécquer, querido. Fue después que me conquistaste con Neruda.

—¿Estás segura de eso?

Mi madre se acercó a mi padre clavando sus ojos turquesa en él.

—¿Qué es poesía? —preguntó juguetona.

—¿Y tú me lo preguntas? Poesía eres tú. —Los dos se besaron apasionadamente ignorándome por completo—. Tienes razón, Aurora mía —comentó mi padre al separar sus labios un instante—. Fue Bécquer.

—Vale vale. Entendido… —Solo quería que dejaran de besuquearse.

—Créeme cuando te digo que este libro te protegerá.

—¿Protegerme? ¿De qué?

—De la estupidez del hombre. —Sonrió mirando a mi madre. Y me despeinó con esa mano suya más acostumbrada a acariciar la tiza que mi pelo.

En ese momento alguien llamó a la puerta. Por cómo se miraron no podía ser nada bueno. Mi padre se levantó.

—¿Quién es?

—Antón, soy Matías. Abre.

Matías siempre había estado por casa desde que yo tenía memoria. No sabía muy bien de qué se conocían pero, por su aspecto y las expresiones que usaba, estaba claro que no trabajaba en la universidad. A veces me traía algún regalo, sobre todo juguetes que fabricaba con sus manos. Era un manitas y a mí me caía bien, aunque mi madre lo miraba con recelo, supongo que porque últimamente pasaban bastante más tiempo juntos y venía demasiado a menudo. Matías jadeaba nervioso. Llevaba una venda alrededor de la cabeza con una gran mancha roja en un lado, a la altura de la oreja. Me impactó ver el rastro de la sangre.

—¿Qué te ha pasado?

—No es nada.

—¿Nada? Aún estás sangrando. Ven, entra.

—No. No hay tiempo.

—¿Qué ocurre?

—Tenemos que irnos ya.

—¿Ahora?

—Ahora.

—Pero si es… —Mi padre nos miró antes de seguir—. Es Nochebuena.

—No me jodas, Antón. ¿Crees que no lo sé? Acabo de dejar a mi mujer y a las niñas con mis suegros.

—Joder. Pero mírate, Matías. Necesitas que…

—Van a hacerlo esta noche. —Esas palabras debían de significar algo importante porque mi padre se calló y eso era muy poco habitual.

—Mierda… Dame un segundo. —Mi padre se puso el abrigo precipitadamente, cogió sus guantes y se acercó a mi madre.

Sin decir nada la besó. Había algo en sus miradas que no estaba acostumbrado a ver. No era como cuando él se iba a trabajar y se despedían.

Matías aguardaba junto a la puerta. La mancha de sangre era cada vez más grande y más oscura. Pude ver cierta preocupación en su rostro. ¿O era arrepentimiento? ¿Vergüenza? ¿Miedo? ¿Dolor? No lo sé. Cuando se dio cuenta de que lo observaba, sonrió, me guiñó el ojo y, con su mano transformada en pistola, simuló que me disparaba. Siempre me hacía ese gesto y siempre me hacía sonreír. Pero ese rojo escarlata me tenía hipnotizado. Empezaron a caer unas gotas de sangre sobre el suelo cuando el vendaje improvisado no dio más de sí para contener la hemorragia. Incluso consideré la idea de que no tuviera oreja. No había relieve ni marca.

—Antón, no me hagas esto, por favor. ¿Qué está pasando? —Aunque mi madre susurraba, yo podía oírla alto y claro. Puede que hasta Matías entendiera algo desde la puerta.

—Es mejor que no lo sepas, Aurora. Pero si no vuelvo…

—¿Qué dices? ¿Por qué no ibas a volver? Antón… Antón…

Mi padre se acercó a mí. Cogió el ejemplar de Neruda que había dejado sobre la mesa y me lo entregó por segunda vez.

—Cuida del libro, ¿eh? —sonrió.

—¿Te vas?

—Tengo que hacer algo.

—¿El qué?

—Feliz Navidad, hijo. Cuida de tu madre…

Cuando quise decirle adiós, ya salía a la calle con Matías.

Nunca he olvidado el silencio que se instaló en casa al cerrarse la puerta. Como si las paredes nos advirtieran de que ya nada sería igual. Nada.

16

No volvió esa noche. Ni tampoco las dos siguientes. Mi madre lo habría esperado indefinidamente, pero ya no era su vida la que le preocupaba, sino la mía. Desde nuestra ventana vimos cómo unos hombres entraban a la fuerza en el edificio de enfrente y se llevaban a toda la familia Serra, incluida su hija Remedios, de la misma edad que yo. Cada vez pasaba más ese tipo de cosas. Mi madre siempre se refería a esa gente con una especie de siglas y yo llevaba más de un año escuchándolas pero era incapaz de identificarlos: CNT, POUM, UGT, PSUC, FAI, más todas las que no había logrado retener. ¿Cómo distinguirlos? ¿Y de verdad importaba tanto?

Aunque no era lo mismo verlo delante de tu casa. Por lo visto, habían dado cobijo a un par de curas la noche anterior. El señor Serra les había dejado ropa para que pudieran desprenderse de sus sotanas e intentaran escapar. Los sacaron a todos a la calle y los fusilaron allí mismo. En la misma pared donde yo jugaba con mi pelota.

Creo que entonces entendí el significado de la guerra. Pero lo que más me chocó fue el rostro de mi madre. Su expresión amable, su sonrisa dulce… desaparecieron para siempre. Fue como verla envejecer de golpe. Últimamente su ternura era más forzada, pero después de aquello ni siquiera intentaba fingir. Quizás cayó en la cuenta de que mantenerme aislado no era la forma de salvarme. O puede que comprendiera que había que salir de allí. En pocos minutos hizo las maletas con cuatro cosas de valor y abandonamos nuestra casa y nuestras vidas. Le pregunté cuándo volveríamos pero el silencio se convirtió en su respuesta preferida.

Los días siguientes aún fueron peores. Las siglas —imposible distinguirlas— se apropiaron de lo poco que teníamos. En tiempos de guerra cada uno impartía su propia justicia y ellos no eran diferentes. Todos se escudaban detrás de los nombres de sus organizaciones pero no eran más que pistoleros en el Medio Oeste. Pura carroña. Entraban en las casas a punta de pistola haciéndose con lo que querían, evidentemente «por el bien de la revolución». Mi madre insistió en que no éramos fascistas, pero, como tampoco podíamos demostrar lo contrario, era como si lo fuéramos. «Entonces, ¿por qué huis?», decían. Les daba igual. Aún tuvimos que estar agradecidos de que nos dejaran vivir.

Una semana más tarde, entrando en Manresa, mi madre tuvo que negociar y entregar el poco dinero que guardaba a unos soldados para que esos tipejos no me llevaran a filas.

—Solo es un niño —imploraba mi madre.

La verdad es que ni siquiera era alto para mi edad, pero si podía sostener un fusil, mi obligación era luchar contra los sublevados. ¿Qué me importaba a mí esa maldita guerra? Ni siquiera la entendía. Aunque a veces es más fácil obedecer cuando no entiendes el porqué.

Sin dinero, no pudimos comprar ni un solo billete de tren,

17

así que caminamos. Caminamos mucho y durante muchos días hasta que las rodillas nos fallaban. Había poca gente que se preocupara de los demás, pero aún quedaban algunos. Dormíamos en los pueblos que nos íbamos encontrando; en muchos facilitaban instalaciones como almacenes o polideportivos para las familias que, como nosotros, lo habían dejado todo atrás.

Cuando llegamos a Ripoll, descansamos unos días en casa de una familia de granjeros que nos acogió a cambio de nada. Tenían un perro muy listo al que llamaban Sultán. Siempre había querido tener un perro pero mis padres nunca me dejaron. Fueron unos días agradables; casi olvidé la decadencia que me rodeaba y hasta hice un nuevo y peludo amigo. La bondad de aquella familia debería haberme impregnado de esperanza, pero estaba tan asustado y confuso que ese estado de ánimo no arraigó en mí.

18
Tras una semana con la familia Junyent en Ripoll, seguimos nuestra marcha hacia el exilio. Francia era nuestro objetivo. No estábamos lejos, pero en los pueblos cercanos se hablaba de que en las montañas se estaba librando una dura batalla entre los dos bandos por el control de la frontera. Tuvimos que desviarnos del camino, dejar la zona de Girona para probar suerte en Lleida. Dimos un enorme rodeo hacia el Pirineo aranés para cruzar la Vall d'Aran y alcanzar tierras francesas. Esa decisión cambiaría por completo mi destino.

Tardamos dos semanas en encarar el Pirineo. Y podrían haber sido aún más de no ser por Justino y su destartalada furgoneta. Ese sacerdote nos recogió en la carretera. Se dirigía hacia Solsona, donde iba a celebrar una misa en honor de los caídos. Nunca llegó a darla. A varios kilómetros, en un paso elevado, nos detuvo un grupo de cuatro soldados rojos de unos veinte años. A nosotros nos ignoraron, pero con el pobre Justino se cebaron de lo lindo. No sé qué le pasaba a esa gente con los curas. Se divirtieron con él como si fuera un bufón al servicio del diablo. Lo desnudaron, lo azotaron, lo humillaron y lo vejaron…

Para entonces, nuestra alma ya no era la misma que cuando dejamos Barcelona. Habíamos visto demasiado y sabíamos que, si intentábamos decir algo, acabaríamos fusilados junto al sacerdote. Mi madre y yo permanecimos junto al camión sin abrir la boca y aguardamos el momento oportuno para escabullirnos por el bosque mientras los soldados, borrachos y agresivos, seguían torturando al pobre Justino. Había tal descontrol que no se dieron cuenta de que nos habíamos ido. Dudo que alguno se acordara de habernos visto.

Si algo descubrí durante esas semanas es que las guerras más duras son las que se libran en nuestro interior. Son las trincheras que se enfangan en nuestra alma y que solo sirven para que podamos escondernos de nosotros mismos. De la persona que un día fuimos y de la que no volveremos a ser.

Acabábamos de abandonar a un buen hombre sabiendo que iban a matarlo. Era duro vivir con eso en la cabeza. Sobre todo, a mis quince años. Había discutido con mi madre por tomar esas decisiones en nombre de los dos. Pero ella ya no era esa señora amable y llena de alegría que cantaba ópera cocinando. Ahora solo le preocupaba ponernos a salvo. Y yo era tan ingenuo como para cuestionárselo.

Al cabo de unos días estábamos subiendo una ladera nevada junto a un grupo de quince personas que buscaban el mismo destino que nosotros, la tierra prometida: Francia. No nos podía quedar mucho. Había perdido la cuenta de las montañas que habíamos subido y bajado. El frío era intenso y mordía hasta los huesos.

Mis zapatos, rotos por todos los lados, se hundían en la nieve. No estaban hechos para caminar tantos kilómetros; Julián, uno de los veteranos del grupo, me enseñó cómo sujetarlos con cintas de tela y rellenarlos con papel de periódico para mantener los pies calientes.

Mi madre no tenía buen aspecto. Poco a poco se había ido

deteriorando. Su tos seca, cada vez más fea, acompañaba la expedición desde primera hora de la mañana hasta la última del día. Los dos habíamos perdido fuerzas, kilos y color. Pero ella, además, estaba perdiendo la esperanza.

Nuestros pasos eran lentos y pesados, las piernas nos obedecían más por inercia que por voluntad. Nadie se atrevía a mirar montaña arriba por miedo a derrumbarse. El viento era fuerte y constante en esa zona y nos obligaba a avanzar con la cara cubierta. La pendiente era empinada y la nieve virgen me calaba hasta las rodillas. Manuel, un hombre de la edad de mi padre que había dejado a su familia a salvo y se veía obligado a huir, me prestó su abrigo. Mis brazos estaban tan agarrotados que tuvo que ayudarme a quitarme la mochila, la misma que había usado tantas veces para ir al colegio, y ponérmelo él mismo. Me habría encantado decirle que no lo necesitaba, pero me estaba muriendo de frío.

20

Tras colocarme la mochila sobre mi nuevo abrigo, todos levantamos la cabeza al oír un ruido lejano que rompió el silencio. Algo parecido a un zumbido que cortaba el viento. Fiiuuu. Después otro más, y entonces Manuel se desplomó a mis pies pintando la nieve de un rojo escarlata. Me quedé paralizado. Antes de que pudiéramos reaccionar sonó otro disparo, y otro más. Nuestro grupo se estaba desperdigando, todos corrían de un lado a otro entre gritos ante un enemigo que había permanecido invisible pero que ya empezaba a asomar detrás de los árboles. Mi madre me agarró del hombro. Volvía a haber fuego en sus ojos, como hacía tiempo que no veía.

—¡Corre! —Me empujó como si fuera un muñeco de trapo y nos alejamos de los disparos mientras el viento nos cortaba la cara—. ¡Corre, Homero! ¡No mires atrás! ¡Corre! —gritó mientras desplegaba sus brazos y me cubría con su cuerpo.

Corrí y corrí. No me detuve y no miré atrás aunque los disparos siguieran sonando. Pero había algo que no me gustaba. Ya no oía los pasos de mi madre a mi espalda, ni su jadeo nervioso. Me di la vuelta asustado, ya no por los disparos, sino porque por primera vez en mi vida estaba solo.

Mis ojos siguieron la estela que habían dibujado mis huellas hasta que distinguí el cuerpo inerte de mi madre hundido en la nieve boca abajo. Corrí hacia ella. No se movía, no tosía, no respiraba. Tenía un disparo certero en el centro de la espalda. Aun así, intenté despertarla pero era absurdo. Mi madre ya no volvería y yo no quería hacer otra cosa que quedarme a su lado hasta que me encontraran. ¿Qué otra cosa podía hacer? Abandonarla allí no era una opción. Los disparos seguían tronando en la montaña y estaba claro que algunos me tenían a mí como objetivo porque la nieve cercana saltaba cuando el proyectil se hundía en ella. Si estoy vivo es porque aquel día no tuve una pistola; en ese momento era lo único que me impulsaba: la venganza. Quería matarlos a todos.

El grupo de exiliados que viajaba conmigo estaba desperdigado formando pequeñas manchas rojizas en la nieve. Sabía que tenía que salir corriendo. Es lo que ella habría querido. Una bala alcanzó a mi madre perforando su carne de nuevo y haciendo saltar un poco de sangre sobre mi cara. Su cuerpo permaneció tan inmóvil que me impactó. Fue esa bala la que me ayudó a comprender que ella ya no podía ayudarme y que ahora estaba solo. Solo… Solo… ¿Qué iba a hacer? Nunca había tomado decisiones de ningún tipo. Ni siquiera era yo el que elegía qué ropa ponerme cada día. Y de repente, mi destino solo dependía de mí. De mí y de cuatro perros que acababan de soltar para darme caza como si fuera un maldito conejo.

Salí corriendo tan rápido como pude en sentido contrario. La nieve apenas me dejaba coger velocidad, pero también se lo impedía a mis perseguidores.

La adrenalina me había despertado cada músculo. Y los que aún seguían dormidos amanecían con cada ladrido que sonaba a mi espalda. Me asustaban más los perros que las ba-

21

las. Si tenía que morir, prefería que fuera por un balazo que no entre esas afiladas mandíbulas. Los ladridos cada vez estaban más cerca y mis fuerzas empezaban a flaquear. En ese instante, mi deseo se cumplió. Pude sentir el impacto de un proyectil contra mi espalda. Fue tan bestia que me tiró de bruces al suelo.

Estaba muerto. Visualicé la imagen de mi madre igual que la mía, pero no sentí dolor. ¿Era así de indolora la muerte? Agradecí el detalle. O puede que fuera el frío o la misma adrenalina los que contuvieran esa agonía. Ya lo había visto antes con algunos fusilados. Si ese era mi final, no lo iba a poner tan fácil. Por puro instinto, hundí los brazos en la nieve y me levanté para seguir corriendo, consciente de que podría desplomarme en cualquier momento. Pero avanzaba a zancadas y seguía sin dolerme nada.

Conseguí llegar a una zona más boscosa donde las balas ya no silbaban perdiéndose en el aire, sino que se estrellaban contra la corteza de los troncos haciéndolas saltar en mil pedazos. La maleza cada vez era más densa y las ramas, frías y afiladas, me iban produciendo pequeños cortes aquí y allá. El viento cantaba entre los árboles y ocultaba mi jadeo, cada vez más débil, igual que los ladridos que me acechaban. ¡Lo estaba consiguiendo! ¡Podía escapar!

Cuando empezaba a atisbar un pequeño rayo de esperanza me quedé atrapado entre las ramas. No podía seguir avanzando. Intenté zafarme pero mi mochila se había quedado enredada y no había manera de liberarme. Apenas podía girar sobre mí mismo. Los ladridos cobraban intensidad como si supieran que volvían a tenerme a su merced y yo seguía luchando con toda mi rabia por recuperar mi libertad. En un instante de lucidez, decidí desabrocharme el abrigo, me lo quité y lo dejé colgado junto a la mochila. Volvía a estar libre. Los malditos perros estaban casi encima.

Seguí corriendo, cayéndome una y otra vez, esperando angustiado el momento en que uno de mis perseguidores se me abalanzara. Y así fue. Unos metros más adelante, la mandíbula de uno de ellos se cerró sobre mi tobillo. No fue tan doloroso como había imaginado, pero sabía que si lograba tirarme al suelo estaba perdido, así que seguí propinando patadas y revolviéndome hasta que sus dientes se escurrieron por mi piel llevándose un buen trozo. Eso sí que fue doloroso. El tozudo animal no estaba dispuesto a dejarme escapar y sus mandíbulas terminaron agarrándose a los bajos del pantalón. Le lancé una patada como pude y la tela era tan frágil que se deshizo liberándome de nuevo. Era cuestión de segundos que otro saltara sobre mí. Aterrorizado, no dejaba de mirar atrás y entonces vi cómo se acercaba enseñando sus colmillos hasta que, sin saber cómo, mis pies perdieron todo el apoyo. No fue un tropiezo, simplemente fue como si el suelo hubiera desaparecido.

Creo que no me di cuenta de que estaba cayendo en picado hasta que me golpeé fuerte contra una pared rocosa antes de caer a plomo sobre la nieve. Había ido a parar a un precipicio y rodaba sin control por una empinada pendiente que parecía no tener fin. Chocaba desenfrenado contra todo lo que se cruzaba en mi camino. Nieve, tierra, roca y madera, hasta que al final mis costillas se hundieron contra el tronco robusto de un árbol que frenó en seco mi brutal descenso. Mi grito fue desgarrador y con él terminaba todo. Lo único que quedó en el aire eran los ladridos lejanos de los perros. Por muchas ganas que tuvieran de probar mi carne, no estaban dispuestos a lanzarse precipicio abajo.

Después, la oscuridad total…

2

Donde muere el viento

*D*esperté enterrado en la nieve. Agarrotado y congelado. Cuando intenté moverme, cada centímetro de mi cuerpo se quejó. Me quedé boca arriba contemplando incrédulo el precipicio por el que me había despeñado. Estaba vivo de milagro, aunque no duraría mucho si no conseguía salir de allí pronto.

Intenté desentumecerme mientras el viento gélido me castigaba con fuerza. Empezaba a oscurecer y sabía que quedarse quieto era morir. Me hice un rápido chequeo: rodilla destrozada, rasguños y contusiones por todo el cuerpo y un dolor punzante en las costillas que me provocaba un extraño silbido cada vez que respiraba. Solo podía hacer una cosa: arrastrarme como un reptil por la nieve.

Desconozco cuánto tiempo estuve reptando pero al cabo de un rato me fue imposible continuar. Estaba agotado. Miré alrededor y atisbé una pequeña cavidad en la pared rocosa por la que me había precipitado. Entre gemido y gemido conseguí llegar y descubrí que no era un simple hueco en la pared, sino más bien una entrada oculta que la erosión había abierto de forma natural en la ladera. Me adentré a rastras hasta que la nieve dejó paso a la tierra fría. Fue agradable. Poco a poco el hueco se iba estrechando y tuve que encoger los hombros para seguir adelante. Fue como atravesar una madriguera. Entonces, cuando más estrecho era el pasadizo, las paredes se abrieron y aparecí en un amplio espacio de suelo arenoso.

Parecía un recinto circular sin salida, aunque ya oscurecía y la poca luz que se filtraba no me permitía distinguirlo. Me conformé cuando mi cuerpo dejó de sentir el viento gélido y me lo agradeció estremeciéndose de placer.

Cuando mi vista se fue acostumbrando a la penumbra, no pude creer lo que estaba viendo. Aquello parecía una guarida secreta. Al menos es lo que indicaba la montaña de objetos apilados junto a una de las paredes. ¿Dónde estaba?

A menos de dos metros, una esterilla con varias mantas me invitaba a caer rendido y dejar de pensar. Respiraba exhausto. Me acurruqué en una esquina y me tapé con todas las mantas que encontré mientras el cuerpo aún me temblaba y mi mente caía en un más que merecido sueño.

Desperté. No sabía cuánto tiempo había dormido pero me sentí desorientado y vivo. Lo supe al sentir el frío cañón de un fusil apretándome la frente. Miré más allá del cañón para encontrar unos desafiantes ojos verdes que me apuntaban fijamente sin pestañear. Todo lo demás permanecía oculto bajo una enorme bufanda, un gorro con orejeras y capas y capas de abrigo.

—¿Quién eres? ¿Qué coño haces aquí?

Su tono de voz me desveló dos cosas: que era una mujer y que no estaba nada contenta de verme. Me sentía tan débil que apenas pude identificarme:

—Soy… Homero.

—¿Homero? Creo que tenemos un cerdo al que llamamos así. Y no podemos tener dos cerdos con el mismo nombre, ¿verdad?

¿Qué podía contestar a eso? Tosí y mi cuerpo se resintió por todas partes.

—¿Dónde estoy?

—En el lugar equivocado.

—Llevo tres días caminando y sin comer y…

—Querías robarme.

Intenté negarlo con convicción pero tosí de nuevo y no conseguí articular una frase coherente.

—Si me la estás jugando…

Me quedé sin fuerzas y volví a desmayarme.

Ella me golpeó suavemente con su fusil. Al ver que no reaccionaba, avivó la lámpara de gas que llevaba encima y vio cómo la sangre brotaba de uno de mis costados. Dejó el fusil apoyado en la pared y se sacó un guante. Agachada junto a mí, me puso una mano en la frente y chasqueó la lengua. Volvió a levantarse con el ceño fruncido y me miró tan curiosa como desconcertada.

Cuando recuperé la conciencia, lo hice con la cálida sensación de estar en mi cama cubierto por mi gruesa manta, pero tardé muy poco en darme cuenta de lo lejos que estaba eso de mi triste realidad. Seguía en aquella cueva. Una pequeña lámpara de gas emitía un halo muy tenue. El cuerpo me dolía horrores y levanté la manta para comprobar que todo seguía en su sitio.

Mi ropa vieja y desgarrada había sido sustituida por prendas bastante más grandes, cómodas y mucho más cálidas. Una venda me rodeaba el abdomen y unas maderas me sujetaban la rodilla de forma que no pudiera doblarla. Me habían limpiado los cortes de la cara y el resto del cuerpo y en algunos ya se había formado la costra. ¿Cuánto tiempo llevaba allí?

Junto a la lámpara encontré una hogaza de pan y algo de embutido. Alargué el brazo con dificultad para hacerme con ellos y empecé a comer con ansia. La mandíbula me dolía y la garganta me raspaba al tragar, pero no me importaba lo más mínimo. Estaba tan hambriento que lo habría engullido todo hasta sin dientes.

La cueva era más grande de lo que me había parecido la primera vez. Dibujaba una media luna y, en el otro extremo, el más alejado de mí, seguía vislumbrando esa extraña montaña de objetos. Intensifiqué la luz de la lámpara de gas y fui descubriendo algunas formas reconocibles: sombreros, cascos, ropa, juguetes, mochilas, libros, botas, armas, papeles, peluches…

—Bienvenido adonde muere el viento.

Desde el umbral del pasadizo me acechaba una gruesa silueta con un fusil a la espalda.

—¿Quién eres? —dije sin poder evitar que mi voz temblara.

La silueta avanzó mientras se desprendía de su abrigo, gorro y bufanda. La luz se iba apoderando de ella a la vez que iba perdiendo volumen. Cuando se acercó lo suficiente, me quedé perplejo al descubrir que la imponente figura correspondía a una chica que rondaría mi edad.

—Me llamo Cloe.

—Cloe —susurré—. Yo…

—Homero —afirmó mientras se acercaba con un termo que, al abrirlo, desprendió un fuerte olor a caldo—. Ya nos hemos presentado antes.

—¿Antes?

—Unas tres o cuatro veces. Espero que esta sea la última —dijo aburrida.

—Lo…, lo siento.

—Has estado delirando por la fiebre. —Me puso la mano en la frente—. Te está bajando —concluyó sin el menor atisbo de alivio.

Sus ojos eran enormes y fuertes. Tenía esa clase de mirada directa, como la de un animal, que la hacía insostenible y capaz de empequeñecer al más grande de los mortales. Su piel era más bien pálida, del color de la nieve, aunque el sol le había coloreado las mejillas. Su pelo se movía anárquico por encima de su cabeza, y le caía enredado y libre por debajo de los hombros. Era hermosa, de una belleza salvaje, como la de los paisajes vírgenes.

—¿Cuánto tiempo llevo aquí?

—Un poco más de una semana.

Acabó de verter el caldo del termo en una taza de latón. Me dio una primera cucharada en la boca y, al tragar, pude sentir el sabor del pasado. Un escalofrío me recorrió el cuerpo y me entraron ganas de llorar como un bebé.

—¿Qué pasa? ¿Está muy caliente?

—No...

—¿No te gusta? Peor para ti, porque no pienso hacerte nada más.

—No. Sí que me gusta. Es solo que... me ha recordado a alguien. Eso es todo.

—¿A quién? —Hablaba sin tapujos, y preguntaba impaciente lo primero que se le pasaba por la cabeza. Y de malhumor, como si le molestara no entenderlo todo.

—A mi madre. —Los ojos se me humedecieron. Volví a verla tendida sobre la nieve. Volví a sentir esa bala penetrando en su cuerpo inmóvil.

—¿Tu madre está muerta?

Definitivamente, el tacto no era lo suyo. Era como si no poseyera un gramo de inteligencia emocional. Asentí intentando no llorar delante de ella.

—Le dispararon por la espalda.

—Vale. Ahora necesitas comer. Te sentará bien. Has tenido mucha suerte, ¿sabes? No habría apostado ni una gallina por tu vida.

Cloe me seguía dando el caldo poco a poco, intentando que no se desperdiciara ni una gota, mientras yo no perdía detalle de su rostro. De vez en cuando, mis ojos recorrían curiosos la montaña de objetos que se elevaba al otro lado de la cueva.

—Son mis tesoros —amenazó como si pudiera leerme la mente.

—¿Tesoros?

—Nunca pueden cargar con todo lo que quieren llevarse.

—¿Cargar? ¿Quiénes?

—Gente. La montaña es más dura de lo que piensan. Supongo que también ibas a Francia, ¿no? —Asentí con el corazón encogido—. Últimamente pasan muchos.

—¿Por qué se llama esto Donde muere el viento? —No quería que los recuerdos me siguieran azotando la mente, así que cambié de tema.

—Porque está donde muere el viento —dijo mirándome como si el loco fuera yo.

—¿Y vives aquí tú sola?

Por primera vez, mi anfitriona sonrió divertida.

—Vivo con mi padre, montaña abajo. Tenemos una granja, veintitrés ovejas, dos cerdos y doce gallinas. ¿Tú de dónde eres?

—De Barcelona.

—¿De la ciudad? ¿En serio? ¿Cómo es? ¿Has ido al cine? ¿Y al teatro?

Asentí más relajado; a pesar de la dureza de su mirada, había una niña respirando dentro de ella.

—¿Cuántos años tienes? —pregunté indiscreto.

—Dieciséis, ¿y tú?

—También —mentí—. ¿No eres muy joven para llevar eso? —Señalé el fusil apoyado en la pared.

Cloe se acercó a él y lo cogió con habilidad a pesar de que era tan grande como ella. Me miró a través de la mirilla mientras el cañón no dejaba de apuntarme.

—No es eso. Es un Mosin-Nagant —recalcó entre ofendida y orgullosa—. Era de mi abuelo. Aprendí a disparar con seis años y mi padre dice que tengo un don, aunque creo que a veces solo lo dice para que vaya a cazarle algún conejo para la cena. ¿Sabes disparar?

—No. Mis padres prefirieron apuntarme a clases de guitarra.

Cloe rio. Y me pareció que intentaba escudriñar dentro de mí.

—Espera —dijo dejando el fusil. Alcanzó la montaña de

objetos y, tras remover un poco, se acercó a mí con una guitarra en la mano—. La encontré hace tres meses en la ladera sur. No sé si funciona, pero pasará tiempo hasta que puedas moverte y caminar, así que…

Cogí la guitarra más por obligación que por gusto. La pobre estaba en las últimas pero aún tenía mucho que decir. Dejé que mis dedos tocaran un par de acordes para recordar aquella otra vida que ahora me parecía tan lejana. Cuando levanté la vista, Cloe ya se había puesto todas sus ropas de abrigo y cogía el fusil.

—¿Te vas? —solté decepcionado.

—Tengo que irme, o mi padre empezará a sospechar.

—¿No le has dicho nada?

—Si se lo hubiera dicho, tú estarías muerto y yo castigada. Y no me gusta nada estar castigada. —Cloe vio mi desconcierto y suspiró impaciente—. No le gusta la gente. Y aún menos la que le puede meter en problemas.

—¿Y si viene?

—Nadie conoce esta cueva porque nadie sabe dónde muere el viento. Ni siquiera él —sentenció mientras encaraba la salida.

—¿Cuándo volverás?

—No lo sé. Intentaré venir mañana o pasado. Tú descansa, necesitas mucho reposo. Y no hagas ninguna tontería como tocar mis cosas —amenazó.

Antes de que yo pudiera decir nada, la chica salvaje ya había abandonado la cueva secreta.

Mis dedos acariciaron la madera de la guitarra. Toqué unos cuantos acordes más y la sentí desafinada. Un nudo en el estómago me apretaba cada vez más fuerte. Algo quería salir de dentro de mí. Ahora ya estaba solo, así que dejé de luchar y me derrumbé. Lloré y lloré toda la noche como el crío de quince años que era.

Y

Los días y las semanas iban pasando señalados por pequeñas marcas que hacía en la pared de la cueva y de las múltiples pesadillas que cada noche me visitaban para recordarme
cómo había muerto mi madre. Después, el dolor y el miedo se
diluyeron para dejar paso al aburrimiento.

Siempre había sido hiperactivo y eso de quedarme quieto
no lo llevaba nada bien. Cloe pasaba por allí de vez en cuando,
pero eran visitas bastante fugaces. Me dejaba algo de comida
y bebida y al poco desaparecía.

Esa vieja guitarra se convirtió en mi mejor amiga. Estaba
tan desafinada como mis propios recuerdos y al principio mis
dedos sufrían con cada acorde. El frío y la falta de costumbre
me cortaban las yemas, pero la piel se me fue endureciendo. Tocaba todo el día. Alguna canción que recordaba, algo que inventaba o la mayor parte del tiempo simples notas al azar, acordes
al aire tan solo para evitar que se instalara el silencio en la cueva y me recordara lo solo que me había quedado en el mundo. 31

A las pocas semanas empecé a moverme. El cuerpo ya no
me dolía tanto, respiraba con más facilidad y la pierna seguía
firme entre los tablones de madera pero, si lograba ponerme
en pie y apoyarme en la rugosa pared, podría desplazarme
hasta el otro extremo. ¿Qué se escondería entre tantos objetos? ¿Habría algún tesoro de verdad?

No fue fácil pero conseguí llegar y me fascinó comprobar que había muchos más objetos de los que creía. Estaban
amontonados sin criterio, todos revueltos y apretados. Me
inquietó ver ropa y accesorios de soldado: cascos, botas, fun-
das de pistola y uniformes completos. Pero lo que más me llamó la atención fue que, un poco apartadas del montón, se alzaban varias columnas de libros.

Me acerqué y pude comprobar que era lo único que aparentemente estaba ordenado. No estaban clasificados por orden al-
fabético, género ni autor, sino distribuidos por colores. Probablemente había doscientos o más. Mis ojos volaban inquietos
de arriba abajo leyendo títulos sin parar hasta que se detuvie-

ron en uno. Sonreí emocionado. No lo podía creer. Había encontrado mi unicornio. En una cueva perdida en medio de las montañas. Mi risa sonó entre las paredes rocosas. Se me hizo extraño: ¿cuánto tiempo había pasado sin que oyera mi propia risa? Mi vida se había convertido en una auténtica mierda. Me merecía una buena noticia por ridícula que fuera. Lo tenía entre mis manos. Suspiré y leí: *Veinte mil leguas de viaje submarino*.

Volví a mi rincón con menos dificultad, me acurruqué bajo las mantas junto a la lámpara de gas y abrí el libro emocionado. Por fin. Adiós al aburrimiento.

Me despertó el ruido de unos troncos golpeando el suelo. Cloe estaba apilando la leña necesaria para encender una hoguera. La escasa luz que se colaba por la galería de entrada indicaba que era de día.

—No te he oído entrar —dije con un largo bostezo.

—He traído algunos troncos. Hoy hace más frío.

El libro de Verne descansaba junto a la guitarra. Era evidente que Cloe ya lo habría visto.

—Por cierto… Te he cogido prestado un libro de tu… biblioteca.

—Vale —contestó de forma seca.

—*Veinte mil leguas de viaje submarino*… ¿Lo has leído?

—No. Te dije que no te movieras. —Cloe me estaba dando la espalda mientras intentaba encender el fuego.

—Sí, ya lo sé, pero vi los libros y… ¿Te gusta Julio Verne?

Cloe no contestó. Parecía molesta o enfadada.

—¿Has leído *Viaje al centro de la Tierra*?

—No.

—¿*De la Tierra a la Luna*? ¿*Los hijos del capitán Grant*? ¿*La isla misteriosa*? ¿*Cinco semanas en…*?

—¡No! No he leído ninguno de esos libros, ¿vale? —Cloe se apartó de la pila de leña sin haberla encendido.

—Vale. Perdona. Como los guardas aquí y están tan bien ordenados. ¿Por qué los has colocado por su color? No digo que no me parezca bien pero pensaba que…

—¿Qué pensabas? —Se acercó a mí con la cara roja y las mandíbulas apretadas—. ¿Pensabas que soy como tus amigos de la ciudad? ¿Que sé tocar la guitarra? ¿Que sé leer y escribir? ¿Que soy lista?

—No…, no tienes que ser lista para leer.

—¡Qué suerte tengo! Hasta un mono estúpido puede aprender, ¿no?

—No quería decir eso.

—Pues lo has dicho.

—Lo que intento decir es… —Quería ser lo más sutil posible—. Parece que los libros te gustan mucho y si tú quisieras…

Su enfado me empezaba a poner nervioso. Incluso llegué a cerciorarme de que no tuviera a mano su Mosin-Nagant.

—Si yo quisiera, ¿qué?

—Bueno, pues que yo…, yo podría… ¿enseñarte a leer?

Cloe me miró desafiante. Toda ella era tan desconcertante que no sabía si iba a dispararme o a darme las gracias.

—¿Por qué? —soltó desconfiada.

—Bueno… —Me encogí de hombros—. No puedo hacer nada más. Estoy solo y me aburro. Y estoy en deuda contigo.

La fiera parecía más apaciguada, aunque la desconfianza seguía brotando de esos enormes ojos verdes.

—Si te vas a reír…

—No me voy a reír.

—Mejor, porque tengo un fusil y nunca fallo.

—Me parece justo. —Me aparté un poco—. ¿Empezamos?

Leímos durante días y días. Estaba convencido de que llevaba mucho tiempo deseando saber qué se escondía en esas páginas. Por lo visto, su madre siempre le leía, y por eso cuando encontraba un libro era incapaz de dejarlo. Se lo llevaba porque era lo que su madre habría hecho, la forma que tenía de demostrar que no la olvidaba. Puede que parezca una estupidez, pero saber que ella también había perdido a su madre me reconfortaba. Supongo que podía percibir cuánto la echaba de menos y, a la vez, comprobar que lo llevaba bastante dignamente.

Desde que empezamos a leer, Cloe pasaba mucho más tiempo en la cueva que antes y eso me convirtió en una especie de esclavo con el objetivo de enseñarle sin descanso. Los dos nos enamoramos… de *Veinte mil leguas de viaje submarino*. Tanto nos enamoramos que muchas veces Cloe se escapaba de casa por las noches y venía a la cueva, cautivada por la historia de Verne. Me despertaba y me obligaba a leer.

Siempre había mantenido una cierta distancia de seguridad y a mí no me importaba. Estaba encantado de que alguien llenara mi vacío. De tener compañía. Así que solía leer y leer mientras sentía sus ojos verdes clavados en mí desde el otro lado de la cueva. Poco a poco se fue acercando. Cada día un poco más. Hasta que terminamos leyendo hombro con hombro. Yo leía y ella pasaba las páginas. Era nuestro trato.

—Creo que me gusta escuchar tu voz cuando lees —dijo con naturalidad, sin ánimo de lanzar un piropo o quedar bien.

—Gracias…

—¿Sabes qué me encantaría? —dijo ensimismada.

—¿Qué?

—Me encantaría conocer al capitán Nemo.

—A mí, al canadiense Ned Land —sonreí.

—Ver las ballenas…

—¿Las ballenas? ¡Ver el Nautilus!

—¿El Nautilus? ¡Ver el mar! —exclamó con deseo.

—¿Nunca has visto el mar?

Negó en silencio, cautivada por esa idea. Pero más cautivado estaba yo porque nunca había conocido a nadie como ella. Cuando uno vive en una ciudad junto al mar se le hace extraño que exista gente que nunca lo haya visto. Tan raro como alguien que nunca ha visto el cielo.

—Algún día te llevaré a ver el mar —dije convencido.

—¿De verdad? —Sus ojos brillaron y me perdí en ellos.

Creo que me quedé tan alelado que me apremió, bastante incómoda, a que siguiera leyendo de una vez. Avergonzado, obedecí y me sumergí en la lectura dejando que las páginas volaran entre sus dedos.

La lámpara de gas empezaba a flaquear, pero mi voz seguía sonando entre las paredes de la cueva. Y lo hizo durante horas.

—«¿Me creerá alguien? No lo sé. Poco importa, después de todo. Lo que puedo afirmar ahora es mi derecho a hablar de los mares en los que, en menos de diez meses, he recorrido veinte mil leguas, de esta vuelta al mundo submarina que me ha revelado tantas maravillas a través del Pacífico, el océano Índico, el mar Rojo, el Mediterráneo, el Atlántico, los mares australes y boreales...»

Me detuve un momento. Cloe estaba apoyada en mi hombro y completamente dormida. La chica hiperactiva, la chica del Mosin-Nagant, la granjera gamberra y salvaje, dormía tranquila. No era la primera vez que pasaba pero era la mejor parte del día. Podía mirarla sin miedo a ser descubierto. Dejé el libro con cuidado y, en un acto de auténtico coraje, le retiré el pelo ocre y desordenado que le cubría la cara. Nunca he sido valiente pero lo compenso con mi desmesurada curiosidad. Era tan insólitamente hermosa... Cada rasgo de ella, perfecto y excepcional. Estaba preciosa, con el pelo retirado hacia atrás liberando todo su rostro, y con el calor de las mantas que le coloreaban las mejillas de un tono rosado. Fue como si viera a la mujer en la que se convertiría algún día. Ignoraba lo que me estaba sucediendo. No podía separar los ojos de ella. El corazón se me aceleraba como si acabara de subir una montaña entera. Tardaría muy poco en compren-

35

der que, a partir de ese momento, jamás volvería a verla de la misma manera.

—¿Qué narices haces? —soltó de repente.

—¿Qué? —dije descolocado, nervioso, histérico...

Ella se reincorporó de malas pulgas. Y yo buscaba con desesperación una respuesta medianamente creíble.

—¿Por qué has parado de leer?

—Es... estaba cansado.

—¿Y por qué me mirabas así?

—Así..., ¿cómo?

—Como si fuera..., no sé..., comida.

Yo me reí de puros nervios, sin saber dónde mirar hasta que me topé con algo que había visto muchas veces por lo nunca le había preguntado.

—No te miraba a ti. Miraba tu... colgante. —Lo señalé—. Es precioso.

—Gracias —dijo todavía recelosa.

—¿Es un regalo?

—No.

—Es uno de tus tesoros...

—No es uno de mis tesoros. Es el tesoro. El primero de todos. —Se lo quitó y lo paseó entre los dedos.

Era una especie de moneda de oro con símbolos y relieves extraños. Nunca había visto nada parecido.

—¿Dónde lo encontraste?

—Aquí. En la cueva.

—¿Aquí?

—Sí. Lo llevaba colgando.

—Perdona... ¿Llevaba? ¿Quién?

—El hombre que estaba aquí.

—¿Había alguien viviendo aquí?

—No. Estaba muerto. La verdad es que no estoy segura de si era un hombre o una mujer. Pero, por el tamaño del esqueleto, creo que era un hombre.

—¿Esqueleto? —Odiaba cuando hablaba de esa manera,

como si lo que me explicaba fuera una simple receta de cocina con todos los ingredientes sobre la mesa.

—Cuando encontré la cueva lo único que había era un esqueleto con el medallón. Imaginé que ya no lo querría, así que me deshice del esqueleto y me quedé con el medallón.

—¿Y quién era? —pregunté. Pero Cloe solo se dignó a encogerse de hombros—. ¿No tenía nada más? ¿Un documento? ¿Una carta? ¿Algo que lo identificara?

—No —dijo sin mucha convicción.

—Seguro que hay una historia detrás de este medallón…

—¿Detrás?

Cloe le dio la vuelta y yo solté una carcajada. Me miró molesta. Odiaba cuando me reía de ella, así que me puse serio tan rápido como pude.

—Lo que quiero decir es que seguro que tiene un pasado.

—¿Tú crees?

—Claro. Todo tiene su propia historia.

—¿Y tú cuál crees que es?

—No lo sé. Nunca he visto estos símbolos. Son como… otro lenguaje. Seguro que tienen algún significado.

—¿Como cuál?

—A lo mejor señalan un tesoro escondido —dije emocionado—. Unas coordenadas, una isla secreta…

—Claro. Seguro que sí, Julio Verne. —Cloe rio y volvió a colgarse el medallón.

Entonces fui yo el que se sintió humillado.

3

Una bala para Neruda

Cada día que pasaba, caminaba más y mejor. Igual que Cloe leía más y mejor. Salí por primera vez de la cueva una mañana de finales de febrero de 1938. Habían pasado más de dos meses desde que entré medio muerto y arrastrándome por esas galerías. Era un día claro, libre de nubes y el sol calentaba mi piel blanquecina. Recuerdo esa roca enorme a la que me llevó Cloe. Estaba caliente, así que me deshice de la ropa y me quedé con el torso desnudo para estirarme sobre ella. Extendí los brazos para que cada rayo de sol alcanzara la mayor parte posible de mi cuerpo. Había olvidado disfrutar de las pequeñas cosas de la vida. Y algo tan simple como una roca y un sol de febrero me dieron todo lo que necesitaba.

Cloe no se separaba de los libros. Era lista, tenía hambre de aprender y una perseverancia descomunal. Lástima que no supiera canalizarla del todo bien. Su determinación chocaba con su poca paciencia, y siempre que se equivocaba con alguna palabra o se tropezaba con las letras, terminaba por enfadarse y marcharse malhumorada. Era irascible y temperamental, pero yo no le decía nada. Prefería mil veces que saliera a desahogarse con algún tronco que conmigo.

Así como yo le enseñé a leer libros, ella me enseñó a leer otras cosas. Aprendí a leer las lluvias, por ejemplo. O las plantas, el rastro de los animales, las setas de las que podía alimentarme y las que me podían matar... Cloe sabía más que nadie sobre la montaña y su entorno, y yo disfrutaba de esos paseos y de sus lecciones. Cuando anochecía, regresábamos a la cueva, ella encendía el fuego mientras yo tocaba la guitarra, y para terminar leíamos acurrucados a la luz de la lámpara. Así era mi vida.

Pero siempre, después, en la soledad de la noche, las pesadillas volvían. El cadáver de mi madre. Ese grito aterrador pidiéndome que corriera. Su sangre sobre la nieve. Su cuerpo sin vida recibiendo balazos. Y a todo ello, se sumaba algo nuevo. Algo que, a medida que yo mejoraba, más me atormentaba. Mi padre. Durante mucho tiempo quise convencerme de que estaba muerto pero… ¿y si estaba vivo? ¿Y si me esperaba en casa? ¿Y si estaba sufriendo y me necesitaba? ¿Y si tenía problemas? ¿Y si pudiera encontrarlo? Dudas que, cada día que pasaba, me acosaban más y más durante el día.

La verdad es que me había acomodado. Y me sentía fatal. Solía consolarme repitiéndome una y otra vez que solo era un pobre chico en mitad de una guerra y que no merecía nada de lo que me estaba pasando. Esas eran más o menos las palabras que solía escuchar en boca de mi madre. Palabras que me repetía para seguir escondido y sentirme mejor conmigo mismo. Y puede que al principio funcionara, pero la mentira ya no colaba. Y la vergüenza que sentía era una prueba de ello. Vergüenza por olvidar a mi padre. Vergüenza porque mientras el mundo libraba una batalla yo me escondía en una cueva en las montañas fingiendo que esa era mi nueva vida.

Pero el pasado siempre nos alcanza, igual que la guerra siempre nos llega. Creo que ya intuía que muy pronto, antes de lo que esperaba, ambos se me echarían encima. Y lo harían el mismo día. Fue como si el propio destino me estuviera advirtiendo: «Si tú no vienes a mí, yo iré a ti». Y así sucedió.

En una de nuestras caminatas diarias nos adentramos en una zona boscosa que aún no habíamos explorado juntos. Las

39

nieves ya se habían derretido. El frío era más que soportable y no tenía que cargar con veinte capas de abrigo. El verde asomaba por la ladera y los ríos bajaban caudalosos. Cloe me había enseñado una zona estancada donde podía bañarme. Las primeras veces no dejaba que el agua helada me subiera más allá de los tobillos. Pero ya me había acostumbrado y, como decía Cloe, no había nada mejor para reactivar la circulación que un baño en ese hielo líquido.

Cloe, como siempre, lideraba la marcha y yo la seguía como podía. Nuestras caminatas eran cada vez más largas y yo aún no estaba recuperado, pero ella insistía sin detenerse:

—Tus piernas necesitan recordar para qué están.

Llevaba un conejo colgado de la espalda con un disparo limpio en el ojo. No era la estampa más agradable del mundo, pero sí que era necesaria. Cloe pasaba muchas horas fuera, y su padre, por mucho que estuviera casi todo el día con los rebaños o bajando al pueblo, podía sospechar de sus largas ausencias si ella llegaba muy tarde. Así que no era lo mismo regresar a casa con las manos vacías que hacerlo con un conejo recién cazado para la cena. ¿Cuántos conejos murieron para salvaguardar nuestro secreto?

Cloe se detuvo ese día para indicarme con el cañón de su fusil el lugar donde brotaban unas setas.

—Vale —acepté antes de concentrarme—, estos son níscalos.

Si ella seguía su camino sin decir nada quería decir que había acertado. Y así lo hizo. Entonces yo me agaché para recoger las setas comestibles y guardarlas en una bolsa. Cuando retomé la marcha ya me estaba esperando junto a otro árbol.

—¿Trompetas amarillas?

Cloe asintió seria y siguió andando mientras yo repetía la recolecta. Ni el padre Peret, mi profesor de quinto curso, se ponía tan serio durante un examen. Unos metros más adelante volvía a esperarme junto a otro grupo de setas.

—Eh…, sí, sí. Lo recuerdo. Déjame un momento.

—Nada de momentos. Tres, dos, uno…

—¿El *carlet*?

—Bien —aprobó disimulando su sorpresa.

Cuando me agaché a recogerlos todo orgulloso me dio un golpe suave con el fusil en el brazo.

—Estos no son comestibles.

—Pero me dijiste que…

—Hay varios tipos de *carlet*. Si te comes estos, volverás a estar como cuando te encontré. Puede que peor. Creerás que te estás quemando por dentro, te retorcerás de dolor y desearás morirte. Pasarás uno o dos días sin poder comer, vomitando y cagando sin parar y después…

—Vale vale. Ya lo he entendido. Gracias. ¿Y cómo narices se distinguen?

—Práctica —añadió haciéndose la interesante.

—Genial… —bufé con sarcasmo.

—¡Chssssss! —Cloe se agazapó entre los matorrales.

—¿Qué pasa? —Yo la imité mientras rezaba para que solo fuera un conejo.

Por desgracia no lo era. A menos que los conejos hubiesen aprendido a hablar. Unos metros más adelante vimos a un grupo de soldados bajar por un camino desde la cima. Cloe se tumbó sobre el musgo y me urgió a hacer lo mismo. Me puse nervioso; aún no estaba en plena forma y, si por casualidad nos encontraban, era imposible que pudiera salir corriendo.

El camino pasaba a escasos metros de nuestro escondite, así que reptamos hacia atrás para alejarnos todo lo posible antes de que llegaran los soldados. La vegetación se iba espesando, lo que nos beneficiaba enormemente, aunque enseguida nos detuvimos junto a las raíces de un árbol. No podíamos seguir moviéndonos porque ya estaban demasiado cerca y un ruido sospechoso como el crujir de una rama nos podría delatar.

Mi jadeo era cada vez más intenso. Desde mi posición podía ver por lo menos cuatro pares de piernas, aunque por el ruido sabía que había más.

41

—Juan, deberíamos volver con tu padre y sus…

—Cierra el pico, Meléndez. Este desgraciado va a cantar. Y nos va a decir dónde están sus amiguitos, ¿verdad? ¡¿Verdad?!

Oí un fuerte golpe y un hombre cayó fulminado al suelo. Pude verle la cara. Tenía poco pelo y su barba era rizada, blanca y desaliñada. Iba muy ligero de ropa. El pobre hombre intentó levantarse pero la culata de un fusil lo golpeó con fuerza en la espalda obligándolo a caer al suelo de nuevo. Gritó de dolor.

Miré a Cloe confuso y asustado; en sus ojos solo veía odio y una rabia que no sabía cuánto tiempo sería capaz de contener. Estábamos a solo diez metros de ellos, quizás menos, y de momento, éramos invisibles.

Uno de los soldados agarró al prisionero por las axilas y lo ayudó a levantarse.

—¿Vas a cantar o la vas a palmar? —repitió el que parecía el mandamás.

—Yo no sé nada. Lo juro.

—¿Y crees que me sirve de algo el juramento de un puto comunista?

—Yo no soy comunista, señor. Tengo una ferretería en el pueblo y… —Otro mamporrazo le hizo callar de golpe.

—¿Y qué coño hacías en el bosque? Ibas a avisar a tus amigos de que estábamos aquí, ¿eh?

—No… Yo nunca…

Otro golpe más y el ferretero cayó al suelo esforzándose por recuperar el aire.

—Juan, el general Miranda nos espera en…

—Pero ¿qué coño te pasa con mi padre? ¿Estás enamorado o qué?

—Nos ordenó que regresáramos al pueblo antes de…

—Nos ordenó barrer los bosques y encontrar a los putos rojos. Y eso es lo que estamos haciendo.

Cloe se desplazó un poco para tener más ángulo de visión.

Yo hice lo propio, hasta que pude verles las caras. El tipo al que llamaban Juan era un soldado joven e imberbe, cosa que por su voz ya había deducido. Su mirada daba miedo. Estaba muy lejos de la cordura y me costaba creer que los otros soldados obedecieran a ese niñato. Pero ese Juan era el que daba las órdenes. Volvió a sujetar al prisionero y le apuntó con su pistola ante el desconcierto de los demás.

—¿Juan? ¿Señor?

—Meléndez, te juro que si te vuelvo a oír, atravieso tu puta cara fea con una de mis preciosas balas. —Meléndez suspiró y dio un paso atrás—. ¿Alguien más tiene alguna queja de cómo hago las cosas?

Ahora ya podía ver por lo menos a media docena de soldados y, de paso, entender por qué nadie le decía nada a ese tal Juan. Estaba loco.

Cloe estaba cada vez más tensa. Me quedé helado al ver cómo se inclinaba lentamente para recoger de su espalda su Mosin-Nagant.

—Cloe, no... —susurré muy bajo.

Lo colocó delante de su cuerpo con una facilidad y un sigilo abrumadores. Normal que no se le escapara un solo conejo. Era como un maldito fantasma. Pero si disparaba, nos delataba. Y con todos esos soldados a pocos metros era lo mismo que firmar nuestra propia sentencia de muerte.

—No soy un traidor. Por favor, soy padre de dos niños —suplicó el ferretero.

—¿Por qué cojones todos decís lo mismo? ¿Se supone que tengo que felicitarte por haberte follado a tu mujer o qué?

Repté hasta la posición de Cloe con cuidado de no hacer ningún ruido y puse mi mano sobre el cañón de su fusil. Ella me miró enfurecida. Yo negué asustado. En sus ojos verdes había puro fuego.

—Nos matarás —susurré.

—Lo matarán a él.

—No es nuestro problema.

El prisionero sollozó cuando Juan colocó el cañón de su pistola contra su sien.

—Última oportunidad... ¡¿Dónde están los putos rojos?!

Cloe me apartó el brazo pero volví a colocarlo para impedirle apuntar.

—Eres un cobarde —dijo apretando los dientes.

Y de repente... ¡Pam!

Los dos dimos un pequeño brinco, volvimos la vista al camino y vimos al prisionero desplomado con los ojos abiertos y un río de sangre brotando de su cabeza. Un soldado se puso a vomitar allá mismo.

—Ramiro, joder, no seas guarro —soltó como si nada el soldado Juan.

—Hijo de puta —susurró Cloe rabiosa mientras volvía a apuntarle.

Forcejeamos en silencio. Pero mi cuerpo, aún convaleciente, perdió toda su fuerza. Era evidente que esa batalla la iba a perder. Y que esa derrota acabaría costándonos la vida. Solo se me ocurrió una cosa. Rodé por encima de Cloe hasta poner todo mi peso sobre su Mosin-Nagant. Era imposible que pudiera disparar. Pero la muy guarra clavó sus dientes en mi culo obligándome a soltar un leve grito.

Las puntas de todas las botas se giraron hacia nuestro escondite.

—¿Habéis oído eso? —dijo uno.

—Parecía una urraca.

—No era una puta urraca —dijo Juan mientras señalaba a dos de los suyos nuestra dirección.

Ambos avanzaron unos metros y apuntaron.

—Si hay alguien ahí, será mejor que salga antes de que disparemos —advirtió uno con la voz temblorosa.

—Creo que no era nada —comentó el otro.

—Es el bosque hay cientos de sonidos.

—¿Podemos seguir? Se nos está haciendo tarde —concluyó el que había vomitado.

Era evidente que la mayoría solo quería irse. El cuerpo del ferretero aún estaba caliente y, probablemente, esos soldados nunca habían visto una ejecución a sangre fría.

—Joder, sois una puta vergüenza. —Juan avanzó a pasos agigantados hacia nuestra posición mientras vaciaba el cargador de su pistola.

Cuando llegó junto a nuestro árbol retiró algunas plantas y encontró un conejo muerto. Lo alzó para enseñárselo a sus hombres con una sonrisa en sus labios.

—¡En el puto ojo le he dado! ¿Quién coño decía que era una urraca?

—¡Ya tenemos cena!

Las risas y los aplausos de los soldados se alejaban en una dirección mientras Cloe y yo corríamos en la otra.

Nos adentramos en una zona de bosque más espesa y empecé a sentirme más seguro. Ya no oíamos sus voces y por fin me detuve a respirar más aliviado. Apenas había sacado el aire, cuando Cloe me estampó contra un tronco.

—Si vuelves a hacerme eso, te juro que te mato.

Al principio me quedé paralizado, pero después la rabia y, seguramente, la adrenalina que aún corría por mi sangre hicieron que me la quitara de encima de un empujón.

—¡Matarme es justo lo que has estado a punto de hacer! Si quieres morir por nada, hazlo, pero no me incluyas en tus gilipolleces.

Cloe pareció desconcertada. Era la primera vez que me enfadaba de verdad. Antes de alejarse dándome la espalda, bufó:

—Me debes un conejo.

—¡No pienso darte un conejo!

Ella se giró amenazante.

—¿Qué has dicho?

—Me has mordido el culo —solté algo avergonzado.

—No seas quejica. Ni siquiera he apretado.

Seguimos caminando y caminando, dando un rodeo que se me estaba haciendo eterno aunque fuera para evitar más contactos inesperados. El bosque era más espeso, igual que el silencio que se había instalado entre nosotros. Y entonces fue cuando lo vi. Entre las ramas. A pocos metros de mí. Me desvié de la estela de Cloe y avancé perplejo y temeroso. Sabía lo que iba a encontrar.

—¿Adónde vas ahora? —gruñó.

Llegué a un grupo de árboles tan apretados que se molestaban los unos a los otros, y allí, colgando de una de las ramas más bajas, me di de bruces con mi pasado. Me cogió tan desprevenido que se me escaparon las lágrimas sin previo aviso.

A veces, la vida deja de avanzar en línea recta para obligarnos a caminar en círculos, y enseñarnos que el camino que recorremos siempre es el mismo y los únicos que cambiamos somos nosotros.

Cloe llegó a mi lado contemplando el abrigo y la mochila que colgaban de las ramas bajas y yo aproveché para secarme los ojos con la manga.

—Muy bien. Felicidades. Otro tesoro para la cueva —murmuró sin ganas.

—No es ningún tesoro. Es…, era mi mochila. —No tenía nada más que añadir y me fui antes de que me viera llorar.

—¿Y por qué no la coges? —gritó más molesta que curiosa. Se acercó a la mochila para examinar algo que le llamaba la atención. Justo en el centro había un agujero del tamaño de una canica—. ¡Espera!

No me detuve, pensando que, cuanto más me alejara, más fácil me sería olvidarlo. Ella volvió a examinar mi mochila y metió un dedo por el agujero. La desenganchó de las ramas. Le costó lo suyo. La dejó en el suelo entre sus botas y la abrió. Su mano rebuscó dentro hasta que sacó lo único que yo me había llevado de mi casa el día que lo dejamos todo atrás.

—¿Un libro? —Le dio la vuelta para ver el título y descubrió una bala hundida en el centro de la cubierta de cuero.

—Vein-te po-e-mas de amor y u-na can-ción despe…, de-ses-pe-ra-da.

Cloe me alcanzó con su nuevo botín y durante todo el camino de regreso no cruzamos ni una sola palabra.

El silencio volvía a reinar en la cueva. El fuego jugaba con nuestras sombras, que danzaban sobre la rugosa pared de roca mientras la madera crepitaba regalando algún que otro ruido. Mis ojos estaban hundidos en las llamas como si respondieran a algún tipo de hipnosis mientras que los de Cloe me iban acechando.

—¿Es que no vas a decir nada? —preguntó cuando se aburrió—. Puedes seguir así el tiempo que quieras, pero intentar olvidar no te va a servir de nada

—¿Y cómo lo sabes? —bramé—. ¿Acaso lo has intentado?

—¿Y por qué querría olvidar?

—Para no volver a tener miedo.

—¿Miedo? Cada noche me meto en la cama aterrorizada por si al despertarme se me ha olvidado algo de ella. Eso sí que da miedo.

Era la primera vez que me contaba algo tan profundo sobre su madre. Nuestras miradas se encontraron entre las llamas. Cloe metió la mano en su abrigo y sacó el libro de mi padre.

—No puedes olvidar quién eres…

Sentí un escalofrío y una firme sensación de rechazo, pero su gesto me aportó el valor suficiente para recogerlo con manos temblorosas.

Cuando descubrí el agujero en la cubierta, metí el dedo índice, que se hundió más allá de la uña. Cloe extendió la otra mano y me mostró un proyectil que encajó en la cavidad. Volví a sentir ese nudo que empezaba a trepar por mi estómago en busca de una salida.

—Hay cosas que no pasan por casualidad, Homero.

Yo no podía apartar los ojos de esa bala hundida en el ejemplar de Neruda que me regaló mi padre. Abracé el libro con todas mis fuerzas y estallé en un llanto desgarrador. Cloe se movió de su sitio para sentarse a mi lado y darme la mano.

47

Puedes pasarte la vida compartiendo experiencias con alguien pero, hasta que no le entregas tus miedos, siempre habrá un muro entre los dos. Después de ese día, sentí que ella era un poco más mía y yo un poco más de ella.

Y, aunque era algo imperceptible, los dos lo sabíamos. Terminamos sentados frente a lo poco que quedaba de nuestro fuego. Una pequeña llama azul se levantaba entre las brasas que seguían alimentando de calor la cueva. Mi hombro rozaba constantemente el de Cloe que, sentada a mi lado y con el libro en sus rodillas, jugaba con la pequeña oquedad de la cubierta.

—Mi padre me dijo que este libro me protegería.

—Pues te ha salvado la vida. —Cloe pasó la primera página y leyó una corta dedicatoria escrita a mano que nunca había visto—: «Vive como si leyeras un libro, pero ama como si recitaras un verso».

48

—Es la letra de mi padre —observé sorprendido.

—¿Qué quiere decir?

—No lo sé…

—Podríamos leerlo —insistió.

—Aquí no encontrarás aventuras, ni submarinos ni bestias extrañas. Solo es poesía, Cloe.

—¿Poesía? ¿Qué es poesía? —La inocente pregunta despertó en mí una sonrisa entrañable.

—«¿Y tú me lo preguntas? Poesía eres tú» —susurré ausente.

—¿Yo? —Cloe levantó una ceja y miró el libro intrigada.

Yo le sonreí sin fuerzas. No podía dejar de pensar en mis padres.

—¿Qué te ocurre?

—Nada.

—Estás muy callado.

—Estoy cansado. Hoy ha sido un día muy largo.

—Pero no es solo hoy. Últimamente estás diferente.

—Estoy bien…

¿Por qué me costaba tanto? Quizás fuera porque el hecho de decirlo convertía en verdad algo que deseaba que fuera mentira. ¿Y si no estaba preparado para irme? Me gustaba la nueva vida que tenía. Tranquilo, lejos de la guerra y la barbarie. Tenía mi guitarra, mis libros, paseaba por la montaña y cada día lo pasaba junto a ella. ¿Por qué tenía que renunciar a todo aquello?

—¿Te importa si leo algo?

—Claro que no —acepté. Cualquier cosa antes que afrontar la verdad.

Cloe carraspeó un par de veces y empezó. Era una lectura difícil pero había mejorado mucho durante las últimas semanas. Al principio se tropezó con algunas palabras pero poco a poco fue cogiéndole el ritmo. Y aunque no fue perfecta, cualquier palabra que saliera de sus labios lo era para mí.

… En las noches como esta la tuve entre mis brazos.   49
La besé tantas veces bajo el cielo infinito.
Ella me quiso, a veces yo también la quería.
Cómo no haber amado sus grandes ojos fijos.
Puedo escribir los versos más tristes esta noche.
Pensar que no la tengo. Sentir que la he perdido.
Oír la noche inmensa, más inmensa sin ella…

Cada palabra la sentía como una puñalada directa al corazón. Como si el mismo poema me estuviera advirtiendo de mi inminente error. La miré como nunca la había mirado. Ella levantó la vista «con sus grandes ojos fijos» para sonreír tímidamente y volver sobre el papel gastado.

Qué importa que mi amor no pudiera guardarla.
La noche está estrellada y ella no está conmigo.
Eso es todo. A lo lejos alguien canta. A lo lejos.
Mi alma no se contenta con…

—Me marcho, Cloe… —lo dejé ir de repente.

Era como estar en el borde de una piscina de agua fría y saber que tarde o temprano tenía que saltar. Y salté. Aquellas palabras me estaban destrozando por dentro.

—¿Ahora? ¿Tienes ganas de pasear?

—Me vuelvo a Barcelona.

—¿Qué? —No se lo esperaba. Probablemente ni había pensado en ello y su decepción me dolió más de lo que había imaginado.

—Tú misma me lo dijiste. Tengo que seguir adelante.

—Pero… —Cerró el libro y se puso en pie—. ¿Por qué?

—Tengo que buscar a mi padre. Tengo que saber si está vivo.

—¿Cuándo? —Cloe bajó la cabeza.

—Mañana a primera hora.

—¿Mañana? ¿Tan pronto?

—Cloe, han pasado meses y…

—No. Tranquilo. Lo entiendo. Es lo que tienes que hacer. Yo haría lo mismo. Tú tienes que irte y yo tengo que quedarme aquí. A ayudar a mi padre, cuidar de las ovejas y…

—De los estúpidos cerdos —añadí con una sonrisa cómplice.

—Sí… —Sus ojos estaban enrojecidos. Se llevó las manos detrás del cuello y se desprendió de su medallón—. Prométeme una cosa…

—No, Cloe, no puedo… Es tu tesoro favorito…

Se tragó las lágrimas con la nariz enrojecida y se acercó como en cámara lenta. Me rodeó con los brazos y sin dejar de mirarme, más cerca de lo que nunca habíamos estado, me lo ató al cuello.

—No puedo aceptarlo.

—No es un regalo. Es una promesa.

—¿Una promesa?

—La promesa de que me lo devolverás algún día.

—Cloe, yo no sé si…

—¡Prométemelo! —imploró con voz temblorosa.

—Te lo prometo.

Podía oler su piel, y su pelo. Podía verme reflejado en sus ojos de jade. En esos cuatro meses había nacido algo entre los dos que estaba fuera de toda duda. Nunca antes había sentido algo así. Nadie me lo había explicado pero en ese momento lo supe.

—Tú también tienes que prometerme algo —dije envalentonado.

—¿El qué?

—Que no me vas a disparar.

—¿Y por qué iba a disparart…?

No esperé. Me acerqué a sus labios y los besé como si fueran la cosa más delicada del mundo. Para mí lo eran.

Confiaba en que aquello solo podía terminar con un puñetazo o un rodillazo en mis partes, o una sucesión de ambas cosas pero, de nuevo, me equivoqué. Sus brazos rodeando mi cuello lo confirmaban. Sus labios jugando con los míos también. Solo podía arrepentirme de no haberlo hecho antes. Mucho, mucho antes. Nos retiramos un instante sin separar nuestras frentes y Cloe sonrió.

—Dicen que el primer beso nunca se olvida.

—Y no pienso olvidarlo —susurré convencido antes de volver a naufragar entre sus labios.

Esa noche no se fue. Solo éramos dos críos que querían seguir juntos cada segundo que les quedaba. Canté para ella. Canté mi canción. Canté su canción. Nunca había tocado algo tan mío y descubrí que era lo más parecido a desnudarme delante de ella. Estaba totalmente expuesto. Canté con todo mi corazón, hablando de un rincón mágico entre las montañas, donde un niño que no tenía nada y lo perdió todo encontró una cueva secreta llena de tesoros y recuerdos olvidados. Un lugar «donde muere el viento». Un museo de exiliados donde el mayor tesoro era ella. Una hechicera capaz de robar el corazón y sumergirlo en sus pro-

51

fundos ojos verdes. Ella me curó de mis males y me devolvió a la vida.

El principio de la canción era lento y sufrido. Tanto que quizás me excedí, ya que pude ver lágrimas en sus ojos. Pero después el ritmo vacilaba unos instantes y enseguida se llenaba de esperanza y de alegría para alcanzar un final que nunca llegaba. No pude escribirlo. No quise escribirlo porque nuestra historia aún seguía viva. Y esa canción solo tendría un final cuando nuestra historia lo tuviera.

Nos acurrucamos en nuestro rincón junto a las mantas.

—Prométeme que esta canción siempre será nuestra.

—Esta canción siempre será tuya.

—Ojalá pudiera escucharla mil veces más.

—La cantaré al viento para que muera aquí.

—¿Crees que eso puede pasar?

—Creo que todo puede pasar.

52

Dormimos abrazados toda la noche. A la mañana siguiente, cuando el sol se levantaba por encima de los picos, un chico triste con una guitarra destartalada a la espalda se alejaba ladera abajo renunciando a lo que más amaba, mientras una chica triste, con un libro de Neruda en su mano, lo miraba desde lo alto de un saliente.

Cloe se llevó la otra mano a los labios y soltó un potente silbido. Desde lejos lo oí y, al darme la vuelta, vi cómo agitaba el brazo a modo de despedida.

—Te echaré de menos, niña de las montañas —susurré al viento mientras deseaba que ella lo recogiera para contestar:

—Te echaré de menos, niño de la ciudad.

Esa fue la primera vez que me enamoré en mi vida.

Esa fue la primera vez que me enamoré de ella.

4

El regreso

El camión que me llevaba a Barcelona estaba en tan mal estado como la carretera por la que circulaba. Al ajetreo constante se sumaban los baches que me hacían botar en mi asiento. ¿Quién no se ha encontrado baches en su camino?

En el camión no estaba solo. Había más de una docena de niños conmigo. Viajábamos como ganado en la parte trasera; una lona con más agujeros que mis calcetines era lo único que nos resguardaba del polvo y la mugre.

Desde que el camión me recogió en la carretera, me sentía como un hermano mayor, ya que de los quince viajeros solo uno o dos llegarían a tener mi edad. Nadie hablaba, todos manteníamos la vista en el suelo o en nuestros desgastados zapatos. Levantar la vista también era doloroso. A lo lejos aún se alzaban los picos de los Pirineos, cada vez más distantes y borrosos, recordándome lo que dejaba atrás. En realidad, todos dejábamos algo porque todos habíamos perdido algo.

Pero la peor imagen la teníamos a muy pocos metros. El borde de la carretera era el reflejo de una guerra que dibujaba la estampa más triste de todas. Un reguero infinito de personas, cientos, miles de ellas caminando en sentido contrario al nuestro, cargando con todo lo que podían mientras trataban de alejarse de la muerte. La mayoría eran madres, ancianos y niños. Los hombres estarían luchando en uno u otro bando dejando esas familias rotas para siempre.

Huían de los bombardeos constantes que había sufrido la ciudad de Barcelona durante ese marzo de 1938 a cargo de la aviación italiana. Unas bombas que obtuvieron el resultado que buscaban los fascistas: desmoralizar a una población que ya estaba cansada de tanto sufrimiento.

Se dirigían a las montañas para intentar pasar a Francia. Por desgracia, yo ya sabía lo que era eso y recé para que llegaran a salvo. Puede que el destino de algunos los llevará hasta Cloe, o puede que algunas de las cosas con las que cargaban acabaran Donde muere el viento. El lugar donde yo había renacido.

Todos los que viajábamos en la caja de aquel camión teníamos algo en común. Cada uno tenía su color de ojos, sus cejas más o menos pobladas, sus facciones duras o suaves, pero, en cuanto a la mirada, éramos todos hermanos. Una caída triste, sin vida, con la escasa sabiduría que nos había dado la experiencia para comprender que nada de lo que fuera a pasarnos nos devolvería lo que ya habíamos perdido. Una mirada que ellos entregaban al destino y que yo dirigía a ese medallón que colgaba de mi cuello. Puede parecer absurdo, pero, cada vez que lo miraba, la recordaba a ella y me llenaba de vida saber que, pasara lo que pasara en adelante, tenía a alguien esperándome en esas montañas.

54

Habían pasado más de dos semanas desde que abandoné a Cloe. Los primeros días los pasé atravesando los angostos pasos de montaña, cruzando valles y ríos. Siempre que podía, evitaba los pueblos. Las técnicas de supervivencia que había aprendido cumplieron su objetivo: me alimentaba de setas, frutos y algunos bichos asquerosos. Sabía fabricarme un refugio para la noche y preparar trampas para conejos, aunque ninguna surtió efecto, entre otras cosas porque las trampas requieren paciencia y tiempo: debes volver al mismo lugar una y otra vez y comprobar si algún pobre animal ha caído en ellas, pero yo solo llevaba una dirección, hacia delante, y no podía detenerme, ni menos aún retroceder.

Era la misma persona pero con muchas más aptitudes, mucho más competente y con el mismo miedo. Me veía capaz de cualquier cosa mientras me moviera por las montañas. Pero a medida que me alejaba de los Pirineos se me hacía más difícil encontrar comida. Mis reservas ya se habían acabado y mi hambre perseveraba.

No me quedó más remedio que acercarme a los pueblos. Temía cruzarme con la gente. No sé por qué pero desconfiaba de todo el mundo.

Con varios pueblos a mis espaldas, descubrí que por lo general la gente ya tenía suficiente con ayudarse a sí misma. Los soldados solo buscaban descanso, bebida y comida. Me había convertido en otro fantasma, paseando invisible a ojos de los demás.

Casi todos los pueblos estaban invadidos por republicanos, pero se respiraba cierta tranquilidad. Por lo que oía en uno y otro sitio, las fuerzas fascistas de un tal Franco avanzaban desde todos los lados convirtiendo Cataluña, y en especial Barcelona, en uno de los últimos reductos republicanos del Estado. Desconocía cuánto iba a durar esa situación, pero muchos aseguraban que a la guerra no le quedaba mucho. No era la primera vez que lo oía, recordé a los «fontaneros» de mi madre; así que tampoco di palmadas de alegría.

Si al principio fueron los franquistas quienes buscaron refugio y huían, ahora había soldados republicanos que se deshacían de sus uniformes para vestirse como granjeros y encarar el camino hacia Francia. Pero cuanto más me acercaba a Barcelona, más fuerte era la creencia popular de que los sublevados serían derrotados y vencería la República otra vez. La primera victoria fue en las urnas y la segunda sería con las armas. Eso decían. Todos vivíamos en nuestra propia burbuja y Barcelona era una de las más grandes.

Sobreviví gracias a mi guitarra. Allá donde iba podía ga-

55

narme algo de comida y alojamiento a base de amenizar las noches de los clientes. Superé mi vergüenza a tocar en público. Cuando a uno le rugen las tripas, lo demás son banalidades. A veces me quedaba solo una noche, recogía mis bártulos y me ponía en marcha a la mañana siguiente, pero otras veces me instalaba más tiempo. Todo dependía de las facilidades, el cansancio, los recursos y la comodidad. No era agradable viajar solo y sin nada más que mis piernas para moverme de un lado a otro. Si daba con un lugar agradable, con gente amable y buena compañía, no era fácil abandonarlo a la primera de cambio. De alguna forma, era como si me llenara de todos ellos para sobrevivir a la inminente soledad que me esperaba en la carretera.

Conocí a gente extraordinaria por el camino pero ninguna con la que compartir mi destino, ya que todos iban en sentido contrario. No entendían por qué alguien como yo quería volver a una ciudad como Barcelona. La verdad es que incluso a mí me costaba convencerme de ello y en más de una ocasión, por culpa del valor y la euforia que otorgan unas pocas botellas de vino, prometí a mis acompañantes abandonar mi propósito y marchar con ellos lejos de ese «país de mierda».

Por desgracia, las resacas mañaneras me devolvían a la realidad. La primera de todas fue la peor. Ni siquiera entendía lo que me pasaba. Solo quería hundir mi cabeza en el hielo recordando esos baños en los ríos de los Pirineos. Era como si me hubiesen masticado y después escupido al suelo. Pero el dolor de la mañana contrastaba con la alegría de la noche, y eso era impagable. Además, iba tan borracho a la cama que la mayoría de las noches no soñaba. O por lo menos, no recordaba las pesadillas recurrentes de mi madre muriendo o de mi padre llamándome desesperado. Y tampoco la recordaba a ella…

El clima había cambiado y, cuando el sol se alzaba, el calor apretaba. Caminar sobre el asfalto era diferente que hacerlo por la montaña. Mis pies sufrían más, el asfalto caliente destrozaba mis zapatos y, para colmo, cuando miraba el horizonte solo alcanzaba a ver una larga carretera serpenteando que se perdía justo donde el cielo se encontraba con la tierra.

Los días se me hacían eternos, las noches solitarias y cada día mis tripas rugían con más fuerza. A medida que me acercaba a Barcelona, me cruzaba con más pueblos fantasma donde no me daban la bienvenida ni los perros. Me sentí como Dante viajando hacia los infiernos. Solo que Dante iba en busca de su amada Beatriz y acompañado por el poeta Virgilio, y yo iba en busca de mi padre con la única compañía de una guitarra desvencijada.

Mi salvación llegó sobre cuatro ruedas cuando oí un motor que se detenía a mi lado. El conductor del camión y su copiloto me echaron un vistazo y me lanzaron un rápido y más que estudiado interrogatorio.

—¿Cómo te llamas?

—Homero.

—¿Cuántos años tienes?

—Quince. Espera —recordé sorprendido—. ¿Qué día es hoy?

—8 de junio.

—Entonces…, tengo dieciséis. —Era la primera vez que se me olvidaba mi propio cumpleaños. ¿Qué hice el 11 de mayo? Tuvo que ser uno de los últimos días que encontré gente. Creo que lo celebré en un tugurio rodeado de borrachos y con una cerveza rancia que me había ganado por tocar durante más de dos horas.

—¿Viajas con alguien?

—Viajo con mi guitarra.

—¿Adónde vas?

—A Barcelona.

—Nosotros también.

—¿Podrían llevarme, por favor? Llevo varios días caminando y…

—Claro, sube.

Una sonrisa de oreja a oreja me recordó cuán cortados tenía los labios por culpa de la sed y el calor. Por fin un poco de sensibilidad y compañerismo. Hice ademán para abrir la puerta pero el copiloto, un tipo rudo, se asomó con cara de pocos amigos.

—Detrás, colega. Aquí solo hay sitio para los mayores. —Su voz ronca sonaba igual de desagradable que su risa—. Arreando, que no tenemos todo el día.

Fui corriendo hasta la trasera y cuando subí de un salto descubrí que no era el único al que habían recogido por el camino, más bien era el último.

El camión cogió un bache que me arrancó de mi ensimismamiento. Volví a mirar alrededor pero el panorama apenas había cambiado. El arcén seguía lleno de sufrimiento y el camión de tristeza infantil.

Me asomé por debajo de la lona y a lo lejos, cortando el horizonte, me pareció distinguir la inconfundible silueta de Montserrat. Íbamos llegando. Estaba nervioso. Pronto volvería a mi casa…

El llanto de los más pequeños se iba extendiendo como un virus entre los demás niños y al poco rato la mayoría estaba llorando. Su pena se me clavaba en las entrañas y antes de que me contagiara cogí mi guitarra, la afiné tan rápido como la práctica me había enseñado y toqué lo más alegre que se me ocurrió.

Había tocado tantas veces para no sentirme solo que comprendí que la tristeza es una enfermedad que se contagia a través del llanto, pero la música, como la risa, es la mejor medicina para combatirlo. Poco a poco todos dejaron de llorar y miraban mi guitarra hipnotizados por mis dedos, que volaban de una nota a la otra.

Canté una canción absurda que me había inventado en la cueva durante mis noches solitarias. Y, cuando no sabía cómo seguir con la letra, simulaba un pedo con la boca. Funcionó al instante, todos reían divertidos olvidando la realidad que nos rodeaba. Entramos en un bucle en el que lo que más deseaban era que me callara para fingir que todos se tiraban un pedo, y más carcajadas de nuevo. Confiaba en que esas risas inocentes alcanzaran el arcén para alimentar de optimismo a las almas que caminaban en sentido contrario.

La noche nos volvió a atrapar. La guitarra descansaba junto a mí y cada niño dormía apoyado sobre el hombro de su compañero. Volví a tirar de mi colgante para contemplar el medallón. No dejaba de pensar en sus labios y en esa sensación de calor que me recorrió todo el cuerpo al besarla. Estúpido. No tenía que haberla abandonado. Un chico de mi edad, quizás mayor, no me quitaba los ojos de encima. Tenía algo diferente al resto. Su mirada no era triste, sino todo lo contrario: viva y audaz. Su pelo negro y acartonado dibujaba formas casi imposibles y estaba casi tan escuálido como un perro abandonado. Aun así, de su rostro asomó una sonrisa cuando lo miré. Mi educación aún seguía rondando en alguna parte de mi subconsciente y le devolví la sonrisa. El chico se levantó y se sentó a mi lado con la seguridad propia de quien dirige el cotarro. Volví a esconder el medallón bajo mi camisa.

—¿Qué pasa, tío? Me llamo Hipólito, aunque todos me llaman Polito.

—Yo soy Homero.

—¿Homero? ¿Qué clase de nombre es ese?

—Mi padre enseñaba Literatura clásica.

—Ah, genial, tío… ¿Y qué?

—Nada. Da igual… —Volví a mirar hacia la carretera dando la conversación por terminada. Pero, al igual que esa fila de exiliados que se alargaba y alargaba, la conversación estaba lejos de llegar a su final.

—¿Estás buscando a tus padres?

—Sí —respondí sorprendido—, a mi padre, ¿y tú?

59

—Qué va.

—¿Por qué no?

—Porque no sabría a quién buscar. —Se encogió de hombros y soltó una risotada—. ¿Y dónde están los tuyos?

—Creo que mi padre puede estar en Barcelona. Pero no estoy seguro. Cuando llegue empezaré a buscarlo.

—¿Cuando llegues? —Polito empezó a reírse hasta ponerme de los nervios.

—¿De qué te ríes?

—No tienes ni idea de dónde nos llevan, ¿verdad?

—A Barcelona.

—Sí, claro. A Barcelona pero… ¿adónde?

Esta vez fui yo el que se encogió de hombros con la seguridad de que no me iba a gustar nuestro destino.

—Mira a tu alrededor, chico listo. La guitarra la tocas muy bien pero a esto… —dijo señalándose la cabeza— le falta práctica.

—¿Qué quieres que mire?

—¿Qué ves en este camión?

—Niños.

—¿Ves algún padre?

—No.

—O sea, que son niños… —dejó ahí la frase esperando a que la completara.

—¿Huérfanos?

—¡Premio para el guitarrista! Última pregunta. ¿Adónde llevan a los niños huérfanos? A la playa seguro que no…

—Al… —sabía cuál era la respuesta y eso significaba que ya conocía mi destino— orfanato.

—¡Exacto! Y créeme si te digo que no es nada fácil salir de uno.

—Pero yo tengo que ir a buscar a mi padre.

—Suerte con eso.

No podía creer que hubiese sido tan estúpido para ni siquiera haber pensado en esa posibilidad. Estaba cansado, tenía hambre y sed pero eso no era ninguna excusa. Estúpido, estúpido.

—¿Tú ya has estado antes?

—Claro. He crecido en orfanatos.

—¿Y cómo has acabado en este camión?

—Tuve que huir de Barcelona hace unas semanas por… unos asuntos privados. Pero ahora ya me toca volver, así que me dejé coger. Transporte rápido y gratis —dijo guiñando el ojo.

—Pero acabarás en un orfanato…

—Sí. Pero un orfanato no es una cárcel.

—¿Se puede escapar? —pregunté esperanzado.

—Se puede escapar de cualquier sitio. Solo tienes que saber cómo.

—¿Podrías ayudarme?

—Claro.

—¡Gracias! Muchas gracias. No sabes la… 61

—A cambio de ese colgante que tienes tan bien escondido —soltó rápido mientras apuntaba con su dedo debajo de mi camisa—. Y un consejo, guitarrista: si fuera tú, no lo enseñaría mucho. Es un puto milagro que no te lo quitaran cuando te subieron al camión.

Agarré el medallón por encima de la ropa.

—No puedo dártelo. No es mío. Prometí devolvérselo a su propietario.

—Ya… Imaginaba que lo habías robado.

—No lo he robado —solté ofendido.

—Claro claro… Mi experiencia me habla, ¿sabes? La oigo y la escucho. Y te aseguro que nadie entrega algo así con la esperanza de que se lo devuelvan.

—Quizás te falta experiencia.

—Lo que tú digas —bufó mientras me daba la espalda.

—Entonces…, ¿no vas a ayudarme?

Polito me miró algo molesto. Pero su malhumor fue diluyéndose y terminó por sonreír.

—Ya veremos —contestó mientras se acurrucaba usando su brazo de almohada y cerraba los ojos.

Me desperté de un sobresalto cuando sonó el claxon del camión. Era de día. Las verjas de una enorme mansión se abrían invitándonos a entrar. Era evidente que habíamos llegado a nuestro destino.

Al pie de unos escalones de piedra que conducían al recibidor, esperaba un grupo de monjas con caras serias y contrariadas. Todo apuntaba a que nadie nos había invitado a la fiesta y que no íbamos a ser muy bien recibidos.

Junto a ellas, pero respirando aparte, había un fotógrafo al que apenas se le veía la cara, oculta detrás del objetivo. Polito estaba a mi lado.

—¿Estás listo, guitarrista?

62

—¿Eso quiere decir que vas a ayudarme?

—Tú haz lo que yo te diga.

—¿Por qué hay un tipo haciendo fotos?

—Es pura propaganda republicana —dijo sin ocultar su desprecio.

—¿Propaganda?

Polito hizo un gesto con las manos como si encuadrara un titular de periódico y declamó con voz grave:

—Las fuerzas republicanas cuidan de los huérfanos de guerra. Viva la España republicana, abajo el fascismo.

Los niños empezaban a bajar del camión de dos en dos. Una monja les entregaba una rebanada de pan y una minúscula pastilla de chocolate, mientras el fotógrafo inmortalizaba la escena con su pequeña cámara. Polito y yo éramos los últimos.

—Recuerda. Si entras ahí, ya no podrás salir.

—¿Y qué hago?

—Sujeta bien tu guitarra y espera mi señal.

—¿Y si me cogen?

—Pero ¿tú las has visto? Son monjas, tío. Si te pilla alguna, mereces pasar el resto de tu vida entre estos muros.

No era la mejor motivación que le puedan dar a uno, pero, viniendo de Polito, tampoco era la peor.

Era nuestro turno. A mí me temblaban las piernas y sin embargo Polito estaba tranquilo como el agua mansa de una pecera. Si algo no salía bien, me quedaba sin padre y me quedaba sin Cloe. ¿Cómo había llegado a esa encrucijada?

Bajamos del camión. Nos entregaron el pan y la pastilla de chocolate, que Polito se metió inmediatamente en la boca. Avanzamos un par de metros más y, al pasar junto al fotógrafo, Polito lo empujó y gritó:

—¡Ahora!

Arranqué como si fuera un caballo al que acababan de azotar en el culo. Polito tumbó al fotógrafo y con una habilidad magnífica le robó la cámara antes de salir corriendo veloz. Yo iba tras él cuando el fotógrafo, todavía en el suelo, me agarró del pantalón.

—¡Ladrón, ladrón!

Las monjas venían hacia mí y los dos tipos del camión también se acercaban amenazantes. En un acto reflejo, descolgué la guitarra de mi espalda y golpeé al fotógrafo con ella en toda la cara. Su grito de dolor me afligió un poco y tardé unos segundos en darme cuenta de que me había soltado y volvía a ser libre para huir. Polito me gritó desde la puerta sin entender qué narices hacía allí parado. Reaccioné rápido, antes de que los demás llegaran hasta mí. Mientras ayudaban al pobre fotógrafo, Polito y yo cruzamos la verja y desaparecimos por el bosque que separaba el orfanato de la ciudad.

Descendimos todo lo rápido que nuestras piernas nos permitían, contemplando Barcelona, que se extendía a nuestros pies. Por la panorámica, podría apostar a que estábamos debajo del Tibidabo y que la carretera que íbamos atravesando una y otra vez cuando salíamos del bosque era siempre la misma: la carretera de la Arrabassada. Corrimos tan-

63

to que en poco más de media hora ya estábamos pisando el asfalto de la parte alta de la ciudad. Fue una sensación extraña. Era como si hubiese pasado muchos años fuera y la que volvía era otra persona distinta, consciente de que aquel niño asustadizo y callado que jugaba a la pelota había muerto en las montañas.

Cuando llegamos a la entrada de un callejón, nos detuvimos cansados y sudorosos. Me apoyé en un muro y aproveché para respirar hondo mientras Polito dejaba que su espalda se escurriera por la pared hasta acabar sentado en el suelo.

—¡Uf! —soltó divertido—. Menuda carrerita, ¿eh?

—¡Lo de la cámara sobraba!

—¿Sobrar? ¿Estás loco? El viejo Emmet me dará una buena pasta por ella. —La observó orgulloso mientras la limpiaba con la manga de su camisa.

—No es tuya —dije con toda la inocencia de quien no ha tenido que sobrevivir en la calle.

—En eso tienes toda la razón. Es de un tal… —se fijó en la tapa, donde había un nombre grabado con una navaja o algo similar— R. Capa. No creo que le importe al señor Capa.

Su cara de burla aún me ponía más nervioso. ¿Cómo podía estar tan relajado? Yo aún seguía expulsando adrenalina por cada poro de mi piel.

—Venga, vamos. —Se puso en pie de un salto y reemprendió la marcha pero enseguida vio que no estaba dispuesto a seguirlo. Volvió sobre sus pasos irritado—. ¿Qué haces? Tenemos que movernos.

—Lo siento, pero a partir de aquí yo voy por mi lado.

—¿Qué? ¿Así es como me lo agradeces?

—Ya te dije que no tengo nada para darte. Además, tengo mis propios asuntos que resolver.

—Yo te he ayudado, ahora tienes que ayudarme tú a mí. —Fue contundente. Parecía afectado y ya no sonreía.

Me moría de ganas de llegar a mi casa pero, de no ser por él, estaría encerrado en un orfanato.

—¿Qué necesitas? —Maldito sentido de la lealtad.

—Eso está mejor.

—Aún no he dicho que sí.

—Solo tienes que ayudarme a venderle la cámara a Emmet.

—¿Quién es Emmet?

—Un viejo. Un usurero que compra y vende de todo. Su tienda no está lejos.

—No me necesitas para eso. Puedes venderle la cámara tú solito.

—Por supuesto que puedo, pero si le digo que es robada me dará muy poco por ella.

—Es robada.

—No, si tú te haces pasar por R. Capa.

—¿Yo? ¿Por qué yo?

—Porque a ti no te conoce, ¿entiendes? Puedes decirle que te llamas Ricardo Capa. O Raúl. Ramiro. Rugencio.

—¿Rugencio? ¿Qué clase de nombre es ese?

—¿Qué más da, Homero? —remarcó bien mi nombre—. Lo que importa es que suene creíble. Es tu cámara y quieres venderla.

El callejón era sombrío, la tarde ya caía y mi casa no estaba lejos.

—Lo siento, no puedo ayudarte. Gracias por todo.

—¡Gracias por nada! —respondió decepcionado mientras yo ya encaraba la salida—. ¡Espera, espera! Te ofrezco una parte de lo que saquemos por ella.

—No me interesa. —Ni siquiera me di la vuelta.

—¿Que no te interesa? ¿Es que no tienes ni puta idea de dónde estás?

Me detuve y lo miré, más cansado que interesado. Había unos diez metros entre los dos.

—Que yo sepa, estoy en Barcelona.

Polito volvió a reírse de forma exagerada. Se doblaba sobre sí mismo como si no pudiera contener las carcajadas y, en un santiamén, se irguió y me miró muy serio. Conclusión: estaba como una cabra.

—Vale, voy a intentar ayudarte otra vez. Para empezar, te voy a recordar dónde coño estás, guitarrista.

—¿En Barcelona? —dije sobrado.

—Sí, estás en la puta Barcelona, pero no te hablo de eso. Creo que estás olvidando algo. Eres un puto huérfano en una puta ciudad en guerra. Créeme, necesitas dinero. Tío, hasta con dinero lo tienes muy jodido.

—No soy un huérfano.

—Lo que tú digas, colega. En fin, guitarrista, que tengas suerte... —Esta vez fue Polito quien me dio la espalda y se alejó por el otro lado del callejón.

Yo sabía perfectamente que todo era una treta psicológica para que cediera a sus peticiones, pero eso no le quitaba ni un ápice de verdad a sus palabras. Necesitaba dinero.

—¡Vale! —grité sin parecer desesperado—, te ayudo con la cámara y me llevo mi parte, pero después no quiero saber nada más de ti ni de ese viejo usurero.

—Me parece justo —dijo dándose la vuelta con una sonrisa—. Yo me llevo el ochenta y tú el veinte.

Me planté delante del ratero.

—Cincuenta, cincuenta. Puede que no haya crecido en la calle, pero no soy tonto.

—Setenta, treinta. Puede que no seas tonto pero tampoco has demostrado ser muy inteligente. Además, yo he hecho todo el trabajo y por menos ya no me sale a cuenta.

Nos medimos unos segundos en silencio. Sabía que me tenía pillado. Se escupió en la palma de la mano y me la ofreció.

—¿Trato?

Le estreché la mano orgulloso por haberle regateado algo.

—Trato.

—Bien. Pues vamos. Es por aquí.

Polito parecía tener prisa y lo seguí ansioso por terminar con aquello.

Me llevó entre callejuelas sucias y oscuras. Partes traseras ocultas entre los edificios viejos donde los gatos, escuálidos y desaliñados, parecían tener su propio reino.

—¿Te parece bien si le digo que me llamo Roberto?

—Mientras empiece por R puedes decirle lo que te venga en gana.

—¿Entrarás conmigo?

—No, esperaré fuera.

—Oye…, ¿y si conoce al fotógrafo?

—¿Quién coño conoce a un puto fotógrafo?

—No lo sé… ¿Seguro que es por aquí? —pregunté inquieto.

—Sí, ya casi estamos. ¿Qué pasa?

—No sé. Hay algo que no me gusta.

—¿El qué?

—No sabría decirte. Es como una intuición…

Polito alcanzó el murete de una callejuela que no tenía salida y me miró satisfecho.

—Pues felicidades.

—¿Por qué?

—Porque tu intuición es buena. Deberías aprender y hacerle más caso.

—¿Qué significa esto? ¿Qué hacemos aquí?

—¿Alguna vez te han dicho que preguntas demasiado? —Su mirada no era la misma. No había rastro del chico que necesitaba ayuda para vender una cámara.

—¿Por qué me has traído hasta aquí? Aquí no hay nada.

—Desgraciadamente para ti, algo sí que hay. —Polito golpeó dos veces el cubo metálico de basura que tenía a su derecha.

—¿Qué haces?

Antes de que me contestara oí unas risas a mi espalda. Me di la vuelta sin entender qué estaba pasando. Tres chicos mayores, más altos e infinitamente más fuertes que nosotros, se acercaban golpeando unos palos de madera contra la palma de sus manos. Miré a Polito deseando que no tuviera nada que ver con ellos y pudiera sacarme de ese embrollo pero su mirada lo decía todo. Ya no había risa, ni burla ni nada que pudiera alimentar mi ira contra él. Me atrevería a decir que lo que asomaba en sus oscuros ojos era la antítesis del regocijo. ¿Vergüenza?

—Lo siento, guitarrista.

—Eh, Poli, ¿qué nos has traído? —dijo el más alto de los matones y, por descontado, el que peor pinta tenía de los tres.

—No tiene dinero y la guitarra no vale nada, pero lleva un medallón de oro colgado de su cuello.

—¿Oro? —dudó el otro—. Eso habrá que verlo.

—Yo me voy.

—¿Qué llevas en la mano?

—Una cámara de fotos… Iba a dársela a Emmet.

—Perfecto. Ya se la daremos nosotros por ti —sonrió el grandullón estirando la mano para que se la entregara.

Por un momento pensé que se iba a negar pero cedió de mala gana y se la regaló a los matones. Lo tenían sometido.

—¿Estamos en paz? —quiso zanjar Polito.

El grandullón asintió de una forma nada convincente.

—¿No te quedas para la fiesta?

—¿Ver cómo tres gigantes le dan una paliza a un chaval? No, gracias. Tengo mejores cosas que hacer.

—Tú te lo pierdes —dijo el grandullón mientras apretaba los dientes y se acercaba a mí con sus enormes zancadas.

Polito se alejó raudo. Sabía lo que iba a ocurrir y no le apetecía presenciarlo. Yo también sabía lo que iba a ocurrir. No había que ser un lumbrera para adivinarlo. Estaba a punto de tener mi primera pelea. A todos nos movía la misma determinación. Ellos estaban dispuestos a todo por arrebatarme mi medallón y yo estaba dispuesto a todo por defenderlo.

Lo mejor de las historias de Julio Verne es que contienen la esperanza de que ocurra lo imposible. Sus protagonistas son héroes, y los héroes siempre salen victoriosos porque son buenos y el bien siempre triunfa sobre el mal. Es una idea romántica, una visión hermosa del mundo, pero la realidad no entiende de justicia poética. No entiende de poesía, sueños ni esperanzas. Es más científica e infinitamente más matemática. La realidad te enseña que, si ellos son tres matones fornidos y armados con palos y tú un chico enclenque con una guitarra que en su vida se ha peleado, lo tienes bien jodido. Nadie dijo nunca que el mundo fuera un lugar justo. Y el tonto que lo dijera se equivocaba.

No tuvieron paciencia ni piedad. Se abalanzaron sobre mí como animales y, tras unos cuantos golpes en la cara y el estómago, me lanzaron al suelo como si fuera un muñeco. Me encogí como uno de esos bichos que se convierten en una pequeña bola y esperé a que dejaran de cebarse. Pero no cayó esa breva. Continuaron golpeándome con sus palos una y otra vez; me quedé sin fuerzas para protegerme. Siguieron pateándome hasta que dejé de moverme y de gritar. Había sido todo tan rápido que se quedaron con ganas de más. Entonces cogieron mi guitarra y la estrellaron contra mi espalda varias veces; la madera estalló en mil pedazos desperdigados por el suelo. Igual que mi alma y que mi orgullo.

Mientras los tres se reían a gusto, uno se agachó, tiró de la correa de cuero que sujetaba el medallón y me lo arrancó de cuajo. Allí me quedé. En la oscuridad de un sucio callejón, rodeado de gatos, magullado y sangrando, medio inconsciente, sin guitarra, sin medallón, sin nada…

Otra gran experiencia vital.

Todo mi cuerpo lloraba de dolor: un *déjà vu* del que lamentablemente me estaba convirtiendo en un experto. Por lo menos, esta vez no desperté enterrado en la nieve y perdido en una montaña. Sin embargo, la sensación era similar: resucitaba de nuevo.

Me palpé el pecho en busca del medallón para confirmar que me lo habían arrebatado. Me puse en pie tambaleándome de rabia. Tenía un dolor de cabeza horrible. Me llevé la mano

69

a la nuca, estaba sangrando. Mi guitarra estaba tan destrozada que no pude recoger ni los trozos.

A mi camisa solo le quedaba una manga y apenas me cubría medio abdomen, el resto colgaba rozando el suelo. La noche era templada y eché a andar desorientado por calles donde percibía el ruido de los borrachos babosos acompañado de la risa aguda, casi histérica, de las prostitutas que los acompañaban. Las botellas vacías rodaban sobre el asfalto y los gritos y las peleas se ocultaban en las sombras. Nadie se fijaba en mí, como yo no me fijaba en nadie. Caminaba por una ciudad abandonada a su suerte donde solo quedaban las sobras que nadie iba a reclamar.

Cuánto echaba de menos el sonido de la montaña, el canto de los grillos y el susurro de las plantas con la brisa nocturna. Pensé en Cloe y agradecí que no me viera así. Había resultado todo tan poco heroico que me odiaba a mí mismo. No pude ni soltarle un puñetazo al primero de los matones. Como guardián del medallón, había resultado una auténtica deshonra. Puede que la pelea fuera desigual pero yo solito me había metido en aquel lío. Me había dejado engañar como un niñato estúpido por un maldito ratero, y lo peor es que el mierdas ese tenía razón. Debería haber obedecido a mi instinto. Por desgracia, lo aprendí cuando lo había vuelto a perder todo.

Las luces de la ciudad estaban apagadas. Al parecer, hacía meses que Barcelona vivía sumida en la oscuridad. Figurada y literalmente. Y la noche es siempre para las bestias y los depredadores. Ya no me importaba, ¿qué más me podían quitar?

Tras doblar quién sabe cuántas esquinas reconocí la calle. Era la mía. Había jugado cientos de veces a la pelota en esas aceras. Me había cobijado de la lluvia bajo esos portales. Tuve que hacer un esfuerzo para levantar la cabeza y comprobar que era cierto: estaba en casa. ¿Sería mucho pedir que mi padre estuviera sentado en su butaca y se lanzara a abrazarme cuando me viera cruzar la puerta? De esa forma, al menos podría llorar con alguien.

Las bombas habían asolado la ciudad hacía meses y alguna cayó muy cerca de mi edificio porque podía ver una parte de mi fachada ocupando la acera, junto a montones de folletos propagandísticos. Al parecer, los franquistas se habían aliado con los italianos y los alemanes en un eje del mal alimentado por el fascismo. ¿Cómo podían nuestros compatriotas dejar que unos extranjeros bombardearan nuestras ciudades? La aviación italiana había causado tremendos estragos. Barcelona había sido utilizada como campo de tiro para sus pruebas de armamento.

Entre las ruinas reconocí parte de una lámpara de mi salón. A mi madre le encantaba esa lámpara. Recogí lo que quedaba de ella y cojeando subí las escaleras hasta mi casa. Entré cruzando una puerta que ya no existía. ¿Se había desatado una guerra en nuestro salón? Parecía mentira que alguien hubiera vivido entre esas cuatro paredes. Ahora tres y media. Milagrosamente, la mesa del salón estaba intacta. Miré el lugar donde abracé a mi padre por última vez y, antes de derrumbarme y hundirme en mi propia miseria, me fui a la cocina a buscar algo de comida. Evidentemente no había nada. Ni una triste lata de conservas. Lo habían desvalijado todo.

Fui hacia mi habitación. Se habían llevado el colchón y solo quedaba el somier y un armario ropero que también habían vaciado. Lo abrí y extendí el brazo hacia la zona donde siempre ocultaba mi pequeña caja metálica con algunas cosas de valor. Solo tenía que levantar la base de madera del ropero. Palpé la caja y me hice con ella. Al abrirla me llevé otro chasco. Solo encontré una chocolatina medio derretida y con muy mal aspecto. Tenía tanta hambre que me la llevé a la boca, pero apenas había empezado a saborearla me entraron unas arcadas terribles, me arrodillé y la vomité, lo que me provocó un horrible dolor en las costillas. Por si faltaba más mierda en la casa, yo acababa de contribuir con chocolate y bilis. Aún de rodillas, atisbé algo que sobresalía por debajo de la cama. En-

71

seguida recordé de qué se trataba y sonreí al recordar que la vida te quita, pero a veces también te da.

Me estiré y desenterré mi vieja guitarra. La que tantas veces había aborrecido y volvía a mí para espolearme, para anunciarme que, si ella había sobrevivido, si yo había sobrevivido..., ¿por qué no iba a poder hacerlo mi padre?

Volví al salón arrastrando la guitarra y la dejé junto al sofá de terciopelo verde, que al tacto siempre me provocaba la misma dentera. Igual que el ruido del tenedor sobre el plato y las uñas de la señorita Asunción en la pizarra. Me fijé en que la cómoda del recibidor también seguía entera. Abrí los cajones sin ánimo de encontrar nada y, efectivamente, no encontré nada. Agotado, me senté en la butaca pero enseguida salté como un resorte con un intenso y breve alarido de dolor. ¡Mierda! No podía ni apoyar la espalda por culpa de mis heridas abiertas. Fui a la habitación de mis padres. Su colchón también había desaparecido. Todos los cajones de su cómoda estaban abiertos de par en par. Del último sobresalían varias mantas viejas que mi madre tenía la costumbre de guardar. Las cogí todas a la vez fabricando un ovillo gigante que pesaba más de lo que aparentaba y las llevé al salón para fabricar mi propia cama. Estaba claro que no podía apoyar la espalda, así que no me quedaba otra que dormir en el suelo. ¿Qué importaba? Llevaba meses haciéndolo. Cuando me puse a colocar las mantas a modo de colchón palpé algo sólido entre ellas. Fui apartando las capas hasta que di con una fina carpeta azul que nunca había visto. De haberla encontrado en otro sitio, probablemente la habría ignorado, pero el hecho de que estuviera tan bien escondida en el cajón de la cómoda de mis padres captó mi atención. En la primera hoja encontré unas anotaciones escritas a mano. De nuevo, era la inconfundible letra de mi padre: «Prior. C A19. Barcelona. Uruguay. M2. P4. C14».

Seguí registrando entre los papeles pero nada tenía sentido. Números y frases inconexas. Una de las pocas cosas que entendí era un plano parecido al que dibujaría un arquitecto. Con bocetos de un enorme buque. ¿Era posible que mi padre hubiera subido a un barco para viajar a Uruguay?

La cabeza me seguía doliendo y tenía ganas de estirarme y cerrar los ojos. Me tapé dejando que solo unos cuantos pelos de mi cabeza se escaparan por arriba. La manta estaba llena de polvo pero su olor seguía transportándome a otra vida, una vida fácil, de ropa limpia y seca que mi madre impregnaba de cariño y tendía junto a la ventana de mi cuarto.

Parecía una vida entera el tiempo que había pasado desde que dejé a Cloe, y dos vidas las que había gastado desde que abandoné mi casa junto a mi madre.

Mi pobre madre… Por muchas vidas que pasaran, seguía sin poder borrar la imagen de su cuerpo tumbado sobre la nieve. Habría dado lo que fuera por tenerla a mi lado, acariciándome el pelo y dejando que su suave voz cantara a mis oídos. Pero ya no estaba, y lo único que me consolaba era que ya nada podía hacerle daño. Y que no sufriría al verme así. El único que continuaba sufriendo era yo. Pero no importaba. Ya no. Por fin estaba en casa. Había conseguido volver donde todo empezó… Donde todo empezó a convertirse en mierda.

Cerré los ojos y, por primera vez en mucho tiempo, me dormí rodeado de mis recuerdos.

73

5

Paz, piedad y perdón

*U*n mes intentando sobrevivir en las calles de Barcelona fue el tiempo que necesité para entender las palabras que me dijo ese maldito ratero: «Eres un puto huérfano en una puta ciudad en guerra. Créeme, necesitas dinero. Tío, hasta con dinero lo tienes jodido».

Vivía en una Barcelona irreconocible. El verano se había afianzado y el calor, pastoso, no hacía más que potenciar el hedor que se acumulaba en las calles. Mis cicatrices ya estaban cerradas, aunque quedaban algunas marcas que llevaría de por vida para recordarme que la gente es malvada por naturaleza.

Pasaba los días sentado en la calle tocando la guitarra con un sombrero panza arriba junto a mis piernas cruzadas. A veces ganaba unas pocas monedas que me servían para hacerme con algo de pan y alguna verdura. A lo largo del día veía más zapatos que caras y aprendí que, si la cara es el espejo del alma, los zapatos son, sin duda, su realidad.

Un zapato no es tan distinto a una persona. Los hay sucios y los hay limpios. Los que han caminado mil millas y los que apenas han descubierto el mundo. Los incómodos que aprietan y dejan heridas y los que entran suaves y van a medida. Existen los de estar por casa y a los que les gusta la montaña, los que siguen caminando aunque se caigan a trozos y los que aparentan ser más de lo que son, los empresarios y los trotamundos… Hay tantos tipos y cada uno te puede decir tanto de quien los calza…

No eran tiempos fáciles y la gente no solía regalar nada, pero también necesitaban evadirse y, según la canción que tocara, algunos se detenían para escucharme y, si les llegaba lo suficiente, me lo agradecían con alguna pobre moneda.

Había inventado algunas canciones que hablaban un poco de todo. De mis sentimientos, de mis creencias, de mi esperanza. Las había más cínicas y más sensibles, más falsas o más sinceras…, pero las que más sonaban eran las que hablaban de ella. Aunque nunca toqué en público nuestra canción. Solo era para ella o para mis noches de soledad.

Mi esquina favorita era la del hotel Majestic en el paseo de Gracia. Una de las zonas menos afectadas que seguía desprendiendo ese aire de riqueza. El Majestic era un hotel de lujo donde se hospedaban los pocos viajeros que visitaban la ciudad. Más bien eran reporteros, corresponsales de guerra, visitantes de honor, gente de paso…

El recepcionista de los fines de semana me la tenía jurada y siempre que me veía cerca de la entrada me amenazaba con llamar a la Policía. ¿Qué Policía? Cosas mejores tendrían que hacer antes que venir a echar a un pobre músico de una esquina. Pero el hotel también tenía su propia seguridad, y, si me resistía, acudían cuatro tipos amenazándome con quitarme todo lo que había ganado, ya que, según ellos, ese dinero pertenecía a sus clientes.

Pero nada de aquello me quitaba el sueño. Así era mi vida entonces. Yo seguía acercándome al hotel. No era el lugar más concurrido pero la estadística jugaba a mi favor. La gente que estaba de paso se sentía mal con los pobres desgraciados que dejaban atrás. No les costaba nada regalar algunas monedas antes de coger su barco o su avión para volver donde fuera que vivieran. Además, al regresar a sus países esas monedas no les iban a servir de nada, así que era más fácil desprenderse de ellas.

Había detectado a dos tipos de personas: las que te daban algo para que te sintieras mejor y las que te daban algo para sentirse mejor con ellos mismos. Estos últimos eran la gran mayoría y, sinceramente, poco me importaba el motivo mientras me llenaran el sombrero. Lo que más me gustaba era ver cómo se detenían para escuchar mis canciones. Incluso algunos solían repetir. Veía los mismos zapatos una y otra vez seguir el compás con sus puntas y talones.

Cuando tenía más hambre me desplazaba a otro punto de la ciudad y me colocaba frente al colmado del señor Castelo. No quedaba lejos de mi casa. Recuerdo acompañar a mi madre para comprar legumbres, embutidos y conservas. El señor Castelo era bastante mayor que mi padre y siempre estaba serio y con cara de pocos amigos. Quizás era por el prominente bigote que impedía ver si sus labios sonreían. Aunque todo apuntaba a que nunca lo hacían. Pero su mujer, doña Pepita, siempre tenía una sonrisa para todo el mundo. Era ancha como una puerta doble y de brazos fuertes, más fuertes que los del señor Castelo, pero era bondadosa y amable. A todo el mundo le caía bien la señora Pepita.

La primera vez que me vio tocando la guitarra en la acera de enfrente se acercó para decirme lo bien que se me daba. Cuando levanté la vista, se le encogió el corazón al reconocerme. Se acordaba de mí y de mi madre. Sobre todo, de ella. Me hablaba como si yo no la conociera. Pero no me importaba. Despertar esa clase de sentimiento en alguien era lo que podía marcar la diferencia entre vivir y morir. Desde aquel día, cuando mi estómago lloraba, me acercaba al colmado y, tras tocar unas cuantas canciones que hacían saltar las lágrimas de la señora Pepita, siempre salía con algún bocadillo preparado con cariño. Y me decía: «¿Quién es esa chica de las montañas? ¿Es real?».

Además, como era de esas vecinas que no callaban ni debajo del agua, se encargaba de contarles a todas sus clientas quién era mi madre y lo buen chico que era yo. Algunas de ellas, seducidas por las lágrimas de la señora Pepita, se acercaban después de la compra y me daban algo de comer o, en su defecto, alguna moneda de cambio pequeño que les sobraba. La verdad es que podía estar mucho peor. La cruda realidad se veía en según qué barrios, donde la gente moría enferma o de inanición en mitad de las calles.

Cuando empezaba a oscurecer volvía a casa. Había conseguido tapar el agujero del salón a base de cortinas y sábanas. Si soplaba fuerte, notaba cómo se colaba el viento entre los huecos, pero el tiempo era agradable, probablemente lo único bueno que nos quedaba, así que no tenía que preocuparme del frío. También había limpiado y ordenado la casa para que pareciera un hogar como el que fue un día. Le faltaba de todo pero por lo menos ya no daba tanto asco.

Iba guardando las monedas que ganaba en mi caja metálica. Era la caja para viajar a Uruguay. Cada vez lo tenía más claro. Si ahorraba lo suficiente, podría pagarme un pasaje para cruzar el Atlántico y buscar a mi padre. Aún no tenía dinero para un billete, pero aunque lo tuviera…, ¿luego qué? ¿Por dónde empezar? Y una vez allí, ¿qué? Necesitaba más dinero para comer y dormir, conseguir información, transportes… Iba a viajar al otro lado del mundo y no podía hacerlo con las manos vacías.

Una parte de mí estaba angustiada ante tal reto, pero la otra esperaba ansiosa el día en que por fin pudiera partir a una nueva aventura. Cada noche leía. Habían vaciado la casa pero no se llevaron ningún libro, lo que hablaba maravillas de los ladrones. Leía a Verne inyectándome de valor. Si sus personajes podían vivir tales aventuras y salirse con la suya, ¿por qué no iba a conseguirlo yo? Leía hasta quedarme dormido y después soñaba con horizontes lejanos, países exóticos, mares infinitos y montañas colosales.

Los hijos del capitán Grant se había convertido en mi nueva lectura predilecta. Dos hijos que viajan por todo el mundo en busca de su padre al que todos dan por muerto. Pero ellos tienen unas coordenadas y la inestimable ayuda de varios personajes, mientras que yo no tenía a nadie. Solo un papel con una serie de palabras, letras y números indescifrables que ya me sabía de memoria: «Prior. C A19. Barcelona. Uruguay. M2. P4. C14».

Cada día volvía a leer esas indicaciones esperando captar

algo que hubiera ignorado. Y mientras yo confiaba en partir algún día hacia América, mi ciudad se iba drenando poco a poco. Cada semana morían muchos y huían más. La derrota de aquellos que defendían la República parecía algo inexorable, aunque no para todos. Ni siquiera en eso eran capaces de ponerse de acuerdo. Entre los republicanos aún existían dos vertientes: la de aquellos que querían luchar hasta su último aliento y la de los que preferían la paz a cualquier precio. Creo que yo me encontraba entre los segundos, básicamente porque no tenía ninguna intención de coger un arma e ir a matar a otras personas que no me habían hecho nada. Si matas a alguien, lo mínimo, por cortesía, debería ser conocerlo.

Recuerdo estar sentado junto a la tienda del señor Castelo tocando algunos acordes cuando de repente me invadió una extraña sensación. Era como si estuviera solo en el mundo. La calle estaba muerta. Normalmente no es que respirara mucha alegría pero por lo menos respiraba. Calculé que estábamos a 18 de julio, una fecha no festiva y sin ninguna significación especial. Caí en la cuenta de que tampoco oía los clásicos gritos de la señora Castelo desde el interior del colmado, ni la campanilla de su puerta. No entraba ni salía nadie desde hacía mucho rato. Las ventanas de las casas estaban abiertas pero tampoco me llegaba nada. Toqué un simple acorde para escuchar cómo su eco circulaba a lo largo de toda la calle. Estaba claro que algo pasaba. Y puesto que me había prometido no ignorar mi instinto nunca más, me puse en pie y entré en la tienda.

Dentro vi al señor Castelo junto a su mujer y media docena de clientes que permanecían en absoluto silencio alrededor de un aparato radiofónico. Todos me ignoraron.

—¿Señora Castelo? ¿Señor Cas…?

—¡Chssssss!

La voz de un hombre se elevaba por encima de los oyentes, aunque el tono metálico de su discurso y el hormigueo constante de la radio me hacían muy difícil entender qué decía.

—Es Azaña —me dijo uno.

—¿Quién?

—¡Chssss! —soltó una mujer que me miró casi con odio. Reconozco que no seguía mucho la actualidad en la prensa. ¿Para qué? La actualidad más rabiosa era la que observaban mis ojos cada día. No necesitaba un trozo de papel gigante que me dijera lo que pasaba. Y menos cuando era evidente que cada uno decía lo que más le convenía. Pero, para ser sinceros, lo que más odiaba de los periódicos era lo imposible que me resultaba doblarlos. Un libro es algo fácil de manejar: las páginas se pasan fácilmente, no se doblan, ni se salen ni se pierden. Pero cuando veía a mi padre escondido detrás de ese tabloide de papel, de letra minúscula, intentando darle la vuelta a la página, me daban ganas de prenderle fuego. Al papel, claro.

—¿Ese Azaña es una persona importante?

—Chsss —volvió al ataque la misma señora. Ahora lo acompañó con un gesto de la mano, como quien hecha a un perro de su cocina.

Me callé, no por respeto a ella, sino por los demás. Y puse el oído.

Era un señor hablando sobre la guerra entre los españoles y apelando al fin de la misma y a la unidad. Llevaban más de media hora escuchando ese discurso, del que yo solo pude entender el final:

> Pero es obligación moral, sobre todo de los que padecen la guerra, cuando se acabe como nosotros queremos que se acabe, sacar de la lección y de la musa del escarmiento el mayor bien posible, y cuando la antorcha pase a otras manos, a otros hombres, a otras generaciones, si alguna vez les hierve la sangre iracunda y otra vez el genio español vuelve a enfurecerse con la intolerancia y con el odio y con el apetito de destrucción, que piensen en los muertos y que escuchen su lección: la de esos hombres que han caído embravecidos en la batalla luchando magnánimamente por un ideal grandioso y que ahora, abrigados en la tierra materna, ya no tienen odio, ya no tienen rencor, y nos envían, con los destellos de su

79

luz, tranquila y remota como la de una estrella, el mensaje de la patria eterna que dice a todos sus hijos: Paz, piedad y perdón.

Un estruendoso aplauso resonó desde el Ayuntamiento de Barcelona, que era donde se había pronunciado, poniendo al límite los altavoces de la radio. Los clientes del colmado se miraron confusos.

—¿Piedad y perdón? —dijo un hombre fornido claramente desilusionado con el discurso.

—Y paz —remarcó el señor Castelo—. ¿No es eso lo que queremos todos?

—Es lo que queremos, pero… ¿a qué precio?

—Al que haga falta —se sumó un tercero.

—Esto es una mierda —remató el primero antes de retirarse malhumorado.

El grupo se fue diluyendo. El señor Castelo me miró casi con preocupación.

—¿Quieres algo? —dijo mientras guardaba la radio bajo el mostrador.

—No, señor. Es solo que…

—¿Por qué no sales fuera y cantas algo?

—Pe… pensaba que no le gustaba.

—Me gusta menos tenerte aquí dentro.

—Sí, señor. —Encaraba la salida cuando volvió a preguntarme:

—¿Qué opinas de lo que has escuchado?

—No…, no lo sé.

El señor Castelo nunca me hablaba. Solo se dedicaba a mirarme a distancia con una ceja cerrándole el ojo casi por completo.

—¿No tienes ideales?

—¿Ideales?

—Algo en lo que creer. —El señor Castelo era de los pocos que podían mantener una conversación cordial y a la vez parecer enfadado todo el rato.

—Ah, sí. Sí que tengo.

—Perfecto. Sean cuales sean, ni se te ocurra ir a esa guerra de la que todos hablan, ¿me entiendes?

—Sssí, señor, claro.

—Bien. Porque solo acabarías alimentando a los peces del Ebro.

—¿El Ebro?

Me vio tan perdido que se acercó y me acompañó a la salida.

—Escucha, chaval… Puedes luchar por tus ideales pero nunca mueras por ellos, ¿entiendes? Morir no le da sentido a nada, ni siquiera a la vida.

Dicho esto me empujó suave, aunque literalmente, fuera de la tienda. Y me quedé junto a la puerta dándole vueltas al asunto. Aunque aprendí dos cosas: la primera, el señor Castelo se preocupaba por mí más de lo que le gustaba demostrar; la segunda, y casi más importante, escuchaba mis canciones. Aun así, seguí sin verle sonreír.

La declaración de Azaña puso a mucha gente nerviosa. Sobre todo, a esos que no deseaban ni paz, ni piedad ni perdón. Las cosas empeoraron todavía más, como si de alguna forma tuviéramos que pasar por la tempestad antes de llegar a esa bendita calma.

Los líderes republicanos se habían vuelto más agresivos y mucho menos pacientes con los pasivos. El poder se les empezaba a escurrir de las manos y eso hacía que vieran traidores por todos los lados. Si antes ya se les tachaba de salvajes y anárquicos, ahora se les llamaba asesinos. Solo tuve que esperar dos días para descubrirlo de primera mano.

Fue una mañana nublada cuando un coche negro frenó en seco delante del colmado. El ruido del frenazo estropeó el clímax de mi canción. Del coche bajaron cuatro tipos armados como gánsteres y entraron en el colmado. La gente optó por seguir su camino mirando al suelo.

Sacaron a empujones al señor Castelo; dentro se oían los gritos de la señora Pepita. La sacaron también a ella y, empo-

81

trándolos contra el muro, junto a su propia tienda, le colocaron una pistola en la cabeza al señor Castelo. La señora Pepita lloraba y suplicaba clemencia repitiendo una y otra vez
que eran inocentes, que no escondían nada y que estaban a favor de la República. Como si a esa gente le importara. Esos no
eran republicanos. Eran niñatos consentidos con más poder
del que habían tocado nunca.

Me puse en pie y me colgué la guitarra a la espalda. Había
visto tanto que había llegado a mi límite. Estaba cansado de
ver y no hacer nada. Cansado de aquella vida en la que cuatro
pistoleros desgraciados se creían con derecho a todo simplemente por estar abocados a una guerra que estaban perdiendo. Seguro que antes trabajaban para alguien y se sentían
maltratados y humillados, y ahora buscaban descargar toda
esa ira contra cualquier propietario inocente.

Me acerqué con calma. Dos estaban fuera con el señor y la
señora Castelo y los otros dos seguían dentro armando jaleo
y destrozando la tienda.

—¿Ocurre algo? —pregunté.

El que apuntaba al señor Castelo a la cabeza me miró
desconcertado pero su compañero desenfundó el arma para
apuntarme antes de que pudiera pestañear. Estaba claro que
era el cabecilla o quería serlo.

—¿Quieres morir, hijo? —Apenas asomaban cuatro pelos
en su bigote y ya me llamaba hijo.

—No.

—Pues entonces lárgate antes de que me cabree.

—Sí, señor.

Pude ver miedo en los ojos de la señora Pepita y a la vez el
deseo de que me largara.

—Solo quería informarles de que esta gente no son traidores.

El cabecilla me miró con rabia.

—¿Y eso cómo lo sabes? ¿Te lo han dicho tus pulgas?
—Su compañero rio dejando ver su pobre dentadura.

—Simplemente lo sé. Los conozco.

—¿Apostarías tu vida por su inocencia?

—No me gusta apostar.

El cabecilla me agarró por el brazo y con una fuerza descomunal me estampó contra la pared. Después volcó todo su peso en mi espalda mientras me presionaba la cabeza con su antebrazo contra la arcilla desgastada.

—¿Quieres que te meta la guitarra por tu culo piojoso?

—No, señor —contesté con dificultad.

—¿Has venido a ponerme a prueba?

—No, señor —repetí.

En ese momento salieron los otros dos masticando algo que habían robado, por supuesto.

—No hemos encontrado nada.

—Al parecer, yo sí que he encontrado algo —dijo mi captor sin dejar de presionarme la nuca.

—¿Qué hacemos con estos dos?

—Llévalos contra el muro. Y a este también —escupió mientras me soltaba para llevarme con los Castelo al mismo lugar donde me sentaba para tocar la guitarra.

Mi sombrero aún estaba en el suelo. Le dieron una patada y las pocas monedas que tenía salieron rodando calle abajo. La señora Pepita suplicó histérica:

—¡No, por favor, por favor! ¡No hemos hecho nada malo!

—¡Calla, puta gorda!

—Dejad que mi mujer se vaya.

—¡De aquí no se va ni Dios!

—¡Tú! —dijo uno de los que me llevó hasta el muro—. La guitarra fuera.

Obedecí y la dejé apoyada junto a la pared. Estábamos en la acera mirando de frente a los cuatro hijos de puta que sonreían ante el panorama que tenían delante. Podía ver cómo los vecinos se asomaban curiosos y asustados a las ventanas de sus casas. Los que paseaban cerca, al descubrir la escena, daban media vuelta o se escondían en algún portal. Las lágri-

83

mas de la señora Pepita eran tan incontrolables como nuestro destino.

El cabecilla dio una orden seca y sus tres compañeros desenfundaron sus pistolas. A uno de ellos le temblaba el pulso y miraba desorientado a su jefe.

—¡Vosotros! —nos ordenó el líder—. ¡De cara a la puta pared!

Era curioso. Después de todo lo que me había sucedido, iba a morir ejecutado por cuatro gilipollas mirando a una triste pared que había perdido toda su blancura. Y lo que más me molestaba es que ni siquiera lograba que me importara. Había estado pasando hambre y ahorrando y me daba igual. Lo más probable es que ese disparo acabara con mi agonía.

—¡Sois unos cobardes! —gritó el señor Castelo. Después me miró y por primera vez pude ver su sonrisa bajo el bigote—. Tranquilo, hijo. Sé un hombre. —Asentí firme mientras añadía dirigiéndose a su mujer—: Te quiero, Pepi.

—Preparados…

—¡Asesinos! —gritó alguien desde una ventana. A lo que se sumaron otras voces de apoyo—: ¡Cobardes!

—Apunten…

Respiré hondo y mi pecho se hinchó de orgullo. No tenía nada de lo que avergonzarme. Pensé en Cloe. Mi último pensamiento sería para ella. Sentí lástima porque creería que la había abandonado. Nunca sabría lo que me había pasado.

—¡Fuego!

Cerré los ojos tan fuerte como pude. Sonaron los disparos y sentí que una bala se estrellaba contra mi espalda dejándome sin aire. Caí de rodillas sin aliento. La señora Pepita cayó fulminada pero el señor Castelo se mantuvo en pie con las piernas temblorosas.

Las risas de nuestros ejecutores invadieron la calle. La que más fuerte sonaba era la del cabecilla, que estaba disfrutando con todo aquello. Antes de darme cuenta, mi cuerpo volvió a tomar aliento y mi pecho volvió a llenarse de aire.

No sentía dolor, solo una pequeña punzada por donde había entrado la bala. Daba por hecho que la adrenalina era lo único que me mantenía firme y esperaba derrumbarme en cualquier momento. Pero entonces oí cómo los cuatro pistoleros subían al coche y salían de allí tan rápido como habían llegado.

¿Por qué no me estaba muriendo? ¿Tanto se tardaba? Miré a la señora Pepita y descubrí confuso que no tenía sangre en la espalda. El señor Castelo me pidió ayuda para llevarla dentro de la tienda. Me hablaba con naturalidad pero estaba claramente conmocionado. ¿Lo estaba yo? No moví un músculo. Todo funcionaba a cámara lenta con un eco permanente que no desaparecía y difuminaba el resto de los ruidos. Entre ellos, la risa de mi ejecutor, que no desaparecía de mi cabeza.

Los vecinos empezaron a congregarse alrededor nuestro. Todos querían ayudar. Me pusieron en pie pero mis piernas no tenían fuerza para sostenerme y entre dos me llevaron dentro del colmado. Lo mismo hicieron con el señor y la señora Castelo. Nos sentaron en unas sillas alrededor de una pequeña mesa redonda en una esquina. Todos comentaban con complicidad el odio que sentían hacia esos «hijos de puta». Al parecer, no era la primera vez que lo hacían.

—A mi primo también se lo hicieron cerca de Vía Layetana —comentó uno—. El pobre volvía de una taberna con cuatro amigos. Uno nunca se recuperó y los otros aún siguen tocados.

—No tienen derecho.

—Lo que no tienen es vergüenza. Son como animales.

Un vecino se me acercó demasiado y me miró como si me estuviera examinando. Era un hombre con gafas redondas y ridículamente pequeñas y con un aliento a brandi que tumbaría a un caballo.

—Es el guitarrista. A veces toca cerca de mi casa. A mi hija le encantan sus canciones.

—¿Por qué lo han cogido junto a los Castelo?

—No lo sé. Creo que se ha metido él solito.

—Pobre imbécil…

Podía oír la conversación pero la sentía lejana, como si no fuera conmigo.

—Eh, chico. ¿Estás ahí? —Se acercó tanto a mi cara que saboreé el brandi.

Por los gestos de su mano, creo que me estaba dando palmadas en la mejilla pero no lograba sentirlas. Pensaba lento, muy lento. Tenía ganas de dejarme caer mientras un sudor frío me recorría el cuerpo.

—Dadle un trago.

Alguien le acercó una botella que cogió del mostrador. El tipo de las gafas la descorchó usando los dientes. Me apretó la mandíbula con sus dedos para que mis labios se abrieran y poder colarme el líquido a modo de embudo. Tosí y escupí como si me hubiera tragado el océano entero. Un océano de fuego ardiente y amargo.

—Bien, creo que ha vuelto.

Tenía razón. El sudor frío había desaparecido para dejar paso a un ardor intenso que me quemaba la piel.

—¿Qué…, qué ha pasado?

—¿No lo recuerdas?

—Me han ejecutado…

—Sí, podría decirse que sí —asintió el hombre de las gafas redondas.

—¿Estoy muerto?

—No. Es un juego chico. Macabro de cojones, pero un juego al fin y al cabo.

—¿Un juego? —Mi mente aún daba vueltas y por alguna razón sabía que tenía que seguir hablando o nunca podría salir de aquella prisión en la que me veía sumido.

—Primero te colocan contra la pared, después te disparan por encima de la cabeza mientras los otros te lanzan una piedra contra la espalda para simular la bala.

—¿No me han disparado?

—Técnicamente no.

—¿Y la señora Pepita?

—Se ha desmayado. Suele ocurrir.

—¿El señor Castelo?

—Sigue conmocionado.

—Dios... Pensaba que nos iban a matar.

El hombre de las gafas se encogió de hombros.

—Todo el mundo lo creía. Puede que no tuvieran pelotas para hacerlo. Puede que solo quisieran divertirse... En cualquier caso, lo que importa es que estás vivo.

Una niña se abrió paso por el abarrotado local cargando con mi guitarra y mi sombrero.

—Amaia, te he dicho que subas a casa —le riñó el hombre de las gafas.

—Pero vi su guitarra, papá...

La niña me miró con ojos tiernos y me la ofreció junto al sombrero con las tres monedas.

—Gracias —dije mientras recuperaba algo de mi yo anterior.

—Te escuchamos siempre desde el balcón. Le he pedido una guitarra a mi papá para mi cumpleaños. Voy a cumplir once el mes que viene.

—Venga, Amaia, sube a casa con mamá.

Me puse en pie mientras la cabeza aún me daba vueltas ligeramente. Poco a poco recobré el equilibrio. La señora Pepita seguía tumbada en el suelo y el señor Castelo, sentado en una silla, tenía la mirada perdida, muy muy lejos de su colmado. La gente lo asaltaba a preguntas para intentar que volviera de allá donde estuviera pero no era fácil encontrar el camino. Yo lo sabía bien. Encontrarlo dependía del tipo de decisión que tomaras en una fracción de segundo. Asumir que volver te va a causar un profundo dolor o perderte y abandonarte para siempre. Yo encontré mi senda, consciente de que ya solo me quedaban cuatro vidas. Tenía dieciséis años y había gastado tres. Nunca fui bueno con las matemáticas y no necesitaba serlo para entender que la estadística no era muy halagüeña.

Desde el simulacro de fusilamiento intentaba pisar el barrio lo menos posible. Había empezado a ser conocido entre los vecinos y me sentía más cómodo en el anonimato. Las cosas me iban mejor cuando era un fantasma y por eso casi siempre rehuía las conversaciones o me negaba educadamente cuando me pedían que tocara algo para ellos. Aun así, la gente seguía siendo amable conmigo y a veces me daban algo de comida o ropa de hijos que habían marchado a la guerra.

El señor Castelo se recuperó del episodio con los pistoleros pero la señora Pepita no volvió a ser la misma. Había perdido su luz. Seguía sonriendo a los clientes y era amable, pero ya no desprendía esa fuerza y vitalidad que tanto la abrigaban. Muchas veces era el señor Castelo el que, cuando me veía caminando por la calle, me perseguía para darme algo de comida. Yo intentaba rechazarla porque sabía que a ellos tampoco les sobraba nada, pero él insistía y yo entendía que le hacía más feliz aceptando lo que me daba. Sus labios seguían sin sonreír pero sus ojos, siempre cansados, se cerraban formando unas entrañables arrugas que le hacían parecer más viejo.

Fue el señor Castelo quien me convenció para aceptar un trabajo en la empresa de su hermano, el otro señor Castelo, al que poco después llamaría «jefe». El señor Castelo no quería que deambulara por la calle como un vagabundo todo el día y obligó a su hermano a contratarme. Lo había manejado todo de tal forma que le habría decepcionado enormemente si lo hubiera rechazado. Además, necesitaba el dinero y era un trabajo que se me daba bien porque no requería ninguna habilidad social. Trabajaba hasta las dos de la tarde, así que podía seguir tocando mi guitarra e ir ampliando mi capital para viajar a América.

¿Mi oficina? El cementerio. ¿Mi trabajo? Enterrador.

6

Mis primeros dos metros

Ser enterrador no estaba tan mal. Como solían decir mis nuevos compañeros: «Los que dan miedo son los vivos». Y tenían razón porque me sentía mucho más seguro rodeado de tumbas que de personas.

Mi supervisor, aunque él prefería definirse como «mi compañero de baile», se llamaba Tomeu. Llevaba más de treinta años trabajando en el cementerio y había visto de todo. Había enterrado miles de cadáveres y desenterrado otros tantos. Su humor negro era incesante y llegué a la conclusión de que, en un trabajo como aquel, o te vuelcas en el humor o te vienes abajo.

La mayoría de los trabajadores no eran católicos y llegaban a decir auténticas barbaridades que jamás había oído a nadie. Blasfemias que te enviarían directo al infierno. Cosas que, si mi madre me hubiera escuchado decir, habrían supuesto que pasaran el resto de mis cuatro vidas encerrado en mi cuarto a base de penitencia. Pero esa gente estaba de vuelta de todo y con el tiempo aprendí a banalizar según qué aspectos de la muerte. Dejó de ser un tabú para convertirse en un empleo que, además, estaba bien pagado.

Los primeros días fueron los más duros. Pero eso suele ocurrir en casi todos los trabajos. Vi las diferentes reacciones de la gente ante la pérdida de sus seres queridos y aprendí que los únicos que sufren son los que se quedan. Algo que también había experimentado en mis propias carnes.

Tomeu, que conocía a todas las familias que visitaban a sus difuntos, despotricaba de la mayoría. Se reía de los que le pedían afligidos que mantuviera limpia la parcela y quitara las flores muertas cuando apenas aparecían por allí dos veces al año: la del aniversario y la que Tomeu calificaba como el Día Mundial de la Hipocresía, el 1 de noviembre, cuando el cementerio se convertía en Las Ramblas y cientos de personas ataviadas de negro acudían *afectadísimas* a las tumbas de sus parientes.

Una de las primeras cosas que hice fue cavar una tumba para mi madre. No tenía ningún cuerpo que inhumar, ya que el suyo se lo tragó la montaña, pero sí podía conservar su recuerdo en algún lugar. Enterré algunas de sus pertenencias. En casa ya no quedaban joyas, aunque tampoco tuvo muchas. Llevé una ropa que había dejado y la cazuela donde preparaba sus guisos. La boca se me volvía pastosa con solo recordar el olor que desprendían por toda la casa. La echaba tanto de menos…

Sepulté todas esas cosas junto a una carta que le escribí. Fabriqué una cruz de madera donde grabé su nombre con el cuchillo que siempre llevaba encima desde la paliza.

—¿Qué coño te crees que estás haciendo? —Tomeu me sorprendió por detrás. Era viejo pero se movía como un gato.

—Es…, es… —Me puse delante de la cruz.

—Será mejor que me lo digas de una vez si no quieres que traiga al jefe.

—Es para mi madre… —dije rendido. El simple hecho de decirlo en voz alta me quemó por dentro.

—Déjame ver. —La mirada de Tomeu se amansó, me apartó a un lado y vio la sepultura con la cruz de madera—. ¿Has cavado los dos metros que te enseñé?

—Sí.

—¿Aunque no hubiera un cuerpo?

—Sí —respondí inseguro.

—Bien… —masculló mientras se rascaba la barba canosa—. Pero no voy a permitir esa cruz de madera. ¿Te he enseñado ya a esculpir en piedra?

—No, señor. Pero tampoco tengo dinero para una lápida y…

—No me llames «señor». Y no me trates de usted. Ven. En los almacenes siempre sobra alguna lápida que se ha desechado por alguna estúpida razón.

Encontramos una lápida de granito. Estaba casi entera excepto por una esquina donde se había desprendido un trozo. Era perfecta. Mucho mejor que una cruz de madera. Aquello ya era más digno de alguien como mi madre.

Tomeu me explicó cómo esculpir sobre el granito. Lo aprendí deprisa. Cuando quise practicarlo en la lápida, Tomeu me frenó.

—¡Espera, Humberto, espera! Piénsalo bien. Lo que se graba en piedra queda para siempre.

—Homero —le corregí. No había manera de que recordara mi nombre.

—Bah, lo que sea… Ahora vete a casa y descansa. Piensa en lo que escribirás para su epitafio.

—¿Qué es un epitafio?

—Pfff, ¿de dónde te han sacado a ti? Un epitafio es precisamente lo que grabarás en la sepultura.

—Pensaba que solo se escribía el nombre.

—Hay quien escribe el nombre, hay quien deja un mensaje, hay quien se despide, hay quien se orina y hay quien insulta… Piénsalo, Humberto, piénsalo.

—Homero.

—Bah, lo que sea. Mañana lo grabaremos y colocaremos la lápida.

—¿No se lo dirá al jefe?

—No, si no me lo pregunta.

Nunca se lo preguntó y Tomeu nunca se lo dijo. Al día siguiente ya sabía lo que quería dejar grabado para siempre. Me pasé media mañana trabajando en la lápida y de vez en

91

cuando aparecía Tomeu para comprobar mis avances. No se me daba mal, aunque el viejo se reía de lo lento que iba. Me daba miedo romper la lápida o resquebrajarla. El trozo que faltaba en su esquina daba fe de su fragilidad.

Cuando terminé, la llevé hasta la tumba de mi madre con una carreta y la ayuda de mi supervisor, que no me quitaba el ojo de encima. Me deshice de la cruz de madera, cavé un profundo raíl, tal y como Tomeu me había enseñado, e introduje la lápida para que se sostuviera firme. Cuando acabé, contemplé orgulloso mi trabajo mientras mi compañero me daba unas palmadas en la espalda.

—Bien hecho, chaval. Seguro que le encanta.

—Gracias, Tomeu.

Me quedé solo frente a la tumba de mi madre. Ahora tenía un lugar donde hablarle y ella uno desde el que escucharme. Mis palabras ya no se las llevaría el viento. El viento…

No podía dejar de pensar en ella ni siquiera frente a la tumba de mi madre. Pasé mi mano por la lápida y por el relieve de lo que había dejado escrito. Me despedí de ella y deseé que mi padre hubiera estado allí para verlo. Sé que él también habría estado orgulloso.

Afligido, aunque con cierto alivio en el corazón, dejé a mi espalda ese adiós que quedaría grabado en piedra para siempre.

Aurora Romero
7 de abril de 1895 - 8 de enero de 1938
Poesía eres tú

A partir de aquel día Tomeu se convirtió en mi único amigo. Nunca nos veíamos fuera del cementerio, pero allí dentro era mi familia. Creo que el hecho de saber que yo estaba solo le despertó alguna especie de instinto protector, aunque me siguiera llamando Humberto día sí y día también. A veces estaba convencido de que lo hacía adrede.

Cierto día me topé con una familia que me reconoció.

Como solía decir mi tía Teresa, en paz descanse: «El mundo es un pañuelo y nosotros, sin duda, somos los mocos». Iban a celebrar el funeral de una chica joven, un poco mayor que yo, que había fallecido tras contraer una rara enfermedad. Después me enteré de que la pobre ya había nacido con esa dolencia y que nunca la dejaban salir a la calle, así que evidentemente a ella nunca la había visto, pero a su tío y a otros familiares cercanos me los había encontrado por el barrio. Había mucha gente en su entierro, todos vestidos como cuervos, empecinados en rendirle homenaje a la muerte.

Tomeu me explicó que en la antigua Grecia se le colocaba una moneda en cada ojo al fallecido para que pudiera pagar al Barquero. Dos monedas para un señor que te llevaría remando al mundo de los espíritus. Pero nunca me cuadró esa historia. ¿Para qué narices querría un barquero del inframundo un par de monedas?

La familia de la chica también conocía al señor Castelo, y gracias a eso el jefe les había conseguido —supuestamente— una de las mejores parcelas de todo el cementerio. Mientras yo me encargaba de rastrillar las hojas muertas se acercó el tío de la pobre chica. Amablemente me preguntó si podía tocar algo con mi guitarra. Él nunca me había oído tocar pero la gente del barrio hablaba maravillas sobre mi sensibilidad. La madre de la chica, también viuda, me había oído en más de una ocasión y le había pedido a su hermano que me lo preguntara. Me cogió por sorpresa pero no supe decirle que no.

Toda la familia se congregó alrededor de la tumba, acompañadas por vecinos y amigos. La mayoría de las veces cavaba fosas para ancianos y hombres adultos pero esta era para una chica de mi edad.

Tomeu intentó por todos los medios que no tocara para ellos alegando que ese no era mi trabajo, ni mi obligación. Discutimos y nos enfadamos. El tiempo y la experiencia te enseñan a protegerte, a mantener las distancias y desvincularte del dolor ajeno, pero es realmente difícil desvincularte de ese dolor cuando tocas en un funeral para una chica que ya no respira y una familia que solo la llora. Ahora sé que Tomeu solo quería protegerme de ese dolor y yo fui tan testarudo como para ignorarlo.

Me fui a la caseta principal donde guardaba mis posesiones. La guitarra siempre la llevaba encima porque tampoco quería dejarla en casa, donde no tenía ni una puerta que frenara a los curiosos. A diferencia de mi caja metálica, la guitarra no la podía esconder en un rincón. Además, nunca sabía dónde acabaría tocando.

Llegué jadeante hasta mi taquilla —no quería hacer esperar a toda una familia— y hasta me dio cierta lástima verla sola y encerrada como si fuera yo quien la mantuviera cautiva de su propio destino. Todos tenemos un cometido en la vida, algo que tenemos que hacer simplemente porque podemos. El suyo era cantar y el mío ayudarla a conseguirlo.

94

—Hoy tienes que llorar como nunca, vieja amiga. —A veces le hablaba. Me había acostumbrado a pasar tantas horas a solas con ella que la trataba como a una persona. Como si pudiera absorber mis penas dentro de su caja de madera para después deshacerse de ellas a través de sus cuerdas. Sí, deshumanizaba a los muertos y humanizaba a mi guitarra, así estaban las cosas.

Me acerqué a la nueva tumba con paso rápido y me coloqué frente a la familia. Lo único que nos separaba era la fosa rectangular de dos metros de profundidad que había cavado por la mañana. Lo peor al cavar siempre eran las piedras, pero como decía Tomeu: «Nunca dejamos de encontrarnos piedras por el camino, ni siquiera estando muertos».

Esquivé los ojos de la madre y miré a su hermano esperando una confirmación. Asintió levemente con una sonrisa que, aunque amarga, me llenó de coraje. Toqué una de las canciones que había compuesto para mi madre. Me pareció la más apropiada. Era lenta y suave. Hablaba de un adiós al tiempo, un hasta luego lleno de agradecimiento por todo lo que había dejado al marcharse. Un dolor transformado en esperanza y un reencuentro repleto de risas y nuevas historias.

Toqué dejando que las notas resbalaran por la madera y danzaran alrededor. Podía sentir que nadie me escuchaba y al mismo tiempo cómo todos lo hacían. Los llantos de la madre y de la abuela se solapaban con algunas notas sin estropear la música. Llegué a disfrutar del dueto que estábamos formando y después me avergoncé por ello. Seguí tocando sin saber cuándo debía parar. Iba levantando la cabeza para cruzar miradas con el tío de la chica confiando en que me hiciera una señal.

No sé si fue la música o el ambiente fúnebre el que terminó por hacerlos llorar a todos. Me detuve, consciente de que quizás nadie tuviera la fuerza o las ganas para pedírmelo y el tío asintió agradecido. Me incliné mostrando mis respetos y los dejé con su dolor. Había sido duro, muy duro y me prometí que sería la última vez.

95

Más tarde hacía rodar un carrito con el rastrillo, la pala y una montaña de tierra y hojas rojizas cuando el tío de la difunta se me acercó con la madre y la abuela. Esta última fue la primera en hablar:

—Ha sido precioso, joven. ¿Cómo te llamas?

—Homero, señora.

—Tienes un don, Homero.

—Gracias, señora.

Miré a la madre, que apenas se sostenía y necesitaba de los fuertes brazos de su hermano para agarrarse. Sentía una profunda lástima por ella y me imaginé a mi madre llorando desconsolada si fuera yo el que descansara en una de esas cajas.

—Siento mucho por lo que está pasando, señora. Le prometo que cuidaré de su hija.

Me miró con los ojos rojos e hinchados y su temblorosa

mano se posó en mi cara con esa suavidad que solo las madres poseen. Echaba tanto de menos ese tacto, ese amor…

—Ella nunca podía salir de casa. Estaba muy enferma… —Sonrió con tristeza—. Pero entonces llegaste tú con tu guitarra… Te escuchaba siempre desde la ventana, ¿sabes? —Lloró y su hermano la rodeó con más fuerza—. Cuando no estabas, esperaba junto al cristal sabiendo que más pronto que tarde volverías. Era su mejor momento del día. Decía que tu música le curaba el alma y la preparaba para… —Se derrumbó.

—Tocaré todos los días para ella —dije sin pensar en las consecuencias. Pero en aquel momento me pareció lo más acertado.

La madre levantó la vista emocionada.

—Que Dios te bendiga, hijo…, que Dios te bendiga…

Su hermano me puso la mano en el hombro y tragó saliva. Me dio unos golpecitos en la espalda y se retiraron mucho más afectados de lo que habían llegado. Encararon la rampa de salida dejando a una hija detrás y cientos de flores coloridas que, como ella, pronto se marchitarían y se esparcirían alrededor para que yo las recogiera con mi rastrillo. Mi vida giraba en torno a la muerte.

A Tomeu se le pasó el enfado. Siempre se le pasaba todo. Andaba algo disgustado porque le caía bien y estaba convencido de que no aguantaría mucho más en el cementerio. Decía que no estaba hecho para ese trabajo. No sé si era un cumplido o una protesta, pero se equivocaba. Necesitaba ese dinero, mi hucha para Uruguay aún necesitaba monedas. Además, mi madre descansaba en esa misma tierra y ahora también tocaba para ella.

Cada día Tomeu me insistía para que me fuera con él a tomar unas cervezas al salir del trabajo. No sé si el viejo era consciente de que solo tenía dieciséis años. Aunque, de haberlo sabido, creo que le habría dado lo mismo. Yo siempre me negaba con la excusa de que tenía otro trabajo. No era mentira del todo, ya que tocaba la guitarra y ganaba unas monedas. Lo que omitía es que lo hacía tirado en la calle.

Algunas veces me daban impulsos repentinos de coger todo lo que tenía y volver a las montañas. La verdad es que lo pensaba constantemente. Era difícil mantenerme allí sabiendo que ella me estaría esperando. Pero era un simple espejismo porque mi conciencia nunca me dejaría descansar hasta saber qué había sido de mi padre.

Cada día cantaba para la chica, tal y como le prometí a su madre. Cada día cogía la guitarra y le tocaba alguna canción. Existía una especie de conexión, algo ceremonial y diferente cuando tocaba para ella. Tomeu tenía razón. Cuando uno graba algo en piedra es para no olvidar. Y yo nunca olvidé su inscripción:

Carmen Fort Canals

12 de abril de 1920

9 de septiembre de 1938

A pesar de su juventud, la pobre Carmen no había vivido. Siempre estuvo enferma y débil, y la única vida que anhelaba era la que contemplaba a través de su ventana. Me di cuenta de que yo formaba parte de esa vida. Una parte importante, según lo que me contó su madre. Es curioso desconocer lo relevantes que podemos ser en vidas ajenas de las que nunca sabremos qué nos llevamos, ni qué se llevaron ellos de nosotros. De haberlo sabido, habría levantado la vista hacia su ventana y la habría saludado. Cuando uno puede dar tanto con tan poco se convierte casi en una obligación, un deber con uno mismo. Pero ¿cómo podría haberla saludado si yo siempre miraba los zapatos? Me conformaba con pensar que me había convertido en la ilusión de una chica que, dos pisos por encima de mi cabeza, soñaba con volar.

Terminé mi canción diaria y, más afectado de lo que me habría gustado reconocer, caminé por el cementerio alejándome de mis obligaciones. No tenía ganas de nada. Me pasaba a menudo. Después de tocar sentía que me vaciaba y necesitaba llenarme de nuevo. No era agradable, porque mi música casi nunca lo era. Era sincera, era dolorosa, era profunda y muy muy mía. Tanto que siempre alcanzaba a todos. No era mi intención. Yo solo quería sentir alivio, gritar al mundo y expresarme de la única forma que había aprendido. La única forma que de verdad me funcionaba. Las veces que he sido más sincero ha sido con una guitarra en la mano.

Caminé hasta los límites de la zona norte del cementerio, la más cercana al bosque y donde se levantaba un montículo desde el que se podía contemplar el puerto de Barcelona y una parte de la ciudad. Siempre observaba el tráfico portuario soñando en subir a uno de esos monstruos de acero para que me llevara bien lejos. A poder ser, a Uruguay.

Me gustaban los días grises porque parecía todo más real y transformaban el mar azul en una masa enturbiada. El mar… Cloe soñaba con él y yo apenas lo apreciaba. Me parecía algo sobrevalorado. Poetas y músicos lo habían descrito como mágico y maravilloso, el mismo capitán Nemo lo veneraba y lo recorría como quien recorre mil vidas —o veinte mil—. Pero ¿acaso el mar era auténtico? Poseía carácter, temperamento y fuerza para deformar las rocas más poderosas, pero su color no era más que el reflejo de la luz que asomaba entre las nubes. Su bravura solo se la debía al viento cuando soplaba fuerte, y su misterio, a la luna que lo dominaba. Si estaba frío era porque habían llegado las nieves y cuando se templaba era gracias al sol del verano. ¿Qué identidad tenía el mar? ¿Mostrar el efecto de todo lo que lo rodeaba? ¿Es eso también lo que era yo? ¿Lo que somos todos? ¿Una complicada e inalterable fórmula de causas y consecuencias que nos hacen ser como somos? No, yo no era como el mar. Me prometí que no dejaría que la vida me llevara. No sería ella quien me cambiara a mí, sino yo quien la cambiaría a ella. Simplemente, porque yo sí podía hacerlo.

Molesto por culpa de mis estúpidas reflexiones, subí hasta la cima del montículo y lo bajé por el otro lado. Nunca había caminado por esa zona; la espesa maleza que se enredaba caótica indicaba que nadie lo hacía. Me fui alejando hasta que me topé con unos hongos que me resultaban familiares. Eran falsos *carlets*. Es decir, muy venenosos. Según Cloe, solo podían crecer en el Pirineo y a cierta altura. Me habría gustado demostrarle a la señorita sabionda cuán equivocada estaba.

Seguí el reguero de hongos y llegué junto a un grupo de lápidas apiñadas de mala manera. Debían ser muy antiguas porque sus piedras agrietadas eran curiosamente pequeñas. Solo levantaban un par de palmos del suelo. Y estaban muy aisladas, como si no formaran parte del cementerio.

La vegetación crecía salvaje y la hiedra trepaba por las lápidas ocultando sus nombres. Me deshice de las enredaderas de la más cercana pero no había nada que la identificara. La lápida estaba en blanco. Ni nombres ni fechas…

Me puse nervioso. No solo por las tumbas, sino porque ese lugar conseguía erizarme el vello de la nuca. Todavía no era mediodía y en esa zona boscosa ya parecía casi de noche. Deshice la hiedra de otras dos pero tampoco vi nada. Quise indagar más mientras me convencía de lo estúpido que resultaba tener miedo. Ese canguelo era más digno del Homero de antes de la guerra. Pero entonces el viento sopló haciendo volar las hojas secas a mi alrededor y me di cuenta de que los dos Homeros no eran tan diferentes después de todo. Me alejé avergonzado y con prisa de ese lugar maldito.

Si alguien conocía cada rincón del cementerio, ese era Tomeu. Tendría que darle explicaciones de por qué había llegado tan lejos de mi zona pero no podía quitarme de la cabeza aquellas tumbas ocultas y sin nombre. Así que al día siguiente, mientras cavábamos dos fosas contiguas, se lo pregunté.

99

—¿Y por qué narices fuiste allí? —Sabía que esa sería su primera pregunta.

—Me entró un buen apretón y no quería que ningún visitante me viera en plena faena tan cerca de las tumbas. —Tomeu seguía quitando tierra de su agujero y yo del mío. El calor apretaba y me dolían los brazos y las muñecas—. ¿Por qué están tan apartadas del resto?

—Porque así es como debe ser.

—¿Las cavaste tú? —Ya había aprendido a tutearlo, aunque a veces lo trataba de usted solo para ver cómo gruñía. Sobre todo, cuando me llamaba Humberto.

—Muy pocos saben de su existencia. Y yo juré guardar el secreto —añadió orgulloso mientras se metía dentro de la tumba para sacar más tierra.

—¿Qué secreto? ¿Por eso no hay inscripciones?

—Afirmativo.

—Pero ¿quiénes son?

—Bueno, supongo que ya va siendo hora de que lo sepa alguien. Y sería lógico que ese alguien fueras tú, ya que eres el único que las ha visto, o al menos, el único que ha preguntado por ellas.

—¿Saber qué? —Estaba intrigadísimo, aunque, viniendo de Tomeu, podía tratarse todo de un delirio alimentado a base de años y fantasía.

—Si te lo digo…, ¿prometes guardar el secreto?

—Lo prometo.

—Está bien… —Suspiró—. Indios.

—¿Indios? —dije en tono de burla, aunque sin ánimo de ofenderlo.

—Sí, indios. Pieles rojas. De los de plumas. Salvajes de esos con sus arcos y sus flechas. Indios —dijo con su habitual poca paciencia.

—¿Y cómo llegaron hasta aquí? ¿A caballo?

Tomeu sonrió a mi ocurrencia pero deduje que el tema le parecía más serio porque acto seguido dejó su pala, salió de la fosa y se sentó junto a la mía mientras se encendía su famosa pipa de hueso. Entendí que era nuestro momento de descanso, así que salí y me senté junto a él.

—Hará unos cincuenta años de aquel desastre…

—¿Qué desastre?

Tomeu bufó y me miró tenso.

—¿Me vas a dejar hablar o vas a empezar a interrumpir con tus malditas preguntas?

—Perdón…

—Hará unos cincuenta años de aquel desastre. Ocurrió a principios de 1890. Puede que fuera en el 89. Yo tendría unos diecisiete o dieciocho años. Y estaba abrumado ante la expectativa que se había creado en torno a la famosa compañía de circo que había llegado a la ciudad. Aún recuerdo el cartel de El salvaje Oeste de Buffalo Bill, y que la entrada costaba una peseta. Decían que había traído a más de doscientos *cowboys* y pieles rojas, todos con sus caballos y sus vestimentas, y que actuaban más de mil personas.

—Eso sí que es montar un buen espectáculo…

—Afirmativo. El caso es que yo tenía dos entradas para ir a verlo con mi novia. Mi preciosa Macarena. Durante toda mi vida me habían apasionado las historias de indios y vaqueros y entonces tenía la oportunidad de verlos en persona. Incluso de conocer al mismísimo Buffalo Bill. Por desgracia, nunca conocería a Toro Sentado, dijeron que no había podido viajar por problemas de salud. Eso fue un palo.

—¿Quién? —pregunté con una sonrisa.

—Toro Sentado. El más famoso y poderoso de los indios.

—Pensaba que ese era Buffalo Bill.

—Pero ¿qué dices, chico? Buffalo Bill era americano, blanco. Un soldado. Su auténtico nombre era William Cody —dijo con orgullo, como si reviviera esa ilusión infantil.

—¿Y por qué lo llamaban así?

—¡¿Quieres saber por qué se llamaba así o quieres saber por qué cojones están esas malditas tumbas allí?!

—Las tumbas, las tumbas…

Tomeu solía tener estos ataques de gran enojo pero era inofensivo; solo enrojecía, le daba tres o cuatro caladas a la pipa y continuaba más relajado. Era como una montaña rusa. A veces divertía y otras veces mareaba.

—La mayor parte de la compañía se instaló en la calle Muntaner, justo por debajo de la Diagonal. ¿Sabes dónde está el bar Velódromo?

—Afirmativo —asentí. Le gustaba que usara sus expresiones.

—Antes había una enorme explanada donde se habían jugado hasta partidos de fútbol. Aunque también se jugaron después. Y muchos. El Barcelona tenía su campo allá, aunque cuando empezó a ganar tuvieron que trasladarse porque las gradas se les quedaban pequeñas. Entonces hicieron el campo de Les Corts y… ¿de qué estábamos hablando?

102

—De los indios —apunté con paciencia.

—Ah, sí. Los indios se instalaron allá y, aunque la gente se amontonaba para ir a verlos actuar, también era muy recelosa. Contaban que eran auténticos salvajes y que incluso se comían a las personas. Recuerdo que a la semana de instalarse desaparecieron dos niñas cerca de donde estaban acampados y hubo mucho jaleo. Tuvo que interceder el propio Buffalo Bill para convencer a los vecinos de que era imposible que se las hubieran comido, aunque hubo momentos de máxima tensión, arrestaron a varios indios y en una trifulca mataron a dos de ellos. El salvaje Oeste había llegado a la salvaje España. Poco después Buffalo Bill decidió que lo mejor era abandonar el espectáculo y seguir su ruta por Europa. No debió quedarse muy contento con nuestro país.

—Pues imagínate si hubiese venido ahora…

Tomeu rio de nuevo mi gracia y después tosió mientras el humo se escapaba de sus pulmones.

—El caso es que me llevé una gran decepción al saber que iban a marcharse.

—¿Y qué pasó con las niñas?

—¿Qué niñas? Ah, sí. Nada. Se habían escondido para gastarles una broma a sus padres. Aparecieron unas horas después y tuvieron que soltar a los indios.

—Sigo sin entender lo de las tumbas.

—Buffalo Bill tuvo que retrasar su partida porque un brote de gripe o cólera había infectado a algunos miembros de la compañía. Yo siempre he pensado que fue la gripe. Esos indios no estaban preparados para la vieja Europa y nuestras enfermedades. Caían con mucha facilidad. Los tuvieron que poner en cuarentena para que no se extendiera el contagio. En total, murieron doce indios que fueron enterrados en este cementerio.

—¿Doce? Me ha parecido contar trece lápidas.

—No, murieron doce.

—¿Y la número trece?

—¡Ya llegaré a eso! —Chasqueó la lengua—. La gente los veía como unos salvajes paganos, así que solo aceptaron enterrarlos si se hacía lejos del resto de las tumbas.

—¿Y por qué no hay inscripciones en sus lápidas?

—Ni fechas, ni nombres ni *na*. Tampoco vino nadie a despedirlos. Ni los de su propia raza, ¿puedes creerlo? —Tomeu alzó los hombros.

—Imagino que ellos tendrían sus propias costumbres.

—Sí, claro. Seguro. —Se puso en pie con dificultad—. Aunque te cueste creerlo, Tomeu no lo sabe todo. Venga, tenemos que acabar esto, que ya se nos está haciendo tarde. ¿Nos tomamos unas copas después?

—¿Y qué pasa con la tumba número trece?

—Ah, sí... —Suspiró y volvió a sentarse—. Verás, entre todos esos indios que enfermaron y murieron, había uno muy especial. Uno del que se había dicho que no había viajado con la compañía por problemas de salud.

—¿Toro Sentado?

—¿Cómo lo has sabido? —soltó entre sorprendido y asustado.

103

—Porque lo has comentado al principio.

—¿De verdad? —añadió desorientado. El viejo cada día estaba peor.

—Afirmativo.

—Vaya mierda. Quería darle más emoción a mi final...

—¿Toro Sentado está enterrado en Barcelona?

—Siempre podré decir que fueron mis primeros dos metros... Yo acababa de empezar en el cementerio y, como era el novato y nadie en su sano juicio quería enterrar a esos indios paganos, me lo ordenaron a mí. Además, pensaban que podían contagiarse de alguna enfermedad rara cuando los que se habían contagiado eran los pobres indios. Yo creo que fue la gripe porque esa gente no estaba acostumbr...

—Sí sí. Eso también me lo has contado.

—¿De verdad? ¿Y qué es lo que no he contado?

—Te ordenaron cavar sus tumbas... —añadí armado de paciencia.

—Ah, sí. Era una tarde de invierno porque solo eran las seis y ya era de noche. Cuando estaba cavando apareció un hombre acompañado de tres indios. Era Buffalo Bill. Yo no podía creerlo. ¡El mismísimo Buffalo Bill hablando conmigo! Me rogó, en nombre de los indios, que las doce tumbas formaran una media luna. Por lo visto, era su costumbre. Y luego me confió uno de los mayores secretos. Toro Sentado también tenía que ser enterrado allá. Había muerto hacía dos días y era inviable guardar el cuerpo hasta su regreso a América, ya que aún les quedaba toda una gira por Europa. Me pidió que guardara el secreto para evitar a los ladrones de tumbas.

—¿Ladrones de tumbas?

—Saqueadores. En algunas culturas, a los muertos se les entierra con sus posesiones. Y Toro Sentado era un hombre muy... poderoso. Supongo que fue enterrado con sus tesoros más preciados.

—¿Tú no lo viste?

104

—Ni siquiera me dejaron estar cerca. Yo solo cavé las tumbas tal y como me pidieron y después me largué.

—O sea, que en realidad no viste cómo lo enterraban.

—Ni lo vi yo ni lo vio nadie, chico. Ni siquiera su gente. Como te he dicho, solo estaban Buffalo Bill y tres indios más. Serían sus sacerdotes o algo así. Llevaron a cabo una ceremonia y enterraron a sus compañeros. Eso sí, antes de largarse me entregaron la navaja de Toro Sentado y me nombraron «Fiel Guardián» de su sueño.

—Eso es una pasada. ¿Y la tienes?

—Claro que la tengo —dijo casi ofendido—. Aunque no la merezco.

—¿Por qué dices eso?

—Porque fracasé. —Tomeu bajó la cabeza triste. Puede que avergonzado—. No sé cómo pasó, pero pasó.

—¿El qué? —Estaba que me mordía las uñas.

—Abrieron su tumba. Unos meses después.

105

—¿Quién?

—No lo sé. Solo había cinco personas que supiéramos dónde estaban enterrados. Y, evidentemente, yo no fui. Pero el que lo hizo no estaba interesado en las otras tumbas. Sabía perfectamente cuál era la de Toro Sentado. Era la única que encontré abierta.

—¿Y qué encontraste?

—Huesos. Solo huesos. Se llevaron lo demás. Lo que fuera aquello con lo que lo enterraron. Pero tenía que ser algo muy gordo para que alguien esperara meses para hacerlo.

—¿Crees que pudo ser Buffalo Bill?

—No. Ese hombre respetaba a su amigo. Se encargó de todo. Antes de irse me estrechó la mano y, como agradecimiento por mi compromiso, me regaló una de sus pipas. —Tomeu la alzó a modo de trofeo.

—¿Esta pipa era de Buffalo Bill?

—Hace cincuenta años, sí.

—Fue uno de los indios. Tuvo que ser uno de esos tres.

—No lo sé. Y ya no importa. Fue hace... más de medio siglo. Joder, ¿tan viejo soy?

—¿Y nunca se lo has contado a nadie?

—Nunca jamás. Hasta ahora.

—Menuda historia. ¿Nunca has pensado en desvelar el secreto?

—¿Para qué? ¿Qué ganaría yo con eso? ¿Romper una promesa y provocar una exhumación? Bah, tonterías. Para qué querría yo complicarme la existencia...

—Un saqueador de tumbas... —susurré todavía inmerso en la historia.

—Bueno... —dijo Tomeu levantándose y dando por concluida la charla—, ¿nos tomamos esas copas ahora?

—Tengo dieciséis años, Tomeu.

—Y yo casi setenta. Eso lo equilibra...

Creo que en el fondo estaba tan solo como yo. Como mucha gente en esa época. A falta de alimentos, eran muchos los que se daban a la bebida gastándose lo poco que obtenían trabajando.

Incluso siendo el Fiel Guardián del Sueño de Toro Sentado.

7

Emmet, el usurero

Por las tardes solía buscar nuevos rincones en los que sentarme con mi guitarra. Me sentía más cómodo con público nuevo que con el que ya me conocía.

Solía acercarme a la zona del Paral·lel. Allá siempre había movimiento y locales abarrotados. El más famoso era El Molino Rojo. Aunque más tarde se le quitaría el «rojo» por aquello de la urticaria que les daba a algunos ese color. Pero la verdad es que la guerra era como un gigantesco brazo que nos rodeaba a todos y lo único que buscaba la gente era evadirse de ella a base de fiesta, teatros, cines, prostíbulos y demás. ¿Quién podía culparlos? Todos huíamos de algo y un par de piernas bonitas siempre podían transportarte a otros mundos, aunque a mí siempre me dejaran en la puerta.

Por desgracia, no solo era joven, sino que también lo aparentaba, así que tenía vetada la entrada en todos los locales. Supongo que el hecho de ir vestido como un pordiosero tampoco me ayudaba. Me veían como a un pimpollo que solo quería disfrutar de unos cuantos escotes y un poco de carne extra. Cierto. Pero también era cierto que me moría por tocar mi guitarra en uno de aquellos locales. La gente decía que el Paral·lel era el mejor escenario de toda Barcelona y, aunque muchos iban a disfrutar de algo más picante, también los había que se acercaban para descubrir a nuevos artistas: bailarinas, músicos y cantantes.

Solo habían pasado unos minutos desde que me había sentado en una esquina, junto a la salida de un cine donde proyectaban un documental republicano, cuando reconocí una silueta en la acera de enfrente. Ese pelo alocado, esos huesos delgados y ese porte chulesco al caminar... Todo mi cuerpo estaba entrando en ebullición.

Me levanté de un salto, recogí mi sombrero vacío y me colgué la guitarra a la espalda. Hacía unos meses que había improvisado un asa con un trozo de sábana vieja para sujetármela bien.

Crucé la calle, me bajé la visera de la gorra y decidí seguirlo de cerca hasta una zona menos concurrida. Cuando vives solo en una ciudad en guerra aprendes a defenderte y para eso necesitas algo más que tus manos desnudas. Yo siempre llevaba una navaja en el bolsillo. Más bien, un cuchillo desafilado que encontré en el cajón de la cocina, pero para el caso daba lo mismo; era pequeño, manejable y con su peligrosa punta podía sacarle fácilmente un ojo a cualquiera. Ya había tenido que usarlo en alguna ocasión, cuando algún vagabundo borracho intentaba robarme el gorro con las monedas.

Metí las manos en los bolsillos para sentir el metal frío entre los dedos. Caminé tras él guardando una distancia de seguridad. Ya había comprobado lo rápido que era el día que escapamos del orfanato, así que no le daría la opción de verme llegar. Hoy no iba a escaparse. Mientras lo seguía recordé cómo, durante las siguientes semanas a la paliza que me propinaron esos tres matones, apenas salí de casa. Mirando atemorizado cada rincón de la calle, rezando para no toparme con ellos. Después experimenté todo lo contrario. Iba de un lado a otro con mil ojos, ansioso por encontrarme a uno solo y poder descargar mi rabia. Tras unos meses ya lo había dado por perdido pero la venganza y el amor siempre van de la mano. Cuando al fin te rindes y dejas de buscar, es cuando por fin llama a tu puerta.

Esa tarde era como un cazador tras su presa. Sin ningu-

108

na prisa. Tenía a mi merced al ratero que me la jugó. Al ladrón que me hizo quedar como un imbécil. Sí, la alargada sombra que pisaban mis pies era la de Polito.

Entre el tumulto, lo vi chocar adrede con algunos peatones y cómo les metía la mano en sus chaquetas. El cabrón era bueno. En menos de tres manzanas ya le había visto birlar cuatro carteras y siempre le pedían disculpas por el encontronazo. Cogía las carteras, las abría, revisaba qué cosas de valor tenían y las tiraba al suelo para que yo las pisara unos metros después. No me molesté en revisarlas, estaba seguro de que ya las había vaciado. Además, solo me importaba saciar mi sed de venganza.

Seguí a Polito durante más de media hora. La zona era cada vez más pobre y empezaban a acumularse indigentes tumbados junto a cubos de basura rebosantes o entre cartones amontonados formando improvisados refugios. La tarde empezaba a caer y las sombras crecían en aquel barrio marginal. 109

Polito se detuvo junto a una señora arrodillada en la acera sujetando un cartón con algo escrito que no alcanzaba a leer. Era mi momento. No había casi nadie alrededor excepto unos pobres vagabundos que nos ignoraban.

Doblé la esquina en la que me ocultaba y me acerqué sigilosamente por detrás. Polito estaba distraído comentando algo con la desnutrida mujer y entonces me detuve en seco. El maldito ratero, el mismo tipo que me estafó, me engañó, me robó y me dejó en manos de tres matones para que me apalearan, se estaba deshaciendo del dinero que acababa de robar para dárselo a esa indigente.

—Eres un ángel, Hipólito —dijo la mujer entre sollozos.

—Volveré en cuanto pueda. Usted cuídese, ¿vale?

La mujer asintió y yo me escondí antes de que me viera. Después retomó la marcha y yo tras él.

Al pasar junto a la señora, me pidió una limosna. No le di nada pero no pude evitar fijarme en las palabras que había escrito en ese trozo de cartón: «Vendo zapatos de bebé sin usar». ¿Quién vende los zapatos de su bebé? ¿Y por qué estaban sin usar? Solo tuve que dejar de pensar y entrar en sus ojos. Algo se removió dentro de mí... Pobre mujer. Pero... ¿qué pintaba Polito allí?

Aceleré el ritmo para que no se me escapara, aunque toda esa rabia que había ido acumulando calle a calle, esquina a esquina, se me había esfumado en los ojos de esa señora. Unos minutos antes le habría clavado mi cuchillo en la garganta si me hubiese provocado, pero entonces...

Quise dar media vuelta, pero evoqué la paliza que me dieron sus amigos, la guitarra despedazada en mi espalda, las noches durmiendo de lado por el dolor y, sobre todo, el robo del medallón. Ahí residía todo mi odio. Me habían arrebatado lo único que no estaba dispuesto a perder. Mis músculos volvieron a tensarse, mi mirada volvió a afilarse hasta parecer la de un depredador.

110 Lo seguí cada vez más de cerca, la canción ridícula que silbaba Polito amortiguaba el ruido de mis pasos. La calle era estrecha y solitaria y pronto daría con una más ancha y transitada. Se detuvo a contemplar el escaparate de una humilde juguetería y supe que era el momento. Me acerqué como un felino y, antes de que se diera cuenta, mi cuchillo le presionó con firmeza la yugular.

—Si te mueves, te rajo. —Hasta la voz que salió de mi garganta era digna de un gánster.

—¿Qué quieres? No tengo nada, tío. ¿Quién coño eres?

Podía sentir su miedo y el seísmo de cada una de sus palabras. Lo agarré de la solapa y lo obligué a mirarme.

—Joder... ¿Te conozco? Espera... Tú... ¿El guitarrista?

—¿Quieres decir algo más antes de que te desangre como a un cerdo?

—Vale, tío, tranquilo, vale... Relájate. Deja que te lo explique.

—Creo que ya me quedó claro la última vez. Ayudarnos mutuamente y esas cosas, ¿verdad?

—Tío, tú no lo entiendes. Esos tipos, esos cabrones... Estaba en deuda con ellos y...

—Perfecto, porque ahora estás en deuda conmigo.

—Tío, joder, yo ya me he salido de eso. He roto con aquella gente.

—¿Y yo era el regalo de despedida? —Presioné su cuello con mi cuchillo.

—Tío, venga...

—¿Dónde está?

—¿Dónde está quién?

—¡Mi medallón!

—No lo sé, joder. Ya viste que me fui antes de que...

—¿Dónde está? —La hoja perforó un poco de carne derramando las primeras gotas de sangre.

—¡Aaah! Vale vale. Ya me acuerdo. En serio. Esos gilipollas siempre tratan con el mismo viejo, ¿vale? Ya te hablé de él.

—El usurero...

—Sí, Emmet. Puedo llevarte hasta él pero...

—¡Andando! Y te advierto que puedes intentar escapar, pero te juro que mañana, el mes que viene o de aquí un año volveré a aparecer con un cuchillo en tu yugular y esa vez no será para preguntar nada.

—Joder, tío..., cuánta ira. Lo he pillado. Tranqui. Paz, colega. No voy a ir a ningún sitio.

La verdad es que no sé quién estaba más nervioso de los dos. Me fijé en la mano con la que sujetaba el arma: estaba temblando como un flan. La aparté enseguida algo asustado de mí mismo.

Recorrimos media ciudad y aparecimos en medio de Las Ramblas. Las cruzamos y seguimos hasta llegar frente a una pequeña puerta de madera donde se leía «Emmet», escrito sobre un pequeño tablón de madera semipodrido que colgaba sobre la entrada.

—Es aquí. —Señaló.

—Pues entra. Y si me la estás jugando, te juro que...

111

—No te la estoy jugando, pero será mejor que guardes ese cuchillo.

—Buen intento.

—Tío, lo digo en serio. Ese viejo se las sabe todas. No se te ocurra engañarle porque es astuto como un zorro. Y siempre guarda un arma bajo el mostrador.

Lo miré escéptico.

—¿Y por qué me lo dices?

—Porque tiene unos mil años, la vista de un topo y las manos le bailan todo el día. Lo más probable es que te apunte a ti y me vuele la cabeza a mí. Paso de morir por un estúpido medallón.

Al abrir la puerta, la campanilla que había sobre ella tintineó nerviosa. Solo se veía un pasillo estrecho formado por dos enormes estanterías que alcanzaban el techo y rebosaban de todo tipo de cosas. La tienda era tan minúscula y compacta que daba la sensación de esconder muchos más objetos de los que cabían. La mayoría eran libros viejos. Los libros más grandes que había visto nunca.

Recorrí el estrecho pasillo junto a Polito. Al fondo, tras un mostrador carcomido, un viejo encorvado examinaba un anillo a través de su monóculo. Luego lo mordió con sus amarillentos dientes, como si así obtuviera la prueba definitiva de su calidad. Lo dejó dentro de una cajita de madera. Después mordió otro que no le convenció y dejó dentro de otra caja con más chatarra.

—Buenas tardes, viejo —saludó Polito cuando ya llegábamos al mostrador.

Emmet levantó la vista curioso.

—Vaya vaya vaya… ¿A quién tenemos aquí? —La voz del viejo crujía igual que la madera podrida de sus estanterías. Una pequeña chispa en aquella tienda y nos consumiríamos más rápido que un pelo en una chimenea—. Hacía meses que no te veía, querido Polito.

—He estado ocupado.

—Neee…, lo dudo mucho. Te cogieron otra vez, ¿eh?

Di un paso al frente para hacerme notar. No había venido para charlar. Emmet se dio cuenta y, tras repasarme de arriba a abajo y hacerse su propia idea, miró de nuevo a Polito.

—¿Qué queréis?

—Quiero recuperar lo que es mío —contesté yo.

—Neee… ¿Es amigo tuyo? —Ni siquiera me miró. Como si no existiera.

—Tus perros le robaron un medallón que, por lo que se ve, le importa más que su propia vida.

El viejo abrió los ojos sorprendido, pero inmediatamente recuperó la compostura.

—¿Es eso cierto? —Por fin se dirigió a mí.

—Sí.

—Vaya vaya vaya… El chico de la moneda…

—Es un medallón. ¿Lo tiene usted?

—Uh. Y me trata de usted —dijo con sarcasmo—. Déjame adivinar, ¿huérfano? ¿De buena familia? La vida era de color de rosa y ahora estás conociendo toda una gama de colores que desconocías, ¿eh? —Su risa era frágil y sonaba como una vieja puerta que chirriaba al desplazarse.

—Usted no sabe nada de mí.

—Te equivocas. Sé que buscas tu moneda y que harías cualquier cosa por recuperarla, ¿cierto?

—¿Lo tiene o no lo tiene?

—Sí —remarcó con toda naturalidad permitiendo que el silencio se alargara al igual que sus afilados labios.

—Pues devuélvamelo.

—Mira, chico, pareces listo, así que seguramente entenderás que esto es una tienda. Aquí no se regala nada. Se compra y se vende.

—No tiene que regalarme lo que ya es mío.

—Neee…, todo lo contrario. Yo pagué una buena suma a unos encantadores chicos por ese medallón. ¿Qué puedes darme tú?

—¿Qué quiere?

—Me gusta tu nuevo amigo, Poli. Mira, chico, como no soy ningún ladrón y tú me prometes que ese medallón era tuyo…

—Es mío —remarqué el presente.

—… haré una excepción y no te cobraré más de lo que pagué por él.

Pude ver por el rabillo del ojo como Polito negaba con la cabeza.

—¿Cuánto?

—Quinientas pesetas.

—¿Está loco? No tengo tanto dinero…

—Pues entonces no puedo hacer nada más por ti.

Repitió esa asquerosa sonrisa. Di un paso al frente rabioso y golpeé el mostrador con los puños. Antes de que desapareciera el eco de mi golpe, Emmet ya había sacado una escopeta recortada y me apuntaba con toda la tranquilidad del mundo.

—Adelante. Hazme un favor y vuelve a golpear mi mesa.

—Tranquilo, viejo —intervino Polito.

—Neee… Dile a tu amiguito que se largue si no quiere que le abra un agujero del tamaño de su medallón en la frente.

—Volveremos con el dinero. Tú ten preparado el medallón —suavizó Polito.

—Oh, claro que volveréis.

Miré al maldito viejo con ansias de saltar el mostrador y borrar esa sonrisa de su demacrada y arrugada cara.

—Vámonos. —Polito me cogió del brazo y me llevó hacia la salida.

—Chico, una cosa más… —añadió el usurero esforzándose por mostrar desinterés—. ¿Dónde lo encontraste?

Polito intentó que lo ignorara. Estaba claro que quería provocarme pero yo tenía muy claro que tarde o temprano conseguiría ese medallón: ya sabía quién lo custodiaba. Me giré y le mostré la más terrible de mis sonrisas.

—Maté a su propietario.

El viejo y yo nos miramos durante un instante helado. Después hice tintinear la campanilla y salí de esa tienda.

Ya en la calle estaba histérico, pero Polito se me encaró. No lo hizo de forma agresiva, sino más bien protectora.

—Te he avisado, joder. No hagas tonterías con ese viejo.

—¿Y qué querías que hiciera?

—Él ya sabe que no tienes ese dinero.

—Lo conseguiré. Conseguiré el suficiente para recuperar el medallón.

—Eso da igual... —Lo vi apesadumbrado. Meditaba cada palabra antes de soltarla y eso aún me ponía más nervioso.

—¿Por qué dices eso? ¡¿Por qué dices que da igual?!

—¡Porque no te lo venderá!

—Si tienes algo que decir, es el momento de hacerlo.

—No es eso... Es solo que... unos días después de que te robaran... —le costaba arrancar.

—Y de que me apalizaran tus amigos —añadí.

—¡No son mis amigos, joder! —Me miró con tanta rabia que empecé a creerle.

—¿Qué pasó? —suavicé.

—Vinieron a buscarme y me preguntaron por ti. Querían saberlo todo. De qué te conocía, dónde te había encontrado, de dónde eras... Les dije que no lo sabía, que no te conocía de nada. Me dijeron que el viejo enloqueció con ese medallón. Como si estuviera poseído, ¿entiendes?

—¿Poseído?

—Que al viejo se le fue la olla, joder. Se puso histérico al saber que te habían dejado tirado y los obligó a volver a por ti, pero cuando llegaron ya te habías ido. Y ahora ofrece recompensa a quien te encuentre como si fueras un puto fugitivo.

—¿Por eso me has traído? ¿Para llevarte un dinero extra?

—¡Eh! Yo ya me había desentendido del todo, ¿vale? Te recuerdo que has sido tú quien me ha puesto el cuchillo en el cuello.

115

—No lo entiendo. Si ya tiene mi medallón..., ¿qué más quiere?

—Información. Todo tiene que ver con esa moneda —dijo como si estuviera cansado del tema—. El viejo está obsesionado. Busca respuestas en todo tipo de libros viejos.

—¿Libros?

—Es lo que me dijeron esos gilipollas, aunque tampoco les haría mucho caso. Dudo que sepan lo que es eso.

—No lo entiendo... Si tanto le importaba encontrarme, ¿por qué me ha dejado ir?

—Joder, tío, ¿es que no te has visto ahí dentro?

—Sabe que volveré —dije contestándome a mí mismo.

—Ya te tiene calado, colega. ¡Y querrá más! Emmet nunca juega limpio, tío. Hará lo que haga falta para que te sientas en deuda. Si fuera tú, me iría de aquí y no volvería. Aún estás a tiempo.

116

—Pero tú no eres yo. Y no voy a irme a ningún lado.

Estaba claro que Polito sabía de lo que hablaba pero yo tenía mis propios planes.

—Pues siento decirte que esto no acabará bien para ti.

Nos quedamos en silencio un buen rato mientras nos alejábamos de la zona y volvíamos por el mismo camino. Polito volvió a silbar su estúpida melodía.

—¿Por qué un ladrón le regala su dinero a una indigente?

—¿Qué dices? ¿Qué indigente?

—La que vende los zapatos de bebé.

—¿Cómo sabes...? —Pero por su expresión enseguida lo entendió, aunque no tuviera muchas ganas de hablar sobre eso—. Es una larga historia...

—Soy todo oídos.

—Oye, tío, ¿no tienes nada mejor que hacer?

—Solo quiero entenderlo.

—Pues te vas a quedar con las ganas.

—Te recuerdo que mi moneda sigue en manos de ese maldito usurero por tu culpa.

—Puta mierda... —escupió más molesto consigo que conmigo—. Esa mujer no es nadie, ¿lo pillas? Tú lo has dicho, una indigente. Punto.

—No me lo creo.

—Pues ese es tu puto problema.

—¿Por qué vende los zapatos de su bebé?

—Joder, ¿tú qué crees?

—Porque... ¿no hay bebé?

Polito hizo una mueca molesta como si se viera obligado a contar la verdad. Algo que por lo visto no era de su agrado.

—Era una monja, ¿vale? Trabajaba en un orfanato como voluntaria. Allí fue donde la conocí. Hace años. Era de las majas, ¿sabes? No era una bruja como las otras. Era cariñosa y divertida, tío. Una puta monja divertida, ¿puedes creerlo?

—¿Qué le pasó? —pregunté a riesgo de enturbiar la historia.

—Yo ya no estaba en el orfanato. Ella tampoco. Había vuelto a su convento, ¿sabes? Fue hace dos años, más o menos, cuando a esos hijos de puta les dio por quemar conventos y matar a religiosos en una especie de furia anticatólica.

—En la iglesia de mi barrio sacaron los ataúdes fuera y los dejaron abiertos.

—Yo vi cómo colgaban a la peña, tío. Ahorcados en la entrada de las iglesias. Joder, nunca he tenido mucho cariño a toda esa mierda religiosa pero eso fue una puta animalada.

—¿Y la monja?

—Cogieron a varias y las sacaron a la calle. Mataron al párroco y violaron a las monjas. A todas.

—Dios mío...

—Sí, Dios... Toda tu puta vida rezando para que después el cabronazo se quede de brazos cruzados mientras matan y humillan a los suyos.

—¿La violaron?

—La violaron y la dejaron medio muerta tirada en la calle. Se recuperó al cabo de un tiempo y buscó la seguridad de los

117

suyos, pero no la dejaron volver. Le retiraron el puto hábito. Joder, le retiraron hasta la palabra.

—¿Por qué? ¿Por qué la habían violado?

—Porque estaba embarazada, tío.

—Mierda…

—Preñada y en la puta calle, así es como la trataron los suyos. Putos desgraciados. Van de que ayudan a los demás y son incapaces de ayudarse entre ellos. Fue ahí cuando me crucé con ella. Una mierda de día, lloviendo a cántaros, estaba cubierta por un trozo de cartón y tiritando. Ella me reconoció a mí. Te juro, tío, que podría haber pasado por delante veinte veces y jamás habría caído en que era ella. Cuando me di cuenta la llevé conmigo y le conseguí un sitio mejor. No era ningún palacio pero era un lugar seco y más cálido que el cartón ese de mierda. Después descubrí que estaba embarazada y quise ayudarla, aunque ella me pedía que no lo hiciera. Parecía como si se quisiera morir pero no tenía los cojones para hacerlo, ¿me pillas?

—Si crees en Dios, no puedes suicidarte porque vas al infierno para siempre o algo así.

—No lo sé, tío. Pero tampoco quería tener el niño de su puto violador y a la vez tampoco podía deshacerse de él.

Esa historia me estaba dejando muy mal cuerpo. Había visto cosas horrorosas los últimos meses pero aquel relato me estaba carcomiendo tanto por dentro que la siguiente pregunta la hice medio cohibido:

—¿Qué pasó al final?

—Su caso fue corriendo de puerta en puerta hasta que un día se presentó un matrimonio de esos a los que les sobra la pasta. No parecía ni que hubieran sufrido la puta guerra, ¿me entiendes? Iban por ahí como si nada hubiera cambiado. Le ofrecieron su techo, comida y trabajo en la casa como criada.

—Aún queda gente buena…

—No tanto. Pusieron una sola condición: cuando naciera el niño, ellos serían sus padres y ella se desentendería.

—¿En serio? ¿Y aceptó?

—¿Qué querías que hiciera? No paraba de decir que Dios había escuchado sus plegarias porque aquella era la mejor solución posible. Se trasladó con esa familia a una torre de la zona alta. Pero cuando tuvo el niño todo cambió. Esa gente no se sentía cómoda con ella merodeando por la casa sabiendo que era la verdadera madre y a ella se le hacía difícil ignorar que esa criatura era suya. La echaron a la calle como a un perro y se quedaron con el niño.

Yo estaba tan metido en la historia como si fuera una espeluznante novela. Dramática y cruel. Incapaz de un final feliz.

—¿Por qué no los denunció o algo?

—Lo intentó. Fue a la Policía pero… ¿qué posibilidades tenía una indigente contra una de las familias más acaudaladas de la ciudad?

—Ninguna, claro.

—Volvió a las calles con la intención de dejarse morir poco a poco, aunque de una forma noble. Como si intentara engañar a su Dios. Y en eso está. ¿Y qué coño hago yo? Intentar que siga respirando, aunque, si te soy sincero, no sé si le estoy haciendo un favor o una putada.

—Estás haciendo lo que debes.

—Sé que algún día volveré a esa esquina y solo encontraré el cartón.

—Pero por lo menos sabrás que hiciste lo que pudiste.

—¿Sabes lo que sí hice? —Se acercó y me susurró—: Les quemé la puta casa. Esperé a que se fueran a su mierda de casa de verano y me colé en su puta mansión. Cogí algunas cosas de valor y después le prendí fuego. De los putos cimientos hasta el techo. Le vendí algunas de esas cosas a Emmet. Él las revendió. La Policía descubrió que eran objetos que habían sido denunciados por robo. Siguieron la pista hasta la tienda del viejo y este me señaló a mí. Por eso tuve que salir de Barcelona una temporada. Esa gente está un poco enfadada conmigo por convertir su casa en cenizas.

119

—Me alegra que lo hicieras.

Caminamos un rato más juntos, casi en silencio de no ser por sus continuos silbidos, mientras yo no dejaba de darle vueltas a su historia.

—Dime una cosa —pregunté intrigado—: ¿por qué sigues trabajando con el usurero ese?

Por su expresión, creo que se esperaba cualquier cosa menos esa pregunta. La meditó unos segundos.

—¿Qué serías capaz de hacer para sobrevivir?

—Cualquier cosa —contesté.

Y por la cara que puso, entendí que era justo la respuesta que esperaba.

El enclenque ratero no tenía nada más que decir, así que giró por otra calle y se fue dando puntapiés a una pequeña piedra que rodaba por el suelo. Lo había odiado con todo mi ser y, sin embargo, lo veía alejarse y me volvía a sentir extrañamente solo. Puede que a él le pasara lo mismo porque enseguida dio media vuelta y se me acercó como si tuviera una pregunta atravesada que necesitaba una respuesta. Sonrió y señaló mi guitarra.

—Oye, tío, ¿dónde cojones sueles tocar?

8

Un nuevo amigo

*E*l invierno se presentó con dureza, queriendo hacer daño. Pobre ignorante. Como si las cosas hubiesen sido más fáciles cuando el sol estiraba el día. El frío entraba en nuestras casas y, mientras muchos luchaban por sobrevivir un invierno más, otros se entregaban a él conscientes de que sería el último.

Volvía a ser Navidad aunque nadie cantaba. No había re- galos, ni árboles iluminados ni familias alrededor de una mesa. Si algo había cambiado en ese último año era que había mucho menos de todo. Sobre todo, de optimismo.

La guerra se estaba haciendo eterna, imagino que de forma más incomprensible para quienes pronosticaron que no duraría ni dos semanas. Idiotas… Mi padre siempre me decía que, si no sabes lo que dices, mejor que no digas nada.

Había pasado un año desde que abandoné mi casa con mi madre hacia el exilio y, volviendo la vista atrás, me parecía muy poco tiempo para todo lo que había vivido.

Trescientos sesenta y cinco días desde que mi padre se fuera para no volver. Cada vez tenía más claro que nos abandonó y cada vez lo odiaba más. Mi madre había muerto por su culpa, yo estaba solo por su culpa y él…, ¿dónde estaba él? ¿Lejos de todo aquello en algún país de América del Sur? Pero sin duda lo que más odiaba era no saber el porqué. No era propio de él. Nunca nos habría dejado a menos que fuera por… No conseguía dar con la razón y cuanto más tiempo pasaba, más tenía la sensación de que nunca la sabría.

Ya tenía bastantes monedas en mi caja metálica. Probablemente más de las que necesitaba. Lo único que me faltaba era el valor para emprender un viaje tan absurdo... Pero si desechaba esa idea, ¿qué venía luego? Ignorar la única pista que tenía, por estúpida que pareciera, era entregarme a un futuro todavía más incierto. Era rendirme a mi soledad.

Mi vida seguía transitando entre las calles y sus zapatos y entre el cementerio y sus muertos. Más los libros y las canciones que no dejaba de componer. Puede que eso fuera lo único que me había dejado mi padre en herencia. El amor por las letras y su testarudez para que tocara algún instrumento, como si hubiese sabido lo que se me avecinaba y me hubiera entrenado para luchar contra esa soledad. Una soledad que se acrecentó esa misma mañana, cuando el jefe me informó de que Tomeu había muerto.

El trabajo en el cementerio se volvió más duro. Extrañaba el humor ácido del viejo, su carcajada contagiosa y el olor del tabaco de su pipa. Ahora ya no me acompañaban las risas de nadie que ofendiera a los dioses. Había perdido a un buen amigo, el único que tenía.

Tomeu había desaparecido durante más de una semana sin dar señales de vida. Unos vecinos informaron al jefe de que lo habían encontrado muerto en un callejón, tras una reyerta en una taberna que habría provocado él mismo. Maldito imbécil. La gente estaba nerviosa y el sarcasmo de Tomeu era peligroso. Al final, el humor lo mató, tanto como le dejó vivir. Pobre desgraciado...

Cavé su tumba. Parecía haber algo poético en aquel trabajo: él me enseñó a hacerlo y ahora yo lo hacía para él. No fue nadie a su entierro, solo el jefe y yo. Y él solo fue para entregarme un sobre con mi nombre. Por un momento pensé que me estaba echando. Pero no era una carta de despido, sino de despedida. Lo había encontrado en la taquilla de Tomeu.

Esperé a que el jefe se fuera para abrirlo. No había ninguna nota. Solo una pequeña navaja con el puño de madera tallado a mano. Sabía de quién era esa navaja y sabía en qué me convertía al haberla heredado. Ahora yo era el nuevo Fiel Guardián del Sueño de Toro Sentado. Aunque la verdad, para ser el arma de un guardián místico, se antojaba bastante ridícula. Casi hubiera preferido defenderme con un lápiz.

Cavé la tumba de Tomeu cerca de la de mi madre y lo enterré junto con su pipa. Sé que me lo habría agradecido. Habría dicho algo como: «Tú siempre piensas en todo, Humberto. Cuando vaya al cielo me sentaré en la zona de no fumadores y la encenderé en tu honor. A ver si de verdad son tan buenas personas o es que en realidad les sobra espacio ahí arriba».

En resumen, ahora ya eran tres tumbas a las que cantaba. Después, como solía hacer siempre, me perdía en los límites del cementerio para acercarme a las misteriosas lápidas de los indios. Aunque ahora ya conociera su secreto, no dejaban de ser poderosamente sugestivas. Tenían un atractivo hipnótico que me llevaba a visitarlas aunque fuera a distancia. Nunca me quedaba mucho rato. Insisto, no era valiente. Pero ese día estaba dispuesto. Si me había convertido en el nuevo Guardián, lo mínimo que podía hacer era presentar mis respetos.

Como en mi primera visita ya había desenredado la hiedra de tres tumbas, pude contemplar la piedra desnuda de epitafios. Por mi piel resbalaba un sudor frío que me invitaba a salir corriendo, otra vez.

Me acerqué a las otras. Todas estaban en mal estado pero comprobé satisfecho que era cierto lo que me contó Tomeu. Las lápidas formaban una especie de media luna. Fui deshaciendo la hiedra de cada una con mi nueva navaja. Era vieja y estaba desafilada, así que al final opté por usar las manos. Cuando ya estaba desenredando la que cubría la número trece, exhausto, pero sobre todo cabreado por la estupidez que estaba llevando a cabo, me hice varios cortes en los dedos. Debajo de la hiedra se escondía un zarzal. Grité de rabia y juro

123

que oí algo: como un susurro que se levantó del suelo y me heló el corazón. Me eché para atrás tan asustado que tropecé y me caí al suelo. Mis manos aterrizaron sobre los hongos que rodeaban las tumbas y se enredaron con más zarzas.

Todo en aquella zona parecía enfermizo y malvado. Me levanté rápido y me alejé de ese maldito lugar sin poder quitarme de la cabeza los susurros. A partir de entonces sería el Guardián a distancia.

Mientras volvía a mi zona de confort me saqué los pinchos clavados en mis manos. La sangre brotaba y me llevé los dedos a los labios. Nunca he entendido a la gente que se chupa la sangre casi con satisfacción. Con ese regusto a hierro oxidado... Me asqueaba. Últimamente no hacía otra cosa que renegar de mi propia sangre.

Llegué a la caseta de mantenimiento y me desinfecté las manos antes de vendarlas. Siempre me hizo gracia que tuvieran una caja de primeros auxilios en un lugar donde todos están muertos. Parecía mentira la cantidad de sangre que puede brotar de un solo dedo.

Cuando me estaba terminando de curar ya sentí cierto malestar. Y de repente la vista se me nubló. Minutos después estaba sudando como un pollo y temblando de forma incontrolable. Mi estómago me ardía y no podía mantenerme derecho. Tomeu ya no estaba y no me acompañaba nadie esa mañana. Los espasmos eran cada vez más fuertes y me obligaban a encogerme y retorcerme. ¿Tenía que ver ese ataque con los susurros? ¿Y si yo no era digno de ser el Guardián?

Salí rápido del cementerio y conseguí llegar a casa sin saber muy bien cómo. Vomité varias veces durante el trayecto y lo veía todo borroso. Me abrigué con todas las mantas que encontré y me replegué en el suelo. Los dolores eran terribles. Tan insoportables que llegué a desear morirme con tal de que terminaran.

Pasé todo un día agonizando, gritando de dolor y sintiendo cómo mis tripas se deshacían. Qué solo se siente uno en momentos así. Indefenso. Abandonado. Estuve casi todo el tiempo sentado en el inodoro. Vomité más de diez veces y al final solo echaba bilis. Me quedé dormido en el baño, junto a la taza, donde desperté a la mañana siguiente. Estaba débil, sediento y famélico pero ya no tenía espasmos ni dolor. Había sobrevivido. Todavía no sabía a qué, pero seguía vivo. ¿Lo habían provocado las tumbas de los indios? Sabía que ese lugar estaba maldito y me enfadé conmigo mismo por volver a desconfiar de mi instinto.

Como Guardián del Sueño había sido igual de malo que como guardián del medallón. Mis dos cometidos habían resultado todo un fracaso. Aunque eso no impedía que los secuaces del viejo usurero siguieran vigilándome de lejos cada día. Polito tenía razón: Emmet disponía de mil ojos repartidos por la ciudad. Nunca intervenían, solo se aseguraban de tenerme controlado y de que yo me diera cuenta. Sabían que, tarde o temprano, volvería a visitar a su dueño hambriento de respuestas.

Algunas tardes, cuando tocaba frente al Majestic, podía ver la sombra de sus perros guardando las distancias. ¿No tenían nada mejor que hacer? Bajaba la vista a mi guitarra y al volver a levantarla ya no estaban. Eran espectros a las órdenes de un viejo obsesionado.

Puede que Emmet supiera que me tenía bajo su red, pero yo también lo tenía a él bajo la mía. Él sabía dónde estaba yo y yo sabía dónde estaba mi medallón. La cuestión era: ¿quién se impacientaría antes?, ¿quién haría el primer movimiento? Habían pasado seis meses desde nuestro primer encuentro y yo había ido dando forma a una idea que me rondaba por la cabeza. Mi padre siempre decía que la experiencia es un grado, dos grados si se aprende de ella y tres si se está dispuesto a errar de nuevo.

Otro que iba apareciendo y que también guardaba las distancias era Polito. Siempre después de que los matones de Emmet se esfumaran. Como si ellos me controlaran a mí y él los controlara a ellos. Al principio pensaba que se turnaban

125

para vigilarme pero enseguida comprobé que Polito también los evitaba y se escondía de ellos. Solía camuflarse entre los transeúntes que se paraban a escucharme o, si había pocos, se apostaba detrás de una esquina y se quedaba allí toda la tarde con su gorra inclinada cubriéndose hasta la nariz.

Creo que le gustaba mi música pero nunca se quedaba a hablar conmigo. Nuestra relación no había sido muy idílica; la última vez que hablamos yo tenía un cuchillo apretándole la yugular. Su historia con la monja acercó posiciones pero aún estábamos lejos. Supongo que ninguno de los dos guardaba un buen recuerdo del otro.

Llevábamos semanas en esa espiral de monotonía cuando una tarde como cualquier otra cayeron tres monedas sobre mi gorra. Abrí los ojos sorprendido al reconocer una de ellas. ¡Era mi medallón! Al levantar la vista vi a Polito sonreír orgulloso. Sin que yo dejara de cantar, me susurró:

—Yo que tú, la escondería. Vendrán a por ti.

Se apartó y se colocó junto a otros espectadores siguiendo el ritmo con los pies. Polito miró de reojo a su diestra y cuando seguí la línea que trazaba su mirada vi a los perros de Emmet. Estaban más cerca de lo habitual. Me observaban impacientes, esperando el momento oportuno. Y fueron acercándose hasta colocarse detrás del público que me escuchaba. Yo no dejaba de tocar mientras barajaba mis opciones. Polito también parecía estar sopesando las alternativas. Una canción más tarde, los dos matones avanzaron despacio hacia mí. Polito ya no estaba. Pero oí su voz levantarse entre el barullo.

—¡Ladrones, ladrones! —Señalaba a los dos perros.

Cuando la gente se giró, en el suelo, junto a los dos matones, había un par de carteras.

—¡Eh! ¡Esa es mi cartera! —dijo Botas de Cuero, un tipo de aspecto brusco que incluso en verano se enfundaba los pies en cuero negro. También las tenía en marrón y en azul oscuro pero sus favoritas eran las negras.

—¡Y la mía! —dijo Zapatillas, un anciano que vivía al

lado y siempre bajaba para fumarse el cigarrillo que su mujer le prohibía en casa—. ¡Malditos rateros de pacotilla!

—Que alguien llame a la Policía —añadió Polito.

Los dos matones se quedaron estupefactos. La gente se les echó encima y empezaron a increparlos. El bastón de Zapatos Viejos aterrizó contra el cogote del más alto, que se encogió sin saber muy bien de dónde le había venido el testarazo. Los silbatos de un guardia pusieron en alerta a todo el mundo y Polito me agarró del brazo para ponerme en pie.

—¡¿Quieres quedarte?!

Recogí mi sombrero y mi medallón y salimos corriendo doblando la esquina más cercana. Antes de torcer por la siguiente miré hacia atrás: los matones nos pisaban los talones. No era la primera vez que me perseguían unos perros.

—¡Por aquí! —gritó Polito.

Tras una carrera de unos cuantos metros y varias indicaciones que parecían improvisadas, acabamos en un callejón sin salida. Miré a lado y lado angustiado. Estaba reviviendo un *déjà vu* que parecía encender mis alarmas.

—¡Me la has vuelto a jugar! —le acusé a Polito.

Él me ignoró. Estaba intentando desplazar un contenedor de basura.

—¿Me vas a ayudar o te vas a quedar ahí? —me espetó.

Fuera lo que fuera, no podía ser peor que quedarme en ese callejón a la espera de los dos armarios. Empujamos el contenedor dejando al descubierto un pequeño agujero en la pared. Miré sorprendido a Polito.

—No todo es lo que parece… —sonrió.

Nos metimos en el agujero y colocamos el contenedor delante. Tuvimos que esperar poco. Oímos los pasos de los perros detenerse a menos de tres metros.

—¿Dónde coño se han metido?

—Te dije que no habían girado por aquí.

—Te juro que los he visto doblar la esquina.

—Júraselo al viejo. Por tu culpa los hemos perdido.

127

—¿Mi culpa? Los dos sabemos de quién ha sido la culpa.

—La rata de Poli... Me muero de ganas de partirle el cuello de una puta vez.

—Sabes que el viejo no te dejará.

—No. No me dejará. Pero los accidentes también existen.

—Primero tenemos que cazar al mierdecilla ese.

Sus ladridos se fueron alejando hasta extinguirse y pudimos salir de nuestro agujero.

—¿Cómo sabías que había un escondite?

—Yo lo construí. O destruí. Según cómo lo mires. —Polito alargó una mano y me sorprendió ese gesto tan cercano. Cuando se la estreché agradecido se soltó como si tuviera la lepra—. ¿Qué coño haces?

—No sé...

—Dame mis putas monedas. —Volvió a alargar la mano.

—Pensaba que pagabas por mi música. —Sonreí sacando del bolsillo las dos monedas que había dejado caer junto al medallón y se las entregué.

—Tocas bien pero eso no quiere decir que te vaya a regalar mi dinero.

—Me parece justo... Oye, gracias por el medallón.

—Ahora estamos en paz, ¿eh?

—¿Cómo lo has conseguido?

—¿Tú qué crees? —sonrió.

—¿No te meterás en problemas por culpa de esto?

—Nunca he sabido salir de ellos, así que... Bueno, me las piro.

—¿Por qué me lo devuelves?

Polito me miró con sus ojos oscuros e inteligentes. Pero de una inteligencia diferente. Como si la calle le hubiera enseñado a no esperar nada de nadie.

—Será mejor que te escondas una temporada. El viejo está obsesionado con el medallón este.

—¿Esconderme? ¿Dónde?

—Para empezar —hablaba con cierta autoridad—, tienes que dejar de tocar en la calle.

—Necesito el dinero.

—Si no lo haces, será solo cuestión de tiempo que vuelvan a dar contigo. Además, la gente habla.

—¿De mi música? —solté ilusionado. Me salió del alma.

—De todo. La gente siempre habla. ¿No tocas en ningún garito?

—¿Garito?

—Leonera, tugurio, tasca… El Blue Jazz, la Poción. ¿O vas más del rollo salones y teatros?

—Ah, no…, eso no me va.

—¿Qué dices? Un tío como tú debería tener público y… —Se calló de repente—. ¡Tengo una idea! Y echó a andar convencido de que lo seguiría.

—¿Adónde vas? —Como no me contestaba, lo seguí—. ¿A un garito? —Me gustaba usar palabras nuevas. Como si mis labios perdieran la virginidad al mencionarlas.

Mi padre subrayaba con lápiz algunas palabras que leía en sus libros. Yo no entendía por qué. Hasta que un día me explicó el motivo: «Cada palabra nueva que sumas a tu vocabulario tiene cierto poder. Puede hacerte petulante o simple, cultivado o interesante, inteligente, soez o maleducado. Una simple palabra puede elevarte o aniquilarte».

«Garito» me gustó a primera vista.

Hay gente con la que conectas aunque no acabas de explicarte la conexión. Polito era una de esas. Yo tenía la sensación de que era recíproco: me sentía a gusto con él porque él se sentía a gusto conmigo. Era divertido y bromista, hablaba muy rápido y con un deje raro. A veces usaba expresiones que yo no entendía pero le dejaba seguir para no estar interrumpiendo todo el rato.

Cuando alguien no es muy hablador agradece compartir el tiempo con un antagonista. No tenía que esforzarme por evitar silencios prolongados e incómodos porque Polito ya se encargaba de eso. Podía llegar a plantear varias preguntas seguidas, a las que él mismo se respondía. Y cuando yo pre-

129

tendía adelantarme, él ya había cambiado de tema. Era complicado comunicarnos porque daba la sensación de que no escuchaba. Solo hablaba y hablaba.

Estuvo todo el camino dándole al palique sin parar. De lo poco que entendí fue que nos dirigíamos a La Taberna de Juancho, un viejo amigo suyo que, seguramente, me daría una oportunidad para tocar en su local. A Juancho le daba igual si tenía doce, quince u ochenta años mientras fuera capaz de atraer y entretener a la clientela. Al menos, eso es lo que decía Polito.

El escuálido ratero se movía por la ciudad como un dios. Como si conociera a todo el mundo. Eran muchos los que lo saludaban y otros tantos los que lo insultaban. Tuvimos que salir corriendo más de una vez por culpa de algunos *clientes descontentos*. Así los definía Polito y entendí que lo de amenazarlo con el cuchillo era para él como un día más en la oficina para un asalariado. Probablemente yo también había entrado en la categoría de cliente descontento, aunque conmigo intentaba enmendarlo.

No tardamos mucho en llegar a la entrada de la taberna. Teníamos que bajar tres escalones de piedra para acceder a la puerta. Al cruzarla me sentí más observado que nunca. Como en esas películas del Oeste cuando el pistolero entra en el *saloon* y todos dejan lo que están haciendo para examinar al nuevo forastero. Di los primeros pasos encogido hasta que la parroquia volvió a lo suyo y el murmullo invadió el local otra vez.

La Taberna de Juancho se asemejaba a un pentágono. No era muy grande, aunque tampoco era pequeña. Tendría una docena de mesitas redondas y amontonadas y una imponente mesa de billar al fondo. El tapete estaba más que desgastado y se acumulaban las manchas de vino y cerveza dibujando formas abstractas sobre la superficie que un día fue verde. La barra trazaba una curva irregular.

No había piano pero sí una pequeña tarima donde una chica intentaba tocar el violín con muy mala fortuna. Su pelo rojizo le cubría toda la cara y creo que lo hacía a propósito para ocultarse de la mofa de algunos clientes que simulaban dormir o roncar. La verdad es que su música era doloro-samente lenta. Sus notas se alargaban hasta el infinito. Pero ella seguía a lo suyo sin despistarse y, por cómo se movía, parecía sentir un éxtasis que a los demás se nos escapaba. Una voz ronca me paralizó:

—Maldita rata. ¿Qué haces en mi local?

Me di la vuelta pensando que se dirigía a mí. No era la primera vez que me saludaban de esa manera.

—Tranquilo, Juancho —le reprochó Polito con una calma de aquellas que provocan tempestades en el otro.

Un hombre grandote, de tripa prominente y pies pesados se acercó a nosotros. El poco pelo que le quedaba lo tenía pegado a la cabeza como si así pudiera disimular su evidente calvicie. Llevaba un delantal que alguna vez tuvo que ser blanco y yo no dejaba de pensar si mi sangre lo acabaría decorando. Se detuvo a un palmo de Polito, que no movió ni un músculo. Ni siquiera borró esa risa burlona de su rostro. Como quien se planta frente a la embestida de un caballo desbocado con la seguridad de poder dominarlo.

—Te dije que no volvieras si no era para saldar tu deuda.

—¿Y por qué coño crees que he vuelto?

Lo sabía. El muy cabrón… Resultaba evidente que no eran amigos íntimos, más bien enemigos públicos.

—¿Tienes mi dinero? —Levantó una de sus pobladas cejas.

—Tengo algo mejor… —Polito se apartó y con un gesto del brazo me presentó—. ¿Guitarrista?

Me quedé frente a frente con el tabernero, que me examinó de arriba abajo. ¿Por qué todo el mundo tenía esa maldita costumbre?

—¿Quién es esta piltrafa? —rio.

—Se llama Homero. Y es el mejor guitarrista que ha pisado este agujero.

—¿Me tomas el pelo? Es un puto crío.

—Tengo dieciséis años —contesté ofendido.

—Por mí como si tienes cincuenta. ¡Largo!

Pensé que me iba a atizar con su enorme mano abierta pero Polito se puso en medio como si intentara hipnotizarlo.

—Te propongo un trato.

—No quiero hacer tratos con un ratero. Vuelve cuando tengas mi dinero o al final tendré que ir yo a por ti.

—Dale una oportunidad. Si no te gusta, nos vamos y te juro que te pagaré el doble de lo que ya te debo.

Juancho pareció meditar la propuesta y Polito, como buen negociador, siguió untándolo con más. Le susurró muy bajo:

—Y si te gusta, le darás la mitad de lo que vayas a pagarle y la otra te la quedas tú hasta saldar mi deuda.

La fiera parecía domada. Seguía con esa expresión de ir a partir en dos al primero que se le cruzara pero, tras un bufido más digno de un toro que de una persona, accedió a darme una oportunidad.

Hizo bajar de la tarima a la chica del violín de mala manera y la mayoría de la clientela la abucheó unos segundos con desgana y aplaudió la iniciativa del tabernero. La chica pasó por mi lado y pude verle medio rostro tras sus bucles rojizos. Me miró con odio, la habían echado por mi culpa.

—Lo siento —dije con sinceridad.

—Vete a la mierda —contestó, dejó el violín en un cubo viejo junto a dos paraguas y salió por la puerta de atrás, que, como en todas las historias, daba al callejón.

Polito se acercó a mí.

—Vale, tío, esta es tu oportunidad. Enséñales lo que sabes.

—¿Qué?

—Joder, toca la puta guitarra.

—¿Ahora?

—Nooo…, cuando te vaya bien. ¿Cuándo quieres tocar? ¿La semana que viene?¿De aquí a cuatro puto años? Pues claro que ahora, joder.

—Pero yo nunca he tocado… con público.

—¿Y qué coño haces en la calle?

—Toco para mí y para los zapatos.

—¿Zapatos? ¿De qué cojones me estás hablando? Es tu puta oportunidad. Joder, pensaba que me lo agradecerías.

—Polito estaba tan tenso como yo.

—Sí, pero… —Miré asustado a la clientela. No parecía muy receptiva, casi todos eran borrachos, hombres rudos que bebían para olvidar y mujeres maquilladas hasta la exageración que se sentaban en sus rodillas.

—No te me acojones, ¿eh? Si no les gustas, lo peor que te puede pasar es que te lancen alguna botella. Además de que yo me convertiré en un esclavo de por vida.

—Joder, eso es una putada.

—Lo sé. No estoy hecho para las cadenas.

—¿Qué cadenas? ¡Me refiero a que me den un botellazo!

—Van siempre muy borrachos. Casi nunca aciertan.

—¿Casi nunca? —Empezaba a sentirme agarrotado.

—La mayoría se estrellan contra la pared. Como mucho, te rebotará algún trocito de cristal.

Miré la pared que tenía detrás para comprobar que los cristales se amontonaban en el suelo. Juancho se mostraba impaciente desde su rincón. Polito me subió a la tarima entre abucheos y me sentó en la silla que había dejado vacía la pelirroja. Los clientes empezaron a reírse de mí y de Polito.

—¿Y qué toco? —le pregunté nervioso.

—Joder, ¿y me lo preguntas a mí?

—¡Te lo pregunto porque tú me has metido en esto!

—¿Y yo qué sé? Toca algo conocido.

—No me sé canciones de nadie. Solo las mías. —Mis nervios se transformaron en angustia. Los abucheos empezaban a crecer.

—Pues toca algo tuyo. Algo alegre.

—No me sé nada alegre.

—¡Joder! Me cago en la… Brrrr. Mierda, no sé, toca cualquier cosa, y por tu vida hazlo bien. Ahora en serio, si la cagas, a ti te echará a patadas pero a mí me dará una paliza y lo seguirá haciendo hasta que le pague el doble de lo que ya le debo.

133

—¡¿Y por qué has hecho eso?! —Mi voz era cada vez más aguda.

—Porque era la única forma de que nos diera una oportunidad. Y ahora, toca lo que más te guste pero toca de una puta vez, antes de que nos lluevan botellazos.

Polito se bajó de la tarima y le hizo un gesto de «todo controlado» a Juancho.

Me senté en la silla. Cojeaba un poco de una pata pero ese era el menor de mis problemas. Me coloqué la guitarra y toqué unos pocos acordes para comprobar que estuviera bien afinada. Lo estaba pero decidí ajustarla un poco más para ganar tiempo y relajar el pulso. Me tranquilizó oír a los clientes hablando a voces cuando acometí las primeras notas. Con un poco de suerte pasaría desapercibido, igual que en la calle, donde la gente solo va y viene pero nadie está. Eso era lo que más me gustaba de la calle. Si estás, siempre esperas algo a cambio, pero si solo vas de paso, puedes agradecer hasta una mala nota.

Empecé con mi canción preferida: *Donde muere el viento*. La canción de Cloe. Sabía que podría tocarla hasta debajo del agua y con los ojos cerrados. Aunque seguía sin tener final. Todavía no lo había encontrado. O no quería buscarlo. Me ayudaba a no olvidarme de quién era ella y de quién era yo. Y de quién fui antes de que todo se torciera. Me ayudaba a recordar *la cueva, el amor, las aventuras y el dolor*. A creer que nunca se debe perder la esperanza y a *imaginar un mundo de cálidas piedras, ríos suaves y mujeres hermosas*. A recordar a mis padres y a seguir luchando por sobrevivir. No tenía final sencillamente porque nunca terminaba. Había pasado noches enteras cantándola sin repetir una sola frase. Era mi forma de combatir la soledad, y cuando la cantaba regresaba siempre a *aquella cueva en mitad de las altas montañas llena de tesoros y secretos*.

Llevaba más de diez minutos enlazando estrofas cuando me di cuenta de que el silencio en la taberna era abrumador. Levanté la vista de mis zapatos pensando que el local estaría vacío, pero todos seguían en sus sitios y me miraban como si

134

me traspasaran. Ya no se reía nadie. Ni siquiera bebían. Estaban absortos en cómo mis dedos volaban sobre los trastes de la guitarra. Polito me miraba fascinado y Juancho estaba apoyado en la barra con una expresión dócil, más propia de un cachorro que de un tabernero. Era el momento. Decidí cerrar la canción y levanté la vista con la boca seca.

Me levanté y podría jurar que el crujido de la silla se oyó en la esquina del fondo. Bajé de la tarima y me acerqué a Polito buscando su complicidad.

—¿He hecho algo mal? —El silencio invitaba a susurrar. Polito negó lentamente con la cabeza—. ¿Crees que les ha gustado? —Polito asintió de la misma manera—. ¿Y qué ocurre?

—Tío…, nunca había escuchado nada igual.

El dueño vino corriendo con una sonrisa de oreja a oreja y me exprimió la cara con sus dos enormes manos.

—¡Berto, Berto, Berto!

—Homero, me llamo Homero… —conseguí decir mientras el murmullo crecía de nuevo en el local.

—No importa, no importa… Maravilloso, fantástico. Quiero que vengas todos los jueves y sábados. Te pagaré un poco más y si la cosa funciona…

—¡Eeeh! No corras tanto —intervino Polito—. Antes de nada, yo lo he traído aquí, así que, si quieres que siga tocando en tu antro, vamos por partes. Primero, mi deuda queda saldada ahora mismo, ¿estamos?

—¿Estás loco? Además, ¿por qué coño debería tratar contigo? ¿Acaso eres su papaíto?

—Es…, es mi…, es mi representante —dije improvisando.

Polito me miró sorprendido pero se sobrepuso rápido.

—Eso. Soy su representante. ¿Algún problema?

Juancho lo meditó con cara de pocos amigos.

—Vale, maldito… Tu deuda queda saldada.

—Eso está mejor. Y ahora, al lío: no vamos a firmar nada. Vendrá por lo menos cuatro días a la semana, se llevará el veinte por ciento de lo que hagas en caja y…

—¿Estás loco? Le daré el cinco como a todos los demás y vendrá dos días.

—Vale... Vámonos, Homero. Conozco muchos otros garitos.

—¡El diez por ciento! Y dos días incluyendo el sábado —fue la propuesta de Juancho.

—Cuatro días incluyendo el sábado. No bajaremos de ahí. Y si te dedicaras a pensar con esa cabeza calva en vez de regatear, lo aceptarías ya. Piénsalo, si nos das solo dos días, ¿qué crees que haremos el resto de la semana? Te lo voy a decir porque creo que tu rechoncha panza se está comiendo tu cerebro: tocaremos en otro sitio, señor lumbreras. ¿De verdad vas a regalar a Homero a la competencia? —Hizo una pausa dramática dejando que esa idea recorriera la cabeza del tabernero—. Por otro lado, si nos das cuatro días, te prometo que no actuaremos en más locales y tú tendrás la exclusiva. Ya has oído cómo toca y sabes que la gente hablará de él.

—Nunca lo había visto de esa manera —señaló Juancho confundido.

—Yo tampoco —dije pensando en voz alta.

—¿Por qué te crees que soy el representante?

La negociación era rápida y yo seguía sus ofertas y contraofertas como un partido de pimpón. Sabía que Polito lo exprimiría al máximo teniendo en cuenta qué parte del zumo iba a su vaso. Y yo necesitaba el dinero para mi viaje. Con todo lo que había conseguido ahorrar, más lo que iba a ganar ahora, puede que en un mes o dos tuviera lo necesario no solo para pagarme un billete, sino para comprar información, sobornar a quien hiciera falta y asegurarme unas semanas de vida allá donde fuera.

—¡Trato hecho! —concluyó mi representante mientras estrechaba la mano de Juancho—. Y ahora, invítanos a algo, que estamos sedientos.

El aire dentro del tugurio estaba viciado. Los clientes nos rodeaban y, mientras yo permanecía casi en silencio, Polito los manejaba con historias exageradas sobre cómo había aprendido a tocar en una cueva mágica rodeado de animales salvajes y cómo él me salvó la vida para llevarme a la gran ciudad. Nos invitaron a algunas rondas más y el alcohol empezó a recorrer mis jóvenes venas.

Tenía que ir a mear urgentemente. Sentía una presión fuerte en mi *bufeta* que me obligaba a inclinarme hacia delante con cada paso en dirección al baño. Para mi desesperación estaba ocupado, así que salí por la puerta de atrás. No tardé ni dos segundos y ya estaba apuntando a unos cubos de basura y mirando al cielo con cara de placer mientras vaciaba el depósito...

—Te estás mojando los zapatos. —La voz de una mujer a mi espalda rompió mi trance.

Intenté cerrar el grifo pero llevaba tanta cerveza que me fue imposible.

—Lo siento... No puedo parar...

—Tranquilo, he visto cosas peores. Si yo pudiera mear de pie, también lo haría... Aunque sin pringarme los zapatos.

Terminé tan rápido como pude y me di la vuelta avergonzado. Sentada sobre un contenedor, estaba la pelirroja del violín fumándose un cigarrillo que se había liado.

—¿Quién te ha enseñado a tocar así?

—Nadie. Bueno, tuve un profesor hace unos años que me enseñó las notas, pero...

—El resto lo has aprendido tú solito, ¿no? —Parecía no creerse nada.

—Sí. Al final solo se trata de horas y horas.

—¿Crees que no lo sé? ¿Cuántos años tienes?

—Dieciséis —dije mientras ella intentaba disimular su sorpresa—. ¿Y tú?

Su larga melena roja la hacía parecer más joven.

—Eso no se le pregunta a una mujer. ¿No te lo ha enseñado tu madre?

—Por desgracia, mi madre ya no puede enseñarme nada...

137

—Entiendo —dijo sin intención de disculparse mientras expulsaba el humo—. ¿Fumas?

—No.

—Pues deberías. —Me ofreció una calada de su pitillo.

Enseguida sentí que el humo me asfixiaba los pulmones y tosí varias veces en su cara.

—Lo siento.

—No pidas perdón. Ahora ya no te volverá a pasar. —Me invitó a repetirlo.

Volví a dar una calada y, aunque me raspó un poco la garganta, no tosí. Sonreí a la vez que le devolvía su cigarrillo.

—¿Lo ves? La segunda vez nunca duele tanto —dijo echándose el pelo hacia atrás—. ¿Cómo te llamas o cómo te suelen llamar o cómo prefieres que te llamen? —Hablaba con desgana, como si no esperara nada bueno de nadie. Como si la vida le hubiera arrebatado todo lo que podía desear y ahora solo viviera dejándose llevar.

—Homero.

—Un nombre curioso.

—Era el nombre de un poeta griego. ¿Cómo te llamas o cómo prefieres que te llamen?

—Me llamo Ana, aunque todos me llaman Nana.

—¿Nana? —Me reí de forma estúpida, totalmente alcoholizado—. ¿Por qué?

—Por lo visto, cuando toco todo el mundo se duerme —contestó más acostumbrada que molesta.

—No…, no entiendo por qué.

—Embustero… —Se bajó del cubo de basura con una sonrisa peligrosa. Era más alta de lo que creía y su cuerpo estilizado se alzaba frente al mío como una perfecta escultura.

—Dieciséis añitos, ¿eh? Si quieres, podemos tocar juntos algún día.

—Claro. Tendré que hablarlo con mi representante…

—No seas tonto. No me refiero en un escenario. Podrías venir a mi casa y ensayamos un poco los dos solos. Sin público.

138

—Ah, sí. Claro, ¿por qué no? —Estaba incómodo. Y excitado. Muy excitado. Pero más incómodo. O no. Costaba decidirlo con sus pechos rozándome la barbilla.

—Eres todo un seductor, ¿eh?

—No…, yo no…

Con una mano me alzó el rostro y me besó en los labios. Pude saborear el carmín rojo y el tabaco negro, todo en uno. Sus labios se despegaron de los míos como si fueran dos ventosas.

—Si vuelven a echarme de un escenario por tu culpa, te destrozo, Homero. —Se dio la vuelta y se alejó contoneando las caderas hasta ocupar todo el ancho del callejón.

Tardé unos segundos en recuperarme. Y otros más en abrocharme la bragueta. Después volví a entrar en el local.

El bullicio se levantaba por encima de las cabezas que rodeaban a Polito. Cuando me vio, dejó a todo el mundo.

—¡¿Dónde coño estabas?! —soltó entre carcajadas. También iba borracho.

—He ido a mear.

—Vamos, Juancho nos invita a otra ronda.

—Prefiero ir a casa.

—¿A casa? Vale, pues no pasa nada —dijo arrastrando las palabras—. ¡Nos vamos a casa!

Salimos de la taberna desbordados de miradas curiosas. Algunos me daban la mano y me felicitaban con admiración. Cuando subí los tres escalones hasta la acera me dio la sensación de que había estado en un sueño. En un lugar donde el tiempo no corría, sino que avanzaba despacio entre la cerveza rancia y la gente extraña. Mi madre lo habría definido como «la casa del pecado», pero a mí me había gustado. Me había gustado mucho.

Una vez solos, nos entró la risa tonta, imagino que por el subidón y el alcohol. Empezaba a hacer frío pero las orejas y la cara me hervían. Polito se detuvo a orinar junto a una pared.

—Voy a tocar en un garito —susurré como si todavía no

lo creyera—. ¡Voy a tocar en un garitoooo! —grité entusiasmado provocando los ladridos de los perros del vecindario.

—Mejor que eso, te van a pagar para que toques.

—No puedo creérmelo. ¡Gracias! ¡Muchas muchas muchas gracias! —Me lancé a abrazarlo.

—Joder, que estoy meando... Por cierto, eso que has comentado de lo del representante. ¿Crees que...?

—No lo habría conseguido sin tu ayuda.

—¡Sí! —celebró—. Esto va a ser la hostia.

—Pero tienes que prometerme que se acabaron las estafas y los robos. A partir de ahora somos socios y a los socios no se les engaña.

—Me parece justo. Nada de mentiras.

—Nada de engaños.

—Pura y llana sinceridad.

—Exacto —rematé.

—Entonces, dime, ¿quién es esa tía de las montañas?

Ahí me pilló.

—Hemos dicho que nada de mentiras. Existe de verdad, ¿no? Nadie inventa una canción así sin haber vivido algo de eso. ¿De verdad te salvó la vida? ¿Y puede matar un conejo a más de cien metros de un solo disparo? Joder, pagaría un sueldo de los tuyos solo para verlo.

—Es solo una canción —dije con un bajón descomunal al pensar en ella. Le había fallado. Era nuestra canción. Solo nuestra... Y ahora se la había regalado a una pandilla de borrachos en un antro de mala muerte.

—Ya..., y una mierda solo una canción. ¡Es la hostia, tío! Al menos, contéstame solo una cosa, algo que como representante tuyo tengo que saber por el bien de esta nueva y longeva relación.

—¿El qué? —dije agotado.

—Está cañón, ¿no?

9

La niña de las montañas

*L*a noche siempre caía más pronto en las montañas. En invierno, el día era ágil y apenas había tiempo para realizar todas las tareas. A diferencia de la ciudad, en la montaña la jornada terminaba con el ocaso, pues no disponían de más luz que la que el sol les regalaba.

Una pequeña casa, como un punto discordante en medio de la sierra, escupía una densa humareda por la chimenea. Dentro, el fuego crepitaba fuerte, mientras padre e hija cenaban en silencio sentados a la mesa.

El olor del caldo que había ido cociéndose durante todo el día se mezclaba con el humo, pues el tiro, viejo y sucio, no funcionaba bien.

Cloe observaba a su padre entre cucharada y cucharada. Era un hombre barbudo y tosco, poco cuidado pero de apariencia fuerte, que parecía absorto en sus pensamientos. Sus pobladas cejas solían arquearse, igual que sus hombros, otorgándole un aura de tristeza.

—Mañana bajaré al pueblo —dijo con su voz grave y sus formas secas.

—¿Podré ir con usted esta vez?

—Ya sabes que no.

—¿Por qué?

—Ya sabes por qué.

—Pero… ¡es absurdo! —Los ojos de Agustín, poco acostumbrado a que se le replicara, se levantaron por primera vez del plato.

—¿Absurdo? —dijo casi más extrañado por el uso de esa expresión que por la réplica.

—¿No cree que es más peligroso que me quede aquí? ¿Sola? ¿Dos días?

—Aquí no viene nadie.

Cloe podría haberle dicho que se equivocaba, que a veces sí llegaba alguien. Aunque fuera por accidente. Como un chico medio muerto al que le regaló su medallón. Pero sorbió la sopa mientras su padre seguía con su discurso derrotista.

—Peligroso es ir al pueblo, donde cada semana hay más soldados nerviosos. Ya viste lo que pasó la última vez.

—Solo me hicieron unas preguntas.

—Aún eres muy joven, Cloe... Y muy inocente.

—¿Qué significa eso? —bufó ella.

—Significa que te quedas aquí y punto. Fin de la conversación.

—¡Es usted un...! —Cloe entró en ebullición.

—Cuidado, jovencita.

—¡Intransigente! —Se levantó de la mesa molesta. Aun así, la costumbre la empujó a recoger su plato y el de su padre para llevarlos a la fría cocina.

—¿Quién te está enseñando a hablar así? Absurdo, intransigente...

—¿Quién? Pues no lo sé, padre. Déjeme pensar... Teniendo en cuenta que aquí no viene nadie, que no me deja acercarme al pueblo y que llevo meses sin mantener una conversación con alguien que no sea usted... Puede que se lo haya oído decir al cerdo. Sí, ahora lo recuerdo. Tuvimos una pequeña discusión. Le dije que quería comérmelo y él me contestó que eso era absurdo. Después le dije que iba a dispararle y me llamó intransigente. El muy deslenguado. ¿Le vale eso?

No paró de hablar mientras sacaba un enorme queso bien curado de un armario y lo llevaba a la mesa junto con un buen cuchillo y un puñado de frutos secos, tal como le gustaba a su padre.

—Cloe…

—¿No me cree? —replicó mientras se llevaba una nuez a la boca y la masticaba con descaro.

—Jovencita, si estás viendo a alguien a escondidas, tienes que saber que…

—No estoy viendo a nadie, padre. ¿Quién iba a venir hasta el culo del mundo para verme?

—¡Basta ya! —El puñetazo que Agustín propinó a la mesa hizo que los frutos secos bailaran nerviosos—. Por última vez, será mejor que me digas la verdad si no quieres que…

—¡¿Quiere saber la verdad?! ¡¿Quiere saber quién me ha enseñado esas palabras?! ¡Vale, perfecto!

Se dirigió escaleras arriba hacia su cuarto. Sus pasos fuertes transmitían el enfado haciendo crujir la madera y dejando caer algo de serrín sobre la cabeza de su padre.

Agustín esperó tranquilo mientras cortaba una porción de queso y envolvía con ella un par de frutos secos. El escalón que estaba partido anunció con su crujido el regreso de Cloe, que dejó caer cinco libros sobre la mesa.

—¿Qué es esto?

—Se llaman libros, padre.

—¿De dónde han salido?

—De la montaña. Me los voy encontrando y los voy guardando.

—¿Por qué?

—Pues porque puedo.

La cara de Agustín reflejaba un desconcierto total.

—Pero… tú no sabes leer.

—Ahora sí.

Desde que se quedó sola había estado devorando todos los libros de la cueva. Una colección casi tan extensa como la de una biblioteca pequeña. Leía de todo. Aventuras, historia, ciencia, geografía.

143

—¿Y quién te ha enseñado eso de leer?

—Oh, padre, por favor, déjelo ya, ¿quiere?

Pero Agustín no era de los que dejaba nada. Solo lo había hecho una vez. Dejó su trabajo, su ciudad, sus amigos, su casa, y se trasladó a las montañas. A una solitaria casa donde su mujer podría estar tranquila y respirar aire puro. Eso fue lo que los médicos le aconsejaron. A cambio, ganó doce maravillosos años a su lado. Después vivió únicamente por y para su hija. A la que odiaba por haberle despertado todos sus miedos. Porque la amaba. Más que a nada en ese loco mundo. Por eso mismo la debía mantener alejada.

—¡Maldita sea! ¡¿Quién?! —rugió.

—¡Un chico, ¿vale?! ¡Un…, un amigo!

—¿Dónde está ese amigo? —Agustín se levantó y descolgó su abrigo del perchero.

144

—Ya no está. Se fue.

—¿Adónde? —gritó mientras descolgaba el fusil.

—A buscar a su padre. Pero de eso hace casi un año.

—¡Un año! ¿Me has ocultado esto durante un año? —Agustín soltó el fusil más dolido que molesto.

—¿Y qué iba a hacer? Mire cómo se ha puesto. ¿Qué iba a hacer? ¿Matarlo?

—¡Me pongo así porque hago lo imposible por protegerte, niña! Y tú…

—No soy una niña. Míreme. ¿Acaso me chupo el dedo? Cazo la comida, la cocino, me encargo del rebaño, de la leche, los huevos, cuido el huerto, limpio la casa. ¿De qué, padre? ¿De qué intenta protegerme?

—¡Del mundooo, joder! ¡De este puto mundo!

Los dos entendieron que así no iban a ningún lado, aunque sabían de sobra que habían pospuesto esa conversación demasiado tiempo.

—Padre, no se da cuenta… ¿De qué me sirve estar viva si nadie lo sabe?

Agustín suspiró. Sabía que ese momento iba a llegar algún día...

—¿Quién es ese chico? ¿Es del pueblo?

—No. ¿Quién sabe leer en el pueblo además del párroco?

—El párroco se fue hace meses.

—¿El padre Alfredo?

—Huyó al exilio. Hizo bien. Todo el mundo se está volviendo loco, Cloe. Vecinos de toda la vida son ahora capaces de cosas inimaginables. ¿Entiendes por qué no quiero que te mezcles con ellos? No confío en nadie. Y tú tampoco deberías.

Cloe vio el miedo en los ojos de su padre. Sabía que la quería con locura y que todo lo que hacía, acertadamente o no, era para protegerla. Pero ella ya no era una niña. Hacía tiempo que había dejado de serlo.

—Le salvé la vida, padre —dijo con orgullo mientras posaba su pequeña mano sobre la de él—. Y él, en agradecimiento, me enseñó a leer para que no me sintiera tan sola. Creo que le habría caído bien, padre. Era diferente, ¿sabe? Me hacía reír y sentir bien. Como si yo fuera... importante. Y sabía tantas cosas... Me explicaba cómo es la ciudad y su gente, el cine, los coches... Y había visto el mar, padre. ¡El mar!

Agustín la contemplaba con toda su alma, viendo cómo le brillaban los ojos y descubriendo algo de su hija que había olvidado. Todo lo que se desprendía de sus palabras apuntaba hacia una sola idea, algo que probablemente incluso ella ignoraba. Su hija se había enamorado. Y eso lo obligaba a recordar. Y le provocaba abrir heridas que ya estaban cerradas.

—Este es el libro que me regaló. —Cloe le enseñaba un pequeño libro de Pablo Neruda con un agujero de bala en la cubierta.

—¿Esto es lo que creo que es?

—Sí. —Sonrió ella—. Es increíble, ¿verdad? Le salvó la vida.

—Sin duda, es un chico con suerte —reconoció con nostalgia. ¿Era posible que antes de cenar fuera su niña y ya no?—. Venga, es hora de ir a la cama. Ah, y mañana te queda-

145

rás aquí. Estás castigada por mentir, gritar en la mesa y ocultarme cosas.

Cloe asintió sumisa mientras su padre subía las escaleras.

—Si cuando vuelva mañana has terminado tus tareas y veo dos conejos para la cena, puede que decida no volver a ir solo al pueblo —dijo con una media sonrisa.

Cloe se hinchó de emoción y cambió su semblante.

—Gracias, padre. Buenas noches.

—Buenas noches, jovencita. Ahora recoge la mesa y apaga bien el fuego antes de dormirte.

A partir de ese día Cloe ya no estuvo sujeta a normas tan estrictas. Pudo bajar al pueblo en varias ocasiones, siempre con su padre, aunque enseguida entendió el porqué de su cautiverio en las montañas. No había nada digno que ver. Ese ya no era el pueblo que ella recordaba. Era mucho más gris, el suelo, el cielo, las casas, la poca gente…

146 Agustín también cambió a raíz de esa conversación. La trataba más como una adulta, reconociendo que se había ganado su respeto. Le confiaba algunas inquietudes. Como si él también anduviera necesitado de comunicación.

Y cada noche, después de cenar, cogían un libro. Ella leía y él escuchaba. Descubriendo nuevas aventuras, misterios y personajes. Descubriéndose a sí mismos. Y Cloe disfrutaba viendo el rostro de su padre cuando le leía a Julio Verne.

Meses más tarde empezaron a ayudar a los refugiados que se extraviaban rumbo a Francia. Los pocos soldados republicanos que quedaban en el pueblo se habían deshecho de sus uniformes. Solo los conservaban quienes huían por la frontera. Los sublevados cada vez se hacían más fuertes y avanzaban sin resistencia ejecutando a numerosos vecinos de la comarca y amenazando al resto con que correrían la misma suerte si los ayudaban o daban cobijo. Por suerte, la casa de Agustín y Cloe estaba alejada del pueblo y los soldados. Por desgracia, no tanto como pensaban.

Cierto día, cuando el sol ya pintaba el cielo de un color rosado, Cloe regresaba a casa con paso alegre. El día había sido más que productivo. De su hombro colgaban dos conejos que habían tenido la mala fortuna de cruzarse con ella. Dos disparos, dos conejos. De su otro hombro colgaba su inseparable fusil. Mientras bajaba la ladera, a zancadas más propias de un hombre, iba recitando algo que ya conocía de memoria y que jamás se cansaba de declamar. Cogió a los dos conejos, a uno lo llamó Pablo y al otro Neruda. Y como si se trataran del amor de su vida, les regaló unos versos con profundo pesar.

—«Es tan corto el amor y es tan largo el olvido. Porque en noches como esta la tuve entre mis brazos, mi alma no se contenta con haberla perdido. Aunque este sea el último dolor que…».

Cloe se detuvo y sonrió feliz cuando vio el humo que salía de la vieja chimenea. Su padre había regresado. Había salido tres días atrás para guiar a unos refugiados hasta el Paso. Un camino que muy pocos conocían y que, a través del valle, sin la necesidad de subir y bajar montañas, llegaba a Francia.

147

Casi corrió por el largo prado que tenían frente a la casa, donde pastaban con pachorra Soraya y Lucinda, sus dos únicas vacas.

A medio recorrido, la puerta de la casa se abrió y Cloe vio salir a varios soldados armados hasta las cejas arrastrando a su padre y lanzándolo contra el suelo del porche. Después lo obligaron a arrodillarse mientras uno daba vueltas a su alrededor con parsimonia. Era el General Frontera, el azote de los exiliados, la peor visita que podían haber recibido.

Por la cabeza de Agustín cruzaba un reguero de sangre que nacía en su sien y se perdía más allá de su densa barba. Por la cabeza de Cloe se cruzaban un sinfín de posibilidades, a cual más arriesgada. Finalmente optó por la más inteligente: agacharse tras una roca mientras contemplaba angustiada la escena.

Los pasos de las impolutas botas del general restallaban sobre la madera del viejo porche mientras Agustín aguardaba con la cabeza gacha. El general tenía una mirada fría, de un solo ojo, con ligeros destellos de locura que lo hacían imprevisible. Un parche negro tapaba su ojo izquierdo con el símbolo del águila imperial. Él se parecía más a un lobo de pelaje oscuro y colmillos afilados, de complexión tan robusta como su mandíbula. Alto y con un espeso bigote que ocultaba los finos labios. Cloe siempre había visto a su padre como un hombre fuerte pero a su lado, y arrodillado, parecía un adolescente enclenque.

Sus amigos, que no tenía, lo conocían como el general Miranda. Sus enemigos, que acumulaba, lo llamaban General Frontera. Un soldado frío, inteligente y cruel al servicio de Franco. Su misión: dominar los pasos fronterizos y eliminar a todos los rojos.

Con un gesto de la mano, el general Miranda ordenó a sus soldados que registraran la casa y los exteriores. Agustín se quedó solo con el hombre del parche.

—Aún estás a tiempo, granjero.

—Le he dicho la verdad. No hay nadie más.

—¿Sabes qué hacemos con los traidores que dan cobijo a los rojos de mierda?

—Yo no doy cobijo a nadie. Ni a los suyos ni a los rojos. Toda esta guerra me parece una estupidez.

Miranda sonrió divertido.

—¿Guerra? ¿Qué guerra has visto tú desde esta pocilga? —Borró la sonrisa y lo agarró por la barbilla obligándolo a mirar el rostro de un solo ojo—. Dime la verdad, granjero. ¿A quién has ayudado?

—A nadie… A nadie.

Miranda lo soltó decepcionado y volvió a rodearlo paso a paso mientras observaba asqueado toda esa naturaleza estéril que lo envolvía. Algunas gallinas correteaban libres mientras el cencerro de las vacas llegaba suave hasta sus oídos.

—Dios mío, ¿quién coño querría vivir aquí sin que lo obliguen? He estado en cárceles mejores.

—Pues ¿por qué no vuelve a ellas? —susurró Agustín.

Apenas había terminado la frase cuando el revés de la mano de Miranda lo abofeteó con fuerza. Cloe dio un pequeño brinco y salió de detrás de la roca dispuesta a ayudar a su padre cuando uno de los soldados salió de la casa y se plantó firme frente a Miranda. Cloe se agachó de nuevo. Había visto antes a ese hombre. O mejor dicho, a esa rata. Era el soldado que ejecutó al ferretero a sangre fría.

—No hay nadie dentro, padre. —Miranda lanzó una mirada furiosa al joven soldado—. Perdón…, quería decir…, mi general. No hay nadie, mi general.

Mientras se daba ese curioso choque entre padre e hijo, Agustín pudo distinguir el pelo rubio de Cloe asomándose por la roca. Su cabeza negó con vehemencia rezando para que Cloe desistiera de su idea de acercarse. La voz de Miranda retumbó de nuevo:

—¿Por qué no estás luchando con tus hermanos?

—No es mi guerra.

—¡Puto traidor! —escupió el soldado Juan, y le propinó un puntapié en el estómago seguido de un puñetazo en la nariz que le hizo sangrar de lo lindo.

El general frenó a su hijo.

—¿Que no es tu guerra? ¡Maldita escoria! ¿Acaso no es este tu país?

—Mi único país son estas montañas —gimió Agustín.

—Déjeme volarle la cabeza, padre…, perdón, mi general.

Miranda miró con desgana a su hijo cuando vio que sujetaba algo entre los dedos.

—¿Qué tienes ahí, soldado?

—Es…, es solo una foto que he encontrado.

Miranda extendió la mano. Juan se la entregó. El general la estudió detenidamente y se acuclilló con parsimonia delante del prisionero.

—Por cierto, granjero. ¿Dónde está tu hija?

—No lo sé.

—Cloe, ¿verdad? En el pueblo me han dicho que la guardas bajo llave. Y que es muy guapa.

—Por dios, es solo una niña.

—Y yo soy solo un hombre… —se rio—. ¿Dónde está?

149

—No lo sé.

—¡Mátelo, padre! Perdón, mi general.

—¡Cállate de una puta vez, inútil! —Miranda se acercó tanto a Agustín que apenas cabían dos dedos entre ellos—. Estos críos, ¿verdad? Siempre tan impetuosos. ¿A ti también te cuesta domesticar a la tuya? Sí, ya lo sé, es una mujer. Son diferentes, e infinitamente más complicadas, pero al final solo tienes que buscarle un buen hombre y ya puedes dejar de preocuparte por ellas, ¿eh? Si quieres, puedo decirle a mi hijo que le enseñe unas cuantas cosas. No sabe mucho de nada pero seguro que consigue ensartarla, ¿verdad? Seguro que a ella le gusta que la traten como a un animalito salvaje, ¿eh? Seguro que le gusta abrirse bien de piernas para mis hombres…

Mientras las palabras de Miranda resonaban, su hijo Juan se relamía posando la palma de su mano sobre sus genitales. Agustín miró con odio a Miranda.

150

—Alguien tiene que estar muy nervioso o muy loco para haberte puesto a ti al mando. Eres auténtica basura.

Los demás soldados, un grupo de diez uniformados, volvieron tras registrar el granero y los alrededores de la casa. No habían encontrado nada.

—Te lo dije —señaló Agustín—, no doy cobijo a nadie.

Miranda suspiró molesto mientras desenfundaba su pistola.

—¿Por qué coño la escoria como tú me obliga a hacer cosas que no quiero hacer?

¡Pam! El ruido del disparo llegó hasta los oídos de Cloe, que, desde detrás de la roca, se quedó congelada al ver cómo el cuerpo de su padre se desplomaba sobre el porche.

¡Pam! ¡Pam! ¡Pam! Tres disparos más a bocajarro se hundieron en el torso de Agustín llegando a salpicar las botas del general.

Cloe sentía una opresión en el pecho y sus manos temblaban en espasmos. ¿Tan rápido cambia una vida? ¿Tan rápido se va otra? A sus oídos llegó algo que la arrancó de su parálisis. Algo que le devolvió a su gélido cuerpo el fuego que necesitaba. A través del largo prado, resonando de forma repulsiva, oía la asquerosa risa de Juan. Ya la había oído antes y esta vez no estaba dispuesta a salir corriendo.

Los ojos de Cloe se asomaron por encima de la roca para ver al hijo del general escupiendo sobre el cuerpo inerte de su padre antes de patearlo una última vez. Su mirada se afiló cargada de ira. Y era una mirada acostumbrada a colocar una bala allá donde ponía el ojo. Se secó las lágrimas para apuntar.

En el porche, Miranda enfundó su pistola todavía humeante y mandó a su hijo callar. Él tampoco soportaba esa risa.

—Padre, ¿es verdad lo que has dicho de su hija? ¿Podré follármela? ¿De verdad? ¿Ordeno buscarla? Puedo preguntar en el pueb…

Un fuerte silbido rozó la oreja de Miranda y la sangre de su hijo le salpicó la cara. Un ruido atronador retumbó entre las montañas justo antes de que el cuerpo de Juan cayera fulminado a los pies de su padre. Miranda observó desorientado cómo su hijo se apretaba la yugular con la mano en un esfuerzo inútil por contener la vida. Sus ojos transmitían angustia y confusión pero de sus labios no salió ni un solo sonido.

—¡Allá! ¡Allá! —gritó un soldado que ya se había agazapado—. ¡Sobre la roca!

La habían localizado más rápido de lo que Cloe había esperado. Se escondió mientras las balas chocaban contra la piedra haciéndola saltar a pedacitos. Se armó de valor y respiró un par de veces.

—Son conejos, son conejos… —susurraba sin parar.

Cuando los disparos cedieron un instante volvió a asomarse. Sabía manejar su fusil mucho mejor que aquellos soldados. Disparó dos veces derribando a los dos que estaban más cerca y otras dos obligando a los otros a ponerse a cubierto para emprender la huida.

Ya iba a salir corriendo cuando sus ojos se encontraron

con el general Miranda, el único que se mantenía erguido, sin esconderse, y que le devolvía su misma mirada de cólera.

Miranda desenfundó su pistola y la emprendió a tiros contra Cloe mientras caminaba a zancadas hacia la roca. Era inútil, estaba lejos para un arma tan corta. Sin embargo, ella... Ella podía acabar con aquello rápido. Aplazó su retirada y apuntó a Miranda al mismo tiempo que los soldados hacían lo mismo con ella.

Empezaron a disparar como locos. Las balas silbaban muy cerca. Una de ellas astilló la roca que protegía a Cloe y un pedazo suelto le golpeó en la frente. Le dolió y sabía que solo era cuestión de tiempo que algún proyectil la alcanzara pero le daba igual siempre que pudiera acertar en el pecho de ese desgraciado.

Tenía que esperar el momento oportuno. Tenía que asegurarse de no fallar. Apuntó con una calma inusitada mientras un hilo de sangre le resbalaba por el tabique de la nariz. El general Miranda corría hacia ella disparando a diestro y siniestro. Cloe respiró concentrada y disparó una sola vez. ¡Pam! El general cayó fulminado entre las hierbas altas del prado y los soldados se miraron confusos y asustados.

Cloe aprovechó el desconcierto para volver a coger sus conejos y salir corriendo ladera abajo mientras las balas silbaban alrededor. Aún tenía una oportunidad de escapar. Ninguno de ellos conocía la montaña tan bien como ella. Habían matado a su padre. Su padre... «Vive hoy para luchar mañana —se repetía mientras las lágrimas corrían por sus mejillas—. Vive hoy para poder matarlos a todos.»

Miranda se alzó con la cara desencajada de ira y el hombro izquierdo sangrando a chorros. Estaba solo; sus hombres habían ido en persecución de la chica. «¿Una mujer con un fusil de francotirador? —pensó— ¿Eso era posible?» Había alcanzado a su hijo en el cuello con un solo disparo a más de cien metros, además de a otros dos de sus hombres. Se acercó renqueante hasta el cuerpo de Juan. La muerte no había podido borrar el rastro de pavor que reflejaban sus ojos vacíos. Miranda lanzó un grito desgarrador al aire que resonó por encima de las cumbres. Después, sin fuerzas, cayó de rodillas junto al cuerpo. De los dedos ensangrentados de su hijo asomaba la foto que había cogido de la casa de Agustín. Miranda la cogió y la observó con atención. Era ella. El francotirador era ella. Su mirada viajó del cuerpo sin vida de su hijo al cuerpo sin vida de Agustín.

—Voy a cazar a tu hija como si fuera un puto animal. ¿Me oyes, granjero? Después la despellejaré y la pasearé por todos los pueblos de aquí hasta la capital. Tienes mi palabra de que no descansaré hasta conseguirlo.

A pocos kilómetros de allí, Cloe seguía corriendo con sus perseguidores pisándole los talones. No había conseguido despistarlos. Consciente de que no podría darles esquinazo y de que cada vez estaba más cansada, se acurrucó tras el tronco de un árbol y esperó a que los soldados llegaran. Cogió su fusil con sumo cuidado y comprobó que estuviera cargado intentando no hacer ningún ruido más allá del de su constante jadeo.

Esperó mientras su cuerpo se recuperaba del esfuerzo. Podía oír a sus perseguidores. Ellos también jadeaban agotados.

Cloe se asomó con cautela y vio a siete hombres uniformados desplegándose para cubrir más espacio. Poco a poco se iban acercando a su tronco y poco a poco la niña de las montañas sabía que sus opciones de salir con vida eran más que reducidas. Eso sí, se llevaría por delante a tantos como pudiera antes de caer.

Estaban a menos de veinte metros. Catorce, trece, doce… Era el momento. Iba a salir con todo cuando una mano la cogió por sorpresa y la agarró con fuerza desde detrás tapándole la boca. La obligó a girarse y Cloe pudo ver a un hombre con la cara semitapada por una bufanda que le rogaba silencio con el dedo. Sus ojos transmitían confianza. Cloe asintió y el hombre la soltó guiñándole un ojo. Emitió un sonido que corrió entre el bosque y que se asemejaba al difícil canto de un jilguero.

Segundos después, gritos, disparos, más disparos y, finalmente, el silencio del bosque de nuevo. Cloe se asomó con cuidado y vio a todos los soldados abatidos. Alrededor había media docena de hombres. Todos abrigados hasta las cejas, armados y bien preparados.

—¿Estás bien? —le preguntó el de la bufanda. Cloe asintió aún aturdida. Algo que pareció enternecer a su salvador—. Tranquila, no somos tus enemigos.

—¿Quién..., quiénes sois...?

—Yo soy Pascual. Y ellos son los Invisibles.

Estos, después de registrar los cuerpos de los soldados y hacerse con todo lo necesario, se acercaron a Pascual y a Cloe. Uno de ellos gruñó:

154

—Tenemos que alejarnos de aquí. Estos son hombres del General Frontera.

—Mierda... —soltó otro.

—Está muerto —interrumpió Cloe.

—¿Quién? ¿El general?

Cloe asintió y ellos soltaron algunas risas. Pascual la miró intrigado.

—¿De verdad está muerto?

—Eso creo...

—¿Lo has visto?

—Yo... le disparé. Cayó al suelo y... no..., no estoy segura.

—No te preocupes —añadió Pascual con tono protector.

—Oye, niña —dijo un tercero—, ¿por qué coño te perseguían esos soldados?

Cloe bajó la cabeza. Aún intentaba asimilar lo sucedido y Pascual parecía el único que lo entendía.

—Ya llegará el momento de las preguntas. Lo primero es ponerla a salvo. No es seguro andar sola por estas montañas.

—No quiero que me pongáis a salvo. ¡Quiero luchar!

—Joder con la niña —rio uno con más pelo en la cara que en la cabeza.

—No soy una niña —protestó Cloe.

—En cualquier caso, eso lo decidirá Teo —intentó suavizar Pascual.

—Nadie decidirá por mí. Y menos alguien que no conozco.

—Escucha, rubia… —El más regordete dio un paso al frente pero Cloe lo frenó enseguida.

—No me llames así. —Por sus gestos y su rigidez, Cloe parecía más un animal acorralado que una niña desorientada.

—Joder, pues menos mal que le hemos salvado la vida.

—No les hagas caso. Con el tiempo llegarán a caerte mucho peor —bromeó Pascual.

Pero Cloe seguía sintiéndose amenazada. ¿Quién era esa gente? ¿Podía fiarse de ellos? ¿Qué otras opciones le quedaban? Pascual era mayor que ella, pero no mucho más. Puede que rondara los veinte. Hablaba como si fuera un veterano, y los demás, más mayores, lo escuchaban.

Todos reemprendieron la marcha montaña abajo. Cloe dudó. Pascual retrocedió unos pasos y con una sonrisa tranquila le ofreció su mano.

—¿Vamos?

Y Cloe se dejó llevar.

Tardaron más de tres días a pie hasta llegar a un sendero oculto entre las hierbas altas. Parecía que no conducía a ningún lado porque se adentraba en un frondoso bosque, pero tras varias horas más de caminata alcanzaron un claro y divisaron un pequeño pueblo camuflado sobre la ladera norte de una montaña. Las casas eran del mismo color que la piedra y, gracias a la vegetación que dominaba casi toda la montaña, pasaban inadvertidas en medio del paisaje. Era el refugio perfecto.

—Hogar, dulce hogar —dijo uno de los más veteranos, que llevaba siempre un pañuelo rojo en el cuello y al que los demás llamaban Red.

A lo largo de esos tres días Cloe apenas había hablado. Todos la trataban como a una inocente niña en apuros y ella dejó que lo creyeran mientras los estudiaba uno a uno. Pascual era el más apuesto, de barbilla prominente y mirada tierna. Casi nunca se separaba de ella. Era el único que intentaba sonsacarle algo y se mostraba amable y simpático. Otro que no le quitaba la vista de encima era Soso, también joven pero mucho menos agraciado. Parecía algo perdido y siempre apartaba la mirada tímido cuando ella lo descubría. El que menos le gustaba era uno al que llamaban Mus. Cuando se trataba de tomar decisiones sobre caminos, trampas, marcas y huellas era el mandamás. Pero no tenía madera de líder porque le encantaba alardear de su enorme machete, que afilaba muy a menudo y pasaba más tiempo en su mano que en la funda de su cinturón. Mus la obligó a entregarle su fusil porque no se fiaba de una mujer con un arma, algo que provocó las risas de París y Mojón, a los que podría definir como los bufones del grupo. El primero gordo y el segundo tonto.

Bajaron una cuesta y entraron en el poblado. Estaba lleno de mujeres y niños, algunos ancianos y muy pocos hombres. Todos vestían el mismo tipo de prendas: telas de colores apagados, grises, verdes o marrones, que les servían para fundirse con la montaña y ser invisibles. Los niños revoloteaban a su alrededor como si fuera la nueva atracción del pueblo. Saber que allá se escondía toda esa gente la tranquilizó después de tres días muy tensos en los que no había podido borrar de su cabeza la imagen de su padre desangrándose en el porche.

—Bienvenida a Edén —la saludó el que tenía todos los números de ser Teo.

Aguardaba en el centro de una pequeña plaza apoyado en dos muletas. Llevaba el pelo desaliñado y largo, recogido con una cinta delgada para que no le cayera sobre los ojos, que reflejaban una profunda tristeza, aunque sus labios sonreían.

—Me llamo Teo y soy el que protege a toda esta gente.

—Yo soy...

—No me lo digas. Lo que hayas hecho antes con ese nombre no me importa. Aquí todos empezamos de cero. —Cloe asintió algo cohibida por esa contundente presentación—. Tranquila, ya tendrás tiempo de descubrir quién eres y qué quieres.

—Quiero luchar —dijo ella decidida.

Teo la escudriñó tratando de etiquetarla, pero quien más llamaba la atención de Cloe era una mujer que superaba los cuarenta años y aún mantendría su atractivo de no ser porque la mitad de su rostro estaba paralizado y quemado. Cuando escuchó la petición de Cloe de luchar, sonrió con cierto orgullo.

—Así que quieres luchar —continuó Teo—. Pero tienes que saber que la mayoría de las mujeres se quedan en el pueblo para ayudar con otros menesteres. Hay mucho que hacer por aquí.

—Me parece muy bien. Pero yo no soy la mayoría de las mujeres. Yo quiero luchar.

—Eso no es tan sencillo... —Teo se calló cuando la mujer susurró algo al oído—. No seré yo quien te prohíba matar a esa escoria sublevada. Pero tampoco voy a dejar que te suicides. ¿Sabes disparar?

—Sí —dijo orgullosa ignorando a los curiosos que murmuraban detrás de ella.

—Está bien. Demuéstralo. —Teo indicó a un chico que pusiera una botella de cristal sobre una fuente de piedra.

Colocó a Cloe a unos diez metros de la botella y le entregó una pistola.

—¡Que todo el mundo se aparte! —gritó algún bromista.

Cloe sopesó la pistola incómoda. Intentó apuntar pero no conseguía mantener la mano firme. Nunca había usado una. Disparó y la botella siguió intacta. Sabiendo que sus probabilidades de éxito eran nulas, bajó la pistola.

—Dame mi fusil —le ordenó a Mus, que era de los que más estaba disfrutando.

—Esto no es un juguete, niña.

—Devuélvemelo —insistió.

—Dáselo, Mus —lo presionó Pascual.

Pero el rastreador no se movió de su sitio.

—¿Es esa tu arma? —preguntó Teo escéptico.

—No sé si es suya pero la llevaba a la espalda cuando la perseguían los hombres del General Frontera —intervino Red.

—No puede ser suyo. Es un puto fusil de francotirador —corroboró Mus.

—Es un Mosin-Nagant —añadió la mujer mientras se lo quitaba de las manos a Mus y lo examinaba fascinada—. M91/30, ¿verdad? —le preguntó cómplice a Cloe.

—Sí, señora —dijo altiva.

—¿Sabes usarlo? —En ella no había rastro de burla. Más bien de admiración. Cloe asintió convencida—. Entonces es suyo —sentenció. Podía habérselo entregado directamente a Cloe pero se lo devolvió a Mus y le bastó una mirada para obligar al rastreador a devolvérselo a su propietaria.

Mus se lo entregó a Cloe diciéndole con sorna:

—Cuidado, es un arma para mayores. ¿Sabe tu papá que se lo has cogido?

Cloe prefirió no entrar al trapo de la provocación. Comprobó con habilidad que estuviera cargado y bien calibrado. Mus se acercó a la fuente y cambió la botella por una petaca que sacó de su bolsillo.

—Venga, Mus, no seas tocapelotas —le reprochó Red.

—Solo hago el juego un poco más interesante.

—¡Esa es mi petaca! —gritó Soso molesto.

—Y te apuesto lo que quieras a que lo seguirá siendo después de que dispare.

—¿Por qué no apuestas tu cabeza? —propuso Pascual.

—No, tiene razón —zanjó Cloe—. Así es mucho más interesante. —Dio media vuelta y se alejó de ellos.

—¿Adónde coño va ahora? —se extrañó el regordete de París. Pero Cloe no contestó y siguió caminando, y caminando y caminando.

—¿Se va? —comentó extrañado Red.

—No —aseguró la mujer.

Cloe se detuvo. Estaría a unos cincuenta metros de la fuente. El pasillo de personas que la separaba de su objetivo se ensanchó un poco más. Apenas se veía la petaca desde su posición.

—Es imposible que acierte desde esa distancia —oyó entre los vecinos.

—Va a hacer el ridículo.

—Con un poco de suerte falla y se lleva al puto Mus por delante —añadió París al ver que el rastreador permanecía cerca de la petaca.

Cloe bajó la mirilla de su Mosin-Nagant y apuntó. Su dedo acarició el gatillo y le dio unos golpecitos, casi imperceptibles, como si marcara la pauta de los latidos de su corazón. Expulsó todo el aire de sus pulmones y lo presionó con firmeza. El disparo tronó entre las casas y el proyectil salió dibujando una línea perfecta que no tenía como objetivo la ridícula petaca sobre la fuente, sino que perforó la botella que sujetaba Mus haciéndola estallar en su mano.

Una exclamación salió al unísono de todos los congregados, y después el único ruido fue el de un trozo de cristal que seguía rodando por el suelo.

Miraban incrédulos a la chica mientras avanzaba con su fusil humeante entre el pasillo humano. Ella solo se fijó en la expresión de Mus. Estaba rojo de cólera.

—¡Me cago en todos tus muertos, puta niñata! —gritó, y necesitaron tres hombres para frenarlo y un grito llamando al orden de Teo.

Cloe, seria y sin amedrentarse, se acercó tanto a Mus como le permitieron los demás.

—La próxima vez que vuelvas a nombrar a mi padre te juro que lo que rodará por el suelo será tu estúpida cabeza.

159

—¡Hija de puta! —gritó histérico Mus mientras se lo llevaban.

Cloe distinguió una satisfacción especial en dos rostros: el de la mujer con la cara quemada y el de Pascual, que empezaba a sentirse atraído por ella. Cloe cogió la petaca de la fuente y se la lanzó a Soso. Teo la abordó con cara de pocos amigos.

—No sé de dónde coño sales, pero aquí no nos disparamos entre nosotros, ¡¿entendido?!

—Sí, señor.

—Y no me llames señor, joder. Te he dicho que me llamo Teo.

—Vale, Teo.

—Bien… Y una cosa más, vas a tener que disculparte. Es una orden. Es un gilipollas pero es el mejor rastreador que tenemos.

—Era el mejor rastreador que teníais —replicó ella.

—Joder con la niña —balbuceó Teo mientras se alejaba levantando una nube de polvo con sus muletas.

—Tranquila, se le pasará —le dijo la mujer, que la acechaba desde detrás—. Pero tiene razón. Será mejor que te disculpes si no quieres más enemigos.

—Lo haré.

—Dicho esto… Bien hecho. Y bienvenida a los Invisibles.

—Gracias…, señora.

—Y ten paciencia con tus nuevos admiradores —le advirtió antes de darle la espalda y dejarla en el centro de un reducido círculo.

—¿Dónde has aprendido a disparar así? —preguntó Pascual.

—Me enseñó mi padre.

—Joder, así se dispara, rubia —soltó incrédulo París.

—Te he dicho que no me llames así.

—¿Y cómo quieres que te llame? ¿Qué tal Ojo de Halcón?

—¿Quieres algo de comer o de beber? —le ofreció galante Soso.

—No, gracias. ¿Quién es ella? —preguntó Cloe.

—Es la Viuda —contestó Pascual.

—¿La Viuda?

—Dicen que fue la primera en encontrar este lugar y convertirlo en un refugio —añadió Mojón.

—Y le salvó la vida a Teo —completó París.

—La verdad es que nadie sabe nada de ella, excepto Teo. Pero se oyen historias…

—¿Historias?

—Sobre una famosa espía que murió a manos de los rebeldes.

—¿Es ella?

—Nadie lo sabe. Y tampoco nadie se atreve a preguntárselo.

—¿Por qué?

—Porque es la norma número uno de Edén —confirmó Soso—: Nadie pregunta por el pasado de los demás.

—Lo único que importa —siguió Pascual— es que este lugar nos mantiene a salvo. Lo demás es polvo.

—Venga, rubia, vamos a beber algo a tu salud y a reírnos de Mus —propuso París.

—Te he dicho que no me llames rubia.

—¿Y la Bala Dorada?

El grupo se rio divertido contagiando por primera vez a su nueva inquilina que, a pesar de haberlo perdido todo, confiaba en haber encontrado algo. Aquel lugar parecía un sitio en el que quedarse. La gente era amable, cuidaban unos de otros, había niños, mujeres… Parecían haber construido una vida normal dentro de aquella tormenta. ¿Podría ella llevar una vida normal? Y, sobre todo, ¿quería?

161

10

Un cuento de seis palabras

Barcelona, 12 de enero de 1939.
Dos semanas antes de la entrada de las tropas franquistas

*E*se día fue sin duda el más largo de toda mi vida. Y la vida, con ese sentido del humor digno de los más cínicos, quiso que ocurriera justo después de una noche en vela. Una noche que pasé recorriendo los callejones más recónditos de la ciudad. Desde el mar hasta el Tibidabo, desde el Besòs al Llobregat, buscando a mi único amigo. Polito había desaparecido y, en parte, todo era culpa mía.

Estaba volviéndome paranoico. Llevaba días sin saber nada de él. Lo busqué por todos lados, colándome en sus escondrijos y preguntando a todo tipo de personas. Quienes lo conocían me decían un sitio u otro, pero ya había estado en todos y no había ni rastro de él. También me acerqué a la mujer de los zapatos de bebé, podía ser que ella supiera algo, aunque él nunca me contara nada de ella. Pero tampoco estaba en su esquina. Lo único que quedaba era el cartón que sujetaba, húmedo y lleno de mugre.

Nos habíamos peleado. Miento, no hubo pelea. Lo golpeé yo, y todavía no puedo deshacerme de su mirada al levantarse dolorido del suelo.

Yo estaba demasiado enfadado para pedirle perdón y él era demasiado orgulloso para aceptarlo. Se esfumó. Perdí al único amigo que tenía. Mucho más que eso. Mi socio, mi compañero, mi hermano…

¿Y si realmente estaba condenado a estar solo? ¿Y si siempre terminaba por estropearlo todo? Me negué a aceptar que fuera mi culpa. ¿Por qué tuvo que romper su promesa?

En el barrio tampoco lo había visto nadie y eso que ya era más que conocido entre los vecinos. Después de que se convirtiera en mi representante, Polito se fue a vivir conmigo. Mi casa era espaciosa y no tenía sentido ni que yo viviera solo, ni que él siguiera viviendo bajo las gradas del campo de Les Corts. Así que nos convertimos en uña y carne.

Me lo pasaba bien con Polito. El único problema era que cuando se empecinaba en algo no podías convencerlo de lo contrario. En ese aspecto me recordaba a cierta chica de las montañas que aún no podía quitarme de la cabeza.

Polito se emocionaba con todo y con extrema facilidad. También tenía sus bajones, pero ¿quién no? Ese flujo de optimismo llevado al límite tampoco podía hacerme daño. No es que yo fuera precisamente un pesimista pero a su lado cualquiera parecía deprimido. Supongo que se debía a su sangre andaluza, quién sabe.

Algunas noches hablábamos hasta quedarnos dormidos y otras cada uno leía su libro. Polito había aprendido a leer con las monjas. Había estado en más de diez orfanatos, pero cuando sus piernas crecieron no había monja que pudiera cazarlo. Había vivido en Sevilla, Madrid y Valencia, y pasado por un sinfín de pueblos difíciles de recordar si es que alguna vez me quedé con sus nombres. Comprendí que ese deje que tenía era un acento andaluz tan oxidado que ya apenas se percibía. Huyó de los problemas y la guerra hasta que llegó a Barcelona hacía unos años. Nunca conoció a sus padres y, aunque él le quitaba hierro al asunto, yo sentía lástima por alguien que nunca había tenido una familia. Él insistía en decir que no era de ninguna parte, pero yo siempre pensé que era de todos lados.

163

Con esa ilusión tan suya logramos reparar el agujero de la pared de mi casa y ya no silbaba el viento entre las maderas en mitad de la noche. El único que silbaba era él. Odiaba esa maldita melodía y me pasaba el día amenazándolo; entonces se inventaba una excusa absurda y terminaba por hacerme reír.

También decoramos el piso con objetos que encontrábamos ahí y allá. Con el tiempo, terminó por parecer un hogar. Nuestro hogar. Hecho a imagen y semejanza de los dos. Más o menos...

Mi barrio se había convertido en el suyo. Le gustaba la zona, le gustaba la gente, y no sé cómo de feliz era antes, pero irradiaba alegría en un tiempo en el que a todo el mundo le costaba esbozar una sonrisa. Se ganó al barrio entero y la mayoría ya no me saludaba a mí, sino a él.

Era peor que una portera. Se sabía los nombres de todos los vecinos y todos los chismes que corrían por ahí. Siempre me explicaba los trapos sucios y me mantenía al día, aunque yo no le preguntara. Tenía esa facilidad para hacer que la gente hablara con él, pero después solía pedirme consejo a mí. Demostraba tanta seguridad en público como inseguridad en privado.

Yo también sucumbí a su magia y le conté lo de Cloe. Y lo que nos pasó a mí y a mi madre. Le conté lo de mi padre y lo de mi inminente viaje a Uruguay, y aunque vivíamos juntos, comíamos juntos, cenábamos juntos y trabajábamos juntos, nunca le dije lo de mi cajita de ahorros escondida en el hueco del armario. No era una cuestión de desconfianza, más bien era por... Bueno, puede que sí que fuera desconfianza, aunque no de forma personalizada en él. No quería volver a sentirme como un imbécil y me había acostumbrado a pensar que las decepciones siempre llegan cuando esperas demasiado de alguien. Tenía claro que nunca más volvería a confiar ciegamente en nadie. Pero era joven y todavía tenía que aprender que «nunca» es mucho tiempo y «nadie» son demasiadas personas.

Eso fue lo primero que hice cuando supe que no volvería. Miré si mi caja de ahorros seguía en su sitio. La abrí y comprobé que estaba intacta. Todas mis monedas seguían allí, incluido el medallón de Cloe, que desde que lo recuperé no había vuelto a ponérmelo por si me cruzaba con el usurero y sus perros. Me avergoncé por haber dudado de mi amigo pero no era yo el que había ido robando por ahí. Tenía sentimientos contradictorios. Lo odiaba por haber faltado a su palabra y a la vez lo echaba mucho de menos. Quizás no tenía que haber reaccionado de forma tan impulsiva, pero por su culpa había perdido mi empleo en La Taberna de Juancho y volvía a estar de patitas en la calle. ¿Y todo por qué? ¿Por unas cuantas pesetas que había robado a varios clientes del local? El muy bastardo se ocupaba de afanar mientras yo tocaba. Me había convertido en cómplice sin saberlo. Y justo cuando, gracias a mi música, La Taberna de Juancho estaba más llena que nunca.

Nos echaron a los dos e hicimos bien en irnos rápido antes de que nos lincharan. Una vez en la calle, discutimos. Él intentó bromear como solía, pero esa vez me sacó de quicio y lo golpeé. Desde entonces habían pasado cuatro días con sus cuatro noches.

Estaba angustiado, cansado, enfadado. Enfadado conmigo, con él y con el resto del mundo. Y estaba triste… ¿Por qué tenía que ser yo siempre el que buscaba? ¿Por qué nunca me buscaban a mí? Pensaba en ir en busca de Cloe, antes encontrar a mi padre y ahora dar con Polito. ¿No sería más fácil que todos ellos vinieran a mí?

Llevaba toda la noche buscándolo. Si antes me preocupaba nuestra amistad, ahora ya me preocupaba su vida. Quizás se había metido en problemas. No era descabellado. El muy burro era todo un experto en la materia. Llegué desgastado, mental y físicamente, a la esquina del Majestic. El sol estaba a punto de salir y hacía mucho frío pero no me apetecía ir a casa.

Me apoyé en la pared y dejé que mi espalda resbalara hasta caer sentado, como le gustaba hacer a Polito. Cogí mi guitarra y toqué para nadie. Ni siquiera puse la gorra en el suelo. Toqué muy suave, como si le regalara una última nana a la ciudad para que no despertara nunca, para que todo siguiera igual de tranquilo y silencioso.

Tampoco quise cantar. No me apetecía. Solo dejé que mis dedos fríos patinaran sobre las cuerdas.

Media hora después el sol se filtraba entre los edificios para aterrizar junto a la puerta giratoria del hotel. Sabía que a mi esquina no llegaría hasta el mediodía. ¿También tenía que ser yo quien fuera en busca del sol? Pues sí. Porque a veces te encuentras con cosas que obedecen a una ley universal que te ofrece solo dos salidas: adaptarte o morir. Cosas tan inalterables como el sol o el tiempo. Como la amistad o el amor...

No me dejaban tocar junto a la entrada pero era muy temprano, estábamos en enero y, por encima de todo, ese sol también era mío. Me levanté y crucé como el arbusto seco que rueda hecho un ovillo por el desierto. Me senté junto al primer escalón y sentí el sol atravesando mi ropa. Recordé aquel día que salí por fin de la cueva y Cloe me llevó hasta aquella roca gigante en medio de un prado. La sensación era parecida siempre que consiguiera permanecer con los ojos cerrados. Ojalá ella estuviera a mi lado. Podría ver su sonrisa, perderme en sus ojos verdes o dejar que su melena me rozara la nariz.

Toqué unas canciones e improvisé otras. Siempre llevaba una libreta y un lápiz donde escribía mis letras. Me gustaba esa parte de crear algo de cero. Temía mucho más los finales que los principios y nunca supe si eso era mejor o peor. Al final, me arranqué a cantar. Había empezado con un susurro pero ahora la música ya me poseía, el sol me calentaba y nacía un nuevo día donde todo era posible. Incluso encontrar a Polito.

La ciudad aún dormía cuando los pasos irregulares de un hombre se acercaron. Estaba anotando unos cambios en mi

166

libreta. Sus zapatos, con aspecto de llevar mucho trote, se detuvieron delante de mí. Yo volví a la guitarra y toqué deseando que cayera alguna moneda. Necesitaba regalarle algo a mi estómago, aunque solo fuera para engañarlo.

—*Hey, kid. Do you like coffee?*

Antes de levantar la vista ya percibí un fuerte aroma a alcohol que me removió por dentro. Delante tenía a un hombre con bigote, alto y corpulento, y con aspecto de haber pasado la noche de fiesta. No supe qué contestar porque no había entendido la pregunta. ¿Me habría pedido una canción? ¿Me preguntaba por una dirección? El tipo debió darse cuenta de que estaba en España y que yo no hablaba su idioma.

—Café. ¿Tú quieres?

¿Que si quería un café? En ese momento habría matado por cualquier cosa más caliente que mis genitales.

—¿Café? Sí, claro.

—*Ok, kid.* Tú me cuentas tu historia y yo invito a ti a café.

—¿Mi historia? —pregunté descolocado—. ¿Por qué?

—Me gustan mucho las historias.

—Entonces quiero dos cafés. —El hombre levantó una ceja—. Me gusta mucho el café —remarqué.

Tras esa breve y fructífera negociación, me invitó a seguirlo. Cogí mi guitarra y mis apuntes y me enganché a su sombra.

Entramos en el Majestic y me quedé perplejo. Lo había visto muchas veces desde fuera, imaginando cómo sería por dentro, pero aquello superaba mis expectativas. Era muy lujoso, olía bien y estaba muy limpio.

—*Good morning* —le dijo el recepcionista con unos ojos cansados que se abrieron de par en par al verme—. Eh, tú. ¡Largo de aquí, escoria!

El americano debió decirle algo muy violento porque el recepcionista se empequeñeció y se disculpó al instante.

—Puedes dejar tu instrumento aquí. Él guardar.

Le di la guitarra al recepcionista con una sonrisa de oreja a oreja. Él me devolvió la más falsa de las suyas pero me cogió la guitarra y la guardó tras el reluciente mostrador. Después seguí a mi anfitrión a lo largo de una alfombra más grande que toda mi casa.

El restaurante del Majestic era magnífico. Había un hombre tocando el piano con cara de aburrimiento y me pregunté cuánto le pagarían por estar ahí sentado, sobre un banco indigno de mi trasero, con todo ese desayuno a su alcance y al calor del lujoso comedor. No parecía ser consciente de la suerte que tenía.

Nos acercamos a una mesa donde desayunaban tres hombres. Uno me resultaba curiosamente familiar aunque me parecía improbable conocerlo de algo. Los otros dos eran un poco mayores, puede que rondaran los cuarenta, igual que mi anfitrión. Mantenían una discusión acalorada que mi nulo inglés fue incapaz de desentrañar. Cuando nos sentamos uno se llevó la mano a la nariz. Al principio pensé que era por mí, hacía días que no me lavaba y había estado toda la noche merodeando por las calles en busca de Polito. Mi olor no debía ser muy sugerente pero por lo visto el de mi anfitrión aún menos. Lo único que entendí fue la palabra *whisky* y el tronar de la risa de mi anfitrión.

—Estos son mis colegas. Herbert Matthews del *New York Times*, Geoffrey Cox del *News Chronicle* y Robert Capa, fotógrafo para la revista *Life*.

Robert Capa… ¿Dónde había oído yo ese nombre? No era una casualidad que, además, fuera el tipo que me había sonado de entrada. Robert Capa… ¿R. Capa? ¡Joder! ¡Claro! Era él. Le robamos la cámara de fotos. Corrijo: Polito le robó la cámara, yo solo le metí un guitarrazo en la cabeza. Él no lo sabía pero supongo que se alegraría de saber que, poco después, esa misma guitarra se rompería en mil pedazos contra mi espalda.

—Chicos, os presento a… —Me miró confuso al darse cuenta de que él tampoco sabía mi nombre.

—Homero —dije educadamente.

—¿Homero? ¿Como el poeta griego? —Volvió a tronar su carcajada—. ¿Qué os parece?

Matthews y Cox sonrieron pero Capa me miraba receloso.

—Perdona, ¿nos conocemos? —aventuró.

—No lo creo. —Tragué saliva y comprobé inquieto que la respuesta no lo convenció del todo porque no dejaba de escudriñarme.

—¿Seguro? Porque yo creo que…

—¿Los señores quieren algo? —Un camarero que apareció de la nada se acababa de diplomar como mi ángel de la guarda.

Mi anfitrión dio una palmada fuerte y le pidió dos desayunos completos. Mi ángel se marchó tan sigiloso como había venido pero los ojos de Capa no se marchaban de los míos. Un desayuno completo del Majestic merecía el riesgo de aguantar un poco más.

—¡Ya está! ¡Ya me acuerdo! —soltó de repente—. ¡Eres tú! El chico que toca la guitarra en la calle, ¿verdad? —Joder, aún me temblaban las piernas. Volví a mi posición natural sutilmente y asentí—. Ya decía yo que te había visto en algún lado. Me gusta cómo tocas.

—Gracias —respondí aliviado.

—¿Lo ves? —interrumpió mi anfitrión—, al menos ahora ya somos dos auténticos artistas en la mesa.

Nadie rio su ocurrencia, aunque a mí me hizo gracia. Un grito a mi espalda nos hizo dar a todos un pequeño brinco sobre las sillas:

—*You bastard!*

Me di la vuelta y vi a una mujer hermosa de mirada desafiante y pómulos perfectos.

—Homero, ella es la señorita Gellhorn. Suele tener mal despertar.

—*I've been waiting all night, asshole!*

—Dice que ha estado esperando toda la noche —tradujo indiferente.

169

—Gilipollas —dijo Gellhorn completando la traducción.

Discutieron como quien se da los buenos días y después ella se sentó a mi lado como si no hubiera pasado nada.

El desayuno llegó muy rápido y lo devoré con ansia hasta que Gellhorn me invitó a disfrutarlo. Tenía razón. Disfrutar de las pequeñas cosas... Lo había vuelto a olvidar. Me bebí tres cafés con leche. Y como un trato es un trato, les conté mi historia tal y como le había prometido a mi anfitrión. Todos escucharon atentos como si estuvieran sedientos de vidas ajenas, de aventuras... A veces se lamentaban, otras sonreían y se lanzaban miradas cómplices entre ellos.

Evidentemente omití mi encuentro con Capa, pero la radiografía de mi vida estaba allí: el asesinato de mi madre, Cloe y su cueva de los tesoros, Tomeu, Polito, mi padre, Uruguay, La Taberna de Juancho, mis ahorros para el viaje.

—Y eso es todo —concluí junto al último sorbo de mi café.

—La *Odisea* de Homero —dijo Matthews.

—No tiene sentido que tu padre os dejara para irse a Uruguay —puntualizó Gellhorn.

—¿Por qué no? —preguntó mi divertido amigo—. Tengo que reconocer que yo también he pensado en huir lejos, sobre todo cuando te pones pesada.

—No bromees con esto —le reprochó.

—No era una broma. Todos hemos tenido ganas de desaparecer alguna vez.

—Yo las tengo ahora mismo —asomó la voz de un incómodo Cox.

—Vale, venga, vamos a relajarnos. Propongo un juego —dijo mi amigo llevando la voz cantante.

—Estás borracho —corroboró ella.

—Eso lo iguala un poco. —Hizo un redoble de tambores sobre el mantel blanco y anunció—: ¡Un cuento de seis palabras!

—No. Otra vez no... —dijeron todos al unísono con algún que otro insulto variado.

Mi anfitrión me guiñó el ojo y los ignoró por completo porque ya estaba rompiendo trozos de papel de su libreta.

—No se puede escribir un cuento con seis palabras. —Me reí con el estómago lleno y una sensación de bienestar.

—Claro que se puede. Las mejores historias son precisamente aquellas que se resumen con un buen titular. Observa y aprende.

—¿No voy a jugar?

Repartió cuatro papeles dejándome al margen y achacándolo a que no conocía bien las reglas. Por el nombre del juego, me parecía bastante evidente, pero bueno.

—No te preocupes, Homero, siempre gana su ego —me consoló Gellhorn.

—¿Sabes por qué siempre gano? Porque soy el único que entiende que en este juego es más importante lo que no se dice que lo que se dice. —Se recreó mucho en el «no».

Aunque al principio habían gruñido todos cuando les entregó su papel, estaban estrujando sus magníficas mentes concentrados en su tarea. Su silencio me ayudó a recordar que el pianista seguía aburriéndonos a todos con sus canciones deprimentes y sin vida. ¿Por qué no se disparaba en la sien y acababa con esa tortura?

Mi amigo fue el primero en terminar. Después Capa, Cox y Matthews. Gellhorn dejó su papel en blanco.

—¿Quién empieza? —preguntó impaciente el organizador.

—«Las noches solitarias siempre fueron mejores» —intervino ella sin leer nada, desafiante—. Y sí, tiene seis palabras. ¿Te ayudo a contar?

—¿Intentas decirme algo? —Él sonrió divertido.

Capa fue el siguiente.

—«Uno, dos, tres, cuatro, cinco, ¡boom!»

—Muy gracioso, Robert. Estar tan cerca de las bombas te está atrofiando el cerebro. ¿Quién más?

—«El doctor contestó: solo un día.» —Cox había conseguido llamar la atención y eso era bueno.

—Es buena… ¿A quién se la has robado? —bromeó Capa.

—Bueno bueno, esto se pone difícil… ¿Matthews?

Matthews no llegó a decir nada porque yo me adelanté. No tenía papel pero tampoco necesitaba escribirla. Era una frase que no olvidaría.

—«Vendo zapatos de bebé sin usar.»

—Los cuatro clavaron sus ojos en mí pero al que más le brillaban era a mi anfitrión. Por primera vez no bromeaba, sino que me miraba con cierto respeto.

—¿Puedes repetirla? —pidió echándose hacia delante.

—«Vendo zapatos de bebé sin usar.»

El silencio se alargó. Gellhorn miró con satisfacción a mi amigo, que dio una palmada.

—Es brillante —dijo ofensivamente sorprendido.

—Y profundo… —añadió Gellhorn mientras los otros asentían.

—Bueno, creo que podemos dar por concluido el juego. Tenemos ganador.

—¿Y mi cuento?

—Por favor, Matthews, el cuento del chico es mejor que el mío y sabemos que el tuyo nunca lo será.

—Muy gracioso…

Los tres cafés y las pastas me removieron tanto el estómago que tuve que ir al baño. Estaba eufórico. Nunca había ganado ningún juego. Y nunca había comido tanto. Causa-efecto. Todo lo que había entrado empujaba fuerte para salir. Después de que el camarero me indicara educadamente, fui retorciéndome dejando a mis nuevos amigos charlando.

Me retiré con la seguridad de que hablarían de mí. Sí, egocéntrico. Pero también sincero. Y la prueba fue que cuando regresé a la mesa Capa carraspeó fuerte y todos se callaron y disimularon como un grupo de actores pésimos.

—¿Qué ocurre? —pregunté.

—Nada… —intentó calmarme mi amigo.

—¿Qué pasa? —repetí mientras me sentaba.

—Estábamos comentando tu historia… —dijo Gellhorn posando su mano sobre la mía.

—¿Mi historia? —Estaba claro que algo me ocultaban. Vi un rayo de esperanza—. Esperen, ¿saben algo de mi padre?

—Chico…

—Merece saberlo, Ernest —lo presionó Capa.

—¿Saber qué? —pregunté ansioso.

Matthews, Cox y Capa se levantaron.

—Nosotros os dejamos para que habléis —sugirió Matthews—. Buena suerte, Homero, ha sido un placer.

Cox también se despidió y me animó. Capa me dio un par de monedas.

—Por todas las veces que te he escuchado gratis —sonrió.

Me habría encantado pedirle perdón por el guitarrazo y por robarle la cámara pero creo que formaba parte de esas cosas que uno debe quedarse para sí mismo.

En la mesa nos quedamos la señorita Gellhorn, Ernest y yo. No quise agobiarlo porque sabía que tardaría poco en hablarme.

—Verás, Homero, no quiero que te hagas falsas esperanzas pero…

—Usted sabe dónde está mi padre.

—No. Eso no lo sé. Pero, por lo que nos has contado, puede que… ¿Recuerdas qué es lo que ponía en el papel que encontraste?

¿Que si lo recordaba? Aunque no tenía ningún sentido para mí, lo había memorizado letra a letra desde el primer día. Ernest me ofreció su pluma para que lo escribiera en el reverso del trozo de papel que había usado Cox: «Prior. C A19. Barcelona. Uruguay. M2. P4. C14».

Lo deslicé sobre el mantel. Ambos lo leyeron.

—Lo que suponía —dijo él mientras Gellhorn lo repasaba.

—¿Qué significa?

—He escuchado cosas…

—¿Cosas?

—La palabra «prior» es algo que suele usarse en inteligencia militar o…

—Espías —aclaró Gellhorn.

—¿Espías? ¿Mi padre?

—La clave de todo está en Uruguay. La buena noticia para ti es que no se refiere al país, sino a un barco.

—¿Un barco?

—Un buque. La mala noticia es que es más que eso. En realidad, son dos. Atracados en el puerto de Barcelona. El Uruguay y el Argentina.

No entendía nada, así que Gellhorn añadió información:

—Necesitaban más espacio y aprovecharon dos buques que tenían en sus muelles para destinarlos a presos políticos o personas influyentes.

—¿Presos?

—Es una cárcel, Homero.

—Y muy dura —redondeó Gellhorn con lástima.

—Lo que me da a entender —prosiguió Ernest— que la C es celda, la A es el bloque y el 19 es… ¿el número de celda?

Gellhorn asintió conforme.

—¿Mi padre ha estado todo este tiempo aquí al lado?

—No lo sé, Homero. Estas notas parecen más bien instrucciones.

—Y muy precisas —volvió a rematar ella.

—Puede que tu padre tuviera que sacar a alguien del Uruguay o…

—Matarlo —sentenció Gellhorn mientras sorbía un poco de café.

Mi mente rebuscaba entre un montón de recuerdos, pistas y suposiciones. Y mi padre estaba en el centro. Mejor que eso. Estaba en Barcelona. Muy cerca. Tanto que casi podía tocarlo…

—Tengo que irme.

—Es peligroso, chico. Las tropas franquistas se acercan a las puertas de la ciudad. Los escasos soldados republicanos que quedan se retiran en estampida y no dejarán mucho a sus espaldas. ¿Me entiendes?

—No habrá testigos —concluyó Gellhorn por si no me había quedado claro.

—Además, debes ser realista. Ha pasado mucho tiempo.

—Un año, un mes y cinco días desde la última vez que lo vi. Pero ni un día más. ¡Ni uno solo!

Los abracé agradecido. Sabían que no iban a poder disuadirme e imagino que tampoco lo pretendían.

—Buena suerte, chico.

—Gracias, Ernest. Perdón, señor...

—Hemingway. Pero tú puedes llamarme Ernest todas las veces que quieras. Me has ganado a mi propio juego —sonrió.

—Aunque yo no he visto su cuento.

Hemingway me miró con pillería.

—No te lo diré. He perdido un juego pero no perderé mi dignidad —dijo sobreactuado—. Solo añadiré: que tengas mucha suerte, joven amigo. —Levantó un dedo por cada palabra para demostrarme que eran seis.

Era un hombre fascinante e imponente, en todos los sentidos. Después llegó el turno de Gellhorn, que me besó como lo haría una hermana mayor y me advirtió:

—Mañana empezarán los bombardeos de la aviación alemana. Serán constantes y el puerto será uno de los objetivos. Tienen información de que los republicanos han enviado dos cargueros con hombres suficientes para defender la ciudad, pero no es cierto. Es la limpieza final antes de su entrada triunfal. Haz lo que tengas que hacer pero después busca un lugar seguro, quédate en él y no salgas hasta que tomen la ciudad. Esto ya está llegando a su final, Homero.

La abracé y salí corriendo del hotel con una sola palabra en mi cabeza: Uruguay, Uruguay, Uruguay.

175

11

El guardián del medallón

Cuando salí del Majestic iba tan lanzado pensando en mi padre que, hasta que no crucé la calle, no me percaté de lo ligero que iba. ¡La guitarra! ¡Maldita sea! No podía dejarla después de todo lo que habíamos pasado juntos. Volví sobre mis pasos, y antes de que la puerta dejara de girar salí de nuevo del hotel ya con la guitarra a cuestas. La calle estaba desierta. Barcelona se escondía, consciente de que el fin de la guerra estaba frente a sus puertas.

Doblé la esquina patinando y cuatro brazos fornidos se abalanzaron sobre mí. Iba tan rápido que me llevé a uno por delante y rodé unos metros forcejeando con el otro. ¡Eran los perros de Emmet!

Me puse en pie rápido y le lancé una patada al más cercano cuando intentaba levantarse. No estaba para tonterías. Quise salir corriendo pero el más grandullón me alcanzó con su expresión de perturbado. No me retiré. Avancé hacia él y le solté un puñetazo en la cara con todas mis fuerzas. Solo conseguí desequilibrarlo y ahí me bloqueé. En todas mis predicciones él se desplomaba. Me soltó un bofetón a mano abierta que hizo que me temblaran las rodillas. Solo podía oír un pitido constante en la cabeza y la parte izquierda de la cara me ardía tanto que se podía freír un huevo. En cambio, en la suya solo se veía un pequeño hilo de sangre brotando de su sonrisa. Pero ya era algo.

—… egas cmo unnna niña —conseguí pronunciar mientras aún me balanceaba.

Saqué mi navaja de auténtico Guardián del Sueño. Con ella no podía perder ninguna batalla. Era la navaja de Toro Sentado, y mientras la mostraba amenazante, el muy imbécil se reía. No supe ver dónde estaba la gracia, igual que no supe ver cómo el otro perro se levantaba a mi espalda y agarraba un buen pedrusco. Tampoco cómo me lo estampaba contra el cogote. Y a partir de ahí, ya no pude ver nada más.

Desperté atado a una silla de madera. Estaba claro que me habían llevado a la tienda de Emmet. Podía reconocer esas estanterías viejas y percibir el polvo que flotaba en la atmósfera. Tenía un perro a cada lado. Polito también los llamaba Huevo Izquierdo y Huevo Derecho. Al recordarlo y verme entre los dos me entró la risa tonta. Supongo que los nervios también ayudaban pero se me pasó de golpe cuando uno de ellos me propinó una fuerte colleja.

—Bueno bueno bueno…, al fin has venido a verme —crujió la voz del viejo usurero detrás del mostrador.

—Me moría de ganas… —dije con sarcasmo comprobando la firmeza de mis ataduras.

Emmet estaba como la última vez que lo vi, con la espalda encorvada y su ridículo monóculo, observando joyas y monedas que se llevaba a la boca y mordía antes de conservarlas o desecharlas. No entendía cómo podía seguir vivo metiéndose tanta basura en esa boca cada día. Entre las cosas que tenía delante pude ver mi navaja.

—¿De dónde has sacado esta maravilla?

—Es un regalo.

—Veo que tienen la extraña costumbre de regalarte muchas cosas. Y cosas muy valiosas.

—Y usted tiene la costumbre de robármelas.

—Ah, sí. Eso es cierto. Hay vicios que son difíciles de eliminar.

—Si me desata, haré que se le pasen las ganas.

—Neee… Por favor, chicos, es un invitado. No tratamos así a los invitados. —Con un gesto ordenó a los perros que me liberaran de las ataduras. Parecía una provocación en toda regla—. Por favor, no hagas ninguna estupidez. No me gustaría ver cómo los chicos te meten otra paliza. Ven, acércate. Quiero enseñarte algo… Por favor, si quisiera hacerte daño, ya te lo habría hecho.

—Lo dice como si la cabeza no me doliera.

—Eso ha sido porque te has resistido. Ven.

Sus lacayos se retiraron a un rincón.

Me acerqué al mostrador. Él se inclinó y, con la lentitud de quien está a punto de revelar un secreto, susurró:

—¿Dónde la tienes?

—¿Tener qué? —Me hice el tonto.

—Chico, no me hagas perder el tiempo. Sé que la tienes tú.

—No sé de qué me habla. ¿Qué quiere?

—¡Que me devuelvas la maldita moneda! —graznó irritado.

Yo solo quería encontrar el Uruguay y a mi padre. Pero también sabía que no podría escapar por la fuerza.

—Tengo prisa.

—¡Devuélveme mi moneda!

—No es su moneda. Nunca lo ha sido.

—Neee, no entiendes nada. —Se me acercó desprendiendo ese olor a rancio y me observó como si pudiera olfatear la mentira—. Esto te queda grande, chaval. No es un regalo que puedas colgarte del cuello como si nada. Dime dónde la encontraste.

—No.

—Neee… —Golpeó el mostrador irritado—. Mira, niñato, no voy a estar jugando al gato y al ratón contigo. Aunque no lo creas, te estoy haciendo un favor quedándomela, créeme. Estas monedas tienen su propio destino.

—¿Estas? ¿Hay más de una?

—Ya te lo he dicho, esto te queda grande. Lo mejor que puedes hacer es…

Se calló al oír un ruido lejano que se iba haciendo cada vez más fuerte. Los dos alzamos la vista hacia el techo. Provenía de fuera. ¡Eran aviones! Toda la tienda tembló escupiendo polvo cuando la primera oleada sobrevoló Barcelona.

—Ya están aquí —susurré. Me quedaba sin tiempo y tenía que salir de allí cuanto antes—. Vale, mire, le prometo que le daré la moneda. ¡Se lo juro! Pero ahora mismo tiene que dejarme ir. —El viejo me escudriñó con sus ojos pequeños y oscuros—. ¡De verdad! Le conseguiré la moneda.

—O sea que la tienes tú…

—Sí. La tengo escondida.

—Neee… No te creo, pero te daré una oportunidad. Ah, y por si acaso tienes pensado jugármela y no volver, he pensado que esto podría servirte de motivación. —Hizo un gesto y uno de los matones desapareció por una puerta de la trastienda. El viejo me sonreía inmóvil cuando el mismo matón volvió a aparecer, esa vez acompañado.

—¡Poli! —intenté acercarme, pero el otro perro me cortó el paso.

—Tranquilo, tu amigo está bien. Más o menos… —Sonrió el viejo—. ¿Verdad, Polito?

El pobre no podía mantenerse en pie.

—¡Animal! —Apreté los dientes y miré a Polito.

Tenía moratones, el labio partido y la cara tan hinchada que apenas podía abrir los ojos.

—Lo siento… —consiguió pronunciar.

—Suficiente —interrumpió Emmet indicando a su perro que podía llevárselo de nuevo—. Tienes una hora para traerme la moneda.

—¿Una hora? Es imposible que pueda…

—Yo de ti empezaría a correr.

Lo miré con odio pero no había tiempo que perder, así que me tragué el orgullo, digerí mi rabia y salí corriendo de la casa del diablo.

Al pisar la calle me extrañó que el cielo empezara a oscurecerse. Habría jurado que era por la mañana pero la pedrada del perro me había dejado medio atontado. Parecía que los astros se habían alineado ese día contra mí. Había conseguido la primera pista en meses sobre mi padre y por razones de fuerza mayor no podía seguirla de inmediato. A menos que me olvidara de Polito... ¿Podía hacerlo?

No negaré que se me pasó por la cabeza varias veces. Pero Polito estaba en un apuro por haberme devuelto el medallón y, mientras que él corría un peligro real y palpable, la situación de mi padre era solo un espejismo. Una ínfima posibilidad por la que, evidentemente, valía la pena luchar pero no a costa de abandonar a mi único amigo.

Entré en mi piso y fui directo al armario. Saqué la caja del agujero y me hice con la moneda de Cloe. La apreté fuerte contra mi puño. Iba a entregarle la moneda a ese maldito viejo. Mi mayor tesoro. Lo único que me quedaba de ella. Mi mejor amigo me necesitaba y yo sabía que a Cloe no le habría importado que la intercambiara si con ello podía salvarle la vida a alguien.

Pensé en usar alguna moneda falsa. Tenía algunas que se parecían en tamaño y color a la del medallón; habían caído en mi gorro, probablemente de extranjeros, y las había guardado. Pero Emmet no era tonto, sino un auténtico especialista. Primero la examinaría de arriba abajo con ese ridículo monóculo y después, como si se tratara de un infalible detector de mentiras, se la llevaría a la boca para que sus dientes amarillentos confirmaran su autenticidad. «¡Claro! ¡Eso es!» Una nueva idea me acababa de cruzar la cabeza. Y me hizo sonreír esperanzado.

Salí de casa veloz como el rayo. Antes de volver a la tienda del usurero necesitaba pasar por el cementerio y eso me llevaba casi a la otra punta de la ciudad. Era una contrarreloj en toda regla. Un tiempo que aproveché para darle vueltas a lo que había dicho Emmet. ¿Existían más monedas como la de mi medallón? ¿Y qué significaría que tienen su propio destino?

La campanilla sonó nerviosa cuando entré en la tienda. Caí de rodillas, exhausto y sudado. Necesitaba recuperar todo el aire que me había dejado por el camino. Emmet aplaudió con una sonrisa provocativa.

—Bien bien bien… Mis chicos estaban ansiosos por empezar a jugar.

Polito estaba atado a la misma silla en la que yo me había despertado hacía unas horas. Me miraba decepcionado, como si hubiera preferido que no volviera y lo dejara allí.

—¿La has encontrado?

—Sí. —Jadeé a la vez que sacaba un trozo de tela en el que estaba envuelta la moneda.

Se lo entregué y lo abrió como un niño abriría su regalo de cumpleaños. La observó fascinado y después me miró como si dudara de mi buena fe.

—¿Ocurre algo? —pregunté.

—Por tu bien, espero que no. Pero la vida me ha enseñado que las cosas no son lo que parecen.

El usurero se puso su monóculo y empezó su metódica rutina.

—Verás, chico, sé que no me crees pero te estoy haciendo un favor cargando con ella. Esta moneda no te traerá nada bueno. Solo desdicha. —Entonces se la llevó a la boca para que sus dientes certificaran lo mismo que sus ojos—. Tú no lo sabes, chico, pero quien posea esta moneda jamás conocerá la paz.

—Y entonces, ¿por qué la quiere?

—Neee, eso no te incumbe. Pero para que veas mi buena voluntad, voy a dejar que te vayas. Eso sí, tu amigo se queda aquí. No puedo dejar que alguien que me roba se salga con la suya. Sé que lo entiendes. Eres un chico listo. Además, este no vale nada. Es un ratero que te la jugó. Servirá de ejemplo para los demás.

—Ese no es el trato que habíamos hecho.

—Es el trato que hay. O lo tomas o lo dejas.

Los perros levantaron las orejas deseando que su amo les diera la señal.

—Entonces devuélvame la moneda —dije con tranquilidad.

El viejo rio malévolo.

—Neee… ¿Acaso te parezco estúpido?

—No, estúpido no. Pero sí muy previsible —sonreí.

Al viejo le cambió la expresión y empezó a retorcerse de dolor.

—¿Qué…, qué me has hecho? —logró preguntar antes de sentir un pinchazo en el estómago.

—¿Nunca le dijo su madre que no se metiera cosas en la boca? Sobre todo, monedas sucias… o envenenadas.

El viejo hizo un gesto a sus perros, que se dispusieron a atacarme.

—Dígale a sus chuchos que mantengan la distancia o no tendrá el antídoto.

—Es…, es un farol… —Cayó de rodillas retorciéndose de dolor y los perros se volvieron hacia mí.

Yo mantuve la calma.

—Como quiera, viejo. Podemos esperar a averiguarlo.

Emmet les pidió que se quedaran quietos. Estaba pasando un mal rato y yo disfrutaba con ello.

—¡Aaah…! ¿Qué me has hecho? Dame el antídoto.

—Deme el medallón.

Se lo quitó y me lo tiró. La gente avariciosa siempre es la que más miedo tiene a la muerte. Se apoyó en el mostrador para ponerse en pie con todo su cuerpo convulsionando.

—El an… tí… do… to.

—Y mi navaja —sonreí.

—Está..., está ahí... —Me señaló la vitrina y me acerqué para recuperarla.

—Por favor..., el antído...

—Que lo suelten. —Señalé a Polito.

—¡Soltadlo, joder! —gritó agonizando y babeando descontrolado.

Nunca había visto a los dos matones tan nerviosos. Desataron a Polito torpemente, demostrando una vez más su incompetencia con cualquier asunto que exigiera una mínima destreza.

Ayudé a Polito. El pobre no tenía fuerzas para sostenerse. Lo dejé junto al mostrador y reciclé las ataduras para inmovilizar a los perros mientras Emmet seguía retorciéndose.

—Por favor..., te lo suplico. Dame el antídoto.

—Si vuelve a jodernos, le juro que acabo con usted. ¿Lo entiende?

183

—Sí sí sí... Lo entiendo. Lo entiendo. Por favor...

Dejé a los dos perros amordazados y agarré a mi amigo.

—Salgamos de aquí —le propuse.

Se apoyó en mi hombro y enfilamos el estrecho pasillo.

—Por favor... —suplicaba Emmet—, el... antí... doto.

—¡No lo necesita! —grité sin darme la vuelta—. No se morirá. Pero será mejor que busque un buen retrete. Le espera un largo día, créame.

La campanilla volvió a tintinear y dejamos a Emmet vomitando y a los perros tratando de liberarse de sus ataduras como dos atontados.

El frío de enero estremeció a Polito. No podíamos quedarnos parados, así que le puse mi chaqueta y nos dirigimos a casa. El aire helado azotaba mi ropa empapada en sudor y se me clavaba en la piel como mil cuchillos.

Polito estaba mal. Peligrosamente frágil. No llegaríamos a casa y menos a ese ritmo. Miré a los lados buscando ayuda pero la gente se había resguardado en sus casas.

—¿Cómo lo has hecho? —dijo tiritando.

—Eso ahora no importa, Poli. ¿Cómo estás? —Sabía que bastante mal, pero quería que me hablara.

—Mañana estaré como nuevo —mintió.

—Creo que te han hecho un favor. Tu antigua cara era muy fea. —Le hice reír, aunque apenas pudo, de lo desfigurado que tenía el rostro.

Una segunda oleada de aviones voló sobre nuestras cabezas y recé por que no fueran los bombarderos. No lo eran. Aún...

—Antes de que nos caiga una bomba encima, en serio... ¿Qué le has hecho?

—Setas.

—¿Setas?

—Unas muy venenosas que crecen en el cementerio. Sabía que el viejo se llevaría la moneda a la boca, siempre lo hace.

—¿Se recuperará?

—Yo me pasé la noche cagando y vomitando. Después me quedé como si me hubieran atropellado diez camiones y en un par de días volví a estar más o menos bien.

—Tendríamos que haberlo rematado. A nadie le habría importado.

—¿Lo habrías hecho tú?

—Lo habríamos echado a suertes —bromeó.

Estábamos a medio camino de casa cuando Polito se desvaneció en mis brazos. Conseguí sujetar su cuerpo esmirriado, de menos de sesenta kilos, y traté de levantarlo a pulso pero mis fuerzas también flaqueaban, estaba reventado y hacía mucho frío. Rendido, lo dejé suavemente en el suelo.

—¡Por favor! ¡Ayuda!

Las pocas personas que nos miraban lo hacían aterradas desde sus ventanas y cuando se daban cuenta de que las había visto corrían las cortinas.

—¡Socorro!

Si Polito no salía de aquella, tenía muy claro que volvería a la tienda para quemarla entera con Emmet y sus secuaces dentro. Con los republicanos en desbandada y los franquistas casi entrando en Barcelona, nadie se habría preocupado por un edificio en llamas y un viejo usurero muerto.

Los aviones seguían sobrevolándonos bastante bajo con sus poderosos motores rugiendo cuando en la acera de enfrente vi a un hombre que alcanzaba su portal y buscaba las llaves nervioso.

—¡Oiga, señor! —El ruido de la aviación ahogaba mis gritos. Cargué con Polito como si llevara un saco de patatas al límite de mis fuerzas—. ¡Por favor! ¡Ayúdenos!

El hombre, que ya estaba abriendo el portal, se giró.

—¡Por Dios bendito! ¡Pasad pasad!

Nos sujetó la puerta y me ayudó a cargar con mi amigo. El hombre tampoco estaba en plena forma. Rondaría los sesenta años, su aspecto era desaseado, débil, y su tos se parecía más a la de un muerto que a la de un vivo. Sin embargo, tras unas lentes redondas, su mirada era fuerte y perspicaz.

185

Nos condujo hasta su piso que, por fortuna, estaba en un primero. Se había instalado unos pocos días junto con su madre, una señora de más de ochenta años que me saludó ausente desde el sofá.

—¡Madre, le he dicho que no se acerque a la ventana!

El piso se lo había ofrecido un viejo amigo suyo, un profesor de la universidad de Barcelona. Le dije que mi padre también era profesor. El hombre se presentó como Antonio y me explicó que habían llegado desde Valencia. Todos los poros de su piel transpiraban cultura y sabiduría. Usaba palabras y expresiones grandilocuentes. Algunas no las entendía pero sé que a mi padre le habría fascinado hablar con él.

Parecía tener una opinión sobre todo y, por cómo criticaba esa guerra y a los fascistas que la iban a ganar, era un republicano de pura cepa. Y fumador; había salido a la calle para ver si podía comprar sus cigarrillos en algún sitio. ¿Quién coño iba a venderle unos cigarrillos en ese momento? Dicen que fumar mata, pero a nosotros su vicio nos salvó la vida.

Después de preguntarme tres veces si tenía tabaco y yo decirle tres veces que no fumaba, llevamos a Polito a la habitación de invitados más grande y elegante que había visto en mi vida. Antonio reconoció con pesar que no andaba muy puesto en medicina, pero su arrendador les había dicho que uno de los vecinos era médico y podían llamarlo en caso de emergencia. El problema es que no recordaba el piso y por lo menos había seis plantas en aquel suntuoso edificio.

—Es en el tercero. Puerta dos —dijo su madre desde el sofá.

—¿Está segura, madre?

—¿Y qué importa si lo estoy? Tú no tienes ni idea.

Antonio inclinó la cabeza como diciendo: «Esto es lo que hay».

186

Dejé mi guitarra y salí del piso. Llegué a la puerta número dos del piso tres y la golpeé con mis nudillos.

—¿Quién es? —preguntó una voz masculina desde el interior.

—Buenas noches. Siento molestarle pero necesitamos su ayuda en el primer piso.

—¿Mi ayuda? ¿Por qué?

—Tenemos a alguien malherido.

—¿Es uno de los vecinos?

—¿Acaso importa? —Hablaba con una puerta y me estaba empezando a poner de mal humor.

—Lo siento, pero no puedo ayudarle.

Iba a replicar algo cuando oí una voz femenina que discutía con la masculina en una de las conversaciones más surrealistas que se pueden presenciar desde un rellano.

—Padre, ¿qué estás haciendo?

—Estoy hablando con alguien.

—¿Con quién?

—No lo sé. Un vecino.

LA MEMORIA ERES TÚ

—¿Y por qué no le abres?

—Porque podría no serlo.

—¿Y qué quiere?

—Ayuda.

—¿Qué clase de ayuda, padre?

—¡Hay alguien malherido! —grité confiando en la sensatez de esa segunda voz.

—Padre, abre.

—¿Estás loca? Podrían venir a robar.

—¿Y qué nos van a robar?

—Las tazas de café, por ejemplo.

—Padre, abre ahora mismo.

—No.

—¿Dónde has escondido la llave?

—En un lugar seguro.

—Padre, si hay alguien malherido, tenemos que ayudarle.

—¿Por qué? ¿Quién ayudó a tu madre?

—Precisamente por eso, papá.

Creo que el uso de la palabra «papá» enterneció a ese hombre porque poco después oí el tintineo de unas llaves seguido del clic que hizo el pomo al girar.

Al fin pude ver a la extraña pareja. La voz masculina pertenecía a un hombre de panza prominente y perilla canosa bien cuidada. Ella era joven, bajita y algo mayor que yo.

—No soy un ladrón —fue lo primero que dije—, aunque me encantaría echarles un ojo a esas tazas.

—¿Lo ves, Lolín? Te advertí, te lo dije.

—¡Padre! Está bromeando. —La chica me miró—. Lo siento, hace tiempo que se perdió el sentido del humor en esta escalera. ¿Qué ocurre?

—Mi amigo está en el primer piso malherido y Antonio me ha dicho que podían ayudarme.

—¿El señor Machado?

—¿Quién es el señor Machado? —interrumpió el padre.

—El amigo del profesor Campello —aclaró, pero la mirada de su padre seguía igual de perdida—. ¡El poeta, padre, nuestro nuevo vecino!

—Todo esto tiene muy mala pinta. Puedo oler el tufillo que desprende este elemento desde aquí —gruñó el padre sin apartar los ojos de mí.

—El profesor Campello nos avisó que su amigo se quedaría aquí unos días para seguir su viaje a Francia, ¿recuerda? —explicó ella con paciencia.

Me pareció imposible, por muy buen doctor que fuera, que pudiera ayudar a Polito. Ese hombre estaba ido. Un claro ejemplo de que el remedio puede ser peor que la enfermedad.

—¿Saben qué? Siento haberles molestado.

—No es molestia —respondió ella.

—A tu padre no parece hacerle mucha gracia esto y no…

—Da igual lo que piense mi padre.

—No sé qué decirte… Lo necesito.

—¿A él? —dijo confusa.

—¿A mí? —exclamó él aún más confuso.

¿Me estaba volviendo loco? ¿Qué coño le pasaba a esa familia?

—No sé si me he explicado bien. Tengo un amigo malherido y necesito un médico.

—Te has explicado muy bien. Yo puedo ayudarte —replicó ella entre orgullosa y ofendida.

—¿Tú?

—Tengo un nombre, Lolín. Y una profesión: enfermera.

—Joder, menos mal —me salió del alma.

Ella sonrió y me pidió que aguardara un instante. Su padre y yo nos quedamos solos en el más incómodo de los silencios. Seguía mirándome como si intentara intimidarme pero me hacía más gracia que otra cosa.

—¿De verdad no me va a enseñar esas tazas? —bromeé.

—Ni lo sueñes.

—¿Y si algún día vengo a tomar el café?

—Tenemos vasos.

Reapareció Lolín con su maletín de primeros auxilios.

—¡Vamos! —Me empujó mientras se despedía de su padre.

Bajamos rápido y Antonio nos informó de que Polito había despertado y estaba muy débil. Con Lolín cerca me sentía más tranquilo. Era increíble la seguridad con la que se movía manejándolo todo, como una especie de duende hiperactivo.

—¿Puedes acercarme el material que he dejado allí? —Me lo señaló mientras le desabrochaba la camisa a Polito—. ¿Qué le ha pasado? ¿Has sido tú?

—No… Han sido unos matones.

Otra pasada de aviones hizo que la cama traqueteara.

—¿Unos matones? Ya veo… —Ella le revisaba el cuerpo en busca de una herida fatal o una infección—. Le han dado bien.

—Sí…

—¿Tú estás bien? ¿Te duele algo?

—No.

—¿Cómo te llamas?

—Homero.

—Vale, Homero. Quédate con él. Voy a limpiar un par de cosas y a pedirle algo de alcohol barato a nuestro vecino. Enseguida vuelvo. —Esa estampida de mujer había nacido para dar instrucciones.

Me senté al lado de Polito.

—Está buena… —soltó el desgraciado.

—¿Y cómo has podido verla con ese careto?

—Con un ojo me basta.

—Ya… —dije intentando disimular mi preocupación—, el problema es que ella tiene dos.

—No estoy en mi mejor momento, ¿eh?

Negué con tristeza. Me costaba mirar lo que le habían hecho.

—Joder, Poli…

—No lo hagas.

—¿Que no haga qué?

189

—Te conozco. Eres tan tonto como para culparte por esto —consiguió susurrar.

Puede que con un solo ojo viera más de lo que yo imaginaba. Y lo peor era que no se me ocurría nada gracioso u original que soltar pero, como de costumbre, Polito llenaba mis silencios:

—Yo empecé todo esto, tío…

—Ahora eres tú el tonto que se está culpando.

—No puedes negarlo, sabes que es verdad. Es mi culpa.

—No digas tonterías.

—Quería recuperarlo para ti pero…

—Pero eres idiota. —El insulto me protegía de las emociones—. Ese medallón es mi problema. Solo mío.

—No. Es el nuestro, Homero…

—Poli, no importa. Déjalo.

—Sí. Sí que importa. Sé cuánto te importa ese medallón, igual que sé que siempre iba a estar allá para recordarnos cómo la jodí cuando nos conocimos. Solo quería acabar con eso, traértelo de vuelta y empezar de cero…, ¿me entiendes?

—Te entiendo, Poli…

—Tú eres el único amigo de verdad que he tenido.

—Poli, tú y yo no somos amigos. Somos familia. Así que será mejor que te recuperes rápido porque te necesito, ¿vale?

Nos estrechamos las cuatro manos una sobre la otra con los ojos húmedos. El muy cabrón estaba a punto de hacerme llorar cuando la Mujer Estampida entró en la habitación.

—Ya estoy aquí. Esto parece un entierro. Tranquilo, tu amigo se pondrá bien.

—Tengo que irme —le dije a Lolín con ojos de cachorro.

—No me moveré de aquí —me tranquilizó ella.

—Gracias.

—¿Estás loco? No puedes salir ahora. ¿Adónde coño vas? —susurró Polito.

—He dejado algo en el fuego —bromeé. Cada vez se me daba mejor.

Dejé a Lolín cuidando de Polito y me despedí de Antonio. Esa sería la única vez que lo vería.

Hay personas que alteran nuestra vida y nos la cambian en un instante para desaparecer tan fugazmente como aparecieron. Si Polito salió vivo aquella noche, se lo debe en parte a Antonio Machado y a su dignidad humana. Se lo debe a ese poeta que apareció de la nada y nos ayudó. Se lo debe a esa enfermera tremenda y bajita, e incluso al chiflado de su padre… Personas que van y vienen. Personas con su propia vida, su propio rumbo y sus muchas direcciones. Personas que nos encontramos en nuestro camino. Algunas por error. Otras por azar. Y unas pocas, muy pocas, que estaban predestinadas a caminar con nosotros.

¿Cuál era el destino de mi camino? ¿Me llevaría hasta mi padre? ¿Volvería a tropezar con Cloe? ¿Podríamos recuperar lo que una vez fuimos? ¿Cómo seguir adelante cuando lo que más quieres lo has dejado atrás?

Alguien contestaría que mis huellas son el camino y nada más. Que se hace camino al andar y que, al volver la vista atrás, se ve la senda que nunca se ha de volver a pisar. Ese alguien me dejó ropa seca y me estrechó la mano. Horas después lo recogerían en un coche para que él y su madre pudieran huir a Francia antes de que entraran los sublevados en Barcelona.

Lamentablemente, ese señor tan amable moriría un mes más tarde en una casa en Colliure. Su madre lo haría tres días después. Él siempre se quedaría con mi gratitud, el mundo con sus palabras y yo con sus pantalones. Y con ellos, mi camino solo podía ir hacia delante.

12

El Uruguay

*L*legué al puerto cuando la noche era profunda y el mar oscuro. Me quedé en el muelle observando los dos barcos que tenía delante. Los malditos no estaban amarrados, sino fondeados a una distancia desde la que no podía distinguir sus nombres. Tendría que nadar para llegar hasta ellos pero el frío no lo aconsejaba. ¿A cuántos grados podía estar el agua en invierno? No importaba. Mi padre estaba cerca. Podía sentirlo y mi corazón palpitaba como si también lo supiera.

Estaba a punto de zambullirme cuando vi un bote que se acercaba al muelle contiguo. Cuatro hombres remaban entre susurros mientras el quinto, con un potente foco desde la proa, iluminaba la maniobra. Me escondí tras unas cajas.

Desembarcaron rápido. ¿Qué hacían allí esos soldados republicanos en plena noche cuando la guerra ya estaba perdida y las tropas franquistas llamando a la puerta? ¿Y por qué tenían tanta prisa? Cabía la posibilidad de que fueran a buscar algo y regresaran, pero algo me decía que no volverían.

Corrí hasta el muelle tan sigiloso como pude y subí a la barca. Dentro descansaban cuatro remos mal dispuestos. Me hice con dos e intenté desplazarme con bastante torpeza. Parecía un chimpancé con dos ramas. Solo había tenido ocasión de remar una vez, hacía años, durante un verano que pasé en la finca de unos primos de mi madre, en Vilassar de Mar. Pero aquella barca y sus remos eran mucho más pequeños y tenía a mi padre al lado. Tampoco estaba mi madre, bajo la sombra de su inseparable sombrilla, saludándonos desde la orilla.

Eso hizo que me acordara de mis familiares. ¿Dónde estarían ahora? ¿Y sus hijos? ¿Vivirían o simplemente sobrevivirían como yo?

Les cogí enseguida el truco a los remos y me encaré hacia el primer buque. Mientras me felicitaba por mi nueva habilidad, comprobé angustiado que llevaba el foco encendido. Me levanté manteniendo el equilibrio y lo apagué. ¡Estúpido! Me quedé un momento quieto y en completo silencio para ver si alguien había dado la voz de alarma. Negativo. Aquello era un desierto de agua salada y oscuridad amarga. La guerra había terminado y los republicanos, derrotados, habían emprendido el camino de la retirada hacia tierras francesas. Todo tranquilo, excepto por los aviones que seguían dibujando pasadas sobre la ciudad advirtiendo a la población que, una vez más, descargarían sus bombas sobre nosotros.

Incluso dentro del recinto portuario, el mar estaba agitado, como si su propio instinto le advirtiera de lo que se avecinaba. Los músculos de mis brazos soportaron el esfuerzo y suspiré agradecido al comprobar que el barco que estaba a punto de abordar era el Uruguay y no su hermano, el Argentina.

Rodeé el buque hasta dar con unos cabos que colgaban desde la cubierta y por los que, aparentemente, habían descargado el bote en el que me encontraba. Tenía que subir a pulso, así que agité mis brazos para aliviar la tensión producida por el remo y trepé consciente de que, si me rendía a medio camino, no tendría fuerzas para volverlo a intentar. Mal día para realizar esos esfuerzos porque hacía rato que notaba el cansancio acumulado. Suele pasar cuando uno se detiene y ya no corre de un lado para otro. Ahí es donde la mente avisa del agotamiento. Quizás llevaba más de cuarenta horas despierto y cuando la adrenalina cesaba, mi cuerpo se desmoronaba.

Alcancé la cubierta con los brazos entumecidos y los dedos sangrantes. Lo había conseguido. Caminé agazapado,

193

aunque el barco parecía abandonado. Cuando encontré una puerta abierta con unas escaleras metálicas hacia las tripas del navío, me asomé cauteloso y descendí. Recorrí pasillos estrechos y fríos. Mis esperanzas de encontrar a mi padre caían en picado.

Si eso era una cárcel, ¿dónde estaban las celdas? Recordé las instrucciones del papel y los comentarios de Hemingway: «Lo que me da a entender que la C es la cubierta, la A es el bloque y el 19..., ¿el número de celda?».

Vi la letra D pintada en blanco sobre una puerta de acero. El bloque A no podía estar muy lejos. Caminaba de proa a popa cuando percibí unas voces. Me asomé a una pequeña grieta para ver a tres hombres discutir entre ellos.

—Son las órdenes, Miquel.

—Eso no quita que sea una auténtica animalada.

—Tenemos que volarlo y punto —adujo el tercero—. Las órdenes no se discuten, se obedecen.

—¿Qué órdenes? Mirad a vuestro alrededor, joder. Nos han abandonado. Somos prescindibles.

—Somos el último bastión.

—No somos nadie. Igual que las treinta personas que están ahí abajo —replicó el tal Miquel.

—Treinta prisioneros de guerra.

—La guerra ha terminado.

—No ha terminado, estúpido. ¿Qué crees que harán ellos si sobreviven? —se encaró otro a su compañero.

El tercero retiró al más agresivo y se encaró con Miquel:

—Tiene razón, Miquel. ¡No son personas, son treinta fascistas que la semana que viene estarán torturando a los nuestros!

—Me da igual. Yo no voy a participar en esto —dijo mientras se separaba de sus dos compañeros.

—Eres un cobarde.

—No, cobarde es lo que vais a hacer vosotros.

—Es la guerra, Miquel.

—Haced lo que queráis, yo iré preparando el bote.

Se dirigía hacia mi posición. Busqué un lugar en el que ocultarme pero todo era tan estrecho y reducido que no tuve más remedio que volver por donde había venido antes de que nos encontráramos cara a cara. Treinta personas a bordo. Tenía que encontrarlas.

Mientras volvía hacia la proa pude oír cómo chirriaba el acero de la puerta. Encaré las escaleras hacia arriba y me oculté tras unas cajas en la cubierta. Por suerte, el ruido de los aviones sobrevolándonos ahogó el de mis pasos. No podía enfrentarme a tres soldados expertos. Ni siquiera a uno solo.

Oí el caminar pesado del soldado al que llamaban Miquel. En cuanto salió a cubierta lanzó un fuerte suspiro y encendió un cigarrillo que disfrutó con cada calada. Se acercó al lado opuesto por el que yo había subido y empezó a manejar las poleas que sostenían otro bote. Era mi momento. Revisé mis bolsillos. En uno tenía la navaja de Toro Sentado. En el otro, la pluma del señor Hemingway. No me di cuenta de que la llevaba encima hasta que me cambié de ropa en casa del señor Machado y la encontré en mis viejos pantalones. Supongo que salí tan deprisa del Majestic que se me olvidó devolvérsela. Sonreí al comprender que era la típica frase que habría dicho Polito para excusarse del hurto. Mi amigo Poli… Me tranquilizaba saber que lo había dejado en buenas manos. Volví a centrarme en el soldado que seguía trabajando con las poleas.

Caminé como un felino hacia él. Guardé la navaja y elegí la pluma. Era el momento de comprobar si de verdad era más fuerte que la espada. Esperé a que estuviera con las manos ocupadas y me acerqué sigiloso por la espalda mientras se dedicaba a deslizar la barca hasta el agua. Pisé su sombra y presioné la pluma contra su nuca.

—No te muevas —dije poniendo la voz más grave de la que fui capaz.

El soldado levantó los brazos y el bote aterrizó violento contra el agua.

—¿Qué quieres? —Intentó darse la vuelta.

195

—Te he dicho que no te muevas o te hago un agujero en la nuca.

—Vale vale. Tranquilo. No nos pongamos nerviosos.

—¿Tengo pinta de estar nervioso? —Lo estaba. Vaya si lo estaba.

—No no…

—Deja tu arma en el suelo. Con cuidado.

—No llevo armas. Aquí no las necesito… Oye, no vale la pena. Esta guerra ya ha terminado.

—¿Qué están haciendo ahí abajo?

—Nada…

—No me mientas, Miquel —dije su nombre para confundirlo aún más—. Sé que no estás conforme, así que lo preguntaré una vez más: ¿qué están haciendo?

—Co… colocan explosivos. ¿Quién eres? ¿Cómo sabes mi nombre?

—¿Explosivos? ¿Dónde?

—En varios puntos de popa. Tenemos órdenes de hundir el Uruguay antes de retirarnos.

—¿Popa es delante o detrás?

—Detrás detrás —respondió descolocado—. ¿Quién eres?

—¿Hay más soldados?

—Somos los últimos. Todos los demás ya se han marchado… Los sublevados llegarán a la ciudad en cualquier momento.

—¿Dónde están los presos?

—Recluidos en un compartimento en la popa, quiero decir, detrás. Mira, si vas a dispararme, hazlo ya, probablemente me lo merezco.

Miquel no me pareció una mala persona. Más bien era alguien que se había ido consumiendo por la guerra y las órdenes recibidas. Alguien que estaba cansado de haberse abandonado a sí mismo y, cuando ya se atisbaba el final, no se veía con determinación para escapar.

—No voy a dispararte. —Aposté fuerte y permití que se girara.

196

Al verme, se mostró sorprendido. No sé si por mi edad o por mi pistola-pluma, pero sus ojos me daban la razón. No era una mala persona, solo alguien cansado de mirarse al espejo.

—Eres un niño... Quiero decir, un chico. No eres mayor que mi hijo... ¿Qué haces aquí? Es muy peligroso. Si te ven...

—Estoy buscando a alguien. Un prisionero. Antón Beret.

—Lo siento. No..., no conozco a nadie. Nos han enviado aquí y... —Un ruido metálico sonó no muy lejos de nosotros—. Siento decirte que no tienes mucho tiempo...

—Pues ayúdame...

—No puedo. Si mis compañeros suben y no me ven, será peor para ti.

—Pues dime cómo puedo desactivar los explosivos.

—Es complicado. Yo no me la jugaría intentándolo. Y tampoco te conviene. Cuando vean que las cargas no explotan son capaces de volver.

—No pienso irme —dije con convicción.

—Escucha, chico. Tu única opción es esconderte y esperar a que nos vayamos. Tendrás unos minutos antes de que hagan volar el barco. Hay una copia de las llaves en el cuadro de mandos y... ¡mierda! —Sus ojos se desviaron por encima de mi hombro—. ¡Escóndete aquí! ¡Rápido! —me susurró mientras levantaba una lona junto a sus pies.

Me camuflé bajo esa manta que apestaba a humedad y esperé. Uno de los dos soldados se acercó a Miquel.

—Oye, Miquel, no te agobies con esto. Las órdenes son las órdenes. Además, todo el mundo creerá que ha sido obra de los bombarderos alemanes.

—Todos menos nosotros.

—¿Podemos irnos ya o queréis esperar a los fuegos artificiales? —gritó el otro desde estribor.

—El bote está aquí —apuntó Miquel.

—¿Y por qué cojones hay otro en este lado? —Chasqueé la lengua y me insulté. Ese era mi bote. ¡Idiota!

—Eeeeh..., no lo había visto —adujo Miquel, que estu-

197

vo ágil para añadir—: Lo habrá botado para nosotros el grupo anterior.

—Pues vamos.

Se dirigieron a estribor para subir a mi bote. Miquel me lanzó una mirada cómplice antes de descender por el cabo y desaparecer para siempre de mi vida.

En cuanto se esfumaron corrí hasta la popa del navío y me adentré de nuevo en sus tripas por otra escalera. Cuanto más descendía, más espantoso era el hedor que se respiraba. Un olor intenso a excrementos y orín me obligó a taparme la nariz con la manga para evitar las arcadas.

Bajé otro piso bastante agobiado. Había recorrido tantos pasillos y bajado tantas escaleras que no sabía dónde estaba. Entonces oí unos gritos que rebotaban contra el metal de las paredes.

—¿Hola?

198

Nada. Seguí probando suerte hasta que encontré una puerta de acero con una rendija a la altura de los ojos. La abrí para contemplar una estampa que no olvidaría jamás. Unas treinta personas se amontonaban en un espacio muy reducido. Apenas podían sentarse todos.

—¡Eeeeh! ¡Eeeh! —Al oír mi voz y ver mis ojos a través de la rendija dejaron de gritar—. ¡Voy a sacaros de aquí!

—¡Estamos salvados! —gritaron algunos.

Los vítores se contagiaron pero aún había trabajo que hacer.

—¿Alguien sabe qué es el cuadro de mandos o dónde encontrarlo? —pregunté desde el otro lado de la puerta.

Uno de los prisioneros se acercó. Estaba demacrado, sucio y escuálido.

—Es desde donde se dirige el barco. En cubierta. Tiene que ser una zona elevada que permita al timonel ver el rumbo.

—¡Ahora vengo!

Corrí como el viento, subí los dos pisos y llegué otra vez a la cubierta. El ruido era ensordecedor. Justo sobre mi cabeza se estaba librando una dura batalla aérea entre los cazas alemanes con base en Mallorca y la aviación republicana que, a esas alturas de la contienda, apenas contaba con efectivos.

Intenté centrarme en mi misión y tardé poco en atisbar un pequeño torreón con ventanales. Subí a él y allí estaba el timón junto a un panel de mandos con botones indescifrables. Rebusqué con las manos nerviosas.

El ruido de la aviación y sus ametralladoras me hacían encogerme y me preguntaba cuánto tardaría en atravesarme un proyectil perdido. Estaba dándome por vencido cuando distinguí una caja metálica sujeta a la pared junto a la puerta. Renegué de mi suerte al ver la cantidad de llaves que colgaban. Había seis filas, cada una era de cinco llaveros y cada llavero tenía varias llaves. ¿Cómo saber cuál era la correcta? Quise cogerlas todas pero al descolgar las primeras vi que detrás había una etiqueta con la zona correspondiente. Me llevé los tres llaveros de popa y, antes de volver a adentrarme en las tripas, un avión cayó haciendo piruetas y se hizo pedazos contra el mar. La onda expansiva me levantó el flequillo, y eso que llevaba semanas sin lavármelo.

Cuando llegué a las celdas estaban todos asustados. Sus captores ya se habían encargado de anunciarles cómo iban a morir y me gritaban histéricos para que me diera prisa mientras yo iba probando llaves. Me costaba horrores mantener el pulso firme. El sudor me resbalaba por la frente. Los prisioneros se apelotonaban contra la puerta poniendo en peligro a los primeros, que hacían lo que podían por no morir aplastados. Era el caos.

—¡Ya basta! —Una voz poderosa se levantó por encima del tumulto.

Se hizo tal silencio que oí sus pasos acercándose a la puerta. El tintineo de mis llaves sonaba nervioso.

—Tranquilo, chico. Respira y cálmate. Lo estás haciendo muy bien.

No sé qué tenía su voz que me transmitió la tranquilidad necesaria para afirmar mi pulso.

—¿Cómo te llamas?

—¿Intentas tranquilizarme? Me llamo Homero.

—¿Homero?

—Sí, lo sé. Mi padre era profesor y...

En ese instante la llave giró dentro de la cerradura con un clic que sonó a gloria. La puerta se abrió de par en par y los prisioneros fueron saliendo uno a uno por el estrecho vano.

—¡Papá! ¡Papá! —grité mientras me hacía a un lado.

Mis gritos quedaban ahogados por el júbilo de los presos. Algunos lloraban desconsolados, otros reían alegres y otros todavía no las tenían todas consigo. La voz se volvió a alzar:

—Rápido, fuera de aquí, vamos vamos vamos. Cargad con los heridos, subid a cubierta y llevadlos a proa.

Yo iba repasando sus rostros deseando que apareciera mi padre pero cuando el último cruzó la puerta me vine abajo.

—Has sido muy valiente, Homero.

No alcé la mirada pero su voz era inconfundible. Me fijé en que le faltaban dos dedos del pie izquierdo y también había perdido su mano derecha. Cuando se retiró para alentar a los suyos descubrí varios cadáveres en una esquina de la celda vacía. Estaba claro que no todos iban a salir de allí. El hedor era vomitivo y las condiciones que habían soportado aquellos hombres, inhumanas.

Me acerqué entre arcadas para examinar esa media docena de cadáveres, empujado por la terrible convicción de que mi padre estaba entre ellos. Pero el tipo de la voz me sujetó el brazo.

—Tu padre no está aquí, Homero. Tenemos que salir. Ahora.

Lo miré con los ojos húmedos. ¿Cómo lo sabía? ¿Quién era? ¿De qué conocía a mi padre? Tantas preguntas y, aun así, de mis labios solo salieron dos palabras:

—¿Está vivo?

Una sacudida provocada por una bomba nos empotró contra la pared de metal.

—¡Vamos! Salgamos de aquí.

Echamos a correr sabiendo que la popa explotaría en cualquier momento. Subimos con los demás. Un avión se había estrellado sobre la cubierta y había restos del fuselaje desperdigados.

Los aviones seguían en pleno combate llenando el firmamento de luces amarillas y naranjas.

—¿Son de los nuestros? —preguntaron algunos prisioneros.

—¡Sí! Son cazas alemanes —señalaron otros.

—¡Vamos! ¡Aplastad a los putos rojos! —empezaron a vitorear.

No pude evitar una fuerte animadversión al oír aquello pero, por otro lado, las torturas a las que habían sido sometidos...

—¡Messerschmitt Bf 109! —replicó la voz mientras caminaba cojeando y los demás nos abrían paso—. Están allanando el camino para los Heinkel He 111.

—¿Heinkel? —pregunté.

—Bombarderos. La cosa se va a poner muy fea. ¡Tenemos que salir de aquí ya!

—Se han llevado mi bote pero en ese lado hay otro —indiqué a gritos.

La voz me dio un par de palmadas en el hombro que me hincharon de orgullo.

—Ramos, Gonzo, Segura —ordenó—. Ayudad a los que estén peor y llevadlos al bote. Los demás, soltad los cabos para liberar las otras barcas. Deprisa, esto va a explo...

No había terminado la frase cuando la popa del barco saltó en cien pedazos y sacudió violentamente toda la cubierta. Por suerte, el estallido no nos alcanzó directamente. Pero era cuestión de muy poco tiempo que nos hundiéramos con el Uruguay.

—¡Olvidaos de los botes! ¡Saltad al agua y nadad hacia el puerto! ¡Saltad! ¡Saltaaaad! —ordenó, y después me miró con determinación—. ¡Vamos, Homero!

201

El Uruguay aún seguía a flote, aunque su estómago rugía furioso y sus fuertes sacudidas jugaban con nosotros como si fuéramos canicas sobre un tablero que no paraba de vibrar. Conseguí ponerme en pie y comprobé que estaba solo. La mayoría ya había saltado. Un puñado de hombres se esforzaba por llegar a la barandilla de estribor. El hombre de la voz ayudaba a dos compañeros a ponerse en pie e imaginé lo que sería capaz si tuviera las dos manos.

Me agarré fuerte a la barandilla y extendí el brazo para que se agarraran a mí. En el cielo apareció una formación en V de Heinkels aproximándose a la costa. El ruido de sus motores era ensordecedor.

—¡Saltad! ¡Saltaaaad! —gritó el líder.

Fue lo último que dijo o lo último que oí. Después, el silbido incesante de varias toneladas de bombas descendiendo desde el cielo y, acto seguido, el apocalipsis. Todo saltaba en pedazos. El muelle, los barcos grandes y pequeños, los edificios contiguos, las grúas, el Uruguay…

Salí despedido por la proa, choqué con mil cosas hasta perder el conocimiento, rodé quién sabe por dónde con la única certeza de que vivir o morir ya no dependía de mí. No era más que un muñeco en manos del destino. Lo último que sentí fue mi cuerpo chocando contra el agua, que como siempre se encargaba de recoger todos los desechos.

Mi día había concluido. El día que había desayunado en el Majestic. El día que conocí a Hemingway, a Capa, a Gellhorn, a Cox y a Matthews. El día que envenené a un usurero y recuperé mi medallón. El día que hablé con el poeta Antonio Machado y me puse sus pantalones secos para volver a mojarlos. El día que rescaté a treinta y tres presos de una cárcel flotante. El día del hundimiento del Uruguay. El día que terminó la guerra. El día que no quedó nada más, excepto el rugido de esos Heinkel 111 alejándose entre las nubes con la satisfacción del trabajo bien hecho.

El día más largo de mi vida.

13

El fin de una guerra

Barcelona, 26 de enero de 1939.
Entrada del ejército rebelde

$\mathcal{L}$o primero que se despertó fue mi oído, y percibió un murmullo lejano. Muchas voces exclamaban algo al unísono, aunque me llegaban tan difusas que eran indescifrables. Abrí los ojos con lentitud y un hilo de luz blanca me provocó un dolor agudo en las cuencas oculares que me obligó a cerrarlos de nuevo.

—Bienvenido a la vida. —La voz dulce de una mujer acarició mis oídos.

Poco a poco fui distinguiendo unos intensos ojos verdes en un rostro que me sonreía de cerca. Su rebelde melena me hacía cosquillas en la nariz.

—¿Cloe...?

Mis ojos fueron adaptándose a la luz hasta que comprobé que la mujer era morena y ni siquiera le caía el pelo, ya que lo llevaba recogido bajo una cofia blanca de enfermera. Su sonrisa sí que estaba ahí pero sus ojos, corrientes, andaban muy lejos de aquel verde que yo añoraba.

Quise incorporarme pero ella me pidió que esperara a que fuera a buscar al doctor. Me fijé en que tenía inmovilizado el hombro izquierdo, que no paraba de regalarme intensas punzadas como si el corazón se hubiera mudado a esa zona.

—Carmencita, guapa, mueve esas caderas.

La enfermera se giró y le enseñó el dedo corazón al curioso vecino de la cama contigua. Era un hombre con cara de chiste, de unos treinta y tantos, con la pierna enyesada y puesta en alto. Tenía una radio que mascullaba algo mientras sus ojos no se separaban del contoneo de la enfermera.

—¿Cómo esperan que salga de aquí si solo con ver ese culito ya me pongo enfermo?

—¿Dónde estamos?

—Dímelo tú.

—¿En un hospital?

—Bien, al menos el melón te sigue funcionando.

—¿Cómo he llegado aquí?

—Te trajeron unos soldados. Estabas empapado en sangre y una enorme barra de acero te atravesaba la clavícula de punta a punta. Ellos tampoco tenían muy buena pinta. Les dieron el alta hace tres o cuatro días. No lo sé muy bien, aquí el tiempo pasa tan lento…

Un potente ruido que venía de la calle invadió la habitación. Algo que no había oído en mucho mucho tiempo. Era… ¿alegría?

—¿Qué ocurre? —Mi camilla no era la que estaba junto a la ventana, así que mi vecino hacía de portera.

—Pues que la gente lanza flores y se abraza a unos morenos.

—¿Morenos?

—De África. Ya no puedo más de tanto desfile, celebración y pomposidad. ¡Que me ampute alguien la pierna y me dejen salir de aquí!

—¿Qué día es hoy?

—El último de todos o el primero de muchos, según como lo quieras mirar. Pero si lo que quieres saber es cuánto tiempo llevas aquí, la respuesta es una semana.

—¿Una semana? —exclamé.

Lo primero que me vino a la cabeza fue Polito, al que dejé

en aquel piso con Lolín. Después el tipo del Uruguay, la explosión y luego… nada.

—¿Te parece mucho tiempo? Yo llevo más de tres semanas atado a esta cama y aún me queda —dijo señalándose la pierna—. Y el fútbol se acabó para mí. ¿A qué coño se supone que voy a jugar ahora? ¿Al billar? Menuda putada.

Volví a mirar mi clavícula y me pregunté si algún día podría volver a tocar la guitarra.

—Por cierto, me llamo Finisterre. Bueno, mi nombre es Alejandro pero todos me llaman Finisterre.

—Homero —me presenté desde mi camilla.

—¿De verdad rescataste a esas personas del Uruguay?

El problema de ese tipo de preguntas es que nunca sabía si me las hacía un republicano o un franquista, así que intentaba permanecer ecuánime, sin suscitar ningún tipo de aprensión.

—Solo buscaba a mi padre.

—Por la cara que pones, diría que no salió del todo bien.

Negué apesadumbrado y el hombre suspiró mostrando empatía.

—No importa, chico. Sea como sea, eres un héroe.

Busqué en sus gestos algún rasgo de ironía pero solo encontré algo parecido al orgullo.

—No me siento un héroe.

—Y yo no me siento un rojo. ¿O sí? ¡Bah! Yo qué sé. Es como si me preguntaras de qué pierna prefiero cojear. Eso ya no importa. Lo que me joroba es que los mismos que nos han estado bombardeando sistemáticamente ahora entran aquí como si fueran los putos salvadores.

—¿Y por qué la gente les…?

—Chsss. Espera, calla.

Finisterre subió el volumen de la radio. El sonido me llegaba bastante nítido aunque con ese hormigueo incesante provocado seguramente por la antena, que colgaba medio rota. Lo que estaba a punto de escuchar era el discurso del ge-

205

neral Yagüe, que acababa de entrar en Barcelona con sus tropas y al que presentaron como «glorioso jefe del Cuerpo de Ejército marroquí».

Yo, en nombre del Gobierno español, en nombre de la España de Franco, os saludo y os traigo a vosotros, a los que gritabais antes ¡Viva España! con honda emoción, os traigo, repito, un emocionado abrazo de hermano.

Y a vosotros, catalanes que os envenenaron con doctrinas infames, que os hicieron maldecir a España, si lo hicisteis engañados por los falsos propagandistas, os traigo también el perdón, porque España es grande, fuerte y puede perdonar.

Y a esos que os engañaron, nuestro desprecio, porque la España de Franco tiene el corazón grande y no sabe odiar.

A vosotros, soldados de mi patria, luchadores incansables, mi admiración, mi cariño y mi gratitud. No habéis perdido una hora para dar gracias a Dios, que nos ha traído hasta Barcelona protegiéndonos en la empresa y al mismo tiempo para rezar también por los caídos y jurar aquí, en la plaza de Cataluña, cuajada de banderas de España y de Falange, que sabremos cumplir con el deber por el que ellos cayeron y que en este camino nadie ni nada nos podrá contener.

¡Catalanes, arriba España! ¡Viva la Cataluña española! ¡Viva España! ¡Franco, Franco, Franco!

A través del pequeño altavoz se podía oír a los concentrados en la plaza de Cataluña proclamar el mismo grito una y otra vez. Finisterre apagó la radio molesto y se quedó con la mirada perdida en el gentío y el desfile. Sus gritos llegaban hasta nuestra habitación, y nuestro mutismo, o bien nos hacía más cuerdos que ellos, o más desgraciados.

—La gente está cansada, Homero. Lo único que quiere es vivir sin tener que mirar al cielo. Sin estar pendiente de que suenen las sirenas. La gente quiere volver a tener luz en sus hogares, comida, trabajo. Quiere que sus hijos vayan al colegio y jueguen como cualquier niño merece. La gente quiere paz. Si de algo sirve una guerra, es para eso. Para anhelar la paz. Para desear aquello que antes dábamos por sentado. Antes de que nuestras palabras e insultos se tornaran en disparos y muertes. Antes de que una opinión te convirtiera en amigo o enemigo. Por eso ahora se echan a sus brazos y les lanzan flores. Estos soldados, negros o blancos, representan el fin de la penuria. Por eso sonríen los padres y lloran las madres. Felicidad, Homero. Felicidad.

—Tú no pareces muy feliz —me atreví a decir.

—Porque por desgracia esto no va a salir bien. Hay mucho rencor en este país. Y la gente no olvida. No del todo. Además, en Europa se está liando un buen petardo que acabará como el rosario de la aurora. Y creo que con este hombre vamos a estar en el bando equivocado de la historia. Ojalá me equivoque. En cualquier caso, no me quedaré a verlo. Cuando salga de aquí, me iré a África o a América. Lejos de toda esta mierda… Oye —añadió ocurrente—, si quieres, puedes venir conmigo.

—Gracias, pero tengo que seguir buscando.

—El que busca mucho corre el riesgo de perderse a sí mismo.

—Trataré de no perderme —sonreí.

En un acto reflejo, como siempre que pensaba en ella, me llevé la mano al medallón y di un brinco al no sentir nada. Con mi único brazo disponible me palpé el cuerpo como si fuera a encontrarlo entre los pliegues de la modesta bata que llevaba.

—¿Y mi ropa? —pregunté histérico—. ¿La llevaba puesta cuando me trajeron?

—No lo recuerdo. Puede que Carmencita lo sepa —comentó Finisterre mirando por la ventana.

—¿Y dónde está? Se supone que iba a avisar al doctor.

—Puede que esté abrazando a algún marroquí. Medio hospital está ahí abajo.

Por lo que me contaron, había tenido mucha suerte de que mi ingreso en el hospital coincidiera con la visita de uno de los cirujanos más prestigiosos de Europa, el doctor Alexander Ross. Usaron una técnica pionera para salvarme la vida, ya que la barra que me atravesaba me había destrozado parte de las costillas y el esternón y me dejaba el corazón al descubierto, de forma que un pequeño golpe en el lugar indicado podría haberme matado en el acto. Lo que más les preocupaba es que la armadura que formaban mis costillas no podía reconstruirse y tuvieron que inventarse alternativas. Conclusión: dentro de mi cuerpo tenía una pieza de acero igual de fina que un sobre de correos y la mitad de pequeña. Esa pieza reemplazaba parte de mis costillas, y si se adaptaba bien a mi cuerpo, conseguiría que mi corazón no estuviera tan expuesto. Ellos hablaban de una obra de arte y me prometieron que con el tiempo ni me acordaría de que la llevaba. Pero de momento yo solo sentía que tenía un trozo de hierro entre los pulmones que me impedía mover el brazo con libertad. Como una puerta que es incapaz de abrirse del todo.

208

Habían transcurrido dos días desde que desperté en la camilla y la vida en el hospital era tan anodina como aburrida. Por suerte, tenía a Finisterre, que se encargaba de entretenerme a base de pasatiempos que él mismo inventaba en un ejercicio diario de ingenio bastante loable.

Algunos de sus juegos hasta resultaban entretenidos, al menos durante un rato. Su mayor obsesión era encontrar algo que sustituyera sus ansias de jugar al fútbol. Le pregunté si jugaba profesionalmente; se rio y me dijo que eso era una estupidez porque no le veía ningún futuro. Pero le encantaba y le dolía no poder practicarlo más. Por eso quería reinventarlo. Estaba convencido de que existía una forma de trasladar el fútbol a una mesa igual que habían hecho algunos con el tenis y el pimpón. Así todo el mundo podría jugar. Sobre todo, esos niños víctimas colaterales de la guerra que por desgracia ya no podrían volver a chutar una pelota.

Finisterre consiguió que mis días fueran menos amargos. El estado anímico de la gente también ayudaba. Nos contaban que el pueblo sonreía, era amable y la generosidad había vuelto a la ciudad, aunque aún vivieran entre montañas de escombros.

Pensaba mucho en Polito y en lo histérico que debía estar al ver que yo no había vuelto. Estaría dándole mil vueltas a su retorcida cabeza. De mi padre tampoco había rastro y había perdido la única pista que tenía, así que si antes resultaba difícil, encontrarlo en esas circunstancias se me antojaba imposible. Pero lo que más me dolía era no tener mi medallón conmigo. Con todo lo que había pasado por recuperarlo...

Carmencita me dijo que de mi ropa solo habían salvado los pantalones, el resto lo tiraron porque estaba inservible, rota, manchada de sangre y, además, desfasada y vieja —esta fue una aportación personal suya—. Pero, así como me devolvió la pluma de Hemingway que encontró en mi bolsillo y la navaja de Tomeu, que guardó a buen recaudo hasta que desperté, me juró y perjuró que no llevaba ningún medallón cuando me ingresaron. Otra vez lo había vuelto a perder. Igual que a Cloe, igual que a Polito, igual que a mi padre...

Una mañana irrumpieron en la habitación una docena de soldados vestidos de forma impecable que se acercaron a mi camilla entre felicitaciones y aplausos de los otros enfermos. Reconocí al instante al soldado manco de la voz inconfundible.

Fue él quien se dirigió al superior que tenía a su lado:

—General, este es el chico.

—Así que tú eres el que rescató del Uruguay a treinta y tres de mis hombres. ¿Cómo te llamas, hijo?

—Homero, señor.

—Hijo, soy el general Yagüe y he venido a decirte que España está en deuda contigo. Tu historia ha llegado a oídos del mismísimo Caudillo. Solo puedo transmitirte el orgullo que siente toda esta nación por tu valor y coraje.

—Gracias, señor, quiero decir, mi general.

—¿Cuántos años tienes? —preguntó con su hierática sonrisa.

—Dieciséis.

—Solo dieciséis años y has demostrado poseer más valentía de la que presumen muchos hombres. Me ha dicho el sargento que intentabas rescatar a tu padre. ¿Es eso cierto?

Asentí muy afectado. El general se sentó a mi lado apesadumbrado.

—Lamentablemente, hijo, debo informarte de que tu padre no lo logró. Hemos buscado entre las listas y, como tantos otros héroes, resistió hasta el final pero sus fuerzas lo abandonaron antes de que el ejército entrara en la ciudad.

—¿Mi padre está… muerto?

Nadie me miraba a los ojos. Solo el sargento, como si intentara hablarme con ellos.

—Eso me temo, Homero —dijo el general mientras se ponía en pie—. Pero nuestra obligación es levantarnos. Pronto organizaremos un entierro en honor a los caídos y esperamos que puedas asistir y formar parte del homenaje que se les rendirá. Entre ellos, a tu padre. Nos gustaría tenerte con nosotros, hijo. El futuro aún es incierto para muchos, al menos así es como pretenden venderlo, pero con gente joven como tú lanzaremos un mensaje de fuerza y esperanza a todo el país.

¿De qué narices me estaba hablando ese tío?

—Pero… ¿cómo saben que es mi padre? ¿Y si están equivocados? ¿Y si…?

—El sargento Amat lo conocía bien y lo ha corroborado, hijo. Lo siento de verdad.

—Tu padre era mi amigo. El sargento Nicolás Heredia —me interrumpió el sargento remarcando el nombre— hizo todo lo posible por su patria y por su familia. No estás solo, chico, toda España está contigo.

¿Quién era ese Heredia del que hablaba? Iba a decir algo pero de nuevo se me adelantó:

—Homero, ahora debes descansar unos días más, recupérate bien y después volveré a por ti.

Me ofreció su mano a la vez que me guiñaba un ojo sin que ninguno de los militares se percatara. No entendía nada pero al estrecharle la mano pude sentir la forma y el tacto frío de algo que conocía muy bien. Entonces me susurró algo que solo pude oír yo, para después añadir alto y claro—: Gracias por salvarme la vida, Homero. Estoy en deuda contigo.

—De... nada —respondí aturdido.

Amat retrocedió un par de pasos para unirse a los suyos mientras mi puño cerrado guardaba algo que merecía el silencio que me reclamaba el sargento.

El general Yagüe trató de explicarme mi nueva situación. Puesto que ahora era huérfano y solo tenía dieciséis años, debía ingresar en el orfanato hasta mi mayoría de edad. Pero, tras una pausa dramática, me propuso otra alternativa:

—El Ejército puede ser tu nueva casa. El sargento Amat se ha ofrecido para ser tu tutor hasta cumplir los dieciocho años y evitarte así el orfanato.

—Pero... yo ya tengo mi casa —exclamé.

—Hijo, la guerra ha terminado y ahora intentamos levantar un país de sus cenizas. En ninguna tierra que se precie dejan a los niños a su suerte —decretó el general en un tono tan suave como autoritario.

Me dieron ganas de decir que ya había visto cómo esa tierra tan preciada no solo abandonaba a los niños a su suerte, sino que, además, los bombardeaba desde el cielo o permitía que murieran de hambre en las calles.

Miré a Amat confuso y este me invitó a seguirle la corriente. Los soldados volvieron a saludarme con pomposidad y me estrecharon la mano uno a uno antes de salir en tropel ante la mirada de las enfermeras.

Yo me quedé perplejo en mi camilla. Todo escapaba a mi control. Me agobié hasta que abrí la palma de la mano y contemplé fascinado el medallón de Cloe. Una vez más, había regresado a mí. Pero otro misterio empujaba muy fuerte: ¿quién era ese sargento Amat? ¿Por qué quería ser mi tutor? Si de verdad conocía a mi padre, ¿por qué lo había llamado Nicolás Heredia? ¿Y por qué tanto secretismo delante de los suyos? Pero su susurro antes de despedirse lo cambiaba todo: «Tendrás tus respuestas», me había dicho. El problema era que odiaba quedarme quieto esperando.

—¡Menuda comitiva! —vociferó Finisterre desde su camilla cuando se fueron—. Sabes lo que querían, ¿no?

—No lo tengo muy claro.

—Pues yo sí. Quieren que seas su folleto de propaganda.

—¿Propaganda?

—Piénsalo bien. El hijo de un soldado rebelde se enfrenta a los rojos y rescata a treinta y tres hombres de una muerte segura. Por desgracia, su querido y buen padre no logró sobrevivir a la crueldad del ejército republicano.

—Visto así… Pero mi padre no era un rebelde. O eso pensaba yo… Aunque tampoco le pregunté nunca.

—Eso ya no importa. Si me permites el consejo, no sería mala idea que te fueras con el sargento manco. Vienen tiempos complicados y es bueno tener amigos en todos los lados…, no sé si me entiendes.

—Sí, aunque no estoy muy seguro de qué lado estamos hablando.

Después de otras dos interminables semanas, mi brazo empezaba a recuperar movilidad y me preguntaba si sería suficiente para tocar la guitarra. El principal cambio en nuestra rutina fue que Finisterre dejó de acosar a Carmencita. Y no es que fuera por falta de ganas, sino porque la enfermera había desaparecido.

Nos dijeron que Carmencita ya no volvería y que pronto encontrarían a alguien que la relevara. Por un lado, me alegré porque estaba cansado de ver esa cara de amargada pasearse arriba y abajo; por otro, me disgustó por Finisterre. No sé qué veía en aquella mujer pero sin duda le afectó la noticia.

Después descubrí mucho más sobre ella. Las enfermeras hablaban como si los pacientes fuéramos sordos y la suma de sus conversaciones me ayudó a saber quién era realmente Carmencita.

Vivía con sus padres y su hijo de diez años después de que su marido, un borracho que le pegaba los días impares, acabara fusilado por fascista. A veces, la justicia llega de la forma más inesperada. El problema es que también lo hace la injusticia.

Carmencita estaba trabajando en el hospital cuando una bomba aterrizó muy cerca de su casa. La mala fortuna quiso que en ese momento un camión cisterna de combustible pasara frente al portal y desencadenó una explosión diez veces más potente arrasando todo lo que había en su perímetro. Dicen que fue la explosión más fuerte que sufrió Barcelona durante la guerra. Murieron cientos de personas, entre ellas los padres y el hijo de Carmencita, a los que enterró sin derramar una lágrima…, según la versión de las enfermeras.

Recordé que una tarde estaba con Polito en casa y oímos una potente explosión que hizo temblar los cimientos. Después vimos cómo una inmensa humareda se alzaba desde el centro y cómo el viento de Levante la empujó hacia el Tibidabo para mostrar su devastador oficio.

Fue esa misma bomba la que acabó con toda la familia de Carmencita. Lo había perdido todo. ¿Qué clase de mujer tiene la fuerza suficiente para reponerse y volcarse en ayudar a los heridos? Sin duda, una muy especial. ¿Y qué clase de imbécil la juzgaría solo por su cara de amargada? Sin duda, un niñato al que su madre habría abofeteado con razón si no estuviera muerta.

Carmencita demostró ser una gran mujer y una gran enfermera. Quizás sabía bien que esconderse y no hacer nada equivalía a sentenciar a mucha gente necesitada. La guerra le

213

había arruinado la vida pero, irónicamente, también le había dado sentido. Y cuando todo había terminado, cuando por primera vez en años salía más gente del hospital de la que entraba, Carmencita comprendió que su misión había concluido.

Así que subió al tejado del hospital y se precipitó al vacío poniéndole fin a su sufrimiento. No dijo nada, no se despidió de nadie, no dejó una nota porque en realidad ya no tenía nada más que decir y nadie a quien darle explicaciones. Fueron unos días complicados que tiñeron de gris la alegría que se respiraba.

Finisterre miraba a las otras enfermeras sabiendo que nunca llegarían a poseer el carácter y la fuerza de su Carmencita. Entonces llegó una enfermera que…

—¿Homero?

Ladeé la cabeza, poco más podía hacer desde mi camilla, y vi a una chica que me resultaba familiar.

—¿Lolín?

Me miró con el rostro iluminado, contemplando un milagro, y reparé en que se le dibujaban unos hoyuelos muy graciosos en ambos lados de la cara.

—Dios mío, ¿de verdad eres tú? ¡Qué alegría!

Me dio uno de los abrazos más sinceros que había recibido en mucho tiempo. Solo nos habíamos visto una vez y no fueron más de quince minutos, pero supongo que eso es lo que te dan los malos tiempos. Te empujan a vivirlo todo de forma más intensa y consiguen que quince minutos, más una dulce sonrisa, puedan equivaler a toda una vida de amistad.

—¡Polito no se lo va a creer!

—¿Sabes dónde está? —exclamé con alegría—. ¿Está bien?

—Sí sí. Está bien. Solo eran contusiones y algo de hipotermia. Nada que no cure un poco de descanso y unas buenas mantas. Aunque está muy afectado. No ha llegado a recuperarse del todo porque sigue buscándote por toda la ciudad. Si te soy sincera, yo estaba empezando a perder la esperanza pero él… Es increíble cómo se preocupa por ti, su optimismo, su determinación, su amor y… —Se calló algo ruborizada al darse cuenta de que estaba hablando demasiado.

—¿Polito y tú…?

—¡No! No no no no. Es solo que… estos días hemos hablado mucho y…

—Es un tío genial, ¿eh?

—Sí. Quiero decir, ¿sí, tú crees? No lo sé… A veces habla demasiado.

—¿Solo a veces?

—Y sus bromas no son graciosas, y…

—¿Cómo está tu padre?

—Ah, bien bien. Vamos tirando.

—Me alegro. Por cierto, ¿has conseguido trabajo aquí?

—Sí, empiezo hoy. Estoy un poco nerviosa.

—No tienes por qué. He visto de cerca cómo te manejas y… —Bajé el volumen—. Te aseguro que en dos días dirigirás el cotarro.

Le expliqué cómo había acabado en esa camilla y le pedí que tranquilizara a Polito. Solo a alguien como Poli se le ocurriría registrar toda la ciudad y no preguntar en los hospitales.

Por lo visto, ahora vivíamos dos pisos debajo de ella. Polito había trasladado nuestras cosas de la casa de mis padres a la que ocupó Antonio Machado. Antes de irse, el poeta le dijo a Lolín que nadie la volvería a usar y que le habíamos parecido buenos chicos. Lo demás quedó implícito. El piso le daba mil vueltas al de mis padres pero, incluso sin agujeros en la fachada y con una puerta bien robusta, seguía teniendo mis dudas. Dejar mi casa era lo más parecido a abandonarlos definitivamente. A abandonar su recuerdo y a abandonar una vida que temía olvidar.

No iba desencaminado cuando le dije a Lolín que manejaría el gallinero. Era la más hábil de todas las enfermeras. Y siempre sonreía y se mostraba dulce con los enfermos. Se convirtió en la favorita de todos.

Le pedí a Lolín que Polito no viniera a verme. Si coincidía con ese general, puede que también quisiera internarlo en un orfanato. Y a mí no me podía quedar mucho tiempo antes de que me dieran el alta, era innecesario que se arriesgara por unos pocos días.

Finisterre se las apañaba para enseñarme los bocetos del juego que estaba ideando. No sé por qué le interesaba mi opinión. Imagino que no tenía a nadie más cerca a quien preguntar y las enfermeras solían ignorarlo. Yo estudiaba su proyecto interesado.

—La idea no es verlos jugar, es hacerlos jugar —apuntó exultante.

—¿Cómo?

—Muñecos. De madera. Pequeños, de este tamaño. —Lo marcó con una separación entre el pulgar y el índice.

—¿Y cómo los vas a mover?

En el brillo de su mirada vi que estaba deseando que se lo preguntara.

—¡Por filas! —reveló entusiasta. Entonces su gesto se torció al oír que alguien se acercaba y guardó sus dibujos como si fueran alto secreto—. Creo que tienes visita, amigo.

La figura del sargento Amat se recortó en el umbral. No lo había visto desde que se presentó con el general Yagüe y los demás militares.

Amat era un hombre de aspecto solemne. Tenía una cicatriz que le cruzaba la cara desde el lóbulo de la oreja hasta la punta de la barbilla. No había reparado antes en ella porque nunca lo había visto tan acicalado y bien afeitado. Su pelo oscuro, algo ralo y repeinado hacia un lado con una raya perfecta le daba un aspecto de buena persona. Pero lo que más me impresionaba era la mano que le faltaba. ¿Cómo la perdió? Me moría por preguntárselo y mi maldita educación no me lo permitía. Por eso me gustaba tener a Polito cerca. Él nunca se callaba nada, era imprudente e impulsivo, y aunque a veces le tenía que llamar la atención, casi siempre agradecía que dijera en voz alta lo que yo pensaba. Si hubiese estado conmigo, seguramente habría dicho algo como: «¡Tío, qué pasote! ¿Cómo coño perdiste la mano?».

—Hola, Homero. Siento haber tardado tanto en volver. Son días ajetreados pero te debo una buena explicación, así que…

—Lo único que quiero confirmar es que usted sabe que mi padre no se llama Nicolás Heredia, ¿verdad?

Amat me sonrió con ternura y se sentó en la cama señalando mi clavícula.

—¿Te duele mucho?

—Antes no me dejaba dormir. Ahora solo lo noto cuando lo muevo.

—Tenías un buen hierro atravesándote el hombro.

—¿Fue usted quien me sacó del mar? —Asintió afable mientras me estudiaba como si viera a través de mí—. Entonces supongo que le tengo que dar las gracias…

—Gracias a ti.

—¿Sigue siendo sargento o…? —No estaba muy al día de los rangos militares pero su aspecto indicaba algún tipo de superioridad.

—Ahora soy capitán. No hay nada como que te encierren cuatrocientos días para que te asciendan.

—¿Por qué dijo que mi padre se llamaba Nicolás Heredia?

La sonrisa enigmática de Amat seguía intacta. Noté que estaba haciendo un esfuerzo por parecer cercano y franco conmigo.

—¿Qué sabes de tu padre, Homero?

La pregunta me sorprendió. Primero porque odiaba que alguien me contestara con otra pregunta, y segundo, porque era tramposa. Si él no sabía nada, era perfecta para que yo se lo contara todo. Pero ¿con qué fin? La otra posibilidad llevaba implícita la constatación de que yo no tenía ni idea de quién era mi padre.

—No creo que haya venido hasta aquí para que yo le cuente mi vida.

—Dije que tu padre se llamaba Nicolás Heredia porque

creo que es lo más sensato. Les mentí, lo que me coloca en una posición de...

—¿Embustero?

—Iba a decir delicada. Aunque confío en que no dirás nada. ¿Te parece si damos una vuelta?

—¿Por qué?

—Porque no me gustan los hospitales y...

—No, me refiero a por qué cree que no diré nada.

—Porque tú no fuiste al Uruguay para rescatarnos. Fuiste para liberar a tu padre. Y puede que tu padre estuviera encerrado con nosotros, pero no era como nosotros.

—He visto lo suficiente para saber que puedo acabar en la cárcel por cualquier tontería. He visto curas fusilados, asesinatos por la espalda, ejecuciones sin sentido, he visto cómo se lo arrebataban todo a una pareja simplemente por dirigir su propio colmado y cómo echaban a familias inocentes de sus casas. Hace tiempo que dejé de guiarme por la lógica. Créame, de haberlo hecho, ahora estaría muy lejos de aquí.

—Hablas como él. —Suspiró y se levantó mientras se colocaba su elegante gorra de capitán—. ¿Me acompañas a dar una vuelta o prefieres seguir respirando el aire viciado de este lugar? Por dios, cómo odio estos sitios.

El capitán Amat y yo paseamos por las calles cercanas al hospital. La ciudad volvía poco a poco a la normalidad con más ganas que recursos y los vecinos se movían ocupados, hambrientos por trabajar y recuperar sus vidas. Aquellos que no podían no tenían más remedio que empezarlas desde cero mientras los estragos de las bombas aún se dibujaban en las calles. Eran heridas sin cerrar en forma de enormes socavones y edificios en ruinas.

—¿Qué siente al ver cómo sus amigos han decorado la ciudad?

Su falta de respuesta a mi provocación me ponía más nervioso. Daba la sensación de tener la sartén por el mango.

—¿Te parece si nos sentamos aquí?

Habíamos llegado a un pequeño parque, un oasis en un desierto de cemento, aunque los árboles estaban desnudos y el verde era aún tímido.

—¿Va a decirme qué sabe de mi padre o no?

Me senté a su lado y me retoqué el cabestrillo dejando que el tiempo se dilatara. ¿Estaba preparado para escuchar lo que iba a contarme?

—Homero, tu padre está muerto.

Así de fácil. Sin rodeos, sin titubeos ni paños calientes. La verdad pura y dura me sentó como una puñalada. Sabía que era una posibilidad y, aun así, me costaba digerirla. Mi padre, muerto... ¿Y si se equivocaba?

—¿Cómo puede estar tan seguro? Usted dijo que mi padre se llamaba Nicolás Heredia pero...

—Se llamaba Antón. Antón Beret. Lo sé. Dije lo que quería que escucharan ellos.

—¿Por qué?

—Para protegerte.

Suspiré para retener el llanto. No volvería a ver a mi padre nunca más.

—¿Cómo murió? —pregunté con el corazón en un puño y para determinar su grado de conocimiento de la verdad.

—Hace poco más de dos años. En Nochebuena...

—Fue la última vez que lo vi...

—Esa noche se coló en el Uruguay para liberar a dos prisioneros de nuestro bando.

—¿Mi padre? ¿Salvando a franquistas? Mi padre no era...

—¿De los nuestros? No lo sé. Llegó al Uruguay y entregó un telegrama falsificado con instrucciones para liberar a dos prisioneros. Lo descubrieron. Y eso lo convirtió automáticamente en un traidor o en un espía de Franco. Su plan habría funcionado de no ser por...

—¿Mi padre era un espía?

—Él lo negó siempre, por supuesto. Pero eso es lo que hacen todos los espías, ¿no?

219

—También es lo que hacen todos los que no son espías —repliqué.

—Me temo que eso nunca lo sabremos.

—Y… ¿cómo…? —Se me formó un nudo en el estómago que me impidió continuar.

—No sufrió, si es lo que te preocupa. Al menos, no tanto como sufrimos los vivos.

A veces me parecía que el capitán no tenía ni un gramo de empatía. Puede que cuatrocientos días encerrado lo hubieran deshumanizado. Nadie había sido tan brutalmente sincero conmigo. Excepto ella. Siempre ella…

—Ha dicho que habría funcionado de no ser por… ¿Por qué?

—De no ser por el activo que iba con tu padre.

—¿Activo?

—Un infiltrado que iba con él.

—Matías —confirmé. Aún recordaba cómo llegó a nuestra casa en mitad de la cena.

—No sé su nombre pero ese desgraciado lo traicionó. Tu padre fue a ese barco creyendo que iba a liberar a dos presos, pero estaba sentenciado antes de empezar la misión. La jugada de ese Matías fue brillante, dejó que tu padre creyera que lo iba a ayudar y lo vendió. No necesitó capturarlo y llevarlo a prisión, consiguió que fuera por su propio pie.

—Es lo que pasa cuando confías en alguien.

Mi mente volvió a viajar rápida hasta aquella Nochebuena de hacía dos años. Matías esperando en la puerta mientras mi padre se despedía de nosotros. No era miedo lo que vi en su rostro: era vergüenza y remordimiento. Maldito hijo de puta… Mi sangre hervía de rabia. Ya tenía alguien más a quien odiar. Un motivo más para levantarme cada mañana.

—Si te sirve de consuelo, lo más probable es que también esté muerto.

Pues no, no me servía de consuelo. Y si de verdad estaba muerto, tenía que verlo con mis ojos.

—¿Habría alguna manera de confirmarlo?

—Será complicado. Son muchos los muertos y desaparecidos de ambos bandos. Pero conozco gente influyente y podemos preguntar.

—¿De verdad?

—Claro que sí. Hay mucha gente en deuda contigo. Yo incluido.

—¿Usted lo conoció bien? ¿A mi padre? ¿Estuvo con él?

—Lo encerraron conmigo y otros veinte hombres. Pero poco después lo trasladaron al Argentina.

—¿Por qué?

El capitán Amat suspiró como si hubiera temido esa pregunta.

—En el Argentina es donde se llevaban a cabo todas las…

—Bajó la cabeza.

—Las ejecuciones. —La palabra salió de lo más profundo de mí como si necesitara completar esa frase para cerrar algo más.

Hay momentos en los que uno sabe que se hace mayor. Momentos que quedan grabados para recordarte que el niño que fuiste una vez ya no volverá. De hecho, no quieres que vuelva porque sabes que solo sufrirá. Te conviertes en el hermano mayor de una antigua versión de ti mismo; necesitas superar ese dolor tanto como aprender a vivir con él. Pronunciar esa palabra tan rotunda y tan cruel me convirtió un poco más en un hombre y un poco menos en un niño.

—Fue el 15 de abril de 1938. Ese día lo ejecutaron junto a otros cinco miembros del SIFNE.

—¿El SIFNE?

—El Servicio de Información del Nordeste de España.

—Como si fuera un espía… —dije incrédulo—. Es todo tan absurdo.

—Homero, tu padre solo pensaba en ti y en tu madre. No dejaba de repetir que os había fallado. El día que abriste la puerta de la celda y dijiste tu nombre… supe enseguida quién eras y por qué habías llegado hasta nosotros. Tu padre habría estado orgulloso.

—¿Orgulloso? He perseguido su fantasma durante un año y... ¿todo para qué? ¿Para enterarme de que lo fusilaron? —Apreté fuerte los puños.

—Lo siento...

—Dígame algo, el nombre que se inventó, el de mi padre...

—No me lo inventé. Nicolás Heredia era uno de los prisioneros. No tenía familia ni nadie vivo que pueda negar que tú eres su hijo. Usar el nombre de tu padre puede ser peligroso.

—¿Peligroso? Me está diciendo que era un franquista.

—No. Yo solo he dicho que intentó ayudar a dos de los nuestros.

—Entonces, ¿me está diciendo que los republicanos pensaban que era un sublevado y que los nacionales pensaban que era un rojo?

—Es probable.

—¿Y quiénes eran los tipos a los que quiso salvar?

—Lo desconozco. Pero si vas diciendo por ahí que tu padre es..., era Antón Beret, corres el riesgo de que te vinculen con los republicanos. Y ahora mismo eso es muy peligroso. Sé que pedirte que reniegues de tu apellido no es algo que...

—Me da igual mi apellido. Me da igual todo —solté contrariado.

Por supuesto, no lo pensaba de verdad y el capitán Amat lo sabía.

—¿Te gustaría venir conmigo?

—¿Con usted? ¿Adónde?

—A mi casa. O adonde nos lleven el trabajo y las órdenes.

—¿Órdenes?

—Chico, quiero que entiendas algo. Puede que matar a un republicano no te convierta en franquista pero salvar a treinta y tres soldados de Franco de una cárcel republicana, sí. Y si eres listo, aprovecharás esa baza. Te ayudará a moverte libremente, tendrás ciertas ventajas que compensarás con algunos compromisos, pero eso te abrirá más puertas de las que crees. Ahora es el momento de ser inteligentes. En un mundo partido en dos, es muy peligroso quedarte en el centro.

—Mi padre solía decir que en el centro es donde suelen encontrarse el equilibrio y la verdad.

—Y seguramente tenía razón, pero el problema de estar en el centro durante una guerra es que los disparos te vienen de todos lados.

Aunque mi escepticismo seguía allí, todo mi cuerpo me invitaba a creer en el capitán. ¿Fue eso lo que le pasó a mi padre? ¿Por estar en el centro recibió de ambos lados? Amat esperaba paciente a que me decidiera.

—¿Por qué me ayuda? Y, por favor, no me diga que es porque se lo prometió a mi padre.

—Él nunca me habría pedido algo así.

—Entonces, ¿por qué lo hace?

—Porque me lo prometí a mí mismo el día que nos liberaste. Mira, Homero, yo no soy una persona…, nunca he tenido una familia y no sé cómo… Verás, lo único que sé es…, joder… —Suspiró intentando empezar de cero y me alegré de que no fuera tan perfecto—. Mira, somos dos personas que se han encontrado en la misma encrucijada. Chaval, sé que no ha sido nada fácil sobrevivir a este infierno y no puedo imaginar todo lo que has pasado pero ahora tienes la oportunidad de cambiar las cosas.

—Pero usted sabe que yo no soy de los suyos.

—¿Qué es para ti un franquista, Homero?

—Alguien que mata republicanos.

—Vale, me lo merezco. Aunque no me creas, te entiendo. No te pido que seas un franquista. Te pido que seas inteligente. No hace tanto, yo también estuve perdido. Solo puedo decirte que alguien como tú sabrá encontrar el camino de vuelta, créeme.

—Creerle es lo que más daño me ha hecho hasta ahora.

—Lo sé. Y siento que haya tenido que ser así.

223

—¿Qué pasa si no quiero ir con usted?

—Bueno, en ese caso solo te quedarían dos opciones. Ir al orfanato o escapar. Intuyo que la segunda te parece bastante más atractiva. Pero deja que te diga algo. Llevas demasiado tiempo sobreviviendo como puedes. Quizás ha llegado el momento de vivir como quieres. —Amat se puso en pie dejando ir un leve gruñido como si alguna parte de su cuerpo aún se resintiera—. Tú decides, chaval —zanjó colocándose la gorra a modo de despedida. Y echó a andar con su metro ochenta y su leve cojera.

—Dígame algo —alcé la voz—. Ahora que Barcelona ha caído, ¿cree que por fin dejaremos de matarnos?

—Una vez alguien me dijo: «No necesitamos continentes nuevos, sino personas nuevas». —Me hizo el saludo militar y se fue mientras mi orgullo y yo lo contemplábamos. Conocía perfectamente esa frase. Y estaba convencido de que él lo sabía. En ese mismo instante, supe que iría con él. Porque lo necesitaba. Porque, efectivamente, era lo más inteligente. Porque el destino nos había unido. Porque quizás me podría llevar hasta Matías. Porque fue el último que vio con vida a mi padre. Pero, sobre todo, por esa frase: «No necesitamos continentes nuevos, sino personas nuevas». Esa era la prueba irrefutable de que mi padre había estado con ese hombre. Eran las palabras del capitán Nemo en *Veinte mil leguas de viaje submarino*. Y con ellas, el capitán Amat sabía que me tenía más que pillado.

14

Los invisibles

La noche envolvía el bosque y una mujer de melena rubia y ojos verdes lideraba al grupo de tres hombres que la seguían agotados. Cargaban con un par de aves todavía sin desplumar y tres conejos. Caminaban prácticamente a ciegas tropezando una y otra vez con piedras y raíces. Todos menos ella, que se movía con agilidad dejando trabajar más al instinto que a sus ojos.

—Rubia, ¿estás segura de que es por aquí?

—Completamente.

—Es como un jodido murciélago.

—Es imposible saber por dónde vamos —ladró el más joven.

—Por eso soy yo la que va delante y no tú.

—¿Crees que queda mucho? —preguntó el primero justo antes de patinar en una piedra—. ¡Mierda!

—¡Chsss! —ordenó ella mientras frenaba en seco. Después se giró hacia sus compañeros y les señaló una tenue luz que se filtraba entre la densa vegetación y la hacía casi imperceptible.

—¿Son ellos? —apuntó la sombra del segundo hombre.

—Si lo son, han avanzado menos de lo esperado.

—¿Y si no lo son? —preguntó asustado.

Pero nadie le contestó. La respuesta quedaba implícita al ver cómo se llevaban las armas a las manos y avanzaban con más prudencia.

Cinco hombres cerraban un círculo pequeño alrededor de una hoguera. Fue París, aquel francés extraviado en una guerra que no era la suya, el que oyó cómo crujía una rama a su espalda.

—Alerta —susurró.

Bajo el liderazgo de Red, todos se colocaron en posición de ataque con la mirada clavada en los oscuros arbustos. Poco después apareció la figura de Pascual.

—¡Joder! —soltó Red todavía con el sudor frío en la frente.

Detrás de Pascual aparecieron Soso, apartando arbustos torpemente, y Mojón.

—Os veo muy nerviosos —se burló Pascual al ver a sus compañeros apuntándoles más rígidos que una piedra.

—Borra esa estúpida sonrisa de tu cara. Si hubiésemos sido una avanzadilla de soldados, ya estaríais muertos —gruñó Mus el rastreador—. Se os podía oír a kilómetros, joder.

—¿Seguro? —La voz de una mujer les sorprendió por la espalda.

Cuando Red y los otros se giraron vieron cómo la Rubia les apuntaba con su fusil. Los había pillado a todos por sorpresa.

—Buena jugada —señaló Red mientras clavaba de nuevo el hacha en el tronco sobre el que estaba sentado.

—Mus, se suponía que eras el rastreador —se rio París.

—Cierra el pico, franchute de los cojones —amenazó ofendido. Todos se acercaron al fuego entre bromas excepto Mus, que siempre iba con cara de palo. Pascual y Soso dejaron caer la cena junto a la hoguera.

—Dos codornices y tres conejos. No está nada mal, chicos.

—Da gracias a la Rubia.

—Nunca he visto a nadie disparar así. —Soso nunca ocultaba su amor platónico por ella.

—Decid lo que queráis pero hace solo un mes habríamos necesitado el doble de comida.

—Esto es una guerra, Mus. Por desgracia, siempre se pierden compañeros… y amigos.

El grupo bajó la cabeza honrando a los caídos con esos segundos de silencio que solo se veían rotos por el ruido del machete de Mus afilándose.

—Ya lo sé, Red. Pero por lo menos antes el General Frontera hacía prisioneros. —Mus miró fijamente a la Rubia—. Ahora solo quiere matarnos como animales.

—Si quieres decir algo, dilo —espetó ella.

—Sí, claro que lo digo. ¡Matar a su hijo fue una jodida cagada!

—Tranquilo, Mus, nadie va a llorar al cabrón ese —intervino Red.

—Mus tiene parte de razón —le dijo París a ella avivando la conversación y, de paso, el fuego.

—¿Solo parte?

—Ya no hace prisioneros.

—Tampoco los hacía antes —cortó ella molesta.

La tensión iba en aumento. Pascual se puso en pie.

—¡Dais pena! ¿Creéis que es mejor ser su prisionero? —Después se centró en Mustafá—: ¿De verdad prefieres eso? Deja que te explique cómo será. Primero te meterán en una puta jaula donde te escupirán y mearán por diversión. Te acostumbrarás a vivir con el olor de tus propios excrementos, te matarán de hambre, y reza por que no llegue el invierno porque entonces también te matarán de frío. Si aún tienes la mala suerte de seguir vivo, lo más posible es que te hayas convertido en un simple estorbo y decidan quitarte de en medio con un disparo en la cabeza. Te aseguro que yo no quiero ser su puto prisionero. Prefiero mil veces morir luchando.

El silencio se prolongó hasta que París hizo un chiste de los suyos:

—Eres un hombre afortunado, Pascual. Tienes muchas posibilidades de que tus deseos se cumplan.

Las risas sonaron de nuevo. Algunas francas, otras nerviosas. Mus seguía afilando el machete con aires de psicópata.

—Mus, ¿por qué no usas el machete para algo y vas a despellejar los conejos?

227

—Que lo haga la Rubia, que para eso es la única mujer aquí —escupió.

—¿Quieres que también los cocine y te los corte en trozos pequeños?

—Rubia, ya basta. Mus, ella los ha cazado. —Red no estaba para bromas.

—Estoy hasta las pelotas de la niña salvaje esta.

—Dijo el hombre que afilaba su machete —respondió ella despertando las risas de los demás.

Sin duda era la más hábil con el fusil, pero también con sus palabras. En ningún momento apartó la mirada del fuego pero era consciente de que había humillado a Mustafá y eso traería consecuencias. El ofendido se levantó cabreado y se dirigió a zancadas hacia ella. Que un hombre de su tamaño se acercara amenazante con un machete en la mano asustaría a cualquiera, pero ella permaneció inmóvil sin levantar la vista del fuego. Pascual se levantó con su rifle colocándose entre el rastreador y la Rubia.

—¿Adónde vas, Mus? —Ambos se miraron con odio.

—¿Crees que así vas a poder follártela?

—Mus, deja el tema de una puta vez —exigió Red.

—Sí, supéralo ya… —concluyó Soso, que casi nunca decía nada.

La cara de ira del rastreador se borró y dejó paso a una sonrisa perturbadora. Se agachó para coger los conejos y mirando a Cloe los acarició con su enorme machete.

—Adivina en quién voy a pensar mientras los despellejo.

—Escupió a los pies de Pascual antes de retirarse con los conejos.

—Si no fuera porque es la leche rastreando, lo habría matado yo mismo hace tiempo. Lo siento, Rubia.

—Tranquilo, Red, todos estamos nerviosos.

—Algunos más que otros —concluyó Pascual mientras se sentaba a su lado dejando su rifle a mano.

—Mañana llegaremos a Edén. Creo que a todos nos

vendrá bien un descanso, una buena cama y unas cuantas risas.

—Y el caldo de pollo de mi abuela… —babeó Mojón.

—El vino rancio del padre Tobías… —suspiró Soso.

—Las tetas gordas de Magda… —confesó París.

Las risas volvieron al círculo. Pero ella hacía rato que había abandonado esa montaña. Lo decían sus ojos verdes, que brillaban con el fuego perdidos al otro lado de las llamas. Lo sabía bien Pascual, que no había dejado de observarla.

Lo que iba a ser un solo día para llegar a Edén se convirtió en dos cuando tuvieron que dar un enorme rodeo para evitar a un pelotón franquista. Puede que fuera alguna sección avanzada de un batallón. Más de treinta soldados bien armados, y ellos eran solo siete.

Todavía no habían llegado a su destino cuando Mus levantó la cabeza y olfateó como un perro de caza.

—El aire parece viciado.

229

—Humo… —susurró la Rubia antes de salir corriendo olvidando todo sigilo. No necesitaba más pistas para entender lo que pasaba.

Los demás arrancaron tras ella. Llegaron al pueblo con las caras desencajadas y la angustia en sus miradas. El pueblo que estaban contemplando, aquel que antes respiraba vida y alegría por doquier, se consumía en sus propias cenizas

—No… —susurró la Rubia mientras sus ojos enrojecían de rabia.

Edén era tan pequeño que solo constaba de una calle con menos de diez casas pero desde el principio de la guerra se había convertido en un refugio para quienes lo habían perdido todo. Ese rincón perdido en las montañas se había ido transformando en un hogar que ya creían que nunca más volverían a tener.

Su única misión era protegerlo. Evidentemente, habían fracasado porque lo único que podían ver era un montón de ruinas calcinadas.

—¡La Viuda! —exclamó la Rubia mientras salía corriendo hacia una de las casas.

Pascual la siguió. Llegaron a una casa con la puerta de madera resquebrajada en el suelo y que seguía humeando. Entraron tapándose nariz y boca con los abrigos.

Muy cerca de la casa, Mojón sacaba entre lágrimas a su abuela fallecida con la ayuda de Soso. La tumbaron con sumo cuidado junto a los cuerpos del padre Tobías y de dos ancianos más.

Mus y París llevaban en brazos a dos mujeres que dejaron junto a los otros cuerpos. Sus maridos murieron en una emboscada cerca del río Segre.

—No hace prisioneros —gimoteaba Soso—, es un animal.

—Un animal herido que solo busca venganza —dijo Red mientras rodeaba con el brazo a Soso.

230

—La busca a ella —remató Mus señalando la casa donde seguía la Rubia, tosiendo por el denso humo y gritando.

—¡Viuda!

—¡Está aquí! —advirtió Pascual desde el piso de arriba.

La Rubia subió los escalones de tres en tres y lo encontró arrodillado junto a la Viuda. Estaba sentada en el suelo, junto a la única ventana que había en la habitación, recostada en la pared.

—¿Respira?

—Muy débil.

—Tenemos que sacarla de aquí.

Pascual la levantó con sus fuertes brazos.

El aire era más limpio fuera, aunque el panorama era desolador. La fila de cuerpos iba creciendo y ya sobrepasaba la docena. Pascual dejó a la inconsciente mujer ladeada junto al tronco de un roble. Red se acercó con una cantimplora y volcó algo de líquido entre los labios secos y cortados de la Viuda. Tardó poco en toser y recuperar el conocimiento. A la Rubia se le escaparon unas lágrimas.

—Hola, mi niña... ¿Por qué estás llorando? —susurró la Viuda con voz áspera.

Esa mujer era la arquitecta de las segundas oportunidades. Para Cloe, lo más parecido a una madre que recordaba. Y parecía algo recíproco porque desde el primer día la Viuda la adoptó como su pupila.

—No nos dejes, por favor... No te rindas —suplicó Cloe mientras sus manos se entrelazaban con las de ella.

—¿Los demás están a salvo? —Sus pulmones silbaban.

—No lo sabemos. —Red evitó sus ojos.

—Los niños... pudieron huir con Magda y Lourdes... —Tosió escupiendo sangre—. Sebastián iba con ellas.

—¿Al Castillo? —sugirió Pascual mirando a Red.

Este asintió y Pascual, Soso y Mus se colgaron las armas a la espalda y salieron en su busca sin perder un segundo. El Castillo era un viejo fortín en ruinas que se encontraba en lo alto de un macizo y que era de difícil acceso para quien no lo conociera.

—Tened cuidado —rogó la Rubia mirando a Pascual.

—Lo tendremos.

—¿Y los niños...? —repitió alterada la Viuda.

—Tranquila tranquila. Ya han ido a por ellos.

—Se comportaban como animales. Aparecieron de la nada... Sin preguntas, sin registros, sin... —Sus ojos se llenaron de rabiosas lágrimas.

—Chsss... No hables. Ahora tienes que descansar.

—Voy a ayudar a los demás —farfulló Red mientras se alejaba cabizbajo a terminar un trabajo que sería el más amargo de todos.

Cloe se quedó con la Viuda sin soltarle la mano mientras con la otra le pasaba un paño humedecido con su propia saliva para limpiarle la sangre reseca de la cara.

—Era él, Rubia. Eran sus hombres.

—Lo sé... Tengo que acabar con esto. —El odio estaba instalado en sus ojos verdes.

—No. Eso es lo que él busca. Quiere que salgas de tu escondite.

—Sabes que no necesito salir para hacerle un agujero en su único ojo.

—También sé que no sirve de nada que acabes con su vida si pierdes la tuya.

—Eso solo lo decido yo.

—Te equivocas. Desde el momento que aceptaste quedarte con nosotros tu vida ya no solo te pertenece a ti. Esta gente te necesita. No seas tan egoísta como para arrebatarles eso.

Cloe hundió su cabeza en la falda de la Viuda. Solo con ella se permitía esas licencias.

—Es que no puedo más... Estoy cansada. Cansada de ser fuerte. Cansada de parecer tan dura cuando en realidad no lo soy.

—Ya lo sé, cielo. Para nosotras es aún más difícil que para ellos. Pero tienes que resistir. Es lo único que no podrán quitarte esos miserables. Y sí que eres dura, pequeña. Eres la más dura que he conocido. —Tosió unas cuantas veces—. ¿Por qué no hablas con Pascual?

La Rubia levantó su rostro confundido.

—¿A qué viene eso?

—¿Crees que no veo cómo os miráis?

—Son solo eso. Miradas...

—Y no pasaría nada si fuera algo más que eso. Lo sabes, ¿verdad?

—Está casado...

—Sí. Su mujer está en Francia con sus padres, pero él está aquí luchando contigo.

—No tengo tiempo para esas tonterías.

—Cloe, mírame —ordenó la Viuda.

Ella obedeció casi molesta al oír su verdadero nombre. Aquel que le recordaba quién era. Aquel que aseguró no volver a usar y que solo la mujer que tenía delante podía permitirse pronunciarlo.

—Escúchame, pequeña. Tienes que aprender a confiar en

las personas que te rodean. Tienes que aprender a delegar, a dejar que te cuiden, a dejar que te quieran. La vida es demasiado corta como para construir muros a nuestro alrededor.

—Ojalá supiera cómo se hace eso.

—Es sencillo. Empieza por reconocer que no puedes controlarlo todo. Es como saltar a un tren que nunca se detiene.

—¿Y eso es sencillo?

—Es más fácil si sabes que no pasará otro.

Cloe había oído historias sobre ella. Historias que la gente contaba sobre un tren que transportaba un peligroso virus que los alemanes, con el beneplácito de Franco, iban a usar sobre las tropas republicanas.

—¿De verdad saltaste a un tren en marcha? —La Viuda, consciente de que a esas alturas era absurdo guardarse algo, asintió nostálgica.

—Entonces estaba llena de vida…

—Cuando te recuperes tendrás que explicarme por qué saltaste a ese tren.

—Esa respuesta es la más sencilla —dijo casi inconsciente—. Salté porque sabía que él me seguiría allá donde fuera.

—¿Él? —Solo deseaba entretenerla para que se olvidara de su dolor, y ansiaba saber más de esa mujer y sus aventuras. ¿La Viuda había estado enamorada?

—El hombre más apuesto, terco, idiota y sensible que he conocido. —Su tos era cada vez más fea. Sus pulmones volvieron a escupir sangre. Cloe volvió a ofrecerle agua pero la Viuda la rechazó—. Ojalá lo hubieras conocido…

—¿Qué le pasó?

—Que me salvó la vida. Y a cambio, entregó la suya…

—Estaba exhausta y desorientada.

Cloe hizo un ovillo con su chaqueta y se la colocó a modo de almohada. Cuando se agazapó para alzarle la cabeza, la Viuda arrastró sus labios hasta el oído de Cloe y le susurró una sola palabra:

—Helena…

Justo después dejó de resistirse y entró en un sueño del que nadie sabía si volvería a despertar. Eso ya solo dependía de ella.

Lo peor del día ya había pasado. Habían enterrado a sus amigos y familiares y les habían dedicado un sencillo homenaje. Ahora, en mitad de la noche, los ruidos del bosque ocultaban sus llantos. A Cloe ese sonido la tranquilizaba.

Habían perdido a toda aquella buena gente que jamás había levantado un arma contra nadie. Habían perdido su Edén, su único refugio. Habían perdido la esperanza, ya que las noticias que les llegaban no hacían más que confirmar que la guerra había terminado. Y habían perdido. La gente recuperaba sus vidas o lo que quedaba de ellas. Solo unos pocos seguían la lucha en las montañas. Eran la resistencia.

Los niños habían conseguido llegar a salvo al Castillo y dormían todos acurrucados en las mismas ruinas que antaño fueron, probablemente, un tétrico calabozo pero que los cobijaba del viento y les permitía mantenerse calientes y protegidos.

Tal y como había quedado Edén tras las llamas, decidieron instalarse todos en el Castillo por seguridad. Aunque el día había sido infinitamente largo, Cloe no podía conciliar el sueño. Había pasado más de un año desde que el general Miranda ejecutara a su padre a sangre fría. Un año desde que ella atravesó el cuello de su hijo con una de sus balas y, por desgracia, dejó salir al padre con vida a pesar de haberlo alcanzado. ¿Cuánto dolor se habrían ahorrado si no se hubiese precipitado con ese último disparo? ¿O si hubiese esperado para saber si seguía vivo? Eran preguntas que ya formaban parte de su tortura diaria y tendría que vivir con ellas hasta que esa historia que había nacido en el porche de su casa terminara de una vez por todas.

Caminaba por el bosque sin alejarse mucho de las rui-

234

nas. De alguna forma entendía que su lugar no estaba con esa gente, sino que ella pertenecía más a la soledad de la montaña. Llegó a un saliente que conocía bien, donde el viento golpeaba con fuerza. Dejó que la envolviera. Le recordaba aquel viento que moría cerca de su cueva.

La luna brillaba intensa, así que se sentó en el tronco de un pino que yacía muerto y sacó de su bolsillo un pequeño libro de poesía que conocía a la perfección. Lo abrió por una página al azar y se lo llevó a la nariz como quien explora el perfume de alguien. Después leyó para ella. Se sabía de memoria cada estrofa y cada verso; aun así, prefería extraer las palabras de las páginas y no de la memoria. Le gustaba que las yemas de sus dedos acariciaran la rugosa hoja. Le gustaba leer y recordar.

El crujir de una rama le erizó el vello, soltó el libro y se puso en guardia apuntando con su rifle en todas direcciones.

—No sé quién coño eres pero será mejor que salgas si no quieres que te vuele la cabeza.

Entre los arbustos, apareció Pascual con las manos en alto.

—No me dispares —sonrió burlón—. Me rindo.

—Joder, te podría haber metido un tiro —gruñó ella mientras soltaba el fusil.

Pascual se dejó caer sobre el tronco resintiéndose de la espalda. La panorámica nocturna era maravillosa.

—Se ve lo suficiente como para intuir su belleza.

—En eso te doy toda la razón —contestó Pascual mientras la contemplaba a ella.

El espacio entre los dos se fue estrechando.

—¿Qué haces aquí? —preguntó Cloe. Su postura tensa contrastaba con la seguridad que desprendía Pascual.

—Solo quería decirte que lo siento mucho. Por lo de la Viuda… Sé que estabais muy unidas.

—Era una mujer extraordinaria que se ha llevado demasiados secretos con ella…

—¿Por eso estás aquí?

—Quería estar sola.

—¿Por qué?

—Supongo que me gusta.

—Que estés acostumbrada a algo no significa que sea lo que necesitas. Rubia, sabes que nada de lo que ha pasado hoy es tu culpa, ¿verdad?

—Yo no estoy tan segura.

—Lo sabía... ¿Ves? Ese es tu primer error.

—¿Tengo más de uno?

—Hablo en serio, Rubia. No nos quites a los demás parte de esa responsabilidad, ¿quieres? Nosotros también luchamos y morimos. No me gustaría que cuando llegue el día en que una bala me atraviese te sientas responsable. No me arrebates eso.

Cloe lo miró fijamente y vio a Pascual más serio que nunca.

—Y ahora dilo —ordenó Pascual.

—¿Qué quieres que diga?

—Que no es tu culpa.

—Déjalo, anda...

—¡Dilo!

—¡No me da la gana!

—Esta no es solo tu lucha. Es nuestra elección y tú la estás haciendo tuya.

—Yo no la estoy haciendo mía.

—Pues entonces dilo. No dejes que...

—¡Vale, joder! No es mi culpa. ¿Contento? ¡No es mi puta culpa que ese sicópata nos persiga día y noche asesinando todo lo que se mueve! ¡No es mi culpa que haya quemado el único lugar decente que nos quedaba! No es mi culpa que Soso haya perdido a su abuela y que el padre Tobías...

—Vale vale. —Pascual la abrazó. Él había provocado la catarsis y ahora se arrepentía.

Cloe se dejó abrazar mientras hundía sus lágrimas en el hombro de Pascual, que por primera vez sentía que había traspasado la coraza de esa orgullosa guerrillera.

236

—¿Mejor?

—Estoy agotada… —dijo intentando recomponerse.

—Yo también, volvamos con los demás. Red tiene un plan para devolverle lo suyo a ese hijo de puta. —Pascual iba a levantarse cuando vio el libro volcado en el suelo del revés—. ¿Qué es esto?

—No es nada —dijo ella enjugándose las lágrimas.

Los dos se inclinaron a la vez para recogerlo y sus frentes chocaron. El golpe despertó la risa de los dos guerrilleros y diluyó la tristeza. Pascual se hizo con el libro.

—*Veinte poemas de amor y una canción desesperada*, de Pablo Neruda.

—Sabes leer…

—Claro. ¿Qué te pensabas? —soltó ligeramente ofendido—. Fui a un colegio de curas. Digamos que aprendí… por las malas. ¿Y tú?

—Me enseñó un… amigo.

—Así que la Rubia también tiene sus secretos, ¿eh?

—No es un secreto… No es nadie… —replicó Cloe a la defensiva.

—Pues parece alguien.

—Es solo una persona a la que ayudé hace un tiempo —zanjó mientras arrancaba el libro de las enormes manos de Pascual.

—Sea lo que sea, no se lo tengas en cuenta. —Cloe lo miró confundida y Pascual sonrió—. ¡Vamos! Llevas escrito en el rostro que estás decepcionada con ese amigo que no es nadie.

—La gente debería cumplir sus promesas.

—¿Y qué es lo que ese amigo te prometió?

—Que volvería —contestó seca.

—En su favor, diré que no son tiempos fáciles para cumplir según qué promesas.

—¿Lo dices por experiencia?

—¿Ahora me atacas a mí?

—Da igual.

237

—Espera —suplicó él mientras la sujetaba de la mano.

—¿Qué quieres, Pascual?

—Yo tampoco cumplo mis promesas. Porque le prometí a mi mujer que solo la amaría a ella.

—Pascual...

—Sé que tú también sientes algo por mí, Rubia...

Cloe se calló, incapaz de inventarse más excusas. Las palabras ya habían hecho su trabajo y solo quedaban las acciones. La de ese apuesto guerrillero besándola apasionadamente bajo la luz de la luna.

El día había sido intenso, cruel y doloroso para todos. La noche prometía ser mucho mejor, al menos para ellos dos.

15

Una misión secreta

El motor del Hispano Suiza rugía mientras circulaba por la carretera que se abría paso como una culebra entre las montañas. A pesar de mis múltiples súplicas y peticiones, el capitán Amat iba al volante y yo, con la ventanilla abierta a su lado, mareado. Nunca me dejaba conducir esa belleza. Lo lógico habría sido que lo hiciera el único que tenía dos manos, pero era como si tuviera que seguir demostrando su capacidad.

Nuestro destino era Hendaya, un pueblo fronterizo francés al lado de Irún, situado entre Biarritz y San Sebastián. Allí estaba previsto que se encontraran nuestro líder, el general Franco, y el de Alemania.

El capitán Amat no paraba de repetir que ese alemán nos llevaría a la ruina y nos metería en la Segunda Guerra Mundial. Esa fue la primera vez que oí la palabra «nazi». Yo no entendía su inquietud: viendo el estado en el que habíamos dejado nuestro país tras los tres años de guerra, me preguntaba qué inútil querría tenernos de su lado para que lo ayudáramos. ¿Acaso no veía que apenas podíamos ayudarnos a nosotros mismos?

Además, aún quedaban pequeños grupos de guerrilleros en las montañas que incomodaban al Ejército y se esforzaban en demostrar que la guerra seguía viva.

El capitán seguía concentrado con su única mano al volante y yo miré el reloj que llevaba en su muñeca. No se lo quitaba ni para dormir. Parecía de lo más normal, con una correa que empezaba a parecer raída. Pero sus agujas siempre marcaban la misma hora: las 12:10.

Le pregunté por él varias veces, pero ese reloj formaba parte del grupo de cosas que Amat guardaba bajo llave.

—¿Qué hora es? —pregunté entre guasón y aburrido—. Espere, no me lo diga. Son las doce y diez.

—Muy gracioso...

—En serio, ¿queda mucho?

—Puede que un par de horas.

—¿Dos horas más de tortura?

—Lo siento. Lo mejor que podemos hacer es parar en el siguiente pueblo, estirar las piernas y comer algo. Vamos con tiempo de sobra.

—Por favor, hable de lo que sea menos de comida si no quiere que le manche la tapicería.

—Está bien... ¿Alguna sugerencia?

—Déjeme pensar... Ah, sí. Cuénteme cómo perdió su mano.

—Otra vez con eso...

—Cuanto más lo oculta, más ganas tengo de saberlo.

—Pues siento decepcionarte pero...

—Venga, capitán. ¿Por qué le cuesta tanto? Es una cuestión de curiosidad. Además, yo se lo he contado todo. ¿No se da cuenta de que en una balanza de honestidad yo sería rico y usted pobre? Deberíamos estar más equilibrados...

—Tú siempre quieres saberlo todo.

—Y usted es una tumba.

—¿Qué quieres saber? Y no me preguntes por la mano porque será la otra la que te contestará fuerte y en la cara.

—Vale, nada de manos... ¿Por qué siempre marca las doce y diez?

—Dime una cosa, ahora que estamos rodeados de montañas..., ¿sigues pensando en ella?

—No me cambie de tema. En serio, ¿quién lleva un reloj que no da la hora?

—Sí que da la hora.

—La misma siempre.

—El otro día no parecías pensar mucho en tu chica de las montañas cuando besabas a la hija del señor Ortega.

—¿Lo ve? Ya está otra vez.

—¿Volverás a verla o harás como con todas las otras?

—¿Quiere que hablemos de eso? Perfecto. ¿Y usted? ¿Alguna vez quedará con alguna de las mujeres que le rondan o seguirá comportándose como si tuviera el palo de la escoba metido en el culo?

—Esa boca, soldado.

—Perdón, quería decir trasero.

Los dos nos reímos ocultando el ruido del motor.

El capitán no se equivocó cuando casi dos años antes me insinuó que con él todo iba a ser más fácil. Había vuelto a disfrutar de las comodidades de una buena cama, calefacción, libros, dos o tres comidas al día. Estaba tan a gusto que, a pesar de haber cumplido los dieciocho años hacía ya unos meses, no tenía ninguna intención de moverme. Y por suerte, el capitán Amat tampoco tenía ninguna intención de echarme. Aquella encrucijada, como decía él, en la que nos encontramos al terminar la guerra marcó un antes y un después para ambos.

A veces sentía que yo formaba parte de un experimento que le había recomendado su sicólogo para saber si era capaz de cohabitar con otro ser vivo. Como ese individuo que empieza con un periquito, después un hámster, un pato, un gato…, y si todos han conseguido sobrevivir a la experiencia entonces el premio grande es el perro. Yo era ese perro. Y no me podía quejar porque la mayor parte del tiempo me dejaba correr libre por el campo.

No me obligaba a lavarme los dientes, a comerme todo lo que había en el plato, a acostarme temprano… Curiosamente, que no me atosigara con esas responsabilidades me condu-

241

jo a cumplirlas a rajatabla. Me había convertido en una mini-versión de mi madre.

En el último año mi cuerpo había dado un buen estirón y ya casi alcanzaba el metro ochenta del capitán. Mi complexión era enclenque pero el capitán me aseguró que cambiaría cuando empezara el servicio militar. Llevaba solo unos meses vistiendo el uniforme y ya había empezado a percibir algunos cambios. Mi pecho y mi espalda se habían ensanchado y mis brazos ya no colgaban como dos ramas flácidas.

La mili se me daba bien. Y no tuve que moverme de la ciudad cuando a casi todos los enviaban lejos. Era el niño mimado. El rescate del Uruguay había corrido como la pólvora y era admirado en la mayoría de los círculos, aunque en los de los vencidos no me hacían la pelota ni me invitaban a cervezas. Puede que hasta me hubieran escupido en ellas. Lo que más me dolía es que me sentía más identificado con ellos que con los que supuestamente eran los míos. Quizás porque yo no pertenecía al mundo de los ganadores. Mi mundo había sido el de los artistas humildes, los pobres, los escritores enamorados y los músicos callejeros… Gente que había perdido mucho más que sus sueños. Y yo estaba viviendo lo que muchos anhelaban.

Me habían destinado en Talleres y Mecánica. Debía ir cada día a los barracones de la plaza de España y allí pasaba el día arreglando coches de oficiales o poniéndolos a punto. Eso me proporcionaba contactos con generales, capitanes y tenientes a los que hacía la pelota entregándoles el coche antes de hora, limpiándolos o colocándoles algún extra que siempre agradecían. Se me daban bien los motores y se me daba bien ganarme a la gente.

Entre arreglar coches o enterrar personas, me quedaba con la primera tarea. Aunque una parte de mí nunca me dejaba en paz recordándome ciertas promesas que hice en su día. Hacía tiempo que no cogía mi guitarra. El mismo tiempo que llevaba sin cantarles en el cementerio a mi madre, a Tomeu o a Carmen, la chica que me escuchaba desde su ventana. Pero la promesa que más me dolía era la que llevaba colgada del cuello recordándome cada día lo lejos que estaba de cumplirla. A veces tenía que hacer el esfuerzo de convencerme de que Cloe no fue un sueño. Que esa niña de las montañas que tenía una cueva llena de tesoros existió de verdad. Que me salvó la vida y me regaló mi primer beso. Habían pasado casi tres años y hacía tiempo que había aceptado que lo más probable es que ella ni siquiera me recordara. Aún me preguntaba cuántos años más necesitaría para olvidarme de ella.

Estar con otras chicas ayudaba. El capitán Amat era invitado a menudo a alguna cena, baile o celebración a los que, por supuesto, me llevaba. La gente quería conocer al héroe del Uruguay y era realmente fácil seducir a las invitadas.

Jamás había visto al capitán con una mujer. Le faltaba una mano y mostraba una fea cicatriz en su cara pero la barba que se había dejado la ocultaba bastante bien y era un hombre moderadamente atractivo con una muy buena hoja de servicios. Si estaba solo, era porque así lo quería.

Al que sí habían seducido hasta los huesos era a Polito. Aunque yo vivía con el capitán, nos seguíamos viendo. Puede que cada vez menos, ya que todo el día andaba revoloteando alrededor de Lolín. Puede que la culpa fuera de ambos. A veces las personas simplemente toman caminos diferentes.

Polito y yo siempre habíamos discutido pero últimamente lo hacíamos más de lo normal y siempre por el mismo tema. Le molestaba que me hubiese rendido a los encantos del Capitán Manco. Así es como lo llamaba y, aunque al principio a mí también me hizo gracia, terminé reprochándole esa falta de respeto hacia un hombre que no se la merecía.

Él tampoco podía tolerar que yo me hubiera convertido en un fascista. Un maldito *nacional*. Me llamó traidor, oportunista, cobarde… No quise rebatirle pero le conté que mi padre murió a manos de los republicanos. Puede que Polito tuviera razón: que los republicanos mataran a mi padre no me convertía en un franquista, pero perdí toda mi simpatía hacia ellos. Una simpatía que tampoco tuve nunca hacia los otros, así que volvía a estar situado en un centro peligroso. Pero, como dijo el capitán, tenía que ser listo y elegí.

La verdad es que entendía la frustración de Polito, ya que en parte era la mía, pero me pareció curioso que discutiéramos sobre esas cosas cuando antes jamás habíamos hablado de bandos. Los dos habíamos repudiado la guerra y ninguno de los bandos merecía nuestro respeto, pero cuando yo decidí elegir un lado, él se decidió por el otro. Yo necesitaba abandonarme y renunciar a la angustia constante. Cero responsabilidad sobre mis actos es lo que buscaba y es lo que encontré. Además de alguien que se preocupaba por mí y al que había empezado a querer.

Polito tenía a Lolín y yo tenía al capitán. Él se pasaba el día con un grupo de chicos de bar en bar y yo lo pasaba realizando el servicio militar y arreglando coches. Ya no teníamos nada que compartir.

A pesar de eso, cuando nos veíamos nos abrazábamos efusivamente porque, como se suele decir, quien tuvo retuvo. Y Polito y yo nos tuvimos durante mucho tiempo el uno al otro. Compartiendo momentos difíciles. Contándonos chistes guarros para no ceder al miedo cuando las bombas caían sobre Barcelona sin descanso. Fueron tres días eternos. «Iniciar acción violenta sobre Barcelona con martilleo espaciado en el tiempo», fueron las órdenes de Mussolini a su aviación legionaria. ¿Qué pintaban los italianos bombardeando Barcelona durante nuestra Guerra Civil? Básicamente la respuesta sería que Franco necesitaba ganar y los fascistas italianos, igual que los nazis, necesitaban un campo de tiro para probar sus nuevos juguetes de guerra.

Si nos seguíamos viendo era gracias a la mediación de Lolín, ya que ninguno de los dos se atrevía a llevarle la contraria a la enfermera canija. Según ella, el problema era simple: «Hombres: tan estúpidos como orgullosos». Ninguno de los dos estaba llevando bien ser un suplente en la vida del otro. Y más fácil que reconocer ese dolor era enfadarse y discutir. Así la separación era más cómoda y no nos veíamos obligados a decirnos la verdad a la cara.

A Lolín la traté en el hospital hasta que me dieron el alta, y después la seguí viendo porque me acercaba una o dos veces a la semana para visitar a mi divertido vecino de habitación, el exfutbolista Finisterre.

Lo último que supe de Finisterre fue que estaba en París viviendo entre bailarinas, en especial una llamada Lulú, de la que se había quedado prendado. En una carta me comentó que pronto se marcharía a Sudamérica, ya que las cosas también empezaban a ponerse feas en Francia. Me prometió seguir escribiendo pero tardó mucho tiempo, hasta que un día me llegó una carta muy extraña. Dentro del sobre solo había un dibujo y un pequeño plano de un artilugio parecido a una mesa de billar pero con las líneas de un campo de fútbol. Y un sencillo texto: 245

> Querido amigo, todo bien por aquí. Como puedes ver, los sueños a veces también cogen forma. Igual que mi barriga o los pechos de Lulú. El día que decidas descubrir la Ciudad de la Luz, búscame. Gracias por esa dosis de imaginación. Tu amigo y vecino de cama,
>
> ALEJANDRO FINISTERRE

Ese hombre o triunfaba viviendo una vida de ensueño o moriría en una cuneta sin una peseta. No creo que hubiera término medio con él. Y eso le encantaba porque lo convertía en único.

Tan único como el hombre que conducía a mi lado rumbo a Hendaya. Yo le notaba más preocupado a medida que nos acercábamos a nuestro destino. Seguramente por mi presencia, impuesta por un pequeño chantaje que le había hecho. Estaba ante mi primera misión y, aunque el capitán Amat odiaba que usara esa palabra, eso es lo que era para mí.

—No es una misión.

—Creo que ya me lo ha dejado claro.

—Tú solo vienes en calidad de acompañante y…

—Observador. Lo sé. Me lo ha repetido veinte veces.

—No hables con nadie y si te preguntan…

—Usted es mi tutor y he venido porque no quería desperdiciar la oportunidad de saludar a nuestro gran Caudillo.

—Bien. Ahora intenta decirlo sin esa cara de asco.

—Capitán, relájese.

—Tenía que haberte dejado en Barcelona.

—Lo habría hecho si le hubiese dado opción.

—Podía haberte encerrado y pedirle a Montoya que te tuviera vigilado.

—¿A ese gordo alcohólico? Se habría despistado con el primer bollo de la mañana.

—Un poco de respeto, mocoso. Ese hombre resistió más que nadie en el Uruguay.

Yo le tenía aprecio al señor Montoya y cariñosamente lo apodaba el Gordo. ¿Estaba gordo? Sí. ¿Le gustaba un buen lingotazo de whisky por las mañanas? También. ¿Era un hombre honesto al que le confiaría mi vida? Desde luego.

Montoya había sido alcalde de no sé qué pueblo aragonés del que tuvo que huir al inicio de la guerra, cuando los republicanos dominaban la mayoría de los asentamientos. En la huida fue capturado «por no querer correr». Palabras textuales suyas. Fueron perseguidos por un grupo de soldados republicanos y todos sus colegas lograron escapar. Según Montoya, si hasta entonces no había corrido en su vida, no iba a empezar a hacerlo «por culpa de esos memos comunistas amigos de los rusos». Sus captores, al enterarse de que era un político, lo llevaron a Barcelona para encerrarlo junto a otros peces gordos. Lo trasladaron a más de cuatro cárceles y Montoya fue el único que sobrevivió. Incluso en el Uruguay. Allí conoció al capitán Amat. Poco después de ser liberado, por un servidor, y como compensación por su inestimable servicio y lealtad a la patria, fue condecorado y recompensado. Y llegó a formar parte del Gobierno de Franco en el primer reajuste ministerial como ministro de Obras Públicas. Un título que le duró poco, ya que cada cinco o seis meses como mucho hubo otro reajuste ministerial en el que los intereses y el peloteo estaban por encima de las competencias propias de cada uno. Pero Montoya seguía teniendo mano dentro del Gobierno y muchos contactos en el nuevo régimen. Un régimen que no gustaba a todos. Incluso despertaba antipatías entre aquellos que lo defendieron y lucharon por él, como Montoya o el propio Amat.

Si hoy estaba sentado en ese coche camino a Hendaya, fue por escuchar lo que nunca debería haber oído. Una conversación que tuvo el capitán con Montoya cinco días antes y de la que se podían extraer peligrosas conclusiones. Y aunque los dos seguían molestos por mi falta de respeto a su intimidad, en ningún caso quise espiarlos. Fueron ellos los que ignoraron mi presencia desde el primer momento. De hecho, el capitán creía que yo no estaba en casa, ya que debería estar de servicio. Pero la víspera estuve trabajando hasta muy tarde para rematar el motor de un Ford y mi superior me dio el día libre.

En fin, que el 15 de octubre yo estaba en el sofá ojeando en el periódico la cartelera de cine. Quería llevar a Angelita, una gallega de pechos colosales, a ver *Lo mejor de la vida*, que en el periódico calificaban como «un estreno encantador que les brindará emociones, risas y carcajadas». Era justo lo que necesitaba y además la daban en el cine Kursaal, que estaba muy cerca de casa. Entonces llamaron al timbre y, según la versión del capitán, yo me puse en modo espía. Puede que, al darme cuenta de que no sabían que estaba en el salón, dejara de pasar las páginas del periódico y me agachara un poco para que mi cabeza no sobresaliera por encima del sofá, pero eso no se puede considerar como espiar a nadie. Vendría a ser algo parecido a omitir mi presencia.

Oí cómo se abría la puerta del recibidor y la estridente risa de Montoya.

—¡Capitán Juan Amat Vilar, buenos días y felicidades por su ascenso! —El Gordo reservaba ese tono jocoso para los buenos amigos.

—¿A qué se debe la visita de un hombre tan importante en mi casa?

A veces se trataban de usted, como una broma formal. Entraron en el salón y se sentaron a la mesa del comedor, justo a mi espalda.

—He oído que ya no eres ministro.

—Has oído bien. Cada día se inventan nuevos cargos. Ahora soy una especie de subsecretario de Viajes y Transportes. No me preguntes qué coño significa eso porque ni yo mismo lo sé. Creo que no lo sabe ni el cabrón que me colocó allí. Es una locura.

—¿Quieres algo? ¿Café, té…?

—Un whiskito sí que me tomaría.

—En qué estaba pensando. Son las once de la mañana. —Amat se levantó a servir dos copas.

—Sigues estando en forma, capitán. Y me alegro. ¿Qué tal con el chico? ¿Ya os entendéis?

—Me gustaría creer que sí.

—Ha costado lo suyo.

—Nada fuera de lo esperado. No lo ha tenido fácil.

—Eres un gran hombre, Juan. Con muy mal gusto para el whisky, pero un gran hombre.

—En estos tiempos todos necesitamos ayuda y gente en la que confiar.

—No podías haberlo expresado mejor, amigo mío. Porque esa es la razón por la que estoy aquí.

En cuanto pude percibir que el tema era serio, dudé si debía seguir camuflado en el sofá. Con pasar una hoja del periódico habría bastado, pero no lo hice. Montoya quiso salir a tomar el aire al balcón y perdí el hilo de su conversación. Unos minutos después volvieron a entrar para que Montoya pudiera rellenar su copa.

Entonces pensé en simular que acababa de entrar en casa pero sus dos primeras frases me invitaron a seguir oculto.

—¿Entonces? ¿Qué me dices, amigo?

—No lo sé, Montoya. Es arriesgado.

—Solo es una pequeña reunión. Yo te puedo colocar sin problemas. Coges la información y me la traes.

—No me gustan los alemanes.

—¿Y crees que nosotros les gustamos a ellos? Simplemente tenemos intereses comunes.

—¿Por qué yo?

—Tú mismo lo has dicho antes: yo también necesito ayuda y alguien en quien confiar. Compartimos celda durante mucho tiempo, Juan.

—Seguro que hay otros en los que también confías.

—No es solo cuestión de confianza. Te necesito por tus habilidades. Sé quién eres y lo que hiciste por este país antes de que te capturaran. Ahora te pido que hagas lo mismo.

—Me estás pidiendo que lo traicione.

—No sería la primera vez… —Amat suspiró molesto y Montoya reaccionó rápido—: Vale vale. Escucha. Solo te pido sentido común. Si amas este país tanto como yo, sabes que tienes que salvarlo de su destino. Nos han engañado, amigo. No estamos bien. Estamos peor que nunca, y todo irá empeorando cada día que ese fascista siga al mando. Debería haber renunciado a su cargo el mismo día que ganamos la guerra. Los hombres pierden la perspectiva cuando se suben a su trono. Les ciega el poder.

—No me gusta, Montoya. Ya luchamos contra los rojos y ambos acabamos pudriéndonos con el culo en la bodega de un barco. ¿Y ahora esto? ¿Qué vendrá después?

—Si sabemos manejarlo bien, espero que venga la democracia. Hay que tener visión de conjunto. Visión de futuro y de país. —Montoya se iba animando con su propio discurso.

Pude oír cómo caía otro chorro de whisky.

—¿Desde cuándo bebes tanto por la mañana?

—Va con el cargo… Vamos, Juan. ¿Es que no lo ves? Somos como moscas revoloteando sobre una mierda gigantesca.

Amat se encendió uno de sus puritos. Le encantaba fumar esa asquerosidad cuyo olor se quedaba impregnado en la ropa y las cortinas.

—¿Sabes a quién han fusilado esta madrugada? —le preguntó Montoya—. Aún no lo harán oficial, claro, pero…

—¿A quién?

—A Companys.

—No jodas.

El silencio me dio a entender que ese Companys debía ser alguien importante. Supongo que lo habría sabido de leer el periódico y no solo la cartelera.

—La verdad es que no me sorprende —comentó Amat.

—Pues a mí sí. Me sorprende el hecho en sí y la falta de inteligencia. Yo también tenía mis diferencias con ese cabrón pero… ¿ejecutarlo? ¿Es una puta broma?

—¿Y qué esperabas? Es la política del miedo. Siempre lo ha sido. Con esto envía un mensaje muy nítido. Si ha ejecutado al presidente de la Generalidad de Cataluña, puede ejecutar a cualquiera.

—Parece que el mundo se está volviendo loco. Si es que alguna vez estuvo cuerdo…

—No es el mundo el que está loco, sino quienes lo gobiernan.

—Por eso tenemos que hacer algo. No podemos participar en el Eje del Mal. Otra guerra, y además a nivel mundial, acabará con todo el país.

—Lo sé…

—¿Qué ocurre? ¿Te preocupa el chico? ¿Por qué no te lo llevas contigo? Ya es mayorcito.

—¿Estás loco?

—Le irá bien salir de aquí, hacer un pequeño viaje…

—No.

—Juan, el chico nos salvó la vida y perdió a su padre, lo entiendo, pero…

—¡He dicho que no!

—En fin… No me meto. Tú eres su…, no sé, ¿qué se supone que eres?

—Su tutor.

—Vale, perdóname. Estoy algo nervioso. Lo único que me importa es: ¿podrás o no podrás hacerlo?

—Montoya, no creo que este sea el mejor momento para…

—¿Sabes qué? Da igual, no me contestes ahora. Haz una cosa. Prométeme que te lo pensarás bien. Sea cual sea tu respuesta, tengo que saber algo esta noche. Vamos, Juan, solo será una pequeña reunión y nadie tiene que saber que se ha llevado a cabo.

Montoya dejó la copa sobre la mesa.

—¿Por qué tanta prisa?

—Porque el encuentro es inminente. La mejor forma de pasar desapercibidos es aprovechar la reunión que se celebrará en Hendaya la semana que viene. Franco se verá con Hitler. Mi contacto alemán viaja con él.

—¿Y mi tapadera?

—Tú estarás allá en calidad de informador. Sabemos que varias partidas de guerrilleros se ocultan cerca de la frontera. Tú serás mi contacto para informar de la situación en el norte. Todo legal y documentado. No como en los viejos tiempos, cuando ibas de incógnito.

—Está bien. Lo haré.

—¡Sí! Sí sí sí. Gracias, amigo. Sabía que te morías de ganas de entrar en acción.

—Ya me empiezo a arrepentir.

—Muchas gracias, Juan. De verdad. Estás haciendo un gran servicio a tu país.

—Por eso lo hago.

251

—Ah, se me olvidaba una cosa.

—Sabía que había algo más... ¿Cuál es la trampa?

—No. No es eso. Es solo que... es posible que te cruces con Miranda.

—¿El sargento Miranda? Mierda, Montoya...

—Ahora es general. Al mando de toda la zona fronteriza. Lo llaman el General Frontera, ¿puedes creértelo? Dicen que no se le escapa ni un solo exiliado y que ya ha eliminado a casi toda la resistencia de los Pirineos. Tiene al Caudillo enamorado.

—Esto cambia las cosas. Sabes que él sospechará desde el momento en que me vea allá.

—Dudo que tenga tiempo para eso. He oído que mataron a su hijo en las montañas y desde entonces vive únicamente para vengarse. Además, lo que pasó entre vosotros fue hace mucho tiempo.

—Hay heridas que el tiempo no puede curar.

Cuando por fin me levanté vi cómo el capitán Amat se miraba el muñón de la mano que le faltaba con una expresión de rabia que era nueva para mí. Montoya me vio y casi se atraganta con el whisky. Después sonrió con disimulo.

—¡Homero! Cuánto tiempo, chico...

—Buenos días, señor Montoya.

—¿Cuánto tiempo llevas aquí? —El capitán no fingió y me fulminó con la mirada.

—El suficiente —contesté bien erguido.

—Maldita sea, Homero. Esto son cosas que no deberías escuchar.

—Es alto secreto, hijo —dijo más sosegado Montoya.

—Si era tan importante, deberían haberse asegurado de que no había nadie.

—¡Será posible! ¡Esta es mi casa, jovencito, y no tengo por qué ir comprobando las cortinas cada vez que quiera hablar con alguien!

—No estaba detrás de la cortina. Ni siquiera escondido.

Estaba sentado en el sofá. Y usted me dijo que esta también era mi casa.

Montoya le puso la mano en el hombro.

—Tranquilo, Juan. Solo era una conversación como cualquier otra.

—Señor Montoya, con todos los respetos. Ni tengo ocho años ni soy imbécil. Y tiene razón. Necesito salir de aquí, respirar un poco de aire fresco. Me encantaría ir con el capitán a Hendaya. Ya era hora de tener una misión de verdad.

—No es una misión —dijeron los dos al unísono.

—Claro claro. Díganme algo: ¿somos de los buenos o de los malos?

—Es más complicado que...

—De los buenos —sentenció Montoya, que se ganó una mirada de reprobación de Amat.

—Genial. Así que nos vamos a Hendaya... ¿Dónde está Hendaya?

253

—No te importa —gruñó Amat.

—En la frontera con Francia —respondió Montoya.

—Gracias.

—¿Alguna cosa más? —preguntó con sarcasmo Amat.

—Sí. Solo una. ¿Quién es ese Hitler?

16

La reunión

Hendaya, 23 de octubre de 1940, 14:50

*E*l tren que había llevado a Hitler hasta «los últimos confines de su territorio conquistado» —así lo describió el capitán— había llegado a la estación antes que nosotros y, por supuesto, antes que el tren con la comitiva española, que ya llevaba unos minutos de retraso.

Estábamos algo apartados del andén, ya ocupado por soldados alemanes que aguardaban ordenados, firmes y con sus rostros impertérritos. Detrás de ellos colgaban unas enormes banderas rojas, con un círculo blanco y una extraña cruz negra en el centro.

El capitán estaba nervioso aunque lo disimulaba a la perfección cada vez que se cruzaba con algún soldado, ya fuera alemán o español. Miraba su reloj, clavado en las 12:10, una y otra vez hasta que finalmente el tren español entró traqueteando por las vías.

—Bien, es la hora. Quiero que te quedes aquí. No hagas tonterías, pasa desapercibido y…

—Capitán, tranquilo. Seré como una sombra en la noche. ¿Cuánto tiempo debo esperarle?

—No lo sé. Tú simplemente no te muevas. —Antes de irse me arregló el uniforme hasta conseguir que el cuello de mi camisa me aplastara la nuez—. Solo será un breve encuentro.

—¿En los lavabos?

—Sí. Recuerda, si alguien…

—Capitán, por favor, si me obliga a decirlo una vez más, le juro que me dará algo.

Me senté en el respaldo de un banco y me fumé un pitillo. Hacía poco que había empezado a fumar y, aunque no lograba disfrutarlos, me sentía adulto, atractivo y poderoso con uno de esos en mis labios.

Delante de mí se llevaba a cabo una escena de lo más pomposa. El Caudillo salió de su vagón acompañado de algunos de sus hombres y fue recibido por Hitler y su comitiva. Después de saludarse, tan falsa como efusivamente, recorrieron el andén de un extremo al otro hasta el vagón restaurante del tren alemán.

Los soldados levantaban los brazos a modo de saludo fascista, y los dos jefes de Estado respondían de la misma manera. Desde mi perspectiva todo parecía tan fascinante como ridículo.

255

—¡Salude, soldado! —escupió alguien a mi espalda.

Di un brinco en el banco y me apresuré a ponerme de pie y ejecutar el saludo. Tardé unos segundos en darme cuenta de que aún tenía el cigarro en la mano y lo lancé al suelo. Mi interlocutor me rodeó hasta colocarse delante de mí. Su imagen era bastante estremecedora: un hombre alto y rudo, con un parche en el ojo y una cara enrojecida de rabia contenida. Ya había oído algo sobre él cuando Montoya le anunció su presencia al capitán. No pareció hacerles mucha gracia y ahora entendía el porqué. Era el general Miranda. A no ser que hubiera más de uno con un parche en el ojo. Cuando se fijó en mí, su rostro mutó de la ira al asco.

—¿Quién coño eres tú?

—Soy Ho… Homero.

—¡Mi general!

—Per… perdón, mi general. Soy Homero, mi general.

—Homero, ¿qué?

—Heredia —mentí como me aconsejó el capitán intentando sonreír de forma natural.

—Heredia... Me suena ese apellido. ¿Por qué cojones sonríes? Si fueras de los míos, te borraba esa estúpida sonrisa a base de guantazos. ¿Qué haces aquí? ¿Con quién coño estás?

—Con el capitán Amat, mi general.

El rostro de la bestia fue incapaz de disimular su sorpresa. Si no omití su nombre fue porque el capitán se encargó de repetírmelo hasta la saciedad: «Di que estás conmigo».

—¿Amat está aquí?

—Sí, mi general.

—¿Dónde?

Intenté que mis ojos no viajaran directamente hacia los lavabos.

—Creo que ha ido a las oficinas de la estación, mi general. Me pidió que le esperara aquí. —El brazo se me empezaba a agarrotar de tenerlo en alto mientras solo deseaba que el capitán no saliera en ese momento de los lavabos.

—¿Has venido con él?

—Sí, mi general. El capitán me dio la oportunidad de venir para ver de cerca a nuestro gran Caudillo. —Creí que lo estaba bordando pero las dudas de ese general no se disipaban.

—¿De qué conoces al capitán Amat?

—Del Uruguay, mi general.

—Por eso me sonaba tu apellido. Así que tú eres el chico del Uruguay, ¿eh? El que rescató a esos desgraciados.

—Sí, mi general.

—Menudo desperdicio.

Era la primera vez que alguien del bando franquista me miraba con asco después de saber lo del Uruguay.

—Si te vuelvo a ver sin alzar el brazo, te rompo las costillas, ¿estamos?

—¡Sí, mi general! ¡Lo siento, mi general!... Que le den por culo, mi general —susurré cuando calculé que estaba lo suficientemente lejos.

Solo entonces bajé el brazo agarrotado y suspiré sudoroso. ¿Quién coño era ese animal? Por nada del mundo me gustaría tenerlo de enemigo. Y a mi ropa interior tampoco porque estuve a punto de mearme encima.

En los lavabos el capitán aguardaba nervioso dentro de uno de los cubículos. Lo estaría pasando fatal porque a él le encantaba caminar de un lado para otro con la mano en la espalda. Al fin entraron dos personas. Hablaban de forma distendida y en alemán, por lo que no pudo entender nada, aunque la conversación parecía banal por el tono que usaban ambos.

Uno intentó entrar en el cubículo del capitán, que estaba cerrado con pestillo.

—*Hallo!* —Forcejeó un par de veces más—. *Bist du scheiße?*

Ambos se rieron. Después la puerta del cubículo contiguo se abrió. Los dos seguían hablando a gritos, uno dentro y el otro fuera hasta que este último se despidió. El capitán se vio obligado a guardar silencio absoluto incluso para respirar.

—¿Capitán? —dijo el que quedaba con claro acento alemán.

—Sí, joder. Menos mal…

—Lo siento. El imbécil ese venir conmigo al baño. Creer que somos mujeres.

—¿Quién eres?

—Eso no importante. Llámame Srudel.

—Vale, Srudel, llevo más de diez minutos sentado en esta maldita taza. Acabemos con esto cuanto antes.

Una carpeta anaranjada con documentos se deslizó por debajo del tabique que los separaba.

—Tiene que filtrar carpeta entre documentos de inteligencia.

—¿Qué? Espere, espere. Esto no es lo que me habían…

257

—Problemas. Yo tenía que intentar si documentos salir de tren español. Pero no ser así. Ahora su turno. Vagón nueve. Aunque mi español perfecto, soy alemán. Mi acceso ser imposible.

—Genial, un puto alemán con sentido del humor. Oiga, yo tampoco tengo permiso para acceder a ese vagón. No van a dejarme…

—Mi contacto dijo usted, capitán…

—Sí, pero…

—Usted conseguir.

En el andén el sol seguía brillando y yo me arrepentía de no haber comido cuando había podido. El mareo ya se me había pasado y mis tripas rugían incesantes. ¿Había hecho bien en decirle a ese tipo del parche que estaba con el capitán Amat? No me había dado ninguna orden sobre ocultar su identidad, así que en teoría no me había equivocado. Sin embargo, mis sensaciones eran otras. Decidí soportar la angustia fumándome otro pitillo, pero me escondí un poco más para no volver a ser sorprendido.

No llevaba más de tres caladas cuando percibí un forcejeo bastante cerca y después el silencio seguido de unas risas. Me asomé a la esquina y vi a dos soldados españoles cargando con otro inconsciente y metiéndolo en una pequeña caseta, posiblemente la que había usado el jefe de estación antes de la remodelación.

Los dos soldados salieron, cerraron la caseta con un enorme candado y se alejaron felicitándose orgullosos. ¿Por qué le hacían eso a uno de los suyos? Supe que mi curiosidad vencería a cualquier tipo de raciocinio.

Comprobé que estaba solo y me acerqué a la caseta. Miré por un ventanuco pero estaba tan sucio que apenas pude distinguir la figura de un soldado sentado en una silla inconsciente. Hurgué en los recovecos hasta que di con una pequeña grieta en la madera. Acerqué el ojo y entonces alcancé a ver una parte de su cabeza y algo que asomaba bajo su gorra: un largo mechón rubio. El soldado… ¡era una mujer! Y por lo que sabía, no había mujeres en el ejército franquista.

Inspeccioné el candado. Cualquier otro se habría rendido al ver el tamaño de ese bicho, pero no todos habían crecido en las calles con un ratero como mejor amigo. Comprobé una vez más que no me veía nadie y me quité el cinturón. Empecé a jugar con la aguja de la hebilla y la cerradura, tal y como había visto hacer a Polito.

El tipo del parche recorrió con pasos rápidos y firmes los pasillos de la estación hasta que llegó a las oficinas, donde se topó con dos pobres soldados que al verlo se irguieron y lo saludaron.

—¿Han visto al capitán Amat?

—¿Perdón, mi general? —La ignorancia de los soldados hizo que el general suspirara impaciente.

—Malditos inútiles. Un oficial de los nuestros, manco y con una cicatriz que le cruza la cara. Estaba con el chico del Uruguay frente a los lavab… —El general se quedó callado como si una idea súbita le hubiera asaltado la mente.

—¿Se encuentra usted bien, mi general?

Pero antes de que terminara la pregunta, el general Miranda ya había dado media vuelta alejándose a paso largo.

El capitán Amat ojeaba incómodo los documentos sentado en la taza.

—¿Qué es esto?

—Borrador de acuerdo. Protocola secreto.

—Protocolo —le corrigió—. Esto es un acuerdo para que España entre en guerra cuando Alemania lo solicite.

—Afirmativo. Pero hay cambios sustanciales. Si su líder ver esto, él no aceptar.

—¿Por qué hace esto?

—Porque, igual que usted, yo también amo mi país.

—Maldita sea, nadie me habló de filtrar unos documentos.

—No solo filtrar. También hay que deshacerse de original.

—¿Está de broma? ¿Cómo quiere que haga eso?

—Usted no. Yo hacer. Usted filtrar. Yo elimino original.

—¿Sabe dónde está ese original?

—Propiedad de ministro de Exterior, Ribbentrop.

—Espero que lo consiga.

—Recuerde, vagón nueve. No necesita saber qué pasar si cogen usted con documentos falsos.

—Pues si no necesito saberlo, mejor no me lo recuerde —contestó nervioso.

El capitán Amat oyó el ruido de la cisterna contigua y a de Srudel, que salía de su cubículo silbando.

—Suerte, capitán.

En la caseta, yo estaba muy concentrado, aunque mis manos empezaban a sudar demasiado para manejar bien la hebilla en la cerradura. Tras un forcejeo de unos minutos, oí el ruido más hermoso del mundo: clic, y el candado se abrió.

—Gracias, Poli —susurré mientras besaba el cinturón y me lo ponía.

Abrí la puerta de madera y vi a la mujer inconsciente atada a la silla. ¿Qué hacía allí? ¿Y por qué vestía como un soldado? Me acerqué cauteloso. En mi fuero interno sabía que, fuera quien fuera, me iba a traer problemas. Pero al levantarle la gorra y verle el rostro todas mis dudas se esfumaron de repente. Era un rostro que jamás podría olvidar. El más hermoso que mis ojos habían visto. Habían pasado dos años largos pero incluso así, inconsciente, vestida de soldado, seguía siendo la cosa más bonita que existía. Mi Cloe.

Cuando vi la sangre que le resbalaba de la sien entré en

ebullición. Hijos de puta. La habían golpeado, atado y encerrado. Apreté fuerte la mandíbula e intenté centrarme en lo importante. ¿Cloe era una prisionera? ¿Cómo había llegado hasta ahí? Intenté despertarla pero no respondía. Tenía que sacarla cuanto antes.

El general se acercaba a paso rápido a los lavabos mientras buscaba con la mirada a «ese chico de sonrisa estúpida». Al no verlo por ningún lado, sus sospechas se incrementaron.

Dentro, el capitán salió del cubículo tras tirar de la cadena. Se acercó al lavamanos y miró su rostro cansado en el espejo. ¿Por qué narices había aceptado la misión? En su mano llevaba los documentos. Se ajustó el traje y ocultó los papeles bajo su uniforme dispuesto a salir.

La fina puerta era lo único que separaba a general y capitán. Ambos pusieron la mano en el pomo a la vez. El general la empujó a la vez que el capitán tiraba de ella. Entonces un grito liberador frenó en seco el empuje:

—¡General! ¡Mi general!

Miranda suspiró impaciente, harto de trabajar con tanto inútil. Sin soltar el pomo se giró con cara de malas pulgas.

—¿Qué coño pasa ahora?

El capitán Amat se quedó petrificado al reconocer esa voz de tono grave y amenazante. Aprovechó los segundos de desconcierto para colocarse en el espacio que ocultaría la puerta al abrirse y reflexionar en sus pocas posibilidades si Miranda entraba.

—La hemos encontrado, mi general.

—¿Aquí? —preguntó sorprendido.

—Sí, mi general.

—¿Están ustedes seguros de que es ella?

—Se hacía pasar por uno de los nuestros, mi general. Iba armada.

—¿Dónde está?

—La hemos encerrado en la caseta de la estación —contestó uno de los soldados orgulloso.

—¿Y quién la vigila?

Los dos se miraron confusos.

—Na... nadie, mi general. Pero la hemos dejado inconsciente y atada.

—Y la caseta está cerrada con candado —añadió el otro satisfecho.

—¿Y necesitabais venir los dos a contármelo? Miranda soltó la puerta y Amat respiró aliviado.

—Vamos, pareja de idiotas. Si de verdad es ella, podréis disfrutar de unas merecidas vacaciones.

Amat oyó los pasos alejándose y abrió la puerta tímidamente. Suspiró quitándose años de encima y salió. Pero tardó muy poco en hacerse una pregunta: «¿Dónde narices está el chico?».

Miranda llegó a la caseta escoltado por sus dos soldados, que enseguida comprendieron que su futuro inmediato no era muy halagüeño. El candado estaba tirado en el suelo. Cuando abrieron la puerta encontraron una silla vacía y unas cuerdas.

—Lo siento, mi general, parece que la... —No terminó la frase porque un revés contra su mejilla lo dejó tan callado como enrojecido.

—¡Encontradla! Y no se os ocurra volver sin ella porque os juro que acabo con vosotros. Avisad a los demás. ¡Moveos, coño!

Los dos soldados se alejaron corriendo. El general Miranda se agachó y cogió el candado para examinarlo. Después buscó alrededor como un perro de caza olfateando su presa.

El capitán caminaba nervioso en paralelo al tren buscando un vagón en concreto. El sudor que le brillaba en la frente reflejaba el mal trago que estaba pasando. Bajo su uniforme, podía sentir la rigidez de la carpeta con los documentos que, por si acaso, sujetaba también con su brazo tullido pegado al cuerpo. Era fácil distinguir el vagón número nueve porque era el único custodiado. Por suerte, se trataba de un sargento al que todavía no le había crecido el bigote pero que lucía muy seguro de sí mismo una pelusilla casi ridícula.

Sin mediar palabra, el capitán Amat lo saludó e intentó acceder al vagón con toda naturalidad. El sargento interpuso el brazo y se fijó en el distintivo del uniforme.

—Lo siento, capitán. No puedo dejarle pasar. Órdenes.

El capitán forzó una sonrisa simpática para buscar complicidad.

—Solo quería un lavabo… privado. Creo que he comido algo en mal estado. Usted ya me entiende.

—Este vagón está cerrado.

—Hijo, no voy a decírselo a nadie. Hoy me ayudas tú, mañana te ayudo yo…

—Lo siento, capitán. Este vagón está cerrado.

—Claro claro. Buen trabajo, sargento. —El capitán le dio la espalda con ganas de aporrearlo contra la puerta. Necesitaba otra forma de entrar.

En ese preciso momento varios soldados empezaron a correr de un lado para otro muy alterados. Un cabo se dirigió a su superior que custodiaba el vagón nueve:

—Sargento, el general ordena su presencia de inmediato.

El capitán Amat controló a los soldados alemanes, que seguían inalterables, y se dirigió al recién llegado:

—Cabo, ¿qué ocurre?

—Ha escapado una prisionera. El general está furioso.

—¿Ha dicho una prisionera? —interrumpió el sargento pelusilla—. ¿Una mujer?

—Sí, mi sargento. Es ella. El general quiere que…

—¡Permanezca en mi puesto, cabo! Que nadie entre.

—Sí, mi sargento.

El pelusilla salió disparado y el capitán Amat comprendió que ese cabo taciturno era su oportunidad. Sin decir nada, subió los dos peldaños con seguridad y abrió la puerta del vagón ante la mirada insegura del cabo.

—Ya ha oído al sargento, cabo. Que nadie entre en este vagón, ¿comprendido?

—Sí, capitán.

Amat entró en el vagón. Lo demás fue fácil. Seguro que, cuando colocó los documentos del protocolo alemán entre los archivos españoles, de sus labios escaparon dos simples palabras: «Misión cumplida».

Lejos de la estación, aunque no tanto como me hubiera gustado, yo seguía corriendo con Cloe en brazos. Había logrado adentrarme en el bosque y las ramas secas me iban golpeando en la cara, ya que no podía protegérmela.

Los ladridos de los perros sonaban a bastante distancia y no pude evitar recordar la última vez que fui perseguido por sabuesos. El peso de Cloe me tensaba tanto los músculos de los brazos que me daba la sensación de que iban a reventar. La espalda me dolía a cada paso, igual que las rodillas, que empezaban a temblar por el esfuerzo. Pero no reduje el ritmo. Lograba seguir convenciéndome una y otra vez de que era capaz de dar un paso más. Solo uno más.

Me dejé caer por una pequeña ladera como si se tratara de un tobogán y fuimos a parar a un pequeño río que bajaba con escaso caudal. Dentro del bosque hacía rato que había perdido la orientación. Decidí avanzar por el cauce, solo me cubría por los tobillos, río arriba.

Cuando mis jadeos me lo permitían intentaba espabilar a Cloe diciendo su nombre una y otra vez, pero seguía inconsciente. También me atormentaba que mi desaparición le causara problemas al capitán Amat.

La oscuridad ya se cernía sobre el bosque y posiblemente mis perseguidores habrían pospuesto la búsqueda para la mañana siguiente porque hacía horas que no oía los ladridos. Había dejado atrás el río pero mis pies seguían tan húmedos como doloridos. Mis brazos habían llegado a ese punto en el que, una vez superado el umbral del dolor, apenas los sentía. Caí al suelo por enésima vez. Había llegado al límite. Me invadió la angustia de no poder más. Era incapaz de avanzar un solo paso por mucho que la mente no dejara de pedírmelo...

Delante de mí, camuflado entre la vegetación, vi un chamizo de madera. Posiblemente, de algún cazador. Dejé a Cloe tumbada y llegué con las rodillas temblorosas hasta la puerta. La abrí de una patada y el polvo salió propulsado. No tenía ventanas y había utensilios de caza colgando de una barra: guadañas, machetes, cadenas, y debajo una pequeña mesa donde imagino que despellejaría a sus presas.

Daba la impresión de llevar tiempo abandonada. Las herramientas estaban oxidadas y, con la frontera a tiro de piedra, era probable que su dueño hubiera huido a parajes más tranquilos.

Cogí una funda sucia y la sacudí fuera para liberarla de la mugre acumulada. Volví a por Cloe y la arrastré hasta el chamizo porque me veía incapaz de levantarla. El viento de finales de octubre empezaba a soplar y necesitábamos protegernos de él.

Cerré la puerta y me acurruqué con ella en el suelo. Yo, recostado en la pared de madera, y ella, recostada en mi pecho. Le retiré el mechón rubio para que la luz de la luna que se filtraba por las ranuras iluminara la perfección de sus facciones. Era ella y a la vez no lo era. La dulzura había abandonado su rostro para dejar paso a algo más marcado, más compacto, más sufrido... Puede que aún fuera más hermosa que antes, o puede que el tiempo hubiera traicionado mi memoria dibujando en mi mente una imagen más corriente que la que observaba en ese momento.

No podía dejar de mirar a esa chica que se había converti-

265

do en una mujer, pero tampoco podía burlar el cansancio que obligaba a mis ojos a cerrarse. La adrenalina me había mantenido despierto pero una vez cobijados, con el único ruido de mi respiración y el perfume de su pelo, mi cuerpo exigía un merecido descanso.

El capitán Amat fumaba uno de sus puritos sentado en el porche de un barracón que el Ejército había levantado cerca de la estación. Sus botas descansaban bajo la mesa mientras sus pies se aireaban sobre ella. Era la misma postura que adoptaba cuando salía a la terraza a fumar antes de acostarse.

La quietud que reinaba en la estación contrastaba con el ajetreo de hacía solo unos minutos, cuando Franco bajaba del vagón de Hitler y se despedía. Por sus forzadas sonrisas, estaba claro que su reunión había sido más un desencuentro que un encuentro. La cena se le habría atragantado a más de uno. El capitán había visto cómo el traductor de Hitler salía del vagón disgustado y levantando la voz exclamaba: «Con estos tipos no hay nada que hacer».

Pero a pesar de haber filtrado los documentos y conseguido que las negociaciones entre Alemania y España no llegaran a buen puerto, el capitán mostraba síntomas de preocupación. Mi desaparición lo había trastocado todo. Mientras intentaba comprender qué demonios me había pasado, un soldado llegó hasta el porche con un telegrama cerrado.

—¿Y esto? —Amat se incorporó.

—Nuevas órdenes, capitán.

—¿Órdenes de quién?

—Suerte, capitán. —El soldado se despidió con un saludo.

Tras leer el telegrama, Amat frunció el ceño. Por lo visto, los documentos filtrados no habían servido de nada. El telegrama le informaba de que, durante la cena entre los dos líderes, Alemania sugirió a España que no podía permanecer ajena al nuevo orden europeo y que debería tomar una decisión antes de las ocho de la mañana del día siguiente. Aunque no se profirieran amenazas directas, el Führer debió recordarle al Caudillo que había estado a su lado durante toda la Guerra Civil, y que, si ahora no se alineaba con él para luchar contra los ingleses y sus aliados, «podría pasar cualquier cosa». Franco y los suyos tenían esa noche para redactar un nuevo borrador, llamado Protocolo B, en el que se debía «asegurar el compromiso de España de entrar en guerra al lado de las potencias del Eje».

La nueva misión encomendada al capitán Amat: interceptar y neutralizar ese protocolo secreto antes de que llegara a manos de los alemanes. El chasqueo de su lengua seguido de un bufido indicaron la poca gracia que le hacía. El Caudillo había vuelto a San Sebastián para instalarse en el palacio de Ayete a la espera de firmar ese acuerdo que metería a España en la Segunda Guerra Mundial. Eso obligaba al capitán a abandonar Hendaya y, por tanto, a mí. Algo que no estaba dispuesto a hacer.

Así que arrugó el telegrama, lo convirtió en una bola y la hizo rodar sobre la mesa hasta que chocó contra sus pies, de nuevo en alto mientras se encendía otro purito.

Al poco rato, unas botas pisaron los tres escalones del porche del barracón. El capitán oyó los pasos lentos, como si el recién llegado quisiera anunciarse con tiempo. Ni siquiera necesitaba presentación. Amat conocía perfectamente esa sonrisa hostil y esa pose chulesca. No movió ni un músculo pero no apartó sus ojos del general Miranda, que se acercó con parsimonia hasta plantarse al otro lado de la mesa. Dejó que su espalda se recostara en la viga sin ninguna prisa por empezar a hablar.

El capitán expulsó el humo de su última calada. Eran dos felinos estudiándose antes de lanzarse uno contra otro. Hasta que Amat reparó en la bola de papel arrugado que había dejado sobre la mesa. «¡Estúpido!», se insultó a sí mismo cuando vio que el general alargaba el brazo hacia ella. Y respiró aliviado al comprobar que la mano se dirigía al paquete de tabaco. Miranda se puso uno de los puritos en los labios mientras Amat sacaba del bolsillo una caja de cerillas y la deslizaba sobre la mesa.

El telegrama seguía formando una bola de papel en el centro de la mesa, con la diferencia de que ahora no transmitía una misión, sino una sentencia de muerte.

—Saldremos mañana temprano —anunció Miranda, que se fijó en el reloj de Amat—. Aún llevas ese reloj… ¿Sigues estancado en la misma hora?

—Hay cosas que nunca cambian, Francis.

—General.

—Por supuesto…, general Francis —respondió Amat provocativo.

—Efectivamente, hay cosas que nunca cambian. Sigues siendo un gilipollas.

—Que te odie a ti no quiere decir que odie a todo el mundo.

Miranda dio una profunda calada al purito.

—¿Qué coño haces aquí, Juan? ¿Qué se te ha perdido en Hendaya?

—Cumplo órdenes.

—Sé que tramas algo.

—¡Maldita sea, Francis! Lo único que quiero ahora es recuperar al chico.

—Se te ve bastante tranquilo para haberlo perdido.

—Homero sabe cuidarse solo.

—Por favor, si es un pimpollo recién salido del nido.

—Siempre has tenido el mismo defecto, Francis. Nunca has sabido ver más allá de la coraza.

—Sin embargo, a ti te calé rápido, ¿eh? Que todavía lleves su reloj es una prueba más.

—Lo que tú digas.

—No se dirija a mí en ese tono, capitán.

—¿Qué coño quieres, Francis? ¿Has venido a regodearte? Vale, voy a ponértelo bien fácil. Sí, Helena me gustaba. Y mucho. Y yo le gustaba a ella...

—Era una puta traidora.

—¡Y la iba a entregar, como se me ordenó!

—¡Y una mierda! Planeabas escapar con ella. ¿Crees que no lo sabía? ¿Crees que no me había dado cuenta de que te habías convertido en su títere?

—¿Y tú crees que no sabía cuánto te molestó eso? Nunca supiste digerirlo. Y no me refiero a su inclinación por los comunistas, sino a su inclinación por mí. Todo un sargento, hecho y derecho, comportándose como un niño sicópata porque la chica no lo miraba a él.

Miranda golpeó la mesa tan fuerte que la madera crujió. La bola de papel rodó hasta colocarse entre sus dos puños, que permanecieron cerrados mientras su único ojo miraba con odio al capitán.

—Cuidado, Juan. Han pasado muchos años pero aún puedo partirte el espinazo como si nada.

—Y sin embargo, preferiste colocar un explosivo en su piso y volarnos a los dos.

—¡Tú no debías estar con ella!

—¡Sabías perfectamente que estaba! ¿Crees que me odias, Francis? Prueba a levantarte cada mañana sintiendo que mueves los dedos de una mano que ya no está.

—Te pasaste de la raya, soldado. ¡Joder! Facilitaste información confidencial a una espía. ¡Una puta espía! ¿Y aún te haces el ofendido? Podrían haberte fusilado por traidor. Te metiste hasta el fondo y saliste mal parado. Supéralo de una vez.

—¿Has terminado? —dijo Amat poniéndose en pie.

—¡No! ¿Sabes qué es lo que más me jode?

—¿La paz mundial?

—Que tu chico siga tus pasos. Y eso no puedes negarlo.

—¿No? ¿Quieres ver cómo lo hago?

269

—Casualmente apareces aquí y mi prisionera desaparece al mismo tiempo que él. ¿No es curioso? ¿Es eso lo que le estás enseñando? ¿A traicionar a los suyos?

—Deja de decir tonterías.

—Lo vieron cerca de la caseta antes de que alguien forzara el candado y se la llevara.

—Razón de más para que los mismos que rescataron a tu prisionera lo secuestraran a él.

—Esa es una teoría cogida con pinzas. ¿Por qué iban a secuestrarlo pudiendo ensartarlo con un cuchillo? Fácil, silencioso, efectivo…

—Así que, según tú, un pimpollo recién salido del nido ha burlado a tu guardia, ha forzado una cerradura y ha huido con tu prisionera para… ¿Para qué?

—Lo sabremos cuando les demos caza.

—Para ti es una caza. Siempre ha sido así. Pero para mí es un rescate. Eso sí, general, te lo advierto: si al chico le pasa algo, seré yo quien te rompa el espinazo.

Miranda rodeó la mesa hasta ponerse a pocos palmos del capitán.

—¡Esa puta mató a mi hijo! ¡Mató a Juan! —Los ojos encolerizados de Miranda se posaron sobre los de Amat—. ¿Vas a decirme que no lo sabías?

—Sí que lo sabía. Y me entristeció, Francis. Pero, si te soy sincero, no siento ninguna lástima por ti. —El capitán hizo el gesto de entrar en su barracón pero Miranda le cortó el paso.

—Le disparó a la cabeza. No hay intenciones oscuras. No hay segundos planes. Solo quiero mirarla a los ojos antes de acabar con su vida. ¿Puedes entender eso? —El semblante de Miranda reflejó una pizca de humanidad.

—Te entiendo, Francis, de verdad. Por esa misma razón evito mirarte a los ojos. —Amat esquivó a Miranda, entró y cerró la puerta.

Aguardó al otro lado deseando que Miranda se fuera. El papel seguía sobre la mesa.

—Debes estar bastante oxidado, así que te voy a hacer un favor. Será mejor que te prepares bien porque nadie esperará a un manco. Saldremos al amanecer. A ver qué pieza encontramos primero —se despidió Miranda desde el porche.

Sus botas bajaron los tres escalones y se alejaron ruidosas. El capitán salió y quemó el telegrama que podía marcar su destino. Desde luego que estaba oxidado, y mucho.

Ya tenía dos misiones que cumplir y solo una que pudiera llevar a cabo. Si Franco pretendía llevar a España a otra guerra, allá él. Era el precio que debía pagar por haber dejado que los nazis y los fascistas italianos usaran nuestro país como campo de tiro. Su determinación era recuperarme a mí. Llevarme a Hendaya había sido una pésima decisión.

En la tranquilidad de su barracón, se quitó el reloj y lo miró con amor. La echaba tanto de menos… Le dio la vuelta para leer en el reverso esas dos palabras que a menudo sobrevolaban su mente: «Siempre juntos».

271

17

Promesas rotas

*E*l cielo de San Sebastián tenía esa mezcla de colores azulados que anunciaban el inminente amanecer y que ya se podía percibir en las olas del mar rompiendo en la orilla.

Un hombre demasiado elegante para las prisas que llevaba salió disparado por una puerta del palacio de Ayete y corrió hasta entrar en el lujoso coche que esperaba ante la entrada. Bajo su brazo ocultaba unos documentos, conocidos como Protocolo B, que iban a marcar el triste destino de un país que acababa de superar una guerra para entrar en otra, más larga, más cruda e infinitamente más global.

El coche aceleró levantando una nube de polvo. Treinta kilómetros por carretera era lo que separaba el documento firmado por Francisco Franco de las manos de Adolf Hitler. Un recorrido demasiado corto para todo lo que se avecinaba.

Mientras tanto, escondido entre la maleza del bosque, un chamizo protegía el sueño de un pobre desgraciado que, a pierna suelta y en una postura descoyuntada, dormía junto a su amada hasta que el frío metal de un garfio le rozó el cuello. Mi cuello.

Abrí los ojos sobresaltado para encontrarme con otros ojos, grandes, verdes, preciosos y… furiosos.

—¿Qué narices estás haciendo? —dije sujetando el garfio oxidado que Cloe presionaba sobre mi yugular—. ¡Soy yo!

¡Homero! —insistí. Ella miró mi uniforme con auténtica tirria—. Es algo largo de explicar pero…

—¿Qué coño haces aquí? ¿Dónde estoy?

—¿Tú qué crees? Te he rescatado. Y quita esta mierda de mi cuello, joder. —Aparté el garfio de un manotazo y se estrelló contra la pared del chamizo.

—¿Dónde me has traído?

—Y yo qué sé. En medio de la nada. Era casi de noche y no podía cargar más contigo. ¿Así es como das las gracias?

—Gracias —soltó con sarcasmo mientras se ponía en pie y abría la puerta para salir.

—¿Qué coño haces? —grité, y fui detrás de ella enfurruñado—. ¿Qué estás haciendo? ¿Por qué te pones así?

La respuesta me llegó en forma de rama. La que ella había apartado y después soltado con toda la mala intención. Hizo diana en mi frente.

—¡Eh! —La agarré del brazo y se revolvió sin dirigirme una mirada—. Creo que has perdido facultades. Vas directa hacia su campamento.

—Ya lo sé.

—¿Estás loca? Te están buscando. Nos están buscando a los dos.

—Pues entonces será mejor que te vayas.

—¿Qué intentas demostrar? ¿Y por qué vas de uniforme? ¿Por qué te tenían prisionera? —Ninguna de mis preguntas la motivó como para detenerse—. ¿Es que no te alegras de verme?

—¿Alegrarme? ¿Por qué iba a alegrarme?

—Cloe, si quieres que me…

—¡Calla! —susurró tan fuerte como pudo. Cerró los ojos y se concentró como si no existiera nadie más, hasta que de repente los abrió alarmada.

Conocía perfectamente esa expresión de cuando íbamos juntos de caza. El ruido pronto llegó también a mis oídos. Ladridos. Muy lejanos pero muy nítidos.

—Nooo. Otra vez no —gimoteé.

—¿Tienes un arma?

—Solo mi navaja.

Siempre llevaba la de Toro Sentado. Aunque para mí siempre sería la navaja de Tomeu. Estaba en una funda que colgaba de mi cinturón. Los ladridos de los perros se iban acercando pero Cloe seguía quieta e indecisa.

—Joder, Cloe. Vamos. ¡Ahora! —La cogí del brazo y prácticamente la arrastré los primeros metros.

Avanzamos por el bosque hasta que no oímos más que nuestro propio jadeo. Los perros habían encontrado nuestra pista, ya que sus ladridos seguían acechándonos.

—Tenemos que despistarlos —dijo sin parar de correr.

—¿Alguna idea?

—Separarnos.

—No —exclamé rotundo.

—Es la única manera y lo sabes.

Entonces cruzamos la última línea de árboles y aparecimos en la carretera. Rápidamente localizamos nuestro objetivo sin necesidad de decirnos nada. Abandonamos la protección del verde y atravesamos el asfalto totalmente expuestos. Por suerte, acababa de amanecer y no parecía haber ningún síntoma de civilización a excepción de la gasolinera que se distinguía unos metros más abajo y del destartalado camión junto al surtidor.

Corrimos hasta allí y subimos a la parte trasera del camión, que estaba cubierta por una raída lona verde. Cruzamos los dedos a la vez que intentábamos recuperar el aliento. Los ladridos se oían ya muy a lo lejos. Pero otras voces sonaron muy cerca.

—Ale pues, dale recuerdos a la Antoñita.

—De tu parte.

—¿Seguro que no quieres que te acerque?

—No, hombre, no. Vas en dirección contraria y son solo diez minutos a pie. Así voy digiriendo los huevos.

—Pues cuidado no te los pises.

—*Agur*, Ernesto. Buen viaje. Y cuidado con la carretera, que está llena de macacos.

—*Agur*, Julen.

El simple hecho de visualizar dos huevos fritos ya me conmovió. Pero cuando el olor del café recién hecho llegó hasta mis fosas nasales empecé a babear. Mi vientre rugió y Cloe me soltó un codazo.

Otro rugido más fuerte anunció que el motor se había puesto en marcha. El camión abandonó la gasolinera y encaró la carretera que habíamos cruzado. Echamos un vistazo por debajo de la lona: un grupo de soldados recién salidos del bosque avanzaba por la comarcal sujetando a los afónicos perros, que parecían ser los únicos que sabían dónde estábamos.

Suspiramos y nos recostamos uno frente a otro. El camión iba vacío de carga a excepción de un par de cajas que no contenían ni comida ni armas. No nos dirigimos la palabra durante todo el trayecto, solo amenizado por el silbido constante del conductor.

Yo me esforzaba por no marearme mientras la contemplaba. Me moría de ganas de acercarme, hablarle, olerla, tocarla, besarla… Pero estaba claro que ella no compartía los mismos deseos. Mi orgullo me impedía preguntárselo. O puede que fuera miedo al rechazo. Miedo a despertar de esa absurda fantasía adolescente y a encarar otra dura realidad. Otra más.

Mientras me devanaba los sesos por encontrar esa primera palabra que rompiera nuestro silencio, el camión se detuvo. Comprobé que estábamos en medio de la nada. Cloe también miró por su lado y enseguida se llevó el dedo índice a los labios. Enseguida comprendí el porqué.

—Buenos días —dijo una voz que no era la de nuestro conductor.

—¿Qué les ha pasado?

—Juraría que nos hemos quedado sin gasolina. Hemos

275

salido con demasiadas prisas... ¿Tiene por casualidad algún bidón?

—No, señor. Pero hay una gasolinera a media hora al otro lado de la montaña.

—¿Puede llevarnos?

—Tendría que volver y perdería una hora de mi tiempo, señor... Mi jefe... Hay otra gasolinera a una hora en este sentido. Si quieren, puedo...

—Creo que se está equivocando. ¿Ve a ese hombre sentado dentro del coche? Ha estado toda la noche redactando un documento junto al mismísimo Caudillo. Y ese documento tiene que llegar a su destino y a su hora, ¿entiende?

Cloe y yo nos miramos perplejos.

—Sssí. Creo que sí —tartamudeó el camionero.

—Bien. Cuando le he preguntado si puede llevarnos, era por simple cortesía. No quisiera tener que ordenárselo. Tampoco quisiera decirle al Caudillo que su mensaje no llegó a tiempo porque un estúpido camionero se interpuso en la misión.

—Le ruego disculpe mi arrogancia, señor. Suban al camión. Les llevaré enseguida hasta la gasolinera. Allá podremos rellenar un bidón y volver al...

—No —le cortó tajante—. Va a remolcarnos hasta la gasolinera. No podemos permitirnos perder otra hora yendo y viniendo. ¿Tiene alguna cuerda que pueda resistir?

—Sí, señor. En la parte trasera. Ahora mismo se la doy.

Nos movimos sigilosos hasta ocultarnos tras un par de cajas vacías.

El camionero subió a la parte trasera. Y a la vez, descubrí que la cuerda estaba tirada junto a los pies de Cloe. Chasqueé la lengua. Ella me miró para reprocharme el ruido y con mis ojos le señalé la cuerda que estaba pisando.

El camionero rebuscaba a un par de metros de nosotros.

—Joder, Ernesto... Por tu vida, ¿dónde coño la dejaste? —susurraba tembloroso.

Cloe dirigió sus ojos hacia mi navaja. Negué con la cabeza.

El camionero movió una de las cajas y nos vio a los dos acurrucados en la esquina.

—¡Me cago en la hostia! —gritó del susto.

—¿Necesita ayuda? —preguntó indiferente el militar desde la calzada.

Ernesto nos miró durante un instante largo en el que no movimos ni un músculo. Finalmente se agachó y agarró la cuerda apartando el pie de Cloe.

—¡No! ¡Ya la tengo! —exclamó después de mover la caja y ocultarnos otra vez.

Todo mi cuerpo se distendió por completo. Aparté la mano de la navaja y miré a Cloe, que sonrió aliviada.

Permanecimos juntos tras las cajas mientras el camionero organizaba el remolque. Pocos minutos después ya estábamos de nuevo en marcha hacia el lugar de origen. Habríamos saltado del camión si los dos estúpidos oficiales hubiesen decidido viajar con Ernesto. En cambio, prefirieron hacerlo en su lujoso coche, custodiando el valioso documento mientras les remolcaban. Así que no había manera de bajar sin ser vistos y Cloe y yo volvíamos a la boca del lobo.

—Tenemos que hacer algo —susurró Cloe.

—¿Desaparecer?

—Eso es lo que se te da bien a ti, ¿no?

—Oh, venga… ¿Es por eso? ¿Porque me fui?

—Olvídalo. Dame tu navaja.

—¿Para hundírmela en el pecho?

—No me des ideas y dame la puta navaja.

Se la entregué. No creí que fuera el momento ideal para ponernos a discutir sobre sus modales. Estaba claro que ya había maquinado algo porque enseguida salió arrastrándose entre las cajas. Fue reptando como una lombriz por el suelo del camión hacia la salida y dejó medio cuerpo colgando fuera. Así que los dos militares que iban en el coche remolcado estaban viendo la otra mitad: medio cuerpo de mujer, vestida de soldado, colgando de un camión que intentaba…, ¿qué cojones intentaba?

Oí unos gritos ahogados por el viento y el bramido del motor, y el corazón me dio un vuelco cuando un disparo rebotó en el chasis del camión. Corrí hacia Cloe. Ya no había motivos para ocultarme. Los dos militares se quedaron asombrados al verme a mí también. El que iba en el asiento del copiloto sacaba el brazo por la ventanilla y apuntaba con su revólver, mientras el otro se dedicaba a usar el claxon para advertir a Ernesto, que no daba muestras de enterarse de nada. Yo estaba asustado pero en sus rostros también se había instalado el miedo al ver cómo mi navaja, en manos de Cloe, trabajaba sin descanso sobre la robusta cuerda.

El humo negro que escupía el tubo de escape del camión dificultaba la visión del militar, que casi se descolgó por la ventanilla para apuntar mejor. El desgraciado volvió a fallar pero más pronto que tarde daría en el blanco. Y el blanco era Cloe, así que empecé a coger la escasa carga y a lanzarla contra él. Una caja se estrelló contra su cuerpo y lo desarmó. El desconcierto duró lo que tardó el otro en ofrecerle su pistola.

—¡¿Cuánto hace que no afilas esta mierda?! —Cloe colgaba peligrosamente del camión mientras seguía cortando la cuerda.

Me quedé sin material que lanzar, así que empecé a hacer aspavientos para distraerlo de su objetivo. Pero el tipo no se dejó engañar y se tomó su tiempo para apuntar con precisión. La cuerda hizo entonces un chasquido y cedió. Cloe, que ya no tenía dónde agarrarse, se escurría del camión y me lancé sobre ella.

El lujoso coche ya no avanzaba montaña arriba, sino que ahora retrocedía marcha atrás, cada vez más rápido, con los gritos de los dos militares dentro. Lo último que vimos fue cómo alcanzó una curva cerrada y se despeñó por el precipicio.

Nunca fuimos conscientes, nadie lo fue, de lo que ese accidente supuso para el futuro del país. Esos documentos que comprometían el papel de España junto a las fuerzas del Eje y, por ende, su inmediata participación en la Segunda Guerra Mundial nunca llegarían a Hitler. Y así quedaron demostradas dos cosas: la primera, que la sutil amenaza de Hitler a Franco no fue más que un farol (imagino que tampoco estaba dispuesto a enemistarse con otro país más, y debió pensar que sería mejor tener a España neutral que no en contra); la segunda, que la supuesta valentía de Franco al negarse fue una pura y simple patraña.

Probablemente nadie supo qué les pasó a esos documentos. Lo que sí se supo, años más tarde, fue que desde el Gobierno se intentó eliminar todo rastro de su existencia. Y se consiguió.

Me habría encantado poder ver la cara de Ernesto al darse cuenta de lo que había perdido por el camino. No nos quedamos para averiguarlo y en una de las curvas donde el camión tuvo que ralentizar, saltamos en marcha y volvimos a la seguridad de los bosques.

Durante la primera media hora Cloe no se dignó ni a mirarme. Caminaba delante, a pasos largos y seguros, como si supiera hacia dónde iba. La seguí en silencio para ver hasta cuándo duraba esa pantomima. Al ver que seguía en sus trece —ella siempre tan tozuda—, cambié de táctica y jugué a la provocación.

—Mira, eso son un grupo de *Amanitas caesarias.* —Apunté señalando unas setas que asomaban entre el musgo. Ni siquiera las reconocía pero sabía que me hablaría si era para corregirme y decirme lo tonto que era.

Esta vez esquivé la rama que soltó contra mi cabeza y recordé lo que me repetía mi madre: «Cuando se te acabe la paciencia, te aguantas y vuelves a empezar».

—¿Puedes parar, por favor? —grité cogiéndola del brazo.

El sopapo que me dio me dejó mirando hacia otro lado. Eso ya era demasiado. La había rescatado, había cargado con ella varios kilómetros, había encontrado un refugio, había abandonado al capitán Amat, nos habían perseguido, disparado y... ¿me abofeteaba?

—¿Se puede saber qué te pasa? —La volví a sujetar. Ella volvió a soltar una bofetada pero ya estaba prevenido.

—¡Suéltame! —Y me lanzó una patada en la espinilla que hizo que me retorciera pero volví rápidamente a sujetarla antes de que se me escurriera. Ella se rebotó y empezó a forcejear. Caímos al suelo y rodamos sobre un cúmulo de hojas secas. Finalmente conseguí ponerme encima y la retuve con firmeza.

—¡Para ya! ¡Mírame!

—¡Qué! —dijo colérica, pero ya no se resistía.

—Soy yo, Cloe. Soy yo —anuncié suave intentando entrar en sus ojos.

—¿Tú? Este no eres tú.

—¿Crees que lo he tenido fácil?

—¿Crees que mi vida ha sido mejor?

—Por lo menos, yo no te culpo de nada.

—Será porque yo no he traicionado mis ideales.

—¿Qué ideales? ¿Quién te ha dicho que los tengo? Que yo sepa, los ideales aún no me han dado de comer, ni han salvado a mis padres ni te han ayudado a ti. Lo he hecho yo. Los ideales son el camino más corto hacia una puta tumba.

—Pues por lo menos yo moriré con la conciencia tranquila.

—¡Pero morirás, estúpida! Y ninguna causa, por honesta que sea, merece una vida.

Siguió un momento de calma tras el que intentó pillarme relajado y forcejeó otra vez como un pez salido del río.

—Suéltame, imbécil.

—¿Sabes qué? Venga, demuéstrame cuáles son tus ideales. ¡Venga! Tienes un soldado aquí mismo. —Le liberé las manos, cogí mi navaja y se la entregué—. ¡Vamos!

Cloe cerró la mano en torno a la empuñadura y la apretó con fuerza. Colocó el filo en mi cuello.

—¡Venga! Por tus ideales. ¡Hazlo! —la provoqué.

—¡Te odio! ¡Te odio! —Apretó los dientes con rabia.

—¿Por qué te cuesta tanto reconocer que te alegras de verme?

Con un movimiento ágil de muñeca, me hizo un corte en el cuello que borró mi arrogante sonrisa.

—¡Ah! ¿Estás loca? —grité asustado, pero ella no se arrugó.

—¡Eso por ser un puto fascista! —Y antes de que yo pudiera reaccionar me hizo otro corte en el brazo—. ¡Y esto por abandonarme!

—¡Aaay! ¡Joder, para ya! —Intenté quitarle la navaja pero entonces me hizo otro tajo en las costillas.

—¡Esto por romper tu promesa!

—Joder, Cloe, estoy sangrando… —Entonces clavó el cuchillo en la tierra, me agarró de la nuca y me atrajo hacia ella para besarme con fuerza.

—Y esto por salvarme la vida…

Nunca conseguiría entenderla pero no se me ocurrió quejarme más. Nos miramos y fue como si nos reencontráramos por primera vez

—Soportaría cien cortes más solo por volver a probar tus labios. Soportaría mil cortes más si supiera…

—Cállate, joder.

Volvimos a besarnos. Y nos revolcamos sobre las hojas otoñales. Solo parábamos para contemplarnos de cerca y acariciarnos medio incrédulos. ¿De verdad nos habíamos encontrado? ¿Qué probabilidades había? Con cada beso confirmé que lo nuestro no era un sueño. Y que la amaba con locura.

Esa fue la segunda vez que me enamoré de ella.

Pero los momentos perfectos lo son porque nunca se dilatan en el tiempo. Si lo hicieran, solo les estaríamos dando la excusa necesaria para dejar de serlo… Vi cómo la mirada de Cloe se transformaba en angustia. Después, el ruido de unos pasos detrás y, antes de que me pudiera dar la vuelta, la culata de un fusil aterrizó como un yunque sobre mi cabeza.

Υ

Cuando abrí los ojos ya oscurecía. Estaba atado al tronco de un robusto árbol. Y helado. Sobre todo, los pies. Seguía con el uniforme pero me habían quitado las botas y los calcetines para asegurarse de que no huyera. A unos cuantos metros pude ver a una docena de guerrilleros alrededor de una hoguera y cobijados por unas ruinas de lo que en su día tuvo que ser un convento o una iglesia, según deduje por la cruz de piedra semienterrada a mi lado. A medida que mis ojos se iban familiarizando con esa penumbra empecé a distinguir a los hombres que se congregaban junto al fuego.

Primero sufrí por Cloe. ¿Qué le habrían hecho? Pero cuando mis pensamientos se perdían en el peor de los caminos, la vi. Allí sentada, tranquila y comiendo algo junto a la hoguera como uno más. Era la única mujer del grupo. No dejaba de mirarme, aunque lo intentaba disimular ante los demás. ¿Quiénes coño eran?

El hombre sentado a su lado se dio cuenta de las miradas que nos lanzábamos y se acercó a su oído para decirle algo. Después él se levantó, estiró sus extremidades y vino hacia mí mientras mordía la longaniza que llevaba en la mano. Me estudió con actitud provocativa. Me moría de ganas de partirle la cara.

—¿Estás cómodo? ¿Necesitas algo?

—¿Qué tal si me sueltas?

—Oh, lo siento pero no puedo hacer eso… El jefe no me lo permite. Y es bueno tener al jefe contento. Me llamo Pascual. ¿Y tú?

Los demás seguían charlando y comiendo junto al fuego, excepto Cloe, que parecía más interesada en lo que pasaba entre nosotros.

—Algo me dice que ya sabes cómo me llamo.

—Me gustaría oírlo de tu boca.

—¿Para saber si ella os ha mentido?

—Para saber si podemos confiar en ti. —Me puso la longaniza a la altura de la boca para que le diera un mordisco.

Lo hice con ganas arrancando un buen cacho de carne. Estaba famélico.

—Me llamo Homero —dije masticando.

—Vale, Homero. Escucha atentamente. Esto es solo entre tú y yo. Esta noche, cuando todos duerman, te liberaré para que huyas.

—¿Por qué? —Me irritaba su pose chulesca.

—¿Qué te pasa? ¿No quieres huir? Deberías estar más que agradecido.

Cloe daba sorbos de un tazón y nos miraba de reojo. Pascual se dio cuenta y sonrió.

—No se va a ir contigo. Ella nunca se iría con un puto fascista. Nos dan asco los cabrones que visten ese uniforme.

—Lo único que he hecho con este uniforme ha sido salvarla. ¿Qué has hecho tú con el tuyo?

El hijo de puta me dio unos golpecitos en la cabeza con la longaniza.

—Sí, ya me ha dicho que eras muy listo.

—Las comparaciones son odiosas. Sobre todo, para los demás. ¿Crees que no te veo venir? Sé lo que pretendes.

—¡Tú no sabes nada! —Pascual se dio cuenta de que había levantado la voz—. Pero puedo enseñarte algo —susurró—. ¿Quieres saber cómo me llaman los que me conocen?

—Sí, claro. Me muero por saberlo.

—Rompehuesos. ¿Sabes por qué?

—Puedo imaginarlo…

—Te lo explicaré de todas formas. —Me dio otro par de golpecitos con la longaniza—. Verás, Homero, yo no soy como ella. No soy tan buen tirador, así que mi primer disparo nunca va a matar. Me olvido de la cabeza o el corazón. ¿Sabes dónde apunto? A las rodillas. Disfruto sintiendo cómo crujen los huesos. Después, cuando la víctima está retorciéndose en el suelo, es cuando me tomo mi tiempo para apuntar y disparar. Nunca mueren en el acto. Prefiero disparar un par de veces al cuerpo y dejar que se desangren, incapaces de levan-

283

tarse y muriendo sobre un charco de su propia sangre. Los gritos de dolor consiguen poner nerviosos a sus colegas, que se vuelven imprecisos. No me negarás que es una táctica de puta madre.

—Estás enfermo.

Volvió a despellejar un buen trozo de longaniza con sus dientes y a masticarla delante de mí.

—Si no quieres huir…, vale, peor para ti. Pero no pasarás de esta noche. Solo tengo que soltarte y decir que intentabas escapar.

—¿Y cómo sé que no harás lo mismo cuando me liberes?

—Porque soy un hombre que cumple su palabra. Decídete. Ahora o nunca.

Los dos nos miramos fijamente. Él esperando a que yo le suplicara y yo esperando a que él se largara.

—Bien. Ya has decidido. Acabas de firmar tu sentencia de muerte, colega. —Me dio un último golpe en el cogote con la longaniza y volvió con el grupo.

En el trayecto se cruzó con Cloe, que venía hacia mí con una manta a modo de capa y el tazón en las manos. Se arrodilló para estar a mi altura. Se quitó la manta y me la puso por encima.

—Hace frío.

—No me había dado cuenta —bromeé mientras expulsaba vaho por la boca.

—Lo siento… —En su voz se podía percibir la vergüenza y el dolor por verme en aquella situación.

Me acercó el tazón a los labios y le di un buen sorbo que me sentó de maravilla.

—Volvemos a estar igual, ¿eh? —Me reí.

—No lo entiendo…

—¿El qué?

—¿Por qué no estás enfadado conmigo?

—¿Por qué iba a estarlo?

—Por dios, Homero. Mírate… ¿Sueles estar atado a un árbol? Es mi culpa…

—Cloe —suspiré—, no he dejado de pensar en ti en todos estos años y ahora te tengo delante. ¿Cómo voy a enfadarme? Al revés, doy gracias por esto.

—Eres de lo que no hay… —Sonrió y se colocó el pelo detrás de la oreja—. Y por lo que veo, sigues viviendo en tu burbuja.

—Y tú sigues tan preciosa como siempre. ¿Me das un poco más de ese caldo?

—Claro.

—Se nota que no lo has hecho tú —dije saboreándolo.

—¿Cómo lo sabes?

—Porque está muy bueno.

Cloe rio liberada. Por un momento los dos volvimos a esa cueva. Después recordó dónde y con quiénes estábamos y se puso de nuevo la armadura.

—Estira del cordón que hay alrededor de mi cuello.

—¿Por qué?

—Porque yo tengo las manos atadas a un árbol y se me hace un poco difícil.

Me miró curiosa pero terminó por obedecer. Y sus ojos se abrieron como dos ventanales al ver el medallón.

—No puede ser. ¡Lo has guardado!

—Por supuesto. Te dije que te lo devolvería.

Cloe pasó los dedos por el relieve recordando esa vida donde su mayor preocupación era recolectar tesoros.

—Vamos, cógelo. Es tuyo.

—No. Esto ya no me pertenece… —Y añadió más alegre—: Es increíble que aún lo lleves.

¿Acaso ella no habría hecho lo mismo? Cuidar de ese regalo había sido una prioridad para mí, pero parecía que ella le restara toda importancia. Había degradado lo que más me importaba a la categoría de un simple capricho.

—¿Encontraste a tu padre?

—Sí… —Bajé la cabeza.

—Lo siento.

285

—Lo ejecutaron, Cloe. Los republicanos.

—Por eso vistes este uniforme... —No lo dijo como un reproche, sino más bien como si lo comprendiera.

—Es complicado... Pero al menos ahora ya sé de dónde vienen las balas.

—A mi padre también lo mataron.

Me sentí estúpido por no haberme interesado antes.

—¿Cu-cuándo?

—Hace más de un año... También lo ejecutaron... En el porche de casa... Yo lo vi todo...

—Cloe...

—El general Miranda le disparó a bocajarro.

—Ya sé quién es ese animal. Me pone los pelos de punta.

—Por eso estaba en Hendaya vestida de soldado. Miranda estaba allí... Ha hecho tanto daño a los nuestros, Homero. Y también a personas inocentes que solo deseaban abandonar el país. Es despiadado, cruel, obsesivo... Hendaya era una oportunidad que no podíamos desperdiciar. Teníamos un explosivo casero y la oportunidad de colocarlo bajo el tren. Yo iba a encargarme de Miranda infiltrándome y ellos —dijo señalando al pequeño grupo— se encargaban de los explosivos.

—Pero si lo hubieses matado, te habrían cogido y ejecutado.

—No los culpes a ellos. Fue mi idea y mi decisión. Ese era el plan. Era algo que ya había aceptado de buena gana. —Negó con la cabeza—. Pero todo ha salido mal. Ha sido un auténtico desastre y todo por mi culpa... No volveremos a tener una oportunidad como esa. —Las manchas bajo sus ojos reflejaban el cansancio y la lucha interna a la que estaba sometida día tras día.

—Ven conmigo —supliqué.

—No puedo —replicó con dulzura.

—Claro que puedes.

—No. Esta es mi gente. Ahora ellos son mi familia. Y

estamos en guerra. No puedo abandonarlos. —El modo en que los miró despertó en mí cierta envidia. Probablemente celos.

—Son unos capullos. Y no sé si te has enterado, pero la guerra terminó hace más de un año.

—Quizás terminó para ti. Pero nosotros no descansaremos hasta que ganemos.

—¿Ganemos? Por favor, ¿quién te ha sorbido el cerebro? Todos hemos perdido, Cloe. A lo mejor deberíais salir de las montañas y ver la cruda realidad. La guerra nos ha ganado a todos. Ahora toca reconstruir y no destruir.

—¿Quién te ha sorbido el cerebro a ti? Para construir algo se necesitan unos buenos cimientos. ¿De verdad crees que estos lo son? ¿Estas son las bases sobre las que quieres construir tu país?

—El país que quiero dependerá de las personas que estén en él y no de lo robustos que sean sus materiales.

—¡Exacto! —sentenció—. Yo no puedo ser como tú. Disimular, sonreír falsamente y vivir una mentira. Mira, me alegro de que estés vivo y bien. De verdad. Pero tú perteneces a un mundo y yo a otro muy distinto.

—Eso no es nada nuevo. Siempre fue así y nunca fue un problema.

—No. No lo fue. Pero tú te fuiste. ¿Recuerdas la promesa que me hiciste?

—Cloe…

—No. No quiero oírlo. Me importa una mierda. —Alargó su brazo por detrás de mí y me colocó una navaja en la mano. Por el tacto de la empuñadura parecía que era la mía—. Vete esta noche. Hazlo cuando monte guardia Mojón. Es el del gorro con orejeras. Siempre se duerme. Y por favor, no le hagas daño. A nadie…

—¿Quién es el imbécil que ha venido antes?

—Es… Pascual. No es un imbécil, Homero. No lo conoces.

—¿Estás con él?

287

—¿De verdad vas a preguntarme eso?

—Ya lo he hecho.

—Tú no tienes ningún derecho a…

—Cloe…

—Cállate. No quiero escucharte.

—Sabes que no me iré sin ti.

—Por supuesto que te irás sin mí. Y lo harás porque es lo que yo quiero. Aquí solo serías un estorbo. Yo te salvé la vida hace tres años y tú me la has salvado a mí. Estamos en paz. Aquí termina todo. No quiero volver a verte.

Por mucho que se esforzara en parecer fría y dura, no pudo ocultar el ligero temblor que salía de su garganta con cada una de esas palabras. Igual que no pudo evitar que sus ojos brillaran húmedos. Pero al final se levantó y se alejó. Cuando ya creía que todo había terminado la vi detenerse y debatirse internamente. Después sacó algo del interior de su abrigo. Volvió hacia mí con los ojos enrojecidos y un libro que, por su aspecto, había participado en demasiadas batallas. Un libro que reconocí enseguida y que ella agitó molesta delante de mí. El libro de mi padre.

—Esto te pertenece. —Lo dejó sobre mis rodillas.

—Tú también lo has guardado —dije emocionado, pero ella no reflejaba la misma alegría. Más bien una profunda amargura.

Se agachó y me dio el beso más tierno y salado que han saboreado mis labios. Un beso con un inevitable aroma a despedida.

—«Es tan corto el amor, y tan largo el olvido…» —recitó afligida.

Después se levantó, se enjugó sus ojos verdes y volvió junto a su manada. Al calor de la hoguera, lejos del frío árbol en el que me había dejado. Se sentó de espaldas para no tener que mirarme otra vez o para que yo no la viera a ella.

Υ

Aún quedaban unas pocas brasas que siseaban al pelear con el frío de la noche. Yo seguía sentado junto al árbol y Mojón, el tonto con el gorro de orejeras, no tardó ni media hora en cerrar los ojos. Durante los siguientes treinta minutos se fue despertando a sobresaltos, miraba alrededor y, tras comprobar que reinaba la tranquilidad, volvía a caer dormido. En una de esas cabezadas, aproveché para deshacerme de la cuerda que ya había aflojado gracias a la navaja que ella se había encargado de dejar en mis manos. Mi navaja. Por desgracia, también se encargó de compartir tienda con Pascual, algo que me corroía por dentro. Preferí pensar que era su forma de mantenernos separados.

Cuando me liberé del todo, salí del campamento a hurtadillas. Lo único que dejé atrás, junto al árbol, fue el libro de mi padre. Sabía que ella volvería a hacerlo suyo.

Mis pies descalzos sufrían con el suelo frío e irregular; una ligera neblina flotaba sin levantarse más allá de mi cintura. Cuando ya me había alejado un buen tramo, dejé de correr. Caminé sin rumbo reflexionando sobre lo que había pasado. Puede que Cloe tuviera razón. Ella pertenecía a un mundo y yo a otro. Era absurdo seguir alargando ese romance infantil que me complicaba la vida en vez de hacerla más sencilla. Estaba claro que ella ya había dado ese paso. Ahora me tocaba a mí. Me costaría olvidarla, pero debía hacerlo. Se acabaron las estupideces. Empezaría de cero. Había pasado los últimos años lamentándome por tantas cosas que no tenían solución…

Esto sí tenía solución. Volvería con el capitán Amat, estudiaría, buscaría un trabajo digno, me casaría, tendría hijos… A fin de cuentas el capitán era el único que se había portado bien conmigo desde el principio. El único que no me había pedido nada a cambio. Tenía la suerte de haber encontrado algo parecido a un padre, alguien que se preocupaba por mí —a su manera—, que se acordaba de mi cumpleaños y me regalaba libros. Me daba cuenta de que había sido un poco injusto con

289

él. Más que injusto, desagradecido. Nunca le había dado las gracias. ¿Cómo habría sido mi vida estos últimos años si no hubiese ido con el capitán? ¿Dónde estaría? Miré a mi alrededor y sonreí al comprender que mi situación tampoco era del todo envidiable. Pero eso había sido por mi culpa. El capitán me pidió que no me moviera de los lavabos y tardé menos de cinco minutos en desobedecer. Por supuesto que no me arrepentía. Cloe estaba viva y no en manos de ese salvaje general Miranda. Cloe…

Entonces volví a imaginar su rostro. Solo fue una décima de segundo pero me dije que sería solo para despedirme. Como un último beso imaginario. La vi sonriéndome y después llorando mientras recitaba a Neruda. No, ella no quería olvidarse de mí. Puede que no quisiera amarme. Pero me amaba. Y puede que quisiera olvidarme pero no podía… «Es tan corto el amor y tan largo el olvido.»

290

Un ruido me arrancó de mis pensamientos. No estaba seguro de qué se trataba. Pero entonces se repitió. Una y otra vez. A lo lejos. Desde la misma dirección: en el campamento de Cloe. Disparos. Muchos disparos. Una batalla…

La manta que me envolvía cayó al suelo y mis pies descalzos giraron sobre la tierra para correr hacia el lugar del que acababa de huir. Corrí tanto como pude ignorando raíces y piedras que se me clavaban en las plantas.

A medida que me acercaba me daba la sensación de que se oían menos disparos. Los militares habían encontrado a los Invisibles. La cuestión era quién iba ganando. Y una pregunta todavía más difícil: ¿quién quería yo que ganara?

Llegué agotado al campamento cuando los disparos eran sustituidos por quejidos y lamentos. Mi aparición debió ser estelar: surgí de unos arbustos frente a un asustado soldado, que me disparó varias veces dejando en evidencia su lamentable puntería. Aunque el pobre arbusto murió acribillado.

—¡Alto el fuego, idiota! —rugió la voz del general Miranda—. A este lo quiero vivo.

Miranda estaba sentado sobre la cruz semienterrada de la iglesia en ruinas. Un soldado de enfermería le estaba suturando una rozadura de bala en el cuello con manos temblorosas y ensangrentadas.

—Puta zorra —increpaba rabioso por lo bajo.

Distinguí algunos cuerpos que reconocí enseguida: el de las orejeras y un par más de amigos de Cloe que estaban junto al fuego. Había más desperdigados por el bosque, algunos de militares. Fingiendo desinterés, los iba repasando a distancia. Desde mi posición, ninguno de los que alcanzaba a identificar tenía una cabellera rubia.

—¿De dónde coño sales? —gruñó.

—Conseguí escapar. —Supe que mi locuacidad sería lo único que podría hacerme parecer inocente.

—¿Cómo? —Me puso a prueba.

—Ese de ahí. —Señalé al de las orejeras—. No tiene ni puta idea de cómo hacer un nudo. Me ataron a ese tronco.

Miranda miró el árbol y la cuerda tirada junto a sus raíces. No vi el libro y sonreí por dentro. El general repasó mi aspecto, mis pies ensangrentados… No había indicios que lo llevaran a dudar de mi palabra.

—¿Y por qué coño te dejaste capturar?

—No los vi venir, mi general. Alguien me golpeó por detrás y lo siguiente que recuerdo es despertar junto a ese árbol.

Le hizo un gesto al enfermero, que ya había terminado de coserle la herida, para que examinara mi cogote. El soldado se me acercó a la nuca y, tras comprobarlo minuciosamente, asintió conforme. Todo lo que había dicho era verdad y eso pareció que arruinaba los planes que Miranda tenía para mí.

—Está bien —bufó molesto—. Ya puedes ir a despedirte.

—¿Perdón?

—Dos minutos —sentenció mientras señalaba hacia un cuerpo que yacía más lejos y que me tapaba un militar arrodillado a su lado.

Me acerqué con amargura preparándome para ver a Cloe tendida y desangrada en el suelo. ¿Sería capaz de disimular? ¿Era todo una treta del general para desenmascararme? Pero entonces lo vi y mis ojos se nublaron.

—¡Capitán! —Corrí hacia él mientras el soldado se incorporaba y negaba anunciándome lo inevitable.

—Lo siento… La bala ha entrado por la espalda y le ha perforado el pulmón.

—No… —Caí de rodillas junto a su cuerpo.

Aún estaba consciente. Me quité la chaqueta y se la puse bajo la nuca a modo de almohada. El capitán Amat abrió los ojos con dificultad. Tardó unos instantes en reconocerme y sonrió aliviado.

—Estás vivo… —susurró débil.

Asentí secando mis lágrimas.

—Lo siento. —Lloré—. Lo siento mucho…

—Tranquilo. Está bien. Todo está bien.

—No. No lo está. Es mi culpa. Yo solo…

—Sé que ha sido por ella. —Sonrió—. Tu chica de las montañas…

Me quedé de piedra, entre sorprendido y avergonzado. Él tosió con dolor.

—Qué extraño es el mundo, hijo…

—Tenía que salvarla…

Buscó mi mano y yo se la di.

—Lo sé… Es mejor luchar en mil batallas que luchar contra lo que uno ama…

—Esa sí sería una batalla perdida —concluí.

Era una frase que solía decirme a menudo. Me di cuenta de que era como si el capitán me hubiese estado preparando para ese momento. Bajé la cabeza. No me atreví a mirarlo.

—Ojalá la hubieras conocido, Homero. Era puro fuego. Capaz de amedrentar al más grande de los hombres con solo una de sus miradas… Mi Helena…

No sabía de quién me hablaba. Estaba claro que empezaba a divagar. Volvió a toser y de sus labios corría un hilo de sangre.

—¿Ahora sí que quiere explicarme sus cosas?

Nos sonreímos, pero sus ojos se cerraban. Miré el charco de sangre que se formaba bajo él. De todos los militares que yacían en esa montaña, él era de los que había conseguido llegar más lejos. Prácticamente había alcanzado el campamento antes de caer. Y entonces lo supe. ¿Cómo podían haberle alcanzado en la espalda? Era imposible. Los guerrilleros de Cloe estaban por delante y, viendo sus cuerpos desperdigados alrededor, estaba claro que los habían cogido por sorpresa. No habían tenido tiempo de preparar un ataque por la retaguardia. No, eso no había sido un lance de guerrilla. Eso era un asesinato... Miré con ira al general Miranda, que aguardaba sin perderme de vista. Apreté el puño tan fuerte que sangré al clavarme las uñas.

—Olvídalo —me susurró el capitán entrando en mi cabeza. 293

—Ha sido él. Sé que ha sido él. —Apreté los dientes.

—Homero, escucha... —me interrumpió como si guardara unas palabras que tenía que soltar cuanto antes—. Miranda también sospecha de ti. Lo conozco muy bien. Vas a tener que escapar, ¿me oyes? No dejes que te coja. No te enfrentes a él. No le preguntes, no le insistas, no le repliques. Solo corre. La frontera está cerca. Tienes... tienes que...

—Lo haré —dije rápidamente para ahorrarle el esfuerzo—. No se preocupe. Huiré.

—Montoya está al corriente de todo. Te ayudará...

Ese superhombre luchaba contra su propia respiración. Ni siquiera su corazón le diría cuándo podía o no podía morir. Era incapaz de contenerme y las lágrimas brotaban sin control.

—¿Por qué me ayuda siempre? ¿Qué es lo que ve en mí que yo no consigo ver?

—A mí. —Y con un último gesto, colocó su preciado reloj en mi mano.

Lloré sobre su cuerpo sin vida mientras Miranda y el resto de su grupo me observaban. Le quité mi chaqueta de debajo de la cabeza y la usé para cubrirlo. Se me acababa de ir otro amigo, otro padre... Y esta vez sabía perfectamente quién lo había matado. Me alejé unos metros del cuerpo del capitán. Me concedieron ese momento de luto y aproveché para distanciarme poco a poco entre sollozos. Por muchas ganas que tuviera de vengarme, me resultaba imposible. Iba desarmado, estaba solo y, lo más importante, tenía que cumplir el último deseo del capitán.

—¡Eh! ¡Soldado! —ordenó Miranda—. ¡Soldado! ¡Vuelva aquí!

Esas palabras eran para mí. Pero yo ya no era un soldado. Lo había sido por el capitán. Lo había sido por mi padre. Incluso lo había sido en un intento desesperado por empezar de nuevo. Pero ya no. Los repudiaba. Los odiaba a todos. No era nada que tuviera que ver con unos o con otros. Me detuve y lo miré. Estaba a unos veinte metros de él y sus hombres, la mayoría desperdigados y atendiendo a otros heridos o a sí mismos. Nuestras miradas se cruzaron y algo debió de ver Miranda en la mía porque tardó un segundo en desenfundar y apuntarme. Los demás se quedaron patidifusos.

—¿General? —soltó confuso un cabo.

—¡Cállate y detenlo, joder!

—¿Al chico? —El cabo no entendía nada—. Pero si acaba de perder a...

—¿Quieres perder algo tú también? —se le encaró Miranda, momento que aproveché para salir corriendo montaña arriba.

—¡Se escapa! —gritó otro que estaba más cerca y que intentó cerrarme el paso.

Me tiré contra sus rodillas y lo hice caer. No tenía tiempo para golpearlo, así que iba a echar a correr cuando me agarró los tobillos desnudos. Lo pateé con el talón varias veces hasta que su nariz crujió.

—¡Disparad! ¡Disparad! —rugió el general.

Las balas empezaron a silbar a mi alrededor. Corrí como un poseso mientras el bosque me protegía con su frondosa arboleda. ¿Cuántas veces había corrido mientras me disparaban? Llegué al borde de un acantilado. La altura era tremenda pero a sus pies discurría un caudaloso río de profundidad desconocida. «Un salto para morir», pensé. ¿Qué podía perder? «Un salto para vivir», decidí. Y salté. Y volé. Y caí.

La sensación de coger más y más velocidad a medida que caía fue algo vertiginoso. Sabía que cualquier cosa que no fueran unos cuantos metros de profundidad del agua me convertirían en picadillo. Por fin, un golpe tremendo de mis pies contra la superficie y el deseo de no tocar fondo de forma literal. Figuradamente ya lo había hecho. La corriente del río era tan fuerte que poco después de sumergirme me arrastró con toda su autoridad convirtiéndome en un despojo en manos de la naturaleza. Me mantuve a flote, que era lo único que podía hacer. No valía la pena desgastarme luchando en una batalla perdida. Debía intentar alcanzar una orilla y sujetarme a cualquier planta o roca. Pero el cauce se ensanchó tanto que la corriente se volvió dócil y pude apañármelas para nadar hasta la orilla. Mis brazos estaban entumecidos de dolor, mi pecho acelerado y mis pies doloridos. Pero salí a tierra y seguí corriendo. Cuando no pude más, caminé. Cuando no pude caminar más, me senté. Cuando cayó el día, caí con él. Solo entonces grité y me desgarré con todas mis fuerzas: de rabia, de pena, de dolor, de amor...

Volvía a estar como al principio. Solo. Pero era peor. Mucho peor que antes porque ahora había perdido mucho más. Me avergonzaba reconocerlo pero una parte de mí saltó por ese acantilado para terminar con todo. No me habría importado. No tenía nada. Sin embargo, otra parte de mí luchó para mantenerse a flote.

No es tan fácil dejarse morir. Es lo más parecido a luchar contra ti mismo. Contra tu instinto por sobrevivir. Y al ins-

295

tinto no se le puede vencer. Como mucho, se le puede engañar. Y yo estaba demasiado cansado para engañar a nadie. Contemplé el panorama y el paisaje que se extendía frente a mí. Recordé a Espronceda y esa *Canción del pirata* que hice mía: Francia a un lado, España al otro, y en el centro, los Pirineos.

Esas eran mis opciones. Huir al exilio, volver a Barcelona o quedarme donde estaba. Sabía que en el exilio no me esperaba nada bueno. La gente hablaba de enormes campos de concentración repartidos por el sur de Francia, donde a los exiliados españoles se los trataba más como a prisioneros de guerra que como a víctimas de una barbarie. Volver a casa también era arriesgado pero contaba con la ayuda de Montoya para empezar de cero. Además, lo poco que me quedaba me esperaba en Barcelona… Polito, Lolín y mi guitarra. Y por último, estaba la tercera puerta. Quedarme donde estaba, rendirme y morir de una vez por todas. Durante unos segundos me pareció una alternativa apetecible. Pero mi cuerpo se negaba a entregarse y eso de morir tampoco era algo que me urgiera. Cualquiera de las opciones era lo suficientemente arriesgada como para acabar con mi vida, así que decidí que, si eso iba a ocurrir, mejor que fuera intentando algo que no quedándome quieto.

Me olvidé del exilio y le di la espalda a Francia por segunda vez. Y de nuevo crucé los Pirineos a pie. ¿Qué aventuras me depararía el camino? ¿Qué me esperaba cuando llegara a casa? Tenía solo dieciocho años y la extraña sensación de que había terminado de vivir una vida para intentar empezar otra.

18

Sueños de una conquistadora

Octubre de 1944, Pirineos

—«*Y* el señor Fogg cerró la puerta tranquilamente. Así pues, la apuesta estaba ganada, haciendo Phileas Fogg su viaje alrededor del mundo en ochenta días. Había empleado para ello todos los medios de transporte, vapores, ferrocarriles, coches, veleros, buques mercantes, trineos, elefantes.» 297

—¿Qué es un buque mercante?

Alrededor de Cloe se concentraban una veintena de niños. Ella levantó la vista y sonrió al ver cómo habían aprendido a alzar la mano antes de preguntar.

—Bien, ¿alguien lo sabe?

—Es un submarino —dijo una pequeña provocando una carcajada en Cloe y en el resto de mujeres que cerraban el círculo y que disfrutaban tanto o más que los niños de esas lecturas.

Y no eran las únicas. Teo también permanecía atento desde su mecedora, con sus muletas apoyadas contra la pared. Podría decirse que disfrutaba de esos momentos de paz.

—No, cariño. Un buque mercante es un barco muy grande que lleva muchas cosas.

—¿Lleva avestruces? —preguntó otro niño.

—Pues no lo sé. A lo mejor sí —contestó Cloe.

—¿Y caballos?

—Puede… —dijo cada vez más confusa.

—¿Y personas? —dijo un niño al que le faltaba una pierna y se manejaba de maravilla con las muletas.

—¿Te refieres a pasajeros?

—Sí. Como papás y mamás… A lo mejor por eso no pueden venir. Están dando la vuelta al mundo en un barco mercante con Phileas Fogg.

Cloe miró con ternura a todos esos huérfanos que se acurrucaban cada noche a su alrededor para escucharla mientras leía.

—Venga, pequeños, ya es hora de ir a la cama —intervino una de las mujeres más veteranas y provocó un «Ooooh» generalizado.

Lupita, una de las niñas más pequeñas que siempre se sentaba enganchada a Cloe, le dio la mano y tiró de ella.

—¿Es verdad que mañana te vas?

—Sí, cielo.

—¿Puedo ir contigo? —Cloe sonrió y la levantó en brazos.

—No —respondió taxativa.

—Pero ya soy mayor. Sé disparar. —Sacó un tirachinas hecho con unas ramas.

—Ya lo sé. Pero alguien tiene que vigilar el pueblo. Alguien que sea muy valiente para cuidar de los demás.

—Yo soy muy valiente —dijo ofendida mientras estiraba una coleta.

—Está bien. Entonces te nombro protectora del pueblo.

Lupita se mostró satisfecha durante solo unos segundos.

—¿Y tú cuándo volverás?

—No lo sé, cielo.

Habría sido más fácil decirle que pronto estaría con ellos para seguirles leyendo pero no le gustaba mentir. Y menos a los niños. Ellos también entendían el valor de una promesa.

Pascual cruzó la puerta y sus ojos se enternecieron al ver a Cloe con Lupita en brazos. Las miraba con la tristeza de quien sabe que esa era la vida que él había rechazado y, sin embargo, sus ojos reflejaban la esperanza de quien cree que aún está a tiempo de recuperarla.

—¿Qué ocurre? —Cloe lo despertó de su fantasía.

—Están llegando más —dijo animado—. Son muchos, Rubia.

Teo asintió feliz desde la mecedora. Parte de ese éxito era del hombre de las muletas. Era él quien había estado en permanente contacto con otras fuerzas de resistencia como comunistas y republicanos. Escribiéndose por carta, contactando por radio, enviando emisarios... Su plan consistía en dar cobijo y ayudar a todos aquellos que huían de la barbarie. Pero cada vez eran más. Y más. Y más. Hasta que algunas organizaciones de izquierdas lo invitaron a crear un poderoso ejército capaz de asustar a las fuerzas franquistas. Al principio Teo se resistió. Él no quería más guerras. Deseaba paz y tranquilidad. Pero al final comprendió que el tiempo de las pequeñas células ocultas en los bosques había terminado. Era el momento de ir a la guerra con todo.

—Diles que se pongan cómodos y que se instalen donde puedan.

—Ya lo he hecho, pero sé que querrán verte —añadió Pascual.

—No soy ningún ser sobrenatural, lo saben, ¿no?

—Pascual tiene razón, Rubia. Necesitan verte —confirmó Teo.

—Estoy cansada de hacer el paripé.

—No es ningún paripé y lo sabes. Creen en ti.

—Pues entonces deberías ir tú también. Tú eres el que has construido todo esto. Tú nos has traído hasta aquí. Tienes más experiencia, más veteranía, más labia y...

—Y tú tienes más carisma que todos nosotros juntos, y eso es justo lo que necesitan esos hombres. Deja de resistirte.

—No me resisto. Y tú no sabes lo que necesitan.

—Pero sí sé lo que no necesitan. Mírame, Rubia. ¿De verdad crees que necesitan saber que todas sus esperanzas están puestas en un pobre lisiado incapaz de dar dos pasos sin sus muletas?

—Tiene razón, Rubia —intervino Pascual.

—¿Qué os pasa? ¿Desde cuándo os hacéis tanto la pelota? —replicó al verse acorralada.

299

—Te guste o no, se ha creado una leyenda alrededor de tu historia.

—Una leyenda exagerada.

—¿No lo son todas?

—De granjera a leyenda —soltó con todo su sarcasmo la Rubia.

—Eso es precisamente lo que te engrandece —añadió Pascual.

—Y a la vez es lo que te hace cercana y afín a ellos.

—Vale… —Suspiró mientras se alejaba con Lupita en brazos—. Iré, saldré y hasta dejaré que me toquen si queréis pero, por favor, callaos de una vez.

—No es necesario que te dejes tocar —apuntó Pascual.

—Lo que tú digas… Primero tengo que acostar a esta niña tan valiente.

—¿Sois novios? —preguntó Lupita.

—¿Te gustaría que fuera mi novio? —reaccionó Cloe.

—Solo si no nos molesta cuando lees.

—Trato hecho —soltó Pascual—. Pero ¿me dejarás escuchar? Prometo que me quedaré callado.

—No.

—¿No? —rio—. ¿Por qué no?

—Porque tú la distraes.

Cloe se rio con ganas. Lupita era su preferida. Siempre tenía respuestas para todo y contestaba con ese aire petulante que en la niña quedaba tan gracioso. Una sabelotodo que le hacía acordarse de alguien a quien no lograba olvidar.

Pascual la esperaba fuera del barracón fumándose un pitillo mal liado.

—Menuda guardaespaldas te has buscado…

—Tendrás que trabajártelo más si quieres ser mi novio.

—Pensaba que ya lo era. —Pascual la agarró por la cintura para besarla.

Ella se dejó querer pero nunca duraba mucho. Ambos sabían cuáles eran sus responsabilidades y todo lo que había en juego.

Llevaban más de dos meses recibiendo a hombres y mujeres dispuestos a luchar por su libertad. Habían participado en la liberación de Francia y ahora volvían para recuperar sus hogares y su país. En muchos pueblos cerca de la frontera se repetía la misma estampa. Se estaba forjando un nuevo ejército y no solo eso, también se habían unido algunos partidos políticos, ya fueran socialistas o comunistas —eso sí, desde su acomodado exilio—, dispuestos a dirigir la operación y buscar el apoyo internacional necesario. Por primera vez en mucho tiempo había esperanza en sus corazones. Ya no eran cuatro guerrilleros con ganas de venganza, sino que estaban forjando un nuevo frente militar republicano en los Pirineos. Su misión: la reconquista de España.

Durante el día todo el mundo tenía trabajo. Unos recopilaban armas e información. Otros se encargaban de las medicinas y de los enfermos. Otros hacían de mensajeros entre pueblos para coordinar los siguientes movimientos. Los más experimentados preparaban a los novatos en la guerra. Agua, madera, comida, mantas… Cada uno aportaba su pequeño grano de arena con devoción e ilusión.

Pero cuando llegaba la noche, encendían varias hogueras, donde se congregaban para charlar, soñar, cantar, reír… Todo por lo que habían luchado y por lo que iban a luchar cobraba sentido. La mayoría no se conocían pero se trataban como hermanos. La lucha era de todos.

Cloe se había convertido en una de las piezas más importantes de aquella resistencia; incluso mantenía contacto con altos mandos a través de cartas y comunicaciones, siempre con el beneplácito de Teo, que era quien la informaba y ponía al día. Él solía quedarse a la sombra, no le gustaban los extraños ni las relaciones personales. Así que era Cloe quien por las noches, alrededor del fuego, llevaba la voz cantante dibujando en la tierra sus instrucciones para que nadie perdiera detalle. Siempre estaba flanqueada por Pascual a un lado y por su Mosin-Nagant al otro.

—Cruzaremos la frontera y entraremos por la Vall d'Aran. A priori, es algo bastante asequible por la escasa resistencia que encontraremos, según nos aseguran nuestros infiltrados en algunos pueblos. El siguiente paso será instalar y levantar un nuevo gobierno republicano en Viella.

—Entiendo, pero… ¿por qué perder el tiempo instaurando un nuevo Gobierno?

—Porque si nosotros no nos lo tomamos en serio, nadie lo hará —respondió Pascual de un modo brusco; la capacidad de convencer no era uno de sus puntos fuertes.

—Escuchad —prosiguió Cloe—, podemos ser una resistencia real, o podemos ser una pandilla de rebeldes que avanzan dando tiros. ¿Cómo te llamas? —preguntó al escéptico.

—Julián. Julián Barroso.

—Tienes razón en algo, Julián. Instaurar ese Gobierno no es tan importante. Pero es necesario para el siguiente paso. Cada día somos más, pero nunca seremos suficientes. No contra su ejército. No lo seremos a menos que el pueblo se levante con nosotros. Eso sí es importante. Lo que nos impulsará será que la población se subleve y nos apoye para dirigir la reconquista de España. Si logramos que a medida que avancemos de norte a sur la gente se sume a nuestra causa, seremos imparables. Podemos llevar el levantamiento popular hasta el mismísimo corazón del país provocando una definitiva huelga general que los ponga en jaque.

La mayoría asintieron convencidos e impacientes por empezar la misión.

—¿De verdad confías en que el pueblo se levante? —preguntó otro.

—Si no están con nosotros, toda esta misión no tiene ningún sentido.

—Es arriesgado…

—Es suicida —le corrigió ella—. Y por eso solo nosotros podemos llevarlo a cabo.

Pascual la miraba con los mismos ojos hechizados que la

mayoría de los hombres que formaban el círculo alrededor del fuego. Era puro carisma. Había nacido para liderar con naturalidad mediante sus gestos y palabras. Sobre todo, lo transmitía a través de sus acciones.

Ella era la Rubia, posiblemente la francotiradora más letal de aquella guerra y a la que muchos colocaban a la altura de los mejores de la historia, como el ruso Vasili Záitsev o el finlandés Simo Häyä, conocido como la Muerte Blanca. Sus proezas habían corrido de boca en boca. Todos sabían cómo mataron a su padre y después ella acabó con el hijo del General Frontera. Pero, como en casi todas las leyendas, tendían a exagerar. Algunos decían que disparó desde más de mil metros, otros aseguraban que fue ella quien le perforó el ojo al general y por eso lucía un parche, y también se decía que con solo dieciséis años acabó ella sola con todo un batallón que la perseguía. Aunque Cloe siempre quería negarlo, Teo le recomendó que no lo hiciera, ya que esas historias inspiraban a otros combatientes y provocaban que muchos quisieran luchar a su lado. Y algo que también se preguntaba la mayoría: ¿era tan hermosa como contaban? ¿Podía una mujer ser bella y mortífera al mismo tiempo?

—Tú eres la Rubia, ¿verdad? Y este debe ser tu famoso Mosin-Nagant. He oído que sabes disparar —dijo uno de los recién llegados mientras calentaba sus pies junto al fuego.

—Es extraño, yo no he oído nada de ti —contestó ella provocando las risas del nuevo grupo.

—Vale… Me lo merezco —dijo divertido—. Me llamo Berneda, he luchado con las FFI.

—¿Las FFI?

—Las Fuerzas Francesas del Interior —concretó.

—Pues bienvenido a la resistencia, Berneda. Es un placer tenerte aquí.

—¿Es verdad que has abatido a más de doscientos soldados? —preguntó fascinado un hombre con voz y cara de crío.

—¿Quién eres tú? —Por el tono de Cloe podía percibirse que le había molestado.

—Simón. Simón Blasco.

—No llevo la cuenta, Simón. Y no importa a cuántos haya eliminado. Cien, doscientos, trescientos... Nunca serán suficientes. He visto morir a demasiados de los nuestros...

—Sois los Invisibles, ¿no? —volvió a intervenir Berneda.

—Lo que queda de ellos... —comentó desganado Pascual.

Solo quedaban en pie ellos dos, además de Soso y de París, que llevaban dos días de reconocimiento cerca de Viella. Los demás (Mus, Red, Mojón y tantos otros) habían muerto en esa maldita guerra, solo eran ya un montón de piedras en mitad de la plaza de su nuevo Edén. Así les recordaban: cada uno era una piedra con su nombre grabado en ella y todas juntas formaban un montículo más alto de lo que les habría gustado.

—He oído que vosotros lideraréis la incursión del túnel.

—Nuestro objetivo es allanaros el camino, sí. ¿Dónde has robado eso? —Pascual señaló la medalla que colgaba de la solapa y que Simón Blasco lucía con orgullo.

—No la he robado —soltó ofendido.

—Es la Croix de Guerre, amigo —intervino Berneda a la vez que abría su chaqueta para mostrar la suya—. Entregada por el mismísimo Charles de Gaulle.

—He oído que consiguió liberar París...

—Nosotros liberamos París —dijo ofendido Berneda.

—Fuimos los primeros en entrar y liberarla de los nazis —dijo Blasco alzando la voz.

—Entonces, ¿vosotros pertenecíais a la Nueve? —se sumó otro interesado que recogía los zapatos que había dejado junto al fuego.

—Eso es, amigo —celebró Berneda.

—He oído que teníais tanques —participó otro.

—No eran tanques, eran blindados. Pero sí, los teníamos.

—Pues ya podríais haber traído alguno. —Las risas sonaron por encima de los árboles.

—Por desgracia, no eran nuestros. Aunque dudo que esos yanquis les saquen mejor rendimiento que nosotros.

—Y hasta nos dejaron bautizarlos con los nombres que quisiéramos —añadió Blasco.

—Bueno, en realidad no nos dejaron pero lo hicimos igualmente. ¿Quién coño iba a llamarnos la atención?

—Mi primo me dijo que había uno que se llamaba Don Quijote.

—Sí —dijo Blasco—, tendríais que haber visto las caras de los franceses cuando vieron el nombre de los tanques. No entendían nada.

—Y nosotros tampoco les entendíamos a ellos. Se pensaban que éramos americanos, así que cuando nos saludaban les decíamos *Jelou* o *Yes, yes*.

Cloe y Pascual se miraron divertidos. Hacía mucho tiempo que no disfrutaban de esa alegría tan contagiosa junto a tantos y diferentes guerreros de todos los lados. Era algo maravilloso. Habían mantenido la lucha abierta en las montañas durante cinco años, con un grupo cada día más reducido de combatientes, y por fin se sentían algo recompensados por esos refuerzos, mientras crecía el buen rollo entre todos.

Pero la sensación era contradictoria porque muchos morirían en los próximos días; era algo con lo que ya habían aprendido a vivir. Uno de los más veteranos cogió su guitarra y empezó a tocar una canción muy pegadiza que los transportaba a tiempos mejores.

Cloe se liberó de la mano de Pascual, cogió su fusil y se separó del grupo. Solía hacerlo a menudo, y él lo respetaba. Siempre que el momento era propicio para relajarse y desconectar, Cloe tenía una especie de interruptor que la devolvía a la cruda realidad. Y lo hacía siempre que sonaba esa guitarra, ese sonido la agitaba por dentro. Aunque los años pasaran y se sumaran en forma de heridas y cicatrices, los acordes de una guitarra, así como cualquier libro que leyera, seguían torturándola. ¿Por qué no podía olvidarse de ese chico al que salvó en aquella cueva y de su estúpido romanticismo? ¿Por dónde andaría? ¿Por qué le importaba tanto? ¿Se acordaría

305

de ella? No, eso era improbable. Sobre todo, porque lo último que ella le soltó fue: «No quiero volver a verte». ¿Cómo pudo ser tan fría? Él lo había arriesgado todo por ella y… no. Negó varias veces para borrar de su cabeza esas ideas absurdas y esas malas decisiones que no la llevaban a ningún lado. Entró en su tienda de malhumor y cogió material de su mochila que le serviría para limpiar su fusil durante la próxima hora. Se quitó las botas y la chaqueta, y se sentó con su Mosin-Nagant sobre las rodillas dispuesta a sacarle brillo a cada uno de sus más de mil doscientos milímetros de longitud. ¿Por qué narices le molestaba tanto acordarse de él?

Estaba terminando de limpiar la mirilla cuando la puerta de su tienda se abrió. Pascual asomó la cabeza.

—¿Puedo? —Cloe asintió y se desplazó a un lado para hacerle sitio sin dejar de trabajar en el fusil—. ¿Qué te pasa? —preguntó mientras se tumbaba junto a ella.

—Nada…

—¿Nada es mucho?

—Toda esa gente… Todos han venido porque creen en algo…

—Para empezar, creen en ti.

—¿Y si nos estamos equivocando?

—Si les fallamos a ellos, también nos fallamos a nosotros mismos. Nadie les está engañando. Saben perfectamente lo que hay en juego y lo que arriesgan.

—¿Y qué es lo que arriesgas tú, Pascual?

—No te entiendo…

—¿Por qué luchas? ¿Por quién peleas? ¿Por qué sigues aquí, Pascual?

—No voy a volver a discutir eso contigo. —Se incorporó para abandonar la tienda.

—¿Por qué no?

—¡Porque solo lo haces cuando tienes ganas de pelea!

—Eres tú el que se pone de los nervios si saco el tema.

—¿Y por qué lo haces? ¿Por qué coño siempre tienes que sacarlo?

—¡¿Y por qué nunca lo sacas tú?!

—¡Porque se trata de mi familia, joder!

—Si tanto te importan, ¿por qué coño no estás con ellos? Llevas años peleando en el monte como si eso sirviera de algo, mientras tu mujer y tus padres te esperan en Francia. Si yo tuviera algo así, no dudaría ni un segundo en irme con ellos.

—No es tan sencillo.

—Sí que lo es. Coges, lías tu petate y te vas. Nadie te reprochará nada.

—¿Qué es lo que te da tanto miedo? ¿Que me quede para luchar por mi país o que me quede para luchar por ti? —Pascual suspiró y la miró con más amor del que se podía sentir por nadie. Era tan especial, tan única y fuerte, que a veces a él también se le olvidaba que solo era una chica de veintidós años—. Mira… yo no tenía pensado enamorarme en medio de esta guerra, pero ha pasado y punto. Sabes que te quiero. Y sabes que llevo años luchando a tu lado porque soy incapaz de dejarte ir. No lo escondo, ni lo esconderé nunca. Puede que tú sientas lo mismo o puede que no, tampoco te he pedido nunca que lo hagas, pero eso no cambiará nada lo que yo siento por ti.

Cloe lo miró fijamente. El dolor y el amor que sentía por ese hombre estaban siempre en conflicto. Pero era en el conflicto donde ella se movía mejor. Era en ese conflicto donde podía tomar las peores decisiones sin que tuvieran consecuencias más allá del mañana. Porque mañana podían estar los dos muertos. Dejó su fusil a un lado y lo atrajo con una mano hacia sí.

A la mañana siguiente, el cielo anunciaba tormenta. La Operación Reconquista de España se dio por iniciada y los resistentes se pusieron manos a la obra. Todo el plan estaba trazado sin fisuras.

En el transcurso de los primeros días tuvieron los primeros choques con la Policía y la Guardia Civil en los puestos fronterizos. Como habían previsto, la entrada en el Valle fue bastante sencilla y solo algunos de los primeros pueblos, como Bossost o Salardú, ofrecieron algo de resistencia, nada que los Invisibles no pudieran manejar. Estaban en clara superioridad y pronto dominaron los primeros cuarteles. Pero a medida que avanzaban sentían que algo no iba bien. No los estaban recibiendo como los salvadores que eran. Más bien, todo lo contrario. La frialdad de los ciudadanos con ellos era casi insultante. ¿Acaso nadie había informado a esa gente de la revolución que se avecinaba? ¿Por qué nadie los vitoreaba a su paso? ¿Por qué no se alzaba el pueblo? ¿No veían que les estaban liberando del yugo fascista y dictatorial? Pero la mayoría de los vecinos agachaban las cabezas y se resguardaban en sus casas, o se subían a sus bicis y carros para alejarse a toda prisa. ¿Les tenían miedo? Algunos incluso los invitaban a dar media vuelta y largarse de su pueblo.

308

Cloe avanzaba al frente de los suyos observando las reacciones con un punto de ingenuidad.

—¿Qué coño pasa aquí?

—Saben algo que nosotros no —apuntó Pascual preocupado.

—Puede que nos equivocáramos. Puede que la gente ya esté cansada de luchar —se sumó Berneda, que lucía su Croix de Guerre en el pecho.

—Eso no es lo que nos dijeron.

—Con todos los respetos, señor… ¿quién lo dijo? ¿Un puñado de líderes comunistas y republicanos desde su exilio a miles de kilómetros?

Berneda tenía razón, pero si a esas alturas dudaban de la información recibida, la misión carecía de sentido. No tardaron mucho en alcanzar el túnel de Viella. Llevaba años en obras y no estaba terminado pero era un buen punto de acceso.

—Bien, nos desplegamos según lo acordado. Este, oeste y centro.

Ya no era Cloe quien daba las órdenes sino la Rubia. Las

tropas se fueron desperdigando por la montaña excepto el pequeño batallón comandado por ella, que estaba dispuesto a cruzar el túnel.

—¿De verdad nos vamos a meter en esta ratonera? —preguntó Berneda.

—Piensa que el queso está al otro lado —replicó Pascual.

—Eso es lo que me preocupa, amigo. Nadie deja un queso a la vista para que los demás se lo coman.

—¿Crees que es una trampa?

—Hay algo que no me gusta. Y me da que vosotros tenéis la misma sensación que yo.

—Los demás están avanzando y nosotros no podemos quedarnos aquí. Las tropas franquistas aún no se han replegado porque no sabían por dónde íbamos a entrar. Cada minuto que pasa, si nos quedamos quietos, les estamos dando tiempo para que se movilicen —los animó Cloe—. Tenemos que conseguir Viella y controlar los puertos de montaña. Y el túnel es un punto de acceso determinante. ¡Es nuestra oportunidad!

Y se adentró en el túnel confiando en que los demás la siguieran. Estaba harta de esa guerra y quería terminarla cuanto antes. No había llegado hasta allí para dar media vuelta por una estúpida sensación que bien podía ser el resultado del miedo. Si no había motivos reales, retirarse no era una opción.

Del desarrollo real de esa operación dio cuenta más tarde el secretario general del Partido Comunista de España, Santiago Carrillo: «A la salida del túnel de Viella estaba esperándonos el general Moscardó con varias decenas de miles de soldados, tanques y artillería; en conjunto, una fuerza contra la que no teníamos ninguna posibilidad. Permanecer en el valle de Arán no hubiera tenido ningún sentido, nos desalojarían fácilmente, y avanzar por el túnel de Viella, como pensaban algunos, era meterse de cabeza en una trampa».

19

Sueños de un conquistador

Barcelona, 30 de abril de 1945

*E*n el centro del taller lucía precioso, aunque inacabado, un Mercedes Benz 540 G4. Los mecánicos se movían al ritmo de la música que sonaba a todo trapo en la radio. Mis piernas debajo del coche también bailaban mientras trabajaba en las suspensiones. Nadie descansaba hasta que sonaba la campana que anunciaba el final de la jornada o cuando la música se cortaba de repente para ofrecer un avance especial de Radio Nacional de España. Como el que nos paralizó ese día durante unos minutos:

> La situación de la guerra en Europa es muy confusa y los acontecimientos avanzan a una velocidad de vértigo. Destacan, entre ellos, la dantesca lucha en Berlín y la muerte del Führer, Adolfo Hitler, en su puesto de mando de la Cancillería. La evacuación de las tropas y el cese de una resistencia bélica organizada indican que la capitulación alemana es ya solo cuestión de horas y la paz anhelada está muy próxima. El mariscal Gerd von Rundstedt, que dirigió la última y desesperada ofensiva alemana en el oeste, ha caído en poder de las tropas aliadas, tras el estéril esfuerzo de sostener una lucha imposible…

Salí de debajo del coche con la cara y las manos manchadas de grasa. Me rasqué la densa barba que me había costado un par de años dejar crecer. En la muñeca izquierda llevaba un reloj que marcaba siempre las 12:10 y en el cuello un medallón con una moneda engarzada. Observé a mis compañeros callados, dándome la espalda en torno a la radio. ¿Era cierto? ¿Hitler había muerto? Pues qué bien... Me encogí de hombros y volví a arrastrarme bajo las tripas de ese Mercedes. Estaba harto de guerras, muertes, aliados, comunistas, fascistas, nazis, traidores, dictadores, espías, maquis... Había descubierto que ser feliz no era tan difícil. Solo había que ignorar ciertas realidades y construirse una propia.

Y se estaba restableciendo un nuevo orden natural, ya que esa misma radio nos había anunciado dos días antes que habían fusilado a Mussolini. Tan cierto como que nadie lo celebró. Igual que con esa última noticia sobre Hitler. Estábamos en un momento en el que todavía no sabíamos si eso era bueno o malo para nuestros intereses. Y la poca información que nos llegaba venía con la censura impuesta por los de arriba, así que, más que información, era desinformación.

Una verdad irrefutable era que esos alemanes, a pesar de haber convertido toda Europa en un polvorín, también sabían hacer cosas excepcionales. Como aquel motor de aleación ligera de ocho cilindros en línea con compresor que contemplaban mis ojos.

—¡Señor Espriu! —La voz atronadora de mi jefe se levantó por encima de la música que volvía a llenar el taller.

Era un exmilitar que se había hecho con la propiedad de ese viejo garaje. Sus contactos con los altos mandos y el viejo politiqueo de toda la vida le otorgaban ventaja respecto a otros talleres, ya que muchos de los vehículos de uso militar pasaban por nuestras manos. Aunque el Ejército tenía su propio taller, casi todos sus trabajadores eran críos que daban sus primeros pasos en mecánica y algunos vehículos no estaban hechos para manos inexpertas.

—¡Señor Espriu! —repitió alterado.

Ese era mi nuevo apellido. Llevaba más de cuatro años usándolo, aunque me costaba acostumbrarme a él. Fue Montoya, el Gordo, quien me ayudó a reintegrarme en la ciudad, como acordó con el capitán Amat en caso de algún imprevisto como el que desgraciadamente ocurrió en Hendaya. Montoya me regaló una nueva identidad y un nuevo trabajo en el taller. Sabía de mi experiencia en Talleres y Mecánica durante mi servicio militar y eso lo ayudó a colocarme en el garaje de ese viejo coronel que idolatraba al Caudillo.

—¡Aquí, jefe! —grité mientras volvía a salir de debajo del coche.

—¿Cuándo tendremos lista esta maravilla?

—Pronto, jefe. Tenía un problema en el carburador y…

—No me explique sus batallitas, Espriu. Arréglelo y punto. —Hinchó su pecho y carraspeó. Era el gesto previo antes de dirigirse a todos los mecánicos—: ¡Escúchenme todos! ¡Dejen lo que están haciendo! El Generalísimo visitará la ciudad dentro de una semana. Llegará a Barcelona con la flor y nata de su Gobierno, entregará varias condecoraciones por los servicios prestados a sus más leales y recibirá la aclamación general. Y ustedes estarán pensando, ¿por qué les hago partícipes de toda esta información? ¿Van ustedes a ser condecorados? ¡Por supuesto que no, pandilla de payasos! Pero, como ya saben, se nos ha regalado la oportunidad única de poner a punto una de sus nuevas y más preciadas posesiones. Con este magnífico coche recorrerá las calles para ser vitoreado como se merece. Así que no es necesario que les diga lo que pienso hacerles si no está todo listo y perfecto para ese gran día, ¿entendido, monos de feria?

—¡Sí, jefe! —dijimos al unísono, y de inmediato volvimos a nuestras tareas.

El jefe me llamó con el dedo.

—A ver, ¿qué le falta?

—Poco, jefe. Reforzar la puerta del copiloto, cambiar el sistema de frenos…

—¿Qué coño les pasa a los frenos?

—Que son de serie, jefe. —Por su expresión de besugo deduje que necesitaba más información—. Los frenos de serie no están del todo preparados para...

—¡Jefe! —interrumpió Pérez, un tipo delgaducho con unas gafas más grandes que su cara que había entrado hacía un par de días—. Jefe, el gato se ha roto y no podemos levantar el coche sin...

—Levántelo con la polla si es necesario —zanjó sin mirarlo.

—Ssssí, jefe —dijo resignado mientras se alejaba cabizbajo.

Nadie interrumpía al excoronel. El pobre infeliz ya lo iría aprendiendo.

—Como le decía, los frenos de serie no están preparados para soportar el peso del blindaje que le hemos añadido.

—¿Y para qué coño están entonces?

—El defecto no se nota mientras el coche no supere los 70 kilómetros por hora. Pero estamos hablando de un motor capaz de desarrollar 150 caballos de potencia más otros 75 adicionales. Eso hacen 225 caballos, jefe.

—¿Dónde cojones ha aprendido todo eso?

—Leyendo, señor.

—Vale... Deje los frenos en paz, ¿quiere? ¿Cree que el Caudillo va a jugar a las carreras por las calles de Barcelona? Haga que no pueda pasar de esos 70 kilómetros por hora y punto.

—A sus órdenes, jefe.

Aunque era un hombre rudo, a mí me apreciaba más de lo que solía demostrar delante de los demás. Era un amante de la música y ya me había visto tocar varias veces en diferentes locales de mala muerte. Aunque alguno de esos locales podría catalogarse como inapropiado para un hombre casado y decente como él, yo nunca dije nada. Imagino que eso me ayudaba en el trato que teníamos. ¿Podría considerarse una especie de chantaje? Podría. Pero él estaba más tranquilo y a mí no me costaba nada guardar secretos. Además, no quería perder mi empleo porque disfrutaba de cierta paz cuando veía todas esas piezas desmontadas esperando a que alguien montara el puzle con ellas. Y mientras lo hacía, mi cabeza no paraba de componer nuevas canciones y letras. Así es como pasaba la mayor parte del día: con las manos manchadas de grasa y la cabeza llena de música. Supongo que también era la única manera de no olvidar mis orígenes. Adoraba trabajar con las manos, ensuciarme, construir y arreglar como hacía mi abuelo con el hierro. Y también leer y escribir…, igual que mi padre. ¡Y cantar! Igual que mi madre.

A mi padre le habría decepcionado saber que, a diferencia de mis compañeros de taller, yo era el único que no estudiaba. Él quería que fuese a la universidad. Pero esa vida ya pasó. Le pertenecía a otro. A un Homero con familia y padres preocupados por el futuro de su hijo. Después de todo lo vivido, no podía importarme menos el futuro. Vivía el presente y lo hacía con ilusión. Había recuperado las ganas de vivir. No estudiaba. Pero tocaba y cantaba todas las noches allá donde me abrieran las puertas y me cedieran un escenario. Casi siempre solía ser en antros del Raval y, con suerte, en alguno del Paral·lel. Mi nombre empezaba a sonar por los mejores locales nocturnos, aunque no fue nada fácil conseguirlo.

Estuve más de dos años tocando con una de las mejores bandas de Barcelona, los Canarios del Raval. Todos los sábados abarrotábamos locales como la Sala Amelia, donde la gente bailaba y se desinhibía hasta altas horas de la madrugada.

El jazz entró en nuestras vidas para llenarnos de alegría por mucho que el Estado, en su empeño por matarnos de aburrimiento, la tildara de música impía y diabólica. El jazz estaba prohibido. La pregunta era: ¿qué cojones no estaba prohibido?

No nos importaba. Igual que no les importaba a toda la gente joven y fiestera que asistía en masa a las salas de baile para sudar las camisetas, agitar sus tupés y mover las caderas al ritmo del *swing*. ¿Qué iban a hacernos? ¿Detenernos por cantar? En realidad, ya lo habían hecho alguna vez. Nada grave. Pasábamos la noche en los calabozos y con suerte salíamos al día siguiente. No había tantas celdas para tanto delincuente, y lo nuestro solo era jazz, así que siempre necesitaban que las vaciáramos para los auténticos enemigos del Estado. Para un músico, lo más peligroso no era lo que cantaba, sino el idioma en que lo hacía. Nosotros teníamos un dicho: «Si solo cantas jazz, por la mañana saldrás; si cantas en catalán, ya no te verán».

De todas mis canciones solo tenía una en catalán. La suya. Mi canción para Cloe. Y nunca fue un problema, porque desde aquella primera vez en La Taberna de Juancho no había vuelto a tocarla en público. Me dolía demasiado y no me gustaba compartir mi dolor. Era solo nuestra. Era para mis noches desde el balcón. Era para las estrellas. Era para ella y para nadie más.

Lo primero que hice aquel día al salir del taller fue pasarme a ver a Montoya. Solía hacerlo al menos una vez a la semana. El Gordo tenía una enorme oficina en un edificio de la Vía Layetana desde donde se podía contemplar la catedral. Seguía sin saber muy bien lo que hacía, pero siempre estaba mezclado en asuntos de Estado y manejaba todo tipo de información *secreta*. Él solía susurrarme los rumores que merecían esa calificación. Y yo solía infiltrarle algún bollo relleno en su oficina. La pesada de su secretaria le controlaba más que su mujer y su médico juntos.

—¿Sabe usted que es más difícil colar un bollo en estas oficinas que cruzar la frontera?

—El día que quieras cruzar la frontera dímelo y te demostraré lo fácil que es —dijo admirando su preciada merienda.

Aunque nunca lo habíamos llegado a verbalizar, yo sabía que se manejaba en negocios pantanosos por los que le podrían ejecutar fácilmente si se enteraba alguien que no debía. Montoya jugaba a dos bandas, un espía doble bastante peculiar porque tampoco trabajaba para los republicanos. Solo era un hombre cansado de la actual situación y molesto con las promesas rotas. Hablaba todo el día de democracia por aquí y democracia por allá, de devolver el poder al pueblo en forma de votos y partidos políticos. Se suponía que Franco iba a instaurar el orden, y lo hizo, lo que no esperaba es que des-

315

pués instaurara lo que fuera aquello que estaba instaurando. El miedo a otro levantamiento, a otra guerra, era permanente y la estrategia del Estado era coartarnos la libertad para que dejáramos de pensar por nosotros mismos. Nos vendían auténticas patrañas a través de la radio, los cines, la prensa y la propaganda. Aunque quedaban quienes aún luchaban contra la censura, era demasiado arriesgado porque era muy fácil terminar en los calabozos o, en el peor de los casos, ejecutado. Las cárceles estaban llenas de supuestos delincuentes, ya que la presunción de inocencia no existía. Y por supuesto también estaban los que seguían alzándose en armas y aún no habían dado su brazo a torcer. Esa era la parte que más me interesaba porque, de una manera u otra, quería pensar que, si ella estaba viva, estaría luchando con el maquis. Y Montoya siempre sabía algo nuevo sobre ellos.

—Sabes que no puedo pasarte información confidencial, Homero. Y no me pongas esos ojitos, chico… Además, tengo una gran noticia.

—¿Han abierto una tienda de bollos aquí abajo?

—¡Uh! Esa ha dolido. —Se hizo el ofendido y me hizo reír.

Durante esos años el Gordo se había convertido en una parte importante de mi vida. Jamás estaría a la altura del capitán, pero tampoco pretendía sustituir a nadie. Yo ya era mayorcito para cuidarme solo, pero él se esforzaba en ponérmelo más fácil. Como cuando realizó una serie de gestiones para que la antigua casa del capitán Amat pasara a ser mía. Todo un detalle que hizo que a mis veintitrés años tuviera una casa en propiedad, un trabajo remunerado y un incipiente éxito como músico.

—Y yo que te había llamado para decirte que ayer estuve cenando con alguien que siente curiosidad por tu música…

—El Gordo disfrutaba haciéndose el interesante.

—No quiero parecer chulito, pero… suele pasar.

—Chaval, la mismísima María Yáñez me habló de ti. Yo ni siquiera saqué el tema.

—¡¿Qué?! María… ¿La Bella Dorita ha oído hablar de mí?

—No solo ha oído hablar de ti, sino que quiere conocerte.

—¿Cómo? ¿Cuándo?

—Sabía que te angustiarías, así que le dije que no hacía falta.

—¿Por qué narices le dijo eso?

—Porque tú no quieres tomarte un simple café con María. Lo que tú quieres y siempre has deseado es cantar en El Molino. ¿Me equivoco?

—Sí, claro, pero… —Vi su sonrisa presumida—. ¡Espere! ¡No! ¡¿Me ha conseguido una audición?!

—No. Eso es para aficionados. Vas a tocar en El Molino el próximo sábado por la noche —dijo como si nada.

—Pero…, pero eso es imposible. Para tocar un sábado hay que…

—Tan imposible como introducir un bollo relleno en este despacho —dijo dándole un último mordisco y lamentando que se hubiera acabado.

No había nadie famoso o medio famoso en Barcelona al que Montoya no conociera. Algo que me hizo pensar…

—¡Espere! —susurré como si supiera que el despacho estaba plagado de micrófonos—. ¿La Bella Dorita es una… espía secreta?

—¡Pero qué dices, chico! —Me propinó una fuerte colleja—. Deja de decir sandeces, ¿quieres? Es solo una amiga. Punto. Maldito crío. Ahora vete a ensayar y no me hagas quedar mal.

—Sí, señor. Muchas gracias. Perdone que le insista pero…

—No, la respuesta a tu otra pregunta es no. No sé nada nuevo de tus guerrilleros Invisibles ni de tu chica de las montañas.

—Pero usted me dijo…

—Te dije lo único que sabía.

—Pero eso fue hace seis meses.

—Se están esforzando mucho por ocultar lo que ocurrió

en Viella, ¿entiendes? No quieren que se sepa. Apenas he conseguido algo nuevo.

—O sea que hay algo nuevo…

El Gordo sacó un vaso de cristal tallado y una botella de ron escondida entre unos libros en la estantería a su espalda.

—Maldito crío…, ¿ves lo que me provocas? Me haces beber de buena mañana. Escucha, lo que vas a oír no te va a gustar, pero quiero que sepas que no tengo nada confirmado. Ya sabes cómo es esto. Los pajaritos cantan por aquí y luego cantan por allá y luego dicen unas cosas y luego…

—Señor Montoya, por favor…

—Lo único que sé es que los maquis entraron por el Valle con la intención de reconquistar el país. Pobres imbéciles… La gente malvive hoy en día y ellos confiaban en que, solo por ese motivo, el pueblo se uniría a su causa. Fue un error garrafal de alguien que no conoce su país. Al menos, no lo que ha quedado de él tras años de guerra y hambruna. Se encontraron con un pueblo extenuado y empobrecido que lo último que quería era alzarse en armas otra vez.

—Fue entonces cuando se retiraron de nuevo a las montañas, ¿no? —pregunté esperanzado.

—La mayoría se retiraron, sí. Pero otros decidieron atacar de frente a todo un ejército que los esperaba al otro lado del túnel de Viella.

Ese dato me dejó noqueado porque sabía bien que Cloe no era de las que se retiraban.

—¿Qué… les pasó? —Tragué saliva.

—Los fulminaron, Homero —dijo pesaroso mientras se servía un poco más de ron—. Acabaron con toda la resistencia allí mismo. Los rodearon y atraparon en el interior del túnel.

—¿Prisioneros? —pregunté angustiado.

Montoya negó con un largo suspiro.

Me quedé medio ido. ¿Era posible que no la volviera a ver nunca? Siempre había confiado en que el destino volvería a unirnos en las circunstancias que fueran... Y empezaba a pensar que había sido un ingenuo con pájaros en la cabeza. ¿Es que la vida no me había enseñado ya lo suficiente para entender cómo es de cruda?

—Oye, a lo mejor ella no estaba allá.

—Si la conociera tan bien como yo, sabría que estaba en primera fila.

—Una mujer valiente...

—¡Una chica estúpida! —contesté mientras me dirigía a la puerta conteniendo mi dolor.

—Chico..., ya sabes que aquí me tienes para lo que necesites...

—Gracias... Y gracias por lo de El Molino. Aún me cuesta creerlo... —Intenté simular una alegría a la que le salían grietas por todos los lados.

—¡Eh! —dijo para que me girara—. Mucha mierda. —Y sonrió cariñoso.

Caminé durante mucho rato sin dirección. A mi mente la asaltaban los mejores momentos que había vivido con ella, y no dejaba de preguntarme cómo sería mi vida si hubiese decidido quedarme en aquella cueva. Puede que entonces siguiera viva. Puede que el capitán Amat también. Puede que su padre no hubiese muerto ejecutado. Puede que hubiésemos sido felices trabajando en la granja. Puede, puede, puede...

Debía llevar caminando una eternidad porque, cuando alcé la cabeza, sonreí al ver hasta dónde me habían llevado mis pies. Delante tenía el magnífico campo de Les Corts, el estadio del Fútbol Club Barcelona, en medio de un ruido ensordecedor por las obras iniciadas hacía meses. Estaban ampliando el aforo del estadio hasta los sesenta mil espectadores, convirtiéndolo en el más grande y espectacular de España.

—También estamos colocando un nuevo techo voladizo, detrás de esa cubierta, que será una puta locura. De los más avanzados del mundo. Tío, si ya no ganamos con esto, te juro que me hago del Europa o del Espanyol.

319

No era la primera vez que visitaba a Polito. Como muchos otros por aquel entonces, trabajaba en la construcción. Un empleo con una alta demanda, ya que tocaba reconstruir aquello que con tanto empeño habíamos destruido. Barcelona, poco a poco, volvía a resurgir de sus cenizas y Polito era quien ponía los ladrillos.

Es curioso observar cómo las ciudades vuelven a levantarse. Allá por 1850 hubo un general llamado Baldomero Espartero que ya avisó de que a Barcelona había que bombardearla cada cincuenta años. Y lo cierto es que sus pronósticos se iban cumpliendo. Lo que no sabía Espartero es que el corazón de las ciudades reside en su gente. Así que podría bombardear Barcelona cada diez años sistemáticamente y seguiría topándose contra el mismo muro. Podría magullarla, mutilarla y herirla cuanto quisiera, pero las bombas jamás alcanzarían su corazón. Y mientras el corazón de una ciudad siga latiendo, el pueblo siempre puede alzarse de nuevo.

Me gustaba visitar a Polito a última hora de su jornada. Compraba unos bocadillos para la merienda y subíamos a una viga situada en lo más alto, desde donde podíamos contemplar toda la ciudad. Y si yo no tenía ganas de hablar, no pasaba nada. Polito lo hacía por los dos.

—Y eso no es todo, colega. Puede que nos hayan prohibido el catalán, cosa que me molestaría si alguna vez lo hubiese hablado; puede que nos hayan cambiado el escudo y hayan modificado el orden del nombre, que, por cierto, suena de culo: Club de Fútbol Barcelona. Pero eso sí, la Liga te juro que este año no nos la podrán quitar porque ya la tenemos en el bolsillo. Así que no tenemos más remedio que ir a celebrarlo. ¿Se lo puedes decir tú a Lolín? A mí ya no me cree cuando le digo que… Oye, ¿qué coño te pasa hoy? —Llevaba tanto rato hablando sin parar que su voz llegaba a mis oídos como si se hubiera fusionado con los demás sonidos de la ciudad.

—Nada.

—Nada. Claro. Te recuerdo que estoy casado. «No me pasa nada» es una de las frases más peligrosas que he oído. Forma parte del mismo grupo que «Arriba las manos», «No te muevas» o, la peor, «Haz lo que quieras».

—¿Qué? Perdona, estaba…

—Pasando de mi puta cara. Ya lo veo. No estarás pensando en saltar, ¿verdad? Lo digo porque la hostia sería épica, aunque entrarías de lleno en la historia del Barça, perdona, quería decir del Club de Fútbol Barcelona. Ese equipo que en vez de tener cuatro barras en su escudo ahora tiene dos.

—Nunca te había visto tan preocupado por la *senyera*.

—Bah, sabes que a mí eso me la suda. ¿Política? No, gracias. Pero el fútbol ya es otra cosa. Y más si se dedican a destruir los símbolos. Es nuestro escudo, joder.

—Da gracias que nos dejan conservar el rojo.

—Coño, es verdad. No había pensado en eso…

—El otro día me ofrecieron entradas para el partido del domingo.

—Y tú dijiste…

—Que no.

—Joder, Homero. Jódete la vida a ti mismo, pero no nos la jodas a los demás.

—Has dicho joder tres veces en la misma frase.

—¡Joder!

—Le dije que no porque el tío que me las ofreció es un tío del curro y es un *pesao* de narices. No me apetece aguantarlo un partido entero y te aseguro que a ti tampoco.

—Lo que tú digas. Oye, ¿te vienes luego a La Taberna de Juancho?

—No. Hoy no. Necesito ensayar.

—Tienes un puto escenario para ensayar. Con público incluido. Tu público.

No se equivocaba. La Taberna de Juancho era el local que me vio nacer y le guardaba un cariño especial. Pero lo que me gustaba de ese local era reunirme con mis amigos, tomarme algo y echarme unas risas. Por desgracia, siempre se las apañaban para que terminara encima del escenario cantando algo. Y siempre lo hacía borracho. Pero ese día no tocaba. Tenía que concentrarme y reservarme.

—Lo siento, pero necesito ensayar solo. Tengo que practicar algunas cosas.

—¿Practicar? ¿Para qué coño necesitas practicar?

—Voy a tocar en El Molino el sábado —dije como si no fuera nada del otro mundo.

—Genial, porque yo voy a jugar de delantero centro el domingo. —Se rio solo hasta que vio que yo no lo seguía—. ¡Espera! ¿No era una puta broma? ¿Es en serio?

—Eso parece. —Sonreí a medias.

—¿Y por qué coño no estás saltando de alegría? ¡Es tu puto sueño, tío! ¿Ya no te acuerdas o qué?

—Sí, claro que me acuerdo.

—Joder, esto hay que celebrarlo. ¿Cómo lo has conseguido? Da igual, no contestes, soy tu representante y se supone que debería saberlo. ¡Tengo que hacer algo! Pero ¿qué? ¿Estás nervioso? Claro que sí, menuda gilipollez de pregunta. Yo estaría acojonado. ¿Ya sabes qué canción vas a cantar? Supongo que tocarás la que creo que tocarás. Sí, ya sé que es tu canción secreta y esas mierdas, pero estamos hablando del puto Molino, tío.

—No me apetece hablar de eso ahora, Poli.

—Eh, no me hagas esto. Ni se te ocurra.

—¿Hacer qué?

—Cualquier tontería como rajarte. En serio, tío, ¿qué coño te pasa? Conozco ese careto. Si de verdad te lo estás replanteando, mejor que saltes ahora mismo antes de que te pille yo después.

Desde lo alto de aquella viga podíamos ver a los trabajadores, como hormigas obreras, abandonar sus puestos para regresar a sus vidas.

—Ya no sé qué hacer para olvidarla.

—Joder… —Un frío silencio trepó hasta la viga y se sentó con nosotros—. Oye, tío… Ya sabes que esto se le da mejor a Lolín, pero quizás no se trata de intentar olvidarla, ¿me pillas? Yo no entiendo por qué sientes lo que sientes por esa chica después de todo lo que has vivido. Sí, te salvó la vida, aunque también podría decirse que luchaste por sobrevivir. ¿Qué iba a hacer ella? ¿Dejarte morir? Y te recuerdo que la última vez que la viste, después de salvarle el culo de ese Miranda, te dejó atado a un árbol, descalzo y a cero grados.

—Me enseñó mi libro.

—Te dijo que no quería volver a verte, Homero.

—Me puso una navaja en la mano.

—Ah, entonces lo retiro. Está loquita por ti. ¡Venga ya, Homero! ¡No me jodas! Has tenido otras chicas y mira qué fácil las dejas. ¿Intentas olvidarte de ellas? No. Simplemente sigues avanzando. Pues haz lo mismo. Sigue avanzando.

—Lo hago.

—No lo haces. Crees que sí, pero no. Ni siquiera lo intentas. El tema es que, si caminas mirando hacia atrás, lo más probable es que tropieces todo el rato. Intenta por una puta vez mirar adelante. Veamos lo que pasa. Quizás veas cosas que no están tan mal.

—No sé, Poli…

—A ver, imagínate el cuerpo de una mujer desnuda…

—Poli, no estoy de humor.

—¡Que no es un puto chiste! Escucha: mujer desnuda. Si miras siempre detrás, le verás el culo, y oye, puede que no esté nada mal, así carnoso, voluptuoso, blanquito. —Como siempre, acabó haciéndome reír, sobre todo por las formas que intentaba dibujar con sus dos manos—. Pero ¿y si miras por delante? Joder, todo lo que te habías perdido. ¿Alguna vez has mirado bien a una mujer por delante? Yo soy muy fan de las nucas y los traseros, pero donde haya un buen par de melones… Lolín, por ejemplo los tiene…

—Vale, Poli, ya lo he captado.

Me rodeó con un brazo demasiado sudado para mi gusto y me espoleó:

—Ahora debes poner todos tus sentidos en El Molino. Es tu sueño, colega. Será tu gran noche.

—Pensaba que sería nuestra gran noche.

—No, tío… Ni mía ni de nadie. Tuya y solo tuya. No dejes que nada la estropee. Canta lo que quieras pero canta como sabes. Hazlos llorar. Que esos payasos no olviden nunca esa actuación, y serán tuyos para siempre.

Miré a Polito impresionado. ¿Dónde estaba mi amigo? ¿Y quién era ese gurú?

—Nunca te lo he dicho, Poli, pero… estoy muy orgulloso de ti.

Y lo estaba de verdad. Él solito y sin ayuda de nadie había conseguido una gran mujer, un buen trabajo, nuevas responsabilidades, amigos…

—No todo es perfecto, tío. Bueno, ella sí, Lolín es perfecta. Y eso me acojona, ¿sabes?

—¿Te da miedo tu mujer? —Me reí.

—Me da miedo que algún día abra los ojos y se dé cuenta del patán con el que se ha casado.

—Tú no eres ningún patán, Poli.

—A su lado sí, tío.

—Si es tan lista, solo quiere decir que sabe muy bien con quién se ha casado.

—Sí, por desgracia lo sabe perfectamente. Sobre todo, cada mañana, cuando se despierta en ese cuchitril de casa.

—Tu casa no está tan mal.

—Por favor, Homero. Somos amigos y nos decimos la verdad, así que ahórrate esas mierdas. He visto baños más grandes que mi piso. Es un puto vertedero y ella no se merece eso.

—Llegarán tiempos mejores. Ten paciencia.

—¿Paciencia? Algún día querrá tener hijos… No sé, tío… Parece que ya no existen las cuestas abajo.

—Oye, si necesitas dinero, yo pue…

—¡No! No necesito caridad.

—No es caridad, imbécil. Eres mi hermano.

—Estamos bien. Es solo un pequeño bache.

Sabía que no era verdad. Hacía tiempo que no lo veía tan tocado. De repente, me sentí tremendamente egoísta e infantil. Siempre era yo el que le iba a llorar, a contarle mis problemas, mis rollos estúpidos y amorosos. Y mientras tanto, él intentaba levantar una vida a base de trabajo y sudor. Sus problemas eran reales. Yo era un niño empecinado con un caramelo que no podía tener. Sus ojos, vivos y audaces, se perdían más allá del mar. Entonces suspiró como si dejara ir todos sus males.

—Si te hago una pregunta, ¿me prometes que no te enfadarás?

—Claro.

—¿Te vas a terminar ese bocata de chorizo?

—¡Joder, Poli! ¡Vete a la mierda!

El muy cabrón se echó a reír a carcajadas.

—Me has dicho que no te ibas a enfadar. Además, llevas como veinte minutos sin darle un puto mordisco.

—Toma. Todo tuyo, puto enfermo.

—Gracias, colega.

Cuando estaba a punto de cogerlo, lo solté dejando que cayera al vacío. La cara que se le quedó valió para que durante unos segundos me olvidara de todo y fuera yo el que estallara en carcajadas.

—La has cagado, tío.

—No, Poli, aquí no se juega —le advertí serio—. Podemos caernos.

—Acabas de asesinar a un buen bocadillo con una hermosa vida por delante. ¿Crees que puedes irte de rositas?

—¡Poli, para! ¡Poli, nos vamos a matar!

Después de un leve forcejeo nos abrazamos como siempre, o como nunca. Aún no lo sé. Ese cabrón insensible era el mejor amigo que podía haber encontrado en la vida.

325

A la mañana siguiente y después de una mala noche, volvía a estar en el taller debajo del Mercedes. El jefe apareció vociferando:

—¡Señor Espriu! ¡Maldita sea! ¿Se puede saber qué hace ahí abajo?

—Ponerlo a punto, jefe —dije saliendo con una llave inglesa en la mano.

—¿Ha pensado qué le pasaría si se le cae encima?

—Tranquilo, jefe, lo hemos fijado bastante bien.

El gato se nos había roto, así que conseguimos mantener el coche levantado con unos cuantos tomos de una vieja enciclopedia que nadie iba a leer en ese taller. También usamos otras piezas inservibles de motores viejos que, formando un montículo bastante decente, lograba una altura idónea.

—¿Usted cree que esto está fijado? —Dio una leve patada al chasis y todo se tambaleó a punto de venirse abajo—. Dígame, Espriu, ¿qué le pasaría si esa mierda que han hecho se desmorona?

—¿Que el coche me aplastaría...? —solté confuso.

—¡Exacto! Y no queremos que le aplaste, ¿verdad? ¡Pérez! —ladró.

—¿Sí, jefe? —dijo el novato emocionado porque el jefe lo reclamaba.

—Ocupe el puesto de Homero.

Pérez miró el Mercedes asustado.

—¿A qué coño espera?

—¿Ha... ha dicho que podría fallar?

—Es improbable. ¿Me ve preocupado?

—No, señor.

—Pues arreando.

Una vez restablecido el orden, el jefe me arrastró fuera del taller.

—Tengo una noticia que darle, Espriu.

—Yo también, jefe.

—Bien. Eso me gusta. Midámonos las pollas a ver cuál de los dos la tiene más grande. Usted primero.

—¡Voy a tocar en El Molino!

—Dios Santo, eso es fantástico. Menudo salto ha dado. ¿Lo ve como no puede arriesgarse colocándose debajo del coche? Pérez ni siquiera toca la guitarra. ¿Cuándo actúa?

—El sábado.

—¡Recórcholis! ¿Este sábado? Es usted de los que saben guardarse las cosas hasta el final.

—No. No es eso. Me he enterado… hace nada.

—¿Cómo lo ha conseguido?

—Por mi representante —mentí. No quería que nadie conociera mi relación con el señor Montoya.

—¿El pordiosero ese?

—El mismo. —Me reí.

El excoronel frecuentaba según qué lugares alternativos pero siempre exigía a sus conocidos ir de punta en blanco.

—En fin, nada que reprocharle, desde luego. No habría apostado un duro por ese espécimen flacucho.

—¿Y cuál es su noticia?

—Tengo una misión para usted.

—¿Una misión?

—Bueno, es un favor, pero si uso la palabra «misión» le otorga un carácter más relevante, ¿no cree?

—Sí, por supuesto. ¿Y cuál es esa misión?

—Cuidar de alguien durante todo un día.

—En otras palabras, me toca hacer de niñera —gruñí.

—Más bien de chófer. Y no se lo pediría si no fuera importante. Pero me lo han solicitado como un favor especial de última hora y necesito a alguien que sepa manejarse bien, comportarse con educación y que posea cierta cultura. Y como bien sabe, en este taller solo tengo pimpollos inútiles y chimpancés con herramientas.

—¿Y quién es la susodicha?

—Carmen Franco.

—La hija de…

—En efecto.

327

—Pensaba que ya tenía su propia escolta.

—Así es. Pero quiere algo más de intimidad, aprovechar su estancia en Barcelona, y ha solicitado a alguien conocedor de la costa y las mejores playas.

—Pero yo no...

—No se preocupe. Ya le he hecho los deberes. Mi mujer y sus amigas, por lo menos han servido de algo esas momias que se beben mi café y liquidan mis galletas, me sugirieron que la lleve al Garraf. Encontrará algunas calas donde preservar su intimidad. Luego ya entraremos en detalles. Ah, y será la oportunidad perfecta para poner a prueba el coche.

—¡¿Podré coger el Mercedes?!

—Deberá conducirlo. Le recuerdo que no llevará a una de sus amiguitas bohemias con la palabra «libertinaje» escrita en la frente. Será responsable de la hija del Caudillo. Y esa preciosidad es uno de sus vehículos oficiales. Haga esto bien, compórtese como sabe, y que la Princesa del Pueblo pase un día como nunca lo ha tenido. Hágame quedar bien con el Caudillo y le aseguro que yo le haré quedar bien a usted. ¿Entiende lo que eso significa?

—Sí, señor. ¿Cuándo?

—Por ahora deberá conformarse solo con el dónde y el quién. Pero intuyo que será pronto. Usted disfrute de la noche del sábado, pero a partir del domingo le necesito disponible las veinticuatro horas del día. Y Espriu, ni una palabra de esto... a nadie. ¿Entiende? Han ordenado máxima discreción.

—Claro, jefe. Seré una tumba. ¿Y qué pasa con las amigas de su mujer?

—¿Qué pasa con ellas?

—Las mujeres siempre hablan. ¿No se irán de la lengua?

—Estoy deseando que alguna de ellas lo haga para poder fusilarlas a todas.

A veces me costaba averiguar si el jefe hablaba en serio o en broma. Pero con un espécimen como él, lo mejor era asentir y perderle de vista cuanto antes.

20

Dos hombres y un usurero

$\mathcal{L}$a campanilla tintineó nerviosa. Polito avanzó por el estrecho pasillo hasta el mostrador que había al fondo. Todo seguía tal y como lo recordaba. Incluso ese olor a cerrado aderezado con años y años de polvo.

Detrás del mostrador también seguía el mismo viejo, pero mucho más cascado. Su fea tos se podía oír casi desde la calle, pero su oído y su instinto seguían siendo tan finos como los de un lince.

—Vaya vaya vaya… ¿A quién tenemos aquí?

—Hola, viejo, deberías curarte esa tos…

—Neee —crujió su voz—. A estas alturas solo sería una pérdida de tiempo.

—¿Y tus perros?

—¿Por qué? ¿Has venido a matarme?

—Neee. A estas alturas solo sería una pérdida de tiempo. —Ambos sonrieron con frialdad.

—Tuve que sacrificarlos.

—Se revolvieron contra la mano que les daba de comer, ¿eh?

—Neee…, simplemente ya no me eran útiles. Nunca fueron como tú.

—Por supuesto que no. Yo no le reventaba las costillas a nadie por cuatro duros.

—Cierto, pero una empresa requiere todo tipo de empleados. Tú eras el mejor robando, sutil, silencioso, elegante incluso. Y ellos eran los mejores para que no se te pasara por la cabeza robarme a mí. He oído que ahora trabajas en la construcción.

—Has oído bien.

—Neee... Menudo talento desperdiciado. Podíamos haber ganado mucho dinero juntos.

—Hasta que estuviste a punto de matarme.

—¡Me robaste la moneda! —Empezó a toser descontrolado y necesitó unos segundos para recuperarse.

—Nunca fue tuya, viejo.

—Igual que todo lo que hay aquí —dijo extendiendo los brazos orgulloso—. Y nunca te importó.

—Pues ahora me importa.

—Ya lo veo... ¿Y has venido hasta aquí para decirme esto?

—Necesito dinero —dijo con la boca pequeña y tragándose todo su orgullo.

Los finos labios de Emmet dibujaron una cruel sonrisa de satisfacción.

—Claro que lo necesitas. Y yo puedo conseguírtelo, de eso no cabe la menor duda. La pregunta que me surge ahora es: ¿qué puedes ofrecerme tú a mí?

—Tú lo has dicho antes. Mi talento. Escucha, viejo, esto no es un favor, es una negociación. Yo hago un trabajo y tú me pagas por él. Punto.

—Te conozco demasiado bien. Algo tienes entre manos. —Emmet se inclinó hacia delante—. ¿En qué estás pensando?

—Mañana por la noche voy a El Molino. Sé que manejas cosas por allá. Llevas años haciéndolo.

—Manejaba cosas por allá —corrigió Emmet—. Las cosas no son como antes.

—Exacto. Cada vez es más difícil encontrar a jóvenes talentos dispuestos a jugarse el pellejo. ¿Me equivoco?

—No mucho —soltó el viejo con resignación—. Está todo más vigilado, hay mirones y chivatos por todos lados, está la Policía Militar, y si por casualidad te cogen, los castigos son más..., cómo lo diría, ejemplares.

Polito sonrió pícaro y Emmet le dirigió una mirada de cierto orgullo.

—Te había echado de menos, chaval. Dime una cosa, ¿crees en el destino?

—No.

—Bien, porque yo tampoco. Pero sí en las casualidades. Y da la casualidad de que tengo que entregar un paquete en los próximos dos días.

—Yo lo haré.

—Neee, no corras tanto. —La tos de Emmet lo dejó a media frase. Salivó un poco y se llevó un pañuelo deshilachado a la boca para volverlo a guardar en el bolsillo de su chaqueta, que por lo menos era dos tallas más grande—. Sabes que en este trabajo las prisas no son buenas consejeras. Si no se ha entregado antes, es porque los están vigilando.

—¿A quiénes?

—Eso no importa. Lo que importa es que tienen a la Policía y al Ejército pisándoles los talones. Saben que están aquí y saben que vienen a por algo.

—¿A por qué?

—Medicinas.

—¿Medici…? ¿Estás con los rojos?

—Neee… Por favor. No insultes a mi inteligencia. Franquistas, republicanos, comunistas, socialistas, nazis… Todos vendiendo su maravilloso producto al mundo. ¿Qué coño me importan a mí sus ideologías? Mira cómo lo han dejado todo. Idiotas. Si todos esos líderes se hubiesen preocupado menos por el mundo con el que soñaban, jamás habrían existido las cartillas de racionamiento.

—Ahora resulta que el viejo Emmet es todo un ejemplo.

—Neee, yo no soy ejemplo de nada. Pero sé de qué está hecho el mundo, igual que sé que, si pillan a alguien con este paquete, es como si me pillaran a mí. Y aunque esta maldita tos me va a matar algún día, prefiero que lo haga ella que no una celda oscura o una bala en la nuca.

—¿Y por qué sigues con esto? ¿Por qué no vuelves a las cosas pequeñas?

—Tú crees que todos somos dueños de nuestras decisiones, pero mírate. ¿Estás aquí porque quieres? Neee. Estás aquí porque una vocecita que no te deja dormir por las noches te lo ha dicho: que no eres suficiente y que nunca lo serás.

—¿Cuál es el trato con esa gente? —preguntó Polito harto de escuchar al viejo.

—Neee. Antes necesito que me ayudes con algo. Un pequeño favor.

—Los favores se pagan. Me lo enseñaste tú.

—Necesito que me lleves hasta él —soltó Emmet rápido y directo—. Ha cambiado de apellido, ¿verdad?

—Pensaba que ya habíamos aclarado ese asunto la última vez.

—Por mi parte está todo aclarado. Solo quiero hablar.

—¿Y si me niego? Déjame adivinar. Anularás nuestro trato.

—Neee. Nuestro acuerdo sigue en pie. Es oficial. Pero tengo que hablar con él. Solo una charla entre viejos amigos.

—Dudo que él quiera hablar contigo.

—Aun así, me llevarás hasta él. ¿Por qué alguien se cambia su apellido? Se me ocurren varios motivos. Sean cuales sean, no creo que al señor Espriu le interese mucho que la gente sepa quién es en realidad.

—Puto viejo…

—Lo sé, querido amigo. Yo también te he echado de menos.

Habría sido casi poético terminar la conversación con su cruel sonrisa. Sin embargo, la fea tos que expulsaban sus pulmones le robó todo el protagonismo.

Era tarde. La ciudad dormía. Y yo paseaba. No podía concentrarme en casa. Las paredes se me echaban encima y, harto de moldear la cama y revolver las sábanas, salí a dar una vuelta. La noche siempre me transmitía algo sugerente. Todos en sus camas, con sus vidas y sus sueños. ¿Cuántos de aquellos sueños se cumplirían? Pocos. Simplemente por ser eso, sueños. Porque al despertar, entre el bostezo y la tostada, lo que parecía tan hermoso por la noche se torna en imposible por la mañana.

Caminaba tratando de pensar y al mismo tiempo de no pensar. Pensar en mi actuación en El Molino. No pensar en ella. Pensar en qué canción iba a escoger. No pensar en ella. Pensar en mantener la calma. No pensar en ella. Y así esquina a esquina. Calle a calle. Hasta que mi oído detectó algo. Algo inusual a esas horas de la noche.

A mi espalda, venía oyendo desde dos calles atrás un caminar forzado que acompañaba sus pasos con un bastón.

La noche puede volverse peligrosa y violenta. Sobre todo, en la ciudad. Metí una mano en el bolsillo y la cerré en torno al mango de mi navaja. Estaba a pocos metros de mi portería. Podría haber acelerado hasta alcanzar la seguridad del hogar pero hice todo lo contrario. Aflojé el ritmo hasta que sentí los pasos de mi perseguidor muy cerca. Entonces me volví rápido, saqué la vieja navaja de Toro Sentado y empotré el cuerpo de mi acosador contra la pared.

—¿Por qué me sigues?

—Neee… Chico, haz el favor de soltarme —consiguió pronunciar con mi antebrazo presionándole la yugular y su bastón desplomándose sobre la acera.

Unos segundos más de presión y adiós a Emmet el usurero. Sabía que no podía traerme nada bueno. Pero era un viejo débil, que no inútil, con una salud más consumida de lo que recordaba. Lo solté. Y mientras tosía con fuerza, me agaché y le devolví su bastón.

—Hace años le advertí que no volviera a acercarse a nosotros.

—Y te hice caso, ¿verdad?

—Hasta hoy.

—Hoy, ayer, mañana… Hay elementos que al final siempre deben encontrarse. Es su orden natural —sonrió—. Has crecido. No te habría reconocido con la barba.

—¿Qué quiere?

—Hablar. Solo eso.

Me extrañó que pareciera sincero e indefenso. Dos conceptos que jamás habría asociado al usurero. ¿Puede un hombre cambiar?

La calle estaba vacía y oscura, salvo por la bombilla intermitente de una vieja farola.

—Tranquilo. He venido solo. Lo juro.

—Nada de lo que pueda decirme me interesa lo más mínimo, viejo.

—¿Aún la llevas contigo? ¿Acaso no quieres conocer su historia? ¿Su origen?

—Así que es eso… Lo ha descubierto.

—Neee. Lo descubrí hace años. Mucho antes de que cruzaras mi umbral haciendo tintinear esa campanilla. Incluso antes de que nacieras.

—Ya. ¿Y qué ha cambiado en todo este tiempo?

—Nada. Todo.

Emmet desplegó su vieja gabardina y rebuscó muy despacio en ella. Si sacaba una pistola, ya podía darme por muerto. Era un completo estúpido por haberme dejado engañar. Sin duda, parecería un robo. Finalmente, Emmet sacó una pequeña libreta que me ofreció con manos temblorosas. Un tembleque de vejez, no de cobardía.

—¿Qué es eso?

—Respuestas.

—¿Por qué me las da?

—Tú eres el portador. Y yo soy demasiado viejo para emprender nuevas aventuras. Aquí encontrarás algunas respuestas. Pero no todas.

—¿Qué quiere a cambio? —pregunté mientras le quitaba la libreta de sus raquíticos dedos.

—Solo una cosa. Dime dónde la encontraste.

Sus ojos se desplazaron bajo mi camisa. Directos a la moneda de mi medallón. Y yo estaba cansado del juego.

—En una cueva. —Suspiré—. Lejos de aquí. En las montañas. Pero nunca ha sido mío. Fue un regalo. Un préstamo.

—Ella debe ser muy especial para ti.

—Lo era. ¿Por qué tanta obsesión con este medallón?

—¿Y quién te ha dicho que es un medallón?

El viejo Emmet señaló la libreta y se esfumó. Lo último que quedó en la noche fue el ruido de su bastón entre las sombras acompasando su latosa tos.

Entré en casa, abrí la libreta y me hundí en el sofá. Por un segundo visualicé a mi padre. Con el libro sobre las rodillas, leyendo a altas horas de la madrugada, apoltronado en su butaca, con la lámpara de mesa iluminándolo solo de cuello para abajo. Ocultando el rostro. Nunca sabía si leía o dormía.

Pasé mi mano por la tapa. Era de cuero marrón agrietado en múltiples estrías verticales. El interior estaba escrito a mano. Con una letra hermosa. Clara, firme, limpia. Parecía un diario.

Suspiré y hojeé con un barrido rápido todas las páginas hasta que encontré algo que… No podía ser verdad. Allí estaba, ocupando casi toda la página, un dibujo perfecto del medallón. Lo descolgué de mi cuello y lo coloqué junto al dibujo. Cada línea, cada curva, cada relieve estaba detallado sobre el papel.

Entonces volví al principio del diario. Leí toda la noche hasta que me descubrió el alba. Y cuando el día ya persistía en su empeño, bajé las persianas, cerré la puerta de mi habitación, encendí la pequeña lámpara y seguí leyendo.

Contaba la historia de un rey, de toda una civilización, de un colono y un tesoro en forma de vestido con 183 monedas de oro que lucía la hija pequeña del soberano de Akram. El texto no era muy preciso en la localización de ese reino pero parecía situarse en algún punto entre el centro y el norte del actual México. El oro era el centro de la vida en Akram. Todo, absolutamente todo, estaba hecho y construido con oro. Lo que para nosotros representó en su día la madera, el hierro o el cemento era lo que significaba para ellos el oro. Un material primario con el que levantaron su civilización.

Pero todo cambió cuando llegó el hombre blanco. Un grupo de cuatro exploradores, colonos del Viejo Continente, dieron por casualidad con el reino de Akram. Eran un padre y sus tres hijos. Fueron bien recibidos y tratados con cortesía, seguramente espoleada más por la curiosidad de los indígenas que por su hospitalidad natural. Les permitieron moverse, relacionarse, pasear e investigar cuanto quisieran. Y solo les pusieron una condición: lo que era de Akram se quedaba en Akram.

Nada tenía que ver esa ley con la avaricia, sino con sus creencias más profundas. Una profecía ancestral que todos respetaban con temor y devoción: el día que el oro saliera de sus tierras su civilización se extinguiría. Y aquel que portara el oro de Akram fuera de sus fronteras jamás conocería la paz.

En mi cabeza retumbaban esas cuatro palabras: «Jamás conocería la paz, jamás conocería la paz…». Volví a sumergirme en el relato.

Más de tres meses estuvieron conviviendo el padre y sus tres hijos mayores con los habitantes de Akram. Pero, poco a poco, el oro fue corrompiendo sus corazones. Trazando planes, buscando una salida hacia el mar, dueños del engaño, poseedores de fortuna… No eran nadie en su mundo, salieron del Viejo Continente sin nada que perder y, sin embargo, podrían regresar siendo hombres muy ricos.

A todos les había nacido esa necesidad, menos a Felip, el pequeño de la familia, de diecisiete años y enamorado de esa cultura milenaria. Y de la princesa Yuhubu, la hija más joven del rey de Akram.

Si la historia nos ha enseñado algo es que solo existen dos cosas en este mundo por las que un hombre puede perder del todo la cabeza: el oro y el amor. Y las dos se encontraban en Akram. La princesa Yuhubu poseía las dos. Porque, además de su extraordinaria belleza, estaba envuelta en un magnífico vestido confeccionado con 183 monedas de oro. Un tesoro único e inigualable.

Padre y hermanos tenían muy claro lo que iban a hacer. Felip también, pero su plan nada tenía que ver con el de su familia. Para qué querría regresar él a ese continente decadente, lleno de cerdos retozando en el barro, cuando ahora lo envolvían toda esa riqueza y los brazos de la princesa por las noches. Siempre escondidos de un mundo que ni siquiera los juzgaría, solo se limitaría a sentenciarlos. O vivir separados o morir juntos.

El timbre de mi puerta sonó sin descanso. Seguía tumbado en el sofá, me había dormido. El diario abierto sobre mi cara.

—¡Ya voy! —grité mientras me dirigía a zancadas hacia la puerta.

—¡¿Se puede saber qué coño haces?! —Polito era de esos que se despertaban siempre con exceso de energía—. ¿Te acabas de despertar?

—No —mentí sin saber por qué.

—Estás despeinado.

—Tú llevas despeinado desde que te conozco.

—Es diferente. —Señaló su abundante y alocado pelo—. Esto va por libre.

Se coló en mi casa pasando por debajo de mi brazo.

—¿Por qué estás a oscuras? ¿Sabes qué hora es?

—Alguna hora entre la mañana y el mediodía. —Me estiré para desbloquearme.

—En tres horas tienes que estar sobre un escenario. ¿Sabes qué escenario o también tengo que recordártelo?

—¿Tres horas? Pe-pero...

—¿Qué coño haces aquí parado? ¡Venga, joder, corre!

Corrí por el pasillo hacia mi habitación dando saltitos como si el suelo ardiera.

—Menos mal que has venido. Aún hay tiempo —grité desde mi cuarto mientras Polito subía las persianas del salón y abría las ventanas para ventilar.

—Vamos bastante justos.

—No seas exagerado. En media hora estamos allá —gruñí calzándome.

—Antes hay que beber. ¿O piensas que vas a subir a ese escenario sin estar medio borracho?

21

El Molino

*E*ra la gran noche. Mi gran noche.

Polito me llevó a La Taberna de Juancho. Ese pedazo de mundo que ya habíamos hecho nuestro. Polito no iba a permitir que nada pudiera torcerse, así que se aseguró de tenerme bien cerca. Si me terminaba una copa, me servía otra; si me quedaba callado, me hacía preguntas; si mi mirada se perdía, él me la encontraba…

En nuestro grupo de habituales, destacaba Alicia, una enfermera que trabajaba con Lolín en el hospital. Y esa noche llevaba un vestido espectacular.

—¿Alguien quiere algo? —preguntó al levantarse de la mesa y atraer las miradas de medio local.

—Yo tomaré otra copa de vinito —sonrió Lolín con la cara sonrojada. Le pasaba siempre que bebía alcohol.

—¿Otra más? —le espetó Polito.

—Sí, otra más —remarcó ella. Fin de la discusión.

Me encantaba cómo esa pequeña mujer lo dominaba a placer. Era humillante, pero muy gracioso.

—Yo también tomaré otra —añadí con una sonrisa.

En cuanto Alicia se fue a la barra, Lolín se inclinó hacia mí.

—¿Qué tal con Alicia?

Su colega formaba parte de su inagotable estrategia para conseguirme una chica decente. Y esta vez había dado en el clavo. Alicia me gustaba de verdad. A primera vista era una chica guapa, elegante y correcta hasta rayar peligrosamente lo tedioso. Pero a medida que cogimos confianza se convirtió casi en otra mujer. Más lanzada, juguetona, divertida e impulsiva. Alguien con quien podía reírme y pasármelo bien ya fuera en una verbena o encerrado en casa.

—En el trabajo siempre me dice que se lo pasa muy bien contigo y que eres todo un caballero —insistió Lolín.

Después de su último fracaso tras intentar juntarme con una pastelera que, la verdad, no había por dónde cogerla (figurada y literalmente), Lolín estaba convencida de que Alicia era la definitiva. Su familia se acababa de trasladar desde Valencia y, en cuanto Alicia entró a trabajar en el hospital, ya le habló de mí. Pobre chica. Recién llegada y se topa con una minienfermera mandona que le habla de un amigo suyo que «necesita urgentemente una mujer que sepa vestirlo». Palabras textuales. No sé cómo llegó a aceptar.

—Sí, yo también me lo paso muy bien con ella…

—¿Pero? —continuó Lolín.

—No sé —contesté cohibido ante su intransigente mirada.

—¿No sé qué?

—Pues que me gusta y eso, pero no sé si es mi tipo.

—Claro que no lo es —soltó Polito—. Tu tipo lleva un rifle en vez de un bolso y prefiere matar fascistas antes que bailar.

Desde mi sitio pude sentir el puntapié que Lolín le regaló por debajo de la mesa.

—No lo entiendo. Lleváis más de un mes quedando —apuntó decepcionada.

—¿Y eso es mucho o poco? —pregunté desconcertado. No estaba muy puesto en relaciones de más de una noche.

—El suficiente para que des otro paso.

—Ella no me ha dicho nada.

—Pues claro que no, pedazo de troglodita. Es una mujer. Está deseando que lo des tú.

—Pero yo estoy bien así.

—Además, tiene un montón de mujeres dispuestas a hacerle muy feliz —intervino Polito irónico—. ¿Para qué iba a conformarse con una?

—Eso no son mujeres. Son furcias facilonas.

—Joder, cariño, rebaja un poquito...

—No, señor. Si crees que voy a permitir que tu amigo pase el resto de su vida con esas víboras putonas...

—Creo que ese no es tu trabajo —dijo Polito con la boca pequeña.

—No, claro que no. Trabajo es lo que hago deslomándome todo el día en un hospital para conseguir cuatro miserables duros. Deberían pagarme más porque la mitad de las veces tengo que decirles a los médicos cómo hacer su puñetero trabajo, pero claro, hay un pequeño inconveniente...

—¿Cuál? —pregunté interesado.

—Pues que tengo dos tetas.

—Bueno, entonces no es tan pequeño —me reí.

—Eh, no hables de los pechos de mi mujer.

—Pero si eres tú el que todo el día me estás diciendo lo mucho que te gustan.

Polito miró a su mujer y negó amedrentado.

—Cariño, eso no es verdad. Te juro que se lo está inventando.

—¿No te gustan mis pechos? —se ofendió Lolín.

—¡A esta invita la casa! —tronó la voz de Juancho poniendo una botella de vino sobre nuestra mesa.

Alicia y otra amiga, también enfermera pero con novio, ya traían nuestras copas y unas aceitunas que dejaron también sobre la mesa.

—¿Qué estás tramando, viejo? ¿Desde cuándo invitas a algo? —Polito miró sospechoso a Juancho.

—No todos los días tengo de cliente a un músico que va a tocar en El Molino.

—Gracias, Juancho, es todo un detalle. —Le estreché su mano sudorosa.

—Nada nada… Pero si por casualidad conoces a la Bella Dorita, ¿le hablarás de La Taberna de Juancho? Dile que aquí siempre se la tratará como a una reina.

—Pues a ver cuándo nos tratas a nosotras como a una reina porque te recuerdo que nos hemos dejado aquí más dinero que ella —le reprochó Lolín, y Juancho se alejó silbando.

—La Bella Dorita… —Suspiré—. Si me dice algo, no sabré ni qué contestarle.

—¿Tú sin saber qué decirle a una mujer? —sonrió seductora Alicia—. Perdona que me cueste creerlo.

—¿Y si hago el ridículo?

—Eso sí que sería más creíble —se rio Polito.

—Por suerte te tiene a ti, que de hacer el ridículo sabes bastante —añadió Lolín.

Salimos todo el grupo de amigos del bar y alcanzamos nuestro destino demasiado rápido para mi gusto. Las piernas me temblaban y el estómago me daba tantas vueltas como las aspas iluminadas de El Molino que giraban sobre nuestras cabezas. Me arrepentí de haberme tomado esa última copa pero me tranquilizaba ver que Polito estaba tan histérico como yo. Se le notaba en sus gestos y en la voz de pito que le salía cuando nos llamaba a todos para que no nos despistáramos. El muy tozudo llevaba una guitarra de repuesto enfundada a la espalda por si le pasaba algo a la mía. Se estaba volviendo un poco paranoico.

Lolín disfrutaba de cada segundo y se notaba que no estaba muy acostumbrada a salir a otro sitio que no fuera La Taberna de Juancho. De hecho, ninguno lo estábamos. Esa era una noche especial y andábamos algo perdidos. También Alicia, que se agarraba a mi brazo anonadada por el jaleo que se congregaba en la entrada de El Molino.

—¿Qué piensas? —preguntó con sus ojos inteligentes.

—Pienso que es injusto. Llevo queriendo entrar aquí toda la vida y tú lo has conseguido en unos pocos meses.

—Soy una mujer con suerte —dijo riendo sobre mi hombro.

—Una mujer con suerte y espectacular. —Esa frase, barata pero cierta, solo podía acabar con un beso.

Pasamos bajo las aspas de El Molino y levanté la vista para admirarlas. No quería olvidar ese momento. ¿Quién iba a decirme años atrás que ahora estaría ahí? Después miré hacia el suelo sucio junto a la entrada. Vi a un anciano sentado sobre un arrugado cartón haciendo sonar una vieja armónica para amenizar la espera en la cola de entrada. Sonreí nostálgico y le di un par de monedas. Junto a sus pies tenía una larga fila de cigarrillos a medio consumir. Estaban ordenados por precio, es decir, por el número de caladas que les quedaban. A los más largos aún se les podía exprimir cuatro o cinco caladas. Así que, por unos pocos céntimos, podías hacerte con una colilla y fumar un poco.

Fue inevitable recordar que sobre esas mismas baldosas había pasado mil tardes tocando para los transeúntes y sus zapatos. Había pasado frío y calor, había pasado hambre y sed, vergüenza e infamia. Fue en esa misma acera cuando encontré a Polito y lo perseguí para colocarle la navaja bajo la yugular. Fue como contemplar otra vida que no tenía nada que ver conmigo y entender que no somos más que almas proyectadas y sometidas al antojo del viento. De alguna manera acepté que nada dependía de mí. Acepté que en los aciertos pueden estar los fracasos y en los fracasos los aciertos. Era una cuestión de perspectiva que, por desgracia, solo el tiempo me dejaría ver. Probablemente en unos años. O en una vida. Lo que tuviera que pasar pasaría de todas formas con o sin mi ayuda. Pero eso no era lo que me habían enseñado. Y me molestaba que mis experiencias contradijeran a mis padres. No hay nada escrito. El destino se lo forja uno. Y es cierto. Pero solo cuando el destino está en tus manos. Y en aquellos tiempos, todos colgábamos de un hilo muy fino.

—¡Homero, chico! —Esa inconfundible voz era la de Montoya.

—¡Ha venido!

—Pues claro que he venido. ¿Qué haces aquí?

—¿Es una broma?

—¿Una broma? ¿El qué?

—U-u-usted me dijo que… la Bella Dorita…, que yo podía…

El muy desgraciado empezó a reírse a carcajadas. La mujer que lo acompañaba le dio un golpe cariñoso en el hombro recriminándoselo.

—Eso ha sido de muy mal gusto, Víctor.

—Oh, no te preocupes por este cabroncete. Tardará poco en devolvérmela. ¿Son esos tus amigos? —preguntó el Gordo.

—Sí, señor.

—Diles que salgan de la cola, anda. Hoy es una noche especial.

Montoya tenía un pequeño reservado y los invitó a acompañarlo. Nuestras chicas se volvieron como locas y por una noche todos dejamos de ser calabazas.

Una mujer embarazada y su acompañante pasaron junto a nosotros. Ella iba tan emocionada que ni siquiera reparó en que su abanico había caído a nuestros pies. El novio de la otra enfermera lo recogió de inmediato y la agarró del brazo para devolvérselo. La mujer se giró para lanzarle una mirada de ojos verdes fulminante.

—Pe-perdone…, se le ha caído esto —dijo nuestro amigo intimidado.

El rostro de la mujer se relajó y le sonrió.

—Oh, es usted muy amable.

—Tenemos que seguir —le advirtió su acompañante apretando la mandíbula.

—Sí, voy —respondió ella, y después miró de nuevo a nuestro amigo—. Muchas gracias.

—No hay de qué, señorita —dijo entre embobado y cohibido. Y volvió junto al grupo—. ¿Habéis visto a esa embarazada y a su maromo?

Lo único que alcancé a ver de ella fue su larga melena rubia, pero cualquiera que se hubiera fijado habría deducido que eran como dos pajarillos que habían perdido a su bandada. O como dos guerrilleros fugitivos que habían abandonado la seguridad de los bosques para adentrarse en la fría ciudad.

—No debes distraerte con tanta facilidad —le reprochó él.

—Nunca había estado en la ciudad. Además, ¿crees que es fácil moverme con esta barriga?

—Enseguida podrás descansar.

—¿Dónde vamos? Me da la sensación de que estás igual de perdido que yo.

—El informador me dijo que nos sentáramos en las últimas filas. Es donde hay menos luz.

—Y donde la salida está más cerca en caso de que algo se tuerza. —Él asintió pero no borró la tensión que reflejaba su rostro—. Vamos, no me digas que no te fascina todo lo que estás viendo. —Ella sonrió más calmada.

—Echo de menos la seguridad de la montaña.

—Y yo echo de menos andar con las piernas juntas. Pero ya ves… Aquí estamos los dos.

—Pronto acabará. —Suspiró tratando de controlar todo lo que los rodeaba.

—Mientras tanto…, ¿me harías un favor? —dijo ella sugerente.

—Claro.

—Relájate. Intenta disfrutar.

—No hemos venido a disfrutar, Cloe.

—Lo sé, querido —confirmó con sorna—. Pero, si quieres que pasemos desapercibidos, tendrás que borrar esa cara de amargado.

Pascual le ofreció su brazo como haría cualquier pareja corriente. Ella lo aceptó satisfecha.

Y

Nosotros entramos liderados por Montoya. Yo caminaba erguido admirando ese teatro que a cada segundo estaba más lleno.

—¿Cómo está el artista? —susurró Alicia dejando que sus labios acariciaran mi oreja.

—Me tiemblan hasta los dedos de los pies.

—¿Sabes qué? Conozco algunos trucos para relajarte. —Sus dedos jugaban sobre el botón abierto de mi camisa.

—Lástima que no se te hubieran ocurrido un poco antes.

—No te preocupes por eso. Tenemos toda la noche. —Y me besó en los labios. Los suyos eran gruesos y tibios y dominaban a los míos.

Enseguida llegamos a nuestras localidades y tuve que despedirme de todos para ir tras los bastidores. Al alejarme de mi gente me sentí extrañamente solo y desprotegido. Fue como si comprendiera que mi destino era inminente y que iba a tener que afrontarlo a ciegas. A mi lado solo tenía a Montoya, que había insistido en acompañarme mientras no paraba de mirar su reloj, consciente de que ya era demasiado tarde para las presentaciones. Habló con un vigilante que cubría el acceso y nos dejó pasar. Después me llevó hasta un pequeño camerino y se despidió de mí para volver a su asiento mientras un grupo de bailarinas ligeras de ropa correteaban a mi espalda. Allí me quedé, sentado frente a un espejo en las mismas tripas de El Molino.

En el otro extremo del teatro, Cloe y Pascual también habían encontrado sus localidades. Ella se abanicaba acalorada.

—¿Estás bien? ¿Necesitas algo?

—Un cubo de agua… —bromeó mientras sus ojos seguían admirando El Molino—. ¿No lo encuentras espectacular? La decoración, el color, el ambiente… Tiene algo mágico, ¿verdad?

—Eso espero, porque magia es justo lo que necesitamos.

A los pocos minutos, cuando el silencio todavía no era total, El Molino estalló en un aplauso para recibir a su gran diva: la Bella Dorita.

Los ojos hiperactivos de Polito eran los únicos que no miraban el escenario. Hicieron un barrido general por toda la sala hasta que dio con lo que buscaba. Se puso en pie pero Lolín lo frenó:

—¿Adónde vas ahora?

—Acabo de ver a un viejo amigo. Enseguida vuelvo.

—Te lo perderás, Poli.

—Tranquila… —Polito se acercó a Lolín para darle un tierno beso—. Sabes que te quiero, ¿verdad?

—¿Qué pasa? —preguntó ella suspicaz. Amaba a ese hombre tanto como lo conocía y su instinto femenino ya se había activado.

—Antes de que te des cuenta, estaré a tu lado.

Se alejó a zancadas hacia su destino con la guitarra de repuesto a la espalda. Llámalo destino o llámalo tipo regordete, entrado en años y con un bigote extrafino que no le podía quedar peor. Por la gente que lo rodeaba haciéndole la pelota y, sobre todo, por su chaqueta de brillantes y terciopelo, era evidente que trabajaba allí.

—¡Poli! —dijo más sorprendido que contento.

—¿Qué pasa, Mario?

—¿Qué haces por aquí?

—Pues ya ves… Vengo a saldar tu deuda —dijo sonriente, pero bastó esa frase para que Mario fuera despidiendo a los moscardones y buscara un lugar más apartado.

—¿De qué coño vas? No puedes aparecer así soltando esas cosas delante de la gente.

—¿Dónde tienes la mercancía?

—Está a buen recaudo —soltó mirando hacia todos los lados—. Joder, odio esta mierda. Si se enteran de que he sido yo, me encierran y me quedo sin curro. Y si me quedo sin curro, mi mujer me…

—Nadie se enterará —lo frenó Polito.

—Más te vale. Y dile a ese puto viejo que con esto queda saldada mi deuda.

—Díselo tú. No trabajo ni para ti ni para él.

—El hijo de perra me tiene cogido por los cojones...

—Es difícil escapar de su tela de araña.

—Tengo entendido que tú lo hiciste. ¿Por qué coño has vuelto?

—Intereses mutuos... ¿Cómo lo hacemos? —preguntó Polito para zanjar el tema.

—Ahora nos separamos. En pocos minutos las luces de la sala se atenuarán. Te estaré esperando en esa esquina de allí. —Señaló una zona alejada del escenario sumida en la oscuridad—. No te retrases, por lo que más quieras. Paso de tener esa mierda en mis manos. Te la doy y lo que quiera que tengas que hacer lo haces rápido y sin llamar la atención.

—Hecho.

—Ah, Poli... De vez en cuando, échale un vistazo. —Con la cabeza indicó una pequeña bombilla que parecía flotar justo encima de la puerta.

—¿Qué pasa con esa bombilla?

—Tenemos un portero en la entrada que la enciende para avisarnos de que viene la Policía.

—Joder, estáis en todo.

—Son tiempos difíciles. Conclusión: si ves la luz roja, afloja.

—Eres todo un poeta. Gracias, Mario.

—No quiero volverte a ver por aquí.

Mario se esfumó y Polito esperó. Tal y como había anunciado, las luces se atenuaron y Mario apareció en la esquina indicada: el espectáculo estaba a punto de empezar.

Desde las filas de atrás, Cloe, con su voluminosa barriga, disfrutaba como una niña. Miraba fascinada el escenario mientras reía a carcajadas escuchando a la Bella Dorita y su famosa canción, *La vaselina*. Hasta Pascual, a pesar de sus músculos rígidos y su desorbitada tensión, consiguió sonreír de forma bastante natural. Entre los dos habían dejado una butaca vacía. Eran muchos los que usaban esa técnica en las últimas filas para guardar un hueco a su proveedor.

Pero soy tan inocente que no acierto a comprendeeer,
para qué es la vaselinaaa, ni en qué sitio la pondreeé.
Si usted ya lo sabe, me debe explicar,
si el día de booodas… se debe de usaaar.
Aseguran mis amigas, las viuditas y casadaaas,
que poniendo vaselina, no se nota casi nada…
Y ayer dijo mi familia que en el día de la boda,
como nunca fue a la iglesia, que tampoco… entrará toda.
Y como a la fuerza no deber ser,
veré si mañanaa… la puedo meter.

Las risas invadieron la sala. Yo observaba entre bambalinas a aquella diva, consciente de que nada de lo que pudiera hacer estaría a su altura. Las bailarinas llenaron todo el escenario para ponerle punto y final a esa actuación. La Bella Dorita aprovechó para respirar un poco y abanicarse. El calor allí dentro se volvía insoportable. La música concluyó y las bailarinas desaparecieron entre el ruido atronador de los aplausos y los vítores.

349

—¡Gracias! ¡Gracias a todos! ¡Sois un público maravilloso! —gritó la diva justo cuando un hombre trajeado y elegante salió para anunciar un breve receso.

Un tipo elegante se puso a tocar el piano de forma nada elegante para amenizar la espera. Entonces la Bella Dorita me miró a los ojos y me sonrió. No podía creer que se dirigiera a mí y me esforcé para que la saliva bajara por mi garganta.

—Tú debes de ser Homero, ¿verdad? Tienes la mirada de quien está a punto de saltar al vacío —se rio.

—Sí…, sí…, señora.

—¿Señora? —soltó entre ofendida y divertida—. ¿Es eso lo que te parezco?

—No no. Quiero decir, sí. Bueno, no… —Bajo mi ropa solo se fabricaba sudor.

—Víctor me ha pedido que te cuidara. Tienes amigos importantes… —Evidentemente sabía que me hablaba del Gordo pero me sorprendió la confianza que demostró al llamarlo por su nombre.

—Lo siento. Le pedí que no la molestara.

—No, tranquilo. Eres guapo, así que no me importa. —Me guiñó un ojo—. Víctor me dijo que tienes muchísimo talento.

—¿Se lo dijo él?

—¿Te parece raro? Porque espero que esto no sea una de sus bromas…

—¡Oh! No no. Es solo que… Tenía entendido que usted ya me había oído.

—Lo siento. No. Pero espero hacerlo hoy. Por cierto, Bernie me ha dicho que no quieres presentación.

—No, señora.

—Cuestionable, pero intrigante. ¿Puedo preguntar por qué?

—En la calle nunca me presentaba nadie, así que… digamos que me siento más cómodo en el anonimato.

—Pues este escenario, para bien o para mal, no es el mejor sitio para permanecer en el anonimato.

—Lo sé, señora…, quiero decir, María. Gracias, María.

—Bernie te dará la señal para salir. Mucha mierda, Homero. —Deslizó su mano por mi hombro y se alejó juguetona.

Si antes estaba nervioso, después de eso estaba a punto de explotar. Maldito Gordo mentiroso. Me había tomado el pelo. ¿Por qué me dijo que fue idea de ella? No era lo mismo salir a ese escenario creyendo que a la Bella Dorita le gustaba mi música que salir sabiendo que no tenía ni pajolera idea de quién era. El próximo bollo iría relleno de alguna desagradable sorpresa…

Y

En las últimas filas el público aprovechaba el descanso para ir y venir trapicheando con todo tipo de cosas. Eran los estraperlistas, que aprovechaban el tráfico de influencias para enriquecerse y traficar con alimentos como el aceite o la carne, ropa, zapatos, tabaco, drogas… Había de todo siempre que se estuviera dispuesto a pagar un precio muy alto. Cloe observaba de reojo todo ese movimiento mientras Pascual se iba poniendo cada vez más nervioso. Llevaba una rosa azul en la solapa que lo identificaría ante su contacto. La espera llegó a su punto final.

—¿Señor y señora Ortuñez? —Los Ortuñez volvieron sus cabezas de forma simultánea para ver cómo Polito pasaba por delante de él y se sentaba en la butaca que habían dejado libre entre ambos—. Supongo que este es mi sitio.

—¿Usted es…?

—El Ratoncito Pérez —sonrió Polito mientras dejaba junto a sus pies la guitarra.

351

—Vale, ratoncito… ¿Cómo lo hacemos? —preguntó Pascual con cara de pocos amigos.

—En la próxima actuación, cuando se apaguen las luces. Después del intercambio, vosotros haced lo que os dé la gana. Yo me largaré a toda hostia, que tengo cosas más importantes que hacer.

Las luces volvieron a atenuarse, al mismo tiempo que las voces que inundaban la sala. Polito no esperó. Cogió la guitarra y la abrió por la mitad gracias a una falsa apertura. Los Ortuñez observaron el material. Había una buena cantidad de medicinas. Sobre todo, penicilina.

—Tengo que comprobarlo bien —susurró el señor Ortuñez.

—Haz lo que tengas que hacer, pero hazlo rápido. —Polito le pasó la guitarra y después se volvió hacia Cloe—: Vaya, muchas felicidades. Si fueras mi mujer, no creo que te dejara hacer este tipo de cosas en este estado.

—¿Por qué piensas que me han tenido que dar permiso?

—¿Es el primero?

—Sí.

—¿Niño o niña?

—Gemelos.

—Vaya… ¿Y ya tienen nombre?

—Sí. —Se llevó la mano bajo el vestido y se deshizo de su barriga, que constaba de un cojín enfundado con dos lingotes de oro ocultos en su interior—. Se llaman Oro y Oro.

—Joder… Este debe ser el parto más caro de la historia —bromeó Polito alargando una mano hacia los lingotes.

—No corras tanto, Ratoncito Pérez —lo frenó Cloe—. Primero deja que mi marido termine de comprobar el material. Después te dejaré acunar a los niños.

Empezaron a sonar los primeros acordes de una guitarra y tanto Polito como Cloe clavaron sus miradas en el escenario. Estaba a oscuras excepto por un pequeño foco que iluminaba sutilmente la silla donde se sentaba el guitarrista.

—No me jodas… ¿Ya? —se le escapó a Polito.

—¿Tienes prisa? —le interrogó Pascual.

—¿Tú no?

Aún podía oírse un murmullo entre el público, que se fue silenciando a medida que avanzaban los acordes. Como si ese sonido melódico y constante fuera parte de un calentamiento previo. El público empezaba a entender que la habilidad que mostraban los dedos del artista era tan incuestionable como el misterio que lo envolvía: nadie lo había presentado y actuaba prácticamente a oscuras. Se arrancó con una melodía que Polito reconoció al instante y que celebró como si se tratara de un gol.

—¡Sí sí sí! ¡Lo sabía!

—Chsss —se oyó desde la fila de delante.

Pascual miró molesto a Polito y siguió comprobando la mercancía pero Cloe estaba totalmente absorta. ¿Era posible que hubiese oído esa melodía en otro sitio? ¿Por qué le resultaba tan familiar? Intentó afinar su mirada sobre el escenario.

Y ahí es justo donde estaba yo. Siendo el centro de cientos de miradas anónimas mientras convertía un viejo sueño en una nueva realidad. Estaba muy nervioso y recordé al anciano que tocaba en la entrada con su armónica. Necesitaba sentir que seguía en la calle. Sentir que era invisible. Tocando para los peatones y no para un público que esperaba mucho de mí. Y elegí esa canción porque era mi homenaje para ella. La había perdido. Definitivamente, según Montoya. Puede que ya la hubiera perdido mucho antes. Pero, cada vez que la tocaba, la sentía conmigo. Y si ella estaba conmigo, nada podía salir mal. Le canté a El Molino mi mayor obra de arte. Una oda a la vida y al amor más allá de los años, la distancia y… la muerte. Puede que mi canción por fin tuviera un final. Amargo y doloroso, pero un final.

Un runrún se elevó entre los espectadores cuando canté el estribillo en catalán. El público era consciente del riesgo que corría al hacerlo. Desde una esquina Bernie me hacía gestos para que lo dejara pero ya no podía parar. Había conseguido enmudecer a El Molino. Nadie había escuchado nada parecido en su vida y, sin embargo, mi letra podía ser la de muchos de los ahí presentes: lo que una guerra hace se lo hace a todos. Quizás por eso callaron. Quizás por eso ya no se oían más risas. Y quizás por eso terminarían por abuchearme, puede que con razón. Toda esa gente había venido a pasar un buen rato y yo les estaba evocando de nuevo ese infierno. Pero no, nadie abucheó, nadie se levantó, nadie dijo nada.

En las filas de atrás, la señora Ortuñez y sus ojos verdes se volcaron hacia delante mientras la melodía llenaba sus oídos. Cuando Pascual intentó llamar su atención ni siquiera reac-

353

cionó. Polito le dio un pequeño codazo y Cloe volvió al presente.

—Creo que intenta decirte que ya puedes darme a tus bebés —susurró Polito.

—¿Eh? Ah…, sí… Claro… —Le pasó a Polito los dos lingotes y este los envolvió en una funda y los metió dentro de la guitarra.

—Bueno, pareja, ha sido un placer hacer negocios con ustedes… —Se dispuso a levantarse pero el señor Ortuñez lo bloqueó con su brazo.

—Espera a que termine la canción —amenazó.

—Tú no sabes nada de esta canción, amigo. Puede que no termine nunca.

Cloe se giró hacia él sorprendida pero Polito ya había desaparecido en la oscuridad. Pascual, satisfecho por el trueque, terminó de colocar las medicinas y le pasó el cojín a su ausente compañera para que volviera a *embarazarse*. No era propio de ella ese comportamiento.

—¿Se puede saber qué coño te pasa?

Ella volvió a colocarse su barriga postiza sin perder de vista al cantante.

Polito volvió a su butaca junto a Lolín y los demás, dejó su guitarra a un lado y sonrió como si nada hubiera pasado.

—¿Dónde te habías metido? —le reprochó Lolín.

—Despidiéndome de mi amigo. Es un pelmazo.

—Sé que tramas algo… Te conozco.

—Me encanta que me conozcas… —Polito miró a su mujer embelesado y la besó con ternura—. Pero deja de preocuparte, mujer. Estoy bien. Estamos muy muy bien.

Lolín terminó por sonreír y los dos entrelazaron sus dedos.

—Míralo —susurró Lolín—, es como si estuviera en otro sitio.

—Está en otro sitio —sonrió Polito.

—Nunca había oído esta canción —susurró emocionada Alicia.

—Nadie la había oído —contestó Polito orgulloso.

Pascual esperó a que Cloe terminara de recomponer su disfraz. Tenía prisa por salir de allí.

—Vámonos —ordenó.

—No. Esperaremos a que termine.

—Pero ¿qué estás diciendo? ¡Tenemos que salir de aquí ya!

—Chsss —volvieron a soltar desde la fila de delante.

—¿Quieres irte ahora con todo el mundo en silencio o prefieres hacerlo cuando se pongan en pie y aplaudan a rabiar?

Y lo que Cloe escuchó en ese instante desveló lo que había sospechado desde la primera nota.

On mor el vent,
on arriben totes les paraules,
dels desitjos d'aquells que canten.
D'un món que plora, un noi que s'enamora
de l'esperança de qui l'estima,
d'aquell que somia sense por,
ençà els seus llavis i el seu cor.
La meva Cloe, la meva vida,
el temps ens tornarà vells
però els meus llavis ni ploren ni t'obliden.

Y así os lo cuento,
he vivido y he amado.
No miento ni me arrepiento.
Desde que ella me besó
en aquella cueva
donde muere el viento.

Sonrió incrédula. ¿De verdad era posible? Sí, era Homero. Cinco años mayor que la última vez, con barba y el rostro empapado en sudor…

355

—Perdone… —dijo tocando el hombro del espectador que tenía delante—. ¿Sabe cómo se llama el chico que canta?

—Lo siento, señorita, es extraño pero no lo han presentado.

—¿Es la primera vez que lo ve?

—Sí. Pero algo me dice que no será la última.

—Chsss —volvió a sonar por ahí cerca.

—¿A qué estás jugando? —Pascual cogió del brazo a Cloe. No entendía nada hasta que vio el brillo en los ojos de su compañera. Ya había visto esa misma mirada años atrás. Y a él nunca lo había mirado de esa manera—. ¿Es él? —soltó rabioso.

Sobre el escenario, ajeno a todo y a la vez en el centro de todo, podía sentir todas esas miradas fijas sobre mí. Lo había conseguido… Podía seguir tocando y tocando sin parar aunque el calor fuera sofocante y el sudor se impregnara en la ropa. No me importaba porque ya me había perdido en mi canción. Había perdido esa distancia de seguridad que siempre me esforzaba en mantener. Ella volvía a estar en mi cabeza y entonces lo supe: nunca más la volvería a esconder. Porque cuanto más la tocaba, más viva estaba ella.

Hacía rato que ya no veía El Molino, sino que me envolvía una cueva de paredes frías y tenía a una hermosa muchacha delante, clavando sus ojos verdes en los míos, junto al calor de un fuego que ella misma había encendido. Podría quedarme en aquella cueva toda la vida y morir cantándole sin parar. El roce de su mano en mi brazo, los bucles de su pelo acariciando mi nariz, su cabeza en mi hombro y su respiración profunda al dormir. Su olor, su risa, sus labios… Me adentré tanto en esos recuerdos que hasta me pareció verla entre el público. Todas las mujeres de ese teatro tenían su cara. Incluida esa que bajaba los peldaños laterales de dos en dos arrastrada por su hombre.

Pero... ese perfil, esos gestos, ese pelo... Me quedé helado. Tan frío que fui incapaz de impedir que mi vieja guitarra se me escurriera de las manos. El ruido de madera y cuerda recorrió el teatro al golpear el suelo del escenario. Solo esperaba que se diera la vuelta para verle el rostro. Para asegurarme de que no era un espejismo.

Entonces sonó un tímido aplauso, después otro, y otro más. Y yo no los oía, hasta que ella se giró. Y sonrió. Y yo sonreí. Y todo el público se levantó emocionado para aplaudir y yo... la perdí. Me levanté para localizarla entre el excitado público. ¿Dónde se había metido?

Salté del escenario y la gente no paraba de abrazarme impidiéndome el paso.

—¿Qué está haciendo? —preguntó Lolín a Polito.

—No tengo ni idea. ¿Se está dando un baño de masas?

—Parece que quiere ir a algún lado —apuntó Alicia.

Todo el mundo estaba tan distraído que nadie vio cómo la bombilla roja sobre la puerta empezó a destellar de forma intermitente. Nadie excepto Polito.

—Oh, mierda... —maldijo.

—¿Qué pasa? —Lolín lo miró preocupada.

—Nada bueno. Tenemos que salir de aquí echando leches.

—¿Ahora? ¿Por qué?

—Viene la caballería, cariño.

—El esmirriado tiene razón —intervino Montoya—. Debemos salir ya. Pillarán a quien se les ponga por delante. Venid conmigo. Saldremos por detrás.

—¿Y Homero? —preguntó preocupada Alicia.

—Yo voy por él —gritó Polito mientras le daba la guitarra a Montoya y añadía—: Guárdala con tu vida.

La puerta del teatro se abrió violentamente y entró la policía en tromba provocando el tumulto. La gente saltaba de sus butacas intentando escabullirse por donde fuera y los

357

gritos que antes eran de emoción y alegría se tornaban en pavor.

Yo no podía moverme entre la muchedumbre de mis nuevos admiradores, que intentaban alejarse de la embestida policial. Tuve que soltar guantazos para liberarme de las decenas de brazos que me agarraban y conseguí volver al escenario y subir. Me asomé al proscenio y grité desesperado:

—¡Cloe!

Y entonces la vi de nuevo. Estaba cerca. Muy cerca. Giró el cuello y nuestros ojos se encontraron casi dos mil días después de que me dejara atado a un árbol. Su mirada era una mezcla de alegría y angustia que no sabría cómo describir. Como si intentara decirme: «Ahora no». La prioridad de todo el mundo era salir de esa ratonera cuanto antes y huir de la Policía Militar; sabían dónde podían terminar si los cazaban. Pero a mí me importaba muy poco siempre que consiguiera llegar hasta ella.

Cogí carrerilla sobre el escenario y salté por encima de varias cabezas. Me abrí paso a golpes hasta que conseguí alcanzar su mano. Sus dedos se cerraron en torno a mi muñeca. Pero Pascual tiraba de ella con fuerza. Cómo odiaba a ese tipo. Sin pensarlo dos veces me abalancé sobre él y ambos rodamos por el suelo entre patadas y rodillazos de la turba. Mi aterrizaje lo había dejado bastante traspuesto y aproveché su confusión para ponerme encima y golpearlo con toda mi rabia. Mis nudillos trabajaron contra su cara repetidas veces, pero el cabrón era de hierro; en uno de mis derechazos bajó la cabeza y los huesos de mi mano crujieron al impactar en su frente. Adiós a la guitarra. Grité de dolor y el desgraciado aprovechó para liberarse de mi peso.

Me puse en pie rápido sujetando mi mano temblorosa, que caía flácida, y me sorprendió ver que él también estaba en pie. Fue uno de esos momentos en los que uno piensa:

«¿Dónde me he metido?». Nos miramos como dos cabritos a punto de embestirse mientras la gente no cesaba de correr alrededor.

—¡Basta! ¡Parad! ¡No es el momento! Tenemos que salir de aquí.

—¡Vamos, guitarrista! —se mofó Pascual invitándome a atacar primero.

Y no esperé. Ya no era ese chaval enclenque con el que se encontró hace años. Él era más grande y fuerte, así que me acerqué ágil y finté para que mi puño aterrizara en su cara. Esquivé su primer golpe y le aticé de nuevo, esta vez con la mano rota, lo que hizo que una fuerte punzada de agonía recorriera todo mi cuerpo. Fue como si él lo esperara porque enseguida reaccionó. Volví a esquivar su primer derechazo, que buscaba mi cabeza, y que podía haber acabado conmigo de un solo golpe pero entonces un puño de hierro se hundió en mis costillas. Me doblé de dolor, y antes de reaccionar me cayeron varios martillazos más que me tumbaron.

—¡Venga! —gritó el desgraciado animándome a levantarme.

—¡Pascual! Olvídate de él. ¡Vámonos!

Esas palabras de Cloe me dolieron más que sus golpes. Al menos, en otro sitio. Pero él no le hizo caso. Estaba claro que la animadversión era mutua; vi cómo se acercaba con todo su cuerpo en tensión dispuesto a rematarme. Intenté levantarme antes pero sabía que no iba a tener tiempo. Estaba vendido. Entonces, llegada de la nada, mi guitarra se estrelló contra la cara de Pascual partiéndose en dos. Me giré confuso y vi a Polito apretando los dientes furioso.

—¡Dale bien, joder! —gritó.

Antes de que Pascual reaccionara volví al ataque. Como siempre que estaba en peligro, mi mente reaccionó. Sus músculos eran prácticamente impenetrables pero sus articulaciones eran como las de cualquier ser humano. Mi primer golpe fue una patada a su rodilla derecha y el segundo un puntapié en su tobillo izquierdo. Sus piernas se doblaron como dos ramitas. Arrodillado delante de mí intentó golpearme de nuevo pero lo agarré del brazo y hundí mi rodilla contra su cara. Pude sentir el crujido de su nariz y enseguida la sangre empezó a brotar de su rostro. Lo golpeé con el puño y le hice caer de espaldas. Agotado, pero con toda la calma del mundo, me tumbé sobre él, fijé sus brazos bajo mis rodillas y empecé a golpearlo con la idea de desfigurarlo para siempre. Solo sentía una rabia que me dominaba.

—¡Para! ¡Para! ¡Déjalo en paz! —Cloe intentó frenarme—. ¡Por favor! ¡Para!

—¡Es un desgraciado!

—¡Es mi marido! —Su voz se quebró y me detuve de inmediato.

¿Su marido? ¿Ese hijo de puta? Me fijé bien en ella y abrí los ojos como platos al verla embarazada.

—¿Estás…, estás…? —Mi cuerpo, abatido, perdió toda la fuerza.

—¡No está embarazada! —intervino Polito—. Un momento… La señora Ortuñez es… ¿ella?

Si el momento no hubiese sido tan grave, la cara de Polito habría sido desternillante. Pero en el teatro cada vez quedaba menos gente y la policía empezaba a alcanzar las primeras filas.

—Ahora no tenemos tiempo. Si nos cogen con esto, podemos darnos por muertos —soltó Cloe mostrando su falsa barriga.

—Seguidme si queréis salir de aquí. —La voz de la Bella Dorita interrumpió la escena desde la parte alta del escenario, divina, altiva, fumando un pitillo con toda la parsimonia, como si esa locura fuera el pan de cada día.

Cloe ayudó a Pascual a levantarse.

—¿Dónde están los demás? —le pregunté a Polito.

—Ellos están a salvo. Vosotros no —zanjó la diva.

Seguimos a la Bella Dorita entre bastidores hasta alcanzar una puerta trasera donde esperaba Montoya, que respiró aliviado.

—¡Menos mal! ¿Se puede saber en qué pensabas, chico? Sabes que si te cogen…

—Lo siento —lo interrumpí. Lo último que me apetecía era un sermón del Gordo.

—Gracias, María —susurró Montoya.

—Tranquilo. Estas cosas pasan… —sonrió y abrió la puerta para que saliéramos al callejón, donde estaban todos los demás.

Podía sentir los ojos de la Bella Dorita buscando los míos. Estaba muy avergonzado y apenas me atreví a mirarla a la cara.

—Yo… no sé qué decir… Siento mucho todo lo que…

—Hoy he presenciado una de las mejores actuaciones sobre este escenario, Homero. —Me levantó la barbilla y me besó con fuerza, sin importarle las heridas de mis labios—. Eres pura dinamita, chico. —Cuando yo ya no podía sentirme más orgulloso, me empujó hacia la salida y me dio un buen azote en el culo, como si fuera un potrillo.

—Lo siento —le dijo Cloe con la cabeza bien alta.

La Bella Dorita la examinó de arriba abajo.

—Tú eres la chica de la canción… ¿Me dejas darte un consejo, cielo? No encontrarás muchos hombres capaces de tocar como los ángeles y pelear como el mismo demonio.

—¿Y cuál es el consejo? —le replicó Cloe con poca paciencia.

Pero la Bella Dorita solo sonrió y la invitó a salir. Cuando Cloe cruzó el umbral con Pascual, la puerta se cerró de golpe. Dos vueltas de llave y el ruido de la cerradura dieron por clausurada la noche en El Molino. A lo lejos aún se podían oír las sirenas de la Policía.

Yo ya había tenido suficiente y me alejé camino a casa con la cara dolorida y la mano rota.

Y

—¿Dónde está? —preguntó Cloe agitada.

—¿De verdad crees que te lo vamos a decir? —le espetó Lolín.

—Ha salido corriendo —informó Polito.

—Cloe, tenemos que salir de aquí… —interrumpió Pascual recostándose dolorido en unas cajas amontonadas del callejón.

—Es cierto —se sumó Montoya—. Si de verdad eres quien creo que eres, estás jugando con fuego, niña.

Cloe clavó sus ojos verdes en Polito.

—¿Por dónde se ha ido?

—Podrías preguntárselo a su novia —intervino Lolín señalando a Alicia.

—¿Quién? ¿Yo? —soltó la enfermera mientras sentía la mirada felina de Cloe dándole un repaso—. Llevamos poco más de un mes. Tampoco es que estemos casados.

—Pero os queréis, ¿verdad? Va a conocer a tus padres. Es lo que me has dicho antes —le recordó Lolín amenazante.

—Lolín, déjalo ya, ¿quieres? —le regañó Polito.

—No. No pienso dejarlo. No voy a permitir que vuelva a amargarle la vida justo cuando la estaba recuperando. —Después se enfrentó a Cloe—. ¿Sabes cuánto nos ha costado que volviera a levantar cabeza?

—Lolín, por favor… —Polito había oído demasiadas historias de esa guerrillera como para permitir que su pequeña y rebelde mujer se encarara con ella.

—Tú no la defiendas. ¿No te das cuenta? Es como si tuviera un maldito radar para aparecer en el peor momento y fastidiarlo todo.

—Yo no sabía que él iba a estar aquí. Solo quiero verlo —suplicó Cloe con sinceridad.

Lolín se cruzó de brazos y respiró profundamente.

—¿Por qué? ¿Para atarlo a un árbol? ¿Dispararle? ¿Cortarle a trozos? ¿Qué quieres de él?

Cloe dio un paso al frente agresiva.

—Chillas mucho para ser tan bajita, ¿no?

—Puede que sea pequeña pero me sobra fuerza para zurrar a una embarazada…

—¡Lolín, ya está bien! —Polito se puso firme y la apartó—. Ha ido por ahí. —Señaló una dirección—. Seguramente lo encontrarás cruzando el parque.

Cloe se acercó a Pascual y se deshizo de su barriga falsa mientras los demás la miraban atónitos.

—Sabía que no podía tener esos tobillos estando embarazada —masculló Lolín.

Cloe le entregó las medicinas a su magullado compañero pero Pascual la agarró del brazo.

—¿Qué coño te crees que estás haciendo?

—Tengo que hablar con él. Se lo debo.

—¡No! Hay gente que depende de nosotros. Es a ellos a quienes se lo debes.

—Lo sé pero…

—Cloe… —dijo él con un tono más suave—. Sabes que él no es tu misión. Ya ha estado a punto de ponerlo todo en peligro. Venga, volvamos al piso antes de que los demás empiecen a preocuparse.

Cloe miró hacia el parque. Su cabeza batallaba por tomar una decisión pero sabía que Pascual tenía razón. Había gente que dependía de ellos y no podía echarlo todo por tierra por culpa de una sola persona. Resentida, ayudó a su compañero a levantarse ante la mirada de los demás.

Al otro lado del edificio, unos pies enfundados en unas largas botas de cuero salían de un coche para pisar el asfalto iluminado delante de El Molino. Su sola presencia intimidaba a todo el personal, incluida la Policía, ya que eran los que más habían oído hablar de él.

Miranda caminó enfundado en su impoluto y ajustado uniforme hasta el sargento que estaba al cargo de la redada.

363

—Buenas noches, general.

—Eso ya lo veremos. ¿Dónde tiene a esos perros trafi-
cantes?

—Están dentro. La redada ha sido un éxito, general.

—No se adelante, sargento. Podría emocionarme por su
culpa y lo más probable es que me lleve una decepción.

La seguridad del sargento se esfumó antes de hacerle un
gesto al general y sus dos acompañantes para que lo siguieran al interior.

Había nueve personas sobre el escenario temblando como
un flan y flanqueados por cuatro policías que les apuntaban a
la cabeza. Miranda bajó por el estrecho pasillo entre las dos filas de butacas mientras los repasaba a todos. Algo no le gustó porque apretó su puño con tanta fuerza que el guante crujió como si gimoteara.

—Sargento.

—¿Sí, mi general?

—Será mejor que se vaya o me veré obligado a desfigu-
rarle la cara por incompetente.

—¿Có... cómo dice?

—No necesito acercarme más para saber que encima del
escenario no hay ninguna mujer. ¿Usted, sí?

—¿Una mujer?

—Sí, sargento. Una mujer. ¿Alguna vez ha visto alguna?
Suelen llevar el pelo largo, tienen los pechos voluminosos, la
piel fina y no les cuelga nada entre las piernas.

—Lo... lo siento, mi general. No hemos visto a ninguna
mujer.

Miranda suspiró conteniendo su rabia y subió al escenario. Si hubiese sido por él, ya le habría metido un tiro entre
ceja y ceja a ese estúpido policía pero desde arriba ya le habían sugerido que intentara dominar un poco sus impulsos
homicidas.

Todo el mundo quería tener al general Miranda de su lado,
pero nadie lo quería cerca. Era por eso que siempre andaba

destinado en las montañas para hacer el trabajo que otros detestaban, pero había regresado a la ciudad por petición del alto mando. O eso creían ellos. Llevaban tiempo reclamándolo, pero el general estaba por otras labores, «una causa de fuerza mayor»: cazar a la asesina de su hijo. La presa más escurridiza a la que se había enfrentado. Y el destino había querido que sus pasos lo llevaran hasta Barcelona.

—General —dijo un policía—, este hombre es el encargado de sala.

Miranda repasó al tipo con desprecio. Odiaba a esa clase de gente que vestía como payasos. Un hombre de verdad jamás llevaría esa chaqueta con lentejuelas ni ese ridículo bigote.

—Pareces una puta bailarina. Dime, ¿eres una puta bailarina?

—No, señor.

—¡No, mi general!

—Pe… perdón… No, mi general.

—¿Cómo te llamas?

—Mario.

—Mario. Así que tú eres con quien hay que hablar para poder…, ya sabes, comerciar ilegalmente en este circo.

—No… No soy yo, mi general.

—No, claro que no… Entonces eso te convierte en un mentiroso o, peor aún, en un estúpido.

—No, por favor…

—Vamos a hacer una cosa, Mario. —Cada vez que pronunciaba su nombre, las lentejuelas de la chaqueta del aludido bailaban nerviosas—. Estos policías me han dicho que aquí están todos los que han hecho algún trapicheo esta noche. Ahora quiero que me escuches atentamente porque solo lo voy a preguntar una vez. ¿Es eso cierto? ¿Están todos?

—Nnnno, no.

—Bien. Al menos, ahora ya sabemos que eres un mentiroso pero que quieres seguir vivo. Tengo buenas noticias para

365

ti, Mario. Ahora mismo, y aunque te parezca improbable, tienes más opciones que antes de salir con vida de este antro. —Le dio unos segundos a Mario para que gimoteara—. Dime, ¿viste a alguna mujer intercambiando… algo?

Mientras lo interrogaba, iba arrancándole las lentejuelas de la chaqueta una a una con una lentitud metódica.

—Había una mujer con un tipo rudo.

—¿Cómo era?

—Era… rubia y guapa. No… no dejaba indiferente.

—No. Desde luego que no. ¿Dónde está?

—No lo sé.

—Vaya por dios, Mario. Con lo bien que nos estábamos llevando…

—Se lo juro. No lo sé. Nunca los había visto antes. Pe… pero sé quién le consiguió el material.

—¿Qué material?

—Eran medicinas. Sobre todo, penicilina.

—¿Quién?

—Si se lo digo…, ¿me promete que me dejará ir?

—Si me lo dices, prometo no matarte aquí y ahora.

Después de recopilar una más que valiosa información, Miranda ordenó a los demás que se llevaran a toda esa escoria a los calabozos. Cogió a un par de sus hombres y se adentraron entre bastidores buscando cualquier pista que los condujera a los rebeldes y a Cloe. Iban abriendo las puertas a patadas y se reían al provocar el grito y las carreras de las bailarinas, hasta que una voz interrumpió su juego:

—¡Oigan! ¿Se puede saber qué hacen ustedes aquí?

—Mis disculpas, señora —dijo Miranda cortés—. Buscamos a unos fugitivos. Tengo entendido que han huido por aquí.

—¿Y los ve por algún lado? —replicó la Bella Dorita molesta.

—No lo sé, señora. Por eso estamos registrándolo todo.

—No parece que estén registrando nada.

—Es por su propia seguridad, señora.

—¿Quieren mirar también debajo de mi falda?

—Señora, esos criminales son peligrosos. Son traidores. Son peor que las ratas.

—He conocido a muchos hombres peores que las ratas.

—Seguro que sí… —Miranda olfateaba todo a su alrededor—. Señora, ¿hay alguna salida trasera?

—¡General! ¿No le parece una proposición muy indecente para nuestra primera vez? —La Bella Dorita se llevó las manos a la boca falsamente avergonzada.

—No juegue conmigo, señora. Esto ya no es su circo de payasos y sodomía, es el mundo real. Así que no se equivoque.

Lejos de amedrentarse, la Bella Dorita dio un paso al frente tan cerca de la cara del general que podía oler hasta el sudor que resbalaba por su cuello.

—Este es mi mundo, general. Con o sin payasos. Y en mi mundo conozco a miles de hombres poderosos que estarían encantados de humillarle y quitarle todas sus medallas solo para poder cenar conmigo. —Hizo una pausa—. Así que no se equivoque usted.

Ambos se miraron largamente hasta que Miranda sonrió asqueado y les hizo un gesto a sus hombres para que se retiraran. Estaba claro que allí no iban a encontrar nada.

—Por cierto, la puerta trasera está por allá —dijo la Bella Dorita antes de volver a la seguridad de su camerino y respirar tranquila.

Miranda la abrió y salió a un callejón trasero. Nada, excepto… Se agachó sobre el asfalto, se quitó el guante y pasó la yema de su dedo índice y corazón: sangre. La olfateó cual cazador y sonrió.

22

Una última revisión

*L*a música sonaba como de costumbre en el taller. Era tarde y yo andaba medio absorto observando el reflejo de mi medallón en el retrovisor del Mercedes mientras les sacaba brillo a los embellecedores de la puerta. ¿Por qué no podía simplemente dejarlo correr? La insoportable voz de Pérez, que era como la de un niño en plena pubertad, me arrancó de mi desazón:

—¡Eh!, Homero, ¿no te vienes? —Llevaba su mochila al hombro y tenía prisa por largarse. Éramos los últimos que quedábamos en el taller.

—Gracias, pero hoy el jefe me tiene pillado por las pelotas. —Y no mentía.

Al jefe no le hizo ninguna gracia que me presentara con la cara magullada, la mano rota y con una resaca de mil demonios. Ni siquiera la ducha larga y el café corto consiguieron ocultar que estaba hecho un auténtico asco. Me envió directo a la enfermería para que me fijaran la mano y después me hizo volver para revisarlo todo. Y suerte tuve de que la hija del Caudillo todavía no había dado señales de vida. Como decía mi madre, las cosas de palacio siempre van despacio.

Pérez contempló el coche con orgullo y cierta nostalgia desde la puerta.

—Hemos hecho un trabajo cojonudo con esta preciosidad, ¿eh? Oye, pásate luego, ¿vale? Los chicos y yo vamos a los billares a celebrarlo.

—Claro. Lo intentaré.

Evidentemente, no iba a hacerlo. Tenía una larga lista de prioridades antes que ir a jugar al billar con mis colegas. Para empezar, tenía que hablar con Polito. Juancho me llamó preocupado porque lo tenía durmiendo en La Taberna y bebiéndose todo el alcohol. Al parecer, había tenido una discusión de proporciones épicas con Lolín que había hecho temblar los mismos cimientos de su matrimonio. Y ella lo había echado de casa por incumplir la única promesa que lo obligó a hacer cuando se casaron. A cualquier otra persona se le exigiría fidelidad, pero a Polito lo único que se le exigió fue que nada de trapicheos. ¿Y qué hizo el muy idiota la noche de El Molino? Entregar medicinas a los rojos. Algo que para el Estado era una traición en toda regla y que estaba castigado con la cárcel o, peor aún, la muerte. Por muchos años que pasaran, el muy estúpido seguía con la virtud de elegir la peor de las opciones.

—¿Podrás apagar las luces antes de salir? —le pregunté a Pérez.

—Claro.

Pérez bajó una palanca y se marchó dejando al taller en la penumbra y a mí con la única compañía de una pequeña lámpara sobre la mesa de las herramientas.

Disfrutaba esos momentos de paz. Era como si me tomara un respiro del mundo para ponerme al día. Rodeé el Mercedes un par de veces antes de abrir la puerta del conductor y sentarme frente a los mandos. Mis manos rozaron el cuero del salpicadero y después se agarraron al volante. Las llaves estaban puestas en el contacto. Qué poco me costaría arrancar ese motor y huir lejos de todo para no volver jamás. Pero lo único que llegué a encender fue la radio. Todo un acto de valentía por mi parte.

«Y ahora les dejamos con el nuevo éxito de Jimmy Dorsey, *Bésame mucho.*»

Recliné el asiento, puse los pies descalzos sobre el salpicadero y me quedé sumergido en esa canción que últimamente sonaba

369

a todas horas. No tardé mucho en llevarme un pequeño sobresalto cuando vi una silueta cruzando la puerta del taller. Si era el jefe, ya podía darme por muerto y despedido. En ese orden.

Bajé los pies y observé una sombra que avanzaba despacio hacia el coche. En aquella penumbra no alcanzaba a ver nada, así que encendí las luces de cruce y la figura se quedó paralizada. Los focos delanteros envolvieron a Cloe como si estuviera sobre un escenario. Ella debió pensar lo mismo porque se inclinó como si saludara a su público después de una maravillosa actuación. Me arrancó una sonrisa que me ocupé de borrar antes de que ella la viera. Se acercó por la otra puerta y entró en el coche. Nos miramos en silencio mientras la canción seguía sonando. Su presencia siempre conseguía enmudecerme. Estaba más hermosa que nunca y luché por no quedarme embobado.

—Hola… —dijo aparentando timidez.

—Hola —respondí seco.

—Es un coche muy bonito. —Pasó sus manos por la elegante guantera.

—¿Cómo me has encontrado?

—Soy una gran espía.

—No tiene gracia.

—Sí que la tiene. Es tu último día, ¿no? Me he encontrado un chico con gafas que se ha puesto a sudar con solo verme.

—Pérez. Me sorprende que no le haya sangrado la nariz… Está prohibido recibir visitas aquí. Sobre todo de mujeres.

—Eso mismo me ha dicho él. Pero tú no sudas. Puede que a ti no te moleste tanto…

—A mí me molestan otras cosas.

—Lo sé. Por eso he venido… ¿Te duele mucho? —Intentó coger mi mano vendada con suavidad pero la retiré.

—No tenías que haber venido. Estás corriendo un riesgo enorme.

—Así que te preocupas por mí…

—Esto no es un juego, Cloe.

—No me gustó cómo terminamos el otro día.

—¿Y desde cuándo eso te ha importado? —Jimmy Dorsey no dejaba de pedirnos que nos «besáramos mucho»—. Mira, no tienes que darme explicaciones de nada. Está claro que tú has seguido con tu vida y yo con la mía.

—¿Qué querías que hiciera?

—Nada…

—¿Qué has hecho tú con tu vida si se puede saber?

—¡Para empezar, yo no me he casado con ese…, con ese…! ¿Por qué coño te has casado?

—Era necesario.

—¿Qué mierda de respuesta es esa? ¿Lo quieres?

—¿Sabes qué es lo más curioso? Él me ha preguntado lo mismo sobre ti.

—Eso es porque es una buena pregunta.

—Lo difícil no es la pregunta.

—Todas las respuestas son fáciles si las sabes.

—Ah, claro. No me acordaba que estaba delante de una eminencia. ¿Y tú, señor que todo lo sabe, me quier…?

—Desde esa primera cucharada. —Ni siquiera esperé a que terminara su pregunta.

—Pensaba que odiabas mi caldo de pollo.

—Odio tu caldo de pollo tanto como amo esos ojos verdes.

—Tienes más labia que antes…

—Y tú más miedo. ¿Por qué te has casado?

—¿Por qué crees que estoy aquí?

—Tratándose de ti…, no tengo ni idea. ¿Por qué lo has hecho?

—Me lo preguntas como si te hubiese fallado —dijo decepcionada—. Es bueno conmigo… Me ha cuidado mucho tiempo.

—El tiempo que tú le has dado.

—¿Es una broma? Te recuerdo que fuiste tú quien se fue. Fuiste tú quien prometió que volvería. Fuiste tú quien…

371

—Ese tema ya lo tocamos, ¿recuerdas? Fue justo antes de que tus amigos me abrieran la cabeza y me hicieran prisionero.

—¡No sabes lo que hemos tenido que vivir!

—¡Y tú no sabes lo que he vivido yo! —exploté. Me arrepentí al momento de haberle gritado—. Lo mío tampoco ha sido un camino de rosas, ¿sabes?

—Nunca he creído que lo fuera.

—¿Lo quieres?

—Él me quiere…

—¡Menuda revelación! No está nada mal para ser una espía.

—¡Sí! Lo quiero. ¿Ya estás contento? ¿Es lo que querías?

El simple hecho de saber que ella le pertenecía me daban ganas de borrarlo del puto universo.

—¿Y por qué coño estás aquí?

—Si no lo sabes, es que no eres tan listo.

—Ni tú tan irresistible.

—Yo no me creo irresistible —soltó molesta.

—Mejor. Porque no lo eres.

—Pues perfecto.

—Pues genial.

—¡Maldita sea! ¿Por qué tienes que hacerlo todo siempre tan difícil?

—¿Yo lo hago difícil? —contesté incrédulo—. ¿Yo?

—¡Sí, tú! ¡Tú, tú y mil veces tú! ¿Por qué? ¿Por qué siempre es todo diferente contigo? Yo soy diferente… —resopló arrepentida—. ¿Por qué coño me haces esto ahora? ¿Por qué has tenido que aparecer?

Abrió la puerta del coche. La sujeté del brazo.

—Cloe, por favor. No te vayas…

—¿Qué quieres de mí, Homero? ¡No estoy casada, ¿vale?! ¡Mentí!

El corazón me dio un vuelco de alegría que supe contener. Y ella estaba asustada. Supongo que por eso empezó a balbucear sin parar:

—¡No podía permitir que nos cogieran en El Molino! Teníamos las medicinas, hay mucha gente que depende de nosotros, luego te vi allí cantando… nuestra canción… Teníamos que salir de allí pero al mismo tiempo no… Entonces me llamaste, te lanzaste como un animal furioso sobre él, la gente corría, la policía entraba y todo era por mi culpa y yo… No podían cogernos, ¿entiendes? Y no sé por qué pensé que, si decía que era mi marido, tú… pararías. Cuando salí te busqué y… Lo siento pero era la única manera de que…

La atraje hacia mí y la besé con fuerza. Ella me apartó confundida, me miró como nadie más podía hacerlo y se lanzó sobre mis labios descargándolo todo. Nos besamos una y otra vez y sin dejar de hacerlo saltamos a la parte trasera del coche golpeándonos con todo pero sin separar nuestros labios. Ella se sentó sobre mi regazo y me besó una y otra vez. No podía creer que por fin fuera mía y apostaría a que ella tampoco podía creerlo porque, cada vez que nos besábamos, volvíamos a separarnos para comprobar que el rostro que teníamos delante era el del otro. Como si quisiéramos grabarlo a fuego en nuestras retinas. No era ninguno de esos sueños efímeros que los dos habíamos sufrido durante tantos años. Aquello era real. Visceral.

Ya no éramos unos niños y me di cuenta cuando ella empezó a desabrocharme los botones de la camisa. Al ver que se le resistían, optó por abrirla a la fuerza. Esa era mi chica. Yo lo tuve más fácil. Solo tuve que levantarle el vestido y pasarle la falda por la cabeza. Lo hice rápido porque así me lo exigían sus uñas clavadas en mi espalda. Los dos pusimos a vista del otro todas nuestras cicatrices e imperfecciones, y, aun así, ella me seguía pareciendo, sencillamente, perfecta.

Sus pechos tibios se apretaron contra mí, igual que sus muslos contra mis piernas en el preciso momento en que nos encontramos los ojos. Empezó a moverse seductora, a bailar sobre mis rodillas, a gemir en mi oreja y pasar su lengua por cada centímetro de mi piel que tuviera a su alcance. Mis ma-

373

nos se posaron sobre sus fuertes glúteos hasta que ella me las cogió con fuerza para fijarlas sobre mi cabeza. Estaba claro quién tenía el control. No me importaba, siempre que no dejara de moverse. El sudor empezaba a resbalar por nuestros cuerpos y a convivir en la piel del otro. Sus gemidos se volvieron más agudos y le puse la mano en la boca para silenciarlos. Me la mordió y reaccioné estirándole el pelo hacia atrás. Su cuerpo se estremeció y su espalda se arqueó transformando sus pechos en dos montículos perfectos. Mi jadeo ya era incontrolable y necesitaba frenar aquello porque no quería que terminara nunca. La sujeté de las caderas y ella me rodeó la cabeza con sus brazos dejando que sus senos rosados y salados jugaran con mis labios. Y al fin, un último grito de éxtasis simultáneo…

Permanecimos abrazados tan incapaces de mirarnos como de soltarnos. Su respiración se fundía con la mía. Habíamos acabado pero nuestros cuerpos aún necesitaban tiempo para recuperarse. En ese momento supe que, cuando muriera, lo haría más completo. Como quien va tachando una lista de la compra en el supermercado. Toda mi lista era ella y ya tenía la cesta llena.

Cuando nuestros corazones volvieron a latir con normalidad, nos acurrucamos en el asiento trasero.

—Pensaba que estabas muerta. Pensaba que te había perdido para siempre. Toda la información que me llegaba de las montañas era…

—Chsss… No hablemos de eso ahora. —Silenció mis labios con los suyos. Sus dedos jugaban con mi pelo mientras los míos acariciaban su piel erizándole el vello.

—Sigues llevándolo —susurró contemplando el colgante.

—Sí —dije observando el medallón más allá que aquí.

—¿Qué ocurre?

—Creo que sé de quién era el esqueleto que encontraste en la cueva y… creo que sé de quién es el medallón.

Cloe se incorporó confundida pero expectante.

—¿De quién?

—No te lo vas a creer —sonreí.

En otra parte de la ciudad, no tan lejos del taller, un alma en pena bebía para olvidar. Polito cantaba por lo bajo mi canción, arrastrando las palabras sin vocales y callando solo cuando tenía que beber de su enésima cerveza. Acababa de descubrir dos cosas. La primera era que en La Taberna de Juancho ya no quedaba un alma, excepto un borracho deprimido y un cansado dueño con ganas de terminar su jornada e irse a casa. Y la segunda, que todo ese dinero que había conseguido al entregarle el oro a Emmet no le servía de nada si no podía compartirlo con Lolín.

—¡Juancho, ponme otra!

—Poli…, lo siento, pero no voy a ponerte más —dijo fregando las últimas jarras—. Es hora de que vayas a casa.

375

—¿A casa? ¿Qué casa?

—Vamos, Poli… Lolín estará preocupada.

Aquello pareció hacerle tanta gracia que se cayó de la silla.

—¿Mi mujer? Mi mujer es la que me ha echado de casa. Quién iba a decirlo, ¿eh? Se suponía que hoy estaríamos todos aquí celebrándolo. Fue un éxito, Juancho… Un éxito. Tenías que haber visto cómo le aplaudían.

—Lo sé, Poli. Pero los días siempre terminan y, por muy buenos que hayan sido, a la mañana siguiente hay que levantarse y volver a empezar.

—¿Y tú cómo lo haces, Juancho? —dijo sentándose de nuevo—. ¿Cómo eres capaz de levantarte cada día para venir a esta mierda de antro a servir a otros desgraciados?

—Porque esta mierda de antro es lo único que tengo. Y porque todos necesitamos agarrarnos a algo para seguir adelante.

—¡Así se habla, joder! Eres un puto filósofo, ¿lo sabías? ¡Ponme otra y brindemos por eso!

—No, Poli. No hay más.

—¡Joder, Juancho! —Poli lanzó su jarra contra el suelo y estalló en cientos de pedazos que se esparcieron por todo el suelo.

Juancho, harto de tratar con borrachos, apenas se inmutó. Tampoco le hizo falta regañarlo porque Polito ya tenía lo suyo.

—Lo siento, Juancho, perdóname. ¿Cómo he podido perderla? Le prometí que no volvería a hacerlo pero te juro que esta vez era diferente. No lo hice por mí. Yo solo quería… Quería que ella tuviera lo que se merece.

—Eres un buen marido, Poli.

—No digas eso. No fue por amor, Juancho. Fue porque…, hay gente especial, ¿sabes? Y los que no lo somos tenemos la obligación de, por lo menos, hacer algo para no arrastrar esas vidas con nosotros. Intentar mejorarlas porque la nuestra no la podremos cambiar nunca.

—Eres idiota, Poli.

—¿Perdón?

—Aún recuerdo cuando eras un chorizo que entraba en mi bar a robarles a los clientes… ¿Y dices que no puedes cambiar? Poli, con todo el cariño: que te folle un pez espada. A veces me dan ganas de estrangularte pero, chico, si hay algo cierto es que a ti nadie te ha regalado nunca nada. Puede que ahora seas incapaz de verlo, pero cuando dejes de compadecerte quizás hasta podrías sentirte orgulloso de ti mismo.

—¿Podrías dejármelo por escrito para que se lo pueda decir a mi mujer? Lo del pez espada no, pero lo del orgullo y eso…

—Claro. Pero tengo una idea mejor. ¿Por qué no se lo dices tú mismo?

Poli siguió la estela de los ojos de Juancho y vio a Lolín junto a la entrada. Tragó saliva como un cobarde e intentó mantener una compostura digna de alguien sobrio.

—Buenas noches —dijo todo serio.

Pero Lolín no contestó. Pasó junto a la barra con la cabeza bien alta y le susurró a Juancho algo que parecía un «Gracias por avisarme». Después se acercó hasta la mesa donde estaba Polito y se quedó de pie frente a él. Lolín no tenía buena cara: los ojos hinchados, probablemente de llorar, y unas ojeras que no se había molestado en camuflar. Parecía agotada y triste.

—¿Has… oído lo que ha dicho Juancho?

—Sí —contestó seca.

—Menos mal, porque creo que no habría sido capaz de repetirlo.

—¿Por qué no me lo dijiste, Poli? ¿Por qué tuviste que engañarme?

—No quería que te enfadaras. ¿Qué probabilidades había de que fuera ella la del intercambio?

—¿Es esa tu excusa?

—No trato de excusarme, Lolín. Solo quiero que lo entiendas. Solo quiero que sepas por qué lo hice.

—Sé por qué lo hiciste, pedazo de alcornoque. Por eso estoy enfadada contigo y por eso no puedo seguir enfadada contigo. Las intenciones de tu corazón nunca han sido el problema, Poli. Eres noble, y la persona más leal que conozco. Pero las malas decisiones que tomas siempre lo estropean todo.

—Sabes que nunca querría hacerte daño.

—Eso ya lo sé. Pero ¿qué pasa si te detienen? ¿Sabes lo que te harían por ayudar a los rebeldes? Te fusilarían, Poli.

—Pero yo ni siquiera sabía que…

—¡Poli!, dime que lo entiendes. ¡Dímelo porque yo sola no puedo! Yo no… —Lolín se derrumbó y Polito se quedó de piedra al ver el daño que le estaba haciendo.

Sabía que la había cagado pero no fue consciente de cuánto hasta que la vio tan abatida. Estaba mucho más frágil de lo habitual y eso le asustaba porque Lolín era pura fuerza y vitalidad. Se levantó de la silla como si el alcohol de su cuerpo se hubiera evaporado para ayudarla.

377

—No puedo perderte, ¿entiendes? Dices que no quieres hacerme daño pero, si te cogieran, yo… no podría… Ahora no. —Lolín lloró sobre el pecho de su marido.

—No me perderás. Te lo prometo —contestó afectado.

—Tienes que dejar de hacer estas cosas. Necesito saber que dejarás de hacerlas… Aunque no tengamos dinero, aunque vivamos debajo de un puente, ¿entiendes? Te necesito conmigo.

—Lolín, me estás asustando. ¿Estás enferma? ¿Te encuentras mal?

—No. Estoy bien. Es solo que… —Lolín se deshizo del abrazo y cogió sus manos para entrelazarlas con las suyas. Necesitaba mirar los profundos y oscuros ojos de su marido para decirle lo siguiente—: ¿Quieres volver a casa?

—Joder, claro que sí.

—Bien. Entonces repite conmigo: yo, Polito…

378

—Lolín, ¿a qué viene esto? —dijo ofuscado.

—Repite conmigo.

—Yo, Polito…

—… te prometo a ti, Lolín…

—Te prometo a ti, Lolín…

—… que voy a ser el mejor padre del mundo.

—Que voy a ser el mejor pa… ¿Qué? —Los ojos de Lolín brillaban de emoción al mirar a su marido—. ¿Voy…? ¿Voy a ser…?

—El mejor padre del mundo.

—Dios mío. —Ahora eran los ojos de Polito los que brillaban hasta perderse en un mar de lágrimas—. ¿Padre? ¿Voy a ser padre?

—Sí, mi amor.

—Una familia… Voy a tener una familia… Esto es… es… —Cayó de rodillas gimoteando como un niño y besó la tripa de Lolín como si fuera el tesoro más preciado del mundo.

Y ella entendió que ahora tendría a dos niños a los que cuidar.

Desde la barra, Juancho los observaba con ternura sin poder evitar sentir cierta envidia por esos dos tontos enamorados hasta las cejas.

Lamentablemente, no era el único que los observaba. Desde la puerta, a través del cristal, no perdía detalle de la escena otro hombre acompañado de dos de sus vasallos. El rostro inconfundible de un solo ojo y un parche oscuro se reflejaba en el cristal a la vez que asomaba una terrorífica sonrisa mostrando su perfecta dentadura. La puerta se abrió y las botas impolutas del general Miranda pisaron el suelo de La Taberna de Juancho.

379

23

Una moneda única

—*F*elip y la princesa estaban muy enamorados. Pero su padre y sus hermanos estaban dispuestos a largarse de allá con todo el oro que pudieran cargar. Con él podrían pagar a su propio ejército de mercenarios y regresar a Akram para vaciarlo del todo. Felip intentó convencerlos de que allá tenían todo lo que necesitaban. Todo lo que habían querido. Pero no era verdad. La gente no busca el oro por su belleza, sino por su poder.

—¿De qué te sirve ser rico si nadie lo sabe? —añadió Cloe inmersa en mi relato.

Seguíamos en la parte trasera del Mercedes, desnudos, sudorosos. El medallón colgando de su cuello, la moneda entre sus pechos perfectos y simétricos, su pelo enredado, su piel cálida, sus labios enrojecidos…

—Su familia lo abandonó. Se marcharon de noche, sin decirle nada y con los bolsillos llenos. Al despertar, Felip fue apresado por traidor. Tardaron una semana en encontrar a uno de sus hermanos. Y dos días más en traer a su padre. No esperaron al tercero. Los ejecutaron según sus costumbres. Condenados a morir con su oro. Una tortura muy creativa. Fundieron todo lo que se habían llevado y se lo introdujeron a través de sus gargantas abiertas. Una vez muertos, esperaban tres días y después los abrían en canal para recuperar el oro, ya sólido, de sus órganos. El tercer hermano nunca fue capturado. Pero en su lugar atraparon a un mercader con mala fama que llevaba encima todo su oro. Lo más probable es que lo engañara y lo matara para robarle el tesoro. Al final, su castigo fue el mismo. De rodillas, manos atadas a la espalda, garganta abierta y atracón de oro fundido.

—¿Y Felip? —interrumpió Cloe.

—El castigo de Felip sería diferente ya que él no había huido ni tampoco había robado el oro. Pero lo había permitido. Cargaría con los pecados de su familia. Pero no todos estaban conformes. Por eso, una noche de lluvia y tormenta, de nubarrones negros en los que la luna no podía bañar de luz el valle de Akram, se deslizó entre las celdas de oro una sombra silenciosa. Liberó de su prisión a Felip y huyó con él a través de senderos y caminos que solo un nativo podría conocer.

»Al despuntar el alba, la princesa Yuhubu y Felip alcanzaban la costa. Él nunca había estado tan perdido y ella nunca tan lejos. Pero ahora solo les importaba una cosa. Salvar la vida que crecía dentro de ella. Quedarse en su pueblo era entregarse a una muerte segura. Un solo cabello pelirrojo que heredara su hijo de su padre bastaría para que los mataran a todos. Ella, como hija del rey, estaba preparada para lo que los dioses dispusieran. Pero su hijo no. A su hijo nadie le pondría una sola mano encima. Su única salvación era el vasto océano que se extendía frente a ellos.

»Felip cubrió a la princesa con una enorme capa para ocultar su vestido de oro. Consiguió un pasaje para él y otro para su *esclava* en uno de los barcos que regresaban al Viejo Continente. Solo así conseguirían pasar desapercibidos.

—Vivió, ¿verdad? —soltó Cloe.

—¿Quieres que te responda o quieres que te lo cuente?

—¡Los descubrieron! Eso es. Los descubrieron y los mataron.

—No los descubrieron —la tranquilicé—. Llegaron a España. Viajaron por tierra hasta los Pirineos evitando cualquier contacto. Para entonces la barriga de la princesa ya aso-

381

maba. Se instalaron en un pequeño pueblo en las montañas lejos de todos y tuvieron a su hijo.

—¿Y ya está? —El dedo de Cloe dibujaba círculos alrededor de mi ombligo.

—No. No está. Porque la profecía era cierta. Y se cumplió. Felip y Yuhubu, por muy enamorados que estuvieran, nunca encontraron la paz.

El dedo de Cloe dejó de jugar y a ambos se nos pasó la misma idea por la cabeza.

—¿Toda su vida fueron perseguidos?

—Perseguidos y acosados por los Guardianes de Akram. Sabuesos entrenados para llegar hasta donde nadie llegaría para recuperar su tesoro y llevarlo de vuelta.

—O sea que los encontraron —afirmó pesarosa.

—Sí. Mataron a su hijo. Y después a Felip. El cerco se iba haciendo cada vez más estrecho. Yuhubu perdió primero a su pueblo y después su pueblo le arrebató a su familia. La princesa, sola y llena de odio, se despojó de su vestido y repartió todas las monedas aleatoriamente entre viajeros, ricos, pobres, mujeres, niños… Los Guardianes encontrarían las monedas pero les costaría generaciones reunir las 183 desperdigadas por el continente. Monedas malditas. Pues todos aquellos que poseían una terminaban misteriosamente muertos.

—¿Eso es verdad?

—Es una leyenda, Cloe.

—¿Y de dónde crees que nacen las leyendas?

—En cualquier caso, cuenta la leyenda que los Guardianes fueron escondiendo todas las monedas en un mismo lugar, conscientes de que debían recuperarlas todas antes de regresar. Solo así su pueblo volvería a prosperar. Pero los años fueron transcurriendo y su civilización en el Nuevo Continente fue menguando hasta quedar prácticamente extinta por obra y gracia del hombre blanco.

—El hombre y sus ansias de colonizar. Historia de la humanidad. Volumen 1, 2, 3 y todos —añadió cínica.

—Yuhubu se escondió. No se mezcló con nadie. Así que nadie podría hablar de ella y de la moneda que se quedó. Porque las entregó todas excepto una. La moneda 183. La última. La que jamás encontrarían. Así es como castigaría a su pueblo por los pecados cometidos. Por matar a su familia. Por ese maldito oro. Podrían enviar a un ejército entero de Guardianes, pero nunca darían con ella. Una sola moneda los condenaría a todos. Una moneda que nunca debió ser causa de discordia, pues jamás fue robada por codicia, sino por amor.

—Era ella… El esqueleto de la cueva era…

—La princesa Yuhubu —concluí.

Cloe se quitó el medallón del cuello y lo levantó para que nuestros cuatro ojos contemplaran la moneda hipnotizados.

—Te dije que todo tiene una historia detrás.

—Deberíamos devolverla —soltó convencida.

—¿A quién? —me reí—. ¿A Objetos Perdidos?

—Hablo en serio.

—Cloe… —Podía ver su mente funcionando a toda velocidad.

—El diario habla sobre una civilización antigua al norte de México. Quizás eran mayas. O aztecas…

—O pigmeos.

—No hay pigmeos en México.

—Muy altos tampoco son. Y no he dicho México, he dicho algún punto al norte de México, pero puede que no se refiera a un punto de México, sino a algo que está al norte, queriendo decir fuera de México, ¿entiendes? —Cogí aire—. Y depende de la época en la que esté escrito esto, y parece bastante antiguo, podría significar cualquier parte de Estados Unidos.

—Entonces solo tenemos que ampliar el abanico de civilizaciones. —Ya salía del coche y se enfundaba su vestido.

Yo también salí y empecé a vestirme.

—Perdona que te haga esta pregunta pero… ¿cómo llega una preciosa granjera, guerrillera y tozuda a saber sobre civilizaciones antiguas en América? En serio, ¿mayas, aztecas?

—Teo. Es uno de nuestros líderes. Era profesor de Historia en la universidad. Tiene un montón de libros en su caseta y siempre me deja leer lo que quiera.

—¿Junto a la cama?

—¿Celoso? —Se arregló el pelo hasta hacerse un improvisado moño. Estaba preciosa.

—No. Para nada.

—Ya…

—Teo construyó Edén.

—Entonces es un dios.

—No es un dios, pero sí nuestro salvador. Ha salvado a mucha gente que huía sin nada. Gente que lo había perdido todo. Gente como yo… O como tú.

—Tú y yo no lo hemos perdido todo, Cloe.

Ella sonrió agradeciendo el comentario, aunque era evidente que no coincidía conmigo. Y entonces fue cuando lo dijo. Así sin más. Lo soltó como quien lanza un dado al aire, o como quien toca una nota al azar. Pero para mí esa nota fue música. Y ese dado, toda una revelación.

—Podrían ser indios… —comentó mientras se calzaba.

—Perdona, ¿qué…?

—Indios. De los de plumas. Indios americanos. Apaches, cheroquis, sioux, mohicanos…. Si no has leído *El último mohicano*, ya estás tardan…

—¡Indios! —grité casi tropezándome—. ¡Indios, claro! ¡Vamos!

—¿Adónde? Son las dos de la mañana.

—La hora perfecta.

—¿Perfecta para qué?

—Para colarse en un cementerio.

El tiempo que tardamos en llegar del taller a la montaña de Montjuïc, lo invertí en explicar a Cloe mi maravillosa teoría sobre los Guardianes. Indios que viajaban a Europa en busca de un tesoro ancestral. Indios que, para pasar desapercibidos en nuestros tiempos, podrían, por ejemplo, infiltrarse en circos como el de la compañía de Buffalo Bill y desplazarse sin problemas por este continente.

Por supuesto, tuve que responder a mil interrupciones y preguntas de todo tipo: «¿Por qué trabajaste en un cementerio? ¿Por qué nunca me lo habías contado? ¿A cuántas personas enterraste? ¿Cavaste tu propia tumba? ¿Quién es Tomeu? ¿Toro Sentado, en serio? ¿Que eres el Guardián de qué...?».

Entramos en el cementerio dejando el mar a nuestras espaldas. Trepamos una valla más que accesible y nos adentramos en ese laberinto de caminos, tumbas y mausoleos que son auténticas joyas arquitectónicas propiedad de las familias más ricas de Barcelona.

Forcé con facilidad el candado que abría la puerta de una caseta de herramientas y me hice con dos palas. Caminamos hasta dejar atrás el cementerio cristiano, por llamarlo de alguna manera, y nos adentramos en ese lugar apartado donde la maleza crecía libre.

—Cuidado aquí. Esta zona está llena de zarzas.

Llegamos frente a las lápidas que dibujaban la media luna.

—Este sitio pone los pelos de punta —dijo frotándose los brazos como si tuviera frío—. No tienen inscripciones. —Pasó una mano por la primera lápida que vio—. Alguien ha estado aquí y ha arrancado la hiedra.

—Fui yo. Tomeu me explicó que enterraron a doce indios pero yo conté trece tumbas, así que... intentaba averiguar..., no sé qué intentaba, la verdad.

—¿Por qué no quitaste la hiedra de la última?

Podía haber dicho: «Porque me asusté al oír unos susurros, me corté con las zarzas, me caí de culo, me pringué las manos con hongos venenosos y estuve más de dos días vomitando y cagando sin parar».

—Me interrumpieron —dije.

—¿Y después…?

—Después nada. Lo dejé estar.

—O sea que despejaste doce de las trece tumbas y cuando te quedaba solo una…, lo dejaste estar. Tú. Tú lo dejaste estar.

—¿Qué estás insinuando?

—Tenías miedo.

—¡Venga ya!

—No pasa nada. Reconócelo —se rio con ganas—. Tú no has dejado estar nada en tu vida.

No dejó de reír hasta que terminó por contagiarme. Y en ese siniestro lugar se oyeron las risas nerviosas de dos jóvenes que por unas horas se olvidaron del mundo real para vivir en un mundo de aventuras, de indios, de profecías y tesoros ocultos.

Una aventura que invitaba al optimismo cuando retiramos la hiedra que abrazaba la última lápida. No había nombres ni fechas, igual que en las otras. Pero sí una inscripción, o mejor dicho, un símbolo. Uno que conocíamos muy bien. El mismo símbolo que tenía el medallón. Y nos pusimos manos a la obra.

Estuvimos cavando dos horas hasta que la pala dio con algo sólido. Un ataúd. Para entonces ya acumulábamos tanta tierra en nuestros oídos que teníamos que irnos sacudiendo de vez en cuando. Nos quedamos mirando el ataúd desde las alturas. Estábamos tan emocionados que no fuimos capaces de pronunciar una sola palabra. Sacamos el ataúd con más fuerza que maña. Y al abrirlo nos llevamos la segunda sorpresa de la noche.

Dentro solo descansaban unos cuantos huesos amontonados. Eso era todo. Eso y toda la ilusión que acabábamos de perder y que cayó también dentro de ese ataúd.

—No lo entiendo —balbuceé hundido—. La lápida tiene el sello del medallón. Ellos…, ellos vinieron para…

—Para llevárselo —señaló seria.

—Pero el tesoro no está completo. Falta tu moneda. La 183. Si no las tienen todas, su pueblo… La profecía.

—Creía que era solo una leyenda. —Me animó con un par de palmadas en la espalda que me sentaron casi peor.

Estaba enfadado. Estaba tan seguro de que íbamos a encontrar un tesoro...

—Aun así, la moneda es real. Y el sello de la lápida también.

—Y seguro que el oro también. Dime una cosa, si tú fueras uno de los Guardianes y supieras dónde están las 182 monedas de oro..., ¿qué harías?

—Creer en la profecía.

—Ya, eso quizás funcionaba hace quinientos años, pero hace cuarenta... Es mucho oro, Homero. ¿Lo ignorarías solo por una moneda? ¿O lo devolverías a tu pueblo?

—Supongo que lo cogería. Y evitaría su extinción.

—No solo eso. Los ayudarías a establecerse. Puede que a levantar una gran reserva y prosperar.

—¿Un nuevo Edén? —pregunté con segundas.

—¿Por qué no?

Perdido todo atisbo de emoción y adrenalina, el cansancio hacía mella. Partir hacia una aventura siempre es excitante, volver de ella, de madrugada, exhaustos, con las manos vacías de oro pero llenas de tierra, resultó demoledor.

Volvimos a enterrar el ataúd y nos alejamos como dos almas en pena. Supongo que no serían las únicas tratándose de un cementerio. Paseábamos de la mano intentando recuperarnos del mazazo. Y quise coger otro camino distinto al de la ida. Era una buena oportunidad.

—¿Puedo presentarte a alguien?

—¿Ahora? ¿No es un poco tarde?

—No creo que les importe. —Me planté frente a un par de lápidas contiguas que miré con cariño—. Mamá, papá..., esta es Cloe.

Ella permaneció callada sin apartar la mirada de las lápidas.

—Lo siento —dije llevándome la mano a la cara. Era evidente que se sentía incómoda—. Te pido perdón. Sé que es

387

algo estúpido y… ni siquiera están sus cuerpos de verdad, ¿sabes? Solo es un sitio más, un lugar donde puedo seguir con ellos y… puedo hablarles, contarles mis problemas. Lo siento. No quería incomodarte. Tenía que haberte preguntado antes…

—No —reaccionó—. Me encanta que lo hayas hecho. De verdad. Es solo que no me lo esperaba. —Silencio otra vez y después una pequeña risita—. Es la primera vez que alguien me presenta a sus padres. Y mira cómo voy. Estoy hecha un desastre.

De nuevo, nuestras risas se elevaron por encima de las lápidas. Y sí, era un cementerio, pero la noche era nuestra, así que podíamos hacer con ella lo que quisiéramos.

Salimos del recinto y descendimos la montaña. No teníamos ninguna prisa. Y no nos cruzamos con nadie, lo que fue un alivio, ya que no habríamos sabido explicar por qué íbamos hasta arriba de tierra. La noche empezaba a alcanzar esa hora en la que ya no sabes si es muy tarde o muy pronto. Y el tiempo corría en nuestra contra porque los dos sabíamos perfectamente que el hechizo acabaría pronto. Y que al hacerlo, cada uno regresaría a su vida.

—Tengo arena hasta en las tetas —gruñó sacudiendo su vestido.

—¿Necesitas ayuda?

—Preferiría que me llevaras a tu casa. ¿O voy a tener que suplicarte?

—Me encantaría que suplicaras, la verdad. Pero no. Antes quiero parar en otro sitio.

—¿Algún otro cadáver que desenterrar?

—No —me reí.

—Pues entonces espero que sea una churrería porque me muero de hambre.

—Creo que vas a tener que esperar un poco.

—Dime la verdad. ¿Este recorrido lo haces con todas tus novias o estás improvisando?

—Lo hago con todas.

—Lo sabía.

Tardamos casi una hora en alcanzar nuestro destino. Una hora más para exprimirla del todo. Una hora de historias, anécdotas, risas y besos.

Cuando estábamos cerca le vendé los ojos con un pañuelo que robé de su cuello. Me hice con sus zapatos, le ofrecí mi mano y caminamos por la arena húmeda. La vi sonreír al tacto de sus pies. Después la frené y me coloqué tras ella para susurrarle suave al oído:

—¿Puedes oírlo?

—Sí.

—¿Puedes olerlo?

—Sí —dijo inspirando profundamente.

Con mis manos en su cintura la invité a avanzar. Dio un primer paso inseguro extendiendo los brazos hacia delante. Otro paso más y un tercero hasta que el agua fría que trepaba por la orilla capturó sus pies sumergiéndolos bajo la espuma. Sus dedos se tensaron hacia arriba y sus labios dejaron ir un suspiro agradable.

—¿Puedes sentirlo?

—¡Sí! —Se rio excitada moviendo los dedos sobre la arena.

—¿Puedes verlo? —Entonces retiré el pañuelo de sus ojos y contempló el vasto mar que se extendía frente a ella. La luna impregnaba de luz blanca el agua salada y pude ver todo su cuerpo estremeciéndose—. Te prometí que algún día te llevaría.

Me miró como pocas veces lo había hecho. Emocionada, feliz, agradecida, sorprendida. No tuvo que añadir ni una sola palabra. Clavó sus ojos en el horizonte como si quisiera retener esa imagen en su retina para siempre. Respeté su momento y su silencio. Y entonces susurró:

—«La luna en el mar riela, en la lona gime el viento y alza en blando movimiento olas de plata y azul».

—Suena bien.

—Sí... ¿Sabes por qué me gusta tanto leer, Homero?

—Porque te permite escapar.

—Porque me permite estar más cerca de ti. —Me besó con pasión.

La abracé con fuerza y me la llevé al agua ignorando sus gritos. Nos sumergimos y toda la tierra que llevábamos encima, igual que todas nuestras decepciones, flotaron a nuestro alrededor trazando una nube de polvo, que el mar se llevaría para siempre.

Después nos estiramos en la orilla, estudiando las estrellas como habíamos hecho tantas otras veces en aquella montaña.

—Pronto empezará un nuevo día y este desaparecerá.

Sus palabras me castigaron. Yo también había estado deseando parar el tiempo. Al final solo pude abrazarme a ella, igual que la raíz a la tierra, y así nos quedamos hasta que despuntó la primera luz del alba.

390

Al despertar vi a Cloe sentada a mi lado con la mirada puesta más allá de las olas. Me reincorporé y señalé un punto del horizonte donde empezaba a nacer una luz suave y rosada que, poco a poco, se fue tornando en rojo fuego.

—Contemplar el amanecer junto al mar es algo que tienes que hacer al menos una vez en la vida.

—Entonces me alegro de que sea contigo.

El sol empezó a emerger entre las olas dibujando un cielo multicolor. Ella estaba muda de esplendor. Le cogí la mano y la miré abrumado. Seguramente ella nunca vería algo tan hermoso. Ni yo tampoco. Nunca olvidaría ese momento, porque jamás volvería a ver un verde tan perfecto como el que se inflamó en sus ojos durante aquel amanecer.

Ahí lo supe de nuevo. Era la tercera vez que sentía algo parecido en mi vida. Era la tercera vez que estaba perdida y locamente enamorado de esa mujer.

Y entonces, como si acabara de despertar de un sueño, como si fuera un muñeco y una mano invisible tirara de sus hilos, se enjugó las lágrimas avergonzada y se levantó.

—Espera... ¿Qué haces?

—Lo siento, pero tengo que irme. —Le dio la espalda al mar reemprendiendo el camino de vuelta.

—¿Ahora? ¿Por qué? ¿Qué ocurre?

—No ocurre nada.

—¿Y por qué sales disparada si no ocurre nada?

—Porque yo no soy esta, Homero. Esto no es... Esto... —No encontraba las palabras. Estaba enfadada—. ¡Da igual!

—Cloe, te conozco.

—Tú no me conoces. No sabes nada de lo que he hecho.

—¿Crees que me importa? ¿Crees que yo no he hecho cosas de las que me arrepiento cada día?

—¡Es que yo no me arrepiento! —gritó—. ¿Lo ves? Te duele hasta mirarme.

—Me duele mirarte porque sé que pronto ya no podré hacerlo.

—¡Los dos sabíamos que eso pasaría!

—¿Contra qué estás luchando?

—No es contra qué, es contra quién. No puedo librar una guerra y ver amaneceres contigo. ¿Es que no te das cuenta?

—Te da miedo elegir.

—No. No me da miedo elegir —esquivó mis ojos—, porque ya lo he hecho.

—Eliges la guerra... —dije abatido.

—Hay gente que está en peligro ahora mismo. Ocultos en un piso. Asustados y esperándome mientras yo estoy aquí contigo. Lo siento, Homero, pero elijo mi responsabilidad. —Se alejó.

Y yo la seguí.

—¿Y qué pasa si tú eres mi responsabilidad?

—Yo no soy tu responsabilidad. No digas eso.

—Es lo que he elegido. —Me acarició la barba como quien acaricia un cachorro.

—Pobre Homero... ¿Es que no lo ves? Así nunca serás feliz.

—¿Crees que me importa mi felicidad?

391

—A mí sí me importa —dijo volviéndome a enseñar la espalda.

El sol ya había asomado por completo y anunciaba, desde bien temprano, que haría calor.

—¡Un día! —grité mientras la perseguía—. Un solo día, por favor. Dame al menos eso. Después puedes volver a jugar a los soldados. Te prometo que no te seguiré. Te dejaré en paz.

—Homero…

—¡¿Ni siquiera me vas a dar eso?!

—¿Y de qué nos iba a servir un solo día?

—¿Y por qué tiene que servirnos de algo? ¿Por qué la gente siempre se empeña en encontrarle el sentido a todo? No todo tiene una utilidad o una lógica. A veces hacemos cosas simplemente porque podemos hacerlas, porque queremos, o porque nos sentimos diferentes. ¿De qué sirve contemplar un amanecer? ¿De qué sirve caminar por la arena o sumergir tus pies en el mar? ¿De qué me sirve besarte? ¿De qué me sirve estar enamorado de ti? —Creo que desperté su compasión. Pero nada más.

—Sabes que eso solo nos hará más daño…

—Sí. Pero ese dolor será solo nuestro y de nadie más. Será auténtico.

—Homero, por favor…

—¿Recuerdas la dedicatoria que me escribió mi padre?

—«Vive como si leyeras un libro, pero ama como si recitaras un verso.»

—Ya sé lo que significa. —Me coloqué a pocos centímetros de ella—. Significa que vas a venir conmigo aunque tenga que llevarte a cuestas. Significa que haremos el amor como dos locos en cada rincón de mi piso. Significa que beberemos, que bailaremos y que volveremos a hacer el amor como si no hubiera un mañana. Porque no lo hay, Cloe. No existe. No para mí. No para nosotros. Todo lo que nos queda es el ahora. Y ahora todo lo que me queda eres tú. Sé que estás más que dispuesta a morir por algo. Eso es lo que decís siempre, ¿no?

392

Morir por una causa. Morir por algo más grande que vosotros mismos. Morir, morir... Pero morir no es difícil, Cloe. Es más bien fácil. ¿Quieres morir por algo? Bien, lo acepto. Me jode, pero lo acepto. Ahora demuéstrame que también estás dispuesta a vivir por algo.

En poco más de media hora entrábamos besándonos como posesos y golpeándonos contra todos los muebles que había entre el recibidor y mi cama. La levanté con los dos brazos como si fuera un fardo y mientras ella reía sin parar la llevé hasta el dormitorio.

Mis planes estaban trazados y estudiados. Eran muy simples. Consistían en no salir de esa habitación nunca más. E íbamos por buen camino, porque no salimos de la cama en toda la mañana. Hicimos el amor, leímos poesía, hablamos, lloramos, reímos y nos aprendimos de memoria cada centímetro del cuerpo del otro.

Si existiera un momento concreto en el que la felicidad, de pura, dejara de ser efímera, habría sido ese. Poder capturar ese instante para encerrarlo con nosotros dentro de esa habitación.

—¿Cómo te hiciste esto? —Sus dedos recorrían la enorme cicatriz que me atravesaba el pecho.

—Estaba en un barco que voló por los aires...

—Como siempre, en el lugar y momento menos oportuno —se burló.

—Claro, porque como siempre la culpa fue mía y no de los cabrones que llenaron la bodega de explosivos.

—Podrías haber muerto... —Lo dijo como si le costara creerlo. Comprendiendo al mismo tiempo lo fácil que habría sido perdernos el uno al otro. Perder ese momento.

—Una estaca de hierro me atravesó de lado a lado, destrozando mis costillas y pasando a centímetros de mi corazón, así que sí, supongo que podía haber muerto. —Sonreí, pero ella no lo hizo. Quise distraerla de aquella idea, así que cogí sus dedos y los guie por la cicatriz—. Mira, si aprietas aquí y pasas la mano, puedes sentir la placa de metal que me colocaron.

—¿Tienes un trozo de metal dentro del cuerpo?

—Un trozo bastante generoso.

—¿Te molesta? —Sus dedos se movían sobre la cicatriz encontrando todos los vértices de la placa.

—Ahora ya no. La noto a veces, pero es el precio que tengo que pagar por tener un corazón de hierro.

—No tienes un corazón de hierro —se rio.

—Claro que lo tengo. Aunque sobre todo me protege el pulmón. Al destrozar parte de mis costillas tuvieron que implantarme algo que lo sustituyera. Si no, el mínimo golpe o empujón en ese punto podría dejarme tieso.

—Nunca había oído que se pudiera hacer algo así.

—Tuve suerte de que la barra de hierro pasara a centímetros, suerte de que se empecinaran en salvarme la vida, suerte de que en ese hospital estuviera de paso una eminencia en cirugía… Y suerte de que decidiera jugar a ser Dios aquel día.

—Y la suerte de estar conmigo.

—Eso está por ver —me reí—. Tú también tienes cicatrices nuevas. —Señalé la de su cuello.

—Eso no es nada. Esta es aún peor. —Se retiró el pelo y pude ver una buena brecha que le recorría parte de la cabeza hasta la frente—. Una bala hizo saltar un trozo de roca que decidió perforarme la cabeza. Y aquí —apuntó junto a su cadera y condujo mis dedos hacia ella— me explotó parte de una granada y la metralla me perforó la piel. Aún tengo algo dentro. Y aquí —prosiguió llevando mis dedos hacia su hombro derecho— me disparó uno de los míos. ¿Puedes creértelo? El muy imbécil se asustó y disparó con los ojos cerrados.

—Es lo que pasa cuando intentas que te maten.

—Es lo que pasa cuando subes a barcos con explosivos.

Aprovechamos que estábamos desnudos para seguir explorando cada rincón de nuestros cuerpos. Después me di una ducha de agua fría y fui a la cocina a buscar algo de fruta para llevar a la cama. Pero al regresar…

—¿Cloe?

Sabía que cuando llegara el momento ella desaparecería. Así, sin más. Sin un abrazo de despedida, sin un beso, ni una nota antes de salir por la puerta. ¿Pero ya? ¿Tan pronto?

Me tranquilicé al ver su ropa desperdigada por el suelo. Dejé la fruta y la busqué por el piso. Crucé el salón y miré en la terraza. Nada. Y entonces vi una puerta abierta que llevaba años cerrada.

—¿Cloe? —Crucé el umbral como si profanara un templo.

—Estoy aquí —dijo con naturalidad.

La vi sentada sobre la cama del capitán Amat y envuelta en mis sábanas. La ventana estaba abierta de par en par.

—¿Qué haces aquí?

—Curiosear. ¿Este es el hombre que te adoptó? —Señaló una fotografía del capitán vestido de militar.

Asentí pesaroso y aparté la vista.

—¿Por qué has entrado aquí? Y has abierto la ventana.

—Apestaba a cerrado. ¿Hace cuánto que no entras aquí?

—No lo sé.

—¿No lo sabes? —soltó divertida—. ¿Una semana? ¿Un mes? ¿Dos? ¿Un año?

—Nunca.

—¡¿Nunca?! ¿Por qué?

—El capitán murió tras lo de Hendaya. Durante el asalto sorpresa en las ruinas.

—Oh… —Su semblante cambió y pude sentir su sofoco—. Nosotros también perdimos a muchos de los nuestros ese día.

—Lo sé. Estuve allí.

—¿Volviste?

—Al oír los disparos. Sabía que no tenía que haberme marchado pero cuando llegué ya había terminado todo. Caminé entre los cuerpos aterrorizado y convencido de que te encontraría muerta. Pero a quien vi fue al capitán.

—Homero, lo siento…

—El capitán tenía un pasado turbio que algunos en el Ejército le reprochaban. Por eso el único disparo que lo alcanzó fue por la espalda.

—Miranda —mencionó con rabia.

Asentí afligido aún por los recuerdos.

—Puede que Miranda disparara pero yo le puse la diana en la espalda. Él nunca habría participado en aquello si no hubiese sido por encontrarme a mí.

—¿Y crees que cerrando esta puerta lo solucionas todo? —Ella cogió algo de la mesilla de noche y me lo ofreció.

Era una fotografía. El capitán y yo el primer día que vestía el uniforme del servicio militar.

—Quiso que nos la hiciéramos porque me dijo que por primera vez parecía un hombre y no un despojo. Ya no me acordaba de que la tenía.

Me senté junto a ella. Tiré de la sábana hacia abajo y recorrí a besos su espalda. De nuevo me quedé asombrado por la perfección de su figura. Llevaba el pelo recogido en una especie de moño improvisado con un lápiz dejando al descubierto zonas que hasta entonces había pasado por alto. Las curvas de su cuello, el vello rubio que se le erizaba en la nuca o las dos pecas ocultas detrás del lóbulo de su oreja izquierda. Pero mis besos estaban lejos de hacer efecto porque ella estaba examinando los cajones de la mesilla.

—¿Puedes dejar de fisgonear aunque solo sea un segundo?

—Tú estás fisgoneando por todo mi cuerpo y no te digo nada.

En ese preciso momento sonó el timbre. Una vez, dos veces, tres veces. Miré el reloj de pared.

—Qué raro. Es muy pronto…

—No abras —dijo Cloe.

—Es imposible que te encuentren aquí —la tranquilicé.

—Tú no conoces a Miranda.

Alguien ya intercalaba los timbrazos con mamporrazos.

—Tranquila. —Me puse el viejo batín del capitán y salí del dormitorio—. ¡Ya voy! ¡Ya voy!

Cuando abrí la puerta vi la cara desencajada de Lolín. Todo su maquillaje desperdigado bajo sus ojos y las lágrimas corriendo a borbotones. Su vestido estaba arrugado y sucio como si hubiese pasado toda la noche de un lado para otro.

—Lolín, por Dios, ¿qué ocurre?

—Se lo han llevado… —dijo balbuceando y temblando—. Se han llevado a Poli.

—¿Qué…? ¿Quién se lo ha llevado?

—Unos militares… —La ayudé a llegar hasta el sofá. La pobre tiritaba de miedo aún conmocionada—. Entraron en La Taberna y… ese hombre lo golpeó y…

—¿Ese hombre?

—Ponía los pelos de punta. Tenía un parche en el ojo y… La buscaba a ella.

—¿A Cloe?

—Estaba muy cabreado. Muy muy cabreado con Poli porque no le decía dónde encontrarla. Pero Poli no lo sabía. Él no sabe nada de esa gente. Pensaba que lo iban a matar, Homero. Lo golpeaban muy fuerte y… Lo siento, lo siento mucho… Les dije que tú podías averiguar dónde estaba ella. —Lloraba desconsolada—. ¡Perdóname! No sabía qué más hacer para que dejaran de pegarle.

La abracé y pude sentir todo su cuerpo temblando.

—Tranquila, Lolín. Hiciste bien. Hiciste lo que debías.

—No. No es verdad. Porque él no me creyó y siguió golpeando a Poli. Entonces se lo conté todo. Le dije que ya la habías salvado antes, en Hendaya y… —Su propia angustia le impedía pronunciar las palabras—. Lo siento tanto. Sé que confiabas en mí. Si hubieses visto cómo me miró Poli cuando me oyó decirles quién eras… Sé que no me lo perdonará nunca. Me odia. Igual que tú.

—Cómo te vamos a odiar ninguno de los dos si estamos locos por ti. Y claro que te perdonará porque yo ya lo he hecho. —Sonreí para confortarla pero mis palabras parecían hacerle todavía más daño—. Escúchame. No puedes rendirte ahora. Necesito que te calmes y…

—¿Qué te dijo? —La voz de Cloe nos interrumpió.

Lolín la miró sorprendida, aunque se repuso rápido, lo que demostró que en el fondo sabía que estaría conmigo. Cloe estaba vestida y su mirada ya no era la de una chica enamorada, sino la de una guerrera a punto de entrar en combate.

—Me dijo que, si quería volver a ver a Poli, tú tenías que entregársela. —Me miró con pesar—. Pero sé que te matará también a ti. Ese hombre es una bestia.

—¿Dijo dónde? —la interrumpí ansioso.

—Dijo que lo sabrías.

—Tengo que irme —anunció Cloe.

—No, espera. Él ha dicho que yo tenía que entregarte.

—Eso es una gilipollez. Tu amiga tiene razón, Homero. Si vas, te matará.

—Y si no voy, te matará a ti y seguramente a Polito. ¿De verdad crees que voy a quedarme aquí de brazos cruzados?

—Tengo que avisar a los míos.

—¿Los tuyos? —dijo Lolín confusa—. Creo…, creo que ya los han encontrado.

—¡¿Qué?! ¿Cómo lo sabes?

—Porque esa era la razón por la que él estaba tan furioso… —balbuceó—. Tú no estabas con ellos y…

—No… —Un suspiro salió de sus labios todavía rojos por el roce con los míos. Pasó por mi lado y me miró con aquella nostalgia que anunciaba el fin de muchas cosas.

—Cloe, es una trampa. —Quise cogerla de la mano para retenerla pero la esquivó. Sabía que nada la frenaría.

Lanzó una última y furtiva mirada a nuestra habitación. Ese rincón del mundo donde el espacio y el tiempo se habían detenido. Se acercó para susurrarme un amargo «Gracias» seguido del más dulce de los besos y desapareció por la puerta. Yo seguía con el sabor a despedida en mis labios.

Supe que todo lo que había pasado había sido como una forma perversa, y al mismo tiempo maravillosa, de separarnos para siempre. Supe que todo lo vivido las últimas horas había sido un homenaje al «no me olvides». Supe tantas cosas en aquel momento que me negué a aceptarlas.

—¡Cloe, espera!

Enfundado en mi ridículo batín volví a la habitación. No iba a dejar que se fuera. Otra vez no. No dejaría que desapareciera de mi vida. Mientras me vestía con lo primero que encontraba, observé el diario del capitán abierto junto al medallón, planes de futuro y ridículos sueños. Es todo lo que habíamos dejado sobre la cama. «Necio», me dije antes de echar un último vistazo a lo que podía haber sido mi vida encerrado con ella en esa habitación.

Salí abrochándome los botones y me encontré a la pobre Lolín sollozando junto al sofá, sin saber muy bien ni adónde ir. Corrí hasta la puerta mientras me calzaba.

—¡Quédate aquí y no salgas de casa!

—¡Homero!

—¡Ahora no, Lolín! —Pero cuando me giré, vi a mi pequeña y férrea amiga con sus dos manos protegiéndose la barriga. No necesitó decirme más para que lo entendiera…

Con un suspiro cerré la puerta que Cloe había dejado abierta de par en par. El amor de mi vida corría alejándose de mí a cada segundo que pasaba. Y mi amiga, mi única familia, que siempre había estado a mi lado cuando más la necesitaba, aguardaba sola y aterrorizada.

Me acerqué a Lolín derrotado, pero aceptando la decisión que había tomado, y puse la mano sobre su barriga. Nos abrazamos dejando que nuestro dolor se fundiera en uno solo.

—Tienes que ir tras ella.

—No voy a dejarte aquí sola.

—Estaré bien. De verdad. Llamaré a Alicia para que venga a hacerme compañía. Ve con ella.

—Ya es tarde. A saber dónde estará…

399

Nos abrazamos de nuevo. En mi cabeza se repetía la misma certeza una y otra vez: no volvería a verla, no volvería a verla, no volvería a ver…

—No, espera… —Lolín me separó de ella—. ¡El usurero!

—¿Emmet, el usurero?

—¡Por eso encontraron el escondite de los rebeldes! Porque el usurero les tendió una trampa. Oí cómo lo comentaban esos soldados. El general hizo un trato con el viejo. Dejaba que Emmet se quedara con su oro si este le entregaba a los rebeldes.

—Hijo de puta…

—Pero salió mal. Porque la única persona a la que quería atrapar no estaba en ese piso, sino contigo. Por eso tienes que ir con ella.

Volví a la habitación del capitán y me hice con la pistola que guardaba en el altillo. Me aseguré de que estuviera cargada y me la metí en el bolsillo.

—No salgas de casa, ¿me oyes? Llama a quien quieras pero quédate aquí. Pienso hacer lo que haga falta para que este niño crezca con su padre.

—Y con su tío… —Me abrazó con fuerza.

No me gustaba dejarla sola, pero era lo que tenía que hacer.

24

Cuestión de confianza

$\mathcal{N}$o pasó mucho tiempo hasta que la campanilla de la tienda de Emmet sonó y yo crucé el umbral de su puerta. Cansado, sudado y muy enfadado. Mientras avanzaba por el estrecho pasillo, me sorprendió no ver al viejo por ningún lado. Detecté un ligero ruido detrás del mostrador. Desenfundé mi arma con poca práctica y apunté resuelto.

—¡Sé que está ahí! Deje su maldita escopeta y enséñeme las manos.

Pero no pasó nada. Estaba convencido de seguir oyendo su aparatosa respiración.

—No lo repetiré, viejo. O sale muy despacio o convierto su mostrador en un puto colador.

Mis amenazas no causaron el más mínimo efecto, así que, buscando algo más de perspectiva, me fui desplazando hacia un lado intentando que el suelo no crujiera con cada paso que daba. Mi ángulo de visión se ampliaba pero seguía sin dar con el usurero. Harto de tanta sutileza, di un salto para cogerlo por sorpresa, pero la única sorpresa me la llevé yo al ver al viejo tirado en el suelo, boca abajo, sobre un charco de sangre.

—¡Mierda! —solté enfundando la pistola y agachándome junto a él.

No me había equivocado con su jadeo. Seguía respirando. Le di la vuelta y le coloqué un par de libros gordos a modo de almohada. Estaba consciente. Un leve alivio se reflejó en sus ojos.

—¿Has venido a comprar algo? —sonrió.

—El piso al que envió a los soldados, ¿dónde está?

—Dame tu medallón.

—Esto es absurdo. —Miré su fatal herida sin comprender su petición.

—Entonces, dámelo.

—No lo tengo. —Me abrí la camisa para que viera que no lo engañaba.

—Tienes que llevarla siempre encima. No la pierdas de vista. No la… —El dolor y la tos no le dejaron seguir.

—Se la he devuelto a su legítima dueña.

—¿Su legítima dueña? —El viejo rio tratando de absorber el poco aire que respiraba—. ¿No has leído el diario?

—Sí.

—Entonces sabes quién es su legítima dueña.

—¿Dónde encontró ese diario?

—No lo encontré. Es mío. Me ha costado años y años de búsqueda. Décadas investigando. Persiguiendo historias, fábulas y leyendas. Consumiendo toda una vida por un tesoro que ni siquiera sé si existe. —Sufrió unas convulsiones que le otorgaron algo más de aire—. Yo tuve una de esas monedas en mis manos. Muchos años atrás. Era solo un niño. Mi abuelo me dejaba jugar con ella después de comer. Y un día ya no lo vi más. Lo mataron. En plena calle.

—Y la moneda desapareció —apunté.

—Fueron ellos.

—¿Por qué me dio el diario a mí?

—Mira a mi alrededor, chico… ¿Ves a alguien más aquí? La gente como nosotros muere sola.

—Yo no soy como usted. ¿Dónde está el piso al que ha enviado a los soldados?

—Eso ya no importa —susurró.

—Sí que importa. —Lo zarandeé para que no se me fue-

402

ra—. Ha enviado a esos hombres a por ella. Y ella tiene el medallón. Lo lleva encima.

La mirada del viejo cambió.

—Ellos me lo han quitado todo… Han timado al timador.

—No, todo no. Aún puede vengarse. Ayúdeme.

—Ayúdame tú a mí… —Hizo un esfuerzo enorme para señalar mi pistola.

—¿Qué? No. No voy a matarle.

—Ya estoy muerto, idiota. —Lo miré con lástima, tendido en el suelo, ciego, solo, incapaz de mover un solo músculo y desangrándose poco a poco—. Por favor…

Saqué el arma y le apunté. El viejo sonrió agradecido.

—Calle Padilla, 285. Primer piso.

Ya tenía lo que quería. ¿Y se suponía que ahora tenía que disparar a quemarropa? Nunca había disparado a nadie. Y eso que había ido a la tienda del usurero con toda la intención de meterle un tiro si no hablaba.

—Sí que existe el tesoro —dije como si quisiera regalarle una última ilusión—. Había una lápida con su símbolo en el cementerio. Junto a las tumbas de unos indios. Pero ya no quedaba nada dentro. Fuera lo que fuera, se lo llevaron.

—Entonces, ¿era cierto? ¿El tesoro existió? —El viejo sonrió y cerró los ojos agradecido.

Era mi turno. Matar por piedad o ejecutar a sangre fría. Qué gran contradicción.

—Lo siento. No puedo, no puedo…

—¡Maldito crío! —gritó de dolor—. Ojalá os pudráis tú, tu puta y tu amigo…

¡Pam, pam! Dos disparos al pecho terminaron con la vida de Emmet, el usurero.

—Gracias por ponérmelo más fácil, viejo.

Me quedé observando cómo se esfumaba esa primera vida que había arrebatado y empecé a pensar hasta qué punto todo lo que nos sucedía formaba parte de un macabro plan. Como si desde el primer momento que hice sonar esa campanilla ya

403

estuviéramos destinados a terminar de esa manera: él muerto y yo con una pistola humeante en mi mano. Le puse una manta encima y salí corriendo hacia la dirección que me había dado.

Desde la acera de enfrente, guarecido tras una esquina, estudiaba el modesto edificio de tres plantas de la calle Padilla. Cualquiera pensaría que estaba abandonado, como muchos pisos en aquella Barcelona. Las muertes y los exilios de una guerra reciente habían dejado no solo personas huérfanas, sino hogares huérfanos que ahora quedaban desperdigadas por toda la ciudad.

Sabía que había muchas posibilidades de que fuera una estrategia de Miranda, una trampa para cazar a Cloe. Por eso, por muchas ganas que tuviera, no entré de golpe, sino que estudié el entorno buscando detalles que desentonaran. Eso me lo enseñó el capitán y creía que me resultaría más fácil detectar incongruencias pero no vi nada que me llamara la atención. Alcé la vista hacia la ventana del primer piso. Había tanta mugre en el cristal que no había forma de traspasarlo con la mirada.

Salí de mi esquina y caminé como un transeúnte más aparentando normalidad hasta llegar al portal. Una vez dentro respiré profundamente para templar los nervios. Por lo menos, nadie me había disparado. Subí la decrépita escalera. Si pretendía pasar desapercibido, los viejos peldaños no me lo pusieron fácil. Alcancé el primer piso y me acerqué a la puerta. Llamé dos veces. ¿Por qué? Porque era idiota y estaba histérico. Pero antes de dar mi segundo golpe de nudillos la puerta chirrió invitándome a entrar. Y entré.

La estancia estaba invadida por un silencio profundo y vacío. Uno de esos silencios que auguran desastres. La suciedad acumulada en el cristal de la ventana dejaba el diminuto piso en penumbra. Encendí una lámpara y se iluminó lo inevitable. Todo estaba patas arriba y dos cuerpos sin vida yacían frente a mis pies. Me quedé pálido y opté por acercarme a la ventana para que entrara un poco de aire y algo más de luz. Entonces sentí la punta de un arma en la nuca.

—Date la vuelta muy despacio si no quieres terminar con tus sesos volando por la ventana.

—¿Cloe?

—¿Homero? —soltó sorprendida. El rojo de sus ojos indicaba que había estado llorando—. ¿Cómo has…?

—El viejo que os ha vendido…

—¿Lo conoces? —preguntó confusa.

—Es una larga historia pero sí. Sé quién es. O mejor dicho, quién era.

—¿Está muerto?

—Sí.

—¿Has sido tú? —Su escepticismo en forma de ceja levantada me llegó a molestar.

—Más o menos. ¿Te importaría bajar el arma?

—Perdón —dijo retirándola de inmediato.

—¿Por qué sigues aquí? Es peligroso.

—Primero tengo que encontrar algo.

Cloe se apartó y pude ver perfectamente los cuerpos de sus compañeros abatidos: un hombre y una mujer cosidos a balazos. Las plumas blancas del sofá perforado estaban desperdigadas por el salón y pegadas con sangre a sus cuerpos. Al fondo, recostado sobre la pared había otro cuerpo que reconocí de inmediato. Un reguero de sangre indicaba que Pascual había ido arrastrándose desde un extremo al otro del pequeño salón. Busqué el dolor en los ojos de Cloe y lo encontré de inmediato.

—Lo siento —dije.

Se acercó a él y se arrodilló con los ojos nublados. El pobre miserable había recibido de lo lindo. Tenía varios disparos en brazos y piernas y un enorme machete clavado en el corazón.

—No se merecía acabar así —dijo apretando un puño con fuerza.

—Deberíamos salir de aquí ya. Podría ser una trampa, Cloe.

—¡No es una maldita trampa! —Se puso en pie y se encaró conmigo—. Si fuera una trampa, ya estaríamos muertos, joder. Si fuera una trampa, no me habría dejado un puto mensaje.

Señaló el cuerpo de Pascual y entonces lo vi. Hijo de puta… Enrollado al machete que le perforaba el pecho estaba el inconfundible parche de Miranda con el símbolo del águila imperial.

—¿Qué significa?

—Significa que esto acabará muy pronto —sentenció apretando la mandíbula.

—Dijo que tú sabías dónde.

—Él quiere que tú me entregues… y así lo harás.

—No pienso entregarte a nadie.

—Entonces tu amigo morirá.

—Encontraremos otra solución.

—No lo entiendes. Ya está decidido. Lo tiene todo planeado. Podría haberme cogido aquí o seguir a tu amiga hasta su casa, pero eso no es lo que quiere.

—¿Y qué coño quiere?

—¡Quiere cerrar el puto círculo! Zanjar nuestra historia, poner el broche final. Quiere que todo acabe… donde todo empezó.

—Tu casa… —Encajé las piezas pensando en voz alta y ella asintió.

—Ahí es donde estará tu amigo.

—No pienso negociar con tu vida.

—Ya llegaremos a eso —apuntó indiferente—. Ahora lo primero es encontrar el material.

—¿Las medicinas? ¿Para qué las necesitas? ¿Cómo sabes que no las han encontrado?

—Porque lo han registrado todo. —Cloe empezó a golpear el suelo con cada paso que daba.

—¿Crees que las han escondido debajo del suelo?

—Es lo que habría hecho yo —dijo sin parar de recorrer el piso.

Yo las habría ocultado en el techo. Siempre es más inaccesible que el suelo, pero allí era improbable. Entonces me fijé en el camino de sangre que había dibujado Pascual al arrastrarse. Me imaginé a Miranda torturándolo. Disparándole en las extremidades para que confesara. Pero Pascual no habló. Había que reconocer el valor de ese cabrón. Y entonces, con varios disparos en las piernas, e incapaz de caminar, se fue arrastrando hasta el otro extremo del salón, seguramente mientras escuchaba las mofas de Miranda y sus hombres. Ellos pensarían que el rebelde pretendía huir a la desesperada, pero un hombre como Pascual, en un momento como ese, sabía perfectamente que su final ya estaba escrito. Así que, ¿por qué razón se arrastraría hasta esa zona?

—Cloe —advertí mientras desplazaba el cuerpo del guerrillero.

Ella lo entendió rápido. Me ayudó a moverlo y después empezó a golpear el lugar donde había un enorme charco de sangre. La madera sonó hueca. Se arrodilló impregnándose las rodillas y las manos con la sangre de su compañero mientras buscaba una hendidura entre las lamas del parqué. ¿Cómo podía ser tan fría? Al ver que no podía dar con ella se acercó a la chimenea, cogió un atizador y lo usó para perforar el suelo. Golpeó la madera una y otra vez, descargando toda su rabia hasta vaciarse por completo.

Me equivocaba. No era fría, sino todo lo contrario. Por fin la madera crujió y se resquebrajó pero ella no había terminado. Estaba en pleno arrebato de ira. Dejó caer el atizador y empezó a levantar el parqué con las manos sin preocuparse de las astillas que le estaban perforando la piel. Cuando el agujero fue lo suficientemente grande, extrajo una mochila marrón llena de polvo y, seguramente, de medicinas. La apartó como si no le importaran lo más mínimo y volvió a hundir su brazo en el agujero en busca de algo más. Su hombro terminó a la altura del suelo. Sacó otra bolsa. La abrió y comprobó satisfecha que contenía su inseparable fusil junto a otras armas y munición. Me miró agotada, sudorosa y manchada de sangre.

—Ya estamos listos. —Su rostro reflejaba todo el sufrimiento que se callaba.

—Bien, pues salgamos de aquí de una vez.

—No será tan fácil llegar a las montañas, Homero. Tendremos que evitar puntos de control y transporte público. Las carreteras estarán vigiladas y los caminos...

—Si los sorteamos, tardaremos demasiado.

—Pero llegaremos. Hazme caso, sé de lo que hablo.

—Yo también. ¿Confías en mí?

—¡Eso no tiene nada que ver!

—Te equivocas. Tiene mucho que ver. ¿Confías en mí sí o no?

La vi suspirar cabreada pero lo único que me importó es que de sus labios al final salió un tímido:

—Sí, confío en ti.

Para que mi plan funcionara lo primero que necesitaba era un uniforme para mí y un vestido para ella. Así que fuimos a mi casa, yo para cambiarme y ella para limpiarse toda esa sangre de encima. Sabía que no le hacía ninguna gracia seguir mis órdenes como un perrito faldero pero pude convencerla de que mi plan funcionaría, así que, por una vez en su vida, tuvo que tragarse su orgullo y comportarse de forma mansa.

Lolín nos recibió mucho más tranquila que cuando la dejé. Por la parsimonia con la que nos hablaba, juraría que se había tomado alguna pastilla de más. Le dije que tenía que ir con cuidado, que estaba embarazada, era pequeñita y esas pastillas muy fuertes... Pero me frenó enseguida. ¿Acaso me daba ella consejos sobre mecánica? Metí a Cloe en la habitación del capitán para que se duchara y se arreglara. Lolín me comentó que Alicia estaría al caer. Contaba con ello y lo celebré porque Alicia también era una parte indispensable de mi plan. Por desgracia, eso me obligaba a hablar con ella y disculparme por los plantones de los dos últimos días. Sabía que era un tema banal en comparación con todo lo que estaba pasando pero a ver quién era el listo que le decía algo así a una mujer cabreada.

Al cabo de un rato, Alicia ya estaba en la cocina preparándole un té a Lolín, así que me armé de valor sabiendo que era una mujer inteligente, sensata y de corazón noble. Creo que realicé una primera exposición de los hechos bastante digna. Le hice saber que los dos estábamos allí para ayudar a nuestra amiga, así que no había motivos para la inquina. Ella no estaba del todo de acuerdo a juzgar por sus silencios y miradas afiladas. Pero yo no podía rendirme.

—¿Por casualidad has visto los frutos secos? —pregunté para romper la tensión.

—No.

—Estaban aquí encima.

—Ni idea.

—Vale. Por lo visto, los frutos no son lo único que está seco.

—¿Es un chiste? —Me desafió con la mirada.

—No. Sí. Bueno… Alicia, en serio, solo quiero que sepas que lo siento.

—¿Por? —dijo colocando el azúcar y las cucharillas en los platitos.

—Ya sabes. Nuestra cita y…

—Ah, sí…, la cita. Bueno, está claro que para uno de los dos no era tal cosa.

—Sí que lo era pero… surgió algo.

—¿Cuando dices «surgió algo» te refieres a surgió otra chica?

—Bueno, es una larga historia pero…

—Mira por dónde. Todo lo contrario que la nuestra, que ha sido muy pero que muy corta. Tan corta que ni siquiera empezó.

409

—¿Noto cierta desazón?

—Si te refieres a que me siento maltratada y humillada, entonces sí, es justo lo que notas.

—Y tienes todo el derecho a estarlo.

—No necesito tu permiso.

El té silbó justo a tiempo para frenar la discusión. Mi táctica no estaba funcionando. Retiró la tetera del fuego y lo sirvió en dos tazas. Evidentemente, ninguna era para mí.

—¿Qué tal si lo dejamos en tablas? —propuse agitando una servilleta blanca.

—Claro. Ningún problema.

—Alicia, escucha, sé que me he portado como un capullo pero creo que ahora hay cosas que están por encima de ti y de mí.

—En eso te doy la razón… Y por casualidad, ¿sabes qué otra cosa no volverá a estar encima de mí?

—¿Yo?

—¡Exacto!

—¿Y debajo?

—¡Idiota! —bufó y salió disparada de la cocina con la bandeja del té.

La seguí de cerca pegándome a ella como si fuera su sombra.

—Perdón, perdón. Lo siento pero estoy sometido a mucho estrés. Y además necesito pedirte un favor.

—¡Ja! —exclamó incrédula mientras dejaba la bandeja en la mesa del comedor y le servía el té a Lolín, que nos miraba entre confusa y drogada.

—¿Ya habéis hecho las paces?

—Sí —dije—. ¿No se nota?

—¡Ni en toda una vida! —replicó Alicia.

—Vamos, por favor, necesito tu ayuda. Es importante.

—¿Azúcar? —le preguntó a Lolín esforzándose en ignorarme.

—Dos cucharadas, por favor. ¿Qué clase de ayuda? —se interesó la pequeña enfermera.

410

—Necesito un vestido de mujer.

—Yo te dejo uno —intervino Lolín con las pupilas dilatadas.

—No. No puede ser tuyo. No es para una niña de diez años. Lo siento, Lolín, sabes que te quiero pero tus medidas… Alicia, por favor… —le supliqué de nuevo.

—¿Sabes lo que he tardado en llegar hasta aquí? Ahora no voy a volver a casa para coger un estúpido vestido… Además, ¿para qué lo quieres?

—No te pido que vayas a casa.

—No lo entiendo —dijo desorientada. Pero tras el repaso que hice a lo que llevaba puesto abrió los ojos indignada—. ¿Estás loco? No solo me humillas, me faltas al respeto y bromeas con ello, sino que además tienes el coraje para pedirme que me desnude y te entregue mi vestido.

—Exacto.

—¡No, no y no!

411

—Lo siento, Alicia —dije dando un paso hacia ella que la obligó a dar otro paso hacia atrás.

—¿Me lo vas a quitar a la fuerza? —preguntó totalmente incrédula—. ¡No serás capaz!

—No me estás dejando otra alternativa… —Di otro paso.

—Espera, espera —rogó como quien pide un respiro para ordenar sus ideas o para ganar tiempo.

En ese momento la voz de Cloe se oyó desde la habitación del capitán.

—¡Homero! ¡¿Dónde está ese ridículo vestido?!

La mirada que me lanzó Alicia solo podía describirse como «Te odio».

—¡Está aquí! —participó Lolín.

—¿Y a qué espera para traérmelo?

—¡Primero tiene que deshacerse de la percha! —añadió con toda naturalidad.

Cloe y yo salimos a la calle limpios y elegantes. Yo vestía el uniforme del capitán Amat, que me hacía sentir raro, pero

tras mirarme un par de veces en el espejo lo empecé a disfrutar. Me quedaba bastante bien. Y Cloe lucía el elegante vestido de Alicia. Parecíamos una pareja con clase que estaba a
las antípodas de las dos personas que habían entrado por esa
misma puerta una hora antes. Por si sirve de descargo, al final no tuve que quitarle el vestido a la fuerza a Alicia, aunque mentiría como un cosaco si afirmara que me lo entregó a
gusto. A mi regreso (si regresaba), no me iba a encontrar con
el mismo piso que acababa de abandonar. Aunque como Alicia era una mujer bastante sensata, las probabilidades de que
lo redujera a cenizas eran muy bajas. Sobre todo, con Lolín
dentro.

El motor del Mercedes rugía por la Meridiana. Yo iba al
volante y Cloe sentada detrás.

—¿Este es tu gran plan? —cuestionó Cloe—. ¿Robar el
coche de Franco?

—Lo sé. Es brillante.

—¿Brillante? Nadie en su sano juicio haría algo así.

—Por eso funcionará —dije sonriendo.

—Por ahora, no hemos salido ni de Barcelona… Y borra
esa estúpida sonrisa de tu cara. Puedo verla por el retrovisor.

No podía porque no paraba de imaginarme la cara del jefe
cuando abriera la puerta del taller y descubriera que no había
coche. Podía visualizar a toda la comitiva con el Generalísimo
a la cabeza aguardando al otro lado, esperando impacientes
para subirse a su lujoso Mercedes y darse «ese baño de masas tan merecido» del que hablaba el jefe. A pesar del peligro,
volvía a vivir una aventura digna de algún libro de Julio Verne. ¡Le acababa de robar el coche a Franco!

Por desgracia, como en todas las historias, nada sale nunca a pedir de boca y unos kilómetros más adelante nos dimos
de bruces con un puesto de control. Una pareja de guardias ci-
viles nos dio el alto.

—Buenos días, agente —sonreí con seguridad. Cloe y yo
ya lo teníamos todo preparado.

—Buenos días, capitán —contestó el agente al ver mi uniforme. No pareció extrañarle pero se acercó a mi puerta—. ¿Adónde se dirigen?

—A la playa. Hace un día estupendo para rebozarse en la arena.

—Desde luego. Y si me permite que se lo diga…, menuda preciosidad lleva usted.

—¿Estamos hablando del coche? —susurré pícaro.

—Por supuesto, capitán. —El agente me devolvió una sonrisa que indicaba que para nada se refería al Mercedes.

—Mejor, porque la señorita que llevo detrás es Carmen Franco, la hija del Caudillo.

El guardia civil se quedó más erguido que un palo de escoba y viró sutilmente la cabeza para ver a Cloe abanicándose en el asiento trasero.

—¿Algún problema, capitán? —me dijo ella con un tono que lograba trasmitir su autoridad.

—Ninguno, señorita. Estos hombres solo hacen su trabajo.

—Pues que lo hagan rápido, por favor…

—Sí, señorita Franco. —Miré inquisitivo al guardia.

—Adelante, pasen, pasen —dijo entre sudores—. ¡Subid la valla! —ordenó a los de delante—. Que tenga un magnífico día en la playa, señorita.

—Agente —susurré sacando la cabeza por la ventanilla—, sería una buena decisión evitarnos estos bochornos más adelante. No sé si me entiende…

—Alto y claro, capitán.

Y se tomó en serio mis instrucciones porque los siguientes controles ya nos esperaban con la valla levantada. Cualquiera que no fuera un extraterrestre sabía que Franco tenía una hija pero era improbable que alguno de esos hombres la hubiera visto en su vida. Y los que lo habían hecho sería en alguna fotografía de algún periódico, así que, por mucho que dudaran, nadie se atrevería a preguntarle a la hija de Franco si realmente era su hija o una impostora. Y todavía menos si iba con un capitán al volante de un impecable Mercedes Benz 540 G4 regalo del recién fallecido Hitler.

—Puedes decirlo si quieres… —solté con tono arrogante.

—¿Decir qué?

—Que soy un genio.

—Tu plan ha funcionado por mis magníficas dotes de actriz. ¿Acaso no te has fijado que siempre dudaban hasta que yo decía algo?

—No dudaban. Simplemente se quedaban pasmados.

—Claro que se quedaban pasmados. Por mí.

—Yo creo que era por el coche.

—Y yo creo que eres mi chófer y deberías callar y conducir. O le pediré a mi padre que te haga fusilar.

Esa fue la última vez que nos reímos en todo el viaje. A partir de ahí ya no hubo más bromas, ni chistes ni anécdotas. Nos tocaba afrontar la parte más difícil y lo único que sabíamos era que, de una forma u otra, todo acabaría en esas montañas que aún se nos presentaban lejanas pero que pronto, muy pronto, iban a sellar nuestro destino.

414

25

Donde muere todo

$\mathcal{H}$abían pasado siete años desde la última vez que pisé esa cueva y todo estaba tal y como lo había dibujado en mi cabeza. Las paredes rugosas, el suelo arenoso, un círculo de piedras que marcaba el lugar donde encender una hoguera, los tesoros ordenados en montículos, así como los libros por colores. Todo seguía igual. Excepto nosotros.

Era bastante tarde, y por la mañana nos enfrentaríamos a Miranda. Yo iba colocando algunas ramas para encender el fuego que nos calentaría durante la noche, con la mirada perdida y distrayendo la mente. Cloe había desmontado su fusil y vuelto a montar tres o cuatro veces, como si se tratara de un ritual.

—Tengo que pedirte un favor —dijo sin separar los ojos de su fusil—. Pase lo que pase mañana, volverás a tu vida. Promételo.

—¿Por qué me haces prometer algo así?

—Porque sé que cumplirás tu palabra.

—Entonces tú tienes que prometerme que mañana no harás ninguna tontería.

—¿Yo? Eres tú el que lo arriesgará todo.

—Y tú has aceptado mi plan sin rechistar.

—¿Y eso es un problema?

—Sí.

—O sea, que prefieres que me queje.

A veces, hablar con ella era como darse contra un enorme muro de hormigón. Y no solo por su consistencia, también por su frialdad.

—El plan funcionará. Es la única manera que tenemos de salvar a Polito.

—Te crees muy listo, ¿verdad? Crees que lo tienes todo controlado. Tú solito has ideado un plan perfecto para salvar a tu amigo y dejarme fuera de la ecuación.

—¿Fuera? ¡Tú eres la ecuación, Cloe!

—Esconderme y matar a Miranda antes de que él te mate a ti. Así de fácil, ¿no?

—Correcto. Pero primero tenemos que esperar a que libere a Polito.

—¿Y lo hará así por las buenas o se lo pedirás educadamente?

—Me creerá cuando le diga que hasta que no se vaya Polito tú no aparecerás. Él no le importa. Tú y yo sí. Sobre todo, tú.

—¿Y sus hombres? Dime que no te has creído que Miranda estará solo. Homero, puede que seas la persona más brillante que he conocido pero a veces también puedes ser la más ingenua. Tu plan tiene grietas por todos lados.

—Sé que no estará solo, pero también sé que le obedecen porque le tienen pánico. Cuando él muera…

—¡Cuando él muera te matarán a ti, estúpido!

—Si tienes un plan mejor, soy todo oídos. Pero yo no soy el francotirador más preciso de esta cueva. Yo no puedo ocultarme a doscientos metros y acertar en su cabeza.

—Solo quiero que entiendas que vamos a ir de farol y tú vas a ser la carta descubierta sobre la mesa. Es lo único que digo…

—El rey de corazones… —Sonreí seductor y conseguí que ella también dibujara una sonrisa.

—Eres burro.

—Cloe, tengo que sacar a Polito de ahí. Él no se merece esto. Es mi mejor amigo. Es mi familia.

—Lo sé. —Dejó su Mosin-Nagant apoyado en la pared y se sentó a mi lado. Me miró con cierto orgullo y me besó en los labios.

Esa noche nosotros también cerramos nuestro propio círculo. Allá empezó todo y allá terminaría. Después, aunque no tuviera mi guitarra conmigo, canté nuestra canción tantas veces como me lo pidió. Creo que quería retener cada tono y cada palabra, para no olvidarla jamás. Sus ojos verdes lucharon por mantenerse despiertos hasta que, finalmente, cerraron las persianas y cedieron al sueño.

Yo no pude dormir en toda la noche. Es complicado hacerlo cuando sabes que puede ser la última. Evidentemente ella estaba bastante más acostumbrada a esas situaciones porque a los dos minutos ya estaba respirando como un bebé en su cuna.

¿Por qué iba yo a malgastar el tiempo soñando cuando tenía a la mujer que amaba durmiendo a mi lado? La contemplé centímetro a centímetro, queriendo absorberlo todo de ella. Era tan hermosa que dolía. La besé más de quinientas veces como si quisiera robarle su sueño y llevármelo conmigo. O que ella se me llevara a mí a ese lugar onírico, donde fuera que estuviera. Se la veía tan relajada… Solo a veces su ceño se fruncía ligeramente y su nariz se arrugaba. Entonces la acariciaba y le susurraba al oído hasta que sus facciones volvían a suavizarse.

Estaba aterrado. No quería morir. Quería una vida completa, quería hijos, nietos, un perro. Una mujer a mi lado que me amara, que me diera los buenos días y las buenas noches y que no lo hiciera por obligación ni por cortesía. Quería más tiempo y más años. Muchos más. Pero solo los quería a su lado. Y por eso estaba dispuesto a perderlo todo.

Cerré un momento los ojos, solo un momento. El tiempo justo de un largo pestañeo.

Y desperté con la luz del día que se colaba por la pequeña entrada. Di un brinco asustado y comprobé que estaba solo.

—¿Cloe? ¡Cloe!

Tampoco estaba su Mosin-Nagant. ¡Mierda!

Salí de la cueva y poco después ya estaba bajando por el sendero que me llevaría directo hasta la casa de Cloe. Mi miedo crecía sin parar. ¿Dónde estaría? ¿Habría hecho alguna tontería como entregarse? Aceleré la marcha y no tardé mucho en visualizar el largo prado y el porche, donde Miranda y sus hombres me estaban esperando. A medida que me iba acercando podía percibir sus nervios y sobre todo los míos. No había rastro de Cloe… Pero vi a Polito. Estaba sentado en el suelo con las manos atadas y la cabeza hundida entre las rodillas. Era el único al que podía ver claramente. Un par de militares estaban cobijados tras una mesa que habían volcado a modo de escudo. Pude ver a otro tras el tronco de un árbol e intuí a otros más detrás de una barricada hecha con una pirámide de troncos apilados. Seguro que habría alguno más detrás de la casa. Todos me apuntaban con sus armas asomando apenas unos pocos centímetros. La puntería de Cloe les debía tener realmente acojonados para que un puñado de soldados estuvieran tan cohibidos.

—¡Enséñame las manos! —gritó uno tras la mesa.

Levanté los brazos sin dejar de caminar hacia ellos. Subí los peldaños sin prisa y me detuve a la altura de la mesa. Los dos hombres agazapados me apuntaban a menos de dos metros. Sus uniformes estaban empapados en sudor, sus ojos reflejaban angustia. Entiendo que no ha de ser fácil saber que puedes estar a merced de uno de los tiradores más precisos que se conocen. Seguí sus instrucciones hasta llegar a la pila de troncos amontonada al otro lado del porche. La barricada tenía una altura de metro y medio y unos tres palmos de profundidad. Era impenetrable para cualquier arma ligera.

—¡Quédate donde estás! —Esa era la voz de Miranda.

Estaba oculto con dos hombres más. Ambos podíamos vernos, pero cualquiera que estuviera apuntando desde la ladera solo podría verme a mí, de pie, junto a la barricada de troncos. El hijo de puta lo tenía todo bien planeado. Sabía que la casa le cubría la retaguardia y el flanco oeste tenía una fuerte pendiente, así que un francotirador solo tenía dos opciones si quería abarcar todo el panorama. Y con sus muros y defensas, Miranda había conseguido estar fuera de alcance.

—¡Deje que se vaya! —proferí con calma mientras bajaba los brazos.

Polito levantó la cabeza al reconocer mi voz y pude ver sangre reseca en su rostro.

—Así que es cierto. La enana esa tenía razón. Eres tú... Y con el uniforme del capitán Amat. —Se percató asqueado—. No mereces vestir esa ropa.

—Se lo habría preguntado a él pero usted le metió un tiro por la espalda. —Pude ver a los otros soldados lanzándose miradas confusas.

—Ya le advertí que en una batalla siempre hay balas perdidas. —Su risa me retorció el estómago—. ¡Es increíble! El chico de Amat... La gente dice que el mundo es un pañuelo pero uno nunca se lo toma muy en serio hasta que lo experimenta en sus propias carnes. ¿No estás de acuerdo?

—La gente dice muchas cosas.

—Al grano: ¿dónde coño está? —Su tono desafiante indicaba que el tiempo de cortesía había finalizado.

—Cerca. —Esa simple palabra hizo que todos miraran inquietos alrededor.

—Tranquilos —ladró a sus hombres—. No puede dispararnos.

—Deje que se vaya —insistí mirando a Polito.

—¿Y por qué haría algo tan estúpido?

—Porque sabe tan bien como yo que a mí solo me importa él. A ella solo le importo yo. Y a usted solo le importa ella. —Podía notar cómo Miranda exprimía sus posibilidades—. Créame, general, ella no aparecerá hasta que le deje libre.

Después de devanarse los sesos y poner a prueba mi templanza sonrió de nuevo.

419

—Bien jugado, chico. Pero va a ser que no.

—¿No? —dije confuso—. ¿No entiende que…?

—¡Calla, joder! —ladró con desprecio. Levantó la cabeza y se llenó los pulmones—. ¡Escucha, granjera! ¡Sé que estás aquí! ¡Si no sales en diez segundos, le meto una bala en la cabeza a este idiota! —Miranda dejó que el cañón de su fusil asomara por detrás de los troncos hasta colocarse a un palmo de mi cabeza.

—General, ya le he dicho que ella no aparecerá. Suelte a Polito…

—¿Crees que ella va a permitir que te meta una bala en la cabeza?

—¿Cree que he venido hasta aquí para salir con vida? Déjelo ir, después haga lo que quiera conmigo.

Miranda asintió mostrando por primera vez algo de respeto hacia mí.

420

—Ahora empiezas a ser más digno de ese uniforme, chaval. —No parecía asustado, sino ansioso. Sus ojos transmitían tal locura que hacían a ese hombre del todo imprevisible—. Fíjate bien en el suelo. ¿Lo ves? Estás justo encima de la mancha de sangre que dejó su padre cuando lo ejecuté. La pregunta que deberías hacerte es: ¿crees que será capaz de volver a quedarse de brazos cruzados?

—Es usted un hijo de puta…

—Gracias, de verdad. —Hinchó de nuevo los pulmones—. ¡Diez, nueve, ocho…!

—¡Ella no aparecerá! —solté impetuoso.

—Me decepcionaría si lo hiciera. Es bastante más lista que tú. Sabe que, si se rinde, os fulmino a los tres. ¿Crees que he traído a estos hombres de decoración? El Estado no ha reparado en gastos para cazarla. Tu novia se ha buscado muchos enemigos. ¡Siete, seis…!

—¡Quiere que dispare! —solté sin poder ocultar mi sorpresa.

—Claro que quiero que dispare. Y sé que lo hará. Y cuando lo haga, será su fin. Tengo una gran sorpresa preparada solo para ella. ¡Cinco, cuatro…!

Su seguridad me inquietaba y entonces lo comprendí.

—Un francotirador… —dije en voz alta mientras intentaba asimilarlo.

—No. Un francotirador, no. El francotirador. ¿Y sabes lo mejor? Fue el señor Allerberg quien se ofreció, al descubrir que una granjera iba a dejarlo en ridículo.

—¿Stef Allerberg?

Sus labios finos dibujaron una mueca de placer. Y no era para menos. Estephan Allerberg era el mejor francotirador que tuvieron los nazis. Había oído cosas de él en los noticiarios de propaganda que proyectaban en los cines. Tenía más de trescientas muertes a sus espaldas, incluidas cincuenta de francotiradores rivales. Ahora que la guerra había terminado en Europa, el tipo buscaba trabajo en el extranjero.

Cloe tenía razón. Había fracasado. Me había portado como un completo ingenuo. Había subestimado a Miranda y ahora íbamos a morir los tres. Por culpa de mi estupidez. O peor aún, por culpa de mi vanidad. Solo se me ocurría una solución. Y no me gustaba nada.

—¡Dispáreme! ¡Dispáreme ya!

—No, chico. Mejor démosle un poco más de tiempo. —Miranda era incapaz de ocultar lo mucho que estaba disfrutando. Tanto que su cuenta atrás fue como un lento goteo—. ¡Se te acaba el tiempo, granjera! ¡Tres, dos, uno…!

Y en ese mismo segundo un disparo tronó entre las montañas provocando que todos alzáramos la vista expectantes. ¿Quién había disparado a quién? Temía la respuesta. Pero no era el único porque tanto Miranda como los demás seguían ocultos tras sus defensas.

—¿Alguien ha visto algo? —preguntó el general a los suyos. Todos negaron.

—¿La ha matado? —comentaban entre ellos alterados.

—¡Sí! ¡Ya está! —contestó el que estaba tras el árbol.

421

Solo tuvo que asomar la cabeza para que el cielo volviera a tronar y su sangre tiñera el tronco de rojo carmesí.

—¡Mierda! —rugió Miranda.

Y todos volvieron a agazaparse.

—¡Ha matado al nazi! —gritaron algunos perdiendo la compostura.

—¿Alguien ha visto de dónde provenía el disparo?

—Adiós a su gran leyenda nazi —me mofé, aunque el cañón de su arma siguiera apuntándome a la cabeza.

—¡Lo mataré, campesina! ¿Me oyes?

—Si me mata, ya se puede dar por muerto.

—No, chaval. Si te mato, tú te puedes dar por muerto.

—Ella le tiene bien cogido de los huevos, general. —En su rostro por fin podía ver el pánico que tanto había deseado—. ¿Qué hará cuando me mate? Tendrá que seguir escondido aquí... ¿cuánto tiempo? Porque ambos sabemos cómo es ella. Puede estarse allá días, semanas, esperando a que usted asome un solo dedo para volárselo.

—¡Calla, joder!

—Aún está a tiempo de aceptar mi primera propuesta, general. Deje que Polito se vaya y ella aparecerá. Le doy mi palabra.

Miranda volvió a repasar mentalmente todas sus opciones mientras su arrogancia se iba esfumando.

—¿Crees que no sé lo que pretendes?

—No sé a qué se refiere.

—Está bien... —masculló—. Que se largue de una puta vez —ordenó, pero obviamente ninguno estaba dispuesto a salir de su refugio.

Sin pensarlo dos veces me acerqué a Polito y lo liberé de sus ataduras. El pobre estaba medio ido y ni siquiera se movió.

—Eh, Poli... Poli... —Tuve que zarandearlo para que reaccionara—. Tranquilo, tranquilo... Ya estás libre.

—¿Homero? ¿Qué..., qué haces?

—Vete a casa, colega.

—¿Y tú? —dijo mientras contemplaba el sombrío panorama y volvía a ser el de siempre.

—Tranquilo. Yo iré después.

—No me jodas. Si crees que…

—¡Sí, por supuesto que lo creo! —lo interrumpí entre susurros—. ¡No me jodas tú! Lolín te está esperando en casa. Sé lo de tu hijo, colega, así que deja de tocar los cojones y lárgate de una puta vez antes de que nos maten a los dos.

—Eres un gilipollas —soltó mientras se ponía en pie con dificultad.

—Y tú más —respondí mientras lo abrazaba.

—Te esperamos para cenar. No llegues tarde.

Pude leer tantas cosas en sus ojos con aquella simple frase…

—Hecho.

Vi cómo se alejaba del peligro casi a trompicones, ante la mirada impasible de los militares. Sentí un alivio inmenso mientras salía del porche cuando, de repente, la cara de Miranda dibujó su salvaje sonrisa y su fusil dejó de mirarme para apuntar a Polito.

Mi gritó quedó silenciado por el ruido del disparo. El cuerpo de Polito cayó fulminado al suelo rodando por los escalones.

—¡Hijo de puta! —Quise abalanzarme sobre Miranda pero el cañón humeante me apuntó de nuevo.

—¡Vamos! ¡Da un paso más hacia mí y te vuelo la cabeza! —amenazó con regocijo.

—¡Te voy a matar!

—¿Crees que me importa? Puto crío estúpido. ¿Crees que eres el único dispuesto a morir? —Dejó caer su fusil, salió de detrás de los troncos y se ocultó tras mi espalda desenfundando su pistola y colocándome su cañón en la sien. Después volvió a ladrar a sus hombres—. ¡Venid aquí y apuntadle conmigo!

Los soldados se acercaron aterrados y me apuntaron a la cabeza sin dejar de mirar la montaña que se extendía ante nosotros.

Ahora mismo tenía a cuatro hombres y a Miranda de pie a mi alrededor con sus pistolas a un palmo de mi cabeza. Cada uno cubriendo un ángulo diferente. Y sin embargo, lo único que podía ver yo era el cuerpo inerte de Polito desangrándose sobre la hierba. Era la segunda vez que ese desgraciado mataba a alguien que quería disparándole por la espalda. Las lágrimas resbalaban sin descanso por mi cara sin importarme lo más mínimo lo que me fuera a pasar. Solo deseaba una cosa: ver cómo ella le agujereaba la cabeza antes de que alguno de esos soldados de manos temblorosas me la agujereara a mí.

Dios mío… Había fracasado… Mi pobre Poli… ¿Y qué sería de Lolín? ¿Y de su hijo? Por suerte, yo moriría allí también y no tendría que enfrentarme a los ojos de mi querida enfermera. La voz de Miranda me devolvió a la realidad.

—¡Vale, granjera! ¡Hasta aquí hemos llegado pero ni un paso más! ¡Ni un jodido paso más! —La saliva se le escapaba de la boca con cada grito de rabia. Miranda salió de mi espalda y se colocó a uno de los lados, bien visible aunque sin dejar de apuntarme—. ¡Aquí me tienes! ¡Estoy a tiro! ¡Justo donde maté a tu padre, ¿recuerdas?! ¡Si me matas, mis hombres convierten su cabeza en un colador! ¡Yo muero, él muere!

—¡Mátalo! —grité al cielo.

—¡Se me está acabando la paciencia, granjera! ¿Es así como quieres que termine? ¡Pues así será!

Miranda agarró bien su pistola dispuesto a ejecutarme al acto. Cerré los ojos con fuerza y entonces… ¡Pam! El cielo tronó otra vez. Mi oído detectó el ruido del disparo al mismo tiempo que sentí cómo el proyectil me perforaba la piel con una fuerza tan descomunal que me tumbó. Caí de espaldas contra la madera del suelo del porche. Todo pasó tan rápido que no pude ni gritar.

Miranda seguía tan vivo como desconcertado. Y sus hombres aún tenían los brazos alzados como si me apuntaran a la cabeza, solo que yo estaba dos metros por detrás y tendido en el suelo.

—Pero ¿qué coño…? —El general se acercó a mi cuerpo y comprobó que la bala me había alcanzado en el pecho y la sangre brotaba de la herida. Me miró como si buscara respuestas.

Yo no lograba entender nada. ¿Por qué me había disparado Cloe? ¿De verdad había sido ella?

—Puta chiflada. Si no la odiara, me casaría con ella. —Se rio Miranda medio ido—. Nunca te fíes de una mujer así, chaval. Son peores que las hienas. Y esta hiena en particular parece que quiere seguir jugando conmigo.

Oía a Miranda ladrando órdenes pero me costaba entender lo que decía. Como si se fueran alejando y sus voces se perdieran entre el bullicio que me envolvía. Después, gritos y disparos lejanos. Muy lejanos… Mis ojos contemplaban el techo del porche donde, al parecer, una familia de pájaros había anidado para la primavera. Cómo los envidiaba… Ladeé la cabeza para ver de nuevo a mi amigo, inmóvil sobre la hierba. Aún me quedaban más lágrimas. Repté como pude y me lancé escalones abajo. Solo pensaba en llegar hasta él. No quería dejarlo solo. O puede que no quisiera morir solo. Hice un esfuerzo extraordinario pero con cada brazada me dolía terriblemente el pecho y a mis pulmones les costaba cada vez más contraerse y dilatarse: me asfixiaba. Me quedaban cuatro o cinco metros. Todo un universo. Sabía que no iba a llegar. Me tumbé boca arriba, asustado. El silencio era total. Era el fin. Mis dedos acariciaron la hierba húmeda. Ya no sentía dolor. No era un mal sitio para morir, aunque habría preferido que hubiese sido de otra manera. Me dejé llevar mientras las palabras de Cloe se repetían en mi confusa cabeza: «Brillante pero ingenuo, brillante pero ingenuo, brillante pero inge…».

Y luego, un negro infinito.

425

26

Persiguiendo un fantasma

$\mathcal{N}$o sabría explicar dónde fui a parar todo ese tiempo pero recuerdo que, al abrir los párpados, pude contemplar el cielo más hermoso que había visto en mi vida. Las estrellas cubrían el firmamento dejando apenas espacio para el negro de la noche. La Vía Láctea cruzaba por encima de mi cabeza pintando de luz la oscuridad.

El Carro a la izquierda, Casiopea, Andrómeda, Perseo… Los grillos cantaban a mi alrededor y abrí el puño para soltar las briznas de hierba que había mantenido prisioneras de mi muerte. ¿Dónde estaban mis padres? ¿Y el capitán? ¿Por qué no había nadie esperándome? ¿No era eso lo que decían algunos sobre el otro lado? Tampoco vi a Caronte, el barquero del Hades, ni el río Estigia que se suponía debía ayudarme a cruzar. Aunque, por otro lado, yo no era griego, por mucho que mi madre se empecinara en decirle a todo el mundo que su tatarabuela era de Salónica. Así que la pregunta que tocaba hacerme era: ¿estaba muerto? O mejor aún: ¿estaba vivo?

Solo había una forma de comprobarlo y era poniéndome en pie. No necesité más de dos segundos para saber que sí, estaba vivo. Y lo estaba porque aún podía sentir la bala atravesando mi pecho por debajo de la clavícula. Me reincorporé y miré alrededor para ubicarme. Sí, no había duda, estaba en el mismo lugar en el que había caído fulminado. Pero ahora era de noche y no había nadie conmigo. ¿Nadie?

Mi cuerpo se retorció al ver de nuevo a Polito tumbado a escasos metros. Por un instante había olvidado todo lo que había pasado. Como si formara parte de un sueño macabro. Una pesadilla de la que acababa de despertar. Pero no. La pesadilla seguía.

Me acerqué a él con miedo. Sabía que estaba muerto, aunque una cosa era saberlo y otra cosa era verlo. Pero no podía dejarlo ahí sin más. Me arrodillé junto a él y le lloré de nuevo.

Era imposible que pudiera cargar con su cuerpo. Así que tuve que dejarlo allá, junto a otros cuerpos que había desperdigados cerca. Todos llevaban la marca de Cloe. Un único tiro limpio que acabó con sus vidas. Pero ninguno era Miranda.

Me arranqué un trozo de tela y me lo pasé por debajo de la axila para hacer un nudo y presionar la herida. Aún no estaba lo suficientemente lúcido y mi mente solo me ordenaba una cosa: ir a la cueva. Era el lugar más seguro que podía encontrar. Y el único al que podría llegar en mi estado.

Caminé vacilante montaña arriba hasta que di con la entrada. Me arrastré por la cavidad con el brazo que aún podía utilizar y llegué al centro.

—¿Cloe? ¡Cloe!

Enseguida supe que estaba solo. Demasiado eco para compartirlo con alguien. Me hice con la lámpara de gas. En el suelo, frente a mis pies, había una hoja escrita a mano que no se había movido por el pisapapeles que la sujetaba: su medallón. Junto a ella había un botiquín de primeros auxilios. Todo bien dispuesto. Me dejé caer e, ignorando el botiquín y ese dolor agudo que me atormentaba, me hice con la carta.

Querido Homero:

Si lees esta carta quiere decir que mi Mosin-Nagant estaba perfectamente calibrado, que el viento era suave y mi pulso firme. Utilicé un proyectil de cabeza plana por lo que no debería haber traspasado tu placa. Siento haberte disparado, de verdad, solo espero que no estés herido de gravedad y que con el tiempo comprendas que no tenía otra opción para sacarte con vida de allí. Llevo muchos años deseando tener a tiro al asesino de mi padre, pero si creías que iba a permitir que te ejecutaran es que no me conoces tanto como crees. Siempre serás brillante pero ingenuo. Y no me malinterpretes, en realidad me gustó que lo pensaras porque aún nos da cierto margen para equivocarnos, ¿verdad?

Ojalá tuviéramos más tiempo. Ojalá fueran otros días. Ojalá nada de esto hubiera pasado. Ojalá, ojalá… Pero hace mucho que acepté que estos son los tiempos que nos han tocado vivir, igual que estas son las decisiones con las que viviremos.

No me arrepiento de nada. Me encantó el tiempo que pasamos juntos en Barcelona, pero también me sirvió para aceptar que tú tienes tu camino y yo el mío. Y los dos sabemos que son incompatibles. Tú y yo jamás habríamos coincidido si no te hubieses extraviado y hubieses ido a parar a mi cueva. Fuiste una excepción, una casualidad, una hoja que el viento arrastró hasta mi puerta. Sí, y tienes razón, nuestros caminos se han cruzado otras veces. ¿Magia o destino? No importa porque ¿sabes qué he descubierto? Que dos caminos solo se cruzan cuando no pueden avanzar en la misma dirección. Y si vamos a ser sinceros el uno con el otro, tenemos que reconocer que en cada una de nuestras encrucijadas nos hemos puesto en peligro a nosotros, y lo peor, a aquellos que nos quieren. Siento mucho lo de tu amigo… Te diría que así es la guerra pero sé que eso solo te enfurecerá más. Lo que no permitiré es que tú acabes así por mi culpa y ambos sabemos que ahora las cosas se pondrán más feas de lo que estaban, así que, por favor, no me busques. Si no lo haces por ti, hazlo por mí. Y si no lo quieres hacer por mí, hazlo por aquellos que aún conservas contigo. Tú lo dijiste: son tu familia.

Vive, por favor. Aunque no puedas hacerlo conmigo. Vive porque si lo haces el mundo será un lugar mejor. Emprende tu aventura. Devuelve la moneda. Y hazlo sin mí. Yo ya no existo. No para ti. Igual tú para mí. Moriste cuando te disparé en el pecho. Así es más fácil, ¿no? Quizás, con un poco de suerte, y con mucho tiempo, consigo creerme mis propias mentiras, quizás…

Deja que te recuerde a mi manera, por favor… Y no me olvides, ¿lo intentarás? Sé que no tengo ningún derecho a pedírtelo pero eres la única persona que sabe quién soy de verdad. Aunque si decides hacerlo, quiero que sepas que jamás te culparé por ello. Por mi parte, yo nunca te olvidaré a ti. Estarás en cada libro que lea, en cada mar, en cada coche, en cada canción que escuche… Estarás siempre…

Gracias por las aventuras leídas y vividas.

Te quiero, niño de la ciudad. No dejes de mirar las estrellas.

La carta me dejó destrozado. La arrugué en mi puño y la tiré al suelo gritando de rabia. Sabía que tenía parte de razón. Puede que toda. O quizás sabía que, si ella no quería que la encontrara, no la encontraría nunca. ¿De verdad ahí terminaba lo nuestro? ¿Estaba muerto para ella? ¿Era así de fácil cortar por lo sano? Arrepentido, volví a coger la carta y la doblé con cuidado, consciente de que era lo último que tenía de ella. No, no podía acabar así. Acerqué hasta mí el botiquín y empecé a remendarme. Nada de lo que tenía me serviría para recuperarme por completo pero sí para sobrevivir un tiempo más. Ella lo sabía. El proceso fue doloroso y de alguna manera sentí que lo necesitaba. Como si aquello formara parte de una penitencia. Terminé sudando y empapado por el sufrimiento y la fiebre. Mi cuerpo, inteligente él, me mantuvo despierto el tiempo necesario pero, tras ese descomunal esfuerzo, perdí toda mi adrenalina y me fui apagando como una linterna a la que se le agotan las pilas.

Desperté desorientado, la fiebre aún no había remitido y desconocía si habían pasado horas o días, pero mi garganta me pedía a gritos agua y mi estómago algo con lo que trabajar. La herida me dolía con cada braceo pero no tenía mala pinta y había evitado tanto la infección como la hemorragia, así que, para bien o para mal, todo apuntaba a que iba a sobre-

429

vivir. Gracias a mi placa. Gracias a su puntería. Gracias a esa habitación en la que recorrimos nuestros cuerpos centímetro a centímetro.

Me arrastré por la entrada de la cueva y salí a la luz. No entendía cómo después de todas mis experiencias aún no había conseguido acostumbrarme al dolor. ¿O puede que sí que lo hiciera y por eso había llegado donde estaba? En los picos la tarde empezaba a caer y lo más inteligente habría sido quedarse una noche más. Pero opté por seguir adelante. No podía quitarme de la cabeza la sensación de que ella me estaba observando desde la distancia a través de la mirilla de su Mosin-Nagant. Esa sensación me siguió durante todo el tiempo que caminé ladera abajo y se incrementó aún más cuando llegué junto a su casa. ¿Podía ser verdad? ¿Sería capaz de observarme sin dar señales de vida? ¿Hasta ese punto llegaba su crueldad? Por supuesto que sí. A veces me olvidaba de que era una guerrera.

Alrededor de la casa aún estaban los cuerpos de los soldados y, por supuesto, el de Polito. Mi corazón seguía encogiéndose cada vez que lo veía ahí tumbado. Había desprendido siempre tanta vida, siempre tan hiperactivo e inquieto que me chocaba enormemente verlo sin moverse, sin decir alguna de sus tonterías o sin oír su estridente risa. Cargué con el cuerpo de mi único y verdadero amigo y lo arrastré hasta dentro de la casa forzando mi reciente herida.

Unos minutos más tarde mis ojos húmedos reflejaban desde la distancia las llamas que consumían la casa reduciéndola a cenizas. Sabía que ella estaría de acuerdo porque era algo que tenía que haber hecho hace mucho tiempo. Allá, frente al fuego, mientras la noche entraba, decidí que no podía volver a casa. Me sentí incapaz de afrontar la verdad ante Lolín y los demás. Era culpable. Lo sabía yo, lo sabía ella y lo sabían todos. ¿Cómo podía plantarme delante de Lolín y…? Le prometí que se lo traería de vuelta… Se lo prometí… No, no estaba preparado para volver. ¿Lo estaría alguna vez? Era consciente de que huía por miedo, y no me importaba. Nada lo hacía. Quizás una sola cosa: dar con ella. Porque, si por casualidad Miranda aún seguía vivo, sería yo el que lo mataría. Así que iba a encontrarla aunque fuera lo último que hiciera. Puede que Cloe fuera la mejor, un fantasma, alguien que se movía en las montañas como pez en el agua, pero yo había aprendido de ella. Conocía sus trucos, sus movimientos, sus consejos… No descansaría hasta dar con ella o hasta que ella se cansara y decidiera encontrarme a mí. Puede que antes de que ocurriera todo esto mi herida terminara de matarme, pero esa era la menor de mis preocupaciones.

La estuve buscando durante más de medio año. Más de seis malditos meses… Lo recuerdo bien porque conté cada día y alcancé los ciento noventa y dos recorriendo los Pirineos de punta a punta, de pueblo en pueblo, desde el mar Mediterráneo hasta el Cantábrico y nunca obtuve la más mínima pista. Allá donde iba preguntaba y allá donde preguntaba siempre obtenía la misma respuesta. Aun así, seguí y seguí y seguí, sin rendirme un solo día.

Mi herida necesitaba cuidados profesionales y no parches improvisados y cada día me iba consumiendo un poco más. Mis piernas gritaban basta y podía oír a Cloe, con su voz infantil, repetirme una y otra vez: «Vamos, tus piernas necesitan recordar para qué están». Pero ya no recordaban nada. Aguantaron lo mismo que aguantó mi determinación, que fue lo mismo que aguantó el otoño, hasta que me topé de frente con el invierno y el paso por las montañas se tornó imposible. Y ni siquiera eso me frenó. Me había deshecho de mi ropa hacía meses y ahora vestía unas pieles que debían oler a animal muerto y que echarían para atrás a cualquier persona civilizada. La barba me había ido creciendo a su libre albedrío y mi estampa era más digna del Hombre de las Nieves que de un ser humano corriente.

Llegué a aceptar que ella no estaba por allá. Y si lo estaba, no quería verme. ¿De verdad no volvería nunca? ¿Por qué esa maldita campesina testaruda no era capaz de entender que sin ella mi vida no tenía ningún sentido? Grité su nombre con rabia a los cuatro vientos y mi eco viajó entre las montañas. ¿Y si regresaba a casa? Sabía que era del todo improbable encontrarla en Barcelona pero al final siempre morimos de sueños y, como se suele decir, la esperanza es lo último que se pierde. Así que seguí confiando, como un iluso, en encontrarla en mi piso, sobre la cama, envuelta entre mis sábanas con algún de mis libros abierto por la mitad. Yo entraría en la habitación, cansado, desaliñado, agotado física y moralmente tras meses de búsqueda, y ella levantaría la cabeza, se retiraría el pelo de la cara y dibujaría esa expresión tan suya con la ceja alzada y su sonrisa a medio camino.

«¿Se puede saber por qué has tardado tanto?», diría comprensiva y a la vez irritada. Y yo no respondería nada. Solo me acercaría a su regazo y lloraría como un niño durante días, dejando que me consolara a base de besos y caricias. ¿Podía pasar algo así? ¿Tan imposible resultaba?

Solía tener esa clase de pensamientos. En mi cabeza parecían tan reales… Cada día que pasaba, vivía más en mis oasis mentales que en el mundo real. Me había acostumbrado al silencio. Y a olvidar hasta mi propia voz a menos que fuera para gritar su nombre.

Al final, agotado, y con la tristeza de saber que estaba fracasando en mi cometido, me dejé caer sobre la nieve boca arriba. Mis músculos ya no respondían, mi herida supuraba, el frío me calaba y había llegado al límite de mis fuerzas, así que me abrí de brazos y observé el cielo azul… Sí, era un buen lugar. Me quedaría allá hasta que llegara la noche y pudiera contemplar las estrellas. Entonces, y solo entonces, cerraría los ojos. Si de verdad estaba observándome, no sería capaz de dejarme morir. Y si no estaba observándome, ¿para qué quería vivir?

Aún no había llegado la noche cuando me pareció ver una leve cortina de humo que parecía salir de la nada. Era extraño porque reconocía ese valle y nunca había percibido señales de vida antes, pero ese humo… no parecía ningún incendio fortuito. Más bien se asemejaba al de una pequeña hoguera. Me incorporé más curioso que interesado. Ella nunca habría hecho una hoguera que revelara su posición pero… Entre gemidos de cansancio y dolor caminé en esa dirección. Podía no ser nada pero también podía ser una avanzadilla de soldados o rastreadores. Ya me había cruzado con algunos y solo gracias a los consejos de Cloe había podido evitarlos sin dejar señales de mi presencia.

Tardé menos de una hora en alcanzar la señal de humo y al llegar me quedé sorprendido al ver a tres niños, que aún sorteaban la pubertad, jugando con un arco y unas flechas. Habían dibujado una diana en el tronco de un árbol y su puntería quedaba reflejada en todas las flechas que se amontonaban en el centro. ¿Jugaban o entrenaban? Junto a ellos aún había los restos de un fuego y unos pocos huesos de conejo bien limpios. ¿De dónde narices salían esos críos? ¿Y por qué cada uno de ellos vestía los mismos harapos grisáceos como si se tratara de un uniforme? Estaba claro el porqué. Se camuflaban perfectamente con el bosque y la nieve, pero ¿por qué? Decidí esperar a que todas sus flechas terminaran en el tronco, por si acaso, y entonces me presenté educadamente.

—Hola, chicos —dije apareciendo tras unos matorrales.

Los tres giraron sus cuellos veloces como cervatillos asustados. Se quedaron como estatuas con los cuerpos rígidos. Estaba claro que estaban valorando sus opciones.

—Tranquilos, tranquilos, no vengo a…

Antes de que terminara la frase salieron corriendo sin emitir un solo sonido, hasta el punto que tuve que autoconvencerme de que de verdad los había visto. Después comprendí que mi pinta tampoco era la más apropiada para aparecer en medio del bosque. Además, llevaba tanto tiempo vagando solo por las montañas que mi propia voz se me antojó la de un extraño.

Me costó seguir su rastro. A esos niños alguien les había enseñado a ser invisibles. Sus ropas, sus movimientos, sus huellas o la falta de ellas, e incluso su entrenamiento con arco y flechas, probablemente el arma más silenciosa que existe. Pero a mí también me habían enseñado bien y gracias a eso pude encontrar su rastro.

Mi curiosidad se acrecentó cuando me asomé a un saliente y divisé unas pequeñas casas de tejados grisáceos, del mismo color que las ropas de los críos, ocultas, casi imperceptibles en la ladera de la montaña. ¿Qué clase de sitio era ese? Había pasado varias veces por esa zona y nunca me había percatado de su presencia. Seguí avanzando consciente del peligro. Algo me decía que las visitas no serían bien recibidas. Pero yo también podía convertirme en una sombra, acercarme hasta sus puertas más ligero que el viento, moverme entre la maleza como quien susurra y…

—¡Arriba las manos! —La voz sonó a mi espalda acompañada del ruido que hace un arma cuando se recarga.

¿De dónde había salido ese tipo? ¿Eran todos como fantasmas en esa montaña? ¿O era yo, que perdía facultades?

—No voy armado —dije más tranquilo de lo que estaba.

—¿Y ese cuchillo?

—Es para sacarme la roña de las uñas. —La verdad es que no era mentira.

—Dámelo. —Su voz no temblaba.

Desenfundé el cuchillo y lo dejé caer.

—No busco problemas.

—¿No? Pues los has encontrado. ¡Date la vuelta! —ladró.

Obedecí sumiso y al girarme vi a un tipo demasiado gordo para moverse de forma tan sutil. Se esforzaba por aparentar agresividad pero más que un guerrero parecía el panadero del pueblo. Un tipo bonachón de aspecto gracioso.

—¿Eran tus hijos?

—¡Cállate!

—Solo preguntaba. He visto a tres críos en el bosque y solo los he seguido por si estaban en apuros o…

—He dicho que te calles —amenazó de nuevo con su fusil.

—¿Dónde estoy? ¿Qué es este sitio?

—¿Por qué coño no me haces caso? —replicó más perplejo que molesto—. ¿Y por qué cojones estás sonriendo?

—Porque sé que no vas a disparar.

—Tú no sabes nada…

—Sé que pareces una buena persona.

—Y tú pareces un puto hombre de Cromañón, así que será mejor que no nos fiemos de lo que ven nuestros ojos.

—Eso es indiscutible… ¿Puedo recoger mi cuchillo?

—No, claro que no. ¿Por qué coño crees que te he dicho que lo tires? —dijo cada vez más molesto. Aunque era de esas personas que cuando se enfadan aún parecen más graciosas.

—Le tengo aprecio y no quiero perderlo. —No esperé a que me diera permiso; lo cogí ignorando su atónita mirada y lo enfundé de nuevo en mi cinturón—. Bueno, ¿vas a llevarme al pueblo o nos vamos a quedar aquí? —De nuevo sin esperar su respuesta me puse en marcha.

—¿Adónde vas?

—Al pueblo. ¿No es donde ibas a llevarme?

—Sí, pero…

—Soy tu prisionero.

—No hagas ninguna tontería o disparo.

—Tú mandas —dije sin detenerme.

Mi captor no dejó de apuntarme durante todo el trayecto hasta la entrada del pueblo. Mi única preocupación era que tropezara y se le disparara el fusil sin querer. Le iba avisando de alguna raíz en el suelo o piedras traicioneras y cada vez que lo hacía gruñía. Conseguí sonsacarle poca cosa. Los niños no eran sus hijos. Y no era el panadero, cosa que le ofendió cuando se lo pregunté, pero sí que ayudaba en la cocina.

435

De hecho, cuando los críos le avisaron de mi presencia, estaba recogiendo setas para la cena.

Dos mujeres armadas estaban preparadas para salir a nuestro encuentro cuando nos vieron entrar en el pueblo. No parecían tan amables como mi nuevo amigo y pude percibir que el regordete cocinero se pavoneaba por haberme capturado él solo. No dije nada que pudiera herir su sensibilidad.

A medida que avanzábamos se iban sumando más curiosos a nuestro alrededor. La mayoría, mujeres y niños. Los pocos hombres eran viejos o lisiados. Todos vestían el mismo tipo de telas apagadas y apenas emitían sonidos. Habían llevado hasta el extremo lo de pasar desapercibidos y, aunque parecía bastante ridículo, no dejaba de ser admirable. Una pequeña sociedad disciplinada y adiestrada en el arte del camuflaje.

Subimos una estrecha calle empedrada y alcanzamos la plaza principal.

—¿Dónde está Teo? —preguntó mi captor a dos mequetrefes que chutaban una pelota fabricada con hierbajos, papel y cinta.

—En la capilla —le respondió un chico al que le faltaba una oreja.

Lo saludé guiñándole el ojo pero no le hizo mucha gracia.

—Id a avisarle —mandó una de las mujeres armadas.

—¿Quién es Teo? —pregunté al cocinero.

—Ya lo verás —respondió empujándome con el cañón del fusil para que no me detuviera.

—No me gustan las capillas.

—Al diablo tampoco…

Nos detuvimos frente a una pequeña cabaña con una cruz en la puerta y esperamos a que saliera ese Teo. Era inquietante el silencio que me envolvía a pesar de que se hubiera congregado medio pueblo a mi alrededor.

El hombre que salió de la capilla tendría unos cuarenta años y se movía ágil con sus dos muletas. Era bajito y llevaba el pelo largo y grasoso justo por debajo de la nuca. Lucía una barba más corta que sus ojeras y una sonrisa cansada.

—Bueno, veamos… ¿Qué tenemos aquí? —Me miró detenidamente pero quien contestó fue mi amigo bonachón.

—Lo he encontrado merodeando cerca del pueblo.

—No merodeaba —repliqué.

—¿Quién eres? —preguntó Teo.

—Mi nombre es…

—No. No te he preguntado tu nombre. Aquí eso nos importa una mierda. Te he preguntado quién eres.

Me quedé sin saber qué contestar. Es curioso, jamás me había parado a pensar quién era.

—Te lo pondré más fácil. ¿Qué haces aquí? —Teo se recostó en sus muletas fingiendo interés.

—Eso es asunto mío.

—Me temo que ahora ya no —contestó buscando la aprobación de todo el pueblo, congregado a nuestro alrededor—. Verás, por aquí no nos gustan mucho las visitas sorpresa.

—Sí, ya me he dado cuenta.

¿Por qué me incomodaba tanto ese tipo? Había algo en él que… No lo conocía, pero esa voz… No es que tuviera nada especial, simplemente era que…

—Por tu aspecto deduzco que no eres soldado.

—Bien por ti. ¿Lo has descubierto tú solo?

—Sí, tiene que ser él —les dijo a los demás, y me pareció que suspiraban tranquilos.

—¿Él? —pregunté entre curioso y molesto.

—Ella dijo que vendrías.

—¿E-e-ella? —Mi corazón quiso saltar del pecho aún herido.

—Aquí todos la conocemos como la Rubia. En otros lados, como el Ángel de la Muerte, la Campesina Asesina, y así podría seguir todo el día. La gente es muy imaginativa. Supongo que tú la conocerás por otro nombre.

La conocía por su nombre real y no por una serie de motes chabacanos. ¿La Campesina Asesina, en serio? ¿A qué clase de bufón se le ocurrió? En cualquier caso, se refería a Cloe, eso seguro.

—¿Está viva? —pregunté a Teo, que seguía desconcertándome. ¿Por qué me sonaba tanto?

—Lo estaba hace cinco meses. Vino aquí, su hogar —me restregó—, pero no pasó ni un solo día. Dudo que te hayas enterado, pero ahora mismo es la mayor fugitiva que tiene este país. Medio Ejército la busca después de que acabara con el General Frontera y sus hombres. Solo dejó vivo a uno para que lo contara todo.

—¿Ha matado a Miranda?

—Ella solita. —Hizo otro gesto que me resultó familiar pero seguía sin identificar de dónde—. Encontraron su cadáver colgado de un árbol, con el parche en la boca y las cuencas de los ojos vacías. Nunca puedes creerte del todo lo que oyes, pero ella era capaz de eso y mucho más. Dicen que disparó desde más de medio kilómetro y le agujereó su único ojo bueno.

—¿Dónde está?

—Si quisiera que lo supieras, ya te lo habría dicho. Se fue sin decir nada. No quería conducirlos hasta aquí, igual que no quería conducirlos hasta ti —remarcó el final dejando claro que en parte era mi culpa.

Poco me importó lo que dijera ese lisiado cuya voz había escuchado antes.

—Tengo que encontrarla.

—Lo siento, eso es imposible. Y hablando de imposibles… ¿Cómo nos has encontrado? Nadie encuentra este lugar si no ha estado antes.

—Vi una columna de humo y la seguí. —Mi comentario provocó algunas risas y murmullos que ponían en duda mi versión.

—Claro claro… Siempre solemos dar señales de humo para que nos encuentren. Y también nos vestimos así porque nos encanta la moda. —Sonaron más risas.

—Es la verdad. Si no me crees, puedes preguntárselo a esos críos de allá. —Señalé a un grupo de individuos amontonados a mi derecha entre los que se encontraban los jóvenes arqueros.

Mi credibilidad ganó enteros porque en la vergüenza de sus rostros estaba su respuesta. Teo los fulminó con su mirada. Una mujer les propinó una colleja nada cariñosa a cada uno y algo me decía que el castigo por su descuido sería más ejemplar que aquello.

—Bien. Te quedarás esta noche. Pero mañana te irás a primera hora. Siendo quien eres, siendo su amigo, confiamos en que no dirás nada sobre este lugar.

—Gracias.

—No me las des a mí. Si no fuera por ella, ya te habríamos matado. Y ya que por desgracia te tenemos que dejar con vida..., ¿sabes hacer algo de utilidad? ¿Cocinar? ¿Disparar? ¿Cazar? ¿Pescar?

—Sé tocar la guitarra.

—¡Un músico! —exclamó con sorna—. Perfecto entonces, esta noche tocarás para ganarte tu cena —dijo como si eso fuera algo original, pero hacía muchos años que me había ganado la cena a base de tocar la guitarra.

Cuando ya se iba, añadió otro gesto más a su repertorio. Un movimiento de la mano que me transportó años atrás, cuando solo era un niño y aún conservaba el amor de mis padres y el calor de mi hogar. Me guiñó el ojo y con su mano transformada en pistola simuló que me disparaba. Todo mi cuerpo se quedó rígido. Aunque a él no le importara cómo me llamara yo, a mí sí me importaba cómo se llamaba él. Y tenía claro que no era Teo. Su nombre real era Matías y toda esa rabia que había enterrado hace años salió de mí multiplicada por mil.

Mi sangre empezó a hervir, mi mente desbocada era incapaz de aportar un poco de lógica, algo que me dijera, por ejemplo, que no tenía ningún sentido saltar encima de ese desgraciado porque conseguiría que me mataran. Pero me abalancé sobre él igual que un depredador hambriento. Caímos al suelo y sus muletas salieron despedidas. Mis manos rodearon su cuello y lo apreté con todas mis fuerzas. Lo descargué todo. Absolutamente todo.

La muerte de Polito seguía acosándome día y noche, no me dejaba dormir, no me dejaba respirar, no me dejaba comer, no me dejaba vivir. Mis manos seguían estrangulando el cuello de ese infeliz que me miraba desconcertado y se intentaba liberar de mis garras mientras los ojos se le salían prácticamente de las órbitas. Mi ataque de cólera los debió coger a todos por sorpresa porque tardaron en acudir al auxilio de su líder. Por fin sentí cómo varios brazos intentaban separarme de él pero me aferré todavía con más fuerza a su cuello hasta que su rostro empezó a adquirir un color azulado y sus brazos dejaron de forcejear. Los vecinos gritaban angustiados mientras me propinaban golpes para que lo soltara. Finalmente, lo logró la culata de un fusil. Me machacó el cogote y caí fulminado sobre el cuerpo de mi víctima.

Cuando desperté la cabeza me daba vueltas y no conseguía recordar dónde estaba. ¿De dónde venía ese olor a... mierda? Tenía a Matías delante y nos separaba una puerta alta y de barrotes muy gruesos. Mi celda era un pequeño cubículo usado como cuadra para caballos. Aún quedaba algo de paja y barro en el suelo. Y también heces.

—¿Quién eres? —preguntó el falso Teo al ver que recuperaba la consciencia.

—¿Ahora quieres saberlo? —Despegué la cabeza del suelo lleno de mierda y apoyé la espalda contra la pared de piedra.

—¿Quién te envía?

—Nadie.

—Mira bien dónde estás... Míralo bien... —añadió asqueado—. Me da igual lo que ella dijera. Por mí, como si eres su puto hermano. Si no obtengo las respuestas que quiero, morirás. Puede que de frío, puede que de hambre, puede que de fiebre... Sí, he visto tu herida. Estás más allá que aquí, así que responde. ¿Quién te envía? ¿Y por qué has intentado matarme?

—Porque sé quién eres.

—¿Ah, sí? ¿Y quién soy? —preguntó con una sonrisa bravucona.

—Matías... —Lo miré amenazante.

Al oír su verdadero nombre borró esa estúpida mueca. No estaba molesto, más bien sorprendido. Fue como si incluso él hubiese olvidado quién era. Se levantó de la silla y se acercó a los barrotes para intentar descifrarme. Pero habían pasado más de ocho años y el crío que conoció una vez se ocultaba detrás de una densa barba y una melena andrajosa. Sin contar los cientos de vivencias que por su culpa me habían ido moldeando hasta convertirme en lo que era.

—¿Nos conocemos?

—Por desgracia, sí.

Estaba agarrado a los barrotes escudriñando cada rasgo de mi cara. Habría sido tan fácil hundirle mi puñal hasta el pecho... De tenerlo, ya lo habría hecho.

—Espera..., espera... No puede ser... Tú eres... ¿Homero? ¿Eres tú?

Al oír mi nombre saliendo de sus labios mi cuerpo sufrió un espasmo. No esperaba la ternura con la que lo dijo. De repente, fue como si volviera a ser un niño y él fuera aquel hombre que una vez me regaló un avión de madera que había diseñado y pulido con sus propias manos. Levanté mi rostro engullendo mis lágrimas y Matías se llevó la mano a la boca incrédulo.

—Dios mío, eres tú... ¿Co... cómo me has encontrado?

—No te estaba buscando a ti. Sí que lo hice, durante un tiempo... Sobre todo cuando descubrí lo que le hiciste a mi

441

padre. Después me convencí de que estarías muerto en alguna cloaca.

—Homero…

—¡No! ¡Sé lo que hiciste! ¡Sé un hombre y admítelo! —Me puse en pie y me agarré a los barrotes para que nuestras caras estuvieran a poco más de un palmo—. Lo traicionaste, nos traicionaste a todos… ¿Crees que iba a olvidarlo? ¿Crees que podría aunque quisiera?

Matías agachó la cabeza y suspiró largo. Soltó los barrotes y se sentó en la silla como si volviera a cargar con una losa que ya casi había olvidado.

—No es lo que piensas.

—No tienes ni idea de lo que pienso.

—Piensas que se la jugué. Que quería hacerlo pero no es verdad. Yo quería a tu padre…

—¡No digas eso! ¡No te atrevas! —La pared de piedra amortiguaba mis gritos y nos devolvía su eco. Había que esperar unos segundos para que el silencio volviera a ser total—. Viniste a mi casa en Nochebuena, me miraste a la cara y me sonreíste cuando sabías desde el primer momento lo que ibas a hacer.

—No tuve elección…

—Claro que no.

—¡Ellos lo sabían! ¡Me amenazaron a mí y a mi familia! ¡Amenazaron a mis niñas!

—¿Y qué pasaba conmigo? ¿O con mi madre? ¿Acaso nos lo merecíamos?

—No, claro que no, pero…

Su dolor parecía real y eso me complació. Quería extraerle cada gota de remordimiento que tuviera y saborearla lentamente.

—¡¿Y mi padre?! Él siempre os ayudó a ti y a tu familia…

—Homero, por favor…

—Te mereces el infierno.

—¿El infierno? —Me miró con lágrimas en los ojos—. Ya

he estado ahí, hijo. ¡Mírame, joder! —Lanzó sus muletas al suelo y se levantó los pantalones hasta las rodillas. Las tenía machacadas y al ver sus cicatrices sonreí con frialdad.

—¿Crees que eso es el castigo que te merecías? De haberte encontrado yo, te habría hecho algo mucho peor que romperte las rodillas.

—¿También habrías matado a mi mujer y a mis niñas? —Sus lágrimas corrían por su cara y yo me quedé mudo. Trató de recomponerse, como imagino que habría aprendido a hacer a lo largo de esos interminables años—. Cada uno vive en su propio infierno, Homero. Pero, sinceramente, no se me ocurre ninguno peor que el mío. —Recogió sus muletas pero siguió sentado ocultando su rostro—. No tuve más remedio que entregar a tu padre.

—¿Por qué? ¿De verdad era un espía?

—No. Tu padre era profesor. Ya lo sabes.

—Pero entonces…

—Yo era el espía.

—Trabajabas para los sublevados…

—Una noche vinieron dos hombres a casa y… me prometieron que, si conseguía sacar a dos chicos del Uruguay, se encargarían de que mi familia y yo pudiéramos salir del país con el dinero suficiente para empezar una nueva vida donde quisiéramos. La propuesta fue tan suculenta que la acepté enseguida. Pero las cosas empezaron a ponerse más difíciles y le pedí ayuda a tu padre. No porque tuviera contactos, sino porque sabía que era el único que me la daría. Así era él —añadió atormentado—. Pero por muchos hilos que moviéramos, las cosas seguían complicándose. Incluso tu padre descubrió que uno de los carceleros era un antiguo alumno suyo e intentó negociar pero no funcionó. Por lo visto, esos chicos eran los hijos de dos peces gordos del ejército de Franco y no había nada que negociar.

»Fue entonces cuando quise desentenderme pero esos cabrones no lo aceptaron y me amenazaron con matar a mi fa-

443

milia. Pensé que solo era palabrería, hasta que llegué a casa una noche y se las habían llevado. Me dijeron que no las volvería a ver a menos que cumpliera mi parte. Al final, conseguí hacer un trato con un carcelero. Fue él quien se me acercó y me propuso un trato. Aquella Nochebuena fui a buscar a tu padre y le expliqué lo de mi familia y que había hecho un trato. Lo que no le dije es que el trato era por él. —Matías gimoteó de rabia y yo me sacudí incómodo.

—Pero si mi padre no era nadie… ¿Por qué alguien querría intercambiarlo?

—Porque el hombre es el ser más despreciable que hay en este planeta… Y en una guerra las personas siguen siendo las mismas que eran antes, pero sus límites no lo son.

—No lo entiendo.

—Es tan patético… —lo dijo como si aún le costara creérselo—. El carcelero que hacía guardia aquella noche era el antiguo alumno de tu padre.

—¿Un alumno? —Aquello rompió todos mis esquemas.

—Uno de los malos. Por lo visto, tu padre le suspendió y le avergonzó delante de todos. Sé que parece una broma de mal gusto pero es tan triste como cierto…

Tantas teorías de la conspiración, tantas historias de espías, tanta guerra y muerte por todo el país, y resulta que mi padre fue encarcelado y ejecutado porque un alumno estaba descontento con su evaluación.

—Ese desgraciado solo era un jodido niñato al que le faltaban dos buenas hostias. Yo me aproveché de eso y se lo entregué en bandeja. Y el tiro me salió por la culata porque después de entregárselo se negó a cumplir el trato. A sus ojos, yo era un traidor y un espía, así que ya podía darme por satisfecho si me dejaba salir de allá con vida. El cabrón consiguió lo que quería y yo me largué con las manos vacías y el rabo entre las piernas. Lo hice por mi familia, Homero. No sabes cuánto lo siento… No sabía lo que iban a hacerle. Pensaba que le acabarían soltando.

—No puedo creerlo. —Aún estaba intentando asimilarlo.

—No pude cumplir el trato pero esos cabrones sí cumplieron el suyo. Me estaban esperando en casa, me metieron en un coche y me llevaron en medio de la nada junto a la carretera de la Arrabassada. Sabía que ese era mi final. Y sinceramente no me importaba, siempre que supiera que dejarían en paz a mi familia. Me odiaba por lo que había hecho pero solo esperaba que no hubiera sido en vano. Pero esos hijos de puta se habían reservado algo peor. Me ataron a un árbol y se divirtieron de lo lindo con mis rodillas hasta que perdí el conocimiento entre gritos de dolor. Al despertar ya era de día y cuando abrí los ojos…, Dios. —Matías se retorció de dolor. Apenas podía hablar—. Ellas…, ellas estaban tiradas a mis pies… Mis pequeñas… Mis…

Se derrumbó. Yo no dije nada. Lo dejé llorar solo porque yo era incapaz de soltar una sola lágrima más. Ni por él, ni por mí. Pero sí que entendí cuánta razón tenía al decirme que cada uno vive su propio infierno.

Viéndolo sentado conmigo en esa pocilga, con las manos tapándose la cara, las rodillas destrozadas y ese dolor tan intenso… ¿Qué habría hecho yo en su lugar? Creo que son muy pocos los que pueden dar lecciones de vida. Y el que crea que puede es porque no se ha encontrado nunca ante un dilema de dimensiones morales como las que afrontamos muchos de nosotros en aquellos tiempos.

Si el capitán Amat hubiese encontrado a Matías cuando lo buscábamos y me hubiese puesto una pistola en la mano, estoy convencido de que habría apretado el gatillo. Y mira por dónde, lo más probable es que, sin saberlo, le habría hecho un favor a ese pobre miserable. Le habría ahorrado todo ese sufrimiento. Pero habría afectado a todas las vidas que ahora se congregaban en ese pueblo fantasma.

Lo que le hizo a mi padre fue indecente, una deshonra, una abominación para cualquier ser humano, pero después usó todo ese dolor y sufrimiento y le dio la vuelta para ayudar a otros. Me gustaría creer que la muerte de mi padre al menos sirvió para algo. Creer que una parte de él estaba en ese pueblo y en su gente. Y en Cloe. ¿Era un ingenuo? Probablemente, pero al final uno se da cuenta de que lo último que desea es irse de este mundo con rencor en sus entrañas…

—Te perdono… —susurré a través de los barrotes. Al instante, fue como librarme de una sensación que llevaba demasiado tiempo atormentándome. Me sentí un poco más ligero, más libre, menos prisionero de mí mismo…

—No, no, por favor… —Matías lloró todavía más—. No lo hagas.

—Es lo que mi padre querría que hiciera.

Matías asintió cabizbajo y se enjugó la cara.

—¿Tu madre está bien?

—Supongo que mejor que nosotros… Murió cuando huíamos al exilio.

—Lo siento.

—De estar viva, te habría retorcido el pescuezo hasta partirte en dos.

—Desde luego… Era capaz de eso.

—Y de mucho más. —Ambos sonreímos nostálgicos.

Matías dejó ir un largo suspiro y se acercó a la celda. La llave giró y la puerta chirrió al abrirse. Nos quedamos de pie cara a cara.

—Supongo que también me mataría si te dejara morir en esta pocilga. Ven conmigo, te llevaré a la enfermería. Sonsoles hace auténticos milagros.

Matías no mintió sobre Sonsoles: era una magnífica curandera, de las de la vieja escuela. Aunque me gané una buena reprimenda por haber expuesto mi cuerpo a esa tortura diaria durante meses. La pobre señora no entendía por qué alguien se sometería a algo así y yo tampoco quise hacerle entender que mi auténtico dolor no era el de mis heridas y articulaciones sino el que me atacaba sin descanso el corazón y la mente. De todas formas, no tuve ni voz ni voto. Me obli-

446

gó a descansar al menos una semana para recuperarme medianamente. Y no sería yo quien le llevara la contraria.

Esa primera noche cené con Matías en su casa. Me atendió con tanta solicitud que faltó poco para que también me acompañara al baño. Pasamos casi toda la noche charlando a la luz de una vela. Él me contaba sus batallitas y cómo había llegado a construir Edén y yo solo quería que me hablara de Cloe. Para conocer a esa otra chica, la líder, la guerrillera.

Y él me contó la primera vez que la vio y la última. Cómo había ayudado en el pueblo y el respeto y admiración que le tenían todos. Cómo se convirtió en una de las figuras de la guerrilla que estaba llamada a recuperar España de los fascistas. Cómo lideró a sus hombres en la batalla de la Vall d'Aran y su milagrosa huida del túnel de Viella. Su lucha con Miranda y sus secuaces… Nada me llegó a sorprender. Yo le conté cómo la conocí, cómo me salvó la vida, cómo le enseñé a leer y cómo me llegué a enamorar locamente de ella. Después me di cuenta de que le hablaba en pasado, como si ya la hubiera perdido, y renegué de ello.

—Haz lo que quieras —replicó Matías—, pero mi consejo es que dejes de buscarla. Será lo mejor para todos, Homero. No puedes ir con ella.

—¿Por qué no?

—Porque eso no la ayudaría en nada. Más bien todo lo contrario… ¿Sabes por qué no consiguen dar con ella? Porque es como un puto fantasma. Y eso solo lo consigues cuando no estás atado a nada ni a nadie. Ese es su gran sacrificio, es lo que ella ha elegido. Y el tuyo tiene que ser olvidarla…

—Pero eso no es lo que yo he elegido.

—Lo sé. Y lo siento. Pero es así.

—¿Alguna vez te habló de mí?

—La Rubia nunca fue muy habladora.

Los dos sonreímos porque sabíamos que era una forma suave de aludir a lo introvertida que era. Mejor dicho, impenetrable. Pero yo sí pude perforar esa coraza. Y por eso me

447

sentía tan responsable de ella. Porque, por fuerte que fuera, sabía que sin mí estaría destinada a una vida solitaria, o en el mejor de los casos, a una vida frívola y banal. Y ella no era nada de eso. Era sensible, era apasionada, una soñadora… Pero también era la chica a la que la vida le había puesto un arma en las manos y le había proporcionado una voluntad de hierro.

—¿Crees que volverá alguna vez?

—No lo sé… Hace mucho que aprendí a no especular con ella. En cualquier caso, tú no puedes quedarte a esperarla. —Matías se acercó a un desgastado mueble, abrió el primer cajón y sacó un trozo de papel arrugado—. Me obligó a escribirlo y a guardarlo para asegurarse de que no lo olvidaría.

—¿Qué es eso?

—Órdenes. Para ti. Me dijo que, si venías, te entregara esto. Tómatelo como su última voluntad. —Me entregó el trozo de papel.

Leí su breve mensaje:

Esta es tu última parada. Has llegado hasta aquí, hasta donde no llega nadie. Ahora cumple tu promesa y vuelve a casa.

Y volví.

27

Una breve despedida

Barcelona, dos semanas más tarde

Estaba en el hospital. En una sala de espera llena de críos. No encontré un lugar mejor para ocultarme que la zona de Pediatría. La habitación de Lolín estaba bastante cerca para controlarla a distancia.

El problema era que no me gustaban los niños. Demasiado sinceros. Y tan imprevisibles como la pelota que chutaba uno de ellos y que las madres esquivaban por arte de magia sin levantar los ojos de sus revistas.

¿De verdad quería despedirme de Lolín o sería mejor marcharme sin decir nada? Ya llevaba una semana en la ciudad y ni siquiera me había atrevido a acercarme a su casa. ¿Qué podía hacer? ¿Llamar a la puerta y decir hola? Opté por algo mucho más cobarde. Me camuflé con un buen abrigo y una gorra, y como me había dejado mi barba frondosa, me era fácil pasar desapercibido cada vez que ella salía de casa con su enorme barriga. Yo siempre aguardaba sentado en la esquina de enfrente como un indigente. Ya tenía experiencia y no me costó mucho. Después siempre seguía observando sus quehaceres. Su rostro estaba bastante demacrado. Como si le hubiesen robado diez años de vida en unos pocos meses. Lo que le robaron fue mucho más que eso. Sabía que tenía que hablar con ella. Había vivido en mis propias carnes la incertidum-

449

bre y la tortura diaria que representaba eso. Pero en el último momento siempre me echaba atrás y ese nudo en el estómago cada día apretaba más.

Una de esas tardes en las que ya me había acostumbrado a ser su sombra, Lolín se paró en mitad de la calle y se retorció de dolor mientras se sujetaba la barriga. Enseguida acudió gente en su ayuda. Yo me camuflé entre el grupo de vecinos. Todos fueron muy amables y una mujer llamó a una ambulancia. Lolín había roto aguas. Su bebé estaba llamando a la puerta. El hijo de Polito.

Fui a mi casa, me cambié de ropa para no parecer un indigente, recogí varias cosas que ya tenía preparadas y me dirigí al hospital de Sant Pau. Sabía que la llevarían allá porque era donde trabajaba.

Puede que no tuviera el valor para enfrentarme a ella pero no iba a marcharme sin ver, aunque fuera de lejos, al hijo de Polito. Necesitaba saber que estarían bien.

La pelota aterrizó de nuevo en mis pies y la aparté con un leve golpe de empeine. Un pequeño tirón a la altura de mi rodilla me advirtió que alguien en aquella sala de espera requería mi atención.

—¿*Edez múzico?* —Una niña de no más de cuatro años señaló mi guitarra.

La había llevado conmigo, incapaz de dejarla en mi piso. Igual que una pequeña caja de zapatos con algunas cosas de valor. Eso era todo lo que tenía pensado llevarme a mi nueva vida. Todo lo que había recogido de la anterior. Sonreí a la pequeña.

—Pues sí. Bueno, ahora ya no, pero antes lo era.

—¿*Antez?* ¿Cuándo?

—Hace un tiempo.

—¿*Ayez?*

—No, más tiempo.

—¿Y *pozqué llevaz* una *guitada?*

—Anita, deja a este señor tranquilo.

—No se preocupe. —Miré a la madre y volví con la niña—. Llevo la guitarra porque no quería dejarla sola.

—¿Le da miedo *eztar zola?*

—Sí, creo que sí.

—A mí también… —dijo medio avergonzada.

—No pasa nada. A mí también —susurré.

—¿¿A tiiiii?? —exclamó sorprendida—. *Pedo tú edez* mayor.

—¿Te cuento un secreto? —Ella asintió impaciente—. Cuanto más mayores nos hacemos, más miedo tenemos de estar solos.

—¿*Tú eztaz zolo?*

—No, pero pronto lo estaré.

—*Puez no eztez zolo* —dijo abriéndose de brazos con la lógica aplastante que le daban sus cuatro años.

Podría decir que esa niña estuvo a punto de hacerme cambiar de opinión sobre los malditos críos pero en ese momento la pelota, que tantos viajes había dado, golpeó su pequeña cabeza provocando que lanzara un grito que me perforó el tímpano. ¿El culpable? Un miniterrorista de tres años que se reía satisfecho.

—¡Juanito, pídele perdón ahora mismo! —ordenó su madre, pero el niño sonrió como el mismo diablo y se negó—. ¡Juanito Serrat, o le pides perdón a esa niña o…!

Cuando el niño vio que la madre enrollaba la revista que estaba leyendo a modo de porra, se acercó a la pequeña y le dio un baboso beso a desgana. Aquello no acabó con los lamentos de la niña pero sí consiguió que las señoras volvieran a sus revistas. Apenas habían pasado cinco segundos y la pelota volvió al ataque. Aunque fuera la sala de Pediatría, era un maldito hospital. La pelota volvió y volvió y cada vez me iba cargando más. Ya me había golpeado veinte veces las piernas. Pero no lo haría ni una más. Cuando volvió a la carga la paré con la mano.

—¡Niño, deja ya de joder con la pelota! —Fue un arreba-

451

to. Quise lanzar la pelota fuera de la sala con tan mala suerte que rebotó en el marco de la puerta, botó en el suelo, después en una mesita y por último salió despedida por la ventana.

Todas las madres levantaron las narices de sus revistas para mirarme incrédulas.

—Lo siento…, yo no pretendía…

Y por si no estaba lo suficientemente avergonzado, el niño empezó a llorar desconsolado.

—¡Mi pelotaaa! —gritaba rabioso.

Y como si de un virus se tratara, a los pocos segundos empezó a llorar otro y después otro. Enseguida todos los niños de la sala de Pediatría lloraban histéricos y las madres me miraban con auténtico odio. Opté por lo único que sabía hacer. Cogí mi guitarra y empecé a tocar. Recordé la estúpida canción que canté en ese camión repleto de niños huérfanos y acudí a ella de nuevo. Funcionó a la perfección, pronto las lágrimas se tornaron en risas. Me había prometido que no volvería a tocar pero una cosa era volver a mis canciones y otra muy distinta hacer el payaso. Lo que fuera con tal de que se callaran esos malditos piojos.

Ese fue el último servicio que me regaló mi vieja amiga. Solo había un niño que seguía con lágrimas en los ojos. Ya no era una pataleta, su rostro reflejaba pura tristeza. Era bastante normal teniendo en cuenta que su pelota había salido volando por la ventana.

—¿Te cuento un secreto? —Juanito dejó de llorar y se acercó con cautela. Bien por él—. Esta guitarra es mágica —susurré.

—¿Mágica? —soltó interesado y olvidando por completo su pelota.

—Sí. Puede hablar.

—¿De verdad? —dijo fascinado.

—De verdad de la buena.

Juanito puso una oreja sobre la caja de madera.

—No oigo nada —soltó decepcionado.

—Eso es porque, para que hable, primero tienes que aprender a tocarla. Cuando lo consigas, no solo hablará, sino que también cantará y reirá.

—¿Y sabe llorar?

—También llorará. Pero solo cuando tú estés triste. —Miré mi guitarra con amargura un segundo y me repuse—. Y aunque lo estés, no dejes de tocarla. Es mucho mejor que el jarabe.

Juanito abrió los ojos como platos y se volvió hacia su madre.

—¡Mamá, mamá! Tengo una guitarra mágica.

—No tiene usted por qué regalarle nada. Ha sido un accidente. Solo era una pelota y el niño estaba…

—No se preocupe. Así está bien…, de verdad.

La madre de Juanito insistió en que aquello era demasiado, pero yo insistí aún más. Con el corazón en un puño cogí mi guitarra y se la entregué.

—Allá donde voy no me hará falta… —zanjé.

—Está bien. —Sonrió la madre—. Nos la quedaremos. Puede que así «el niño deje de joder con la pelota».

Las otras madres rieron el comentario y me miraron con lástima cuando me despedí. Creo que no se les pasó por alto el ligero temblor en las rodillas y mi voz quebrada al despedirme de mi vieja amiga. El pecho me oprimía y recé para que aquel diablo no disfrutara destrozándola.

Si lo que pretendía era romper con el pasado, debía empezar por la guitarra y todo lo que representaba para mí. En realidad, le estaba regalando un nuevo futuro lejos del polvo que la esperaría si se quedaba conmigo. Ahora le pertenecía a un niño de tres años, Juanito Serrat, que quizás con el tiempo llegara a apreciarla. Acepté esa premisa, respiré hondo y engullí las ganas de volver y arrancársela de sus pequeñas garras. Lo hecho, hecho estaba. Lo peor de todo es que si despedirme de mi guitarra ya me había roto el corazón…, ¿cómo afrontar lo que se me venía encima?

Con esa incertidumbre me dirigí hacia la habitación de

453

Lolín. Era el momento. No habría otro. Solo tenía que entrar y decir hola y todo iría rodado. Había dos ramos de flores en el suelo junto a su puerta. Miré por la estrecha ventanilla y la vi. Estaba charlando con una enfermera a la que seguro que había regañado en mil ocasiones cuando trabajaba para ella. Sentados en el sofá estaban Juancho y un par de amigos. No, no podía entrar si estaban todos allí. Ya era difícil con ella sola pero con todos… Lo mejor sería irme. ¿Qué pintaba yo allí? Estúpido…

—Disculpe, ¿me deja pasar? —Una enfermera llevaba un carrito con una pequeña bola rosada durmiendo sobre la minúscula cuna.

Cuando ladeé la cabeza vi que no era una simple enfermera.

—¡Oh! —fue lo único que salió de mi cara de tonto. Aunque para cara la que puso ella.

—¿Homero? —El rostro de Alicia era de pura incredulidad. Estaba convencido de que pronto me iba a caer un tortazo, un insulto más que merecido o algo por el estilo. Pero no ocurrió nada de eso, sino todo lo contrario. Alicia dejó el carrito y sus brazos me estrecharon con fuerza el cuello—. ¡Dios mío, Homero!

—Hola, Alicia…

—¡Estás vivo! —dijo sin soltarme—. Pensábamos que… ¿Ella lo sabe? —preguntó mirando hacia la habitación.

—Yo… Bueno… No…

—¿Polito?

El gemido que se me escapó contestó por mí.

—Homero —pronunció mi nombre con tristeza y decepción. Dolida. Pero era un dolor dulce. Compasivo.

—Lo siento… No tenía que haber venido.

—Tienes que hablar con ella. Tienes que decírselo.

—Lo sé —respondí avergonzado. Era consciente de que a los ojos de Alicia (y a los de cualquiera que me hubiese conocido antes) ya no era la misma persona que ellos recordaban. Yo también había envejecido. Me había descuidado. Había querido morir y, aunque esa etapa ya la superé, tampoco estaba seguro de querer vivir. Bajé la mirada para evitar sus ojos y me encontré con otros. Eran oscuros y pertenecían al pequeño bulto entre rosado y azulado que ahora me miraba desde su cuna.

—Es…

—Un niño —dijo orgullosa.

—Se parece a… —El pecho se me oprimió y fui incapaz de seguir.

—Es la viva imagen de su padre —me ayudó a terminar.

Y tenía razón. Era como contemplar a un mini Polito. Los ojos se me nublaron y empecé a llorar descontrolado.

—Vamos… ¿Por qué no entras? Todos están aquí. —Los ojos de Alicia me miraban con ternura.

Y ahí lo supe. No podía hacerlo. No solo no podía, sino que no debía. Para Lolín, ver a su hijo recién nacido iba a ser la primera alegría en mucho tiempo. Un momento único y mágico en la vida que no estaba dispuesto a estropear traspasando esa puerta.

—No —contesté firmemente limpiando mis lágrimas—. Adiós, pequeñín, cuida mucho de tu madre. —Me agaché y le di el beso más largo, tierno y sincero que le he dado a nadie. Un beso en la frente para ese pequeño milagro que ahora agarraba mi meñique. Me aparté para dejar pasar a Alicia antes de derrumbarme.

Sus ojos también estaban rojos y se mordió el labio superior como siempre que se emocionaba. Luego se acercó y me regaló un cariñoso beso en los labios.

—Adiós, Homero.

—Adiós, Alicia.

Me quedé el tiempo necesario para verla entrar en la habitación. Sonreí al ver a mi querida Lolín coger a su hijo recién nacido en brazos. Se la veía cansada pero sus labios dibujaban una sonrisa bobalicona y sus ojos contemplaban sin

455

pestañear a ese bulto rojizo y azulado que ya descansaba sobre su cuerpo y al que besaba una y otra vez. Lloró. De felicidad y de tristeza. Y yo con ella. Deseé que su padre pudiera ver la misma estampa que estaba viendo yo.

Los contemplé embelesado una última vez a través de la ventanilla. No podía dejar de mirarlos porque era consciente de que, una vez me alejara, ya no volvería a verlos.

Es en momentos así cuando uno descubre lo difícil que es soltar amarras. Pero lo hice. Me alejé de Lolín, Alicia y los demás, por ese blanco e impoluto pasillo con el pecho oprimido y la cabeza baja.

Había logrado cumplir con mi cometido. Porque seguramente, poco después de irme, alguno de ellos se daría cuenta de que en la cuna del niño había una pequeña cartera de cuero con unas llaves y unos papeles doblados.

Lolín tardaría poco en descubrir que esas eran las llaves de mi piso, junto con las escrituras y todo lo necesario para que pudiera empezar una nueva vida. Ese niño crecería sin su verdadero padre, pero no iba a permitir que le faltara de nada.

Con las llaves en la mano, Lolín preguntaría. Y Alicia le explicaría que me había visto fuera de la habitación. Lolín miraría por la ventanilla de la puerta pero ya no vería a nadie. Se asomaría a la ventana buscándome entre la gente pero no me reconocería a menos que yo levantara la cabeza. Y no lo hice.

Y eso sería todo. Porque para entonces yo ya había doblado la esquina, atormentado y consciente de cuánto había perdido y cuánto dejaba atrás. Y aun así, sabía que no había mejor manera de cerrar mi vida que con la llegada de otra nueva. Una mejor, si cabe.

Salí del hospital sintiéndome más desnudo que nunca. Montoya me esperaba sentado en el banco que había al otro lado de la calle. El mismo banco en el que conocí al capitán Amat. Algunas cosas seguían igual y, sin embargo, todo lo que nos rodeaba había cambiado. La ciudad ya cicatrizaba. Se curaba de sus heridas mejor que yo.

456

En ese mismo banco el capitán me dijo que mi padre había muerto. Y ahí mismo me recitó las palabras del capitán Nemo: «No necesitamos continentes nuevos, sino personas nuevas».

—¿Por qué sonríes? —me preguntó el Gordo mientras me entregaba mi nueva documentación y el billete de avión.

—Porque puede que el mundo necesite personas nuevas, pero ahora mismo lo que yo necesito es un continente nuevo.

—Chico, la mayoría de las veces no sé de lo que hablas. Pero te voy a echar mucho de menos.

—Y yo a usted…

—¿Me escribirás alguna vez?

—Creo que no.

—Bien. Porque de haber dicho que sí, no te habría creído.

Nos miramos con esa complicidad que había ido creciendo desde que el capitán nos dejó. Nos abrazamos una última y sentida vez, aunque mis brazos fueron incapaces de rodearlo.

—Cuídate mucho, hijo.

—Usted también. Y haga caso a su secretaria porque apenas he podido abrazarle. —Sonreí con los ojos húmedos.

—Vamos, lárgate de una vez. —Sus ojos brillaban tanto como los míos.

Me levanté de ese banco y me alejé sin mirar atrás.

Me invadía una gran excitación por lo que me aguardaba al otro lado del mundo y eso me impulsaba a seguir. Paso a paso. Y con cada paso, más lejos y más nuevo me sentía.

457

Este libro utiliza el tipo Aldus, que toma su nombre
del vanguardista impresor del Renacimiento
italiano, Aldus Manutius. Hermann Zapf
diseñó el tipo Aldus para la imprenta
Stempel en 1954, como una réplica
más ligera y elegante del
popular tipo
Palatino

LA MEMORIA ERES TÚ SE ACABÓ DE IMPRIMIR
UN DÍA DE INVIERNO DE 2021, EN LOS TALLERES
GRÁFICOS DE LIBERDÚPLEX, S. L. U.
CRTA. BV-2249, KM 7,4.
POL. IND. TORRENTFONDO
SANT LLORENÇ D'HORTONS
(BARCELONA)

en enviarme una crítica más que constructiva en tiempos difíciles. Gracias por saber tanto.

A Manu, que probablemente no recordaba lo que era leer un libro desde primaria y este se lo comió en dos ratitos. Gracias por estar siempre ahí. También a Tere y Ana, que nunca fallan, y a Marta, mi zamburiña preferida. A Paz e incluso a Tarré. Gracias a todos por leer, descubrir y sugerir.

A Joselo y Carmen... Sois maravillosos. Sois mi familia. No por política, sino por amor. Gracias por leerme siempre y estar a mi lado. Y a ti Sandra, gracias por llorar y creer. Siempre serás especial.

A mis padres, sois mi ejemplo y mi propósito. Si algo me ha empujado en esta vida es lograr que os sintáis orgullosos. Gracias por vuestro amor y confianza infinita. Gracias por vuestra infatigable ayuda entre las páginas y sobre todo, fuera de ellas. Con vosotros cerca nunca dejaré de aprender. Y a mi hermana Sara, gracias por sonreír y regalarme uno de los momentos más mágicos de toda mi vida.

A mi mujer, Helena. Me enamoré de ti hace veinte años en el patio del colegio y no veo el momento en que dejaré de hacerlo. Me lo pones difícil. Has hecho lo más hermoso que una persona puede hacer por otra. Has cargado con toda la realidad de este mundo mientras este escritor luchaba por alcanzar sus sueños. Y detrás de alguien que cumple sus sueños, siempre hay alguien que sacrifica parte de los suyos. Por eso cada página de este libro es tuya. Cada palabra. Cada coma. Cada parte de mí. Gracias por mantenerme en el aire. Te quiero. Y a ti, Olivia, gracias por completarnos y hacernos más felices si cabe.

Y por último, a mi niña rubia de ojos verdes. Mi pequeña y preciosa Chloe. Llegaste un poco más tarde que mi personaje, pero pareces empeñada en quedártelo todo de ella. Nunca he sentido tanto miedo y tanto amor, como el día que llegaste a este mundo y me miraste a los ojos. *T'estimo petita.*

de vuelo para aferrarme a ella. Están locos si creen que voy a dejarla en esa bodega o en cualquier otro sitio que no sea entre mis oxidados brazos. Hasta que no he usado mi recurso favorito no me han dejado en paz. No es nada grave. Solo finjo que me empieza a dar un ataque al corazón y entonces me ponen la alfombra roja y todos los cuidados a mi disposición. Ninguna compañía quiere que se le muera un viejo en el avión y yo ya me he vuelto un profesional del engaño.

Por fin piso tierra y me divierto viendo las caras de aquellos que me piden el documento de identidad. Desde la azafata del avión hasta el recepcionista del hotel, pasando por el del alquiler de coches, todos terminan levantando sus cejas y exclaman algo como: «No conozco a nadie que haya nacido en 1922». Siempre sonrío y respondo: «Yo tampoco». Y es la verdad. En el aeropuerto de El Prat, al del alquiler de coches no se le veía muy convencido.

—¿De verdad puede conducir?

—Eso es lo que dice ahí, ¿no?

Esta conversación ya la he tenido muchas veces con los agentes de tráfico. Por eso siempre llevo mi carné y los papeles de las pruebas médicas que certifican que estoy perfectamente capacitado para conducir. He pedido el mismo coche que conduzco en Argentina, mi BMW serie 1 (aunque este es azul) y el vigilante del aparcamiento no me ha quitado el ojo de encima desde que he abierto la puerta hasta que he puesto primera. Nunca me han gustado los automáticos. Hay que sentir el motor del coche igual que hay que sentir la vida para cambiar de marcha cuando lo pide. Cada vez sentimos menos y cambiamos, pero a peor.

Puede que haya embragado mal y el cambio haya chirriado un poco entre la primera y la segunda. El vigilante ha negado con la cabeza de forma vehemente y, como muestra de agradecimiento por su constante atención personalizada, he decidido enseñarle el dedo corazón a través de la ventanilla.

Conduzco sin que me importen lo más mínimo los pitos

e insultos que recibo. Sí, señores, ya sé que voy lento pero mi velocidad va en función de mis deteriorados reflejos. ¿Pueden ustedes decir lo mismo? Y además, ¿qué le pasa a la gente? ¿Por qué tienen todos tanta prisa? Tienen toda la vida por delante y yo... Yo la tengo toda por detrás.

Estoy solo. Soy un pobre viejo que, en vez de sentarse en un banco a alimentar a las palomas, se alimenta de sus propias historias. «Es lo único que me queda», me digo mientras compruebo por enésima vez que mi mochila está en el asiento de al lado. ¿Quién sabrá quién fui y lo que hice? Las personas podemos existir más allá de la muerte solo si vivimos en los recuerdos de aquellos que no nos olvidan. Podemos vivir eternamente en las historias que se cuentan. Pero ¿y si no hay nadie a quien contársela? ¿Y si no hay nadie escuchando?

He callado toda mi vida por miedo a recordar y ahora sufro, porque el día que me vaya, me lo llevaré todo y a todos conmigo. Y eso me angustia más que la propia muerte. ¿Qué significado tiene vivir si no queda constancia, si no dejas nada, aunque sea una pequeña y única huella de tu paso por este mundo?

Llego a mi hotel. Nunca he sido rico, pero por primera vez en mi vida tengo más dinero que tiempo, así que me permito el lujo de hospedarme en el Majestic. He vivido por todo lo bajo, pero pienso morir por todo lo alto.

Antes de cruzar la puerta giratoria, me fijo en la esquina donde tantas veces me senté para tocar mi querida guitarra. Ahora hay un moreno con una manta en el suelo vendiendo pulseras y gafas de sol a los turistas. Una pareja de policías se acerca y el hombre dobla la manta en cuestión de segundos y sale corriendo. ¿Cómo explicar que todo me parece diferente y, al mismo tiempo, todo me parece lo mismo?

Cuando el amable recepcionista me pregunta por qué, con noventa y siete años, he decidido volver a Barcelona, le contesto: «Vengo a ver a la familia».

A mi edad las mentiras no tienen ningún sentido pero me

463

otorgan cierta juventud. Además, ¿qué pretenden que les responda? ¿Que soy como esos elefantes que se separan de su manada para morir solos? Por eso he vuelto, ¿no? Para enterrar mis colmillos en un cementerio de elefantes. Pues sí, eso es lo que he venido a hacer. Justo eso. «Pero hoy ya es tarde», me digo frente a la ventana de mi habitación, la 508, mientras contemplo una ciudad que ya no reconozco.

Me meto en la cama. Mi mochila está junto a la mesilla, el *jet lag* no me deja dormir y me duelen todos los huesos y articulaciones. Enciendo la televisión y me llevo una sorpresa al descubrir que emiten programas en catalán. No puedo evitar cierto orgullo. Me alegra saber que se han conseguido superar algunas injusticias. Después cambio de canal porque no me acostumbro al idioma y termino viendo un debate. Descubro que Cataluña quiere instaurar su propia república, que hay políticos en la cárcel y en el exilio, y que se vuelve a establecer la censura a los músicos y artistas.

Lo que decía… Todo es diferente y, al mismo tiempo, todo igual. Somos animales de costumbres y nos encanta caer de nuevo en nuestros errores. Sobre todo cuando escucho a algunos tertulianos decir, sin ningún pudor, cosas que ya se oían hace ochenta años. Parecen tan convencidos… Pobres inútiles. Hablan sin parar mientras se pisan unos a otros. ¿Por qué es tan difícil escuchar? ¿Es falta de paciencia o exceso de arrogancia? ¿De verdad se creen tan listos que ya nadie les puede enseñar nada? Deberían escuchar sobre todo a los que no piensan como ellos. Por desgracia, la memez es algo que muchos padres se esfuerzan en inculcar a sus hijos. Una herencia que le puede salir muy cara al mundo de mañana.

Me estoy agobiando. Esta cama es demasiado cómoda o demasiado grande y en la televisión todos hablan demasiado rápido para mis cansados oídos. Oigo cómo se les llena la boca con su Constitución y su democracia. Democracia por aquí, democracia por allá… Mi padre ya me hablaba de democracia cuando tenía catorce años. Si no recuerdo mal, en

LA MEMORIA ERES TÚ

España se votó democráticamente una república. ¿Y qué hicieron con ella unos y otros? Destriparla. ¿De qué sirve darle al pueblo la voz cuando nadie quiere escucharlo? ¿De qué sirve que voten millones de personas cuando el poder reside en cinco o seis?

Antes, cuando se hablaba de democracia, se hacía con orgullo, con alegría y felicidad. Hoy, aquellos que usan la palabra lo hacen con rabia. Para callar a los que reclaman sensatez y exaltar a los ya exaltados. Si algún día esto termina en otra guerra, espero que al menos sirva para que se den cuenta de que, en el fondo, tan mal tan mal no estaban.

Apago el televisor. Allá ellos y sus problemas. Si alguna ventaja tienen mis noventa y siete años es que puedo mandarlo todo a la mierda y quedarme tan ancho. Cuando empiecen a matarse, yo ya no estaré vivo. Me ha bastado un solo día y media hora de televisión para darme cuenta de la falta de memoria histórica que sufre este país.

465

Amanece y empieza un nuevo día, algo que a mi edad ya empiezo a constatar como un desafío. Paseo por la calle ayudado de mi bastón. En realidad, no lo necesito pero simulando una leve cojera puedo aparcar en la zona de minusválidos sin levantar sospechas.

Me escandalizo al ver la Sagrada Familia. ¿Cómo puede ser que todavía no esté terminada? ¿Y por qué hay tantos chinos? Después de una visita fugaz, decido bajar hasta el mar. Eso sí que ha cambiado. Observo la orilla dejando que mis recuerdos afloren. Algunos duelen pero... por eso he vuelto, ¿verdad? Paso junto al puerto y mis ojos se pierden en el mismo lugar donde se hundió el Uruguay. Sospecho que quizás aún quedan restos bajo el agua igual que quedan restos bajo mi hombro. El buque de la muerte... La primera vez que vi al capitán...

Paseo cerca de yates lujosos y frente a mí se alza un edifi-

cio descomunal que se refleja en el agua. Creo que es un hotel. Estamos en febrero y la gente va en manga corta. El sol brilla fuerte y el calor aprieta como en mayo. Todo se está descolocando. Pero a nadie le importa. Al menos en apariencia. Las familias pasan a mi alrededor felices. Niños en sus patines, padres en… ¿sus patines? ¿No son ya un poco mayorcitos? Ahora todo el mundo se desliza. Ya nadie camina. Bicis, patinetes, patines, monopatines, motos… Me da miedo que algo con ruedas me lleve por delante. Agotado de ese baile sobre ruedas me alejo.

Cojo el coche y recorro la avenida del Paral·lel desde el mar hasta la plaza de España y mi corazón late deprisa cuando paso por delante de El Molino. Tantos recuerdos me obligan a pisar el freno y mi mente vuela hasta el centro de ese escenario. Me veo tocando y cantando. Todos aplauden. Pero pronto los aplausos se transforman en cláxones sonando rabiosos a mi espalda y vuelvo a mostrar por la ventanilla la funcionalidad de mi dedo corazón. A los más jóvenes parece que les hace gracia.

Vuelvo a asegurarme de que llevo la mochila. Me han insistido varias veces en el hotel que podía dejarla en la caja fuerte. No me fío. Las cajas fuertes son para los que tienen muchas cosas que perder. Yo solo tengo una y prefiero llevarla siempre conmigo.

Llego hasta el cementerio. Eso sí que no ha cambiado tanto. Hasta sigue en pie la misma caseta donde guardaba mis utensilios y colgaba mi guitarra. Los muertos también siguen todos allí… Más muertos si cabe. Y más acompañados.

En recepción les explico que quiero que me entierren junto a la tumba de mis padres. Me miran raro. Les explico que trabajé de joven en el cementerio y me llevan a otro despacho donde un señor me habla de precios, nichos, flores, reservas y no sé cuántas cosas más. Joder, es más caro morirse que seguir vivo. Le digo que sí a todo. Me hace un descuento por ser antiguo empleado. Le señalo en un plano las tumbas de mis padres.

—Por eso he vuelto —añado.

He vivido muchos años solo, pero no quiero morir solo. No quiero estar solo ni un segundo más. Me despido.

Con profundo pesar, visito la tumba de mis padres. Les lloro. Compongo la triste estampa de un viejo que ya chochea soltando lagrimones delante de dos tumbas. Les aseguro que jamás les he olvidado y que algunas noches aún me sigo despertando como un niño asustado que necesita su cariño. Les pido perdón por haberme ido y por abandonarlos.

Y les cuento que viajé en un buque hasta América. Que recorrí el continente con una mochila al hombro y una moneda colgando del cuello. Siguiendo historias, persiguiendo leyendas, buscando pistas, una tras otra. Escalé montañas imponentes, contemplé paisajes excepcionales, crucé selvas tropicales y junglas amazónicas y, sin embargo, ningún verde era tan hermoso como el de esos ojos que no conseguía olvidar.

Y por fin, cierto día de noviembre, cuando menos lo esperaba, lo encontré. El reino de Akram. O mejor dicho, ellos me encontraron a mí. Pero eso ya es otra historia. Quizás para otro día. Quizás para otra vida.

Lo importante es que la moneda regresó a su legítimo hogar casi quinientos años después. Las celebraciones se alargaron durante meses. Y me ofrecieron quedarme. Creo que vieron que no tenía adónde ir. Y no se equivocaban, así que me quedé. Hice amigos, aunque no muchos. Y me casé. Lo sé…, ¿qué podía entregarle? ¿Pedazos de un corazón? ¿Retazos de una vida? Aun así, lo hice. Por lealtad. Y por amor. Porque llegué a amarla. Más de lo que habría querido. La amé hasta que dejó este mundo hace menos de un año. Mi preciosa Elu. En lengua nativa, «la que es bella, razonable y justa». Jamás tuve que hablarle de mi otra vida. Jamás le conté que amé a una joven guerrillera de ojos verdes, corazón noble y cabeza testaruda. Y no se lo dije porque yo necesitaba empezar de cero y ella no necesitaba saberlo. Aunque todos lo sabían: siempre me llamaron Ishna Witca. El Hombre Solitario.

467

Les digo a mis padres que estoy cansado. Y que solo deseo que se sientan orgullosos de mí. Creo que lo he hecho lo mejor que he podido.

Mis recuerdos se desvanecen cuando oigo algo que me resulta tan doloroso como familiar. Notas. Notas musicales en mi cabeza. Notas que hace décadas me obligué a olvidar. Notas que, una tras otra, forman una melodía. Una que conozco muy bien. Es mi canción. Nuestra canción. Puedo oírla como si alguien la estuviera tocando para mí. Mi mente aún la retiene después de tantos años. Estaba tan seguro de que el tiempo la habría engullido… Y sin embargo ahora vuelve a mí. Puedo escuchar cada acorde de la guitarra, cada silencio… Me llega como si fuera nueva. Y entonces me doy cuenta de que el sonido no está en mi cabeza. Es real. Miro a mi alrededor y la busco angustiado. La melodía viene acompañada por una hermosa voz, casi un susurro. Pero ¡qué susurro! Canta como quien cuenta un secreto.

Me guía entre las tumbas. La melodía es cada vez más nítida, la emoción me embarga y se me va la cabeza. Conozco esa sensación, la vista se me nubla y busco un punto de apoyo. Maldito viejo. Ahora no. El tronco de un ciprés me salva del desplome.

—Ahora no, por favor. Ahora no —repito intentando reanudar la marcha.

Sigo los acordes hasta que la veo y mi viejo corazón se desborda.

Está delante de mí, sentada sobre la hierba, ajena a mis ojos, oculta entre las lápidas y cantando con su guitarra. Es ella. Al menos, durante unos segundos. Reconozco su pelo, sus facciones, incluso su postura.

Salgo de entre las tumbas como un muerto más y, al ver mi rostro desencajado, deja de tocar y me mira curiosa. Es una mujer. Debe rondar los treinta. La verdad, no lo sé. Cuanto más viejo se hace uno, más jóvenes son todos.

Tiene un parecido angustioso a cierta chica de las monta-

ñas. Como si el tiempo no hubiese pasado por ella. Pero eso… Eso es imposible… Como soy un viejo que ya empieza a chochear, de mis arrugados labios solo sale una palabra que creía que no volvería a escuchar. Mi lengua viaja hasta el paladar y baila, pues solo así se puede pronunciar:

—¿Cloe?

Ella me mira y arquea una ceja.

—No. Penélope.

—Penélope… —consigo balbucear sin dejar de sonreír como un perturbado.

Si no ha salido despavorida es porque incluso en eso se parece a ella.

—¿Le ocurre algo? ¿Se encuentra bien? —Se pone en pie y descubro que bajo sus pechos asoma una hermosa e incipiente barriga.

—No, perdona, es solo que… el nombre me ha recordado algo.

—A la canción de Serrat… —suelta sin entusiasmo, pero con educación.

—No. Penélope… era la mujer de Ulises en…

—La *Odisea* de Homero —me interrumpe, y ahora sí parece más interesada.

—Exacto —afirmo sorprendido.

—¿De dónde es usted? Su acento…

—Mi acento ha cambiado tanto como mi cuerpo. Pero nací aquí.

Disimulo naturalidad pero me está dando un ataque. Pierdo el equilibrio. Las rodillas me fallan. O les fallo yo a ellas. Llego a visualizar mi inminente caída, pero ella me sujeta del brazo y evita que me estampe contra su guitarra.

—¿Seguro que está usted bien? ¿Quiere que llame a alguien?

—No no. Estoy bien. Son solo mis piernas…

—Entonces debería recordarles para qué están —dice sonriendo como quien redondea un refrán.

469

Intento sentarme sobre las briznas de hierba seca para no caerme de nuevo. Ella me ayuda. Tardo una eternidad en aparcar mis posaderas en el suelo y no estoy seguro de si podré levantarme algún día. Pero ella es paciente y aguarda a que termine mi maniobra.

—¿De cuánto estás? —señalo su barriga.

—De cinco y medio.

—¿Es el primero?

—Sí.

—Muchas felicidades.

Su sonrisa es hermosa. Puede que incluso más hermosa que la de mi Cloe. Sus dedos vuelven a danzar sobre las cuerdas. De nuevo suena la canción. De nuevo me estremezco.

—Es preciosa… —digo.

—Es una canción secreta —responde con aire misterioso.

Y mi corazón hace una pirueta.

470

Su mirada viaja instintiva hacia la lápida que tiene delante y, aunque todavía me siento mareado, consigo leer lo que hay grabado en la piedra. El nombre de Cloe no aparece y consigo intuir el de Penélope. Y unas fechas: «1920-2002».

—Hoy es su aniversario —dice sabiendo dónde tengo puestos mis ojos. Un calor recorre mi pecho y tengo que abrirme el cuello de la camisa—. ¿Seguro que se encuentra bien?

—Sí. ¿Por qué dices que es una canción secreta?

—Porque nadie más la conoce. Me la enseñó mi abuela. —Dedica una mirada nostálgica a la lápida—. Esta canción siempre tuvo algo que la removía por dentro. Cuenta la historia de una granjera y un músico. Al principio eran casi unos niños. Ella le salvó la vida. Y él se la salvó a ella. Le enseñó a leer. Después se separaron, ella se convirtió en una guerrillera. La mejor. Y él en un gran músico.

—Una bonita historia.

—De niña siempre le pedía que me la contara una y otra vez. Mis amigos se dormían con *Los tres cerditos*. Yo me dormía soñando con una cueva llena de tesoros y un medallón

mágico. Poco a poco comprendí que esa canción contaba una verdad.

—¿Qué verdad?

—Contaba su vida. Estoy segura. Ella nunca lo dijo, pero yo lo sé. Por sus ojos. Porque cada vez que le tocaba la canción se le incendiaban de vida. Mi abuela sufrió alzhéimer los últimos años y… —Me mira avergonzada—. Oh, madre mía, perdone. Le estoy aquí aburriendo con historias de mi abuela y usted ha venido a…

—¡No! —Mi grito suena histriónico—. Lo siento. Quería decir que… No pares, por favor…

Ella ve algo en mí que, tratándose de cualquier otra persona, asustaría. Pero lo bueno de los viejos es que no damos miedo a nadie. Lo más peligroso que podemos hacer es matar de aburrimiento al personal.

—Recuerdo a mi abuela sentada en su *roquinchere*… Una mecedora —corrige con una sonrisa—. Balanceándose en una postura incómoda pero en la que podía permanecer todo el día, con la mirada perdida en el infinito, como si se esforzara en recordar algo que sabía que ya no volvería. Poco a poco se fue apagando. Y al final ya no hablaba, ni reía ni nos reconocía…

—Lo siento.

—Pero cuando la visitábamos, yo le tocaba su canción. Mi madre me decía que no hacía falta pero ella siempre lloraba. Y daba mucha pena, pero era como recuperarla, ¿sabe?

—Necesitaba oírla, tanto como le dolía hacerlo… —digo pensando en voz alta.

—Sí, eso es. ¿Por qué siento como si le conociera?

—Bueno, quizás es porque aquí todos somos almas en pena. ¿Estuvo casada?

—Sí. Mi abuelito murió unos años antes que ella. Era bastante más mayor. Me cuesta más acordarme de él, pero mi madre siempre dice que no ha existido un hombre más bueno. Pocos habrían aceptado casarse, en esos tiempos, con una

471

mujer soltera y con una hija. Pero el abuelo Jaime se enamoró perdidamente de mi abuela.

—¿Con una hija?

—Sí. Mi abuela se lo ocultó toda la vida.

—¿Ocultar qué?

—¿Qué va a ser? Pues que el abuelo Jaime no era su verdadero padre.

Me quedo tan helado que cualquiera pensaría que me acabo de escapar de una de las tumbas. Mi cabeza se agita nerviosa.

—Ojalá hubiese pasado más tiempo con ella. Se fue con tantas cosas por contar… Lo poco que sé es gracias a esta canción y a esos cuentos.

— ¿Cuántos años tiene tu madre?

—Antes siempre bromeaba porque nació nueve meses después de la muerte de Hitler, así que sabía perfectamente cómo lo celebraron sus padres. Pero cuando la abuela se lo confesó, mi madre dejó de bromear. Estuvieron mucho tiempo enfadadas. Después mi abuela enfermó y ya sabe… Uno siempre hace las paces cuando ya no hay vuelta atrás. Muchas cosas se perdieron por el camino, ¿sabe? Muchas historias que mi madre se negó a escuchar antes y que no pudo escuchar después.

Estoy abrumado. ¿Tengo una hija? ¿Y una charlatana y preciosa nieta? ¿Y un bisnieto en camino? De repente, el hechizo se rompe: suena su teléfono móvil y descuelga de forma precipitada.

—Hola… Sí, ya lo sé… Donde mi abuela. No, no me ha dado tiempo. Sí, he venido un rato… Pues porque se lo prometí. Vale, sí. ¡Que sí! Adiós. —Cuelga y se excusa—. Es mi marido. Desde que voy acompañada —se toca la barriga—, siempre me está llamando.

—Se preocupa por ti. Eso es lo mejor que le puede pasar a uno, créeme —digo con un tremendo dolor en el pecho. Demasiadas emociones, demasiadas sorpresas.

Mientras ella recoge sus cosas, yo cojo la guitarra sin ningún pudor. Como si me estuviera susurrando para que me hiciera con ella. Vuelvo a sentir la madera y sus formas adaptándose a mi cuerpo, mucho más viejo, mucho más lento. La acaricio como si acariciara su cuerpo. Me cuesta encontrar una posición cómoda, a mi edad es una quimera. Empiezan a sonar mis primeros acordes y Penélope se gira curiosa.

—No me ha dicho que supiera tocar.

Todos mis sentidos están puestos en esa pieza de madera y en mis dedos acartonados retozando sobre las cuerdas.

—El problema de esta canción secreta —digo mientras me observa con sus dos faros verdes— es que no tiene final. Nunca lo ha tenido.

—¿Cómo… sabe que no tiene final?

Me divierte ver bailar sus cejas con cada pregunta.

—Porque yo nunca llegué a cantársela entera…

Penélope abre la boca pasmada. Sus manos vuelan hacia su barriga. Se vuelve a sentar. Incluso más lentamente que yo minutos antes. Esta totalmente cautivada. Pero no habla. Solo escucha.

Toco las primeras notas de nuestra canción y compruebo que los dedos tienen más memoria que la cabeza. Cierro los ojos e inspiro. Jamás imaginé que el destino me brindaría esta oportunidad de cantarle por última vez nuestra canción, pero ahí estoy, delante de su tumba, sentado junto a nuestra nieta, saboreando cada nota que se desprende de esa guitarra.

Vuelvo a hablar de la cueva Donde muere el viento, de sus tesoros, de cómo me salvó la vida, de nuestras lecturas y excursiones, del medallón, del tesoro y de ese primer beso que todavía recuerdo como si fuera ayer. Las lágrimas fluyen a través de mis arrugas. Sigo cantando y recordando… Las veces que creí que la había perdido, mi rescate en Hendaya, cómo ella siempre volvía para darle un vuelco a mi vida. Y siempre volverá. Mi pulso se acelera, mis manos tiemblan

y mi voz se quiebra. Demasiadas emociones para este viejo exhausto. No puedo seguir…

Y entonces, una voz de ángel, suave y dulce, me acompaña. Nos encontramos, con los ojos húmedos como mares, y dejo que su voz me impregne. Es maravillosa. Y creo que ya lo ha entendido. Por cómo me mira, por cómo llora conmigo, creo que lo sabe. Qué voz más hermosa… Naufrago en sus ojos y dejo que cante y me llene hasta que se acerca el final. Entonces ella enmudece, pues nunca había llegado tan lejos del principio, ni yo tan cerca del final.

Canto mi última estrofa hasta que mis manos, asustadas, sueltan la guitarra. Tiemblo de miedo. Entonces ella posa sus manos sobre las mías y me tranquiliza. Son cálidas y suaves.

—Tranquilo, tranquilo… —dice emocionada—. Respira. No pasa nada.

Yo solo puedo enjugarme las lágrimas como un niño. Finalmente consigo balbucear algo entre gemidos:

—¿Dirías que…, dirías que ella tuvo una buena vida?

Sus ojos verdes, ahora llenos de ternura, vuelven a posarse en mí. Sus manos no me sueltan.

—Sí. Por supuesto que la tuvo.

Y lloro aliviado. Y ella me abraza. Y le pido perdón. Una, diez y cien veces. Pero a ella no le importa. No me suelta. Y aunque no es tan patética como este miserable viejo, sus lágrimas también resbalan por su piel.

—¿Por qué nunca volviste? —me pregunta con cierto reproche y ese carácter tan suyo… Tan de ella.

Bajo la cabeza y no llego a responder. No necesito hacerlo porque, además de su carácter, también tiene su astucia.

—Ella te alejó. Fue ella —piensa en voz alta. Y yo asiento afligido—. ¿Por qué lo hizo?

—Porque tuvo que hacerlo. Para protegerme. A mí y a muchos otros… Así era tu abuela. Pero yo nunca supe que ella estaba… —dirijo mis ojos hasta su barriga.

—¿No te lo dijo?

—No creo que ella lo supiera tampoco. Y después puse todo un océano de por medio.

—¿De verdad fue una guerrillera?

—Fue muchas cosas —contesto más recuperado. Y entonces lo entiendo. Sé por qué sigo vivo. Y sé por qué estoy aquí.

Abro mi mochila de adolescente y saco un cuaderno casi tan viejo como yo. Se lo ofrezco y ella lo recibe con un golpe de ceja. Ojea las primeras páginas y me mira fascinada.

—Son…, son tus memorias…

—Ahora son tuyas. —Sonrío.

—¿No vas a venir conmigo? —Frunce el ceño.

—No. Me gustaría quedarme aquí un rato más.

—Pero… —insiste terca.

—Eres su viva imagen, ¿lo sabías?

—¿Y qué vas a hacer? ¿Volveré a verte?

—Claro que sí.

—¿Cuándo? ¿Cómo?

475

—Aquí encontrarás todas las respuestas. —Señalo el cuaderno—. Me encontrarás a mí y la encontrarás a ella. Vamos, ahora vete —insisto con dulzura.

Ella me mira de la misma forma que su abuela. Se acerca y me besa con delicadeza en la frente. Es un beso largo. De los que uno no querría soltarse nunca. Sus ojos se empañan y se aleja. Unos metros más adelante se para.

—¿Es de verdad? ¿Existe esa cueva de los tesoros?

—Claro que existe.

—¡Lo sabía! ¿Y dónde está?

—Donde muere el viento. —Sonrío.

—Volveré a buscarte —añade antes de desaparecer fugaz, como desaparece todo lo bueno.

Y sé que lo hará. Pero ahora solo deseo estar solo. Solo con ella. Puedo sentirla tan cerca de mí… Soy incapaz de levantarme del suelo. No tengo ni fuerzas ni ganas. La noche avanza y consigo arrastrarme hasta su lápida. Me acurruco ahí tumbado.

La noche cubre el cementerio. Puedo sentir el frío penetrando en mi cuerpo. No importa. Estoy donde debo estar. Por primera vez, en setenta años, me siento en casa.

Me tumbo boca arriba y la busco entre las estrellas como he hecho infinitas noches. Ella está allá arriba, esperándome, con su dulce sonrisa y su mirada desafiante, y sin embargo, puedo sentirla tumbada a mi lado. Los dos hemos vuelto a tener menos de veinte años y nos damos la mano mientras contemplamos el firmamento. Su mano cálida, su pelo revuelto rozando mi nariz… Los dos en busca de esa estrella. Aquella que nunca se apagará.

Cada vez tengo más frío. Pero ya no siento dolor. Solo un tremendo cansancio. Y paz. Mucha mucha paz. Creo que voy a cerrar los ojos. Aunque solo sea un rato. Le doy las buenas noches y le susurro unas últimas palabras. Algo que ya no dejaré por escrito, pues todos los amores deben tener sus secretos, igual que todas las historias su final.

Lo que le digo solo es para ella.

Para mi amor. Para mi guerrera. Para mi Cloe.

Agradecimientos

*E*n primer lugar, como es probable que me deje a alguien, quiero agradeceros a todos los que habéis participado en esta aventura desde el principio. Incluso cuando ni siquiera sabíamos que esto iba a convertirse en un libro de verdad. Vuestros comentarios y consejos no solo han ayudado a mejorar esta gran historia, sino que han ayudado a mejorar a este pequeño escritor. Gracias de corazón.

Gracias también a Roca Editorial y en especial a Blanca Rosa por el esfuerzo y por tenerlo tan claro desde el principio. Espero poder compensar toda esa confianza.

Gracias a Esther Aizpuru por corregir y aleccionar de una manera brillante y detallada. He aprendido muchísimo contigo.

A Pontas y a Anna, por contribuir a este sueño. Por su dedicación, cercanía y por hacerlo todo fácil y bonito.

A mis amigos y familia. Cercanos y no tan cercanos. Sois la prueba de que en esta vida todo suma y nada resta.

Y un agradecimiento especial a:

Laura Fernández. Por tu inestimable ayuda, tu valentía y tu coraje al apostar por el talento nuevo. Gracias por hacer lo que pocos hacen: ayudar sin pedir nada a cambio.

A Carmelo. Compañero, socio, amigo… Por ver lo que pocos ven. Por esa mirada tan genuina y especial. Porque nuestras cervezas sigan enriqueciendo cualquier tarde y tus ideas cualquier historia.

A Clara. Fuiste de las primeras en leerlo y de las primeras

28

Mi nombre es Homero

*M*i nombre es Homero. Tengo noventa y siete años, no necesito gafas para leer, no tomo pastillas de colores y aún conduzco mi BMW serie 1 color perla. Juego cada día al billar y gano sin problemas a los jovenzuelos de setenta. A veces voy al casino y juego a la ruleta. Solo la ruleta. Las cartas nunca me han parecido de fiar.

He vivido en otro continente, alejado de todos, en una pequeña reserva india al norte de México. Esa buena gente me recibió con los brazos abiertos y me ofreció un nuevo hogar. Allí traté de olvidar. Y sin embargo, la vida no ha hecho más que castigarme con años y más años. Muchos más de los que pedí y, desde luego, muchos más de los que necesito.

Ahora acabo de dejar toda esa vida atrás para rebobinar, unos setenta años hacia atrás. Para regresar a mis orígenes y volar hacia la tierra que me vio nacer.

Pensaba que un anciano que roza el siglo de vida no podía ponerse nervioso con nada y sin embargo aquí estoy, temblando de emoción mientras contemplo, a través de la ventanilla del avión, cómo nos aproximamos a ese aeropuerto que se extiende junto al mar. Barcelona. La ciudad que me lo dio y me lo quitó todo. ¿Cuánto puede haber cambiado en setenta años? ¿Más o menos que una persona?

Mi único equipaje es una ligera mochila, demasiado juvenil para mi edad. He tenido que discutir con varios auxiliares

461

Epílogo

2019